Jochen Hamatschek

Carro Navalis

Für Constanze, Matthias und Elisabeth,
von der das Titelbild stammt.

Jochen Hamatschek

Carro Navalis

Der weinsportliche Krimi
zum Darwin-Jahr

Bibliografische Information der Deutschen Nationalbibliothek
Die Deutsche Nationalbibliothek verzeichnet diese Publikation
in der Deutschen Nationalbibliografie; detaillierte bibliografische
Daten sind im Internet über http://dnb.d-nb.de abrufbar.

Jochen Hamatschek
Carro Navalis
Der weinsportliche Krimi zum Darwin-Jahr

Berlin: Pro BUSINESS 2009

ISBN 978-3-86805-524-5

1. Auflage 2009

© 2009 by Pro BUSINESS GmbH
Schwedenstraße 14, 13357 Berlin
Alle Rechte vorbehalten.
Produktion und Herstellung: Pro BUSINESS GmbH
Gedruckt auf alterungsbeständigem Papier
Printed in Germany
www.book-on-demand.de

Inhaltsverzeichnis

1. Kapitel:	Marathoni		7
2. Kapitel:	Erstes Interglazial		41
3. Kapitel:	Schloss Navalis		53
4. Kapitel:	Quercus robur		116
5. Kapitel:	Zweites Interglazial		153
6. Kapitel:	Dionysos		161
7. Kapitel:	Aphrodite		192
8. Kapitel:	Drittes Interglazial		223
9. Kapitel:	Homo neanderthalensis		232
10. Kapitel:	Suizid		274
11. Kapitel:	EVA		301
12. Kapitel:	Speläologen		341
13. Kapitel:	Paradies		397
14. Kapitel:	Viertes Interglazial		443
15. Kapitel:	Epilog		457

1. Kapitel: Marathoni

Das Objektiv ist auf maximale Weite eingestellt und ermöglicht damit nur ganz große Dinge zu erkennen. Der Blick durch den Sucher zeigt eine grenzenlos grüne Landschaft, in der Himmel und Erde am fernen Horizont miteinander zu verschmelzen scheinen. Ein Bild, wie es Piloten sehen, wenn sie in elftausend Meter Höhe aus ihrer Kanzel nach unten blicken. Abstand macht das große Ganze sichtbar, Nähe das Detail. Die Brennweite des Objektivs verändert sich, um mehr zu sehen. Der Ausschnitt wird kleiner, das Bild detaillierter und ein Fluss breiter, der zuvor nur als dünner blau-weißer Strich im Grün aufgefallen ist. Die Landschaft fliegt dem Betrachter entgegen, bleibt immer noch konturlos, zeigt aber bereits zahlreiche Nuancen. Eine grüne Ebene mit einem reißenden Gewässer in der Mitte, das in weiten Windungen vom linken zum rechten Bildrand fließt und an einzelnen engen Biegungen schäumende Gischt an das Land wirft, die mit Urgewalt am Ufer nagt und es Stück für Stück ausfräst.

Das Blickfeld wird noch enger, der Fluss rückt an den linken Rand des Ausschnitts. Die grüne Ebene gewinnt Form, kurze Grashalme und krautige Pflanzen dominieren, ganz vereinzelt wachsen verkrüppelte, niedrige Sträucher, noch seltener ein allein stehender, kurz geratener Baum, der sich wie ein Prophet aus der Masse erhebt. Die Landschaft ist Monotonie und Langeweile, eine unter die Haut kriechende Kälte sogar durch die Kamera zu spüren. Langsam bewegt sich das Objektiv in geringer Höhe über die Grasfläche, immer so, dass der Fluss als Markierung am linken Rand gerade noch sichtbar bleibt.

Dann erfasst es einen länglichen roten Fleck, der sich langsam vorwärts zu bewegen scheint. Ein Fleck wie ein Farbtupfer, der dem Maler versehentlich aus dem Pinsel getropft ist und weggewischt werden muss, bevor er in der Leinwand eintrocknet. Die Kamera fokussiert sich auf diesen Farbklecks und zoomt ihn langsam näher, bis er in Großaufnahme zu sehen ist. Er wandelt sich zu einer männlichen Person, die in einer weiten, roten Sportjacke, eng anliegender grauer Hose und schwarzen Turnschuhen gleichmäßig auf die Kamera zuläuft. Der Mann bewegt sich locker mit langsamen, kurzen Schritten, den Kopf hoch und den Blick geradeaus gerichtet, wie ein Leichtathlet beim Training. Er scheint noch beim Aufwärmen zu sein, vor dem ernsthaftem Üben, seine Gesichtszüge wirken frisch und entspannt. Die Arme bewegen sich im Rhythmus der Beine abwechselnd nach vorne und geben dem Körper Schwung, die Hände sind zu einer lockeren Faust geballt, als wollten sie ein Taschentuch festhalten. Ein Läufer in großer Landschaft, in der nur der Horizont als feiner Strich eine Orientierung bietet. Wie ein Schwimmer im Meer, aus der Ferne nur an der roten Jacke sichtbar, die wie eine signalfarbene Schwimmweste leuchtet. Die Kamera konzentriert sich jetzt ganz auf ihn, er füllt das Bild vollständig aus. Er ist noch jung, vielleicht Anfang dreißig, schlank und hoch gewachsen. Kurze dunkelbraune, nach hinten frisierte Stoppelhaare über einer niedrigen Stirn und einem schmalen, intelligent wirkendem Gesicht verleihen dem Kopf etwas Kantiges, ein Eindruck, der durch ein spitzes Kinn noch verstärkt wird. Trotzdem wirken die Züge weich, fast jungenhaft, nur schmale Lachfalten zeigen sich rechts und links vom Mund, den kein Bart ziert, der ihm einen Hauch herber Männlichkeit hätte verleihen können. Er gehört mehr in die Studierstube als an eine Werkbank. Seine Bewegungen wirken harmonisch, ohne Anstrengung und ohne Schweißtropfen zu erzeugen, er strahlt die Ruhe und Selbstzufriedenheit eines Menschen aus, der sich nichts beweisen muss und mit sich im Einklang ist. Seine Welt scheint so eben und gerade wie die Laufstrecke.

Nach diesem fast intimen Abtasten des Gesichts stellt sich das Objektiv langsam auf eine entferntere Position ein. Details lösen sich wieder auf und geben den Blick frei auf die Landschaft, in deren Mitte sich ein Mensch bewegt. Die Kamera hat ihre gewünschte Position gefunden, um den Läufer als Teil der Umgebung beobachten zu können.

Der Läufer drehte seinen linken Arm so nach vorne, dass er die Ziffern der Uhr direkt vor den Augen hatte und sie mühelos lesen konnte. Nach jahrelangem Training schaffte er es auch bei hoher Geschwindigkeit, die Erschütterungen seines Körpers auszubalancieren und gleichzeitig mit Daumen und Zeigefinger der rechten Hand die Tastenkombinationen für die Anzeigen durchzuführen. Sein Messgerät war mehr ein Laufcomputer als eine gewöhnliche Uhr, eine Mischung aus Statussymbol und hilfreichem Trainingsgerät. Inzwischen beherrschte er fast alle Funktionen im Schlaf, vor allem den GPS-Empfänger zur Geschwindigkeits- und Entfernungsmessung mit Aufzeichnung der gelaufenen Strecke oder, genauso wichtig, die Pulsmessung zur Geschwindigkeitssteuerung. Trotzdem war er überzeugt, allenfalls zehn Prozent der Möglichkeiten seines „High Tech" Gerätes auszunutzen. In seiner kaum hundert Gramm schweren Uhr steckte sicher mehr technische Intelligenz als in den Computern der NASA, die vor fast vierzig Jahren Apollo-Raumschiffe zum Mond gelenkt hatten. Zufrieden registrierte er, dass er exakt im Plan lag: seit dem Start zwei Kilometer in zwölf Minuten, sein Puls nur geringfügig über dem Ruhewert, optimal zum Aufwärmen, ein langsames Traben, eine Ouvertüre vor dem eigentlichen Stück, um Kreislauf, Sehnen, Muskeln, den ganzen Körper, auf die höhere Belastung der nächsten Stunden vorzubereiten. Noch einige Minuten in diesem niedrigen Tempo, einfache Dehnübungen, danach das eigentliche Training, die Steigerung auf viereinhalb Minuten für einen Kilometer. Diese Geschwindigkeit für die nächsten knapp drei Stunden beibehalten mit einer Präzision, wie es selbst ein Autopilot nicht besser könnte. Heute zum letzten Mal die lange Strecke über fünfunddreißig Kilometer, einfach nur laufen, eine Minute je Kilometer langsamer als nächste Woche beim Marathonrennen. Eine Trainingseinheit zur Regeneration, mehr Belohnung als Anstrengung.

Das eigentliche, manchmal extrem harte Training war abgeschlossen, schneller würde er nicht mehr werden. Er fühlte sich optimal vorbereitet für eine Zeit unter zweieinhalb Stunden, fünfzehn Minuten unter seiner bisherigen Bestzeit. Er war mit sich und dem bisherigen Trainingsablauf zufrieden und freute sich auf den Lauf heute und die Woche bis zum Wettkampf, in der er nur noch seinen Körper wach und auf Niveau halten musste. In den nächsten acht Tagen würde er die Kraft zurückbekommen, die ihn die letzten Wochen gekostet hatten.

Er liebte dieses langsame, stressfreie Laufen weit unterhalb seines Rennniveaus mehr als die Tempoläufe oder den Wettkampf. Seine Gedanken konnten bummeln und frei schweifen oder, je nach Laune, auf ein Thema gelenkt werden, vom emotionalen Heldentraum bis zum wissenschaftlichen Diskurs. Laufen als Denkdoping. Häufig hatte er bei derartigen „Schaufensterbummeln" Probleme oder Aufgaben von vorne bis hinten intensiv durchdenken können. Wissenschaftliche Arbeiten von der Einleitung und Problemstellung über Material und Methoden, Ergebnisse, Diskussion und Zusammenfassung, Kapitel für Kapitel im Kopf vorformuliert. Seine Doktorarbeit war nach Abschluss der Versuche und Messungen beim Laufen strukturiert und in wenigen Tagen Papier geworden. Genauso Vorträge, die er auf Tagungen für sein Institut zu halten hatte. Und nicht zuletzt die Vorlesungen, die er meist am Wochenende im Kopf vorbereitete. Am Schreibtisch schaffte er es nie, sich so tief in ein Thema hineinzudenken und in Zwiesprache mit sich selber allen Nebel wegzublasen und Klarheit zu bekommen. Einwände von Diskussionsteilnehmern konnte er häufig vorausdenken, er kam auf Ideen, die ihm im Büro nie gekommen wären. Der Blick weitet sich, und was die gekrümmte Haltung am Schreibtisch blockiert, wird beim Laufen befreit. Kein Telefon nervt, kein Kollege lenkt ab. Mentales Training pur. Wo anders als beim Laufen ist es möglich, physisch und gleichzeitig psychisch fit zu werden?

Beim Tempolauf und noch mehr beim Wettkampf müssen Energie und Konzentration vollständig auf das Rennen ausgerichtet werden, Ablenkungen kosten Zeit. Der regelmäßige Blick auf die Uhr, die sofortige Umsetzung der Werte in Maßnahmen tolerieren kein gedankliches Fremdgehen. Es gilt die Strategie der Gegner zu analysieren, permanente Wettbewerbsbeobachtung wie im Berufsleben als Schlüssel zum Erfolg. Die schleichend einsetzende und gegen Ende in Erschöpfung mündende Müdigkeit macht intellektuelle Gedankenflüge nach einiger Zeit ohnehin unmöglich. Fängt der Geist an zu vagabundieren, zerfasert die Konzentration, der Rhythmus leidet. Siege beginnen im Kopf.

Für den kommenden Lauf hatte er jeder Art Denken freigegeben. Die Trainingsstrecke war neu, er wollte sich mit ihr zuerst vertraut machen. Laufen ist eine Paarbeziehung zwischen Läufer und Landschaft. Es war Teil seines Trainingskonzeptes, bei langen Läufen unbekannte Strecken zu probieren, um auch regelmäßiges Training nicht zu tumber Routine verkommen zu lassen. Dafür nahm er in Kauf, sich anfänglich orientieren und etwas wie „Landschaftsbummel" betreiben zu müssen. Kein Problem dank GPS, seine Uhr führte ihn immer auch bei einbrechender Dunkelheit sicher zum Ausgangspunkt zurück.

In einer Umgebung wie dieser war er noch nie gelaufen. Die Landschaft irritierte und faszinierte ihn vom ersten Moment an. Topfeben, soweit das Auge blicken konnte, lag sie als unendliches grünes Meer vor ihm, eine Weite ohne Anfang und Ende.

Am Horizont ging das Grün allmählich in das Blau eines wolkenlosen Himmels über, ein Übergang mit zahlreichen Mischtönen. Unmöglich zu bestimmen, wo die Erde aufhörte und der Himmel anfing. Ganz selten ein kümmerlicher Baum, nur wenige verkrüppelte Sträucher sorgten für etwas Auflockerung. Sonst ausschließlich Gräser und Kräuter, und die wie von einem Rasenmäher kurz gehalten. Der Fachmann konnte anhand ihrer Blattformen zahlreiche Arten unterscheiden, die in ihrem begrenzten Kosmos mit einer Menge Grüntöne eine Symphonie satter Farben erzeugten. Einige Pflanzen besaßen fast dreieckige Blattquerschnitte, andere flache, breite Blätter, wieder andere waren dünn und spitz. Nur vereinzelt ragten Blüten etwas aus dem grünen Meer, winzige gelbe und blaue Farbtupfer, die der Rasenmäher verschont hatte oder die besonders schnell wuchsen. Aber auch die reichten nur bis an seine Knöchel.

Der Untergrund war weich und doch stabil genug, um dem Fuß genügend Halt zu bieten. Er bestand hauptsächlich aus den kurzen Gräsern und Kräutern, dann aber immer wieder für einzelne kleine, wie ausgestanzte Abschnitte aus feinem Sand, der nur geringfügig nachgab und lediglich schwach ausgeprägte Abdrücke hinterließ. Unter ihm befand sich verdichteter Boden, der sein Gewicht ohne Verformung aufnehmen konnte. Er lief wie auf einem dünnen Teppich. Kein Vergleich mit den muskelzehrenden Läufen am Sandstrand, wo der Fuß bei jeder Landung einsackt und seitlich abrutscht. Hier diente der Sand genau wie das Gras dämpfend und gelenkschonend. Bisher deutete alles auf einen idealen Trainingslauf hin.

Die Sonne stand hochsommerlich fast senkrecht über ihm, schüttete weißes Licht aus und blendete ihn trotz tief in die Stirn gezogener Schirmmütze. Die Lufttemperatur lag bei gefühlten zwölf Grad Celsius, ihn fröstelte leicht. Doch es war eine angenehme Kühle, die Luft war extrem trocken und fühlte sich auf der Haut frisch und unverbraucht an. Kein Vergleich mit der lähmenden Schwüle eines Tropentages, die ihm bei seinen Dienstreisen nach Zentralafrika oder Asien die Luft raubt, schon normale Schritte schwer macht wie Blei und Schweiß in Strömen aus allen Poren saugt. Das Frösteln würde bei höherer Geschwindigkeit schnell verschwinden, wenn die Muskulatur Bewegungsarbeit und Abwärme produziert, Millionen Schweißdrüsen auf der Haut aktiviert und eine klare, salzige Flüssigkeit an die Oberfläche ableitet. Der Schweiß verdunstet und kühlt dadurch, der Effekt, der Saunagänge möglich macht, ohne Verbrennungen zu erleiden. Tiere schwitzen nicht, sie bekommen einen Hitzschlag, wenn sie die Wärmemenge nicht abtransportieren können.

Ein sanfter Wind aus nordwestlicher Richtung strich über seine linke Gesichtshälfte und er meinte, auf Zunge und Lippen winzig kleine Sandkörner zu spüren, die er mit sich führte. Zwischen den Zähnen knirschte es leicht. Ab und zu sah er kleine Windwirbel, die eine geringe Menge Staub packten, nach oben trugen und einige Zeit später an anderer Stelle wieder abluden. Er versuchte sich vorzustellen, wie hier ein ausgewachsener Sturm über die unbewehrte Landschaft jagen und, ohne Widerstand zu finden, alles mit Sand und Staub zudecken würde. Er hatte solche Stürme in der Sahara erlebt und erinnerte sich nur ungern an die verzweifelten Kämpfe, dem alles durchdringenden Sand zu entgehen.

In Windrichtung erkannte er ganz in der Ferne, zu weit für Einzelheiten, eine weiß schimmernde Erhebung, die im Sonnenlicht schwach leuchtete und in Stufen in die Höhe zu wachsen schien. Schneebedeckte Berge vermutlich, aber im Hochsommer und keine hundert Meter über dem Meeresspiegel viel wahrscheinlicher eine optische Täuschung. Er lief langsam weiter und konzentrierte sich auf seine Geschwindigkeit. Sechs Minuten je Kilometer bestätigte die Uhr. Der Rhythmus war ihm über unzählige Trainingseinheiten in Fleisch und Blut eingebrannt, er konnte jede Geschwindigkeit präzise abrufen. Die Uhr diente nur der Bestätigung.

Sein erstes Etappenziel und Abschluss der Aufwärmphase war das große Stück grauer Fels, auf das er sich seit dem Start zubewegte und das nur noch wenige Meter entfernt war. Es bot in dieser eintönigen Landschaft die einzige Abwechslung, eine ferne Insel, die dem Seemann die Richtung weist. Zuerst nur ein kleiner, graubrauner Fleck, nahm es nach und nach Gestalt an. Es war ein Stein von länglicher Form, wie eine riesige Zigarre, die jemand achtlos weggeworfen hatte, und mochte fünf oder sechs Meter lang sein und zwei Meter im Durchmesser betragen. Fast kreisrund verdickte er sich am vorderen Ende und deutete einen Wulst oder eine Art Halskrause an mit konzentrischen Ringen unterhalb der Wölbung. Die liegende Säule ragte in flachem Winkel leicht nach oben und bildete ein kleines Schrägdach. Der perfekt abgerundete Stirnteil zeigte genau in seine Richtung. Der hintere Teil war in den Boden eingesunken und hielt den Stein trotz seiner schrägen Lage dadurch offensichtlich stabil. Wenn er die Maße richtig abgeschätzt hatte, mochte der Brocken bestimmt fünfzig Tonnen wiegen. Einige Grashalme schmiegten sich an das Gestein, als wenn sie daran hochklettern wollten. Am hinteren Teil versuchte eine Kletterpflanze nach oben zu gelangen. Feine Saugnäpfe fixierten dünne Triebe an den Unebenheiten des Gesteins. Kleine gezackte und mit feinen Härchen versehene Blätter streckten sich der Sonne entgegen. Ein exotischer Außenseiter im Gräsermeer, den der Rasenmäher nicht erfassen konnte.

Die vollkommene Symmetrie und die Form dieser Säule verwunderte ihn, aber in seinem bisherigen Leben hatte er des Öfteren vermeintlich künstliche Formen gesehen, die durch eine zufällige Laune der Natur entstanden waren. Was hatten die Indianer in den USA nicht alles in Felsformationen des Bryce Canyons oder des Petrified Forest hineingelesen. Naturvölker verehren heute noch ausdrucksstarke Felsstücke oder Steine, die aufgeklärte Menschen als zufälliges Naturprodukt verstehen. Die Formation war sicherlich auffällig, sie hatte aber nichts, was ihn als Naturwissenschaftler beunruhigen konnte. Die gesamte Gegend schon eher. Je länger er lief, desto öder empfand er die Landschaft, sie wirkte entleibt und studiohaft, und er der einzige Akteur inmitten einer bedrückend armen Pflanzenwelt. Das berührte ihn zunächst nicht besonders, er war oft bei Läufen spät abends oder früh am Morgen keinem Menschen begegnet, ohne sich deswegen unwohl zu fühlen. Aber eine Landschaft völlig ohne Lebewesen, kein Kaninchen, das sich hakenschlagend vor ihm in Sicherheit bringt, keine Spitzmaus, auf die er fast tritt, wenn sie direkt vor ihm den Weg quert, ohne die widerlichen roten Nacktschnecken, die beim zufälligen Zertreten so ekelhaft aufplatzen, hatte er noch nicht erlebt. Zumindest kleine Insekten oder träge Käfer konnte er sonst beobachten, ab und zu ruhig kreisende Greifvögel oder nach Schauern Regenwürmer auf der Flucht vor dem Wassertod. Und immer wieder Rebhühner, die mit irrem Lärm direkt neben ihm aus einem Gebüsch heraus einen Senkrechtstart hinlegten oder die ewig gurrenden Tauben. Und kein Geräusch außer seinem eigenen Atmen und das leise Plopp seiner Füße beim Landen auf dem Boden. Hier war er allein, es gab keine Fauna, nur langweilige Flora, dafür ein perfektes Trainingsgelände. Langsam spürte er eine leichte Unruhe, die vom Magen ausging und sich schließlich im Gehirn einnistete. Dasselbe beklemmende Gefühl wie vor Jahren Anfang April, als er bei einbrechender Dunkelheit und leichtem Schneetreiben über die riesige Parkplatzwüste des Bryce Canyons zu seinem Auto gehen musste, das mittendrin allein stand. Er hatte sich unwohl gefühlt und konnte sich rational keine Erklärung dafür geben. Die Reaktion war unwissenschaftlich, aber menschlich. Wenn er auf einmal Menschen gesehen hätte, hätte er sie als Bedrohung empfunden.

Er war an dem Stein angekommen, Puls einhundert nach etwas mehr als drei Kilometern in knapp achtzehn Minuten. Perfektes Timing, vom Multifunktionsgerät bestätigt. Langsam umrundete er ihn. Die vermutete Symmetrie der Form bestätigte sich, sie war perfekt. Die dominierende Farbe ein dunkles Grau, gesprenkelt von zahlreichen Einschlüssen in anderen Grautönen und einigen bläulich und rötlich schimmernden Flecken. Die Oberfläche des Steins ebenmäßig mit kleineren, unregelmäßig verteilten Lunkern. Einige Stellen, etwa in Augenhöhe, glänzten auffällig in der Sonne. Sie wirkten wie mit einem Werkzeug poliert. Er überstrich sie mit der flachen Hand und meinte, die Haut eines Pfirsichs zu streicheln, so glatt und zart. Jetzt glaubte er nicht mehr an eine Laune der Natur. Vor ihm lag Menschenwerk, das riesige Kräfte erfordert hatte und etwas Abstraktes darstellte, das er nicht verstand. Zumindest halten sich Menschen hier regelmäßig auf. Was sollte der Stein darstellen? Und wer hatte dieses Werk geschaffen und zu welchem Zweck? Was soll solch ein tonnenschweres Stück Gestein fern jeglicher menschlicher Behausung in derartiger Öde? Auf keine der Fragen hatte er auch nur die Idee einer Antwort.

Seine innere Unruhe verstärkte sich. Das Gehirn sandte Signale nach unten zurück zum Magen, der sich umgehend verkrampfte. Er war seine Schwachstelle und reagierte als erstes auf alles Ungewohnte, das emotional als bedrohlich eingeschätzt wurde. Allein eine Skulptur in trauriger Landschaft durfte noch kein Grund zur Unruhe sein, dazu gehörte mehr. Der Naturwissenschaftler kämpfte gegen seine Gefühle. Er stand mit hängenden Armen ganz ruhig neben dem Fels, atmete langsam ein und aus und konzentrierte sich auf die Geräusche, die Nase und Brustkorb dabei erzeugten. Nach einigen kräftigen Zügen verschwand ein leichtes Rasseln, er wurde innerlich ruhiger, der Krampf löste sich.

Er beschloss, auf die Säule zu klettern, und hoffte, mehr Informationen zu bekommen. Das passte nicht zum Trainingsprogramm, würde ihn aber beruhigen. Von oben könnte er zudem die Landschaft besser überblicken. Er zog sich an dem im Boden steckenden Teil der Säule mühelos hoch. Der Stein fühlte sich kalt an, solche Materialien leiten die Körperwärme sofort weiter. Vorsichtig richtete er sich auf und balancierte nach vorne zum höchsten Punkt. Er war jetzt mit seinen Füßen vielleicht drei Meter über dem Boden und drehte sich langsam und auf das Gleichgewicht bedacht um seine eigene Achse. Er hatte in der dunstfreien Luft eine unglaubliche Fernsicht, wie er es so nur von Föhnwetter in den Alpen kannte. Er blickte zunächst in Laufrichtung, genau nach Osten. Das Bild war dasselbe wie vom Boden aus: unendliches Grün, von einer gigantischen Straßenwalze plan gezogen und Form gewordene Langeweile. Er würde sich voll auf seinen Lauf konzentrieren können, die Monotonie rechts und links mit Tunnelblick ausblenden und alles um ihn herum ignorieren. Trotz GPS am Handgelenk suchte er nach einem Orientierungspunkt, wie es bisher die Säule war. Ohne Fixpunkt würde er in leichtem Zick zack laufen und den Weg regelmäßig korrigieren müssen, wie die Ozeandampfer früher, die periodisch den Kurs bestimmten und jedes Mal Abweichungen von der Ideallinie feststellten. Er kniff die Augen zusammen, bildete mit seinen Händen eine Art Kasten ums Gesicht, um Licht von der Seite auszublenden und schaute konzentriert in Richtung Osten. Tatsächlich fand sich wieder ein Orientierungspunkt! Am Horizont ragte, eben noch zu erkennen, ein schlankes Etwas in die Höhe, wahrscheinlich wieder ein großer, langer Stein, eine mindestens ebenso lange Säule, wie die, auf der er stand. Sie wuchs senkrecht aus dem Grün, und er wusste genau, dass es sich nur um ihre Spitze handeln konnte, wie bei einem einlaufenden Schiff, wo die Menschen im Hafen aufgrund der Erdkrümmung zuerst den Mast und die Segel sehen, Rumpf und

Aufbauten erst einige Zeit später. Was alles hinter dem Horizont verborgen war, vielleicht wieder eine Art Skulptur wie sein derzeitiger Aussichtspunkt, konnte er nur vermuten. Er schätzte die Entfernung auf mindestens fünf Kilometer, in einer knappen halben Stunde wäre er dort.

Sein Blick schwenkte nach Norden. Die weiße Erhebung schienen tatsächlich Berge zu sein, die am Fuße mit verdichtetem Altschnee bedeckt waren. Dort ging das Weiß des Schnees in ein unansehnliches Grau über und bildete einige breite Zungen aus, die sich weit in die Ebene vorschoben. Die fast senkrecht einfallenden Sonnenstrahlen erzeugten ein leuchtendes Glänzen, und an einigen Stellen, wo Eiskristalle das Licht brachen, konnte er die einzelnen Spektralfarben des Sonnenlichts sehen wie bei einem Regenbogen. Das Schneegebirge reichte in östlicher und westlicher Richtung, parallel zu seiner vorgesehenen Laufrichtung, soweit das Auge etwas auflösen konnte. Am Rand des Schneefeldes waren große Felsbrocken zu sehen, die ohne Ordnung vereinzelt herumlagen und die grüne Ebene graubraun sprenkelten. Nun verstand er auch den kühlen Wind, der über die Schneefläche strich und sich dabei abkühlte. Er genoss den Anblick und trotzdem meldete sich sein Magen wieder. Er wusste sich fast auf Meereshöhe und im Hochsommer in Mitteleuropa, nicht nahe Spitzbergen. Warum war es hier so kühl und warum war der Schnee noch nicht geschmolzen? Breitengrad, Klima und Jahreszeit passten nicht zusammen. Was hatte die Steinskulptur zu bedeuten, wer hatte sie so geformt und hierher gebracht? Sie war Menschenwerk, aber in menschenleerer Gegend. Und warum war die Gegend so völlig unbelebt, keinerlei tierische Biomasse? Wer hielt die Gräser so kurz und wie? Was war das für eine Landschaft, in die er geraten war? Wo war er überhaupt?

Sein nachgewiesenes Fachwissen und eine tiefe Kenntnis aller Methoden, damit neues Wissen zu erzeugen, hatten ihn zu einem anerkannten Wissenschaftler gemacht. Hier versagte sein gesamtes Repertoire, er hatte keine Antworten auf die Fragen. In seiner realen Welt waren bisher alle Phänomene erklärbar gewesen. Wissenschaft und Technik emanzipieren den Menschen von Ängsten vor Unerklärlichem. Die Erscheinungen hier empfand er als surreal, wie Bilder von Salvatore Dali oder Picasso, die mit realen Gegenständen in unpassenden Zusammenhängen ein Gefühl der Irritation und Verfremdung erzeugten. Die Situation entzog sich einer wissenschaftlichen Vorgehensweise. Er beschloss, umzukehren. Es war noch genügend Zeit, das Training an anderer Stelle, in der er sich wohl fühlte und ohne dieses Gefühl der Beklommenheit fortzusetzen. Er war Wissenschaftler und kein Abenteurer, der sich in unbekannte Gefilde wagt und Gefahren für Leib und Leben billigend in Kauf nimmt. Seine Neugierde war eine im wissenschaftlichen Sinne, er kämpfte nur mit Argumenten und Fakten um Verstehen und Erkennen. Sein körperliches Risiko sollte auf die tägliche Fahrt mit dem Auto ins Labor beschränkt bleiben.

Dann sah er sie kommen!
Sie liefen mit hoher Geschwindigkeit, dicht hintereinander und in der Spur, die er beim Warmlaufen gebildet hatte. Es mochten fünfzehn oder zwanzig Personen sein, den Kopf aufrecht gehalten mit Blick in seine Richtung. Sie hatten ihn im Visier und liefen genau auf ihn zu. Beim Hochklettern auf den Stein hatte er zuletzt dorthin geschaut, da waren sie noch nicht zu sehen gewesen. Er hatte vielleicht drei oder vier Minuten die anderen Richtungen erkundet, in dieser kurzen Zeit waren sie so nahe gekommen. Wie wenn sie der Boden ausgespuckt hätte. Er schätzte ihren Abstand auf etwa fünf- bis sechshundert Meter, zu groß, um Details wie Kleidung oder Geschlecht zu erkennen. Sein Körper reagierte spontan mit einer Schrecksekunde und zuckte regelrecht zusammen. Nach der vorhergehenden Sensibi-

lisierung durch die bedrohliche Landschaft bedeutete die Gruppe sofort Gefahr für ihn. Im Bryce Canyon war ihm das erspart geblieben, er hatte kein lebendes Wesen zu Gesicht bekommen, von dem eine Bedrohung hätte ausgehen können. Der Verstand hatte diesen Reaktionen gegenüber keine Chance. Sein Magen verkrampfte sich, die Nerven schickten elektrische Blitze die Extremitäten entlang und zurück zum Hirn. Blutdruck und Herzfrequenz begannen zu rasen, Bronchien erweiterten sich und alles zusammen bereitete den Körper darauf vor, gleich kämpfen oder flüchten zu können, indem blitzartig Energie aus Leber und Muskel zur Verfügung gestellt wird. Die Ausschüttung von Adrenalin hatte begonnen. Er kannte diese Reaktionen sonst höchstens nach Schrecksekunden beim Autofahren, wenn der Nebenmann ohne Warnung auf seine Spur zog oder ein Bremsweg knapp wurde. Oder als er nachts einmal übermüdet einschlief und langsam von der Fahrbahn abkam, bis ihn das Rumpeln auf dem Grünstreifen gerade noch rechtzeitig weckte. Die körperliche Reaktion war damals so stark gewesen, dass er später im Bett stundenlang nicht einschlafen konnte. Das ist die Maßnahme der Natur, einen Körper auf den zu erwartenden Kampf vorzubereiten und in Höchstform zu bringen. Er war völlig ohnmächtig diesen Reaktionen gegenüber, die im Laufe der Evolution über hunderttausende von Jahren entwickelt worden waren. Die Kühle nistete sich schlagartig als Kälte ein, er begann zu zittern. Auf der Stirn spürte er kalten Schweiß. Trotzdem zwang er sich nach einigen Sekunden, in denen die Reaktion abflaute, genauer hinzusehen. Der Wissenschaftler gewann langsam wieder die Oberhand über archaische Körperreaktionen. Er registrierte eine unglaubliche Eleganz in den Bewegungen dieser Menschen. Sie liefen aufrecht und locker, immer im Gleichschritt und schienen fast zu fliegen. Unwillkürlich bewunderte er ihren Stil. So harmonisch hatte er zuletzt eine Gruppe Massai gesehen, langgewachsene junge Burschen ohne ein Gramm Fett und mit der Muttermilch schon an das Laufen gewöhnt. Sie würden in wenigen Minuten hier sein. Er musste reagieren und entscheiden, was tun.

Sein Entscheidungsbaum besaß nur zwei Äste: warten oder weglaufen. In vertrauter Umgebung wäre eine fremde Gruppe, die den Weg kreuzt, nichts Beachtenswertes. Auf dem Universitäts-Campus hätte sein Körper die Vertrautheit mit der Umgebung auf die Fremden übertragen und auf keinen Fall gestresst reagiert. Hier war es umgekehrt, sie verstärkten seine Reaktion bis zur Panikattacke. Würde er in der Bronx oder in Harlem davonlaufen, wenn plötzlich eine Gruppe Halbstarker auf ihn zukäme? Wahrscheinlich ja, vielleicht zu Unrecht, aber das Risiko einer Fehleinschätzung wäre zu groß. Er entschied sich, wegzulaufen. Seine Entscheidung könnte später durch weitere Informationen hinfällig werden. Vielleicht war doch alles ganz harmlos und die Gruppe zweigte ab. Vielleicht war der Stein ihr Ziel und nicht er.

Er beschloss mit der geplanten Trainingsgeschwindigkeit in Richtung der Felsenspitze zu laufen, die er von oben aus gesehen hatte, parallel zum Gebirge. Dort wollte er nach Süden einschwenken, um später wieder nach Westen zurückzulaufen. Dann hätte er ein großes Rechteck abgewickelt und seinen Plan sogar eingehalten. Er lief zum Ende der Säule und sprang von dort auf den Boden. Die Läufer der Gruppe konnte er von unten nicht mehr unterscheiden, sie liefen im Windschatten des ersten und immer noch direkt auf ihn zu. Der Abstand hatte etwas abgenommen, während er mit seinen Überlegungen beschäftigt war. Er begann sofort zu laufen, schon nach kurzer Zeit war die Kälte verflogen, sein Körper produzierte nun deutlich mehr Abwärme. In fünf Minuten würde er das erste Mal anhalten und zurückschauen. Zuvor wollte er seinen Rhythmus nicht stören. Dann müssten sie bei der Säule sein, die hoffentlich ihr Ziel war. Er wäre dann über einen Kilometer weiter und hätte genügend

Abstand. Bis dahin wollte er sich ablenken, indem er sich auf seinen Stil und seine Geschwindigkeit konzentriert. Den Körper leicht nach vorne gebeugt, aber gerade gehalten. Die Schritte leicht, locker und fließend, die Augen geradeaus. Den Fuß knapp vor der Körperachse, unter dem Schwerpunkt aufgesetzt, um den Schwung der Vorwärtsbewegung nicht abzubremsen. Landen auf dem Fersenaußenrand, abrollen und mit der großen Zehe abstoßen. Die Unterarme parallel zum Boden, die Hände zu einer leicht geöffneten Faust geformt. Atmung durch Mund und Nase, auf tiefes, vollständiges Ausatmen achten. Alles nach Lehrbuch und locker. Es gelang ihm mit dieser Konzentrationsübung die fremde Gruppe für eine kurze Zeit zu vergessen. Nach drei Minuten überwog seine Neugierde. Er hielt an und schaute zurück. Was er sah, beruhigte ihn im ersten Moment. Die Fremden hatten am Stein angehalten und standen in lockerer Ordnung um ihn herum. Einige schienen mit beiden Händen gegen ihn zu drücken, auf die Entfernung konnte er es nicht genau erkennen. Oder rieben sie an dem Stein und polierten dadurch die Oberfläche? Aber wie kamen sie so schnell dorthin? Er hatte in den drei Minuten über sechshundert Meter zurückgelegt, sie eher mehr, aber er wusste nicht, wie lange sie schon am Stein waren. Sie liefen nicht nur stilistisch gut, sondern auch schnell. Er schätzte vier Minuten pro Kilometer. Wenn sie sich weiter in seiner Richtung hielten, müsste er die Geschwindigkeit steigern. Zunächst wollte er das bisherige Tempo beibehalten und den Abstand häufiger kontrollieren.

Dann sah er, wie sich die Gruppe wieder zu einer Linie formierte. Sie liefen tatsächlich in seine Richtung weiter, das Zeichen für ihn, ebenfalls zu starten. Die Verkrampfung im Magen hatte nachgelassen. Das Adrenalin war zu Recht ausgeschüttet worden, es sollte ihm bei der Flucht helfen und ermöglichte ihm alles abzurufen, was sein Organismus zur Verfügung hatte. In vier Minuten würde er den Abstand erneut kontrollieren. Er spürte seinen Puls bei der höheren Geschwindigkeit rasch ansteigen. Sein Körper benötigte nun deutlich mehr Sauerstoff, um aus den Glykogen- und Fettreserven Energie zum Laufen zu gewinnen, seine Atmung wurde flacher und kürzer. Jetzt war es kein gemütliches Bummeln mehr.

Er schaute sich wie geplant nach vier Minuten erneut um. Sie waren deutlich näher gekommen und höchstens noch etwa vierhundert Meter entfernt. Sie hatten über zweihundert Meter gut gemacht und mussten schneller als vier Minuten für einen Kilometer gelaufen sein. Das wäre eine Marathonzeit etwas über zweieinhalb Stunden, überschlug er im Kopf, eine Zeit von Spitzenläufern, die täglich trainieren und bis zweihundert Kilometer in der Woche zurücklegen. Er erkannte, dass die Verfolger ihn an seine Leistungsgrenze bringen würden, wenn sie ihn tatsächlich verfolgen. Doch machte er sich deswegen noch keine ernsten Sorgen, noch konnte er mithalten. Er musste die Geschwindigkeit weiter steigern, auf drei Minuten fünfunddreißig je Kilometer. Andernfalls hätten Sie ihn schon in wenigen Minuten eingeholt. Ein Test sollte ihm letzte Gewissheit verschaffen, ob er ihr Ziel war. Er schwenkte in südöstliche Richtung und verließ seine bisherige Laufrichtung in einem 45-Grad-Winkel. Jetzt würde sich entscheiden, ob er nur zufällig in ihre Richtung gekommen war. Sie reagierten sofort! Als er sich nach einigen Sekunden umdrehte, sah er sie bereits zu einer langgezogenen Linie formiert und die Läufer auf dem rechten Flügel schneller werden. Er verstand sofort. Sie wollten ihn wieder in die ursprüngliche Richtung drängen. Er war ihr Ziel. Wenn er den Abstand nicht noch mehr verkürzen wollte, musste er darauf eingehen.

Die Entfernung war immer noch zu groß, um ihr Aussehen zu erkennen. Sie schienen aber eher Lumpen als Läuferkleidung zu tragen und der wilde Haarbusch kannte sicher keinen Friseur. Kaum lief er wieder in der gewünschten Spur, reihten sie sich erneut hintereinander ein. Wenige Minuten später sah er die

Gruppe erneut ausfächern. Die hinteren Läufer zogen diesmal nach links, sie wollten ihn aus seiner Laufrichtung nach Süden abdrängen. Er lief in Süd-Ost-Richtung weiter und schwenkte nach und nach ganz nach Süden, der Sonne entgegen. Mit der jetzigen Geschwindigkeit war er nicht mehr sehr weit von seinem Limit und er musste darauf bauen, dass sie bald langsamer würden. Er traute sich bei diesem Tempo einen Lauf über viele Kilometer zu, hoffentlich ausreichend, um die Verfolger abzuschütteln. Er durfte nur nicht über eine Graswurzel stolpern oder sich eine Muskel- oder Sehnenverletzung zuziehen. Ein Problem könnte auf Dauer die fehlende Verpflegung werden, die bei einem Wettkampf alle fünf Kilometer zur Verfügung steht. Ohne Flüssigkeit oder leicht verdauliche Nahrung würde irgendwann der Muskulatur der Treibstoff ausgehen, seine Batterie leer werden. Zum Glück war die Außentemperatur niedrig, das verringert den Flüssigkeitsverlust. Noch sah er die Situation sportlich. Sie liefen jetzt in einer langgezogenen Linie hinter ihm. Er war dadurch in der Lage, sie allein durch leichtes Drehen des Kopfes zu beobachten, ohne sich ganz umdrehen zu müssen und jedesmal aus dem Rhythmus zu kommen. Sie verfolgten ihn, das stand zweifelsfrei fest, aber wozu? War er in unerlaubtes Gebiet eingedrungen? Hatte er gegen irgendwelche heiligen Regeln verstoßen, einen Ahnenkult missachtet, vielleicht weil er den Stein bestiegen hatte? Waren die Wilden hinter ihm? Oder machte jemand einen makabren Scherz? Wollen ihn Vereinskollegen ärgern, den Steppenwolf, der lieber allein trainierte und kumpelhafte Geselligkeiten mied? Im Verein gab es Läufer, die solche Geschwindigkeiten schaffen konnten. Und dass sie sich als Wilde verkleideten, passte zu ihrer makabren Art von Humor. Diese Variante hatte er in seinem Entscheidungsbaum nicht berücksichtigt, unter Druck passieren Fehler.

    Er wollte sich jetzt völlig auf seine Geschwindigkeit konzentrieren und nicht mehr mit solchen Fragen beschäftigen. Inzwischen lief er fast die für nächste Woche vorgesehene Wettkampfgeschwindigkeit, atmete noch schneller und kürzer und kam in den Grenzbereich, wo er kaum noch genügend Sauerstoff durch Mund und Nase beischaffen konnte. Drei Minuten dreißig je Kilometer brachte ihn nahe an seine Grenze. Ihm wurde warm, der Schweiß floss in zahllosen kleinen Tröpfchen über Stirn und Gesicht in die Augen. Die begannen unangenehm zu brennen. Er vermisste sein Stirnband, das er bei Wettkämpfen deshalb immer trug. Auch die rote Jacke wurde lästig, sie heizte ihn zu sehr auf. Er zog sie spontan im Laufen aus und ließ sie fallen. Sie flatterte kurz im Wind, bevor sie leuchtend rot als bunte Boje im Meer liegen blieb. Ein Opfer an den Gott der Langläufer, der ihm aus dieser Situation helfen würde. Dann wurde ihm klar, dass in der Jacke einige Stücke Traubenzucker und eine kleine Flasche Apfelsaftschorle steckten. Er hätte sich nochmals bedienen müssen. Hoffentlich nicht der erste Fehler! Zu großer Flüssigkeitsverlust führt zum Leistungseinbruch, zwei Liter konnte er bis dahin maximal puffern. Und wie lange würde sein Glykogenvorrat reichen? Wann wäre seine Batterie leer? Ohne Nachzuladen nach höchstens fünfunddreißig Kilometer, abhängig von der Geschwindigkeit. Wie beim Auto. Je schneller, desto höher der Verbrauch. Das galt aber alles auch für seine Verfolger.

Der Abstand hatte sich die letzten Minuten nicht merklich verändert. Jäger und Gejagter liefen offensichtlich gleich schnell, inzwischen schon zehn Kilometer lang. Er hatte seinen Rhythmus gefunden und fühlte sich körperlich und psychisch gut. Aber auch seine Verfolger zeigten keinerlei Anzeichen von Ermüdung. Er fand ihren Laufstil immer noch eleganter als seinen, wie Rehe, die einen Kaltblüter hetzen. Aus den Augenwinkeln sah er, wie die Gruppe ihn wiederum in eine andere Richtung dirigieren wollte. Die Flügelläufer auf der rechten Seite erhöhten ihre Geschwindigkeit deutlich und nötigten ihn zu einem Linksschwenk, bis er wieder genau nach Osten lief. Sie waren dazu über einige hundert Meter fast gesprintet, je weiter außen, desto schneller. Er befürchtete, dass ihre Reserven noch lange nicht aufgebraucht waren. Einige Minuten später wiederholten sie diese Bewegung auf ihrer anderen Seite, er wurde nach Norden in Richtung des Schneegebirges abgedrängt. Was sie vorhatten, konnte er sich noch immer nicht vorstellen, zu erwarten war nichts Gutes. Er verspürte nun auch Angst, ohne aber deshalb in Panik zu verfallen. Ein gehetztes Tier, aber mit der Hoffnung, den Jägern zu entwischen.

Über die nächsten fünfzehn Kilometer konnte er den Abstand konstant halten, das Tempo unverändert nur geringfügig über seiner nächste Woche geplanten Wettkampfgeschwindigkeit. Langsam fing die rechte Brustwarze zu schmerzen an, die Reibung am Funktionsshirt hatte zu einer Entzündung geführt. Auf dem völlig durchnässten gelben Stoff war deutlich ein roter Blutfleck sichtbar. Er würde sich ständig vergrößern, bald wäre auch die linke Seite soweit. Er kannte diese Entzündungen, Zeichen starker körperlicher Belastung und mangelhafter Vorbereitung. Bei Wettkämpfen cremte er die Brustwarzen dick mit Vaseline ein, um die Reizung zu verringern. Aber heute hatte er nicht damit gerechnet, so gefordert zu werden. Es hatte ein Ausflug mit leichter körperlicher Bewegung an frischer Luft werden sollen.

Die Luft wurde kälter, je näher er dem Schneefeld kam und der Pflanzenbewuchs dünner. Er lief immer mehr auf Sand, der aber nicht mehr so trocken wie bisher, sondern feuchter und schwieriger zu laufen war. Immer häufiger musste er nun kleinen und mittelgroßen, rund geschmirgelten Steinen ausweichen. In die absolute Stille drang nach und nach ein tosendes Geräusch wie von einem Wasserfall, zuerst sehr leise, aber inzwischen bereits von bedrohlicher Lautstärke. Er konnte noch nichts sehen, wusste aber, dass er direkt auf die Lärmquelle zulief. Die

Landschaft war auch nicht mehr topfeben wie bisher. Immer wieder hemmten niedrige, flach ansteigende kleine Hügel aus Geröll und Sand den Weg. Er war ihnen bisher ausgewichen und hatte sie umlaufen. Den nächsten würde er übersteigen müssen. Er war zu langgezogen um ihn zu umrunden, zudem lief er zwischen zwei Tümpeln mit glasklarem, offensichtlich sehr kaltem, tiefblauen Wasser, dessen Tiefe er nicht abschätzen konnte. Als er nach wenigen kräftigen Schritten oben ankam, wurde ihm übel von dem, was er zu sehen bekam. Sein Magen verkrampfte sich schon wieder. Sie hatten ihn in eine Falle gelockt. Nur hundert Meter vor sich sah er einen breiten Fluss, der mit hoher Geschwindigkeit tosend nach Osten strömte. Das war die Geräuschquelle. Er konnte sich schnell bewegende weiße Schaumkronen sehen, die sich überschlugen, auflösten und an anderer Stelle sofort wieder bildeten. Schmelzwasser, das sich einen reißenden Kanal geformt hatte und ein unüberbrückbares Hindernis ergab. Schon nach wenigen Metern hätte ihn die Kraft der Strömung gegen die Steine im Fluss geworfen. Spritzendes Wasser bildete einen feinen Nebel oberhalb der Wasseroberfläche, in dem das Sonnenlicht in seine Spektralfarben zerlegt wurde. Es war das Leuchten, das er zu Beginn der Jagd vom Stein aus gesehen hatte. Er musste sich entscheiden, ob er nach Osten oder zurück nach Westen laufen wollte. In jedem Fall würden die Fremden deutlich näher rücken, sie konnten ihm einfach den Weg abschneiden. Sie nahmen ihm die Entscheidung ab, indem ihr linker Flügel beschleunigte und ihn nach rechts nötigte. Er lief schräg den Hügel hinunter und suchte sich einen Weg parallel zum Fluss. Gischt spritzte ihm ins Gesicht und auf den Körper. Das Wasser war wie erwartet eiskalt, aber eine Möglichkeit, den Flüssigkeitsverlust auszugleichen. Er trank mit gierigen Schlucken aus einer Pfütze am Ufer und beschleunigte danach stark, um den alten Abstand wieder herzustellen, der deutlich zusammengeschmolzen war.

Insgesamt waren sie jetzt schon achtundzwanzig Kilometer hintereinander her. Wenige hundert Metern weiter drängten sie ihn vom Fluss weg, wieder nach Süden, parallel zur vorherigen Strecke. Er sollte nicht mehr dazu kommen, zu trinken. Noch war der Flüssigkeitsverlust kein Problem, er konnte aber nicht abschätzen, wie lange sein Körper noch durchhalten würde. Wie lange hatten die menschlichen Vorfahren bei der Jagd in der Savanne durchgehalten, wenn sie Gnus regelrecht niederlaufen mussten? Er vertraute auf die dort angeeignete Ausdauer. Aber spielten seine Verfolger nicht mit ihm wie die Katze mit der Maus? Hätten sie ihn nicht schon lange fassen können? Über dieses Bild erschrak er innerlich: Angst sorgt für die Ausschüttung von Hormonen, Fleisch wird dadurch besser verdaulich, eine Art Schnellreifung. Wollten sie ihn mürbe und geschmackvoller machen bevor sie ihn fraßen wie die Katze ihre Maus? Seine Angst wurde stärker.

Kilometer einunddreißig. Der Strom war verstummt, die Landschaft wieder grün, flach und gut zu laufen. Auf seinem Trikot zeichneten sich jetzt zwei große rote Flecken ab, beide Brustwarzen bluteten und schmerzten bei jedem Schritt. Auch die Innenseiten der Oberschenkel begannen sich zu melden. Der Stoff der langen Trainingshose über der kurzen Laufhose scheuerte die Haut mit jedem Schritt etwas auf. Bei einem Wettkampf trug er nur Tights, mit denen allein er sich noch nie wund gelaufen hatte. Er ahnte rohes Fleisch, das er mit viel Creme würde behandeln müssen, um nächste Woche wieder schmerzfrei zu sein. Die Hose auszuziehen bedeutete einen zu großen Zeitverlust. Er musste weiterlaufen.

Er lief eindeutig unter erschwerten Bedingungen und trotzdem den Lauf seines Lebens. Zweiunddreißig Kilometer lang hatte er ein perfektes Rennen erlebt und Profis auf Distanz gehalten. Er hatte seinen Rhythmus konsequent beibehalten und war nahe am Limit gelaufen ohne zu ermüden. Er war fit, durchtrainiert und dieser Prüfung gewachsen. Sie würden ihn nicht kriegen, da war er sich sicher, dazu war er zu gut, zu professionell. Wahrscheinlich waren es doch seine Vereinskameraden, die sich einen Scherz machen wollten und am Ende unter animalischem Gelächter die Sektflasche öffneten. Er würde alle Schmerzen vergessen und gute Miene zum Spiel machen. Und sie würden auf ihre tolle Idee anstoßen und ihm zu einer neuen Bestmarke gratulieren müssen. Und er wäre optimal vorbereitet auf den Marathon in einer Woche, bei dem er die richtige Kleidung und ausreichend Verpflegung haben wird. Acht Tage Regeneration sind ausreichend. Auf die nächste Bestzeit. Zwei Stunden zwanzig sind mit Sicherheit möglich, eine viertel Stunde vom Weltrekord entfernt. Er lief so locker und frei wie noch nie. Mit den Armen pumpte er zusätzlich Luft in den Körper. Er benutzte sie als eine Art Schwungrad, um noch schneller zu werden. Er würde dann in der Profiklasse laufen, als Gegner die leichtfüßigen, schmächtigen Eritreer, Nigerianer und Kenianer, seit Jahren Maßstab und Herausforderung. Er sah sich im Zieleinlauf Kopf an Kopf mit Haile Gebrselassi und das Publikum frenetisch jubeln. Er brachte den kleinen Wunderläufer an den Rand einer Niederlage, der ersten seit langem. Zweiundvierzig Kilometer Kampf Mann gegen Mann. Sein Stil so elegant wie der der afrikanischen Hochlandbewohner und dann Preisgelder, die ihm ein Sportlerleben ermöglichen ohne den Zwang eines Universitätsinstitutes mit einem ignoranten Professor ohne Verständnis für die Leistung eines Marathoni. Gesellschaftliche Anerkennung wäre ein Abfallprodukt, Frauen mögen Sieger. Eigentlich müsste er langsam müde werden, stattdessen hatte er das Gefühl, gleich abzuheben. So leicht und mühelos war er noch nie in seinem Leben gelaufen. Er fühlte sich stark, frei und unverbraucht. Die Schmerzen in der Brust und an den Oberschenkeln waren verflogen. Jetzt ist der Augenblick, den Turbo zu starten. Er verkürzte die Zeit für einen Kilometer um fünfzehn Sekunden auf weniger als drei Stunden zwanzig. Noch nie war er in einem Rennen so schnell gewesen.

Sein Verstand sagte ihm nach kurzem Höhenflug, dass er eben Runners High erlebte und er erschrak. Bisher kannte er dieses Gefühl des Laufrausches nur aus den Erzählungen von Kollegen. Ihm selber war es noch nie gelungen, in diesen Grenzbereich der körperlichen Belastung zu kommen. Er hatte bisher, wie so viele Fachleute, die Existenz dieses Gefühls sogar geleugnet und den Märchenerzählern ihre Geschichten nie abgenommen. Er wusste aber auch, dass der menschliche Körper im Laufe der Evolution nicht nur die Adrenalinausschüttung bei Gefahr gelernt hatte. Er hatte darüber hinaus noch ein Bündel von Maßnahmen erfunden, um sich selber zu belohnen und dadurch wiederum leistungsfähiger zu werden. Körpereigene Opiate, vor allem Endorphine, werden freigesetzt, um im Grenzbereich der Leistungsfähigkeit Schmerzen zu unterdrücken und um weiter kämpfen zu können. Die Partydrogen seiner Studentenzeit hatten dasselbe Wirkungsprinzip. Sie belohnten den Körper, allerdings ohne körperliche Anstrengung zuvor. Die Körperopiate besitzen ein Suchtpotential wie die künstlichen Drogen. Die harte Arbeit bis dorthin verringert dieses Risiko allerdings deutlich. Trotzdem hatte er sich des Öfteren gefragt, ob Extremsportler nicht ständig auf der Jagd nach diesem Endorphinkick und damit regelrecht süchtig sind.

Der Laufrausch, der ihn in diesem Moment euphorisierte, war ein besorgniserregendes Zeichen. Sein Körper musste bereits mit evolutionären Tricks die Leistungsfähigkeit aufrechterhalten. Er zwang seinen Verstand, der einige Zeit praktisch außerhalb des Körpers in Beobachterposition verharrt hatte, wieder zurück in die Chefposition. Hormone dürfen in einer Stresssituation nicht die Führung übernehmen. Die Uhr zeigte ihm Kilometer siebenunddreißig an, fast eine viertel Stunde war er zu schnell gelaufen. Er war weit in den anaeroben Bereich geraten, hatte Milchsäure im Muskel angereichert und wie ein Auto bei Höchstgeschwindigkeit den Energieverbrauch überproportional nach oben gejagt. Und das, obwohl er schon auf Reserve lief. Sein Glykogenspeicher war durch einen sinnlosen Zwischenspurt über mehr als vier Kilometer unnötig geleert worden. Der zweite kapitale Fehler!

Die Fremden liefen immer noch in konstantem Abstand. Sie hatten mitgehalten. Er reduzierte seine Geschwindigkeit wieder auf drei Minuten fünfundvierzig. Jetzt spürte er die Schmerzen in den Beinmuskeln. Jede Faser brannte wie Feuer. Er hatte den Muskel total übersäuert und auch bei langsamerem Lauf nie die Möglichkeit der Regeneration. Auch mit den Schmerzen würde er leben müssen. Er hatte sich überfordert, getrieben vom Laufrausch. Die Landschaft registrierte er überhaupt nicht mehr. Er lief mit Tunnelblick, wie ein Autofahrer bei Höchstgeschwindigkeit.

Allmählich nahm er wieder alle Schmerzen im Körper wahr: Brust, Schenkelinnenseite, Muskulatur, Lungen. Der diffuse Schmerz in den Unterarmen war ihm neu. Warum schmerzen Körperteile, die gar nicht beansprucht werden? Doch, er verstand, es musste so sein: Wenn Blut in den Beinmuskeln im Übermaß benötigt wird, reduziert der Körper nach und nach die Blutversorgung der weniger aktiven oder überflüssigen Organe. Unterarme und Gehirn sind gleichermaßen betroffen. War auch schon die Denkfähigkeit beeinträchtigt? Wie hieß noch mal die Substanz, die für diese Regelkreise verantwortlich war? Cate...Und das Streßhormon? ..Und das Glückshormon?.. Alles weg, er war geistig völlig leer. Jetzt hatten die Hormone die Macht übernommen, ohne Kontrolle und Mäßigung durch den Geist. Er funktionierte noch, aber ohne Bewusstsein darüber. Sein Körper war zu einer Überlebensmaschine degeneriert, die Jahrtausende alten Mechanismen gehorchte.

Kilometer einundvierzig. Ihm wurde übel. Sein Magen revoltierte, er musste sich übergeben und schmeckte nur bittere Galle. Der Kreislauf spielte verrückt, alle Muskeln zitterten und er spürte wieder kalten Schweiß auf der Stirn. Er drehte sich mühsam und langsam um und schaute nach seinen Verfolgern. Sie waren ebenfalls stehen geblieben, Abstand vielleicht zweihundert Meter, und beobachteten ihn mit der Gelassenheit eines Jägers, der sich seines Jagdwildes sicher ist. Sie atmeten ganz ruhig und wirkten überhaupt nicht angestrengt. Wie schafften sie das nur, was machte sie so viel besser als ihn? Er suchte in seinem Zustand keine Antwort und hatte Mühe, sie klar zu fixieren. Die weiter außen stehenden sah er total verschwommen und bekam sie trotz aller Anstrengung nicht scharf. Er versuchte sie zu zählen, es gelang ihm nicht einmal, sich darauf zu konzentrieren. Langsam lief er weiter, mehr ein Traben als Laufen. Die Uhr konnte er nicht mehr ablesen, die Zahlen verschwammen zu einem Brei. Sein ganzer Körper schien nur noch aus Schmerzen zu bestehen, auch die Teile, die bisher unauffällig waren, peinigten ihn: Fußsohlen, Waden, Oberschenkel, Knie, Magen, Brust, Innenseiten der Schenkel, Lunge und dazu auf einmal entsetzliche Kopfschmerzen. Und ein Durstgefühl, wie er es auch bei Hitzeläufen noch nie erlebt hatte. Der Zusammenbruch. Sämtliches Glykogen war aufgebraucht, sein Körper dehydriert, Leistung nur noch mit übermenschlichen Willen möglich. Das Bewusstsein bestimmte über das jämmerliche Sein, aber auf allerniedrigstem Niveau. Eine falsche Bewegung und die ersten Muskeln würden in Krämpfen erstarren, am Ende wäre er ein einziger Muskelkrampf, aber immer noch in der Lage, über die Ziellinie zu kriechen. Triumph des Willens, oft schon gesehen.

Sie dirigierten ihn nach Osten, direkt auf die Säule zu, deren Spitze er zu Beginn der Jagd gerade hatte erkennen können. Er bewegte sich nur noch mit Fußgängergeschwindigkeit, fünf bis sechs Kilometer in der Stunde. Die Schmerzen hatten ihn für einige Zeit von der Frage abgelenkt, was sie mit ihm vorhatten. Er hatte verloren, das wusste er. Aber was jetzt? War er ihre Jagdbeute, die nun ein mürbe gejagtes Fleisch liefern würde für direkten Verzehr? Er war doch kein Stück Wild, das erlaufen wird und ohne Gegenwehr geschlachtet werden kann. Ganz langsam begannen seine Sinnesorgane wieder zu funktionieren. Ein gnädiger Vorteil der totalen Entkräftung, die eigene Bedeutung verringert sich, das persönliche Schicksal wird zweitrangig. Erschöpfung nimmt die Angst.

Er war nur noch wenige Schritte von der Säule entfernt und konnte allmählich wieder klar sehen. Er sah eine von Menschenhand geschaffene Ansammlung aus langen schlanken Steinen in Form eines zu ihm offenen Halbkreises. In der Mitte dominierte die Säule, deren Spitze er von Ferne gesehen hatte. Sie mochte sieben bis acht Meter hoch sein und in der Form vergleichbar mit der liegenden zu Beginn der Verfolgungsjagd. Die anderen waren deutlich kleiner und betonten deren besondere Bedeutung. Untertanen zu Füßen des Herrschers. Jetzt endlich begriff er: die Säule war ein Phallus-Symbol genau wie die erste einige Kilometer weiter westlich. Deshalb die blank polierten Stellen, wo Männer durch Reiben um Fruchtbarkeit nachgesucht hatten. Der Wulst an der Spitze und die konzentrischen Ringe waren so eindeutige Zeichen, dass er sich nur über sich ärgern konnte, dies nicht sofort erkannt zu haben. Die Anlage vor ihm musste ein steinzeitlicher Ritualplatz sein, wie er in Europa dutzendfach zu finden ist. Sie wollten ihn innerhalb dieses Platzes haben. Er hatte keine Chance, davonzulaufen, er konnte nur ihren Weisungen folgen und auf eine menschenwürdige Behandlung hoffen. Die Verfolger gingen gemächlich in einer langgezogenen Linie hinter ihm und waren inzwischen bis auf höchstens fünfzig Meter herangekommen.

Er nahm die Umgebung des Platzes näher in Augenschein. Vielleicht würde sich noch ein Ausweg ergeben. Der Säulenhalbkreis lag auf einer Landzunge, die in den Fluss hinein ragte, an dem er zeitweise entlang gelaufen war. Er war inzwischen zu einem schnell, aber gleichmäßig fließenden Strom geworden und der Wasserspiegel lag nur wenige Meter tiefer. Vielleicht war das ein Ausweg! Vielleicht hatte er im Wasser eine Fluchtchance. Dass die Verfolger gute Läufer waren, hatte er schmerzhaft erfahren. Doch sind sie auch gute Schwimmer? Buschmänner oder Aborigines meiden Wasser. Er würde nach einem kurzen Sprint an der großen Säule vorbei ins Wasser springen. Es war sicher eiskalt, aber er gab sich gute Chancen, das gegenüberliegende Ufer zu erreichen. Gerettet.

Er stand kurz vor der großen Säule, schon innerhalb des Halbkreises. Der routinemäßige Blick auf die Uhr ließ ihn zusammenzucken. Die Wilden hatten ihn 42,2 Kilometer gejagt, die Marathonstrecke. Die Säule war das Ziel! Trotz seines Zusammenbruches auf dem letzten Kilometer war er persönlichen Rekord gelaufen! Zwei Stunden achtundzwanzig Minuten, im Durchschnitt dreieinhalb Minuten für einen Kilometer, eine Durchschnittsgeschwindigkeit von siebzehn Kilometern je Stunde. Und das ohne Verpflegung und trotz körperlicher Handikaps. Seine Angst war der entscheidende Motivator und Leistungsförderer gewesen, mit Sicherheit hatte er zuletzt von seiner Todeskampfreserve gezehrt. Wenn nichts mehr geht, werden die letzten fünf bis zehn Prozent Energie mobilisiert, die der Körper für alle Fälle irgendwo noch versteckt hat. Nur wer die zu mobilisieren versteht, kann über sich hinauswachsen. Der Körper gibt nicht freiwillig das Letzte. Heute war er über sich hinausgewachsen. Bestzeit!

Der Fluss verlief direkt hinter der Säule, das Ufer fiel fast senkrecht ab, die Höhe war akzeptabel für einen mutigen Sprung. Er wollte noch etwas Kraft sammeln und vor allem seinen Verfolgern erstmals in die Augen schauen. Sie würden ihn nicht einfach fangen. Sie hatten etwas mit ihm vor. Er zeigte nun eine entschlossene Kälte, wie sie nur in völliger Aussichtslosigkeit möglich ist. Die Jäger waren nur noch zehn Meter entfernt und standen bewegungslos in einer Reihe. Ihre Arme baumelten seitlich vom Körper. Ihm kamen Kinobilder mit John Wayne in Erinnerung, kurz vor dem shoot out, Auge in Auge mit dem Revolverhelden. Seine Gegner waren verwunderliche Typen, wie dem Zeltlager von Woodstock entsprungen. Allesamt in Felljacken gekleidet, an der Hüfte mit einem Lederstrick zusammengebunden. Kräftige, kurze Beine schauten heraus und endeten in nackten, schmutzstarrenden stabilen Füßen. Sie liefen barfuß, auch ihre Arme waren unbedeckt und ungewohnt dicht behaart, offensichtlich als Schutz vor Kälte. Ober- und Unterarme zeigten Muskelpakete wie von extrem gemästeten Bodybuildern. Sie wirkten untersetzt, kurz, aber breit. Er schätzte ihre Körperlänge auf höchstens einen Meter fünfundsechzig. Sie waren deutlich kleiner als er, aber so kompakt und massig wie an die kanadische Kälte angepasste Inuit, die täglich große Mengen Brennholz spalten. Überflüssiges Fett gab es an ihrem ganzen Körper nicht, sie schienen nur aus Muskelpaketen zu bestehen. Alle wirkten ungepflegt, waren unrasiert und voller Ausschläge im Gesicht. Ihre Haare hatten wohl noch nie einen Kamm gesehen, sie standen struppig und verfilzt in allen Richtungen ab und glänzten fettig. Besonders fiel der massige Schädel auf. Die Proportionen Körper zu Kopf waren völlig verschoben, wie bei Kleinkindern. Eine Stirn war unter dem niedrigen Haaransatz kaum zu erkennen, auch schien sich unter einem dünnen, verfilzten Bart praktisch kein Kinn zu verbergen. Ihre Schädelform war eher flach und langgestreckt. Es waren Wilde, wie er sie nirgendwo auf der Welt bisher gesehen hatte. Keine Inuit, keine Aborigines oder Buschmänner, sie hatten auch nichts gemein mit südamerikanischen Indianern oder Eingeborenen von Borneo. Diese Stämme hatte er alle bereits kennen gelernt. Lediglich zwei der Gruppe, sie waren am linken Flügel gelaufen, wirkten andersartig. Sie überragten die anderen um einen halben Kopf und waren deutlich weniger kompakt. Ihre Figur war graziler, weniger massig und eher läufergerecht.

Er empfand sie alle als unappetitlich und sicher rochen sie so, wie sie aussahen. Ihr Alter konnte er überhaupt nicht schätzen, sie mochten zwanzig oder auch vierzig Jahre alt sein. Am imposantesten wirkten ihre dicken, fleischigen Nasen, mit denen sie offensichtlich intensiv Luft einsogen. Rochen sie seine Angst, hatten sie die Fähigkeit wie Hunde, Angsthormone mit der Luft einzusaugen und den Zustand des Gegenübers zu durchschauen? Er hatte Angst, ganz gewaltige Angst, zwang sich aber, sie nicht sichtbar werden zu lassen. Aber warum waren derartig massige, kompakte Gestalten auch noch gute Läufer? Das passte nicht zusammen. Gute Langläufer sind grazil, allenfalls lang, immer leichtgewichtig, so wie er oder noch besser vom Typ afrikanische Gazelle. Körper wie ihre passen besser zum Sprinter. Wie war es möglich, dass sie ihn regelrecht erlaufen hatten wie ein Stück Wild? Warum wirkte nicht einer von ihnen ausgelaugt, sondern vermittelten sie alle den Eindruck, dass ihre Reserven bei weitem noch nicht aufgebraucht waren und eine deutlich kürzere Marathonzeit jederzeit möglich gewesen wäre? Aber darauf kam es ihnen sicher nicht an.

In der Mitte der Gruppe, ihm direkt gegenüber und einen Schritt vor den anderen, stand offensichtlich ihr Anführer. Flammend rote, schulterlange Haare flatterten strähnig wie Fähnchen im Wind, mit Augen, die die Beute aus kleinen Schlitzen ruhig und unbeweglich musterten wie ein Jäger ein waidwundes Reh. Dann sah er ihn die Arme weit ausbreiten und hörte Worte, die er nicht verstand. Es war eine sehr einfache, gutturale Sprache, abgehackt und zackig. Es schienen Anweisungen zu sein, die für ihn nichts Gutes bedeuten konnten. Die Gruppe setzte sich langsam in seine Richtung in Bewegung. Jetzt musste er handeln, wenn er ihnen entkommen wollte. Er drehte sich ansatzlos um und sprintete in Richtung der großen Säule, dem rettenden Wasser entgegen. Alle Fasern seines Körpers schmerzten noch immer, er musste aber nur wenige Meter überstehen. Im Wasser wäre die Muskulatur von seinem Gewicht entlastet, es würde die Schmerzen erträglicher machen. Aber wie würde sein erhitzter Körper den Kälteschock im Wasser verkraften? Mit Herzstillstand? Das war ein Restrisiko wie bei jeder Operation. Dann treiben lassen mit der Strömung und leichte Schwimmbewegungen, um das gegenüberliegende Ufer zu erreichen.

    Der Schlag traf ihn mit voller Wucht in die linke Seite. Er hörte ein widerlich dumpfes Geräusch, als einige Rippen brachen, und bekam sofort keine Luft mehr zum Atmen. Er fiel zu Boden und krümmte sich in Embryonalstellung zusammen. Der Schmerz fuhr als Welle von den Rippen in die Beine und wieder zurück, das schweißnasse gelbe Laufshirt färbte sich seitlich blutrot. Über ihm stand drohend eine kleine Frau mit einer Holzkeule in der Hand und bereit, nochmals zuzuschlagen. Die Keule war leicht gekrümmt und flach, beide Enden eingekerbt und sah aus wie das Teil eines Möbelstücks. Die Frau war im Gegensatz zu den Männern dick, mit ausgeprägten Hüftringen, großem Busen und ausladendem Gesäß. Und sie war splitternackt, nur mit einem riesigen, zottigen Haarbusch bekleidet. Wie eine Venusstatue, die Archäologen mit Fruchtbarkeitskulten in Zusammenhang bringen, so unförmig wie die „Venus von Willendorf". Er lag zwischen ihren gespreizten Beinen und starrte wimmernd und desorientiert an ihr hoch. Er hatte noch nie eine so hässliche Frau gesehen, voller Fett und verkrusteten Wunden am ganzen Körper. Ihre Augen fixierten ihn genau. Auch sie sog kräftig Luft ein. Sie musste hinter der Säule gestanden und auf ihn gewartet haben. Er wünschte ohnmächtig zu werden und dass ihm die Ohnmacht alles weitere ersparte. Jetzt wusste er, dass er endgültig verloren hatte. Die Jagd war zu Ende, die Beute schlachtreif.

Der Rothaarige kam langsam auf sie zu. Er packte ihn an beiden Armen und richtete ihn auf, so dass er direkt vor der Frau stand. Der Läufer überragte beide um Haupteslänge. Seine Schmerzen waren fast unerträglich, die Gnade einer Ohnmacht war ihm aber noch nicht gegeben. Nicht einmal schreien konnte er, dazu fehlte ihm die Luft, nur leises Stöhnen kam aus seinem Mund. Der Rothaarige hielt ihn mit unmenschlicher Kraft unter den Achseln fest, er war wie in einem Schraubstock fixiert. Die Frau hatte inzwischen ihre Keule beiseitegelegt und stand nur noch wenige Zentimeter vor ihm. Er konnte ihren Atem riechen, er roch verfaulendes Fleisch, ihr Mundgeruch war aber das kleinste Übel. Als sie den Mund öffnete, sah er zahlreiche Zahnlücken, die verbliebenen Zähne zum Teil bis zum Zahnfleisch abgekaut. Sie musste sehr alt sein. Mit einem raschen Griff riss sie seine Hose nach unten und betrachtete neugierig seinen nackten Unterleib. Dann packte sie seine Hoden und schien sie spielerisch zu prüfen. Schmerz und Entsetzen ließen sein Gesicht zur Fratze verkommen, Mund und Augen waren weit aufgerissen, er blickte wie tot ins Leere. Was hatte sie mit ihm vor? Auf einem Ritualplatz, einem Fruchtbarkeitskult gewidmet war, konnte er nichts Gutes erwarten. Die Gruppe hatte inzwischen einen Halbkreis um die drei gebildet, zusammen mit den Steinen bildeten sie einen Vollkreis. Der Kreis hatte sich geschlossen, war das mehr als Symbolik? Hatte sich sein Lebenskreis geschlossen? Welche Ironie: er musste ausgerechnet jetzt in dieser dramatischen Situation an eine Studie über Todesfälle unter Marathonläufern denken. Unter hunderttausend Startern kommt einer zu Tode, meist hinter Kilometer 40, wo offensichtlich zuvor das Allerletzte aus dem Körper herausgeprügelt worden war. Fast alle starben sie an Herzmuskelentzündungen, keiner bisher durch Ritualmord.

Er hörte ein halblautes, unverständliches Gemurmel, das kurz anschwoll und dann wieder leiser wurde. Dann kam ein Schlussakkord, ein gleichzeitiges Stampfen mit den Füßen und ein lauter Schrei, der irgendein Signal zu bedeuten hatte. Nach diesem letzten Ton verstärkte die Frau den Griff um die Hoden und drückte immer stärker, bis ein Geräusch wie eine zerplatzende Orange das Ende ihres Werks anzeigte. Sie hatte ihm mit ihrer bloßen Hand die Hoden zerquetscht. Ein kräftiger, blitzschneller Ruck folgte, mit dem sie ihm den Hodensack vom Körper riss und ihn endgültig entmannte. Triumphierend hielt sie ihre blutende Beute hoch in der Hand. Sie hatte ihn kastriert, wie man Hunde oder Katzen kastriert, aber bei lebendigem Leibe und mit der bloßen Hand. Stolz zeigte sie ihr Ergebnis der johlenden Sippe. Die Schmerzwelle führte endlich zu einer kurzen Ohnmacht. Er hing im Schraubstock des Rothaarigen und hörte das Triumphgeschrei der Wilden nicht mehr. Er spürte auch nicht, dass er von seinem Peiniger mit einer Hand zwischen den Beinen und der anderen am Hals hochgestemmt und an das Flussufer getragen wurde. Der Rothaarige schien überhaupt kein Problem mit seinem Gewicht zu haben, die siebzig Kilogramm stemmte er ohne sichtbares Zeichen von Anstrengung. Er wurde wieder wach, als er über dem Abgrund schwebte. Er fühlte, wie der Rothaarige die ausgestreckten Arme etwas einknickte, so dass er praktisch auf dessen Kopf lag. Dann folgte eine Kraftexplosion wie von einem Gewichtheber beim Anzug: der Rothaarige schleuderte ihn mit voller Kraft über die Kante. Er fühlte, wie er zuerst an Höhe gewann und dann über den Scheitelpunkt hinweg nach unten fiel. Die Fratze der Alten verwandelte sich in ein ebenmäßiges, gebräuntes Gesicht mit vollen roten Lippen, die zum Kussmund geschürzt waren und glutvollen, schwarzen Augen, die aber rasch die Farbe verloren und bleich wurden. Dann fiel er in ein undurchdringliches Weiß, das sich um ihn immer weiter ausbreitete, rasch sein gesamtes Gesichtsfeld ausfüllte und ihn einhüllte. Es war ein makelloses Weiß wie frisch gefallener Schnee oder wie Zuckerwatte auf der Kirmes, so strahlend wie das der Werbung, bedrohlich wie das von Leichentüchern. Er riss den Mund auf zu einem Schrei...

2. Kapitel: Erstes Interglazial

„Doktor Bannert, um Himmelswillen, beruhigen Sie sich, Sie schreien mir das ganze Krankenhaus wach!" Die Stimme von Schwester Stefanie drang wie durch Watte zu mir. Sie tätschelte mir leicht die Wange, um mich schneller wach zu bekommen. Das grelle Licht der Neonröhre an der Zimmerdecke blendete und erlaubte mir die Augen nur ganz langsam zu öffnen. Ich blickte in das faltige, großflächige Gesicht einer älteren Frau, die schon viel erlebt haben musste und die ich seit einer Woche als Nachtschwester erlebte. Sie lächelte mich verständnisvoll an und reichte mir ein Handtuch. „Trocknen Sie sich erst einmal ab, Sie sind völlig verschwitzt. Die Patienten aus dem Nachbarzimmer haben Alarm geschlagen wegen ihrer Schreierei. Der Bereitschaftsarzt wird auch gleich hier sein." Nach und nach wurde ich wach und spürte kalten Schweiß am ganzen Körper, mein Schlafanzug war klatschnass, das Bett völlig zerwühlt und klamm. Ich musste schrecklich gewütet haben. Schwester Stefanie hatte mich zwar wach bekommen, die Erschütterungen des Traumes wühlten aber immer noch in mir. Ich war völlig desorientiert. Erst als Doktor Stemich einige Minuten später eintraf, war mir wieder richtig bewusst, dass ich schon über zwei Wochen im Katharinenhospital in Stuttgart lag, um die Folgen des Dramas auf Schloss Navalis auszukurieren. Er kam in Begleitung einer jungen, zierlichen Frau, die ich noch nicht gesehen hatte. Sie hielt sich unauffällig im Hintergrund, schien aber alles genau zu beobachten.

Doktor Stemich hatte mich die ganze Zeit behandelt und kannte meinen Zustand genau. Er war wie immer äußerst sachlich und direkt, kein überflüssiges Wort, kontrollierte Blutdruck und Puls und beruhigte mich. „Alles im grünen Bereich. Es ist nicht ungewöhnlich, dass auf traumatische Ereignisse Albträume folgen, besonders, wenn dämpfende Medikamente abgesetzt werden. Schlaf- oder Schmerztabletten unterdrücken viele normale körperliche Reaktionen. Sehen Sie ihren Traum positiv, Sie beginnen Ihre Erlebnisse zu verarbeiten. Das ist eine entscheidende Voraussetzung, dass kein psychischer Schaden zurückbleibt und sich Heerscharen von Seelenklempnern mit ihnen beschäftigen müssen." Sein Piepser meldete sich. „Schwester Stefani, wir müssen zum Neuzugang, kommen Sie." Im Hinausgehen wandte er sich nochmals an mich. „Frau Doktor Berger bleibt noch einige Minuten. Sie hat eben die Facharztausbildung abgeschlossen und auch bei Ihrer Operation assistiert."

Ich war überrascht, dass eine offensichtlich noch so junge Person bereits promovierte Fachärztin sein konnte. Ihre zierliche Figur, das schmale, faltenfreie Gesicht, die pechschwarzen, straff nach hinten zu einem Knoten gebundenen Haare zeigten eher ein Mädchen als eine erwachsene Frau. Sie mochte höchstens Anfang zwanzig sein. Der zu weit geschnittene Arztkittel verbarg dazu alle eventuell vorhandenen weiblichen Attribute. Als die beiden anderen aus dem Zimmer waren, übernahm sie nach einem kurzen Blick auf meine Krankenakte das Gespräch. Ihre Stimme war klar, kräftig, warm und mit einem leichten Akzent, dessen Herkunft ich nicht zuordnen konnte.

„Sie scheinen sich allmählich besser zu fühlen, jedenfalls haben Sie inzwischen wieder etwas Farbe im Gesicht. Es war kalkweiß, als wir kamen. Ihr Traum-Ich scheint ordentlich gewütet und Zusammenhänge dramatisch neu konstruiert zu haben. Doktor Stemich hat recht, Träume helfen bei der Bewältigung schlimmer Ereignisse, auch wenn sie zunächst verstören. Trauma-Reaktionen zu haben und zu zeigen, ist völlig normal. Nur emotionale Krüppel können das verhindern. Unsere Kollegen von der Psychiatrie müssen die dann wegen posttraumatischer Belastungsstörungen behandeln. Andernfalls passieren Tragödien, die die Zeitungen für ihre Auflage brauchen. Wir schätzen, dass zehn Prozent der Kriegsveteranen unter nicht verarbeiteten Erlebnissen leiden, einige sind lebende Zeitbomben. Können Sie sich noch an ihren Traum erinnern oder haben Sie die Einzelheiten schon wieder vergessen und nur noch das beklemmende Gefühl, etwas Entsetzliches erlebt zu haben? Was ist denn passiert?"

Sie wollte mich also zum Reden bringen, ich sollte mich mit den Erlebnissen auseinanderzusetzen. Auf jeden Fall ein anderer, persönlicherer Ansatz als der des allein messwertorientierten Doktor Stemich, der Empathie nicht als Teil der Behandlung sah und eher den Typus Apparatemediziner repräsentierte. „Ich hatte einen entsetzlichen Albtraum und jede Einzelheit auf meiner Festplatte gespeichert." Dabei zeigte ich auf meinen Kopf. „Er begann damit, dass ich mein Abschlusstraining für einen Marathonlauf durchführen wollte. Die taktischen Überlegungen, der Trainingsplan, die Zeiten und Strecken waren alle so real, als hätte ich im Degerlocher Stadtwald meine Runden gedreht. Das Verrückte war die Landschaft, in der ich lief. Sie sah genau so aus, wie sich Fachleute heute eine eiszeitliche Mammutsteppe vorstellen, in der die imposante Großtierfauna bei arktischen Temperaturen wie im Paradies leben konnte und die Pflanzenmassen kurz hielt. Es stimmte alles, nur ich lief als anachronistisches Einzelstück in dieser Kulisse umher. Nach Norden hin endet in Sichtweite die Vergletscherung mit allen typischen, eiszeitlichen Merkmalen. Findlinge unterschiedlicher Größe, ein reißender Gletscherfluss, von Schmelzwasser gespeist, Sandflächen und Hügel aus Kies, die von ihm abgelagert wurden, und immer wieder Toteisseen. Ich lief demnach am Rande des skandinavischen Eisschildes, war aber nicht in der Lage gewesen, das zu erkennen. Erst beim Erzählen wird mir klar, mit welcher Präzision mein Gehirn, oder wie Sie es nannten, mein Traum-Ich, die vielen Literaturtexte und Beschreibungen aus Fachbüchern zu einem lebensechten, aber völlig verfremdeten Bild zusammengesetzt hat. Hoffentlich langweile ich Sie nicht, ich neige leider gerne zu wissenschaftlichen Berichten."

Frau Berger hatte konzentriert zugehört, ohne meinen Redefluss zu stoppen. „Überhaupt nicht, die Geschichte scheint spannend zu werden. Bis jetzt schildern Sie einen Traum, an den man sich hinterher gerne erinnert, wann wurde er denn zum Albtraum? Ich bin auf den Horrorteil gespannt. Dem Krankenbericht habe ich entnommen, dass Sie Biologe sind. Deshalb verstehe ich Ihr Interesse an Pflanzen und Tieren. Woher kommt aber Ihre intensive Beschäftigung mit der Eiszeit? Dieses Thema würde ich bei Geologen oder Paläontologen ansiedeln. Ich muss auch zugeben, dass ich die Eiszeit bisher nicht als offene Parklandschaft mit viel Biomasse gesehen habe. Für mich war sie viel lebensfeindlicher, vergleichbar mit der arktischen Tundra."

Sie schaute mich offen an und gab mir damit den Ball zurück. Nein, sie spulte nicht die Masche „Albtraum" ab. Sie hatte meinen Redefluss inhaltlich verstanden und aufgegriffen mit eigenen Gedanken und weiterführenden Fragen. Ihre Gesprächstechnik war anspruchsvoll: wer fragt, führt. Frau Doktor schien sehr aufgeweckt zu sein. „Lassen Sie mich die zweite Frage zuerst beantworten. Ich habe mich spezialisiert auf die Evolutionsbiologie, das Fach, das sich mit den biologischen Aspekten der Evolution beschäftigt, mich auf die Primaten konzentriert und viele Jahre Schimpansen und Bonobos studiert. Vor vier Jahren bin ich aus familiären Gründen in die Neandertalerforschung gewechselt und arbeite mit an dem Gemeinschaftsprojekt, das die vollständige DNA dieser ausgestorbenen Menschenart bestimmen will. Sie als Medizinerin interessieren sich für den heutigen Menschen, insbesondere bei Abweichungen von Normen und Kennzahlen. Mich beschäftigt die Frage, wie der Mensch im Laufe der Evolution über rund fünf Millionen Jahre zu dem wurde, was er heute ist. Seit wenigen Jahrtausenden erst begegnen wir unseren Vorfahren als Kulturwesen, das sich von der Tierwelt fundamental unterscheidet und Kunstwerke, Musikinstrumente und anspruchsvolle Gebrauchsgegenstände herstellt. Die interessantesten Zeugnisse dieser Entwicklung wurden in Höhlen am Fuß der Schwäbischen Alb, direkt vor Ihrer Haustüre, gefunden. Die menschliche Evolution ist das spannendste Thema, das ich mir vorstellen kann und bei dem ich multidisziplinär in Kontakt bin mit Physikern, Chemikern, Meteorologen, Archäologen, Paläoanthropologen, Zahnärzten, Pathologen, Zoologen bis hin zu Psychologen. Es gibt wenige Disziplinen, die keinen Beitrag leisten können. Die Menschwerdung ist ein gigantisches Puzzle, wo jedes Fachgebiet nur einige Teile zum Verständnis beisteuern kann. Die Kunst besteht inzwischen darin, die vielen Teilaspekte zu einem stimmigen Ganzen zusammenzuführen. Wer unsere Vergangenheit versteht, kann auch die Gegenwart verstehen und eine Ahnung über die Zukunft entwickeln. Langweile ich Sie mit meiner Vorlesung immer noch nicht?"

„Im Gegenteil, auch mein Fach ist doch ein interdisziplinärer Wust aus allem, was die Lebenswissenschaften zusammentragen konnten. Reden Sie bitte weiter."

„Zurück zu Ihrer Frage. Die Eiszeit spielte in unserer Entwicklung eine zentrale Rolle. Die grundsätzliche Biologie des Menschen ist ein Produkt der Tropen, aber seine Kultur entwickelte sich während der Eiszeit. Wer die Entwicklung zum Menschen als Kulturwesen verstehen will, muss die Eiszeit verstehen. Unsere Vorfahren hatten sich auf dem Wege zum modernen Menschen manchmal innerhalb von wenigen Generationen an extreme Klimaänderungen anzupassen, auszuwandern oder auszusterben. Wer sich ständig an Veränderungen anpassen muss, bleibt Generalist. Wer sich immer in einer stabilen Nische bewegt, optimiert sich nur darin. Er wird mit der Nische untergehen. Generalist schlägt Spezialist, eine der elementarsten Lehren der Evolution. "

Obwohl ich hier eine kurze Pause machte, sagte Frau Berger nichts. Sie wollte mich weiter reden lassen. Spürte sie, dass ich nach zwei Wochen Schweigsamkeit wie halb verdurstet nach dem Wasserglas griff, oder hatte ich sie schlichtweg überrollt mit meiner Obsession? Anstatt meinen Traum zu erzählen, schüttete ich sie mit meiner Interpretation der menschlichen Evolution zu. „Entschuldigen Sie, ich schweife ab und langweile Sie mit meinem Fachgebiet. Ich schulde Ihnen noch den Albtraumteil". Den schilderte ich detailliert, wie ich die Verfolger bemerkte, sie mich durch die Mammutsteppe hetzten, wie ich alle Phasen eines allmählich kollabierenden Marathoni erlebte, bis zum Ritualplatz, wo es zum Showdown kam. Sie hörte konzentriert zu. „Ich stand ihnen direkt gegenüber. Sie waren genau so gekleidet und sahen so aus, wie wir uns Neandertaler vorstellen. Kompakte, extrem kräftige, muskulöse Typen mit flachem, großem Schädel, ausgeprägtem Überaugenwulst, fliehendem Kinn und breiter, fleischiger Nase. Auch dieses Bild real, genau so sehen die lebensgroßen Figuren in den Museen der Welt aus, die mit den Methoden der Kriminalistik aus fossilen Knochen modelliert wurden. Seit kurzem wissen wir aufgrund genetischer Untersuchungen dass sogar die roten Haare des Anführers nichts Ungewöhnliches waren. Diese Menschenform, Homo neanderthalensis, ist die europäische Weiterentwicklung des Homo erectus, aus dem in seinem Ursprungsgebiet Afrika viele zehntausend Jahre später auch der moderne Mensch, Homo sapiens, entstanden ist. Zeitlich würde ich meinen Traum aufgrund der Landschaft und des Aussehens der Neandertaler etwa 44.000 Jahre vor heute ansiedeln. Damals lag die Durchschnittstemperatur im Juli bei zehn Grad Celsius, für Mensch und Tier gute Verhältnisse. Auf dem Höhepunkt der Eiszeit, 20.000 Jahre später, war sie auf den Gefrierpunkt abgesunken und Leben nicht mehr möglich."

Ich bemerkte, dass Frau Berger etwas sagen wollte, mich aber nicht zu unterbrechen wagte. Wieder hatte ich ohne Punkt und Komma Sätze aneinandergereiht, die viel Interesse an diesem Thema voraussetzen. Und das in einem Krankenzimmer mitten in der Nacht. Ich sollte mich mehr zurücknehmen. Wieder brachte sie durch eine Frage meinen Redefluss in Gang: „Die Steine, die Sie beschrieben haben, erinnern mich an die Hinkelsteine, mit denen Obelix handelt. Wie bringen Sie Gallier und Neandertaler zusammen?"

„Mein Gehirn hat wild gemischt. Der Ritualplatz passt überhaupt nicht in diese Zeit. Solche Plätze sind bekannt, aber viel jünger, aus einer Zeit lange nach dem Verschwinden der Neandertaler. Die langen, schlanken Säulen kennen wir aus der Jungsteinzeit, als die Eiszeit dem derzeitigen Interglazial gewichen war, unter dem Namen Menhire oder bei Asterix eben als Hinkelsteine. Der längste bisher gefundene war ursprünglich einundzwanzig Meter hoch und wog rund dreihundertfünfzig Tonnen. Sie standen in vielen geometrischen Formationen, häufig in Verbindung mit einem Totenkult und waren oft phallisch geformt. Die zentrale Säule in meinem Traum sah genau aus wie der nur zwanzig Zentimeter kleine Phallus aus Siltstein, der unweit von hier, im Achtal, gefunden wurde. Ein Dildo aus Stein, poliert und etwa 28.0000 Jahre alt. Meine Verfolger waren eindeutig Neandertaler. Ob sie oder die Steine Anachronismus waren, ist für meine Hinrichtung zweitrangig. Als ich wegzulaufen versuchte, wurde ich von einer nackten, steinalten und speihässlichen Frau mit einer Holzkeule niedergeschlagen. So wie sie sehen heute in schlechten Filmen Hexen aus. Sie schien eine Schamanin zu sein, eine Vermittlerin zwischen der realen und der transzendenten Welt. Heute würden wir Priesterin sagen. Sie passte jedenfalls zu den Phallussymbolen. Die Fortpflanzung zur Erhaltung der Sippe war in der Steinzeit angesichts der extremen Lebensbedingungen und der kurzen Lebenserwartung ein zentrales Thema. Frauen besaßen das Monopol auf die Fortpflanzung und deshalb einen besonderen Stellenwert. Die ältesten steinzeitlichen Kunstwerke stellen Frauenfiguren dar mit meist besonderer Betonung der primären Geschlechtsorgane. Das bekannteste Beispiel ist die Venus von Willendorf, eine kleine Steinfigur mit ausladenden Becken und Brüsten, aber ohne Gesicht. Im Traum hatte ich die besondere Form der Keule, mit der sie mir die Rippen brach nicht verstanden. Inzwischen ist mir klar, dass es eine Fassdaube war, aus denen Weinfässer zusammengesetzt werden. Das war der zweite Hinweis auf meinen Aufenthalt in einem Weingut. Auch der erste wird mir jetzt erst bewusst: eine der Pflanzen, die an dem liegenden Phallusstein hochkletterte, war eine Rebe, die es damals natürlich nicht gab. Real und irreal waren bunt gemischt. Mein Ende kam dann schnell. Der Rothaarige warf mich schon halbtot über die Kante in einen eiskalten Gletscherstrom, in der Luft habe ich begonnen zu schreien... Den Rest kennen Sie."

Während des Monologes war mein Blick stier auf das Fußende des Bettes gerichtet, um mich auf den Inhalt konzentrieren zu können. Jetzt schaute ich Frau Berger direkt ins Gesicht, um sie zum Antworten zu motivieren. Sie wirkte immer noch konzentriert, ihre Augen bewegten sich lebhaft. Ihr Lächeln irritierte mich. Hatte ich mich mit meinem Bericht in ihren Augen lächerlich gemacht? Wie komme ich auch dazu, einer wildfremden Person intime Dinge zu erzählen. Wie dem auch sei, Hauptsache, dass ich reden und die Eindrücke loswerden konnte, dann war sie eben Mittel zum Zweck gewesen. Sie schien meine Gedanken zu ahnen.

„Ich kann gar nicht sagen, was mich mehr fasziniert hat. Ihr Traum oder die Interpretationen und Erläuterungen dazu. Die Elemente und Facetten, die Sie beschrieben haben, scheinen die wesentlichen Bereiche ihres Lebens zu umfassen. Ihr Gehirn hat daraus einen unglaublichen Eintopf produziert mit einer Fülle von Zutaten. Mich wundert das fast völlige Fehlen von Verschlüsselungen. Ihr Traum mischt verschiedene Realitäten, ohne sie so zu entstellen, dass ein Fachmann zur Übersetzung nötig ist. Das ist ungewöhnlich. Es treten auf: ein Sportler, viele Aspekte eines Evolutionsbiologen wie Neandertaler oder eiszeitliche Pflanzen, eine Frau in den Zeiten des Matriarchats, eine Katastrophe, Elemente aus dem Bereich Wein, Landschaft als Rahmen für die Handlung, sexuelle Symbole und Handlungen mit schmerzhaftem Ausgang. Ein richtiger Krimi. Ein auf Träume spezialisierter Psychologe hätte es wahrscheinlich leicht, zum Kern des Problems zu kommen. Sie scheinen ein sehr geradliniger Mensch zu sein, der mit offenem Visier antritt."

„Ach, sehen Sie", fügte ich rasch ein, um weitere Charakterbeschreibungen zu verhindern. Warum müssen Menschen immer gleich Psychogramme erstellen? „Ich habe in den Wochen vor dem Unfall so viel Neues, Faszinierendes, Entsetzliches und Verwirrendes gleichzeitig erlebt. Ohne mich mit Freud beschäftigt zu haben, kann ich in meinem Albtraum das meiste davon wiedererkennen."

Sie schaute auf ihren Piepser. „Entschuldigen Sie, ich muss in meine Abteilung zurück. Das erste Mal, dass ich mit einem Fachmann über Evolution reden konnte, sehr erfrischend. Ich würde die Unterhaltung gerne fortsetzen, mich interessieren besonders meine tierischen Wurzeln und die Neandertalerin in mir. Hätten Sie Lust dazu? Wie wäre es mit einer Vorlesung unter dem Thema: „Die spannendsten Wochen meines Lebens unter besonderer Berücksichtigung evolutionsbiologischer Fragestellungen." Ich habe morgen Abend gegen 18.00 Uhr Dienstschluss und bleibe nicht zu lange, keine Sorge. Nach zwei Tagen Dienst und dazwischen Bereitschaft fallen mir früh die Augen zu. Darf ich unverbindlich vorbeischauen." Wieder lächelte sie mich offen an.

„Ich freue mich drauf. Und vielen Dank fürs Zuhören. Sie haben ein riesiges Ohr." Aus der Frau wurde ich nicht richtig schlau. Typ kleines Mädchen, das beim Mann den Beschützerinstinkt weckt, verströmte sie gleichzeitig eine elementare Kraft, wie ich sie bisher selten gefunden hatte. Sie war mehr Hilfe, als dass sie welche brauchte. Form und Inhalt passen nicht zusammen. Dazu eine hohe Intelligenz, gepaart mit Einfühlungsvermögen schien sie Medizin als Berufung und nicht als Beruf zu sehen. Wenn jetzt noch ein paar weibliche Attribute vorhanden wären. Feine Ironie schien sie auch zu besitzen, nur so konnte sie sich selber einladen ohne aufdringlich oder plump zu wirken. Nicht über den Neandertaler, wir würden über den Schimpansen oder, besser, den Bonobo in ihr reden.

Sie kam eine Stunde zu spät und bereits umgezogen. Das weiße Ganzkörperkondom war durch ein dunkelblaues, knielanges Sommerkleid ersetzt, die Jesuslatschen durch Sandalen mit einigen Zentimetern Absatz. Ich schätzte sie auf 1,65 Meter und höchstens fünfundfünfzig Kilogramm. Die Haare wie gestern, Schminke oder Parfüm schien sie nicht zu kennen, brauchte sie auch nicht. Geist verzichtet auf Form, das kannte ich von der Hochschule. Ich musste mir wieder klarmachen, dass eine promovierte Fachärztin vor mir stand und keine kleine Studentin. Sie setzte sich ohne Umschweife in Höhe meines Kopfes auf einen Stuhl.
„Sie sehen heute viel besser aus, schon wieder richtig gesund. Dafür bin ich körperlich ziemlich geschafft, wir hatten vier komplizierte Operationen und sonst den normalen Wahnsinn. Erlauben Sie mir bitte, mich zu setzen. Und wenn Sie einverstanden sind auf Augenhöhe und nicht zu Ihren Füßen. Vermute ich eigentlich richtig, dass Sie lieber in der Eiszeit gelebt hätten als in der heutigen Zeit? Ihre Augen hatten bei der Schilderung der Landschaft intensiv geglänzt."

Wieder spielte sie Stichwortgeber, ich griff dankbar zu und lächelte wohl zum ersten Mal zurück. „Ich hatte den Tag über Zeit, mein eigenes Drama so zu strukturieren, dass nicht zu viel Pathos den Hörgenuss beeinträchtigt. Nach Ihrer Gesprächstherapie gestern Nacht konnte ich schlafen wie ein Murmeltier. Ich fühle mich allmählich wieder fit. Doktor Stemich will mich zum Wochenende entlassen. Bis dahin muss ich mir klarwerden, wo ich wohnen will, Leipzig, Heilbronn oder Stuttgart. Aber das ist ja schon Teil meiner Geschichte. Ob ich lieber in der Eiszeit gelebt hätte als in der momentanen Zwischeneiszeit, einem Interglazial, wie wir diese Phase nennen? Ich glaube ja, aber nur mit Penicillin und Internet und nie auf dem Höhepunkt der Kaltphase. Das eiszeitliche Klima war viel ruhiger und ausgeglichener als unser heutiges, zwar durchschnittlich vier bis sechs Grad kälter, aber trocken. Im Sommer herrschte durchgängig mildes, wolkenloses Wetter mit leichtem Wind, im Winter gab es nur eine dünne Schneedecke, häufig nicht einmal das. Schlechte Voraussetzungen für Wintersportler. Es war frostig, aber ohne die Temperatursprünge, die in unseren Breiten vorkommen. Die andauernden Hochdruckgebiete bildeten keine Fronten aus, die Wolken und Niederschlag übers Land jagten. In unserem mitteleuropäischen Tiefland mit seinem meist nasskalten Wetter stellen sich solche idealen Witterungsverhältnisse nur selten ein. Die Wahl zwischen nass-kalt und feucht-warm oder trocken-kalt und trocken-mild fällt eindeutig zugunsten der Eiszeit aus. Ihr Berufsstand wäre weitgehend von Erkältungskrankheiten verschont, Herz- und Kreislauferkrankungen gäbe es auch nur selten, weil die Menschen viel mehr körperlich gefordert wären. Sie müssten umschulen. Schamanin wäre kein schlechter Beruf."

Sie ging direkt auf meine Provokation ein und nahm die Vorlage auf. „Das kenne ich, Rosinenpicken. Die klimatischen Vorteile der Steinzeit mitnehmen und mit Penicillin ernsthafte Zipperlein kurieren. Und wovon hätten Sie sich ernährt? Oder bauen Sie Nestle in Ihre Welt auch noch ein?"

Ich versuchte ernsthaft zu antworten und mein innerliches Schmunzeln zu verbergen. „Als erfahrener Großwildjäger bräuchte ich selbstverständlich auch ohne einschlägige Nahrungsmittelkonzerne nicht zu hungern. Die Biomasse der Mammutsteppe war so hoch wie die der afrikanischen, der Boden durch die Lösseinwehungen extrem fruchtbar. Nur dadurch konnten übrigens die Tiere ihre furchteinflößende Größe erreichen. Und von der arktischen Tundra unterscheidet sich mein Lebensraum durch die ergiebigere Sonneneinstrahlung und die lange Vegetationsperiode. Die Landwirtschaft würde ich deshalb erst viel später erfinden. Frage erschöpfend beantwortet?"

Die zierliche Frau mit dem großen Ohr hatte sich inzwischen aufrecht und mit dem Rücken an der Lehne neben mich gesetzt, ihre Arme lagen ruhig auf ihren übereinandergeschlagenen Beinen. „Sie haben die eiszeitliche Landschaft beschrieben, wie wenn dort paradiesische Zustände für Mensch und Tier geherrscht hätten. Vielleicht steckt die Sehnsucht nach dem Paradies aus dieser Zeit noch heute in unserem kollektiven Unterbewusstsein. Es lohnt sich, weiter darüber nachzudenken. Ihre Geschichte spielt aber nicht im Paradies, sondern mehr im Vorhof zur Hölle. Ich bin gespannt." Sie schloss die Augen als Zeichen, das Vorspiel endlich zu beenden und zum Thema zu kommen. Ihr Atem ging auffällig langsam, aber gleichmäßig und tief, wie wenn sie meditierte.

3. Kapitel: Schloss Navalis

Samstag, 28. April 2007

Ein letztes Ruckeln, der Intercity, der mich vom Frankfurter Flughafen nach Stuttgart gebrachte hatte, kam zum Stehen. Mein Körper machte die unvermeidliche leichte Verbeugung in Fahrtrichtung, die ich gegen mein schweres Gepäck auf dem Rücken breitbeinig ausbalancierte. Endlich aussteigen und die Füße bewegen. Der lange Nachtflug von Mexico City nach Frankfurt hatte vier Stunden Verspätung gehabt, ich war insgesamt schon dreißig Stunden unterwegs und völlig kaputt. Tante Lotte wollte mich ursprünglich abholen, durch die Verzögerung konnte ich mich nicht mehr darauf verlassen, dass sie da war. In der Hektik des riesigen Flughafens hatte ich es nicht geschafft, zu telefonieren. Angedockt an Gate B26 mit maximaler Entfernung zum Bahnhof, den üblichen Stau an der Passkontrolle, trotzdem Warten auf das Gepäck und danach im Sprint zum Zug. Und mein amerikanisches Handy funktioniert in Deutschland natürlich nicht. Nicht einmal meine Dollar hatte ich bisher wechseln können. In den letzten Monaten war so vieles schiefgegangen, warum sollte es jetzt anders sein. Ich ließ mich durch den Strom der Mitreisenden aus dem Waggon spülen und landete fast am Ende des offenen Bahnsteigs. Stuttgart empfing mich mit kalten Windböen, die durch die Bahnhofshalle pfiffen. Im Bahnhofsgebäude würde es angenehmer sein, dort könnte ich auch meinen Trekkingrucksack abstellen und warten, ob mich jemand abholt. Vor etwa siebzehn Jahren, direkt nach dem Abitur und kurz vor der Übersiedlung in die USA, stand ich das letzte Mal hier am Bahnhof. In Erinnerung geblieben war mir dessen kastenartiges, streng gegliedertes Aussehen, der hohe Turm mit dem ewig drehenden Mercedesstern und die äußere Verkleidung der Wandflächen mit Muschelkalkquadern. Und dass der Stuttgarter Hauptbahnhof ein Kopfbahnhof ist, bei dem alle Züge in einer Sackgasse enden und rückwärts wieder herausfinden müssen. Dieses Bild passte zu meiner Situation. In der bisherigen Richtung gibt es kein Weiterkommen, der Prellbock markiert den Endpunkt und ist gleichzeitig der Startblock für ein neues Rennen, aber in gänzlich anderer Richtung. Warum ist Symbolik manchmal so platt? Langsam bahnte ich mir den Weg durch eine wuselnde Menge, in der Ankommende und Abreisende sich in chaotisch aussehenden Bewegungen und doch kollisionsfrei entmischten. Hektisch wie am Frankfurter Flughafen, nur nicht so international. Ich wirkte mit meinem ausladenden Gepäck auf dem Rücken und der Computertasche an der Seite wie Obelix mit seinem Hinkelstein und bewegte mich langsam und mit Suchblick den Bahnsteig entlang.

Eine Hand legte sich von hinten auf meine Schulter. „Doktor Livingston, I assume." Ich schaute in das Gesicht einer jungen Frau mit mittellangen, asymmetrisch geschnittenen und etwas zerzausten blonden Haaren. Sie umarmte mich spontan und drückte mir einen Kuss auf beide Wangen. Ich war völlig überrascht und muss ziemlich dämlich ausgeschaut haben, die Frau kannte ich nicht. „Rafael Bannert sieht in Natura genauso aus wie auf den Bildern im Internet. Willkommen in Deutschland. Dass du deine Cousine Anne nach siebzehn Jahren nicht wiedererkennst, will ich dir gerade noch mal verzeihen. Vielleicht habe ich mich doch etwas verändert? Meine Mutter bat mich kurzfristig, für dich Taxi zu spielen, nachdem uns die Lufthansa die Verspätung verraten hat und wir uns deinen Zug nach Stuttgart ausrechnen konnten. Sie muss sich um die letzten Vorbereitungen für heute Abend kümmern. Die ersten Gäste und vor allem unser Fernsehstar sind bereits da. Mach dir aber keine Gedanken, ich bin gerade auf dem Heimweg von der Arbeit, und es ist mir eine Ehre, meinen berühmten Verwandten abzuholen. Du hast bei Google 12.000 Einträge, ich bin neidisch auf dich."

Ihr Wortschwall hatte mir Zeit gegeben, über meine Verlegenheit hinwegzukommen. Anna-Katharina, bei Todesstrafe nur Anne zu nennen, die Tochter meiner Tante Lotte, eigentlich Charlotte, und ihres Mannes Dieterich. Sie war noch keine zehn, als ich sie zuletzt gesehen hatte, ein pausbäckiges, zappeliges Mädchen mit ausgeprägt eigenwilligem Kopf. Sie überbrückte meine bekannte Unfähigkeit zum small talk indem sie einfach weiterredete. Mehr als „Danke für das Abholen", „schön, wieder in Deutschland zu sein" und „ich bin überrascht, wie toll sich unsere aufmüpfige Kröte von früher entwickelt hat" brachte ich nicht zustande. So erfuhr ich aber nebenbei die Zahl meiner Google-Einträge, selber habe ich nie nachgeschaut. "vanity search" ist in Wissenschaftskreisen streng verpönt.

„Wir müssen uns beeilen, um 19 Uhr soll die Feier beginnen. Papa hat über hundert Gäste eingeladen. Eine gute halbe Stunde dauert die Fahrt zum Weingut, als Frau muss mir dann mindestens eine weitere Stunde für die Restaurierung zugestanden werden. Es trifft sich gut, dass du bereits heute angekommen bist und auf einen Schlag die wichtigsten Freunde und Geschäftspartner unseres Weingutes kennenlernst. Die kulinarische Probe leitet der berühmte Doktor Konrad von Schimmelbusch, bekannt aus Funk und Fernsehen und ein besonderer Freund der Familie. Allerdings nicht von mir, er ist ein alter Saftsack, der sich gerne reden hört und der mich früher immer vollgelabert hat, bis ich es ihm wenig höflich ein für allemal ausgetrieben habe. Seit ich selber als Redakteurin arbeite, schätze ich zudem seine journalistischen Fähigkeiten als allenfalls mittelmäßig ein. Aber er präsentiert sich hervorragend und kann gefährlich mit der Sprache umgehen. Als Feind sollte man ihn nicht haben, als Freund auch nicht unbedingt. Damit der Abend trotzdem nett wird, habe ich meine Freundin Sandy als deine Tischnachbarin eingeladen. Hoffentlich klappt es diesmal mit ihr. Sie ist im Dauerstress und sagt immer wieder kurzfristig ab. Du sitzt bei mir am Tisch und bei Gabor Horvath, dem Betriebsleiter der „Sankt Urban Kellerei".

Wir waren inzwischen am Parkplatz angelangt. Sie fuhr ein schwarzes Golf Cabrio ohne brauchbaren Kofferraum, aber wenigstens konnte ich meinen großen Rucksack durch das geöffnete Verdeck auf die Rückbank bugsieren. Warum fährt man in Deutschland nur solche unpraktischen small wagons? Anne fädelte sich auf die Bundesstraße 27 ein in Richtung Ludwigsburg. Erst jetzt bekam ich die Gelegenheit, sie genauer zu betrachten. Ihren Mantel hatte sie auf die Rückbank gelegt, darunter kamen eine schwarze, eng geschnittene Bluse und eine anthrazitfarbene Hose zum Vorschein, die mit ihren blonden Haaren auffällig kontrastierten. Für eine Frau hatte sie sehr breite Schultern und doch gleichzeitig schmale Hüften. Einen Körperbau fast wie ein Mann, wie bei den Leistungsschwimmerinnen an meiner Uni. Am meisten faszinierte mich ihr Profil: das spitze Kinn frech und herausfordernd nach vorne geschoben, der zu große Mund, ich dachte an Julia Roberts, mit vollen Lippen, ungeschminkt und immer leicht geschürzt, eine Figur betonende Bluse, die unter der eher kleinen Brust eng am Bauch anlag und keinerlei Fettröllchen erkennen ließ. Die Nase leicht schief und etwas zu groß, nur wenig gebräunte Gesichtshaut mit feinen Sommersprossen. Ihre Frisur hatte ich so bei Meryl Streep in „Der Teufel trägt Prada" gesehen. Eine junge, sportliche, selbstbewusste Frau, die sicher ihren Mann steht und offensichtlich ihren Stil und Weg gefunden hat. Sie strahlte eine ungeheure Sinnlichkeit aus und musste eine Herausforderung für jedes männliche Wesen sein, auch finanziell. Ihr Lebensstandard schien deutlich höher, als meiner jemals war oder sein würde. Höhere Tochter aus gutem Hause. Schmerzhaft wurde mir bewusst, dass ich seit über sieben Monaten als Mönch lebte. Diese

Frau könnte den Mann in mir wieder wecken. Ich lebte also noch.

Ihr Hobby schien Reden zu sein. „Wir nehmen den kürzeren Weg am Neckar entlang, nur fünfundzwanzig Kilometer. Er dauert wenige Minuten länger als über die Autobahn, führt uns aber durch eine der schönsten Weinlandschaften der Welt. Für mich vergleichbar mit der Wachau an der Donau oder dem Rheingau zwischen Lorch und Wiesbaden, viel unbedeutender, aber viel länger und großartiger."

Wir hatten Stuttgart bald verlassen und fuhren auf kurvigen Landstraßen an Ludwigsburg vorbei, streiften Marbach, querten die Autobahn 81 Stuttgart-Heilbronn und kamen nach Mundelsheim. Über längere Abschnitte verlief die Straße direkt am Neckar entlang. Der Fluss dominiert die ganze Gegend. Die Straße muss seinen vielen Verrenkungen folgen, die Ortschaften winden sich an ihm entlang, und freie Flächen sind so intensiv landwirtschaftlich genutzt, dass nur wenige Refugien für Hasen oder andere wild lebende Tiere bleiben. Und überall Reben, wo sich Flusshänge nach Süden ausrichten. Terrassenförmig dort, wo die Steigung zu groß ist, sonst als schiefe Ebene streben die Weinberge aus dem Flusstal über hundert Meter nach oben. Ich hatte mehrfach den Eindruck, in ein riesiges Amphitheater zu blicken, wo der Neckar die Abgrenzung zum Schauspielraum und zum Chor bildet. Vereinzelt sah ich auch im Tal Traubenstöcke im Wettbewerb mit Wohnsiedlungen. Die Hochebene konnte ich mir nur als Rebenmeer vorstellen. Ende April war der Austrieb der Blätter in vollem Gange, ein helles Grün leuchtete zwischen den Stöcken.

Am Ortsausgang von Mundelsheim hielt Anne an. „Lass uns hier kurz aussteigen, ich will dir eine gravierende Veränderung seit deiner Emigration zeigen. Sieh dir die Weinfabrik halb links zwischen Straße und Neckar an." Diese Fabrik bestand hauptsächlich aus einem rechteckigen Flachbau, der die Maße mehrerer Fußballfelder besaß und von einer Batterie großer Tanks an der hinteren schmalen Seite abgeschlossen wurde. Auf der entgegengesetzten Seite, direkt vor uns, glänzte quadratisch ein Glasturm in der Sonne, offensichtlich der Verwaltungstrakt. Ein Schild auf dem Dach verriet in großer Blockschrift: „Neckarkellerei St. Urban". Parallel zur Straße sah ich an der Längsseite des Flachbaus eine durchgängige Rampe mit unzähligen Hebebühnen zur Abfertigung von LKW, angeordnet wie Fischgräten. Ein erschreckend nüchterner Zweckbau, der sicher einen optimalen Betriebsablauf ermöglicht. Dass diese Fabrik einmal eine bedeutende Rolle in meinem Leben spielen sollte, konnte ich in dem Moment nicht ahnen.

„Zum Leidwesen der einheimischen Weinwirtschaft konnte der Neubau dieser Weinkellerei nicht verhindert werden. Der Betrieb gehört inzwischen zu einem amerikanischen Getränkekonzern. Vielleicht kennst du ihn? Es ist die RenovationGroup, weltweit angeblich die Nummer eins im Weinumsatz. Für die genossenschaftlich geprägte Gegend, die nur wenige private Exoten wie uns als bunten Fleck in ihrem Einheitsgrau ertragen musste, war das ein Schock. Die St. Urban-Kellerei besitzt praktisch keine eigenen Weinberge, sie handelt hauptsächlich mit Trauben, Mosten oder fertigen Weinen. Es ist im Grunde ein Logistikunternehmen, bei dem die unterschiedlichsten Produkte aus allen Ländern in diese gigantische black box gekarrt werden, um möglichst schnell als preisgünstiges, kundengerecht veredeltes Endprodukt in die Großmärkte oder Discounter zu gelangen. Private Kunden kennen die praktisch nicht. Lokale Weinpuristen rauften sich die Haare. Wein als Mittel, um Gewinn zu erzielen anstelle Kulturträger zu sein, Wein um des Profits willen, anstatt im Wettbewerb um den besten der Welt. Shareholder value in der Weinwirtschaft, unvorstellbar. Den Kulturkampf in den Medien damals kannst du dir vorstellen. Inzwischen haben sich die Emotionen gelegt, trotzdem muss nach wie vor jeder Betrieb für zweiunddreißig Hektar bepflanzt haben. Wenn wir auf der Straße hier drei Kilometer weiterfahren, kannst du die berühmten Muschelkalkriffe sehen. Verwitterung und Felsstürze haben bis vierzehn Meter hohe Säulen geschaffen, die senkrecht aufragen und nicht nur ein Biotop für seltene Pflanzen, sondern auch ein Kletterparadies sind. Schau sie dir unbedingt an. Mama und Papa werden dir in den nächsten Tagen sicher noch viel mehr erzählen, heute Abend allerdings wohl kaum. Bei so vielen Gästen ist keine Zeit für Privates."

Mir schwirrte der Kopf über die Informationsflut, die auf mich einströmte. Anne war eindeutig nicht der Typ dumme Blondine, sie konnte komplexe Themen knapp zusammenfassen und besaß ein umfangreiches Wissen, das sie freigiebig weitergab. In wenigen Minuten hatte sie mir das Wesen ihrer Welt mitgeteilt, vor allem sollte ich Wein als eine Funktion der Gegend, in der die Trauben wachsen, sehen. Ich wusste kaum etwas von ihr, sie arbeitete als Redakteurin oder Journalistin, hatte studiert und wohnte noch im Weingut. Das war alles. Früher bewunderten meine Eltern ihr Felsennest als landwirtschaftliches Schlossgut, wo Reben neben Getreide und Rüben eher nebensächlich waren. Einige Bullen wurden mit der Schlempe aus der angegliederten Brennerei gemästet und hinterher an Edelmetzger verkauft. Onkel Dieterich schien umstrukturiert zu haben. Das letzte Mal war ich zusammen mit meinen Eltern vor rund siebzehn Jahren hier. Ich hatte kaum eine bewusste Erinnerung und bedauerte, mich nicht im Internet schlau gemacht zu haben. Vielleicht würden im Weingut Erinnerungsfetzen zurückkommen. So blieb mir nur die Statistenrolle, in der ich die Informationen konsumierte, mit denen Anne mich zuschüttete. Diese Rolle des Juniorpartners liegt mir nicht, aber mehr als einige banale Sprüche wie „Sehr interessant," „Nein, habe ich vergessen," „Nein, den Namen RenovationGroup habe ich noch nie gehört" oder, Gipfel der Platitüde, „Wie prächtig," hatte ich bisher noch nicht zustande gebracht. Der Jet-lag erklärte sicher einiges, ich war angemüdet, Hauptgrund war aber die völlig neue Welt, zu der ein fachidiotischer Evolutionsbiologe kaum etwas beitragen kann. Also setzte ich weiter auf die Kraft des Schweigens. Andererseits wurde mir bewusst, dass sie noch nicht eine Frage über mich gestellt hatte, ich schien sie als Person nicht zu interessieren. Über meine letzten eineinhalb Jahrzehnte in den USA konnte sie nicht viel wissen, ich war ja regelrecht in der Wildnis verschwunden gewesen und zum Amerikaner mutiert, der seine Wurzeln nach und nach fast völlig vergessen hatte. Bei extrovertierten, redefreudigen Menschen fehlt es oft an der Fähigkeit, zuzuhören oder Empathie zu zeigen. Sie sind ihr eigenes Sonnensystem. Auf jeden Fall würde es spannend werden, sie näher kennen zu lernen.

Ein Thema jedoch musste ich ansprechen bevor wir oben waren. Lieber wäre mir gewesen, dies mit Tante Lotte zu bereden. Das hatte die Lufthansa leider verhindert. „Tut mir leid, dich zu unterbrechen, Anne. Aber ich muss unbedingt über die Beerdigung meines Vaters reden, bevor ich Onkel Dieterich treffe. Bei der Trauerfeier im Oktober letzten Jahres empfand ich ihn sehr kurz angebunden, barsch, schon fast zornig. Wie wenn die Veranstaltung in Heilbronn eine lästige familiäre Pflicht gewesen wäre, die er meinem Vater vorwirft, weil sie ihm Zeit und Geld gestohlen hat. Hatte er ein schlechtes Gewissen, weil es ein Unfall in seinem Betrieb war und er sich mitschuldig fühlte? Oder hat es sonst etwas gegeben, das ich wissen müsste, um Fettnäpfchen zu vermeiden? Nach der Kirche waren er und dein Bruder Alexander sofort kommentarlos verschwunden, ohne am Leichenschmaus teilzunehmen. Papas Lebensgefährtin hat ihnen das sehr übel genommen. Weißt du, was los war? Ich hätte so gerne mit Onkel Dieterich geredet und mehr über den Unfall erfahren, zumal ich ja hinterher sofort wieder in die USA musste."

„Der tragische Tod deines Vaters tut mir unendlich leid, umso mehr, dass er bei uns im Keller erstickt ist. Wir waren mitten in einer äußerst schwierigen Traubenlese, wo es auf jede Stunde ankam. Die Beeren hatten stark zu faulen begonnen und mussten in kürzester Zeit geerntet und verarbeitet werden, um die drohenden Qualitätseinbußen zu verhindern. Gewöhnliche Ernten dauern bei uns fünf Wochen, die Lese des Jahrgangs 2006 war nach drei Wochen beendet. Der extreme Arbeitsanfall in diesem Katastrophenherbst war überhaupt der Grund, deinen Vater um Hilfe zu bitten. Er hatte sich ja als Rentner das Jahr über wieder gut in Deutschland eingelebt. Papa und Alexander waren jedenfalls in einer Ausnahmesituation und unter einem unbeschreiblichen Druck. Soviel kann ich dir objektiv sagen. Details leider nicht, weil ich in dieser Zeit vor dem Berufseinstieg bei der „Stuttgarter Zeitung" stand und ein Volontariat in Singapur absolvierte. Deswegen konnte ich auch nicht in Heilbronn sein, sonst hätten wir uns damals schon gesehen. Ich hoffe, mein Kondolenzschreiben ist angekommen. Nimm das Verhalten von Papa und Alexander bitte nicht persönlich, aber man stirbt nicht im Herbst."

Ihre Antwort war ehrlich, aber frustrierend. Die Würde des Menschen ist unantastbar, es sei denn im Herbst. Selbst die polizeilichen Ermittlungen waren so schnell abgeschlossen worden, als wenn man meinen Vater nicht rasch genug hätte unter die Erde bringen können. Der ärztliche Todesschein attestierte eine Kohlenstoffdioxidvergiftung, laut polizeilichen Ermittlungen ein tragischer Unfall ohne Fremdverschulden. Mir reichte die Zeit kaum, rechtzeitig aus Los Angeles einzufliegen. Tante Lotte hatte als nächste Verwandte die Organisation der Trauerfeier für ihren Bruder übernommen. Dass sogar meine Schwester, vor allem aber Papas Freundin Carola die Veranstaltung zwar als gut organisiert, aber steril und lieblos bezeichneten, ohne repräsentativen Blumenschmuck, ohne festliche Reden oder Musikstücke, wollte ich nicht ansprechen. Die Mentalität der Weinbranche musste ich noch verstehen lernen. Ob ich das überhaupt wollte, konnte ich zu diesem Zeitpunkt nicht sagen.

Wir fuhren die schmale, tief eingeschnittene und kurvenreiche Straße zum Weingut hoch. Sie bot kaum Platz für Gegenverkehr und war im Winter sicher oft unpassierbar. Rechts und links wuchsen wilde Haselnusssträucher und Holunder, am Boden verschiedene Gräser und Brennnessel. Wenigstens hier ein ärmliches Biotop inmitten einer Monokultur, die offensichtlich Menschen durch ihre maßlosen Ansprüche zu versklaven vermag. Oben angekommen, blickte ich nach allen Richtungen über ein bis zum Horizont reichendes Rebenmeer. In leichten Wellen wogten Weinberge, soweit das Auge reichte, die Rebstöcke wie Soldaten auf dem Exerzierplatz. Keiner tanzte aus der Reihe, alle gleich hoch, gleich breit und gleich grün. Wie unten vermutet, war kein Fleckchen ausgelassen. Ich hatte die Vielfalt der afrikanischen Tropenwälder, der südafrikanischen offenen Savanne und des Amazonas lieben gelernt, alle Arten von Monokulturen waren mir ein Greuel geworden. Wie im Mittleren Westen der USA mit den Getreide- oder Maismeeren, in Malaysia mit den Palmwäldern oder in Brasilien mit Sojaflächen in Dimensionen, die jede Vorstellung sprengen. Die Terrassen wollte ich mir bei Gelegenheit anschauen, zumindest die Mauern müssten kleineren Tieren Schutz bieten.

„Wir sind am Ziel." Anne stoppte und riss mich zum Glück aus meinen Überlegungen, die spiralförmig in Weltschmerz und Depression geführt hätten. Soweit kenne ich mich. „Wir stehen hier an der Nordseite des Weingutes. In historischen Zeiten gab es sogar einen Wassergraben mit Zugbrücke und wuchtigen Holztoren. Heute steht alles jederzeit offen, wir sind ein gastfreundliches Haus und haben nichts zu verbergen. Die Steinmauer umgibt das gesamte Gelände, sie dient eher zur Abgrenzung als zur Sicherung, wie der Römische Limes, dem du in der

Gegend ständig begegnest. Wir fahren durch den Torbogen direkt zum Haupthaus. Du solltest zuerst meine Eltern und Alexander begrüßen und dann dein Zimmer beziehen. Die Gästezimmer sind heute Nacht alle durch auswärtige Kunden belegt. Dich haben wir deshalb zunächst im Wasserturm untergebracht, ein ganzer Turm nur für dich allein. Der ist zwar recht primitiv ausgestattet, nur eine Steckdose, das Wasser allenfalls lauwarm und ohne Raumheizung, dafür etwas zugig, aber du bist ungestört und dein eigener Herr. Bei den momentanen angenehmen Temperaturen empfehle ich dir, dort zu bleiben. Die engen Treppenstufen ins Schlafzimmer dürften für einen Sportler in keinem Zustand ein Problem werden. Wenn du höhere Ansprüche stellst oder keine romantische Ader hast, kannst du morgen ins Haupthaus wechseln. Ich hole dich gewaschen, gekämmt und gebügelt um neunzehn Uhr ab. Hier, nimm mein altes Handy, ich rufe dich zuvor an. Auf der Karte müsste sogar noch ein kleines Guthaben sein. Ich telefoniere ja seit Januar auf Zeitungskosten."

Als wir vor dem imposanten Herrenhaus -Anne sprach nur von Haupthaus- ausstiegen, kam uns Tante Lotte entgegen. Sie hatte sich in den letzten Monaten nicht verändert, wirkte in ihrem langen Kleid besonders schlank und war trotz ihrer sechzig Jahre noch sehr attraktiv. Ob sich Anne ebenso gut halten würde? Sie war in Eile, so dass wir uns nur kurz zur Begrüßung umarmten. "Schön, dass du noch rechtzeitig gekommen bist. Wie war die Reise? Aber das wirst du mir alles später erzählen, ich muss zum Bahnhof, das Ehepaar Müller aus München abholen. Die legen besonderen Wert auf mich. Papa ist mit den anderen in der Probierstube. Schaut bitte kurz rein und sagt hallo."

Ich ging neben Anne die breite Steintreppe hinauf auf die Terrasse und durch den breiten Haupteingang, dessen beide Flügeltüren aufgeklappt und an der Wand befestigt waren. Rechts neben der Treppe sah ich den Kellerabgang offen. An den konnte ich mich wieder erinnern, weil wir als Kinder bei Familienbesuchen entgegen aller Anordnungen gerne hinuntergejagt waren. Zehn Meter auf schmalen, ausgetretenen Stufen nach unten und wieder hoch, gegen Stoppuhr. Bis Alexander einmal ausrutschte und sich den Arm brach. Er musste zum Arzt und ich kam zur ersten und einzigen Ohrfeige von Onkel Dieterich. Wegen Verführung des kleinen Thronfolgers. Durch den Eingang gelangten wir in eine geräumige, vielleicht zwanzig Meter im Quadrat messende Halle, die bis zum gegenüberliegenden Ende des Gebäudes reichte. Rechts und links zweigten mehrere Türen ab. Das hintere Drittel des Raumes beherrschte das wuchtige Treppenhaus aus massivem dunklem Eichenholz, mit dem auch die Wände verkleidet waren. Eine breite Treppe führte zur umlaufenden Empore im ersten Stock, von dort zweigten auf beiden Seiten je eine schmalere Treppe in Stockwerk zwei ab. Das dritte Geschoss war durch eine identische Konstruktion wie die zum ersten erreichbar. Der gesamte erste Stock war Onkel Dieterich und Tante Lotte vorbehalten, weiter oben wohnten damals Anne und Alexander und ständig wechselndes Hauspersonal. Im Dachgeschoss konnten die häufigen Besucher in mehreren Gästezimmern untergebracht werden. Hier hatten wir nie gespielt. Das alte Holz knarzte bei jedem Schritt und ließ niemanden unbemerkt. Außerdem strahlte der Raum eine Düsternis aus, die uns Kindern Angst machte. Für die häufigen Empfänge oder Weinproben wurde er festlich beleuchtet und geschmückt und repräsentierte als gute Stube des Hauses. An immer mehr Details konnte ich mich nach und nach erinnern. So lag gleich nach dem Eingang rechts die Probierstube mit einem kleinen Lastenaufzug, mit dem Weine aus dem Keller geholt wurden. Er endete unten neben der Kellertreppe und war so unauffällig installiert, dass er kaum wahrgenommen wurde. Den kleinen Alexander ließen wir öfter damit auf und ab fahren und wurden zum Glück nie dabei erwischt.

Die ehemals rustikale Probierstube war zu einem hellen, gut durchlüfteten Zweckraum umgebaut worden, eher ein Labor als ein Raum für Kunden. Die Fensterseite beherrschte durchgängig ein gefliester Labortisch mit Waschbecken, Spülmaschine und einigen einfachen Utensilien, wie ich sie aus allen Labors der Welt kannte. Die zahlreichen, in einer Reihe aufgestellten Weinflaschen mit ihrem jeweiligen Korkstopfen vor sich, ein Regal mit Weinprobiergläsern und vor allem der runde, hüfthohe Edelstahlbehälter mit trichterförmig nach innen geöffnetem Deckel in der Mitte des Raumes degradierten die Probierstube zum nüchternen Arbeitsraum. Um den Behälter, der als Spucknapf diente, standen die drei Männer, die ich begrüßen sollte. Onkel Dieterich stellte sein Probierglas ab und schüttelte mir fest die Hand. Auch er war bereits festlich gekleidet. In dunklem Anzug, weißem Hemd mit großen, goldenen Manschettenknöpfen, roter Krawatte mit feinen Streifen und schwarzen Lederschuhen wirkte er noch aristokratischer als sonst. Er hatte immer noch volle, silbergraue Haare und einen durchdringenden Blick, mit dem er mich von oben bis unten musterte. Sein Händedruck war so kräftig wie sein Auftreten dynamisch. Er besaß alle Insignien des Chefs. Er und Tante Lotte gaben zusammen ein beneidenswertes Paar ab, das alle gesellschaftlichen Regeln beherrschte und überall gerne gesehen war.

„Willkommen auf Schloss Navalis. Schön, dass du noch rechtzeitig gekommen bist. Wir probieren und besprechen gerade die Weine für die Probe, mach doch mit und trinke deine Zunge schon weingrün. Zu Alexander brauche ich ja nichts sagen, ihn kennst du schon aus der Zeit gemeinsamer Streiche." Damit wandte er sich an seinen Nachbarn zur linken, offensichtlich den gefährlichen Doktor Konrad von Schimmelbusch. „Konrad, das ist mein Neffe Rafael Bannert, der heute nach fast siebzehn Jahren Studium und Arbeit in den USA aus Kalifornien zurückgekommen ist und sich für eine kurze Zeit bei uns einquartiert, bevor er nach Leipzig weiterzieht. Er ist der Sohn meines im letzten Jahr so tragisch verstorbenen Schwagers, über dessen Fall du ja im Südwestrundfunk berichtet hast. Du erinnerst dich. Pass aber auf, er ist Evolutionsbiologe, der alle deine Handlungen aus der Sicht der Steinzeit interpretieren wird."

Wir schüttelten uns die Hände, auch sein Druck war kräftig und ausdauernd. Ich schätzte ihn auf Mitte fünfzig. Er hatte etwa meine Größe, musste aber mindestens hundertzehn Kilogramm wiegen, vierzig mehr als ich. Trotzdem wirkte er nicht schwammig und aufgedunsen, sondern drahtig, wie ein älterer Rugbyspieler, dem man seine frühere Form auch im Alter noch ansieht. Im breiten Gesicht blitzten kalte blaue Augen, schüttere dunkelblonde Haare lagen in Wellen nach hinten gekämmt. Keine Schönheit, aber beeindruckend mit wuchtiger Präsenz und Ausstrahlung. Das also war der Star des Abends. Er liebte offensichtlich die angenehmen Dinge des Lebens und passte nicht so richtig zu meinem asketischen Onkel. Neben diesem offensichtlichen Machtmenschen war ich ein Fliegengewicht.

„Es passiert mir nicht oft, dass mich jemand direkt vor seiner Verwandtschaft warnt. Ich habe aber keine Angst vor Ihnen, Sie kämpfen in einer viel niedrigeren Gewichtsklasse. Offensichtlich haben Sie in den USA nie die richtige Hamburgerbude gefunden. Vor kurzem war ich an der Westküste, in Seattle. Dort kann ich Ihnen einige Restaurants empfehlen, die zu Ihrer körperlichen Ertüchtigung beitragen könnten. Ich will nicht nach bayrischer Art sagen, dass ein Mann ohne Bauch ein Krüppel ist, einem mageren Koch traue ich aber grundsätzlich nicht über den Weg."

Der Kerl benötigte genau sechs kurze Sätze, um die Einschätzung von Anne zu bestätigen. Ein arroganter Saftsack. Ohne jemals mit Diplomatie gesegnet worden zu sein, musste ich hier eine Antwort finden, die kein Öl ins Feuer gießt. „Ach, wissen Sie, Herr von Schimmelbusch, ich bin Langstreckenläufer und versuche möglichst wenig Gewicht über die Straße zu schleppen.

Jedes Kilo zuviel kostet mich beim Marathon einige Minuten. Sie kennen bestimmt den lebensweisen Spruch von Paavel Nurmi, dass der Vogel fliegt, der Fisch schwimmt und der Mensch läuft. Er ist mein persönlicher Leitsatz. Außerdem hat mir mein Arzt in den USA vorgerechnet, Operationskosten wären deutlich niedriger, wenn nicht zuerst Fett bergmännisch abgebaut werden muss." Der erste Teil war sicher politisch korrekt, beim zweiten Satz sah ich Onkel Dieterichs Mundwinkel zucken. Aus den Augenwinkeln hatte ich Anne beobachtet, die die Weine auf dem Labortisch der Reihe nach probierte, danach in das Waschbecken ausspuckte und völlig unbeteiligt wirkte. Garantiert hatte sie trotzdem konzentriert gelauscht, Frauen beherrschen Multitasking. Sie wechselte mit ihrem Bruder einen kurzen Blick, der mir meinen lapsus linguae bestätigte.

„Sie sprechen eine kühne Sprache, das gefällt mir. Und Sie zitieren den Wunderläufer Paavel Nurmi mit einem Spruch von Emil Zatopek, Als ehemaliger Sportreporter muss ich auf Korrektheit Wert legen. Ich hoffe, Sie laufen auch in deren Klasse. Verraten Sie mir doch, warum laufen Sie ausgerechnet lange Strecken? Ich kenne keine fruchtlosere und langweiligere Sportart als Langstreckenlauf, bei dem hirnlos Asphalt abgeschrubbt wird. Mit der Evolution können Sie das nicht erklären. Ich kann mir Ihren Urmenschen am Lagerfeuer oder auf der Pirsch gut vorstellen. Dass er aber zur körperlichen Ertüchtigung durch die Savanne gejoggt sein soll, glaube ich nie. Hoffentlich geht es Ihnen auch nicht wie unserem früheren grünen Außenminister, der angeblich einen langen Lauf zu sich selber gemacht hat, in Wirklichkeit aber nur vor sich davongelaufen ist. Therapeutisches Laufen war bei ihm auf jeden Fall angebracht, aber leider nicht auf Dauer erfolgreich. Wissen Sie auch, warum eine Marathonstrecke genau 42,195 Meter lang ist? Keine andere Rennstrecke besitzt einen so krummen Wert."

Anne rettete die Situation, bevor ich mich vollends um Kopf und Kragen reden und möglicherweise einem Gast und Freund des Hauses entgegen aller Etikette an das Schienbein treten konnte. Zumal ich mich bei der Beantwortung seiner Frage blamiert hätte. Manche Dinge wie die Länge eines Marathons waren gottgegeben und nicht zu hinterfragen. Laufen ist also für den Kerl allenfalls Therapie, wer läuft ist dumm oder krank. Der Mann ist gefährlich. „Papa, kannst du den Weißburgunder aus dem Felsengarten probieren, er hat meiner Meinung nach Korkgeschmack. Ist noch eine zweite Flasche zum Vergleich oben?"

„Nein, Anna-Katharina, das kann nicht sein". Er sprach ihren vollen, zutiefst gehassten Taufnamen besonders akzentuiert aus und behandelte sie damit von oben herab als sein kleines Mädchen, das noch viel lernen musste. „Wir haben alle Flaschen schon probiert, keine war auffällig. Der Weißburgunder hat uns durch seine Finesse und typische Burgundernote besonders gefallen. Nicht wahr, Konrad?" Beide füllten ihre Gläser trotzdem mit einer kleinen Menge, schwenkten kräftig, rochen daran und nahmen ihn dann in den Mund, um ihn nach einigen Sekunden wieder auszuspucken.

„Ich verstehe Sie nicht, Fräulein Engelmann, er wirkt sehr fruchtig, ich würde sagen, er schmeckt nach Pampelmuse und etwas Apfelsine, die Säure ist dezent, er ist sehr extraktreich und damit ein idealer Begleiter nachher zum Fischgang. Korkgeschmack kann ich nicht feststellen. Wenn ich mir den Korken von dieser Flasche anschaue, ist das auch nicht möglich. Er ist gleichmäßig gewachsen und der Wein nur minimal in die Korkzellen eingedrungen. Er kann dadurch nichts aus dem Korkgewebe extrahieren. Der Korkstopfen hier ist ja praktisch trocken" Er hielt ihn Anne vor die Nase, sie sollte sich selber überzeugen. Ich hatte auch probiert, schmeckte und roch aber nichts von Burgundernote oder Pampelmuse und schon gar nicht einen Korkgeschmack. Wenn ich länger im Weingut bliebe, hätte ich vielleicht Gelegenheit, das zu lernen. Oder ich würde wegen Anomie Minderwertigkeitskomplexe bekommen, die Sache schien komplex zu sein.

„Papa, ihr überzeugt mich nicht. Es ist sicher nicht der klassische Korkgeschmack von Trichloranisol, vielmehr ein leichter Muffton. Auch bei nur geringem Kontakt mit Wein können Korken Stoffe abgeben, die wir als muffig, erdig, unsauber bezeichnen. Lasst uns doch eine Vergleichsprobe öffnen, dann bekommen wir Klarheit."

Herr von Schimmelbusch blickte auf seine Uhr. „Dieterich, ich würde mich gerne zurückziehen und etwas frisch machen. Wir sehen uns viertel vor sieben." Er ließ uns wortlos stehen, Dieterich ging hinter ihm her. Auch Anne entfernte sich und klopfte mir im Vorbeigehen grinsend auf die Schulter. „Gratuliere! Du hast es noch schneller als ich geschafft, dir einen wahren Freund zu verschaffen. Heute hat er lediglich mit dem Florett gekämpft. Nächstes Mal wird er sicher den Säbel auspacken. Geh ihm aus dem Weg."

„Sag mir, Alexander, ist die Weinszene eine Machoszene und Wein Probieren ein Kampf jeder gegen jeden um den ultimativen Geschmack? Was gerade abgelaufen ist, hätten mir meine Schimpansen nicht schöner bieten können. Die Alphatiere koalieren gegen dritte, um später den Oberboss auszufechten. Onkel Dieterich und von Schimmelbusch beieinander, da müssten Frauen Testosteron schon von weitem riechen können. Hat der Wein einen Fehler oder nicht, was sagst du als Fachmann?"

Alexander nahm wortlos drei Gläser und füllte aus zwei Flaschen verdeckt ein. „Zwei Gläser haben den gleichen Inhalt, das dritte weicht ab. Probiere alle drei und sage mir, welche identisch sind und welches Glas dir besser schmeckt. Der Dreieckstest ist die sicherste Methode, einen solchen Streit zu beenden." Schon wieder etwas zum Blamieren. Niemals würde ich armer Wicht mit meiner traurigen Normalausstattung von Nase und Zunge erfahren, was Profis fühlen, schmecken, erleben. Ich versuchte mich zu konzentrieren und das Testritual wie gesehen nachzuahmen: sehen, riechen, fünf Sekunden schlürfen, ausspucken. Beim Spucken allein war ich als Anfänger entlarvt. Sogar das scheint eine Kunst zu sein. Alle drei Gläser der Reihe nach, dann noch mal von vorne. In den USA hatte ich hauptsächlich Bier von Anheuser Bush oder „Corona" aus Mexico getrunken. Bud light war das Maß aller Dinge, Wein kein Thema. Frechheit siegt, bei Alexander hatte ich nicht das Gefühl, vorgeführt zu werden.

„Ich glaube Glas eins und drei sind identisch sind. Der Wein in Glas zwei schmeckt etwas anders, ich kann dir den Unterschied aber nicht mit Worten beschreiben. Er behagt mir aber nicht." Alexander schaute mich grinsend an und nickte bestätigend mit dem Kopf. „Anne hatte recht, der Muffton ist sogar sehr ausgeprägt. Warum kapiert sie aber nicht, dass man seinen Vater nicht vor anderen bloßstellen darf. Sehr wahrscheinlich wollte Papa nur seinen Freund schützen und hat Anne deshalb widersprochen. Für die Probe nachher ist ein Fehlton in dieser Flasche unerheblich, wir überprüfen jede einzeln vor dem Ausschenken. Gabor Horvath von der St. Urban-Kellerei ist so freundlich, das für uns zu tun. Er ist schon bei der Arbeit, vierzehn Weine und ein Sekt, jeweils acht Flaschen, da muss auch ein Profi Leistung bringen. Und aus dir machen wir noch einen passablen Weinkenner, Ansätze sind vorhanden. Du bist richtig gelegen mit deinem Urteil. Das mittlere Glas enthält den muffigen Wein. Wenn es dir recht ist, zeige ich dir jetzt dein Zimmer. Wir müssen uns beide noch umziehen."

Alexander lief mit Raum greifenden Schritten vor mir her. Im Gegensatz zu seinen asketischen Eltern und der sportlichen Anne war er vollschlank, ein massiger Kopf mit deutlichem Doppelkinn steckte fast ohne Hals auf einem Körper mit unübersehbarem Bauchansatz. Fünfzehn bis zwanzig Kilogramm Gewicht weniger würden einem Dreißigjährigen wie ihm besser stehen.

Seine Gesichtszüge waren eher weich, sein Händedruck zu schwammig für jemanden, der den ganzen Tag körperlich arbeiten muss. In seiner Familie schien er etwas aus der Reihe zu tanzen, dafür schätzte ich ihn als sehr sensiblen Menschen ein, der sicher gut auf Kunden eingehen kann und hervorragend Weine probiert. Seine Demonstration im Probierraum hatte mich beeindruckt, den Dreieckstest würde ich auch bei anderen Problemen verwenden können. Er führte mich zum vor kurzem renovierten Wasserturm, den ich zum ersten Male betreten durfte. Früher war er aus Sicherheitsgründen nicht zugänglich. Er stand inmitten eines rechteckigen Teiches mit der Größe eines Fußballfeldes, der bis nahe an die neckarseitige Schlossmauer reichte. Eine Holzbrücke führte hinüber. Der quadratisch aus groben Sandsteinquadern errichtete Turm überragte sogar das Haupthaus und bot von meinem Zimmer unter dem Dach einen unbeschreiblichen Rundumblick. Eine Wendeltreppe führte an der Wand entlang über drei Stockwerke. Auf den unteren beiden Ebenen waren zentral ein kleines Zimmer mit Schreibtischen und Stühlen möbliert, Geschoss drei war mit einem einfachen Bad und kleineren Schränken ausgestattet. Ganz nach oben führte lediglich eine Falltreppe, um im Zimmer mehr Platz zu belassen. Es reichte dennoch lediglich zu einem Bett, einem kleinen Tisch und zwei Stühlen. Kleine Glasfenster, eher Schießscharten, spendeten ausreichend Licht. Ich fühlte mich in meinem Reich sofort wohl. Am liebsten wäre ich aufs Bett gefallen und hätte allen fehlenden Schlaf nachgeholt. Ich war mir nicht sicher, ob ich mich auf die Feier freuen sollte.

Anne rief mich pünktlich an, wir trafen uns vor der Brücke. Sie trug ein langes, freizügig geschlitztes dunkles Abendkleid, das viel Bein zeigte, ihre Hüften ausladend betonte und sie noch fraulicher erscheinen ließ. Ihren Mund hatte sie durch raffiniertes Konturieren mit dunkelrotem Lippenstift optisch verkleinert, dafür war die Augenpartie stark herausgearbeitet. Schnürsandalen mit hohem Absatz brachten sie fast auf Augenhöhe mit mir. Sie musterte mich von oben bis unten. „Ich werde allen sagen müssen, dass du unser Amerikaner bist, dessen Gepäck noch auf dem Atlantik schwimmt. Dann haben die Leute keine hochgestellten modischen Erwartungen, die du enttäuschen würdest. Zum Glück hast du Jeans und Turnschuhe gegen etwas Repräsentativeres aus Stoff und Leder ausgetauscht. Welchen Beruf hat denn der Schneider deines Sakkos? Kennt man in den USA auch Krawatten? Wann kommt eigentlich der Container mit deinem Gepäck, ein großer Rucksack hält nicht lange vor? Tu mir nachher bitte einen Gefallen. Weingläser hält man in zivilisierten Ländern an ihrem Stiel. Deswegen gibt es ihn. Angelsächsische Barbaren sehen das anders, sie packen das Glas in der Mitte an und sehen dabei so stilvoll aus wie eine Kuh beim Bauchtanz. Von Pfoten verschmierte Gläser wirken ekelerregend, zumal der Inhalt dadurch warm wird."

Schon wieder war ich in der Verteidigungsposition und wurde wie ein kleiner Junge belehrt. Sie überdeckte ihre Unzufriedenheit durch Ironie, hatte aber damit die Grenze meines Humors erreicht. „Entschuldige bitte, ich war nicht auf eine derart feierliche Veranstaltung eingestellt. Im Übrigen trage ich meine besten Kleider, mehr war bisher nicht nötig. In den USA ist man großzügiger der Form gegenüber, solange der Inhalt gut ist. Ein Container mit Möbeln oder Kleidern wird nicht kommen. Ich habe alles verkauft und kann mich mit dem Erlös entsprechend der Gepflogenheiten des Landes einrichten. Für heute Abend hat es aber nicht mehr gereicht. Nimmst du mich trotzdem als gerade noch gesellschaftlich akzeptabel mit?" Ihr Spott im Gesicht war einem verwunderten Kopfschütteln gewichen. Sie hakte sich bei mir unter und lenkte mich in Richtung Kellereingang.

„Ach ja, wie erwartet. Sandy hat absagen müssen. Sie möchte dich aber gerne kennenlernen, ich habe ihre Neugierde gekitzelt mit deiner Unmenge an Google-Eintragungen. Vielleicht schaffen wir es, am Montag gemeinsam Essen zu gehen." Anne beherrschte die gesellschaftlichen Spielregeln so perfekt wie ihre Mutter. Ihre Fähigkeit zum small talk mit allen und jedem war so ausgeprägt wie ihr Lächeln, dass sie eine Rolle spielte unübersehbar. Komplimente und Freundlichkeiten nach allen Seiten, für jeden ein freundliches Wort und nach den gesellschaftlich wohl nötigen drei bis vier Minuten der Wechsel zum nächsten Gast. Bis zum Kellereingang hatte ich schon zwanzig Personen die Hand geschüttelt. Es war niemand dabei, den es sich zu merken lohnte. Anne wurde aber sofort authentisch, als sie den als Aperitif servierten Sekt und dazu gereichte kulinarische Kleinigkeiten kommentieren konnte. „Iss soviel Finger Food, wie du bekommen kannst, ohne negativ aufzufallen. Du brauchst eine Grundlage für die kommenden Weine. Wenn du mit Trinken und Essen gleichzeitig startest, gewinnt immer der Alkohol das Rennen. Er geht zum Teil bereits über die Schleimhäute im Mund ins Blut über und die Kohlensäure des Sekts verstärkt den Effekt. Wein trinken muss wie ein Langstreckenlauf sein, kein kurzer Sprint, nach dem du ohne Puste im Gras liegst. Der Sekt ist übrigens unsere Jahrgangscuvee 2004 aus Rieslingtrauben, handgerüttelt hier im Betrieb, unter anderem auch von mir. Die Trauben wurden zwei Wochen vor der Hauptlese geerntet, um mehr Säure zu erhalten und weniger Zucker. Sekt soll erfrischend sein und nicht brandig und plump. Ich hoffe, er schmeckt dir".

Geplänkel mit dem Hausarzt der Familie, Doktor Hans-Georg Bröker, der noch alle ihre Kinderkrankheiten kannte. Ihn musste ich mir merken, er war bestimmt beim Unfall meines Vaters als erster gerufen worden. „Die Schnittchen, Appetithappen, Delikatesshäppchen usw. von früher heißen heute Finger Food. Auf jeden Fall darfst du alles zwischen Daumen und Zeigefinger seiner Bestimmung zuführen, wie im Wilden Westen. Besonders empfehlen kann ich dir Schnittlauch mit Wachtelei auf Toast oder den Standard, Räucherlachs mit Sahnemeerrettich. Wenn du gerne Käse isst, findest du als Reverenz an unsere italienischen Freunde Mozzarella mit Tomatenscheibe und Basilikum. Ein Appetizer in den Landesfarben grün, weiß, rot."

Höfliche Floskeln mit Doktor Müller aus München, den Lotte abgeholt hatte. Er war froh, heute keine Weißwürste oder Brezeln essen zu müssen. „Die Linsen mit Creme-fraiche-Haube hätte ich so nicht zusammengestellt. Die Säure des Rahms dominiert zu stark. Als Grundlage aber hervorragend. Genauso wie die Schinkenschnittchen mit viel Butter. Lass den Ziegenkäse besser weg. Ziegenkäse allein riecht wie die Ziege von vorne. Ziegenkäse zusammen mit Wein riecht wie die Ziege von hinten. Unser Caterer lernt manche Dinge nie."

Auf der Kellertreppe, die wir endlich erreichten, ein kurzer Flirt mit dem Bürgermeister, keine Substanz, drei Sätze mit dem Direktor der Sparkasse, Herrn Weber, nett aber belanglos. Es war nicht mehr die Treppe meiner Kindheit. Sie war erneuert, die Stufen viel breiter und nicht mehr ausgetreten von den Schritten der Jahrhunderte. Dafür rutschfester und sicherer. Auf halber Höhe konnte ich den zentralen Arbeitsraum, in dem die Feier stattfand, vollständig überblicken. Anne bemerkte meine Verwunderung. „Papa hat den alten Arbeitsraum, in den alle seitlichen Kellerstollen münden, als Weinkathedrale umgebaut. Unsere Arbeitsabläufe wurden dadurch beträchtlich vereinfacht und, wie du siehst, eignet er sich hervorragend für repräsentative Feiern. Unsere anspruchsvollen Kunden sind begeistert. Heute wird er übrigens zusammen mit unserer Weinkollektion des letzten Jahrgangs der Öffentlichkeit vorgestellt. Aus Pietät deinem Vater gegenüber haben wir die Einweihungsfeier zurückgestellt. Ich dachte, Mama hätte dich darüber informiert. Du kannst dir vorstellen, dass Alexander und ich viel Überzeugungsarbeit leisten mussten, bis Papa bereit war, seinen historischen Kellerschimmel mit einem Umbau zu vertreiben. Ich muss aber gestehen, ich hätte die Schwerpunkte anders gelegt. Lass uns hinterher darüber reden, wie du diese Kathedrale des Weines findest."

Der früher vom Kellerschimmel tatsächlich immer unappetitlich grau-schwarz gefärbte runde Flachbau hatte eine Kuppel bekommen, der Natursteinboden war durchgängig grau gefliest und die Wände waren hell verputzt. In der Mitte der Kuppel hing ein riesiger Kronleuchter mit mehreren Dutzend Lampen von der Decke und tränkte den gesamten Raum in ein warmes gelbes Licht. In alle vier Richtungen zweigten in den Fels gehauene gewölbte Stollen ab, die sich wie ein unterirdisches Wurzelwerk immer weiter verteilten. Ich erinnerte mich wieder an das Kellerlabyrinth, das nicht nur das Weingutsgelände, sondern auch die umliegenden Weinberge unterhöhlt und dessen Stollen durch zahlreiche Stichtunnels miteinander in Verbindung stehen. Ein Paradies für uns Kinder, wenn wir nur nicht so viel Angst gehabt hätten. Hier musste Onkel Dieterich kein Verbot aussprechen. Meine Schwester und ich sind nie über den Arbeitsraum hinaus gekommen aus Angst vor den bösen Kellergeistern, von denen mein Vater uns immer erzählte und die kleine, neugierige Kinder in die Holzfässer stecken würden. Nur an seiner Hand trauten wir uns an den endlosen Holzfassreihen und Flaschenlager, an den Holzkisten und Arbeitstischen vorbei in die Tiefe des Raumes. In jede Himmelsrichtung ging ein Hauptstollen ab. Jedes Jahrhundert hatte seinen Tunnelbau, wie Jahrgangsschilder über den Eingängen verrieten. 1580 war der Keller an der rechten Seite, 1672 der auf der Treppe entgegengesetzten gegraben worden. Direkt neben der Treppe und dem Aufzug rechts führte ein dritter Stollen aus dem Jahre 1730 rückwärts in den Fels. Die jüngste Erweiterung von 1781 sah ich links in Richtung Neckar, er konnte deshalb nur kurz sein. Dieser Stollen wurde von zwei großen, runden Edelstahltanks flankiert. Neben ihnen pflanzten sich in das Halbrund des Kellers symmetrisch angeordnet eine Menge kleinerer Stahltanks, zum Teil rechteckig und übereinander gestellt, zum Teil rund und hoch. Sie reflektierten das Licht nach allen Richtungen und spiegelten die Menschen unnatürlich verzerrt. Mehrere Gäste blieben davor stehen und wunderten sich über ihre voluminöse Figur, die die runden Tanks erzeugten. Die Reihe der Edelstahltanks endete an der Treppe beziehungsweise am Eingang des Tunnels von 1672, wie zwei Güterzüge mit einer großen Lokomotive in einer scharfen Kurve. Auch rechts herrschte völlige Symmetrie, nur mit Holzfässern, zunächst mehr als mannshohe alleinstehend, dann kleinere in drei Lagen übereinander gestapelt. Je höher, desto kleiner. Hinter den Fässern lenkten Strahler rotes Licht auf Wandnischen, in denen Amphoren in Stahlständern standen.

„Alles Funde aus unseren Weinbergen. In dieser Gegend haben bis ins vierte Jahrhundert Römer gelebt. In den Kellergängen findest du noch mehr davon. Ein Teil der Stücke wird sogar im Landesmuseum in Stuttgart gezeigt. Leider war von unserem Bacchus so wenig erhalten, dass er nicht präsentabel ist. Er hätte sich hier unten prächtig gemacht. Wir versuchen immer, das Denkmalamt nicht zu neugierig zu machen. Stell dir vor, wir stoßen im Weinberg auf eine Nekropole oder einen weiteren Gutshof, wie sie in der Nähe bereits gefunden wurden. Der wirtschaftliche Schaden kann immens sein, bis die Archäologen endlich fertig sind mit ihrer Buddelei." Wieder hatte Anne intuitiv erkannt, was mich gerade beschäftigte. Die meisten Gäste saßen inzwischen bereits an den Tischen mit jeweils acht Plätzen, die einen großen Kreis vor den Tanks und Fässern bildeten. Tische und Stühle waren mit weißem Stoff bespannt und üppig dekoriert. Einige Buchsbäume und große Blumengestecke zwischen den Tischen lockerten die Anordnung auf. Die Anzahl der Messer und Gabeln deutete auf ein aufwendiges Menü hin. In der Mitte, direkt unter dem Kronleuchter, stand ein kleines Holzfass hochkant und war mit einer Platte abgedeckt. Zwei leere Gläser und ein Notizbuch deuteten an, dass von Schimmelbusch von dort aus präsentieren wollte.

„Wir sitzen am Katzentisch, etwas seitlich vor dem Kellergang zusammen mit Gabor, Alexander und einem Freund, dazu Peter und Erdim. Peter ist Pole und seit zehn Jahren als Mädchen für alles bei uns, Erdim Türke und hilft uns bei Bedarf. Du anerkennst unsere Internationalität. Beide sowie Alexander und sein Freund werden sich die meiste Zeit um die Organisation kümmern, wir drei haben deshalb viel Muße, das Treiben von höherer Warte zu beobachten. Sandys Platz bleibt leider leer. Papa wollte mich zu einigen unbeweibten Kunden setzen als femininerotische Auflockerung. Du hast mir zum Glück eine plausible Ausrede geliefert. Die Rolle hat nun Mama übernommen inklusive Betreuung des Pastors. Papa sitzt wie immer bei den Honoratioren. Er hat Wolf-Heinrich Stephaut mit seiner aufgemotzten Gattin am Tisch, den kaufmännischen Geschäftsführer von St. Urban, daneben den Bürgermeister, heute solo, von Schimmelbusch ebenfalls ohne weibliche Begleitung, den Vorstand der Genossenschaft und unseren Landtagsabgeordneten der CDU mit Tochter im heiratsfähigen Alter, angeblich auf der Suche nach einer Spitzenpartie. Eine illustre Gesellschaft von Menschen, in der jeder bedeutender ist als der andere. Gabor, du und ich werden mehr Spaß haben als die alle zusammen."

Anne stellte mich an unserem Tisch kurz vor. Ich saß zwischen ihr und Gabor und hatte freien Blick auf die Mitte des Raumes. Gabors Händedruck war das kräftigste, was ich bisher erleiden musste. Wo andere Werkzeuge brauchten, um Schlauchverbindungen zu lösen, reichten ihm sicher die Hände. Ich schätzte ihn auf Anfang vierzig, er war untersetzt, einen halben Kopf kleiner als ich, aber äußerst breitschultrig und kompakt. Fett konnte ich mir an seinem Körper nicht vorstellen, er schien aus purer Muskelmasse zu bestehen. Auch er trug keine Krawatte, lediglich ein dunkles Sakko über einem enggeschnittenen, oben offenem Hemd und eine helle Stoffhose. Warum hatte mich Anne angegangen, ich war nicht schlechter gekleidet als er. Vielleicht nicht so teuer. Alles an ihm war dunkel. Er hatte den schwärzesten Haarbusch auf dem Kopf, den ich je gesehen hatte und aus dem blaue Reflexe schimmerten, dunkle Augen, dunklen Teint, sogar seine Lippen zeigten einen schwarzen Schimmer. Wie er mir erzählte, waren seine Eltern 1956 im Zuge der politischen Unruhen aus Ungarn geflüchtet, in Deutschland gestrandet und zehn Jahre später mit diesem Kraftprotz gesegnet worden. Ich fragte mich, wieviel Generationen Zigeuner ihre Gene hier gestreut hatten.

„Eigentlich müsste ich aus Gründen der Etikette per „Sie" mit dir verkehren. Deutsch ist ja leider eine der Sprachen, die stark differenziert. Zum Glück gibt es in vielen anderen keine derartige Unterscheidung, außerdem ist die international akzeptierte Anrede im Keller das „Du". Unterhalb der Erdoberfläche versagen die Regeln des Herrn Knigge. Ich heiße Gabor, das ist Erdim, dort Peter, der Kollege von Alexander muss sich selber vorstellen, und du bist Rafael. Herzlich willkommen in unserem Kreis der Unwichtigen."

Ein helles, durchdringendes Klirren, das entsteht, wenn leere Weingläser aneinanderstoßen, unterbrach uns. Das Geschnatter im Raum verstummte innerhalb weniger Sekunden. Dieterich und von Schimmelbusch waren an den Tisch in der Mitte getreten, die Show sollte beginnen. Dieterich umrundete das Fass und suchte mit jedem Tisch Blickkontakt. „Lieber Konrad von Schimmelbusch, liebe Gäste, meine geliebte Lotte! Wir haben heute gleich zwei Gründe, zusammen zu feiern, und ich bin hoch erfreut, dies nicht im kleinen Familienkreis tun zu müssen, sondern mit ihnen als Freunde des Hauses, die mit uns zusammen zwei Meilensteinen in der Weiterentwicklung unseres historischen Weinguts Referenz erweisen. Sie sind es gewohnt, dass wir jedes Jahr zur Präsentation unseres jüngsten Weinjahrganges einladen. Die Einladung hat in diesem Jahr bereits eine vierzigjährige Tradition, seit ich den Betrieb als junger Anfänger von meinem leider zu früh verstorbenen Vater kurzfristig übernehmen musste. Sie haben heute als unsere ganz besonderen Kunden und als erste das Recht und die Möglichkeit, die frischen Füllungen zu probieren, unsere Bemühungen um Qualität kritisch zu begleiten und ein Urteil abzugeben über die Leistung unseres kleinen Teams in Keller und Weinberg. Darüber hinaus feiern wir heute die Einweihung unseres neu gestalteten Weinkellers, in dem Sie sich hier befinden. Ich glaube, damit Tradition und Fortschritt im Sinne einer ökonomischen Arbeitsweise zusammengeführt zu haben. Auch da bitten wir Sie, unsere Mühen kritisch zu würdigen. Wir sind alle Menschen mit Stärken und Schwächen, die es freut, für ihre Stärken gelobt und für ihre weniger guten Eigenschaften zur Verbesserung motiviert zu werden. Meiner Worte sind nun genug gewechselt, lasst uns zu Taten schreiten. Ich darf das Wort übergeben an einen ganz besonderen Freund unseres Hauses, einen kritischen Begleiter unserer Mühen um den besten Wein und gleichzeitig eine Persönlichkeit, die es wie keine zweite versteht, Feinheiten eines Weines mit sprachlicher Brillanz zu präsentieren. Wir begrüßen Doktor Konrad von Schimmelbusch, den sie alle kennen von seinen gradlinigen und investigativen Reportagen beim Südwestrundfunk. Er wird heute durch das Programm führen und uns einen unvergesslichen Abend mit rhetorischer Brillanz und inhaltlichem Spitzenniveau bereiten. Konrad, darf ich dich bitten."

Von Schimmelbusch trat vor, er füllte den Raum allein durch seine bloße Präsenz. Ich war gespannt, wie er von der Mitte des Raumes alle Gäste ansprechen würde, die in einem Kreisbogen an den Tischen um ihn herum saßen. Er konnte immer nur einem Teil direkt entgegentreten, den anderen musste er den Rücken zudrehen. Offensichtlich kannten ihn die Gäste alle, sie schauten mit offenem Mund in seine Richtung und konzentrierten sich auf seine Worte. Ich hatte zuvor noch nie etwas von ihm gehört. Seine Stimme klang anders als im Probierraum, sonorer, dunkler, wie sie Fernseh- oder Radiosprecher bewusst verändern. Er beherrschte alle rhetorischen Tricks, mit denen Zuhörer zu packen sind. Es waren weitgehend dieselben, die mir für meine Vorträge und Vorlesungen mühsam beigebracht wurden. Blickkontakt mit den Zuhörern, jeder sollte sich persönlich angesprochen fühlen. Dazu musste er das kleine Fass ständig umrunden, ohne Hektik zu verbreiten. Dynamisch kreisender Blickkontakt eben. Diese Herausforderung löste er perfekt, indem er immer in Bewegung war, der massige Rugbyspieler, der die Blicke seiner Fans wie ein Magnet anzog. Die Gestik unaufgeregt aber lebhaft, Hände oberhalb der Brust, im positiven Bereich, passend zum Inhalt. Mimik konzentriert und immer lächelnd. Er brachte seinen ganzen Körper ein, er war Profi. Ich schloss die Augen, um mich auf den Inhalt und vor allem die Modulation der Stimme zu konzentrieren. Die Modulation ist bei Nachrichtensprechern das einzige Stilmittel, das sie hinter ihrem Tisch einsetzen können. Bedeutungsschwere Worte werden noch bedeutungsvoller, Kernsätze noch intensiver, Tragendes noch schwerer, zentrale Inhalte noch gewichtiger, wenn die Betonung stimmt, die Pause richtig gesetzt wird oder die Lautstärke passend gewählt. Seine Sätze waren kurz, präzise, Subjekt, Prädikat, Objekt, kein überflüssiges Wort. Ich begann ihn zu beneiden.

„Lieber Dieterich, liebe Lotte, werte Gäste des Hauses, verehrte Damen und Herren. Es ist mir eine große Ehre, Sie heute Abend zu begleiten bei einer Veranstaltung, die ihresgleichen sucht im Weingut Schloss Novalis. Der Hausherr hat Ihnen in seiner ihm eigenen Bescheidenheit lediglich zwei Anlässe genannt, warum wir zusammengekommen sind. Es gibt aber noch einen dritten Grund, der mir persönlich mindestens so wichtig ist wie die beiden anderen. Sie alle kennen das Prunkfass, das im Kreuzkeller den Abschluss bildet und aus dem 18. Jahrhundert stammt." Er zeigte mit beiden Händen in Richtung des Kellerstollens aus dem Jahre 1781. „Dieses Fass aus ungarischer Eiche stellt in Württemberg etwas Einmaliges dar ob seines Erhaltungszustandes und seiner Ausschmückung. Mit 160.000 Liter Inhalt fasst es zwar weniger als das Heidelberger Fass, ist dafür Jahre älter, war bis weit in das 20. Jahrhundert hinein im Einsatz und ist so liebevoll gepflegt, dass es jederzeit reaktiviert werden könnte. Dieses Fass adelt den historischen Weinkeller unseres lieben Dieterich und seiner Lotte. Seit gestern nun wird nicht nur der Keller, sondern das gesamte Weingut Schloss Navalis durch einen weiteren kulturellen Höhepunkt eine Adelsstufe höher gebracht, quasi in den Fürstenstand erhoben. Nach liebevoller und vom Landeskonservator begleiteter detailgetreuer Renovierung wird das Holzfass ab sofort von einem Silberkruzifix geschmückt, dessen Korpus ebenfalls aus Eichenholz besteht, der im elften Jahrhundert geschnitzt wurde. Der Kopf, die Arme und ein Teil des Lendenschurzes wurden mühsam und kostenintensiv ergänzt und glänzen nun in einem Silbermantel. Wie sie wissen, wurden die Verurteilten nach römischem Brauch völlig nackt an das Kreuz genagelt als ein bewusster Akt der Erniedrigung. Die Nacktheit bedeutete ursprünglich den Verlust der Ehre und Würde, es war die größtmögliche Schande. Erst später wurde diese Nacktheit in Bezug auf unseren Erlöser ein Hinweis auf seine Göttlichkeit. Der Tod und die Sünde waren durch den Kreuzestod überwunden, es war wieder ein Zustand erreicht wie vor dem Sündenfall. Meine Damen und Herren, sie gehören heute zu den privilegierten Personen, die das zweitälteste Kruzifix in Deutschland als erste zu sehen bekommen, das monumentale, lebensgroße „Heilige Kreuz von Navalis". Freuen Sie sich mit mir. Das Kreuz ist nur wenige Jahre jünger als die älteste Schnitzerei aus der Dorfkirche im oberbayrischen Priel. Dieterichs Vater hatte es ursprünglich aus seiner westfälischen Heimat mitgebracht, aber erst vor wenigen Jahren wurden dessen Alter sowie seine kunsthistorische und religiöse Bedeutung erkannt."

Die folgenden Worte gingen in lautem Klatschen unter. Die Gäste erhoben sich von ihren Plätzen und applaudierten stehend. Anne und Gabor waren sitzen geblieben und schauten sich kopfschüttelnd an. Gabor war wütend. „Erst darf ich 130 Weine auf Korkgeschmack probieren, ohne auch nur ein Stück Brot zu bekommen, und muss mir nun, anstatt Lachs im Blätterteig zu essen, einen Vortrag über Holz im Silbermantel anhören. Will der liebe Konrad damit von der diskussionswürdigen Weinqualität des Jahrganges 2006 ablenken? Ich bin gespannt auf seine Beredsamkeit, wenn es gilt, die diversen Fehler zu ummanteln." Er blickte mich an. „Du kennst den Narziss noch nicht, nehme ich an. Er wählt entweder den historischen oder den christlichen Einstieg bei seinen Reden. Heute schafft er es, beides zu einem Eintopf zu verrühren. Ich kann den Fettsack genauso wenig leiden wie Anne." Die legte ihre Hand auf seine, lächelte ihn an und versuchte ihn zu beruhigen. „Lass mal, Rafael hat genau zwei Minuten gebraucht, um ihn zum Gegner zu machen. Ein Evolutionsbiologe und ein christlicher Dogmatiker passen nicht zusammen. Laut Regie kommt in zehn Minuten der erste Gang."

Sie griff sich die Menüfolge, die auf jedem Platz ausgelegt war. „Meersalz-gebeizte Rinderhüfte und Tatar vom Allgäuer Rind auf Bärlauchcreme und leichter Gemüsevinaigrette". Der erste Gang wird dich wieder aufbauen." Das Bedienungspersonal bestand ausschließlich aus jungen, mit schwarzen Schürzen gekleideten Mädchen. Sie füllten unsere Gläser mit Wasser und mit den nächsten beiden Weinen. Zum Warmtrinken und Trainieren der Zunge war vorneweg der Hauswein ausgeschenkt worden, eine Cuvee aus verschiedenen Rebsorten. Nun folgten der bereits bekannte Weißburgunder im rechten Glas und ein Riesling Kabinett im linken. Alexander und die beiden Mitarbeiter waren die ganze Zeit unterwegs und organisierten Service und Weinbereitstellung, Gabor, Anne und ich hatten den Katzentisch für uns allein. Meine beiden Nachbarn zeigten wenig Interesse, Konrad zu lauschen. Sie spulten ihr eigenes Programm ab, das gesellschaftliche Regeln ignorierte und aus dem eine tiefe Vertrautheit sprach. Sie saßen nicht zum ersten Mal zusammen. Zum Glück war unser Tisch etwas abseits, so dass die anderen Gäste nicht gestört wurden. Wir probierten die beiden Weine, wobei diesmal tatsächlich getrunken werden durfte. Ich gab mir Mühe, ihre Kommentare zu verstehen.

„Die Weine sind zu kalt. Der Vorteil dabei ist, dass dadurch Fehler verdeckt werden, weil bei niedriger Temperatur flüchtige Substanzen nicht so leicht wahrgenommen werden. Beide haben einen Säureabbau hinter sich, der nicht sauber verlaufen ist. Sie sind zu säurearm und zeigen Essigsäure. Ich wundere mich, wie sie die amtliche Prüfnummer bekommen konnten, sie kratzen im Hals ganz deutlich. Der Weißburgunder hat zudem einige Zeit bei zu wenig schwefliger Säure im Tank gelegen, er ist luftig geworden. Wenn wir helleres Licht hätten, könnte man die bräunliche Farbe von polymerisierten Phenolen sehen. Vom Hauswein will ich gar nicht reden, bei dem hat Dieterich alle Reste zusammengeschüttet, unabhängig wie fehlerhaft sie waren. Der ph-Wert ist sicher höher als der Säurewert. Zusammen mit dem Brot ist er leidlich genießbar." Gabor hatte mit wenigen Worten einen Totalverriss abgeliefert, auf den Anne zu reagieren hatte. Verstanden, um was es ging, hatte ich nicht wirklich, auch wenn ich die Begriffe wie „luftig", „ph-Wert" oder „Säureabbau" als Biologe natürlich kannte. Was aber die Ausdrücke konkret bei einem Wein bedeuten, verstand ich nicht. Warum hat nur jedes Fachgebiet seine eigene Sprache, die Außenstehende nicht verstehen, auch wenn identische Begriffe verwendet werden?

„Lass mal die Kirche im Dorf. Unsere Kunden sind, wie du hier siehst, ältere Jahrgänge und suchen säurearme Weine für ihren schwachen Magen. Wir produzieren für sie und nicht für eine amtliche Prüfungskommission, deren Messlatte häufig am Markt vorbeigeht. Die Essigsäure schmeckt zudem nur ein Fachmann wie du, das gemeine Trinkvolk verfügt nicht über solche Supernasen. Die Analysenwerte liegen noch innerhalb der gesetzlichen Grenzen, trotz des problematischen Jahrgangs 2006. So viel angefaulte Trauben schon vor der Lese gab es noch nie und nicht jeder hat eine kellertechnische Ausstattung wie du mit der Möglichkeit zu pasteurisieren oder zu klären. Was du luftig nennst, ist für andere ein Ausdruck der Reife. Wir können unsere Weine zum Glück frühzeitig verkaufen, nach einem Jahr sind die meisten schon getrunken. Die ersten drei in der Probe sind Konsumweine für schnellen Verzehr. Und zudem bist du ein unverbesserlicher Technokrat, der Weine allein technisch und nicht als Kulturgut sieht. Deine einzige Frage ist die nach der Art der Herstellung. Boden, Lage, Anbaugebiet, Terroir oder betrieblicher Kontext interessieren dich nicht die Bohne. Wein sollte auch für dich mehr sein als eine Flüssigkeit, die möglichst schnell durch Leitungen gepumpt wird, um im Großhandel verramscht zu werden."

Ihre Antwort verstörte mich. Sie gab indirekt zu, dass Gabor mit seinem Urteil richtig lag. Das Weingut hatte doch gerade durch die hohe Qualität seiner Weine eine hohe Reputation erreicht. Und wieder gelang es mir nicht, zu schmecken, was die beiden beschrieben. Gabor antwortete spontan, ihr Krieg mit Worten war im vollen Gange. „Liebe Anne, du kennst meine Einstellung. Fehlerfreiheit ist bei einem Wein die notwendige Voraussetzung für Qualität. Sicher sind meine Ansprüche daran höher als bei euren Durchschnittskunden. Hinreichend ist Qualität für mich aber erst dann, wenn Eigenschaften wie Jahrgang, Sorte und Herkunft wiederzufinden sind und die Aromatik meinen Ansprüchen genügt. Qualität ist ein Versprechen über die Beschaffenheit, die diesen Ansprüchen genügen muss. Meine Anforderungen habe ich dir genannt, eure Weine fallen leider durch das Raster." Ich hatte das Gefühl, dass die beiden gleich übereinander herfallen und versuchte, wie Anne oben im Probierraum, abzulenken.

„Seid mir bitte nicht böse, ich verstehe kaum ein Wort wirklich. Dass Gabor etwas mit Weinbau oder Kellerwirtschaft studiert hat, kann ich mir denken. Wie sieht es mit dir aus, Anne. Ich denke, du bist Journalistin, deine Wortwahl deutet aber auch auf ein Weinstudium hin." Gabor kam ihr mit einer Antwort zuvor. „Anne hat an der Fachhochschule in Geisenheim Weinbau und Oenologie studiert. Soweit ist ihre Waffenkammer gut bestückt. Verdorben wurde sie durch ihre zwei Jahre Aufbaustudium Kommunikationswissenschaften an der Universität Hohenheim. Dort hat sie offensichtlich Rabulistik als Hauptfach belegt, die Kunst der Wortverdrehung und Wortklauberei. Sie nennt diese Technik der Gesprächsführung Dialektik und beleidigt damit die Philosophen, die sich tatsächlich damit auseinandergesetzt haben. Keine Gehässigkeit ist ihr mehr fremd, ihr Charme ist der einer nassen Wolldecke. Sie beherrscht die rhetorische Keule für Schläge unter der Gürtellinie und passt besser in die Politik als in die Weinwirtschaft. Hüte dich vor ihrer Zunge. Aber lieb kann sie trotzdem manchmal sein." Jetzt verstand ich ihre Frage nach dem Beruf meines Schneiders. Das musste Rabulistik gewesen sein. Gabor brauchte sich aber nicht vor ihr zu verstecken.

Konrads Stimme drang wieder durch. Er war bei der Begrüßung einiger besonders wichtiger Gäste angelangt, selbstverständlich stellvertretend für alle. Der Pastor, der später das Kruzifix und den Keller segnen sollte, der Bürgermeister als alter Freund der Familie, der Landtagsabgeordnete, der die Interessen der kleineren Weinbaubetriebe in und um Stuttgart besonders vertrat, zwei Weinhändler aus Berlin als langjährige Großkunden, der berühmte Herzspezialist aus München, der Lotte vor vielen Jahren durch eine schwierige Operation das Leben gerettet hatte, was mir nicht bekannt war, und danach zu einem treuen Kunden des Hauses wurde und noch einige mehr. Alles sehr launig und kurzweilig, jeder hatte ja etwas zu trinken und die Mädchen schenkten eifrig nach. „Last but not least ist es mir eine Freude, den Neffen unserer Gastgeber zu begrüßen. Er ist ein hochrangiger Wissenschaftler, der nach vielen Jahren Tätigkeit in den USA gerade heute zurückgekehrt ist, um hier seine Forschungen fortzuführen und ein Beispiel dafür, dass der Forschungsstandort Deutschland in der Lage ist, Spitzenwissenschaftler zurückzuholen und anspruchsvolle Arbeitsmöglichkeiten zu bieten. Wir begrüßen den Evolutionsbiologen Doktor Rafael Bannert, der von der University of California nach Leipzig wechselt an das Institut für Evolution und Anthropologie. Sie werden genauso wenig wie ich wissen, was sich hinter diesen Namen verbirgt. Unabhängig davon aber muss die Frage zulässig sein an jemanden, der die Abstammung des Menschen vom Affen lehrt, ob er selber väterlicher- oder eher mütterlicherseits vom Affen abstammt. Doktor Bannert wird ihnen sicher eine Antwort nicht verweigern." Dann lachte er laut über seinen gelungenen Witz.

Anne drückte mir mit ihrer rechten Hand fest auf den Oberschenkel, ich sollte ja nicht aufstehen. Ihre andere Hand hielt sie vor ihren Mund, auch antworten sollte ich nicht. Die Provokation war unter der Gürtellinie, die Gäste schauten in meine Richtung und brüllten vor Lachen. Nach drei Gläsern Wein reichen schon einfach gestrickte Witze. Konrad von Schimmelbusch hatte mich öffentlich beleidigt, eine ganz andere Qualität als die verbale Auseinandersetzung im Probierraum. Ich unterstellte dabei, dass die Informationen über mich von Dieterich gekommen waren. Ein erfahrener Moderator weiß sich die nötigen Fakten zu beschaffen. Seine Aggression mir gegenüber verstand ich nicht.

Der erste Gang kam. Gabor war ausgehungert und begann kommentarlos zu essen. Anne und ich waren nach Unmengen

Finger Food und Brot in der Lage, uns intensiver mit dem Allgäuer Rind und den Weinen zu beschäftigen. „Unser Caterer kennt zwar nicht alle Feinheiten gehobener Küche, aber mit Fleisch kann er umgehen. Die Rinder stammen von hoch gelegenen Betrieben im Allgäu, wo sie fast das ganze Jahr auf der Weide sind. Ihr Fleisch ist dadurch fest, fettarm und doch ausreichend marmoriert. Wichtig ist, es nach der Schlachtung genügend reifen zu lassen, es wird dann so zart, dass du es fast mit der Gabel zerdrücken kannst." Anne war wieder in ihrem Element, die Kombination von Essen und Trinken bereitete ihr sinnliches Vergnügen. Meine bisherige Fast-Food-Kultur konnte nicht mithalten. Im afrikanischen Dschungel reduziert sich Essen auf Kalorienaufnahme, und in den USA können sich arme Wissenschaftler gehobene Küche nicht leisten. Diesen Teil der Welt musste ich mir noch erarbeiten.

„Welcher der beiden Weine schmeckt dir besser dazu?" Anne lenkte mich zurück zum Thema. „Der säurearme Weißburgunder, du hattest ja schon das Vergnügen, oder der stahlige Riesling mit seiner eher säurebetonten Art? Er kämpft mit dem Florett, während der erste eher einen Säbel in der Hand hält. Iss zuerst ein Stück von der Hüfte und probiere beide Weine nacheinander. Danach mach dasselbe mit dem Tatar. Nimm jeweils etwas von der Bärlauchcreme und der Gemüsevinaigrette dazu. Davon aber nicht zuviel, sie kann sonst dominieren. Essen heißt Harmonie von Geschmackseindrücken, genauso wie Trinken. Das Ziel ist es, die Eindrücke zusammenzuführen, ohne dass einer den anderen übertrumpft. Der Evolutionsbiologe müsste hier anmerken, dass keiner Alphatier sein darf. Das mag es bei Schimpansen geben, aber nicht beim Zusammensetzen von Speisen und Getränken. Gabor und die meisten unserer Gäste schlingen nur, sie denken nichts beim Essen und sind kulturlose Proletarier. Und das ist unabhängig vom Bankkonto. Esskultur zu erwerben ist ein mühsames Geschäft, dauert lange, macht aber unheimlich viel Spaß."

Gabor hatte mit Genuss gegessen und seinen Teller bereits leer. „Verhindere bitte, dass Anne ein Blatt Papier in die Hand bekommt. Sie fängt sofort an, Aromagramme zu malen. Jedes identifizierte Aroma erhält einen Peak mit einer Höhe entsprechend ihrem Empfinden. Süße, Säure, Gerbstoffe, Extrakt, Blumigkeit, Geruch nach Beeren, nach Kern- oder Steinobst, nach Röstaromen, Schokolade, Leder, Erde, alles, was Chemie und Sprache zu bieten haben. Sie stellt die Weine und die Speise nebeneinander und diskutiert stundenlang, ob die Peaks korrespondieren, sich verstärken oder neutralisieren und was das jeweils bedeutet. Das ist mir zu wissenschaftlich und vor allem zu anstrengend. Ich bilde mir ein Weine gut vergleichen zu können und ein trainiertes Gedächtnis für einmal probierte zu besitzen. Trotzdem bin ich im Vergleich zu meinem Labrador ein Grobsensoriker, der nur an der Oberfläche kratzt. Wie wenn du Hundert-Meter-Sprinter mit einer Stoppuhr messen willst, die nur Minuten anzeigen kann statt Sekundenbruchteilen. Du schaffst keine Differenzierung mehr, alle Zeiten sind gleich. Am Ende kannst du doch nur entscheiden über die Reihenfolge. So geht es uns beim Weinprobieren, leider treibt es die Snobisten dazu, dünkelhaft mit Beschreibungen um sich zu werfen, die mir nicht nur die Haare zu Berge stehen lassen, sondern richtig weh tun. Konrad wird uns sicher noch einiges bieten."

Wie auf Stichwort begann Konrad mit der Beschreibung der beiden Weine. „Dass wir mit einem Riesling beginnen, einem Riesling Kabinett aus der Gemarkung Hessigheim, ist eine ganz besondere Referenz an den König der Weißweine. Diese Rebsorte wurde 1435 zum ersten Male urkundlich erwähnt und stammt wohl ursprünglich aus rheinischen Wildreben, die um den 50. Breitengrad gewachsen sind. Fast ein Viertel der Flächen von Schloss Navalis sind damit bestockt. Der Riesling ist eine äußerst anspruchsvolle Rebsorte, eine Diva, die lange Reifezeit und mäßige Temperaturen benötigt und nur die besten Lagen akzeptiert. Sie ist dadurch wie geschaffen für diese Gegend und belohnt unsere Geduld mit einem Füllhorn von Aroma und Bukett, einem Blumenstrauß unterschiedlichster Duftstoffe, die sich aber erst beim konzentrierten Probieren voll erschließen. Der flüchtige Verkoster wird seine Empfindungen reduziert finden auf die prägnante Säure, die diese Sorte vor allem auszeichnet und alle anderen Weinbauländer neidisch macht ob ihrer Frische, die immer mehr zum Trinken animiert. Ich freue mich, dass es Dieterich wiederum gelungen ist, die filigrane Typizität dieser Sorte herauszuarbeiten und uns einen Kabinett zu präsentieren, der sich als jugendlicher Held offenbart, der heute schon zu großen Taten fähig ist, ohne sein Potential bereits ausgeschöpft zu haben." Er nahm einen Schluck aus dem Glas und animierte uns, ebenfalls zu probieren.

„Daneben, im rechten Glas, präsentiert sich ein Vertreter einer Sortenfamilie, die es weltweit zu allergrößtem Ruhm gebracht hat. Der Weißburgunder ist verwandt mit dem Spätburgunder und dem Grauburgunder, beide werden wir ebenfalls noch verkosten, freuen sie sich schon darauf. Auch dieser Wein stammt aus der Hessigheimer Lage Felsengarten und zeigt uns, dass der Burgunder auch in Württemberg ein Niveau erreichen kann, das wir sonst in deutlich wärmeren Ländern erwarten. Er besitzt die Finesse und Harmonie, die ihn zu einem idealen Begleiter des ersten Ganges machen. Seine Säure und die Säure speziell der Gemüsevinaigrette harmonieren auf das Vorzüglichste miteinander. Säuren addieren sich. Eine säurereiche Vinaigrette oder Soße sollte mit einem Wein eher niedrigerer Säure kombiniert werden. Ich muss gestehen, dass der Riesling zwar mein persönlicher Liebling ist, der Weißburgunder hier den besseren Begleiter abgibt. Probieren Sie beide Weine, allein und zum Essen, und fällen Sie ihr eigenes Urteil. Sie genießen zwei Produkte, die in der Championsleague spielen. Denken Sie beim Trinken bitte an Oskar Wilde mit seinem sicher nicht ganz arroganzfreien Spruch und sehen Sie ihn als ihr Ziel, auf das sie ohne Unterlass hinarbeiten: Ich habe einen einfachen Geschmack, ich bin mit dem besten zufrieden. Wie mit diesem Wein." Er prostete uns zu und ging an seinen Platz.

Anne und Gabor schauten sich an, ihr Grinsen war unübersehbar diabolisch. Anne wandte sich an mich. „Sollen wir Konrad irgendwann verraten, dass er mit dem Zuprosten die Dämonen des Weines anspricht und sie zu besänftigen versucht, damit sie uns nichts Böses tun, und er auf heidnischen Wegen wandelt, oder lassen wir ihn dumm sterben? Rafael, was hältst du von seiner Präsentation? Hast du so etwas erwartet oder ist es dir zu schwulstig-snobistisch?"

Wieder diese Fragen, bei denen Blamage und Fettnapf lauern. Ich musste kurz nachdenken. „Ich finde, Konrad hat eine enorme Ausstrahlung. Er versteht es, die Leute zu fesseln, sie lauschen ihm fast wie dem Messias. Er gibt einen guten Prediger ab und er hat das Zeug zum Demagogen. Widerspruch duldet er sicher nicht, er wird alles mit der rhetorischen Keule niederschlagen. Das ist jedenfalls mein Eindruck aufgrund der Unterhaltung im Labor und seiner Äußerungen hier unten. Inhaltlich kann ich leider mit seinen Weinbeschreibungen nichts anfangen. Sie waren sehr oberflächlich und er hat viel mehr Zeit auf die Gäste und das Kruzifix verwendet als für die Weine. Hat er das so gemacht, um auf die Fehler nicht eingehen zu müssen? Bei jeder Laudatio wird aus Höflichkeit nur positiv geredet, deshalb ist viel wichtiger, was weggelassen wurde. Von einer Weinbeschreibung erwarte ich, dass ich hinterher in der Lage bin, mir den Wein genau vorzustellen und seinen Geschmack im Mund zu fühlen. Wie eine Personenbeschreibung, die es Polizeizeichnern erlaubt, ein Portrait zu malen. Konrad hat mir keine Chance gegeben, ein Phantombild zu fertigen."

Gabor lachte laut. „Rafael hat recht. Wir haben bei Weinbeschreibungen eine Fülle von unterschiedlichen Ansätzen, letztendlich steht uns kein objektives Messkriterium zur Verfügung. Länge messen wir in Metern, die Lichtstärke in Candela, Radioaktivität in Bequerel, alles zur Not viele Stellen nach dem Komma genau. Weinqualität kann zwar in ein Punkteschema mit fünf oder zwanzig oder nach Parker mit hundert Punkten gepresst werden, zur Not ebenfalls zwei Stellen nach dem Komma genau. Doch wie unsensibel und wenig reproduzierbar arbeiten die biologischen Messgeräte selbst von Fachleuten, aus deren Grobangaben wir dann Mittelwerte bilden. Jede Messmethode, die Alkoholbestimmung im Wein oder die pH-Wert-Messung, besitzt eine Standardabweichung. Wir wissen dann, dass wir den Mittelwert aus mehreren Bestimmungen, zum Beispiel 98,4 Gramm pro Liter Alkohol, mit einer Unsicherheit von ein bis zwei Prozent akzeptieren müssen. Genauer arbeitet diese Methode nicht. Es können tatsächlich 100 Gramm sein, aber auch nur 97. Das ist Wissenschaft. Ich würde für mich selber gerne wissen, wie reproduzierbar ich probiere. Wenn jeder Prüfer seine individuelle Standardabweichung quasi als Brandzeichen tragen würde, könnten wir Messwerte wesentlich objektiver einschätzen. Und es kommt noch etwas für die Weinwissenschaft Einzigartiges dazu: Wenn zwei verschiedene Weine je 4,5 Punkte erzielen, können es die extrem unterschiedlichsten sein. Eine edelsüße Riesling Auslese gegenüber einem holzbetonten Schwarzriesling. Zwei Welten für nicht kompatible Anlässe. Wenn zwei Sprinter dagegen die hundert Meter Strecke in 10,08 Sekunden laufen, sind sie qualitativ gleich."

Die Teller wurden in der Zwischenzeit abgeräumt, die Gläser mit zwei neuen Weinen gefüllt. Links eine Chardonnay Spätlese trocken vom Felsengarten, rechts ein Trollinger Qualitätswein trocken aus der Edellage Käsberg. Die Regie hatte keine Behälter zum Ausgießen vorgesehen. Die Gäste sollten den Inhalt des

Glases bis zum letzten Tropfen genießen. Zum Glück hatten wir an unserem Tisch mehrere leere Gläser, in die wir nach und nach umfüllen konnten. Um länger durchzuhalten oder im Falle Gabor sich nicht mit unakzeptabler Qualität abgeben zu müssen. Er probierte beide Weine rasch und fing sofort mit Kritisieren an. „Anne, du musst doch zugeben, dass ihr mit dem Jahrgang nicht fertig geworden seid. Fast alle Weine sind leicht bis grob fehlerhaft und würden bei mir so nie auf die Flasche kommen. Die Chardonnaytrauben waren stark angefault und sind bei den vergleichsweise hohen Temperaturen zu lange herumgelegen. Ihr wart bei der Lese schneller als bei der Verarbeitung. Das ist immer problematisch, besonders aber letztes Jahr, wo Fäulnis und hohe Temperaturen eine verheerende Allianz bildeten. Der Jahrgang 2006 war eine logistische und handwerkliche Herausforderung, wie ich sie selber bei immerhin zwanzig ausgebauten Jahrgängen noch nicht erlebt habe. Aber es gibt genügend Betriebe, auch in eurer Nachbarschaft, die es hinbekommen haben. Ihr präsentiert etwas, was wir Kellermeister mit Jahrgangston bezeichnen, aber in negativem Sinne. Auch von einer Chardonnay Spätlese erwarte ich noch Sortenfrucht und Frische. Der Wein hier ist vielmehr stumpf, grau und zeigt typische Stoffwechselprodukte von wilden Mikroorganismen, die sich über lange Zeit entwickeln konnten, bis sie endlich von der Weinhefe unterdrückt wurden. Ihr hattet bei vielen Weinen eine anfängliche Fehlgärung, deren Aromastoffe werdet ihr kaum noch los, sie begleiten euch, bis der Wein getrunken ist."

Er wandte sich direkt mir zu. „Weinherstellung ist wie Kindererziehung. Die ersten Jahre sind die wichtigsten. Ist die Basis stabil, kann auch eine wilde Pubertät nicht mehr viel kaputtmachen. Psychopathen werden häufig bereits in den ersten drei Lebensjahren dazu gemacht. Du kannst die Geburt eines Erdenbürgers mit der alkoholischen Gärung vergleichen, den Ausbau mit der Pubertät und die Entwicklung mit der Weinreife. Irgendwann schließlich altern beide bis zum unvermeidlichen Ende. Als der Chardonnay endlich in die Gärung kam, habt ihr zu wenig gekühlt. Er ist sehr warm geworden und hat dadurch nicht nur viel zu viel Alkohol, Aromastoffe und Kohlenstoffdioxid zum Gärrohr hinausgeblasen, sondern ist zu allem Elend bei sechs bis sieben Gramm unvergorenem Zucker stehengeblieben. Und danach kam sofort gewollt oder ungewollt der biologische Säureabbau, der nach dieser Vorgeschichte natürlich auch nicht sauber verlaufen ist. Ich hoffe, dass der Wein wenigsten die schweflige Säure hält und nicht auch noch oxidativ wird. Trinkt ihn schnell, damit er bald vom Markt verschwunden ist. Mein Leben ist aber zu kurz, um schlechte Weine zu trinken." Er goss den Rest seines Glases aus. „Wenn ich in der Probenkommission für die amtliche Prüfnummer gesessen hätte, wäre er nie im Leben durchgekommen."

Ich hatte Gabor staunend zugehört. Er benutzte seine Sinne wie einen Analysenautomaten und las aus seinen Messergebnissen die Geschichte und die Verarbeitungsschritte eines Weines ab. Er hatte eine Eigenschaft der Evolution bewahrt, die uns einst das Überleben sicherte. Die immer feinere Geschmackswahrnehmung setzte sich im Zuge der Menschwerdung als Fähigkeit durch, dringend benötigte von weniger wichtiger und vor allem von gefährlicher Nahrung zu unterscheiden. Der Geschmackssinn steuerte unsere Auswahl durch Lust- oder Unlustempfinden, nachdem er die Nahrung auf Qualität und Bekömmlichkeit überprüft hat. Wie traurig steht es inzwischen um diese Fähigkeiten. Früher schützte guter Geschmack vor schlechter Nahrung, heute das Haltbarkeitsdatum. Unsere Vorfahren mussten die Qualität sinnlich erfahren, wir studieren die Zutatenliste. Der Verlust von sinnlichen Fähigkeiten, der Verlust der Fähigkeit, Geruch und Geschmack zielführend und nicht nur hedonistisch einzusetzen, ist ein Beispiel für die Degeneration des modernen Menschen. Wir haben Riechen und Schmecken verlernt genauso wie ausdauerndes Laufen. Für mich war Gabor ein lebendes Fossil, das der Laie gar nicht anders als bewundern konnte. Technisch hatte ich vieles immer noch nicht richtig verstanden, ich würde meine Fragen schon noch loswerden. So ist der Begriff „biologischer Säureabbau" schon mehrmals gefallen, was passiert dabei? Pränatal war also einiges bereits schiefgegangen, die Geburt schwierig und nicht professionell begleitet und die Erziehung später suboptimal. Dieterichs Kinder waren krank. Bevor Anne antworten konnte, fuhr Gabor fort. Aus den Augenwinkeln hatte ich gesehen, wie getroffen sie war und Kampfeslust aufkam.

„Der Trollinger ist in Ordnung. Wenn ich nicht wüsste, dass ihr die Technik dazu nicht besitzt, würde ich vermuten, die Maische ist zur Farbgewinnung erhitzt worden. Man erkennt diese Technologie im jungen Weinstadium an der Farbe. Die klassische Maischegärung liefert immer leicht bräunliche Reflexe, der hier glänzt eher violett. Der Duft ist auch noch verhaltener als nach einer langen Gärung auf den Beerenhäuten. Beide Eindrücke sind typisch für eine Maischeerhitzung. Als Tischwein würde ich ihn jederzeit laufen lassen, er verspricht nicht viel und passt zum Essen oder auch zum Trinken einfach so. Kellerwirtschaftliche Fehler hat er in seiner Schlichtheit keine, ich habe leider keinen Grund zu meckern."

Jetzt war ich auf Annes Antwort gespannt. Sie konnte es sich doch gar nicht bieten lassen, dass ihre Weine so extrem in Frage gestellt werden. Weine sind die Kinder des Kellermeisters. Und jeder Vater hat das schönste Kind. Entsprechend emotional schoss sie zurück, ihre Augen funkelten gefährlich und ihre Haut zeigte rote Flecken. Gabor hatte ihr Adrenalin gekitzelt, sie war kampfbereit. „Du hast soviel Charme wie eine alte Ziegenhaut und provozierst mich in eine Verteidigungsposition für meine Familie, obwohl ich selber mit dem Jahrgang nichts zu tun habe. Du weißt, dass ich dem Weingut nur noch für den Verkauf stundenweise zur Verfügung stehe. Die Kellerwirtschaft verantwortet Papa, und er hält nicht viel von deinem technischen Firlefanz. Er bevorzugt den natürlichen Ausbau, ohne Einsatz von unnötiger Chemie oder Physik. Für ihn ist Wein ein Kulturgut, dem er Jahrgangsschwankungen zugesteht. Ein Jahrgang 2006 wird deshalb mit seinem spezifischen Ton akzeptiert und dadurch unverwechselbar. Deine Weine schmecken immer gleich, sie wirken auf mich wie diese magersüchtigen Models mit aufgebretzeltem Gesicht, ohne jegliche Ausstrahlung oder Persönlichkeit und entsetzlich langweilig. Weine wie aus der Retorte. Unsere Kunden kommen gerade deswegen zu uns, weil wir uns vom Einheitsbrei der Großbetriebe abheben und sie individuelle Produkte bekommen, die so einmalig sind wie sie selber. Die Prüfungskommissionen im Weinbauamt in Weinsberg bestehen zum Glück nicht nur aus Technokraten wie dir, die dem Verbraucher ihr Geschmacksdiktat verpassen und jegliche Individualität wegprobieren. Papa ist, wie du weißt, ebenfalls Mitglied einer Kommission, ich war es mehrere Jahre. Die Diskussionen um einzelne Weine, ihre Zulassung oder Ablehnung, waren zum Teil sehr heftig und endeten meist in einem Kompromiss. Unsere Weine verkaufen sich hervorragend, wir wenden allerdings sehr viel Zeit für die Erklärung ihrer Persönlichkeit auf. Das genau ist unsere Stärke. Wir kennen unsere Kunden fast alle, während du dich in den Aldis und Lidls dieser Welt wiederfindest. Die verlangen selbstverständlich einfach gestrickte und sich selbst erklärende Produkte, die deshalb auch nicht viel kosten dürfen. Du hast doch selber die Analogie Wein Mensch gebracht und von Erziehung und Ausbau in einem Atemzug geredet. Warum bist du nicht konsequent und verfolgst das Bild weiter. Von den sechseinhalb Milliarden Menschen auf der Erde sind keine zwei identisch, alle sind wir Individuen. Akzeptiere das auch bei Weinen und höre mit der Coca-Colaisierung der Weinherstellung auf. Was du bei dem Chardonnay als fehlerhaft beschreibst, ist für mich alles noch im Rahmen der normalen Variabilität. Ein Buschmann in der Kalahariwüste sieht anders aus, riecht sicher auch anders als ein Mitteleuropäer. Trotzdem gehört er zur Art Homo sapiens. Rafael kann das bei Bedarf sicher im Detail erläutern. Falls du aber eine Buschfrau nicht als Bettpartnerin bevorzugst sondern eher mich, entspricht das allein deiner persönlichen Vorliebe. Es gibt sicher viele Menschen, die das anders sehen. Auf jeden Topf passt ein Deckel. Und wenn du den Chardonnay nicht abkannst, lass ihn stehen. Andere reißen sich um ihn, wir haben nur eine kleine Menge davon. Wenn ich Herrn Müller, der meine Mutter so innig mag, mit warmen Worten erzähle, dass ich diesen Wein besonders gerne auf der Bettkante mit meinem Liebsten zusammen trinke, kauft er ihn sofort. Er sucht Weine, die er emotional mit Trinkanlässen und einer Geschichte verbinden kann."

In was für eine Gesellschaft war ich hier nur geraten. Die Streiterei der beiden um einzelne Weine erinnerte mich an die Kriege, wie ich sie bei Wissenschaftlern im Kampf um neue Theorien erlebt hatte. Und wenn es nur darum ging, das genau dokumentierte Verhalten einer Schimpansenhorde zu interpretieren. Zehn Wissenschaftler, fünf Interpretationen, monatelang Kampf um Worte. Sogar der göttergleiche Mentor der Evolutionsbiologie, Charles Darwin, lag in heißer Fehde mit seinem Cousin Francis Galton und vor allem mit Thomas Henry Huxley, den die Antidarwinisten wegen seiner Streitlust Darwins Bulldogge nannten. Ob Artenwandel, die Veränderung von einzelnen Arten bis hin zu neuen und nicht mehr miteinander fortpflanzungsfähigen, nur durch das Aufsummieren von kleinsten Änderungen oder quasi in Sprüngen vor sich geht, war die Frage. Sie führte zu systemimmanenten Auseinandersetzungen, von denen Laien zum Glück nichts erfuhren und deren Hitzigkeit sie schockiert hätte. Wissenschaft ist selten geradlinig, sie entwickelt sich meist im Zickzack und ist immer eingebettet in den gesellschaftlichen Rahmen. Im Prinzip objektiv und reproduzierbar, folgt dem korrekten Ergebnis die Wertung und Abstraktion. Die Weinfachleute stehen offensichtlich vor einem noch viel größeren Problem als Physiker oder Evolutionsbiologen. Ihr neben schlichter chemischer Analytik wichtigstes Messgerät, die Sensorik, dieser individuelle Gaschromatograph, ist offensichtlich nicht wirklich zu objektivieren. Jeder Prüfer misst mit eigener Empfindlichkeit, persönlicher Eichung und unbekannter Reproduzierbarkeit. Er erhält individuelle, subjektive Messwerte, die er dann genau so individuell interpretiert. Bei so viel Beliebigkeit wird die rhetorische Durchschlagskraft kriegsentscheidend. Als Wissenschaft kann das nicht durchgehen. Ich war gespannt, wie von Schimmelbusch, der inzwischen wieder seinen Platz am Holzfass in der Mitte eingenommen hatte, die Weine präsentieren würde. Gab es zu den beiden Wahrheiten meiner Tischnachbarn noch eine weitere?

„Meine Damen und Herren, liebe Freunde des Hauses. Bevor wir zum nächsten Gang unseres Menüs kommen, ist es mir eine Freude, die beiden folgenden Weine des außergewöhnlichen Jahrganges 2006 zu präsentieren. Nehmen sie sich mit mir die Zeit, zwei besonderen Gewächsen Referenz zu erweisen. Sie probieren links einen Chardonnay mit wundervoller Balance der Inhaltsstoffe, mit erstaunlicher Komplexität und einem ganz ungewöhnlichen Abgang. Er zeigt uns, wozu die Sorte Chardonnay auch in unseren Breiten fähig sein kann. Die Sorte, die in den berühmten Anbaugebieten der Erde zu Weltruhm gekommen ist und erst seit einigen Jahren auch in Deutschland angebaut wird. Wir dürfen Dieterich dankbar sein, dass er als einer der Pioniere die Risiken bereit war einzugehen, die mit neuen Rebsorten verbunden sind. Die Chardonnaytraube ist mindestens so anspruchsvoll wie der Riesling. Sie verlangt die besten Lagen, sorgsame Pflege und Zurückhaltung beim Flächenertrag. Weniger ist mehr. Dann dankt sie es uns mit außergewöhnlicher Frucht, mit einem lang anhaltenden Abgang und einer lebendigen Säure. Ich selber finde den Wein richtig sexy, er erspart mir die alkoholischen Totschläger aus Übersee und die überteuerten Chablis aus Frankreich, bei denen Sie den Namen und weniger den Inhalt bezahlen. Probieren Sie ihn mit der Aufmerksamkeit, die ein edler Wein verdient. Und denken Sie beim Verkosten an ein Wort, wiederum von Oscar Wilde, das meiner Meinung nach ganz besonders zu unserem Gastgeber passt: „Persönlichkeiten, nicht Grundsätze bewegen das Zeitalter." Zum Wohl."

Mir fiel auf, dass er sein Glas nicht am Stiel, sondern am Boden hielt und dadurch besonders intensiv schwenken konnte, bevor er es zum Mund führte und die bereits bekannte Zeremonie des Probierens zelebrierte. Das sollte wohl ein Zeichen besonderer Kennerschaft sein. Ich musste ihn bewundern, er hinterließ für unbedarfte Weintrinker mit Sicherheit einen professionellen Eindruck. Wenn ich die Diskussion zwischen Anne und Gabor nicht erlebt hätte, wäre ich wahrscheinlich genauso manipuliert worden wie die meisten der Gäste. Er hatte den Wein pauschal gelobt und sonst nur über die Rebsorte und ihre Eigenschaften allgemein geredet. Ein Satz war besonders hängengeblieben: „Er zeigt, wozu die Sorte fähig sein kann." Das war kein Lob, sondern eine rhetorische Frechheit. Die Sorte kann tolle Weine erzeugen, der hier gehört aber nicht dazu? Konrad lieferte keine Beschreibung, die ein Phantombild erlaubt, aber die Art von Manipulation, die Anne angesprochen hatte. Der Fachmann kann mit Rhetorik und Überzeugungskraft dem normalen Weinfreund viel einreden. Das war Konrads Version von der Bettkante. War er zu einer differenzierteren Analyse unfähig oder hielt er eine Grabrede, wo nur auf edle, großartige und unersetzliche Menschen zurückgeblickt wird? Ein alter Spruch meines Vaters fiel mir wieder ein: „Es wird nirgendwo so viel gelogen wie vor der Hochzeit, während einer Weinprobe und nach dem Ableben." Bleibt die Frage, ob bewusst gelogen wird oder der Gaschromatograph schlecht arbeitet und die Aromapeaks nicht auflösen kann. Dann wäre eine fragwürdige Interpretation aufgrund schlechten Zahlenmaterials allenfalls eine lässliche Sünde. Oder waren das einfach politische Formulierungen, die vor lauter Diplomatie die Wahrheit verbargen? Doch müsste jemand, der sich so in der Öffentlichkeit exponiert, nicht sich selbst gegenüber kritischer und den Zuhörern gegenüber ehrlicher sein? Sicher haben Anne und Gabor völlig entgegengesetzte Positionen vertreten und jeweils eine Extremhaltung eingenommen. Sicher liegt die Wahrheit irgendwo in der Mitte, doch die Wahrheit von Konrad konnte mich nicht befriedigen.

Der hatte inzwischen das Thema gewechselt. „Was wären Weine ohne die Stätte ihrer Herstellung, wo sie mit der kundigen Hand des Kellermeisters aus der Beere über den Traubensaft zu einem völlig andersartigen Produkt veredelt werden, das unser Herz erfreut. Ein völlig neues Produkt ist entstanden, in der Bibel über fünfhundert Mal erwähnt, das uns zum Beispiel im Gleichnis von Jesus in der Kelter begegnet. Wein und Bibel sind so fest miteinander verwoben, dass es nicht anmaßend ist, von einem Weinkeller als Kathedrale des Weines zu reden. Nur in ganz wenigen Fällen entspricht aber das Ambiente tatsächlich einer Kathedrale. Die meisten Weine werden in eher unwürdiger Umgebung hergestellt. Ein Jahrtausende altes Kulturgut oft bereitet in nackter, kalter Industrielandschaft. Mich schmerzt es immer, wenn ich in einem sogenannten modernen Betrieb sehe, wie weit die Entfremdung des Erzeugers vom Wein schon fortgeschritten ist. Kultur ist ein umfassender Begriff, der nicht allein auf das Endprodukt bezogen werden darf. Die Umgebung ist genauso wichtig. Die großzügige Schlosslandschaft, das ehrwürdige Wohngebäude und die verzweigten, unendlichen Kellergänge hier im Weingut standen schon immer für höchsten kulturellen Wert. Unser Dieterich hat dem nun die Krone aufgesetzt, nicht nur durch das Heilige Kruzifix, das wir nach dem nächsten Gang gemeinsam betrachten wollen, sondern ganz besonders durch die Kellergestaltung. Sie haben sich schon umgeschaut und bewundern genau wie ich den architektonischen Mut und die konsequente Realisierung des neuen Arbeitsraumes als Mittelpunkt des Weinkellers. Viele Details wie die raffinierte Beleuchtung, die eines Konzertsaales würdige Akustik, die unsichtbar gehaltenen Ringleitungen für das Verteilen der Weine, die ebenfalls fast nicht zu erkennenden Versorgungsleitungen für Strom, Wasser, Dampf, die ausgeklügelte Entlüftung und Frischluftversorgung und noch vieles mehr erschließen sich erst auf den zweiten Blick. Auf den ersten Blick sichtbar wird die harmonische Architektur mit dem imponierenden Gewölbe, das ohne Stützen auskommt und sogar noch den höhenverstellbaren Kronleuchter integriert, unter dem ich hier stehe. Sofort fallen ihnen die Kunstgegenstände zwischen den Fässern auf, die fast alle aus römischer Zeit stammen. Als ich das erste Mal hier unten war, fühlte ich mich in den Petersdom nach Rom versetzt, eine der heiligsten Stätten der Christenheit. Eine Kuppel wie ein Felsen, eine Fassade wie ein Palast. Unter der Kuppel befindet sich der Papstaltar, nach den vier Seiten erstrecken sich die Apsis, die beiden Seitenarme und das dreischiffige Langhaus. Papst Julius II. hatte zu Beginn des sechzehnten Jahrhunderts etwas für die Ewigkeit auf den Weg gebracht zum Ruhme Gottes und für die Erbauung der Gläubigen. Die größten Künstler ihrer Zeit erschufen in hundertzwanzig Jahren ein Monument kirchlicher Macht, das mit dem Petrusgrab den heiligsten Flecken Roms beherbergt, genauso wie das Heilige Kreuz der heiligste Gegenstand hier im Keller ist. Fühlen Sie sich hier unten wie in einer Kathedrale des Weines und genießen Sie ihn an der Stelle, wo durch das Mysterium der Verwandlung aus einem süßen ein alkoholisches Getränk wird."

Anne grinste mich breit an und raunte mir ins Ohr: „Das ist das mindeste, dass er unseren Arbeitsraum mit dem zentralen Platz von St. Peter vergleicht. Wo er gerade präsentiert, befindet sich dort der Thron des Papstes. Unser Weinpapst wird am Ende der Probe den Segen urbi et orbi pro vino sprechen. Er wird immer heiliger, sicher fährt er bald gen Himmel zu sitzen zur Rechten Gottes!"

Konrad schwenkte vom spirituellen endlich zum körperlich Erfahrbaren. „Jetzt wird es Zeit, unser Augenmerk auf den Wein in ihrem rechten Glas zu lenken, der den Reigen der Rotweine eröffnet. Keine Rebsorte passt besser zu unserer Gegend als der Trollinger. Er wird gerne als Schaffer bezeichnet, der durch seinen hohen Ertrag viel Deckungsbeitrag bringt. Dadurch bleibt leider vielfach die innere Qualität auf der Strecke. Sie erleben das bei sich selber: die ersten acht Arbeitsstunden bei gewohnter Qualität, die beiden nächsten mit weniger Lust und steigender Fehlerquote und danach gibt es keine Qualitätsarbeit mehr. Wer von der Rebe zu viel verlangt und sie überfordert, kann keinen guten Wein erzeugen. Dieterich Engelmann hat in seinem Weingut zum Glück der Versuchung immer widerstanden, die Rebstöcke durch Überhang zu überfordern. Auch den Trollinger hier in ihrem Glas hat er nur mit der Hälfte des Ertrages seiner Nachbarn geerntet. Der Wein dankt es ihm und Ihnen durch seine jugendliche Frische, seine nach roten Beeren duftende Fruchtigkeit und ein harmonisches Säurespiel. Die Farbe ist typisch für einen Trollinger, ein helles Kirschrot mit violetten Reflexen am Glasrand. Es ist ein Begleiter für eine Vielzahl von Speisen, davor und danach schmeckt er aber genauso gut. Den Wein für alle Gelegenheiten empfehle ich Ihrer besonderen Aufmerksamkeit. Mich erinnert er mit seinen zarten Gerbstoffen an ein junges Bauernmädchen, das seine grazile Frucht und die runde Körperhaftigkeit gezielt zur Verführung des Liebsten einsetzt. Zum Wohl. Nach dem nächsten Gang, wie gesagt, gehen wir gemeinsam zum Kruzifix, wo Pfarrer Lehmann einige Segensworte spricht."

Das gurgelnde Lachen von Anne und Gabor ging zum Glück im Applaus der anderen Gäste unter. Annes rabulistische Kommentierung kam wie erwartet. „Von Pegasus beflügelt erreicht er schon nach dem fünften Wein das Stadium der Sprachkriminalität. Das kann spannend werden, wir haben noch sieben vor uns. Wenn er den Himmelsbogen über die Kirche endgültig gespannt hat, lässt er wahrscheinlich alle sexual correctness fahren und endet bei dem Thema Wein und Weib. Die Machos unter den Gästen werden dann wohlige Schauer bekommen, sich auf die Schenkel klopfen und ihren Frauen sagen, dass sie seine Ansichten natürlich nicht teilen." Der zweite Gang wurde endlich aufgetragen. Anne las wieder aus der Tischkarte vor: Cassoullettes von der Rinderwade mit jungen dicken Bohnen, confierter Tomate und Kartoffel-Liebstöckel-Knödel. „Ich möchte betonen, dass das Fleisch wieder von Allgäuer Rindern stammt. Der Gang ist kräftiger als der erste, er verlangt nach kernigeren Weinen, zum Beispiel den beiden hier, die ihm Paroli bieten können. Rafael bemerkt sicher, dass der Riesling und der Weißburgunder vom ersten Gang hier nicht mithalten könnten. Das Fleisch wäre dominant, die Harmonie aus Speise und Getränk gestört. Partner müssen auf Augenhöhe miteinander verkehren. Allmählich kommt auch die Grundlage für eine ordentliche Weinprobe zusammen. Den meisten Gästen ist der Alkohol aber schon zu Kopf gestiegen. Sie werden kaum noch in der Lage sein, Geschmackseindrücke zu differenzieren. Schade um das gute Essen."

Im Stadium der Grundsättigung konzentrierte sich auch Gabor auf den Tellerinhalt, aß langsam und mit Genuss, so dass ich als erster fertig war. Meine Konzentrationsfähigkeit reichte nicht mehr aus, um dem Gang gerecht zu werden. Ich war nur noch müde, wollte aber endlich auch einen Beitrag liefern und nicht immer nur passiver Zuhörer sein. „Im Laufe der letzten Stunden habe ich begonnen, den Prozess des Weinprobierens und der Weinbeschreibung zu verstehen. Kraft eigener Autorität darf demnach jeder sich Fachmann nennen und dem Publikum die eigenen Erkenntnisse mitteilen. Das Messinstrument, mit dem diese Werte ermittelt werden, beruht auf Beliebigkeit, jeder verfügt über seinen individuellen Gaschromatographen, dessen nicht reproduzierbare Peaks er einer wilden Wertung in völliger rhetorischer Freiheit unterzieht. Wissenschaftlichkeit pur. Nicht einmal die Grundlage aller Messwertangaben, die Nennung einer Streuung um den Mittelwert, die Standardabweichung, existiert. Alle individuellen Werte werden danach in ein für mich nicht nachvollziehbares Punkteschema gepresst. Dieses System der Weinbeschreibung zwingt mich tatsächlich auf den sicherlich mühsamen Weg des eigenen Urteils. Mit euren Beurteilungen kann ich nichts anfangen. Die Beschreibungen meines Vaters: „Der schmeckt mir" oder „Ganz gut", bis zum Gipfel der sensorischen Ausdrucksfähigkeit: „Den finde ich zu sauer" hatten ein ähnliches Niveau wie die vermeintlichen und nach Objektivität heischenden Kennersprüche. Wann liefert mir endlich jemand Werte, wie reproduzierbar sogenannte Fachleute zehn identische Weine in einer größeren Probe bewerten. Inzwischen glaube ich an ein Desaster. Entschuldigt bitte, aber als Wissenschaftler verlange ich reproduzierbare Ergebnisse. Alles andere erfüllt für mich den Tatbestand der Beliebigkeit."

Gabor wischte sich mit der Serviette den Mund ab und schaute mich belustigt an. Jetzt wirkte er kampfeslustig. „Du bist genau zwei Stunden mit Anne zusammen und hast bereits ihre Rabulistik angenommen. Das finde ich gelehrig. Der Vergleich mit dem Chromatographen ist prima, wie alle Bilder kann er aber nur begrenzt die tatsächliche Situation beschreiben. Er zeichnet die einzelnen chemischen Verbindungen als Peak, macht aber keinerlei Aussagen über deren Wechselwirkungen.

Wir wissen, dass Alkohol der wichtigste Geschmacksträger ist. Ein kleiner Wein mit wenig davon riecht und schmeckt schwächer als ein kräftiger trotz der gleichen Menge an Aromastoffen. Viele besonders intensiv wirkende Ester oder Aldehyde addieren sich zudem in ihrer Wirkung, so dass die bloße Aufsummierung einzelner Peakhöhen auch nur einen Teil der Wahrheit beschreibt. Wir müssen akzeptieren, auch in der Weinwirtschaft erfährt man die Wahrheit nur durch Annäherung aus verschiedenen Richtungen. Dein Reproduktionsdesaster greife ich aber gerne auf. Ich führe häufig in meinem Betrieb Fachverkostungen mit fünfzig oder sechzig Weinen nacheinander durch. Dabei aus einem Tank zehnmal einzuschenken, ist kein Problem. Für die Berechnung von Mittelwert und Standardabweichungen haben wir ein einfaches Rechenprogramm. Vielleicht klappt das schon kommenden Montag bei einer Kellerprobe mit einigen befreundeten Kollegen. Alle halte ich für Profis mit hervorragender, reproduzierbarer Probe. Ich erwarte von ihnen Varianzen auf einem niedrigen Niveau, weil ich sonst alles in Frage stellen muss, was mit Sensorik zu tun hat. Wenn nicht einmal diese ausgewiesenen Fachleute ein halbwegs homogenes Ergebnis zusammenbringen, können wir alle anderen Punktebewertungen in die Tonne werfen. Nimm bitte zur Kenntnis, dass wir unsere Prüfer mit wissenschaftlichen Methoden prüfen und trainieren. Sie werden alle mit Geruchs- und Geschmacksschwellentests konfrontiert. Nur die besten bleiben dabei übrig. Sie müssen Zucker, Salz oder Zitronensäure in extremer Verdünnung erkennen, um in den Kreis der Verkoster bei Prüfungskommissionen aufgenommen zu werden."

Anne schaltete sich ein. „Wenn deine Freunde tatsächlich Profis sind, müssten sie merken, dass sie vorgeführt werden und zumindest einige Weine als Wiederholung erkennen. Einmal misstrauisch, werden sie nicht mehr objektiv probieren."

„Das sehe ich anders. Meine Kollegen wissen, dass ich oft viele Tanks mit einem einzigen, egalisierten Wein gefüllt habe, um Discounter mit großen Mengen beliefern zu können. Im Laufe der Tanklagerung kommt es immer zu geringfügigen Unterschieden in der Reifeentwicklung. Auch Zwillinge entwickeln sich im Laufe der Jahre mit leichten Unterschieden. Ähnlich schmeckende Weine sind deshalb nichts Außergewöhnliches. Verbunden mit drei dummen Sprüchen, ich greife gerne auf dein unbegrenztes Repertoire zurück, wird keiner die Teilnahme an einer wissenschaftlichen Herausforderung bemerken."

Konrad rief zur Besichtigung des Kruzifixes und der Kellerweihe. Alle drei hatten wir dazu nicht das geringste Interesse und ich entschuldigte mich rasch auf die Toilette. Sie befand sich zum Glück im Wohnhaus und erlaubte mir, den Keller zu verlassen. Die warme Frühlingsnacht und ein klarer Sternenhimmel hielten mich davon ab, rasch wieder nach unten zu gehen. Der fast kreisrunde Mond stand genau zwischen Turm und Haus und erzeugte eine Helligkeit, die einen Spaziergang ohne Lampe erlaubte und Wege sowie Sträucher und Büsche deutlich abzeichnete. Das gesamte Schlossgelände war zudem mit Fackeln beleuchtet, deren Licht im leichten Wind ein tanzendes Schattenspiel erzeugte und meinen Turm seltsam verzerrt gegen den Abendhimmel abbildete. Er bewegte sich wie eine Tänzerin hin und her.

„Offensichtlich gibt es noch jemanden, der frische Luft braucht." Hinter mir stand einer der Gäste von Dieterichs Tisch, der mit dem Rücken in meine Richtung saß, so dass ich ihn bisher nur von hinten gesehen hatte. Er war so groß wie ich, breitschultrig, ohne Bauchansatz oder Doppelkinn und im dunklen Zweireiher deutlich teurer und besser gekleidet. Er lächelte mich offen und direkt an, etwas Grüblerisches oder Zerquältes war in seinem Gesicht nicht zu entdecken. Ein attraktiver Mann, der sich seiner Erscheinung bewusst war. Seine Stimme war dunkel und kräftig, er schien Reden gewohnt zu sein. „Entschuldigen Sie die Unhöflichkeit, Sie einfach anzusprechen. Ich bin Wolf-Heinrich Stephaut, der Kollege von Herrn Horvath, mit dem Sie am Tisch sitzen. Wir teilen uns die Verantwortung bei St. Urban, er ist für die Technik, ich bin für die guten Zahlen zuständig. Doktor von Schimmelbusch war ja so freundlich, Sie vorzustellen, wobei ich zugeben muss, nicht viel von Ihrer beruflichen Arbeit verstanden zu haben. Vielleicht können Sie mir in einfachen Worten erklären, was ein Evolutionsbiologe macht. Ich vermute, etwas mit Darwin. Eine Antwort, wer Ihrer Vorfahren nun Affe war, brauchen Sie mir nicht zu geben. Ich denke, unser lieber Konrad wollte wieder auf Kosten anderer witzig sein. Ihre Reaktion war jedenfalls klasse, Sie haben sich nicht provozieren lassen." Wir schüttelten uns die Hände. Er griff fest zu und verdrehte dabei meine Hand etwas, so dass seine oben lag. Er schaute mich noch immer direkt an, fast schon aufdringlich musternd. Ich musste mich zwingen, seinem Blick standzuhalten und nicht nach unten zu schauen. Die Freundlichkeit und die offene, auf Menschen zugehende Art passten nicht zu seinem Dominanzverhalten. Ich hatte viel Jahre diese Mechanismen bei Schimpansen im Zuge ihrer Rangordnungskämpfe studiert und einen wachen Blick dafür entwickelt.

„Ich freue mich, Sie kennenzulernen. Vielen Dank für Ihr Verständnis, aber wenn mich meine Nachbarin nicht zurückgehalten hätte, hätte ich vielleicht doch die verdiente Antwort gegeben. Von Schimmelbusch hat mit dieser Frage eine Episode aus der Kampfzeit des Darwinismus aufgegriffen, die jeder Insider als Anekdote gerne erzählt. Darwins Buch vom „Ursprung der Arten" hat bei seinem Erscheinen 1859 eine Revolution ausgelöst und die Welt in Gegner und Befürworter geteilt. Die Gegner kamen verständlicherweise besonders von kirchlicher Seite, hat ihnen Darwin doch die Deutungshoheit über den Schöpfungsakt genommen. Es kam in dieser Zeit häufig zu öffentlichen und äußerst hitzigen Disputationen der Vertreter beider Richtungen. Einmal standen sich Bischof Wilberforce von der Anglikanischen Kirche in England und der als Bulldogge Darwins bezeichnete Thomas Henry Huxley gegenüber. Der Bischof wollte mit genau dieser Frage, ob denn Huxley nun väterlicher- oder mütterlicherseits vom Affen abstammt, mit rhetorischem Totschlag seinen Gegner der Lächerlichkeit preisgeben. Aufgrund der schlagfertigen Antwort wurde das ein Suizidbeitrag. Huxleys Antwort wurde legendär, von Schimmelbusch hat sie zu Recht unterschlagen. Er rief dem Auditorium zu: „Ob ich mutter- oder väterlicherseits mit einem Affen verwandt bin, ist mir gleichgültig, solange sichergestellt ist, dass ich nicht mit jemandem in verwandtschaftlicher Beziehung stehe, der so wie Sie argumentiert."

Herr Stephaut schmunzelte, seine Mundwinkel zeigten leicht nach oben. „Immerhin scheint unser Konrad sich mit der Sturm- und Drangzeit dieser Lehre auseinandergesetzt zu haben. Ich hoffe, er kennt auch etwas von der Gegenwart, die offensichtlich Sie vertreten."

„Wenn Sie wissen möchten, was ein Evolutionsbiologe ist, erwarten Sie bitte keine einfache Antwort. Es ist ein Teilgebiet der Biowissenschaften und leitet sich von der Evolutionstheorie ab. Ganz allgemein befasst sich mein Fachgebiet mit der Frage nach der Herkunft und der stammesgeschichtlichen Entwicklung der heute etwa 1,7 Millionen bekannten Tier- und Pflanzenarten auf der Erde. Wie konnte sich diese Vielfalt an Lebensformen herausbilden und vor allem, wie ist das Leben entstanden. Für mich war das immer die Frage auch nach meinem Innersten und nach meinem Selbstverständnis. Wer bin ich, woher komme ich und welche Rolle spiele ich in der Weltenordnung. Diese Fragen versuchten Philosophen und Priester seit vielen tausend Jahren mit ihren Methoden zu beantworten. Ich bin überzeugt, dass die Biologie die ehrlicheren Antworten liefert. Und einer unserer

Gurus, Theodosius Dobzhansky, hat bereits 1930 gesagt, dass „Nichts in der Biologie Sinn macht ohne die Evolution." Der Spruch gilt inzwischen auch für Fachgebiete außerhalb der Biologie. Sie als Geschäftsführer dürfte der Begriff „Darwinmanager" interessieren, der in den letzten Jahren entstanden ist. Ein Darwinmanager versteht eine Firma als eine biologische Art, genau wie zum Beispiel eine Vogelart, die evolutionären Gesetzmäßigkeiten unterliegt und ihre Zukunftsstrategie daraus ableiten kann. Ein zentrales Gesetz ist zum Beispiel besagt, dass auf Dauer in einer Nische nie zwei Arten gleichzeitig leben können. Eine muss weichen oder aussterben. Die am besten angepasste überlebt. Sie als Manager müssen diese Anpassung durch ihre Entscheidungen ermöglichen. Treffen Sie die falschen Weichenstellungen, kann das das Ende ihrer Firma bedeuten. Ich hatte meine Hand inzwischen von seiner gelöst, wir bewegten uns wieder in Richtung Keller.

„Jetzt wird es spannend. Bisher habe ich Biologen und Geschäftsleute als nicht kompatibel gesehen. Sie versuchen mich eines Besseren zu belehren und mein bisheriges Tun in einen evolutionären Kontext zu stellen. Das gibt Stoff für ein Gespräch, wenn keine Weinprobe auf uns wartet. Sagen Sie mir aber noch, wo Sie beruflich unterkommen."

„Ich bleibe in der Wissenschaft und trete im Juli eine Stelle bei einem Institut in Leipzig an, das sich mit der evolutionären Anthropologie beschäftigt. Kommenden Freitag fliege ich dort hin, um den Arbeitsvertrag zu unterschreiben. Die nächsten zwei Monate muss ich überbrücken. Vielleicht als Praktikant oder mit Gelegenheitsjobs. Das will ich vor Ort besprechen. Es hat sich leider ergeben, dass zwischen meinem Vertragsende in Irvine und dem Anfang in Leipzig etwas Leerlauf liegt. Aber einige Monate mit reduziertem Stress werden mir sicher gut tun. Endlich kann ich wieder etwas für meine Marathonzeit tun."

„Ich beneide Sie. Ein sicherer Job vor Augen erlaubt, die freie Zeit optimal zu genießen. So eine Übergangssituation würde ich mir auch einmal wünschen. Im Hamsterrad bleibt leider keine Gelegenheit, zu sich selber zu finden. Als Personaldirektor einer großen Firma stelle ich nur die Frage, wie Sie in der Übergangszeit versichert sind. In Deutschland empfehle ich dringend, mindestens krankenversichert zu sein. In zwei Monaten kann viel passieren, vor allem wenn sie Extremsportarten wie Marathon betreiben."

„Ehrlich gesagt, habe ich mir darüber noch keine Gedanken gemacht. Ich war die letzten Jahre praktisch nie krank und habe alles, was damit zusammenhängt, verdrängt. Was muss ich tun, um abgesichert zu sein? In den USA hat die Universität alles abgedeckt."

„Sie müssen sich eine geeignete Versicherung suchen, die die normalen Lebensrisiken abdeckt. Details kann Ihnen mein Personalleiter nennen. Kommen Sie am Montag einfach in der Kellerei vorbei. Ich bringe Sie mit unserem Herrn Mohr zusammen, er wird Sie optimal beraten. Warten Sie, ich habe eine bessere Idee. Wenn Sie einverstanden sind, stelle ich Sie für diese zwei Monate als Praktikanten ein und zahle Ihnen die üblichen fünfhundert Euro monatlich. Dann sind Sie nicht nur kranken- und arbeitslosenversichert, sondern tun in homöopathischer Dosis sogar etwas für Ihre Rente. Eine Beschäftigung als Praktikant hat den Vorteil, dass ich ohne Formalitäten beachten zu müssen entscheiden kann und mein Personalbudget nicht berührt wird. Ich brauche kurzfristig jemanden mit guten Kenntnissen des amerikanischen Englisch. Als Gegenleistung bekomme ich von Ihnen zwanzig Arbeitsstunden im Monat. Ein Stundenlohn von fünfundzwanzig Euro dürfte angemessen sein für einen fachfremden Akademiker. Sie haben sich offensichtlich hervorragend mit meinem Kollegen unterhalten. Ich bin sicher, dass auch er einen Wissenschaftler im Labor oder im Keller sinnvoll beschäftigen kann. Und für mich sind Sie Sparringspartner auf dem Weg zum Darwinmanager und übersetzen mir nebenbei einige Broschüren ins Englische. Klare win-win-Situation. Einverstanden? Dann rede ich nachher mit Herrn Horvath. Kommen Sie Montag um elf Uhr bei mir vorbei."

Er schaute mich wieder durchdringend an, meine Bestätigung schien er nicht zu erwarten. Ich war überrumpelt und fühlte mich in Herrn Stephauts Schuld. Wieso hilft mir ein wildfremder Mensch nicht nur mit wohlfeilem Rat, sondern gleich mit Tat? Das Leben ist ein Geben und Nehmen, nicht nur bei Menschen. Schimpansen verhalten sich genauso. Was konnte ich ihm geben? Was erwartete er dafür? Nettigkeiten sind doch bei Geschäftsleuten noch unüblicher als bei normalen Menschen. Stephauts Verhalten war doch sonst eindeutig das eines Status bewussten Alphatieres. Wir gingen gemeinsam die Kellertreppe hinunter.

Die Gäste kamen allmählich vom Kreuzgang zurück und nahmen ihre Plätze wieder ein. Mein Tisch war leer, unsere Gläser mit den beiden nächsten Weinen bereits gefüllt. Alexander und seine Kollegen sah ich mit Flaschen beschäftigt, Anne und Gabor waren nicht zu entdecken. Fünf Minuten wartete ich allein am Tisch, ich fühlte mich unwohl, bestellt und nicht abgeholt. An allen anderen Tischen war gute Stimmung, der Wein hatte die Zungen gelöst. Ich spürte, wie Blicke in meine Richtung geworfen wurden und die Gäste mich musterten. Einer allein an einem Tisch fällt in Gesellschaft auf und verliert die Anonymität der Masse, dazu noch ein Fremder, den ihr Messias der Lächerlichkeit preisgegeben hatte. Ich wollte mir diese Situation nicht länger antun und beschloss, etwas weiter in den Kellergang zu gehen. Konrads Worte, er stand bereits wieder an seinem Rednerplatz, konnte ich auch dort hören, auf die Weine und den dritten Gang verzichten. Ich war müde. Nach wenigen Metern stand ich im Halbdunkel, war aus der Helligkeit heraus nicht mehr zu sehen und setzte mich auf einen Arbeitstisch an der Kellerwand. Konrad sah ich nun aus einer anderen Perspektive. Der Kronleuchter über ihm beleuchtete ihn wie ein Theaterscheinwerfer, vom Sitzplatz aus war das so nicht zu erkennen gewesen. Anne würde sicher von einem Heiligenschein reden. War das Zufall oder bewusste Regie? Konrad begann wieder zu reden, erneut über das Kreuz und die bewegenden Eindrücke, die ihn bei der Betrachtung noch immer überkommen. Dann begann er die nächsten beiden Weine vorzustellen, zwei Schwarzrieslinge aus verschiedenen Lagen. Seine Stimme klang im Gang etwas dumpfer, war aber immer noch gut zu verstehen. Ich schaltete geistig ab, heute wollte ich nichts mehr hören.

Das Licht des Veranstaltungsraums reichte einige Meter weit in den Kellergang, Gitterboxen und Weinregale waren anfangs noch schemenhaft zu erkennen, danach nur noch zu ahnen. Den Schatten ganz hinten bemerkte ich nur, weil er sich bewegte und meine Augen inzwischen an die Dunkelheit gewöhnt waren. Hier war jemand. Anne, Gabor? Vorsichtig schlich ich näher. Es waren eindeutig zwei Personen, mal waren zwei Schatten, dann wieder nur einer zu sehen. Allmählich konnte ich auch ihre Stimmen hören, ohne ihre nur geflüsterten Worte zu verstehen. Es waren Anne und Gabor in eindeutiger Situation. Als Gentleman hätte ich umdrehen müssen. Leider siegte der Voyeur, so blieb ich keine fünf Meter von ihnen entfernt unbeweglich stehen und versuchte ganz leise zu atmen. Sie standen eng umschlungen hinter einem Weinstapel und küssten sich wild. Mund, Hals, Dekolleté, abwechselnd und immer schneller und intensiver. Sie atmeten heftig, Annes Hände waren unter Gabors Sakko vergraben, fuhren hektisch über seinen Rücken und in seine Hose. Ihr Kleid war so verdreht, dass der Schlitz vorne und nicht mehr seitlich war. Gabors rechtes Bein schob sich zwischen ihre Beine, er drückte sie fest an sich. Sie waren so mit sich selber beschäftigt, ich brauchte keine Angst vor Entdeckung zu haben. Schließlich hob er sie ohne sichtbare Anstrengung hoch und drückte sie leicht gegen die Kellerwand. Sie schlang zuerst ihr linkes Bein um seine Hüfte und half ihm, einzuführen, danach umklammerte sie ihn wie in einem Schraubstock mit dem anderen Bein. Ein Spontanfick im Stehen. Im Kino hatte ich diese Stellung schon oft gesehen, immer Sex pur, animalisch. Übereinander herfallen, Koitus ohne kulturell sonst übliche Utensilien. Am heißesten gespielt in „Der Pate", gefühlvoll in „Die Frau des Leuchtturmwärters", unkontrolliert im „Letzten Tango von Paris." Und in vielen anderen Filmen, deren Titel mir nicht mehr einfielen, die nicht zuletzt wegen dieser Szene in Erinnerung geblieben waren. Ein Akt schnell zwischen Tür und Angel, verboten natürlich, in Gefahr, beobachtet zu werden. Wie durch mich. Eine Stellung für Sportler, unwahrscheinlich erotisch. Anne begann zu keuchen, Gabor hob sie immer schneller auf und ab, er musste Bärenkräfte besitzen. Als sie die ersten Schreie ausstieß, kurz und schrill, wurde ich nervös. Was wäre, wenn man sie hörte und nachschaute? Kopulation während einer festlichen Weinprobe, im Nebenraum, von der Tochter des Hauses mit einem verheirateten Mann? Und der Voyeur steht daneben. Dieterich wäre not amused, Konrad könnte Evolutionsbiologen zu Recht als verderbte Subjekte beschreiben, die den Sex bei Bonobos angeblich wissenschaftlich untersuchen, aber auch der Krone der Schöpfung heimlich zuschauen. Sodom und Gomorrha auf Navalis und er der Engel mit dem Flammenschwert. Beide keuchten und stöhnten und wieder Annes spitze Schreie. Ich hatte bisher nicht geglaubt, dass man bei dieser Stellung zu einem Orgasmus kommen kann, ich wurde neidisch und eifersüchtig. Neidisch, weil ich nicht dabei war und Defizite hatte, eifersüchtig, weil Gabor bei dieser Fleisch gewordenen Sinnlichkeit landen konnte, nachdem sie sich zuvor verbal gefetzt hatte. War das ihre Art von Vorspiel gewesen?

Vorsichtig schlich ich davon, bevor meine Lust in Frust umschlug. Die Gäste waren noch beim dritten Gang, es herrschte gefräßige Stille. So unauffällig wie möglich ging ich an der Wand entlang zur Treppe und verließ die Veranstaltung. Ich hatte für heute genug.

4. Kapitel: Quercus robur

Sonntag, 29. April 2007

Der Wecker weckte mich Punkt sieben zum ersten Tag in meinem neuen Leben. Der kleine Raum unter dem Dach war von der niedrig stehenden Sonne in rötlich-gelbes Licht getaucht und empfing mich in einer romantisch-kitschigen Atmosphäre, fast wie im Märchenschloss. Ich hatte rund fünf Stunden fest und traumlos geschlafen, gefolgt von einer Stunde im Halbdämmer. Sechzig herrliche Minuten zwischen Wachen und Weggetretensein. In Kalifornien hätte ich mich jetzt langsam aufs zu Bett gehen vorbereitet, dort war es zehn Uhr abends. Meine innere Uhr war noch dort und alle ach so ortsfesten Hormone. Wie bei jeder Fernreise begann mit dem ersten Aufstehen der Kampf gegen den seit ewigen Zeiten eingebauten vierundzwanzig-Stunden-Rhythmus, von dem wir Menschen genauso abhängig sind wie die Karibus oder die Gnus, die damit über tausende von Kilometern den jahreszeitlichen Verlagerungen der Weideplätze folgen. Nur reisen die in biologisch verträglicher Postkutschengeschwindigkeit und nicht mit dem Jet. Bei mir war inzwischen USA-gerecht das Einschlafhormon Melatonin wirksam geworden und hatte das für die Tagesaktivität verantwortliche Serotonin abgelöst. Wir sind ein Knecht unserer Hormone, die mit wenigen Mikrogramm im Blut Bären wie Gabor zur Liebesraserei bringen oder mich nach einer Reise über mehrere Zeitzonen aus jedem Rhythmus. Meine vielen Pendeleien zwischen den Kontinenten hatten mich im Laufe der Jahre gelehrt, sofort nach der Ankunft den dortigen Zeittakt zu übernehmen, nach dem Aufstehen einige Zeit zu laufen, ausgiebig zu duschen und allen intellektuellen Herausforderungen aus dem Weg zu gehen. Und um keinen Preis einen Mittagsschlaf einlegen, der verlängert die Anpassung entscheidend. Diese Technik half mir gewöhnlich, die neun Stunden Unterschied zwischen Kalifornien und Deutschland in zwei bis drei Tagen zu verdauen und nicht in neun, wie es die Biologie meines Körpers eigentlich verlangt. Übermorgen spätestens wäre der Jet-lag verkraftet. Ich holte meine Laufkleidung aus dem Rucksack, stieg die Treppen hinunter und marschierte in Richtung des Eingangstores. Dabei versuchte ich, den gestrigen Abend zusammenzufassen: Anne ein Vamp; Gabor ein Ehebrecher; von Schimmelbusch messianisch schwatzhaft; die Weine missraten; Dieterich und seine Frau Gesellschaftslöwen, im Schatten des Stars; Alexander aus der Art geschlagen; das Schloss ein Traum; die Weinszene rätselhaft, aber mit faszinierenden Persönlichkeiten. Es war eine interessante Veranstaltung gewesen.

„Wer hat dich denn aus dem Bett geworfen, sonntagmorgens um sieben Uhr herrscht hier normal Friedhofsruhe." Peter war gerade aus dem Keller gekommen und auf dem Weg zu seiner kleinen Wohnung, die in den Wirtschaftsgebäuden an der gegenüberliegenden Mauerfront lag. Seine Stimme klang belegt, der Dialekt ausgeprägter als gestern am Tisch. Er war sicher noch nicht im Bett gewesen und wohl auch alkoholgetränkt. Die Grammatik saß dennoch fehlerfrei. Dunkle Bartstoppeln und eine bleiche, müde Haut ließen ihn ungepflegt wirken. „Du hast eine typische Läuferfigur. Lang und schlank, in Polen sagen wir unterernährt, kurze Haare für geringen Luftwiderstand und sicher mit den Händen noch nie gearbeitet. Welche Strecken läufst du?"

Meine Marathonzeit von etwas über zwei Stunden dreißig überraschte ihn, er schien die aktuellen Zeiten zu kennen. Ich spürte Respekt in seinem Gesichtsausdruck. „Zur ersten Liga reicht das nicht, Geld wirst du damit zwar nicht verdienen, aber einmal gesund sterben. Nichts für ungut, ich war in Polen Fußballspieler. Auch bei mir hat es nur zur zweiten Liga gereicht, deshalb muss ich mich hier als Knecht verdingen. Du hast wenigstens einen Akademikerjob, auch wenn keiner versteht, was du dabei treibst."

Ich musste über seine Art, Leistung zu relativieren, lächeln und musterte ihn genauer. Gestern Abend waren wir nur sehr kurz bekannt gemacht worden. Er war etwa in meinem Alter, untersetzt, breitschultrig, muskulös, leichter Bauchansatz, dunkelblonde nach hinten gewellte Haare, im Moment zerzaust, braune Augen, die genau beobachteten, und er war es sichtlich gewohnt, viel und vor allem körperlich zu arbeiten. Der Ex-Sportler war nicht zu verbergen. Er trug jetzt eine fleckige blauweiß gestreifte Küferbluse, den Standarddress der Leute im Keller und verwaschene Jeans. Wahrscheinlich hatte er sich umgezogen, als die Gäste gegangen waren, um sofort mit dem Aufräumen zu beginnen. Im Hof war von einem großen Fest bereits nichts mehr zu sehen, sogar der Kies war geharkt. Er schaute mich beim Reden offen an, der blonde Schnurrbart hing über seine Lippen und bewegte sich im Sprechrhythmus. Selbstbewusst, aber nicht arrogant, schien er in sich zu ruhen. Typ working class hero, ich mochte ihn.

„Ich habe mit deinem Vater zusammengearbeitet. Wenn du heute Nachmittag in den Keller kommst, kann ich dir einiges darüber erzählen. Jetzt will ich etwas schlafen, der Tag war lang. Die Ausdauer ist mit den Jahren leider auf der Strecke geblieben. Als Student konnte ich zwei Tage feiern und brauchte einen Ruhetag, inzwischen ist es umgekehrt. Nimm die Holztür hinter den Garagen an der Mauer zum Neckar hin, du gelangst direkt auf den Höhenweg und kannst stundenlang laufen. Wenn du noch Krafttraining machen willst, nimm die Weinbergsohle. Sie hat zwischen neun und fünfzehn Prozent Steigung, nichts für Weicheier. Verirren kannst du dich ja nicht." Er zeigte dabei auf meine Multifunktionsuhr am Armgelenk, offensichtlich kannte er derartige Spielzeuge und wusste von der GPS-Funktion. „Sehen wir uns um drei Uhr im Keller? Ich zeige dir auch, wie man einen Besen bedient."

Als ich zurückkam, war es kurz nach neun. Meine Uhr zeigte eine Strecke von fünfundzwanzig Kilometern, das Laufshirt war klatschnass, getrockneter Schweiß klebte am ganzen Körper. Ich hätte noch lange laufen können, die zwei Wochen Pause hatten kaum Leistung gekostet. Gerannt war ich wie ein junges Fohlen, das nach langer Zeit im Stall wieder auf die Weide durfte. Zunächst diszipliniert mit elf Kilometer pro Stunde, um bald, ohne es bewusst zu wollen, bei fünfzehn zu sein. Das traumhafte Wetter, eine ebene Höhenstrecke mit weitem Blick und vor allem die lange Laufabstinenz hatten mich ohne weiteres Nachdenken oder innere Bremse vorwärts gejagt. Mein Körper holte sich, was er brauchte, er hatte Lust auf Leistung. Angenehm körperlich und geistig müde, genoss ich diese Phase innerer Zufriedenheit. Das Leben war schön.

An der Garage neben dem kleinen Holztor begann ich mit Dehnungsübungen. Nach einer längeren Laufpause wollte ich meinen Muskeln etwas Gutes tun, meist ersparte ich mir dieses „stretching" als Zeitvergeudung. „So wie Sie aussehen, haben Sie heute Morgen nicht vor, in die Messe zu gehen. Ein Sonntag ohne Kirchgang ist wie ein Leben ohne Sinn, öde, leer und umsonst gelebt. Oder sind Sie womöglich gar kein Christenmensch? Gehören Sie zu den Menschen, die Sport als Ersatzreligion benutzen und kommen gerade vom Götzendienst?"

Konrad von Schimmelbusch stand breitbeinig und sichtlich kampfbereit vor mir. Er trug einen schwarzen Anzug, weißes Hemd und dunkle Krawatte, wie ein Pfarrer. In der linken Hand hielt er einen kleinen Reisekoffer, in der anderen den Garagenschlüssel. Er parkte sein Auto als VIP standesgemäß in einer der Garagen an der Mauerseite, neben Peters Wohnung. Wie gestern in der Probierstube versuchte er sofort mich zu provozieren. Ich war nicht in Stimmung für ein erneutes Streitgespräch und ignorierte seine Fragen. „Guten Morgen, Herr von Schimmelbusch. Sie wollen Ihre Gastgeber bereits verlassen, die Nacht war doch sicher kurz? Ich kämpfe noch mit dem Jet-lag. Ihre Ausführungen gestern waren übrigens sehr interessant, ich habe viel gelernt. Stehe ich vor ihrer Garage?" Ich trat zur Seite und gab die Tür frei, zufrieden mit meiner Rolle als Diplomat.

Er ließ nicht locker. „Sie sind mir und allen anderen Gästen eine Antwort schuldig geblieben, sie wissen, die mit der Abstammung. Aber Fragen zu beantworten, scheint keine Ihrer Stärken zu sein. Wie halten Sie es mit Gott?"

Ich musste doch kämpfen, er ließ mir keine Wahl. Mein Körper produzierte Adrenalin, er hatte von gestern gelernt: von Schimmelbusch gleich Gefahr, Kampf nicht ausgeschlossen, alles gefechtsbereit machen! „Fragen aus der Mottenkiste der Evolutionsgeschichte zu beantworten verbietet mir meine akademische Bildung, sie kennen die Antwort ganz genau, Bischof Samuel Wilberforce. Und zu den anderen in aller Kürze: Als Kind litt ich im Kindergarten und in der Schule an einem erbarmungslosen Gott, der in mir ständig einen inneren Gerichtshof abhielt und mit ewiger Verdammnis drohte. Es kostete mich Jahre, mich davon zu emanzipieren. Seien Sie versichert, das Thema hat mich intensiv beschäftigt. Wissenschaftsfeindliche Arroganz von sich Christen nennenden Personen trieb mich als Studenten dann endgültig aus der Kirche. In den USA konnte ich schließlich in den letzten Jahren einen Gotteswahn einflussreicher Kreise bis hin zum Präsidenten als Gefahr für unsere Zivilisation erleben. Gottes Segen für eine Bombe, die im Irak oder in Afghanistan chirurgisch präzise Menschen im Bunker töten soll, nein danke. Aufgrund dieser Gottesvergiftung habe ich mir ein streng naturwissenschaftliches Weltbild erarbeitet und bin für eine strikte Trennung von Religion und Wissenschaft. Ich habe nicht die geringste Absicht, zu missionieren oder Sie in Ihrem Glauben zu beeinflussen, aber Darwin kommt vor Gott. Mullahs, Besserwisser im Talar oder schwarzen Anzug und Gotteskrieger aller Coleur sind mir ein Greuel. Ich denke, diese Antwort reicht. Guten Tag, Herr von Schimmelbusch." Zum Glück waren wir allein, meine Verwandtschaft wäre entsetzt gewesen über den Disput und hätte sicher von Schimmelbusch als Gast und Freund des Hauses verteidigt. Probleme mit ihnen waren das letzte, das ich in meiner derzeitigen Situation gebrauchen konnte.

Er blockierte den Weg, als ich an ihm vorbei wollte. Seine Stimme hatte wieder den sonoren Mikrofonton, nur viel schneidender als gestern Abend. „Thomas Henry Huxley ist nicht feige davongerannt, er war ein Kämpfer, der Sie offensichtlich nicht sind. Sie bellen wie ein kleiner Straßenköter und wollen sich dann aus dem Staub machen. Ihre sogenannte Wissenschaft tötet Gott und nimmt seinen Platz im Himmel ein. Keine Wissenschaft hat den Menschen bisher tiefer beleidigt als die der Darwinisten, zum Beispiel in Gestalt von Evolutionsbiologen, die die Menschen lehren, dass sie Tiere sind und nicht die Krone der Schöpfung. Dass wir nichts als das Resultat zufälliger Prozesse sind, ohne Plan und ohne Sinn. Ich sehe im Leben einen tieferen Sinn, jenseits von Molekülen, Enzymen oder Proteinen, denen Sie mehr Wahrheit zuordnen als dem wunderbaren Ganzen, das ein gütiger Gott nach seinem Plan geschaffen hat. Auf die Frage, woher das Ganze kommt, auf die entscheidende Frage nach dem Warum, versuchen die Naturwissenschaften nicht einmal eine Antwort zu geben. Ich habe eine für Sie. Haben Sie schon einmal einen Topf ohne Töpfer, ein Hufeisen ohne Schmied oder ein Auto ohne Konstrukteur gesehen? Genauso wenig gibt es den Menschen ohne seinen Schöpfer. Die Gottlosen sind zum Angriff übergegangen und auch Sie schwingen deren Streitaxt. Mit jeder Faser meines Körpers verteidige ich den Glauben an Gott gegen Menschen, die nur an den Menschen glauben und den Teufel als eine Fiktion sehen. Wenn sich diese Weltsicht durchsetzt, ist alles verloren. Wenn Gott nicht existiert, ist alles erlaubt. Nur der Gottesglaube enthält ein hinreichendes Argument dafür, sich sittlich zu verhalten. Ihre naturalistische, materialistische Weltsicht erklärt dagegen nur, warum die Menschen etwas tun, aber nicht, warum sie etwas tun sollen. Die Aufklärer erwarten seit mehr als zweihundert Jahren das Absterben aller Religionen. Sie irren sich. Religiöse Bedürfnisse, die Überzeugung von der Gnade Gottes hat mehr Zulauf denn je. Die Religion lebt, und verirrte Atheisten wie Sie werden bald hinweggefegt sein."

Wir standen uns gegenüber wie zwei Ghettoboxer kurz vor dem Zuschlagen, die Nasenspitzen nur wenige Zentimeter auseinander, die Augen starr auf den Gegenüber gerichtet. Wer zuerst dem Blick des anderen ausweicht, hat verloren. Wer sich dem anderen in Tonfall und Körpersprache anpasst, unterwirft sich. Affen im Rangordnungskampf. Dort ist der Sieger stärker, lauter oder raffinierter. Im Affenleben ist das Dominanzverhalten genauso wichtig wie das Atmen. Unsere Hände hingen nach unten, schon zur Faust geballt. Seine Gesichtshaut war rotfleckig geworden, ohne Schminke traten zahlreiche grobe Poren deutlich hervor. Er hatte Mundgeruch, ich meinte Acetaldehyd zu riechen, süßlich riechendes Zwischenprodukt des Ethanolabbaues in der Leber. Je nach Alkoholmenge konnte der ganze Körper ausdünsten. Zähne putzen und Parfüm reichen im Nahkampf dann nicht mehr aus. Mein Schweiß dürfte ihm ähnlich unangenehm sein. In den USA hatte ich viele Auseinandersetzungen mit solchen Sturmgeschützen des Glaubens gehabt, fast alles intelligente, gut ausgebildete aber doch verbohrte Menschen, aber nie war ein Streitgespräch in derart kurzer Zeit so fundamental eskaliert. Immer waren die Grundsätze menschlicher Kommunikation und Diskussion eingehalten worden, es kam praktisch nie zu persönlichen Beleidigungen oder körperlichen Auseinandersetzungen. Christliche Nächstenliebe und doch hart in der Sache, das war in Ordnung. So kannte ich es von der Universität. Der wissenschaftliche Disput als Austausch von Argumenten. Hier war ich mir nicht mehr sicher, ob wir die Spielregeln der Zivilisation durchhalten konnten. Von Schimmelbusch zeigte einen fanatischen Hass, wie ich ihn bisher nur auf Bildern in den Gesichtern islamistischer Fundamentalisten gesehen hatte. Woher kam dieser Hass auf mich, wir hatten zuvor noch nie etwas miteinander zu tun gehabt, ich hatte bis gestern nicht einmal seinen Namen gekannt.

Leider war die Deeskalationsstrategie meiner Bonobos keine Option. Die lösen ihre Konflikte elegant durch Sex, das Geschlecht des Gegenübers spielt dabei keine Rolle. Hinterher herrscht Frieden. Aggressivität ist sehr selten bei ihnen. Anders ihre nächsten Verwandten, die Schimpansen. Dort fliegen sofort die Fäuste, verbunden mit extremem Lärm. Verbale Auseinandersetzungen in unserem Sinne kennen sie beide nicht. Würden wir den Mittelweg finden? Ich suchte eine Antwort, die meine Position klarmachte, ohne Öl ins Feuer zu gießen. Eine Prügelei mit diesem bejubelten Star, die Konsequenzen wären für mich unkalkulierbar.

„Ich verstehe Ihre Aggressivität nicht. Die friedliche Koexistenz von Glaube und Wissenschaft ist nicht unmöglich, ich habe viele tiefgläubige Kollegen, die die Evolutionslehre in wichtigen Elementen weiterentwickelt haben und trotzdem jeden Sonntag inbrünstig in der Kirche beten. Als Wissenschaftler denken sie völlig anders als in ihrer Religion. In der Wissenschaft sind sie genau wie ich voller Zweifel und undogmatisch. Der permanente Zweifel an der Richtigkeit von Erkenntnissen ist systemimmanent und bewahrt uns vor absoluten Aussagen. Der aktuelle Stand des Wissens ist immer der aktuelle Stand des Irrtums. Newton galt fast zwei Jahrhunderte, bis ihn Max Planck und Albert Einstein relativiert haben. Das unterscheidet unser Denken doch von jeder Religion, die sich selber in Frage stellen würde, wenn sie an sich zweifelte. Wissenschaft muss sich ständig in

Frage stellen. Deshalb sehe ich eine klare Trennlinie zwischen Religion und Wissenschaft. Die Methode der Naturwissenschaft ist in der Tat atheistisch, sonst wäre sie nicht in der Lage, Ergebnisse zu erzielen und Theorien zu entwickeln. Ich selber verstehe mich aber als Agnostiker, nicht als Atheist. Ein Atheist ist sich zu hundert Prozent sicher, dass es Gott nicht gibt. Ein Agnostiker akzeptiert eine kleine Irrtumswahrscheinlichkeit, bei mir liegt sie bei einem Prozent. Es kann ja sein, dass Gott tatsächlich existiert. Sie sehen mir aber nach, wenn ich die Möglichkeit der Existenz eines Gottes nicht wahrscheinlicher ansehe als die Wahrscheinlichkeit der Existenz von Feen und Elfen. Die Evolutionslehre selber hat in den letzten hundertfünfzig Jahren den Status einer Theorie erreicht, die in den Grundzügen von praktisch allen Wissenschaftlern als richtig angesehen wird, wo im Detail aber noch unendlich viele Fragen offen sind. Sprechen Sie bitte auch nie mehr davon, dass der Mensch vom Affen abstammt. Das ist falsch, Sie wissen das und ich appelliere an Ihre intellektuelle Redlichkeit. Sie haben mir in der Diskussion gezeigt, dass Sie sich tiefgründig mit dem Komplex Glaube und Wissenschaft auseinandergesetzt haben. Es ist etwas gänzlich anderes, gemeinsame Wurzeln zu haben, einen gemeinsamen Vorfahren, als direkt von jemandem abzustammen. Ich danke Ihnen, dass Sie mir solange zuhört haben."

Meine Muskelanspannung hatte etwas nachgelassen, auch von Schimmelbusch wirkte entspannter. Die Fäuste waren wieder geöffnet. Während des Redens hatte ich nach und nach bewusst meine Lautstärke reduziert und die Oberstimme ersetzt durch den tieferen Klang aus dem Bauchraum. Unbewusst hatte ich meine tiefen Sprachfrequenzen sicher sogar seinen angepasst, wir müssten auf derselben Wellenlänge schwingen. Ein Versuch der Deeskalation ohne Unterwerfung, der Profi würde merken, dass meine Ratio wieder Oberhand gewonnen hatte. Durch ein leichtes Kopfnicken spielte ich ihm den Ball zu.

„Gehen Sie davon aus, dass ich als promovierter Historiker nichts gegen den methodischen Atheismus der Wissenschaft habe. Sie muss zunächst ohne Prämissen arbeiten. Ihrer Evolutionslehre werfe ich aber massiv vor, dass sie die Methode überhöht und zu einer Weltanschauung gemacht hat. Die Fakten werden mit einem Weltbild verknüpft, das einen Schöpfer überflüssig erscheinen lässt. Alles, was Wissenschaft nicht erfassen kann, existiert nicht oder ist irrelevant. Dabei müssen Sie durch Forschung zur Überzeugung kommen, dass hinter der Natur eine große Intelligenz steht. Ich bin sicher, dass hinter jeder Zelle eine Absicht steckt, kein Zufall. Die Wahrscheinlichkeit, dass Leben spontan aus toten Molekülen entstand, sehe ich so groß wie die, dass ein Orkan durch einen Schrottplatz fegt und einen Airbus 380 zusammensetzt. Darwin, aber auch Freud und Marx, stellen Menschen als Tiere oder Maschinen dar, deren Verhalten nur durch Biologie, Chemie, Physik oder Umwelt diktiert wird. Das ist Materialismus ohne moralischen Standard. Und der einzige Grund, warum die Lehre trotz aller Unzulänglichkeiten, Widerlegungen und Fälschungen zum Durchbruch gekommen ist. Der Frühkapitalismus nahm Darwins Ideen dankbar auf, durch sie bekam er den Segen für hemmungslose Profitmaximierung und gnadenlosen Konkurrenzkampf. Wer dabei auf der Strecke blieb, war nicht „fit" oder angepasst genug und wurde zu Recht ausgemerzt. Der Darwinismus war der theoretische Überbau und die alles befreiende Entschuldigung für jeden, der bereit war, über Leichen zu gehen. Für mich ist er darüber hinaus eine wesentliche Wurzel der Gewalt, die die Menschheit im 20. Jahrhundert so tief ins Elend gestürzt hat. Er hat die moralische Absolution gegeben, gegen diejenigen zu kämpfen, die nicht zu uns gehören. Seine Geisteshaltung ist die des Mittelalters, die Zeit der Hexenverbrennung. Sie verstehen, dass ich bei allem Verständnis für Ihre Wissenschaft göttlich-sittliche Zügel für sie verlange. Gott kommt vor Darwin, er vermag seine Auswüchse zu zügeln. Darwin ist aber zugegebenermaßen ebenfalls ein Geschöpf Gottes und Teil seines Weltenplanes. Auch er stammt von Adam ab, wie wir alle. Jetzt entschuldigen Sie mich, meine Zuhörer warten."

Jetzt war es an mir, ihn zurückzuhalten. Ein Kompromiss hatte angesichts seiner kruden Fundamentalkritik und dem unreflektierten Mischen unterschiedlichster Ebenen, Zeiten und Inhalte keine Chance. Ich wollte das letzte Wort behalten. „Ich glaube nicht an Ihren Gott, aber ich glaube auch nicht an Shiva, Vischnu, Amu Ra, Jahwe, Aerop-Enap, Zeus, Donar, Mars, Dionysos oder Allah. Ich bin also nur einen Gott weiter als sie. Lassen Sie sich nicht aufhalten."

Ich ließ ihn vorbei. Während er die Garagentür aufschloss, rief er mir nach: „Die individuellen Religionen haben in einem langen Prozess jede für sich zum Monotheismus gefunden. Ihr Pantheon wurde ersetzt durch den einen Schöpfer. Das derzeitige weltweite Pantheon, die vielen Götter der unterschiedlichen Religionen in der Welt werden eines Tages ebenfalls verschwunden sein. Es kann nur einen geben, meinen Gott. Eines Tages wird ein globaler Monotheismus herrschen. Und ich erwarte den Tag, den nur Gott kennt, an dem alle Völker mit einer Stimme den einen Herrn anrufen und ihm Schulter an Schulter dienen. Nur die Wahrheit hat ein Naturrecht, der Irrtum nie und nirgends."

Ich tat, als ob ich ihn nicht gehört hätte und lief weiter zum Turm. Meine Knie zitterten, als ich die Treppen hinaufstieg. Ich kam mir vor wie ein Wanderer, der plötzlich vor einem Wolf steht und um sein Leben fürchtet. Die Feindseligkeit in der Argumentation machte mich betroffen. Geduld und Nächstenliebe waren doch eine christliche Grundregel. Von Schimmelbusch hatte sich davon offensichtlich emanzipiert. Trotz des Redeflusses konnte ich seine Position innerhalb der weitverzweigten christlichen Szene nicht einordnen. Er hatte geschickt konkrete

Aussagen vermieden. Einen festen Glauben an Gott gepaart mit Hass auf die Evolutionstheorie und ihre Vertreter als Gefahr für das Seelenheil der Welt konnte ich als Grundhaltung herausdestillieren. Und dass er seinen Gott als den einzig Wahren verstand. Aber wo stand er sonst? Vertreter einer der beiden großen Amtskirchen sicher nicht. Dafür war er zu radikal und zu missionarisch. War er ein Kreationist, der die Bibel wörtlich nimmt und wo manche Anhänger sogar die Erde als Scheibe sehen, ein Vertreter des Intelligent Design, der einen Theismus vertritt und die Evolution durchaus akzeptiert, aber als nicht zutreffend für den Menschen? Oder ein Evangelikaler, die es in zahllosen Schattierungen gibt, vom Pietisten bis Charismatischen Pfingstler? Sie alle eint ihre extreme Frömmigkeit, der mehr oder weniger absolute Glaube an die Wahrheit der Bibel und ein missionarischer Eifer. Im Detail allerdings unterscheiden sich die vielen hundert Gruppierungen beträchtlich. Oder gehört er einer der bekannten Sekten an? Ich konnte ihn nicht einordnen, dazu war die Diskussion zu kurz und diffus gewesen. Und wieweit war meine Verwandtschaft durch ihn beeinflusst, welche Rolle spielt sie? Anne musste für mich recherchieren. Sie hatte recht gehabt, er ist gefährlich. Ich befürchtete, ihn noch nicht los zu sein. Aus dem Fenster im Treppenhaus sah ich ihn in wegfahren in einem schwarzen S-Klasse-Mercedes. Er fuhr standesgemäß, das Statussymbol passte zu ihm, der Schwanz des Pfaus.

An meiner Schlafzimmertür hing eine Notiz von Tante Lotte. Sie und Dieterich waren bereits fortgefahren, mein Frühstück würde ich in der Probierstube finden und sie erwarteten mich gegen 19.00 Uhr zum Abendessen. Das Leben war wieder schön.

Natürlich war ich eingeschlafen, zum Glück nur kurz. Etwas verspätet fand ich Peter im Keller. Er trug Gummistiefel und eine Lederschürze, in der Hand hielt er einen großen Besen. Neben ihm stand eine Gießkanne. Er schien wieder fit zu sein, rasiert, gekämmt und mit den von gestern bekannten flinken

Bewegungen. „Hilf mir, dann sind wir in einer halben Stunde fertig und können einen Kellerrundgang starten. Nimm die Gießkanne, aber vorsichtig. Sie enthält ein aggressives Reinigungsmittel für den Kellerboden. Nach den bösen Erfahrungen des letzten Jahrgangs hat der Chef erkannt, dass er doch etwas hygienischer arbeiten muss und sogar ein Gerät für die Tankreinigung angeschafft. Gieß mir kleine Mengen direkt vor den Besen. Ich schrubbe damit den Boden und wische die Brühe mit viel Wasser, das du mir ebenfalls vor den Besen spritzt, in den Kanal. Arbeitsanleitung verstanden? Wenn wir die Fettspuren von den Händen unserer neugierigen, oder besser, betrunkenen Gäste an den Edelstahltanks auch noch beseitigt haben, ist die Party vergessen. Alles andere haben Alexander, sein Freund und ich zwischen vier und sieben Uhr erledigt. Der Trollinger hat uns dabei geholfen, die Aktivierungsenergie auf erträgliches Niveau abzusenken. Bis dahin waren wir die einzigen Nüchternen unter lauter Weinleichen. Komm, gieß."

Während meiner Ausbildung hatte ich unendliche Male desinfiziert, sterilisiert und gereinigt, später sogar Operationsräume nach der Behandlung von Schimpansen, die, meist nach Rangordnungskämpfen, behandelt werden mussten. Aber noch nie mit Besen und Gießkanne, Werkzeuge für Grobmotoriker. Nach einer knappen Stunde war die Arbeit erledigt. Die feuchten Kellerfliesen glänzten wie in der Werbung und wir spiegelten uns in den polierten Edelstahltanks. Peter drückte mir ein Weinglas in die Hand, ohne das ein Kellerrundgang nicht möglich wäre. „Herr Engelmann hat viel Geld in den Kellerausbau investiert. Ihr habt gestern zu Recht von Weinkathedrale geredet. Meiner Meinung nach steckt zu viel Geld in Repräsentation und Optik, das besser in Technik investiert worden wäre. Er kann die Moste immer noch nicht pasteurisieren und damit auf Katastrophen wie 2006 reagieren, es steht immer noch kein schlagkräftiges System für die Saftvorklärung zur Verfügung und immer noch keine wirtschaftliche Möglichkeit zur Trubverarbeitung. Von Technik versteht der Chef leider nicht viel. Und er ist beratungsresistent. Alexander und ich hatten vergeblich zahlreiche Vorschläge gemacht, unterstützt von Gabor. Busenfreund Konrad war sichtlich erfolgreicher mit seinen Vorstellungen. Die Präsentation des Kreuzes, vor allem die von der Versicherung verlangte Sicherung, hat viel Geld verschlungen. Zum Glück ist dein Onkel ein begnadeter Verkäufer, er schlägt auch den letzten Schrott los und die Kunden glauben an die Predigt von der Individualität seiner Weine. Sonst müsste ich mir Sorgen machen um meinen Job. Im Keller wirst du die Handschrift von Gabor trotzdem finden. Anne, Alexander und ich haben viel mit ihm diskutiert. Er verfügt über ein immenses Gespür für Technik, Trauben und Wein und weiß im Juli oder August schon genau, auf welche Herausforderungen er sich im Herbst einstellen muss. Kunden verstehen ihn dafür nicht, er spricht eine ganz andere Sprache und ist viel zu zynisch. Genie und Wahnsinn dicht beieinander. Ein Vorschlag von ihm war zum Beispiel die zentrale Versorgungsstelle in der Mitte des Kellers. Gestern hast du davon nichts sehen können. Die Wasser-, Dampf- und Stromleitungen kommen gemeinsam von unten aus dem Boden. Es war alles durch Konrads Rednerpult verkleidet, ein eigens hergestelltes, aufklappbares Barrique. Von dort aus können wir den gesamten Arbeitsraum mit kurzen Leitungen bedienen. Sehr effizient, genauso wie die versteckten Ringleitungen aus Edelstahl, mit denen wir Weine und Moste umlagern können, ohne Schläuche durch den Keller ziehen zu müssen. Die Holzfässer sind alle mit Edelstahltüren und Edelstahlarmaturen ausgestattet worden, das ist viel hygienischer und bedienungsfreundlicher als vorher mit den mühselig abzudichtenden Holztürchen."

Ich wurde ungeduldig. Mit derartigen Details konnte ich nicht viel anfangen. „Komm zum Thema, erzähle mir mehr vom Tod meines Vaters. Du warst doch derjenige, der zuletzt mit ihm zusammen war und der ihn gefunden hat. Was ist an dem Tag geschehen? Ich hatte immer ein gutes Verhältnis zu ihm, er hat mich in vielen meiner Entscheidungen stark beeinflusst und war das ganze Leben über mein intellektueller Sparringspartner. Mit ihm bin ich nach Amerika gegangen und dort geblieben, er hat mich bei meinen Gutachten und Aussagen vor Gericht bestärkt und mich moralisch unterstützt. Wir haben gemeinsam bei Mamas Tod gelitten wie ein Hund und auch nach seiner Pensionierung und Rückkehr nach Heilbronn immer engen Kontakt gehalten. Als er eine neue Partnerin hatte, waren wir, glaube ich, beide gleichermaßen glücklich. Ich hatte mich riesig für ihn gefreut. Du kannst dir meine Betroffenheit vorstellen über diesen Unfall, zumal meine Situation in den USA sich zeitgleich extrem verkomplizierte. Es schmerzt mich wahnsinnig, so wenig über die Umstände zu wissen, und noch mehr, dass ich nicht einmal richtig Abschied nehmen konnte. Er ist im Schnellverfahren verscharrt worden. Nur weil Erntezeit war."

Peter hatte mich unbewegt angeschaut. Er schien mich zu verstehen und führte mich zu einem Holzfass direkt rechts neben dem Kellergang aus dem Jahre 1580 seitlich neben der Treppe. Ein Messingschild verriet mir Tanknummer 31 und ein Fassungsvermögen von 2400 Litern. „Quercus robur, du willst als Biologe sicher den wissenschaftlichen Namen für die dazu verwendete Stieleiche wissen. In diesem Fass ist dein Vater erstickt. Es war am 15. Oktober, dem zweiten Sonntag in Folge, an dem gearbeitet wurde. Wir hatten wie immer sehr spät mit der Lese begonnen, um optimale Qualitäten zu erzeugen. Die Trauben vom Vortag waren wegen der vielen angefaulten Beeren unmittelbar nach Anlieferung im Hof gepresst worden. Die trüben Moste kamen über Nacht in einen Sedimentationstank, um die mitgeschleppten Beerenhäute und groben Zellreste absitzen zu lassen. Den geklärten Überstand hatten wir am Morgen in den Gärtank gepumpt und mit Reinzuchthefe versetzt. Der übliche

Ablauf, nur in dem Jahr schneller und hektischer, die Nerven lagen ziemlich blank, dein Onkel war nur noch am Nörgeln. Gegen Mittag hatten wir alles erledigt. Es sollte der erste halbe Tag Ruhe werden vor dem erneuten Sturm am Montag und das nach vierzehn Tagen ununterbrochener Arbeit. Du weißt, dass wir extrem unter Druck standen wegen der dramatisch zunehmenden Fäulnis. Starke Wolkenbrüche nach einer optimalen Reifeperiode, die viel Zucker in den Zellen eingelagert hatte, brachten die prall gespannten Beerenhäute zum Platzen, wie ein zu stark aufgepumpter Fußball. Der zuckersüße Saft konnte austreten und aufgrund der warmen Witterung, es herrschte regelrechtes Treibhausklima, ein Paradies für sämtliche Pilze und Bakterien aus Gottes Schöpfung schaffen. Was Schimmelpilze und Essigbakterien mit zuckerhaltigem Pflanzensaft anrichten können, muss ich dir nicht erklären. Spätestens seit Oktober 2006 wissen es auch die einfacher gestrickten Leute wie ich. In einem unserer Weinberge zum Beispiel, einer durchschnittlich guten Lage, betrug der Anteil angefaulter Beeren am Morgen kaum zehn Prozent, am Abend waren es bereits siebzig bis achtzig. Einige Weinberge in der Nachbarschaft wurden deswegen überhaupt nicht mehr gelesen. In den Weinbergzeilen roch es zum Teil penetrant nach Essig. Essig ist der Todfeind, wenn er schon im Most vorkommt, ist er im Wein kaum mehr zu verringern. Diese „flüchtige Säuren" können Weine verkehrsunfähig werden lassen und zu enormen Verlusten führen.

Dein Vater wollte noch einige Arbeitsgeräte wegräumen, dann ebenfalls gehen und sich etwas hinlegen. Am Abend sollte eine Weinprobe mit amerikanischen Kunden stattfinden. Seine Englischkenntnisse waren wohl gefragt. Er war allein im Keller, niemand weiß, was geschehen ist, wir können es nur vermuten. Ich habe ihn auf Veranlassung seines Schwagers gesucht, zuerst oben, im Keller zuletzt. Ich wunderte mich, dass hier unten noch Licht brannte und auf mein Rufen keine Antwort kam. Erst als ich vor dem Fass hier stand, sah ich ihn. Es war ein Bild, das mich den Rest meines Lebens begleiten wird. Dein Vater steckte mit der Hälfte seines Körpers Kopf voraus im Fass. Seine Beine hingen nach unten, die Fußspitzen berührten den Boden, ohne dass er sich hätte abstützen können. Er gab kein Lebenszeichen, als ich ihn laut ansprach und ins Bein zwickte. Ich zog ihn sofort heraus. Das war nicht einfach und dauerte etwas, weil ich ihn an der Hüfte so verdrehen musste, damit er durch die kleine Öffnung passte. Sein Gesicht war blau angelaufen, Puls und Atmung nicht mehr feststellbar. Die Augen starrten mich weit aufgerissen an, die Gesichtszüge waren verzerrt. Mit dem Oberkörper war er in der Mostpfütze gelegen und deshalb nass und stank entsetzlich nach vergammeltem Most. Ich war sicher, dass er tot war, verständigte deinen Onkel und versuchte danach trotzdem, ihn wiederzubeleben. Es war zwecklos. Doktor Bröker konnte nur noch den Tod bestätigen. Von der Gerichtsmedizin erfuhren wir, dass er mindestens schon zwei Stunden zuvor gestorben war, eindeutig nicht an einem Herzinfarkt, sondern an einer Kohlenstoffdioxidvergiftung. Am ganzen Hüft- und Bauchbereich hatte er Hämatome und Kratzspuren, wie wenn er sich verzweifelt aus der Öffnung zu befreien versuchte, in der er steckengeblieben war. Du kannst dir vorstellen, was hier unten los war. Kriminalpolizei, Spurensicherung, Befragung aller Mitarbeiter, insbesondere von mir einschließlich der Prüfung meiner Papiere, ich bin ja Ausländer, und so weiter. Das volle Programm. Der Keller wurde für einen Tag gesperrt, das Fass versiegelt, Dieterich musste die Lese verschieben, er kochte vor Wut und die Fäulnis der Trauben nahm immer dramatischere Formen an. Ein juristisches Nachspiel gab es natürlich auch. Die Staatsanwaltschaft ermittelte routinemäßig, sie konfiszierte die Keller- und Arbeitsbücher und leitete wohl auch ein Verfahren ein. Der Chef hat darüber aber nie geredet. Ich weiß nicht, was daraus wurde."

Während er redete, war ich langsam um das Fass gegangen. Es bestand aus dunkelbraunem wuchtigem Holz und wirkte wie ein massiger Klotz. Im Vergleich zu den glänzenden Edelstahltanks strahlte es etwas Bedrohliches aus. Zum benachbarten baugleichen Fass war gerade so viel Abstand, dass ich dazwischen durchschlüpfen konnte. Alle Fässer lagen auf einem Kiesboden, abgegrenzt zu den Kellerfliesen, und wurden von jeweils vier wuchtigen Holzkeilen fixiert und stabilisiert. Ich schätzte die Nummer 31 auf etwas über zwei Meter hoch und einen Meter zwanzig breit. Es musste viele Zentner wiegen, Herstellung und Umgang erforderten sicher jahrelange Erfahrung. Mehrere breite Stahlbänder umspannten in gleichmäßigem Abstand die Holzkonstruktion und drückten die Dauben in die Nuten der Front- und Rückseite. Die bestanden ihrerseits aus planen, breiten Holzbrettern von zwei bis drei Zentimetern Dicke. Vorne am tiefsten Punkt befand sich die Öffnung, in der mein Vater gesteckt hatte. Sie war oben halbkreisförmig, insgesamt kaum größer als mein aufgeklappter Lap Top und von einem schmalen Edelstahlband eingerahmt. Das Türchen mitsamt wulstiger Gummidichtung und Verschlussbügel lag längs in der Öffnung. Ich nahm es heraus, ging auf die Knie und steckte den Kopf hinein. Sofort spürte ich ein beklemmendes Gefühl, das war nichts für Menschen mit Platzangst. Und da wollte mein Vater hinein? Peter reichte mir unaufgefordert eine Taschenlampe. Die Fassdauben verliefen in Längsrichtung, jede war vielleicht zehn Zentimeter breit und leicht gebogen. Dadurch entstand die bauchige Form. Wie die Bretter eines Schiffsrumpfes waren sie aneinander gepresst, um es dicht zu bekommen. Sicher waren beim Schiffbau und bei der Fassherstellung dieselben handwerklichen Fähigkeiten gefragt. Am höchsten Punkt entdeckte ich im Schein der Taschenlampe eine kreisrunde kleine Öffnung, durch die Gärgase oder die Luft im Fass beim Füllen entweichen konnten. Am Boden und seitlich bis etwa zur halben Höhe waren an mehreren Stellen kleine spitze Kristalle in unterschiedlich kompakter Schicht am Holz festgewachsen. Sie funkelten im Licht mit rötlich-violetten Reflexen. Es roch unangenehm muffig, dumpf und schimmelig, wie in einem wochenlang ungelüfteten Raum. Ich glaubte sogar, eine Essigwolke abbekommen zu haben. In einem solchen Mief sollte Wein, ohne Schaden zu nehmen, lagern? Und was haben Menschen drin zu suchen? Ich ekelte mich, mir wurde übel.

„Das Fass steht seit dem Unfall leer. Die Chefin setzte sich ihrem Mann gegenüber durch, es aus Pietät nicht mehr zu benutzen. Wenn es noch einige Zeit trocken liegt, ist es hinüber und nicht mehr dicht zu bekommen. Das Holz verzieht sich irreversibel. Holzfässer müssen immer voll liegen, entweder mit Wein oder mit Schwefelwasser. Das Schwefeldioxid konserviert das Holz gleichzeitig. Wir haben es nach der Freigabe durch die Polizei nur mit Wasser ausgespült. Deshalb stinkt es innen sicherlich wie in einer Kloake. Du wirst auch jede Menge Weinstein am Boden finden, der bei der Weinlagerung nach und nach ausfällt und dicke Platten bilden kann. Die raue, lediglich mit dem Hobel geglättete Innenwand begünstigt diesen Vorgang. In polierten Edelstahltanks kompaktiert Weinstein kaum. Die Kristalle lösen sich dort bei der Reinigung mit heißem Wasser und Natronlauge weitgehend auf. Holzfässer lassen sich dagegen nur mit viel Handarbeit sauber halten. Von steril reden nicht mal wir. Es ist unvermeidbar, regelmäßig hinein zu kriechen und manuell zu reinigen. Normalerweise die Arbeit von Lehrlingen, bei uns meist von mir. Alexander ist ja zu voluminös geworden und außerdem Chef. Dein Vater hatte auch die schlanke Figur dafür. Du gibst Bürste, Wasserschlauch und Lampe vor und kriechst dann mit den Armen und dem Kopf voran hinein. Die Hüfte durchzubringen ist der schwierigste Teil: dazu musst du dich seitlich verdrehen und dann auf dem Boden mit den Händen abgestützt nach innen ziehen. So ähnlich wie du seinerzeit aus dem Mutterleib herausgekommen bist. Wenn du zum ersten Mal in ein kleines Fass kriechst, verstehst du Hebammen, wenn sie von einem Geburtsschock erzählen. Mühsamer Durchgang, Platzangst und ständig schlägst du dir das Kreuz irgendwo an. Das Atmen ist erschwert und du schwitzt. Du stehst mit den Füßen immer im Wasser, alles ist feucht und Dreck spritzt dir ständig ins Gesicht. Unangenehm, muss aber sein."

„Warum benutzt man denn überhaupt noch Holzfässer, wenn das mit solcher Sklavenarbeit verbunden ist und daneben pflegeleichte Edelstahltanks stehen? Seid ihr alle Masochisten? Mein Onkel würde sie bestimmt schnell abschaffen, wenn er sie selber reinigen müsste. Und warum ist mein Vater denn erstickt, aus deinen Erklärungen ist mir das noch nicht klar geworden?"

„Wir können es nur vermuten. Die Holzfässer waren kurz vor Lesebeginn eilig aufgestellt worden. Bei dem hier wurde versäumt ein Gefälle nach vorne zu erzeugen, damit es weitgehend von selber leer läuft. So konnte sich gärender Most hinten sammeln. Bei der Gärung wird, wie du weißt, der Zucker des Traubensaftes biochemisch umgewandelt. Zu Beginn vermehrt sich die Weinhefe, mehr will sie ja auch nicht. Die Endprodukte dieses aeroben Stoffwechsels sind hauptsächlich Kohlenstoffdioxid und eben Zellmasse. Ist der Sauerstoff im Most nach kurzer Zeit aufgezehrt, schaltet sie auf ein Notprogramm um und produziert in einem Überlebensprogramm nur noch Alkohol und wiederum Kohlenstoffdioxid. Das Gas ist deinem Vater zum Verhängnis geworden. Wir benützen bei der Alkoholherstellung schlicht und einfach den Überlebenswillen der Hefe, bis wieder eine bessere Zeit für sie anbricht. Gegen Ende verreckt sie schließlich an ihrem eigenen Abfall, der Alkohol ist auf Dauer sogar für den Produzenten schädlich."

Mein Nicken mit dem Kopf bestätigte ihm, dass ich folgen konnte. Biochemisches Basiswissen aus den ersten Semestern, praktisch angewandt.

„Wenn du dir die Stöchiometrie der Gärungsgleichung anschaust, kannst du einfach die Menge an Kohlenstoffdioxid ausrechnen. Ein Liter Most produziert rund 50 Liter Gärgas, das schwerer ist als Luft und sich am tiefsten Punkt konzentriert. Genau dort hatte sich der Kopf deines Vaters beim „Schlupfen", wie wir das Hineinkriechen in ein Fass nennen, befunden. Er kannte die Gefahr durch diese Gase, wir hatten mehrfach darüber geredet. Der alte Ingenieur hatte sich die Konstruktion unserer neuen Absaugvorrichtung im Keller genau angeschaut. Die Polizei hat ausgerechnet, dass die zehn bis zwölf Liter Most in der intensivsten Gärphase ausreichend waren, den Kohlenstoffdioxidgehalt in der Luft am Fassboden auf sechs bis acht Prozent zu heben. Also achtzig bis hundert Mal mehr als normal. Ab einer Konzentration von fünf Prozent treten rasch Kopfschmerzen auf, es kommt zu Schwindel und nach kurzer Zeit zur Bewusstlosigkeit. Nach spätestens einer Stunde tritt der Tod ein, meist schon viel früher. Dein Vater hat wohl die Gefahr erkannt bevor er bewusstlos wurde und versucht, sich rasch zurückzuziehen. Deshalb die Hämatome. Wenn er frühzeitig aus dem Fass gezogen worden wäre, hätte er sicher wiederbelebt werden können. Ich habe mir Vorwürfe gemacht, ihn allein im Keller gelassen zu haben. Wir waren doch mit der Arbeit soweit fertig, ich wusste nicht, dass er noch das Holzfass reinigen wollte. Ich hatte mir das Kellerbuch, in dem dein Onkel die Arbeiten notierte, nicht angesehen. Die offizielle Version hängt immer neben dem Aufzug. Ich hole uns etwas zu trinken."

Ich blieb mit geschlossenen Augen vor dem Fass stehen wie sonst vor Mamas Grab auf dem Friedhof. Hier hatte der wichtigste Mensch in meinem Leben einen unwürdigen Tod gefunden. Ich versuchte mir seinen Todeskampf vorzustellen, wie er mit den Armen versuchte, sich zurückzuschieben, wie seine Beine keinen Halt am Boden fanden und wie er mit dem Becken stecken geblieben war. Hoffentlich war er schnell bewusstlos geworden und hatte nicht zu lange leiden müssen. Das Fass erschien mir wie ein hölzernes Mausoleum, das nach der Beerdigung sich selber überlassen allmählich verfallen wird. Ich hätte es gerne als Scheiterhaufen benutzt und mit dem Toten verbrannt, wie bei den antiken Helden, bei Hektor oder Achilles. Aufgelöst in Rauch und in eine große Menge Kohlenstoffdioxid, viel mehr als meinem Vater zum Verhängnis geworden war. Tante Lotte hatte es zu Recht aus dem Verkehr gezogen. Es sollte niemals mehr Wein darin lagern, der immer an meinen Vater erinnern würde. Er trüge den schalen Geschmack des Todes. Peter hatte meine Betroffenheit nicht mit ansehen wollen und sich mit einem Vorwand entfernt. Ihm konnte ich keinen Vorwurf machen. Hätte, könnte, würde.... Hinterher ist es müßig, darüber zu sinnieren, und meinen Vater macht niemand mehr lebendig. Endlich hatte ich Details erfahren, viel mehr als meine kurz angebundene Verwandtschaft mir am Telefon damals mitteilen wollte. Peter hatte sachlich die Fakten geschildert, ohne Wertung oder Emotion. War das alles? Was hatte die Polizei herausgefunden? Traf Onkel Dieterich eine Mitschuld, weil er einen Anfänger allein im Keller hatte arbeiten lassen? Wieso lässt man so viel Restmenge in einem Fass zurück? Ich hatte ein zwiespältiges Gefühl, rein aus dem Bauch heraus, ohne Belege. Was glaubte Peter? Er kam mit einer bereits offenen Flasche Weißwein zurück.

„Lass uns zum Kreuz gehen, das ihr euch gestern kollektiv nicht angeschaut habt. Davor steht ein Barriquefass, wohl um die Bibel oder ein Gebetsbuch abzulegen, wie ein Altar und gerade recht für unsere Gläser und die Flasche. Dort kann ich deine Fragen nach Sinn oder Unsinn von Holzfässern gemütlicher beantworten." Sogar unser Desinteresse an der Vorführung hatte er bemerkt, seine Augen waren überall. Wir gingen durch den Arbeitsraum, vorbei an den Edelstahltanks in Richtung Weinberge. Das Prunkfass war als kreisrundes hölzernes Ungetüm schon von weitem sichtbar, es füllte den gesamten Kellergang aus. Peter bekreuzigte sich, als wir davor standen, wie es Katholiken beim Betreten einer Kirche immer tun. Als Pole musste er natürlich katholisch getauft sein. War er aber auch gläubig? Ich kam mir vor dem Fass winzig klein vor. Es war ebenfalls bauchig gewölbt und wirkte ob seiner Größe noch bedrohlicher als Nummer 31. Rechts und links blieb für eine schmale Person wie mich an der engsten Stelle zwischen Holz und Kellerwand gerade noch Platz zum Durchkriechen, zur Decke waren es allenfalls zwei Handbreit. Es konnte nur hier unten zusammengebaut worden sein. Die Handwerksleistung war bewundernswert. Der Gang aus dem Jahr 1781 war nur kurz, vielleicht fünf Meter bis zur Front des Fasses, dafür aber mehr als doppelt so hoch wie die anderen drei. Er war vollständig mit rötlichen Ziegelsteinen ausgekleidet, das Deckengewölbe bildete die Rundung des Fasses nach.

„Der Chef wurde von der Versicherung genötigt, wie er sagt, diesen Kellerteil abzusichern. Direkt vor dem Fass siehst du sieben parallele dünne Lichtstrahlen, die aus Sendern in der Wand kommen und auf der anderen Seite empfangen werden. Wird auch nur eine dieser Lichtschranken für Sekundenbruchteile unterbrochen, löst das sofort im Büro Alarm aus, der im Falle einer Abwesenheit direkt an die Polizei weitergeleitet werden kann. Damit ist der Zugang bis in zwei Meter Höhe gesichert. Zudem wurde oberhalb der Treppe eine Kamera fest installiert, die diesen Stichgang und einen großen Teil des Arbeitsraumes abdeckt. Fass 31 ist im toten Winkel, du brauchst nicht danach zu fragen. Vielleicht hast du ihr Objektiv schon gesehen, obwohl es gut in der Wand versteckt ist. Gäste sollen ja nicht merken, dass jede ihrer Bewegungen aufgezeichnet wird. Die Kamera schaltet sich automatisch ein, wenn das Schloss der Kellertür geöffnet oder im Keller Licht angeschaltet wird. Ein Aufnahmegerät im Büro des Chefs zeichnet alle fünf Sekunden ein Bild auf und speichert es für 48 Stunden. Danach wird die Aufzeichnung überschrieben oder eine neue Kassette eingelegt. Dein Onkel ist der Herr über diese Technik und immer informiert, was im Keller passiert. Ich weiß, dass er die Bilder aber nur selten anschaut, solange für ihn alles in Ordnung ist. Den betrunkenen Affen von gestern, allen voran Sparkassendirektor Weber, würde ich die Aufnahmen gerne zeigen. Die Würde des Menschen ist unantastbar, sagt euer Grundgesetz. Es sei denn, er tastet sie selber an. Die Lichtschranken werden übrigens durch einen separaten Stromkreis gespeist, genau wie der Lastenaufzug neben der Treppe, und sind bei einem Stromausfall durch ein kleines Notstromaggregat noch zwei Tage lang abgesichert. Halte also Abstand vom Fass. Zum Wohl."

Wir prosteten uns zu, angeblich mit Annes Lieblingswein, einem trockenen Muskateller des exzellenten vorletzten Jahrganges. Er ersparte mir eine Weinbeschreibung. Die intensive Frucht und das dezente Muskatnussaroma konnte sogar ich riechen. Warum erzählte Peter solche Details? Die Beschreibung der Vorgänge bei der alkoholischen Gärung konnte ich gut nachvollziehen und erklärten die Todesumstände. Notstromaggregate, separate Stromkreise, Speicherung von Bildern... Ich verstand nicht so recht. Er zeigte mit dem Glas in Richtung Fass. „Das Holzkreuz in der Mitte zu erläutern erspare ich dir. Die ursprünglich vorhandenen Figuren auf der Stirnseite, unter anderem ein Gott des Weines mit Gespielen, stehen jetzt vor dem Büro deines Onkels, wo sie kaum jemand zu Gesicht bekommt. Die Geschichte des Fasses selber wird dich interessieren. Es wurde im Jahr der Französischen Revolution erstmals befüllt, nach immerhin fünfzehnjähriger Bauzeit. Genau 160.000 Liter passen hinein und es ist damit eines der größten Fässer der Welt, das tatsächlich benutzt wurde. Wie du leicht abschätzen kannst, ist es fast so hoch wie lang, sechseinhalb auf fünfeinhalb Meter genau. Das Leergewicht allein beträgt 23 Tonnen. Der Baumeister musste dazu hundertfünfzig tausendjährige Eichen fällen. Die gab es zu der Zeit nur noch in den uralten Eichenwäldern Ungarns. Allein drei Jahre dauerte das Trocknen der Hölzer, sieben Jahre benötigten die Küfer zum Biegen. Zusammengebaut wurde es im heutigen Arbeitsraum und dann an seinen Platz gezogen, erst danach der Keller gefliest. Baupläne und Unterlagen gibt es keine mehr. Das Archiv des Schlosses ging im Durcheinander des Zweiten Weltkrieges leider verloren, wir wissen nicht einmal den Grund der Herstellung. Das Heidelberger Fass diente bekanntlich der Aufnahme und dem Verschnitt des Weinzehnten. Die meisten anderen großen Fässer sind Prunkfässer, die zu besonderen Anlässen hergestellt wurden. Das des Champagnerhauses Mercier zum Beispiel für die Weltausstellung in Paris. Für den Transport dorthin mussten Brücken verstärkt und Häuser abgerissen werden. In Deutschland ist das Bad Dürckheimer Fass am bekanntesten, es wurde aber nie gefüllt oder bewegt. Inzwischen dient es als Restaurant. Du siehst grundsätzlich denselben Aufbau wie beim kleineren Fass vorhin. Die Hölzer sind nur wesentlich dicker. Front- und Rückseite wurden durch gitterartig angeordnete Balken verstärkt und es ist rund, nicht oval. Im letzten Jahr wurde es renoviert. Das Holz ist jetzt wieder imprägniert und verschraubt, damit es sich auch leer nicht verzieht. Nach neun Jahren im Betrieb war ich zum ersten Mal im Innern. Du suchst das Türchen an der Frontseite? Gibt es nicht mehr. Der Eingang ist an der rechten Seite zwischen den Bändern zwei und drei, eine richtige Tür, die nach außen aufklappt. Unter der Tür befindet sich ein Zapfen, der herausgezogen werden muss, um sie zu öffnen. Dieterich hat sogar einen Boden eingezogen, man könnte darin tanzen. Romantisch wäre auch eine Weinprobe in kleiner Runde. Der Boss lässt aber niemanden hinein. Es ist eine no-go-aerea mit Sicherung durch eine Alarmanlage. An der Rückseite scheint ebenfalls eine Tür zu sein, ich glaube Scharniere zu gesehen zu haben."

Peter schien regelrecht Ehrfurcht vor der technischen Meisterleistung zu haben. Wieder kam es mir vor, dass er neben Wichtigem einige Details als Botschaft transportierte, deren Sinn mir nicht klar wurde. Er war lange noch nicht fertig mit seiner Beschreibung. Ich ließ ihn gerne reden, froh, heute noch nicht geistig gefordert zu werden. „Holzfässer sind übrigens die älteste Form des Weinbehälters, sowohl für die Lagerung als auch den Transport. Die Transporteure hießen Weinschröter, ein inzwischen ausgestorbener Berufszweig. Heutzutage sind Holzfässer eher Behandlungsmittel als Lagerbehälter. Sie erleben zurzeit eine richtige Renaissance, nicht nur hier auf dem Schloss. Fast alle unsere Weine werden je nach eigener Substanz und Qualität eine gewisse Zeit in den Fässern veredelt, Most kommt nie dort hinein. Eichenholz ist aufgrund seiner chemischen und physikalischen Eigenschaften für die Fassherstellung besonders geeignet. Es ist wegen des langsamen Wachstums der Stämme extrem verrottungsfest, elastisch, biegsam, hart und dicht. Trotzdem erlaubt das Holz einen gezügelten Gasaustausch, der die Weinreifung unterstützt. Der langsam durch das Gewebe diffundierende Luftsauerstoff oxidiert nach und nach die vielen Gerb- und Bitterstoffe, für Insider phenolische Verbindungen, die danach polymerisieren und ihren Geschmack so verändern, dass wir von Reifung sprechen. Der Wein wird weicher und milder, Rotweinfarbe intensiver und sie wechselt ihren Farbcharakter von rot-blau zu rot-gelb. Der Korken als Flaschenverschluss bewirkt ähnliches. Rotweine liegen länger im Fass, Weißweine wegen ihrer filigraneren Struktur deutlich kürzer. Auch hier gilt: die Dosis macht das Gift. Der Kellermeister und seine Erfahrung sind unerlässlich dabei. Dein Onkel überlässt mir im Keller nahezu alles Handwerkliche, bei der Zusammenstellung, der Reifung in Holzfässern oder der Abstimmung vor der Abfüllung ist er die letzte Instanz und entscheidet alleine."

Langsam wurde es zu einer Vorlesung über den Einsatz von Holz in der Kellerwirtschaft, sie begann mich zu ermüden. Peter schenkte immer sofort nach, noch bevor die Gläser leergetrunken waren. Ich hatte keinerlei Kontrolle über meinen Weinkonsum. „Große Holzfässer sind praktisch inert, sie sollen keine Holzbestandteile mehr an den Wein abgeben. Ganz neue Fässer müssen mit heißem Wasser „weingrün", also neutral gespült werden. Die grün-braune Lohe, die dabei anfällt, graust mich jedes Mal. Ganz anders die Barriquefässer mit nur 225 Litern Inhalt, die bewusst Holzgerbstoffe in den Wein übertragen sollen und deshalb höchstens drei Mal gefüllt werden können. Dann sind sie ausgelaugt und auch nahezu neutral. Dieterich erklärt seinen Kunden immer, die Vermählung eines Weines mit dem Holz sei eine Hochzeit im Himmel. Zu Zeiten des Sozialismus in Polen hätten wir es anders formuliert: die These Wein und die Antithese Holz ergeben als Synthese einen viel hochwertigeren Wein. Genauso quatsch wie der gesamte Marxismus-Leninismus. Die Barriques produzieren in meinen Augen einen Schreinereiton, die Lohe hätte ich lieber in der Kläranlage als im Magen. Der Chef liebt diese Hobbits leider mehr als seine Kinder, jede Diskussion ist zwecklos. Sie sind sein schlagkräftigstes Marketinginstrument. Ich hasse diese Zwerge, weil sie so aufwendig zu pflegen und ständig nachzufüllen sind. Hobelspäne wären viel einfacher, das nur zu erwähnen erfüllt in diesem Hause aber den Tatbestand des Sakrilegs. Ich vergaß zu erwähnen, dass Holzfässer einen jährlichen Schwund aufweisen, je kleiner, desto mehr. Sie sind eine kostspielige Angelegenheit. Gabor arbeitet selbstverständlich ohne. Philosophie hört beim Geldbeutel auf."

Die Flasche war inzwischen leer. Peter holte eine zweite und schenkte sofort wieder ein. Er schien einen ordentlichen Konsum zu haben. Selber hatte ich seit gestern bereits mehr Wein getrunken als in den zwei Jahren zuvor. Ich spürte noch keine Wirkung. „Wie du die Holzfässer beschreibst, kommen sie mir wie Dinosaurier vor. Wir betrachten deren Fossilien und trotzdem wirken sie noch lebendig. Das Prunkfass könnte ein Seismosaurus sein, der größte bisher gefundene, er hatte ein vergleichbares Gewicht. Die Barriques hast Du als aggressive Velociraptoren geschildert, die Nummer 31 passt zum T-Rex. Jurassic Park, klar. Die Edelstahltanks wären die Säugetiere, die nach dem Aussterben der Saurier deren Nische eingenommen hatten. Einige Saurier überlebten den Kometeneinschlag vor 65 Millionen Jahren und konnten sich wieder vermehren. Gegen die Säugetiere sind sie aber ohne Chance. Entschuldige diese Spinnerei, Evolutionsbiologen können nicht anders als alles im Lichte der Evolution zu sehen. Seit der Mensch seine Finger im Spiel hat, sind aber wesentliche Elemente der Evolution ausgehebelt. Wenn er so weitermacht, erleben wir vielleicht noch das Ende der Evolution, kurz bevor alle Lebewesen ausgestorben sind." Sprach da womöglich doch der Alkohol? „Erzähle mir lieber etwas von dir. Vom Keller mag ich nichts mehr hören, vielen Dank dafür. Ich glaube auch nicht mehr, dass du nur Fußballspieler bist. Dazu hast du zu viele Detailkenntnisse, das riecht nach Fachausbildung."

Er schaute etwas versonnen in sein Glas, ein melancholischer Zug spielte um seinen Mund. Zum ersten Mal musste er vor einer Antwort nachdenken. War ihm diese Frage peinlich, redete er nicht gerne von sich selber? Ich hätte ja auch von mir erzählen können, wollte aber nicht aufdringlich sein und ihn mit meinen Katastrophen und Hoffnungen belästigen. Es dauerte einige Zeit, bis er antwortete. „Ich habe in Warschau ein Fach studiert, das in Deutschland Chemieingenieurwesen heißt. Nach dem Abschluss dort begann ich an der Universität in Dortmund zu promovieren. Meine Frau musste in der Zeit als Nachtschwester arbeiten, von meinem kleinen Stipendium hätten wir nicht leben können. Nach knapp zwei Jahren kam unser Sohn zur Welt. Frau und Kind mussten ein halbes Jahr später nach Polen zurück, weil der Schwiegervater krank wurde und Hilfe brauchte bei seiner kleinen Landwirtschaft. Mir ging allmählich das Geld aus, bis ich zufällig auf Navalis Arbeit als Mädchen für alles bekam. Ich arbeitete zunächst im Weinberg, reparierte die Mauern der Terrassen und das gesamte technische Gerät und rutschte nach und nach in den Keller, die Promotion dafür nach hinten. Jeden Ansatz, wieder an die Universität zurückzugehen, hat dein Onkel durch allerlei Tricks sabotiert. Er fand immer Gründe, warum ich gerade jetzt nicht nach Dortmund zurückkonnte. Schließlich löste ich den greisen Albert ab, der schon über siebzig war und irgendwann körperlich verschlissen war. Neun Monate, von September bis Mai arbeite ich hier, drei Monate in Polen. Ostern und Weihnachten kommt meine Frau jeweils für einige Wochen zur Mitarbeit. Beide Kinder, eine Tochter kam vor fünf Jahren dazu, bleiben in dieser Zeit bei der Schwiegermutter. Zum Wohl."

Er trank immer schneller, doppelt so schnell, wie ich. Hatte er ein Alkoholproblem? Dessen einfache Verfügbarkeit, seine offensichtliche Einsamkeit, die familiäre Trennung, viel harte Arbeit unter seinem Niveau, die fehlende soziale Anerkennung boten Sprengstoff genug. Hoffentlich war mein Eindruck falsch. Ich konnte mir nicht vorstellen, dass ihn meine Verwandtschaft auffangen würde. Ich wollte mit Anne darüber reden. Wir leerten unsere Gläser schweigsam, es war für heute alle gesagt. Zum Glück erinnerte mich Peter an das Abendessen mit Lotte und Dieterich. Ich hatte nicht auf die Zeit geachtet. Erst oben wunderte ich mich, dass er auch diese Information hatte. Er schien hier im Betrieb alles zu wissen. Und ich wurde das Gefühl nicht los, dass er mit seinen Informationen wieder versteckte Hinweise gab, die ich nicht erkannte.

Punkt sieben war ich auf dem Weg zum Abendessen. Die Zähne geputzt, Kaugummi im Mund, der Atem sollte neutral riechen. Anne wollte gerade wegfahren. Sie kurbelte die Scheibe herunter." Du warst gestern plötzlich verschwunden. Gelangweilt oder nur müde? Es wurde noch lustig. Wenn der Wein nichts kostet, werden Grenzen ausgelotet."

„Ich kam an einen leeren Tisch zurück, habe zuerst gewartet und euch dann gesucht"

„Und, hast du uns gefunden?"

„Ja, im Kellergang." Sie zuckte lediglich einmal mit den Schultern.

„Bacchus und Eros sind wie Kletten. Wenn sie sich einmal verhakt haben. Neidisch, entrüstet oder eifersüchtig?"

„Neidisch. Wie früher auf meine Bonobos." Ich wechselte das Thema und erzählte kurz von meiner Auseinandersetzung mit unserem gemeinsamen Freund Konrad. Sie versprach, in der Redaktion und im Internet über ihn Informationen einzuholen.

Tante Lotte und Onkel Dieterich erwarteten mich am gedeckten Tisch. Nur Abendbrot, nichts Aufwendiges, wie sie sagten. Sie waren erst vor kurzem zurückgekommen und noch in Kleid und Anzug. Ich stand wieder wie der arme Student neben ihnen, der sich kein repräsentatives Outfit leisten kann. Dieterich schenkte Wein ein. „Unser Tisch- und Hauswein. Ein sauberer Riesling für jeden Tag, ohne große Ansprüche. Man kann aber auch ein Glas mehr davon trinken. Hat nicht die aggressive Säure, die der Riesling oft zeigt und ist deshalb sehr bekömmlich auch für empfindlichere Mägen. Er passt gut zu den Würsten und dem Käse. Ich hoffe, er schmeckt dir."

Dieterich wirkte noch aristokratischer als gestern, wo von Schimmelbuschs großer Schatten ihn etwas aus dem Licht genommen hatte. Heute war er das Alphatier, aufrecht am Tisch sitzend und sich seiner Rolle bewusst. Er gab die Gesprächsthemen vor, er lenkte die Unterhaltung und er schenkte ein. Hätte es einen Braten gegeben, hätte er ihn verteilt. Tante Lotte sprach wenig, Alexander, der verspätet dazu stieß, fast nichts. Geboren 1940, war Dieterich inzwischen 66 Jahre alt, er könnte in Rente gehen. Er lächelte beim Reden öfter, hauptsächlich in meine Richtung. Seine dünnen Lippen, ein spitzes, knochiges Kinn und starr blickende Augen verliehen ihm auch dabei einen harten, sogar herrischen Gesichtsausdruck. Er war nicht der gutmütige Alte, der mit den Enkeln spielt. Aber er könnte die Rolle „Guter Opa" sicher hervorragend besetzen. Seine Sanftmut wirkte künstlich. Hinter der Fassade steckte vielmehr ein im Existenzkampf gehärteter, oder verhärteter, Unternehmer, der sicher Schwierigkeiten haben würde, einmal loszulassen. Alexander schien Luft für ihn zu sein, er sprach ihn nicht ein einziges Mal an. Auch Anne wurde nicht erwähnt. Alexander hatte ich bisher als Hoferben und Thronfolger gesehen. So wie sie sich gegenübersaßen, musste ich von einem Generationenkonflikt ausgehen, Dieterich schien seinen Sohn nicht zu akzeptieren. Der hielt meist die Arme vor der Brust verschränkt und schaute seinen Vater intensiv an. Wie rangniedrige Schimpansen ihren Gruppenchef anblicken und auf einige Brosamen hoffen. Nicht wie ein rebellischer Jugendlicher, der bei jeder Gelegenheit nach Schwächen sucht, die er auszunutzen versucht, und sich dabei gerne überschätzt. Offensichtlich koalierte er auch nicht mit seiner Mutter. Er war inzwischen dreißig, zwei Jahre älter als Anne. Als Persönlichkeit konnte er in dieser Familie nicht mithalten. Viele hundert Stunden vor den Affengehegen hatten mich genau zu beobachten gelehrt. Das half mir, Menschen zu beobachten und zu durchschauen. Die Unterschiede zu meinen behaarten Primaten waren oft minimal. Gerne überließ ich Dieterich die Unterhaltung, es drängte mich nicht, meine Geschichte der letzten Jahre zu erzählen. Heldengeschichten klingen anders.

„Du hast dich schon etwas im Schloss umgeschaut. Letzten September konnten wir den Umbau endlich abschließen, jetzt ist sogar dein Turm wohnlich. Das erste Mal übrigens seit den Zwanziger Jahren. Du fühlst dich hoffentlich dort wohl. Wir sind nun gerüstet für die nächsten zehn bis fünfzehn Jahre. Als ich 1961 nach dem plötzlichen Herzinfarkt meines Vaters in die Pflicht musste, mitten aus dem Studium heraus mit gerade mal zwanzig Jahren, hatte diese Entwicklung niemand ahnen können. Damals waren wir ein Gemischtbetrieb, ein richtiger Bauchwarenladen mit einigen Kühen, Getreide, Kartoffeln, einer kleinen Brennerei und zehn Hektar Reben. Ein landwirtschaftliches Schlossgut eben, das mein Vater seit dem Kauf Anfang der dreißiger Jahre kontinuierlich vergrößert hatte. Ein großes Produktportfolio galt früher als beste Versicherung gegen Schwankungen in einzelnen Märkten. Meine Finanzberater sprachen dagegen immer von Konglomerat, das an der Börse Abschläge bekommen würde. Fokussierung auf die Kernkompetenz hieß ihr Schlagwort, dem ich nach und nach tatsächlich gefolgt bin. Zuletzt wurde die Brennerei neben dem Tor abgerissen, an ihrer Stelle steht die große Torkel, die du dir unbedingt erklären lassen musst. Es ist eine Baumkelter aus dem Jahr 1756, älter als unser Prunkfass. Und sie ist so renoviert, dass wir sie jederzeit benützen könnten. Vielleicht veranstalten wir sogar ein historisches Lesefest. Die Anfänge des Anwesens gehen auf die Zisterzienser von Kloster Maulbronn zurück, die hier eine Außenstelle hatten. Napoleons Säkularisierung brachte es in wechselnde bürgerliche Hände, zu Beginn war es ein reicher Kaufmann aus Paderborn. Eine Art Buddenbrook, wenn ich mich an die Berichte meines Vaters richtig erinnere. Er errichtete vor 140 Jahren das Hauptgebäude und das Eingangsportal in dem Stil, der heute noch besteht. Vergleichbare Häuser finden sich in Westfalen mehrfach. Schloss Eringerfeld bei Paderborn sieht ähnlich aus, ist aber das Original und Jahrhunderte älter. Unser Schloss historisiert mehr. Seit neun Jahren also sind wir ein reines Weingut mit inzwischen 42 Hektar im Ertrag und weiteren fünf in der Brache beziehungsweise neu bepflanzt. Wir verkaufen hochpreisig, die Flasche ab sieben Euro. Die Tanks unten im Keller sind, wie du sicher bemerkt hast, fast alle leer. Die Ernte 2006 ist weitgehend abgefüllt und schon voll im Verkauf. Ich bin zufrieden. Unsere Kunden sind Privatleute, Gastronomie und Fachhandel. Bei Aldi findest du uns natürlich nicht."

Er reichte mir eine Preisliste, ein schmales Heftchen aus Hochglanzpapier. Das Titelblatt zierte ein Farbfoto des Herrenhauses mit weit geöffneter Kellertür. Der Kies auf der Zufahrt glänzte weiß in der Sonne, rechts und links davon kurz geschnittener Rasen mit kleinen Buchsbäumen am Rand. „Nicht weil du hier Weine kaufen sollst, du findest am Anfang eine Beschreibung meiner Weinphilosophie. Die Philosophie, mein Verständnis von Wein, sagt dir alles über die Seele unseres Betriebes. Wein ist für mich ein Naturprodukt, bei dem der Mensch so wenig wie möglich Hand anlegen soll. Je mehr du tust, desto mehr kannst du falsch machen. Mit Peter habe ich jemanden gefunden, der meine Vorstellungen im Keller hervorragend umsetzt. Er war zwar fachfremd, hat sich aber schnell in die Materie eingearbeitet und ist äußerst gewissenhaft. Er arbeitet wie ein Tier und kennt sich hier hervorragend aus. Periodische Alkoholexzesse, wenn die Trennung von seiner Familie wieder zu sehr schmerzt, reißen allerdings mehr als einen Zacken aus seiner Krone. Er muss aufpassen. Ach ja, für die Weinberge ist Alexander zuständig, Lotte und ich betreuen die Kunden und verkaufen die Weine."

Während er redete, hatte ich die Preisliste überflogen. „Ich lese hier zufällig, dass ihr das Weingut in eine „Gesellschaft mit beschränkter Haftung" umgewandelt habt. Was war der Grund für eine solche gesellschaftsrechtliche Umfirmierung? Seid ihr jetzt keine Privatunternehmer mehr?"

Tante Lotte verzog bei dieser Frage den Mund, hatte ich etwas Unangenehmes angesprochen? Dieterich antwortete ohne nachzudenken. „Ganz einfach. Zur Finanzierung der Umbauten und der Zukunftssicherung des Weinguts hätte ich mich zu sehr verschulden müssen. Das wollte ich nicht. Es war mir lieber, eine

GmbH zu gründen und Geldgeber als stille Teilhaber aufzunehmen. Ich bin jetzt Geschäftsführender Gesellschafter anstelle Eigentümer. In der operativen Tätigkeit ändert sich nichts. Das Sagen habe ausschließlich ich, trotz eines Beirats, dem ich formal berichtspflichtig bin."

Alexander hatte sich noch mehr verkrampft und seine Lippen fest aufeinander gepresst. Er schien körperlich zu leiden. Schnell wieder das Thema wechseln. Ich erkundigte mich nach einer Bank in der Nähe, wo ich ein Konto eröffnen konnte, würde selbstverständlich eine Kopie der aktuellen Weingutsbilanz für den Direktor, Herrn Weber, mitnehmen, ließ mich über bürokratische Pflichten eines Neuankömmlings in Deutschland informieren, besprach mit Tante Lotte Organisatorisches wie Essen, Wäsche, Zimmerreinigung und so weiter und stimmte einige Termine der kommenden Woche ab. Dass ich morgen nach der Bank in der Kellerei Sankt Urban sei und am Freitag nach Leipzig fliegen müsse, meinen Arbeitsvertrag zu unterschreiben. Tante Lotte habe am Mittwoch den Pfarrer zu Besuch, der gestern das Kreuz gesegnet hatte, der nebenbei malte und einige Bilder für ihr Wohnzimmer zur Auswahl vorbeibringen würde. Ob ich interessiert sei, mit ihm zu reden? Alexander könne mich auf dem Weg nach Ulm am Flughafen abladen, auf dem Münsterplatz sei von Freitag bis Sonntag ein großes Weinfest und bis auf Anne alle vor Ort. Sie müsse am Wochenende Haus und Hof hüten und den Weinverkauf erledigen. In einem Weingut gebe es kein freies Wochenende, jeder habe seinen Beitrag zu leisten. Der Abend verlief ohne Fettnäpfchen, war stressfrei, aber oberflächlich. An den Wein hatte ich mich gut gewöhnt, jedes Glas schmeckte besser. Gabors Kommentar hätte mich interessiert, sicher war er voller Fehler und allenfalls als Schorle im Hochsommer genießbar.

„Um 22.30 Uhr beginnt von Schimmelbuschs Politmagazin. Diesmal geht es um einen korrupten Provinzpolitiker mit Verbindung zu einem Bordell in Stuttgart. Willst du die Sendung mit anschauen? Seine Kommentare sind immer so herzerfrischend und tiefgründig, er ist einfach klasse." Meine Jet lag-Ausrede wurde zum Glück ohne Nachfragen akzeptiert.

„Bevor du ins Bett gehst, solltest du uns noch in einfachen Worten erklären, mit was sich ein Evolutionsbiologe beschäftigt. Wir wissen von Anne, dass du in Fachkreisen einen guten Ruf genießt, haben aber keine richtige Vorstellung, was du den Tag über tust." Tante Lotte hatte mit dieser Frage sicher keine Hintergedanken, sie wollte es wirklich wissen. Trotzdem spürte ich das Fettnäpfchen. Die ehrliche Antwort könnte ihr religiöses Empfinden verletzen, das ich nach den beiden letzten Tagen annehmen musste. Eine Lüge wäre gefährlich, ich wusste nicht, wieweit Onkel Dieterich bereits über meine Scharmützel mit seinem Fernsehfreund informiert war. Ich hasste es zutiefst, immer wieder auf taktische Antworten ausweichen zu müssen. Dieterich schaute mich aufmerksam an. Spürte er mein Abwägen?

„Die Evolutionsbiologie beschäftigt sich vereinfacht gesagt mit den biologischen Wurzeln unseres Verhaltens", begann ich vorsichtig und legte jedes Wort auf die Goldwaage. „Der heutige Homo technicus mit lediglich 200 Jahren industrieller Revolution in Blut und Hirn ist doch sehr viel länger geprägt worden durch die Zeit als Jäger und Sammler oder als Ackerbauer. Vieles von dem, was wir heute meist unbewusst tun, hat seinen Ursprung in einem Verhalten, das uns mehrere tausend Jahre Steinzeit zu überleben geholfen hat. Die über lange Zeiträume einstudierten Mechanismen sind noch heute auf unserer Festplatte im Gehirn gespeichert, allerdings ohne dass es uns bewusst ist. Diese Speicher sichtbar zu machen ist eine der Aufgaben der Evolutionsbiologie. Anhand von einem knackigen Beispiel kann ich die graue Theorie bunter und verständlicher machen. So können wir uns der Anziehungskraft eines prasselnden Lagerfeuers nur schwer entziehen. Wir schauen fasziniert den fliegenden Funken nach und genießen das Zusammengehörigkeitsgefühl in einem überschaubaren kleinen Kreis, der durch die Wärme eine zusätzliche romantische Geborgenheit erfährt. Oder könnt ihr euch eine Friedenspfeife ohne Feuer vorstellen? Einzig wir Menschen haben es gelernt, das Feuer zu nützen, Tiere haben Angst davor. Durch das Feuer wurde unsere Ernährungsbasis stark verbessert, der Mensch bekam im Überlebenskampf Vorteile. Braten, backen oder Kochen war ohne Feuer unmöglich. Lagerfeuerromantik ist etwas zutiefst Archaisches. Die moderne Variante, den offenen Kamin, sehe ich sogar hier links vom Tisch. Das Feuer spricht alle unsere Sinne an, züngelnde Flammen die Augen, das Knistern der Scheite die Ohren und die Rauchgase unseren Geruchssinn. Ich muss gestehen, dass ich selber schon stundenlang wortlos in die Flammen gestarrt und mich dabei wohl wie der eiszeitliche Jagdheld gefühlt habe. Nicht zu vergessen der Grill, wo ich als Chef am Feuer stehe und in den Augen aller anderen im Mittelpunkt des Geschehens bin. Ich übernehme die Ernährung der Gruppe und Verantwortung für sie. Auf dem Tisch brennen zwei Kerzen. Warum wohl? Hier gilt in verkleinertem Rahmen ebenfalls offenes Licht als Inbegriff von Romantik und Gemütlichkeit. Ich gehe davon aus, dass auch ihr beide ab und zu ein Candlelight-Dinner erlebt. Kerzen haben für uns einen extrem hohen symbolischen Wert, bei Taufe und Kommunion sogar, ohne dass wir sie anzünden. Die geweihte Osterkerze symbolisiert Christus als Licht der Welt. Sogar in der Sprache hat sich unsere archaische Beziehung zum Feuer eingebrannt. Dieterich ist für seine Weine Feuer und Flamme, wenn ich mit Anne flirte, spiele ich mit dem Feuer. Peter geht für Navalis durchs Feuer. In einigen tausend Jahren kann es sein, dass diese Prägungen durch andere Verhaltensweisen abgelöst worden sind. Vielleicht blicken wir ständig nach hinten, geprägt durch das Autofahren mit Rückspiegel. Ob unsere Festplatte allerdings nochmals ausreichend Zeit zum Abspeichern bekommt, wage ich zu bezweifeln. Das geschieht mit Schneckengeschwindigkeit, während wir im D-Zug dahin rasen. Bevor sich etwas verfestigen kann, sind wir schon wieder weiter. Ich könnte noch viele Beispiele für unsere Verhaltensrelikte aus der Steinzeit nennen. Vorgesetzte sind ein dankbares Beispiel. Politiker ebenfalls. Die wird euch gleich von Schimmelbusch präsentieren."

Tante Lotte hatte interessiert zugehört und immer wieder geschmunzelt. Bei Dieterich konnte ich keine Regung entdecken, Alexander wirkte zumindest etwas gelöst. So falsch konnte ich mich nicht verhalten haben. Mein Weinkonsum hatte inzwischen den früheren Bierkonsum deutlich übertroffen. Budweiser oder Modelo waren Leichtgewichte gegen diese Alkoholbomben. Im Bett schlief ich sofort ein.

5. Kapitel: Zweites Interglazial

Im Zimmer wurde es langsam dunkel. Ich hatte zwei Stunden ohne Punkt und Komma geredet, meist mit Tunnelblick, völlig in mich gekehrt und konzentriert. Jetzt war ich ausgelaugt, mein Kopf brauchte eine Pause, er schmerzte. Mir schien, dass ich bereits etwas inneren Abstand zu der Geschichte bekam. Die beiden ersten Tage im Weingut waren vergleichbar harmlos gewesen. Ab und zu hatte ich mich vergewissert, dass sich meine Zuhörerin noch nicht langweilte und in ihre Richtung geschaut. Sie saß die gesamte Zeit nahezu unbeweglich, den Rücken an der Stuhllehne und aufrecht, den Kopf leicht vorgebeugt, die Hände auf den Oberschenkeln. Von Zeit zu Zeit veränderte sie die Stellung ihrer Beine, von züchtig parallel zu übereinander geschlagen und umgekehrt. Sie besaß schlanke, straffe Waden, denen ich ansehen konnte, dass sie viel beansprucht wurden. Deren Haut zeigte dieselbe Bräune wie ihr Gesicht. Die Augen hatte sie halb geschlossenen, als ob sie meditierte. Eine perfekte Zuhörerin.

Nach meinem letzten Satz öffnete sie die Augen, unsere Blicke trafen sich. „Ich höre sie sehr gerne reden. Ihre Erzählung lebt, die Menschen sind aus Fleisch und Blut, ich kann mir Ort und Personen gut vorstellen. Sie brauchen sich hinter Herrn von Schimmelbusch nicht zu verstecken." Dabei lächelte sie mich offen, aber doch eher schüchtern an. „Zu den meisten Themen, die Sie angesprochen haben, kann ein Medizinmann nicht viel beitragen. Ich trinke Wein, bin aber kein Kenner, ich bin katholisch getauft, habe mich jedoch kaum mit Religion oder dem Glauben auseinandergesetzt. Ich treibe auch Sport, ohne mich je für Wettkämpfe oder Zahlen interessiert zu haben. Vielleicht bin ich eine reduzierte Person, die sich nur in ihrem Fachgebiet bewegt. Selbst die Evolution hat mich bisher nur im Rahmen meines Berufes interessiert. Wenn ich später zuhause daheim eine Kerze anzünde, denke ich an Sie."

Sie kokettierte eindeutig mit ihrer Unwissenheit und schaute mich dabei an wie ein kleines Mädchen. War das ihre Art Ironie? Ihr Lächeln interpretierte ich inzwischen als Grinsen. Sie forderte mich heraus.

„Durch ihren Bericht ist mir etwas klar geworden", fuhr sie fort, „das ich noch nie in diesem Zusammenhang gesehen habe. War Ihnen das zuvor bewusst? Die Mechanismen bei der alkoholische Gärung durch die Hefe und ihrem Kampf ums Dasein bei Sauerstoffmangel sowie die Vorgänge bei der Arbeit des Muskels, letztendlich sogar bei der Vergiftung ihres Vaters, besitzen faszinierende Übereinstimmungen. Dahinter stecken Reaktionen, die aus den Anfängen des Lebens stammen müssen. Die Hefe hat gelernt, bei ausreichend Sauerstoff gut zu leben, bei Mangel zu überleben. Ihr Läufermuskel kann genauso aerob und anaerob Leistung erzielen, aerob aber deutlich besser. Ihr Training zielt darauf ab, die aerobe Kapazität zu optimieren. Wer mehr Sauerstoff aufnehmen kann, läuft besser. Bekommt er bei großer Anstrengung zu wenig Sauerstoff, schlägt Ihr Muskel genau wie die Hefezelle einen anderen Stoffwechselweg ein, wahrscheinlich den ursprünglicheren aus der Zeit niedriger Sauerstoffkonzentration in der Atmosphäre. Die Hefe produziert dann eben Alkohol, bei Ihnen bildet sich Milchsäure, die Sie als unangenehme Übersäuerung spüren. Biochemisch haben wir viel mit der Weinhefe gemein. Dieser wohl im Verlaufe der Evolution erworbene Stoffwechselschalter hilft sogar Walen als Säugetiere im Wasser erfolgreich zu sein. Mein Vater ist Hobbytaucher und hat mir von deren Fähigkeiten erzählt, aerob und anaerob zu leben. Beim Übergang vom Land ins Meer haben sie ihre Sauerstoffatmung beibehalten und müssen deshalb regelmäßig auftauchen. Im Gegensatz zu uns können sie aber stundenlang tauchen, weil sie gelernt haben, viel Sauerstoff in einem weit verzweigten Blutsystem zu speichern. Geht er ihnen unter Wasser dennoch aus, schalten sie auf anaerobe Atmung um. Schnabelwale können bei der Jagd sogar doppelt so lange tauchen, als es ihr Sauerstoffvorrat zulässt. Wie bei Ihnen entsteht dann Milchsäure, die er aber viel besser puffern kann als Sie. Nach ein bis zwei Stunden an der Oberfläche stimmt sein Säuregrad wieder. Wale wären als Läufer im Vorteil."

Wieder hatte sie meine Aussagen aufgegriffen und weiterverarbeitet. Ihre Rolle „Kleine Maus" hatte ich durchschaut. Lächeln, zuhören, unterschätzt werden wollen und dann aus der Hüfte schießen. Mehr sein als scheinen. Überraschungseffekte setzen, schnell zurückziehen und unschuldig schauen. Schwester Stefanie würde ich hochnotpeinlich befragen. Jetzt wollte ich mehr über diese grazile Person vor mir wissen, die immer für eine Überraschung gut zu sein schien. Wie überlebt solch eine Frau im täglichen Dschungelkrieg eines großen Krankenhauses? Nur mit Ironie und Intelligenz? Zufrieden registrierte ich, dass mein Interesse an Neuem wieder erwachte. Nach drei Tagen Nabelschau auf der Intensivstation und danach im Einzelzimmer wurde es höchste Zeit. Körperlich ging es mir wieder gut, die Folgen meiner Verletzungen waren allenfalls noch lästig. Die Rippen zwickten immer noch etwas und schränkten meine Schlafstellungen ein. In zwei bis drei Wochen wollte ich wieder anfangen zu laufen, bevor die Muskeln gänzlich verschwunden waren. Und an der Psyche wurde gearbeitet. Ich wollte sie noch etwas festhalten. Wer fragt, führt. Zum Reden war ich inzwischen zu müde und dass der Zellstoffwechsel auf ein Alter von über drei Milliarden Jahre geschätzt wird, könnte ich ihr später noch erzählen. „Können Sie einem medizinischen Laien erklären, was bei einer Kohlenstoffdioxidvergiftung im Körper abläuft? Es muss doch mehr sein, als nur die Abwesenheit von Sauerstoff."

Sofort schaute sie ernst. „Entschuldigen Sie, ich mache Witze und sie quält der Tod Ihres Vaters. Wir werden leider jedes Jahr mit tödlichen Gasvergiftungen in Weinkellereien oder Bergwerksstollen konfrontiert. Tödliche Fallen sind auch Gruben und Tanks, wo sich das spezifisch schwerere Gas am Boden konzentriert. Die Vergiftung kann im Einzelfall auf der Verdrängung des Sauerstoffs durch Kohlenstoffdioxid beruhen. In der Hundshöhle in Italien zum Beispiel konzentriert sich dieses Gas bis siebzig Prozent auf, hier würde es tatsächlich rasch zu einer Erstickung durch Sauerstoffmangel kommen. Der menschliche Körper reagiert je nach Konzentration unterschiedlich. Bei natürlichem und leicht erhöhtem Anteil in der Luft wird das Atemzentrum des Gehirns sogar aktiviert. Im Falle eines Atemstillstands benutzen wir die anregende Wirkung des Kohlenstoffdioxids zur Wiederbelebung. Wir mischen reinen Sauerstoff mit vier bis fünf Prozent dieses Gases, etwa die Menge, die sie ausatmen oder bei der Mund-zu-Mund-Beatmung weitergeben. Bei höherer Kohlenstoffdioxidkonzentration wird es kritisch. Sie führt zur Verminderung oder sogar Aufhebung des reflektorischen Atemreizes. Sie haben es schon erwähnt: die Dosis macht das Gift. Die Atmung gehört wie der Herzschlag oder unser ganzer Stoffwechsel zu den lebenswichtigen Funktionen, die vom Stammhirn gesteuert werden und vollkommen unbewusst ablaufen. Wir können mit Essen willentlich aufhören, aber nie die Verdauung anhalten. Wir können das Atmen absichtlich unterdrücken, kämpfen aber bald massiv gegen Körperreflexe an, die stärker sind als wir und die uns zum Luftholen zwingen. Ertrinkende schaffen es irgendwann nicht mehr, den Mund geschlossen zu halten, und schlucken Wasser, das wir bei der Autopsie hinterher in der Lunge finden. Kohlenstoffdioxid hemmt den Automatismus des Atmens bis hin zur völligen Unterdrückung, die unbewusste Atmung hört irgendwann auf. Hinzu kommt, dass das Gas den pH-Wert des Blutes absenkt und dadurch die Bindung von Sauerstoff an die roten Blutkörperchen verringert. Oberhalb fünf Prozent Gas in der Atemluft treten zunächst Kopfschmerzen und Schwindel auf, dann beschleunigter Herzschlag, Blutdruckanstieg, Atemnot und Bewusstlosigkeit. Wir sprechen in dem Stadium von Narkose. Oberhalb acht Prozent tritt etwa nach einer halben Stunde der Tod ein. Ihren Vater hätte man tatsächlich retten können, wenn er rechtzeitig gefunden worden wäre. Bis zur Ohnmacht kann einige Zeit vergehen. Es tut mir sehr leid für ihn. Ich glaube, Peter hatte die Situation treffend beschrieben."

„Ich bin Ihnen dankbar, dass Sie mir die Zusammenhänge so verständnisvoll erklärt haben. Der Tod meines Vaters schmerzt immer noch, je mehr ich aber um die Umstände weiß, desto besser bin ich zur Trauerarbeit in der Lage. Ich kam mir bisweilen vor wie eine Mutter, deren Kind plötzlich verschwunden ist und von dem sie nie mehr etwas gehört hat. Mit der Ungewissheit zu leben ist viel schlimmer als zu erfahren, dass es nicht mehr am Leben ist. Im Nachhinein wird mir mein Verlusttrauma erst richtig klar."

Sie erhob sich. „Es ist jetzt dunkel, ich werde heimfahren, mich vor mein Lagerfeuer setzen und über den Tag sinnieren. Darf ich morgen wiederkommen, etwas später als heute, aber mit einer Kerze? Ich würde mich freuen. Schlafen Sie gut."

Schwester Stefanie brachte das Frühstück, wie immer in Eile. Trotzdem gelang es mir, sie in ein kurzes Gespräch zu verwickeln. Sie mochte mich. „Ich werde aus ihrer Frau Doktor nicht schlau. Auftreten und Inhalt passen nicht zusammen. Sie scheint ihr Licht bewusst unter den Scheffel zu stellen. Verraten Sie mir mehr von ihr, Sie kennen sie doch schon länger."

Stefanie blieb an der Türe stehen, die Klinke in der Hand. Lange Ausführungen hatte ich nicht zu erwarten. „Interessant, Sie brauchten nur einen Tag, um zumindest das zu durchschauen. Doktor Berger ist der intelligenteste Mensch, den ich kenne. Medizinstudium, Promotion und Facharztausbildung in zehn Jahren. Nächste Woche wird sie übrigens siebenundzwanzig, auch wenn sie wie neunzehn aussieht. Vielleicht haben Sie ein Blümchen übrig. Was sie einmal gehört hat, ist gespeichert. Ein Gedächtnis wie eine Elefantenherde. Und sie durchschaut Zusammenhänge schneller als jeder andere. Sie hat leider im Laufe ihres Lebens wie viele Hochbegabte eine Menge Nachteile dadurch erfahren müssen. Mobbing in der Schule, als sie körperlich noch verletzlicher war als heute, Neid von Kollegen einschließlich ihres Doktorvaters, einsam bis zur Verzweiflung auch in Gesellschaft, wo sie keiner verstand. Fast immer unterfordert, kaum Freunde und so weiter. Sie hatte mehrfach existentielle Krisen, ohne dass ich Näheres darüber weiß. Darüber redet sie nicht mit mir. Im Laufe der Zeit konnte sie sich dank ihres Yogatrainings stabilisieren und eine Rolle finden, die ihr das Leben erleichtert. Es tut manchmal weh, sehen zu müssen wie sie sich verbiegt und kleine Geister aufwertet oder Erfolge den Kollegen überlässt. Und jeden Dienst übernimmt, damit die Familienväter mit den Kindern spielen können. Die meisten unserer Machos hier sind zum Glück zu blöd und zu hormongesteuert, um durchzublicken. Ihre soziale Kompetenz grenzt schon an Selbstverachtung, ihr Einsatz an Selbstausbeutung. Nach ihrer Facharztprüfung wollte sie vier Wochen Urlaub machen. Den verbringt sie zurzeit im Krankenhaus. Guten Appetit."

Sie ließ mich irritiert zurück. Was war das denn gewesen? Warum erzählte sie mir das alles? Warum so bitter? Solidarität unter Frauen, auch wenn sie vollkommen unterschiedliche Lebensentwürfe besitzen? Frust über die Männer im Allgemeinen? Eine Aufforderung, mich mit ihr noch mehr auseinanderzusetzen, mich um sie zu kümmern? Warum beschrieb sie diese Frau als einen armen Menschen, der an seiner Intelligenz leidet und daran fast kaputt gegangen war? Sie hätte die Beschreibung einem

Fremden wie mir auch ganz anders geben können, viel positiver. Ihre Qualität als Ärztin, Erfolge bei Operationen zum Beispiel. Litt sie genauso sehr unter deren mangelnder Wertschätzung? Welche Beziehung bestand zwischen den beiden, die so unterschiedlich alt und auch körperlich gänzlich verschieden sind. Stefanie robust mit kräftiger Statur, breitem, großflächigem Gesicht und kurz geschnittenen grauen Haaren auf einem wuchtigen Schädel. Ihre Frau Doktor grazil, vielleicht halb so alt. Ich musste schmunzeln, als mir das Bild in den Sinn kam: Wie der Australopithecus afarensis neben dem Australopithecus robustus, „Luci" neben dem „Nussknackermenschen", eine grazile Vormenschenform neben einer robusten. Beide Formen hatten tatsächlich viele tausend Jahre gleichzeitig gelebt. Der moderne Mensch entwickelte sich aber aller Voraussicht nach aus dem grazilen Typ, dem anpassungsfähigeren von beiden.

Sie kam kurz vor sieben und sah wieder anders aus. Die Haare jetzt offen, pechschwarz, dick und in kleinen Locken bis zur Schulter reichend. Sie musste sie abgeschnitten haben und trug sie nun wie eine Art gezähmter, kurzer Afro-Look, der aber offensichtlich Naturkrause war. Ihr zierlicher, schmaler Kopf wirkte dadurch größer, runder. Gesicht und Stirn waren völlig frei, die Ohren und kleine Goldringe halb sichtbar. Ein bordeauxrotes Leinenkostüm und die gelbe Bluse unter der Jacke verschafften der grauen Maus einen farbigen Auftritt. Hatte sie die Frau in sich entdeckt? Ich verbarg meine Überraschung. Sie roch sogar nach Parfüm, aber so dezent, dass es sich schon nach wenigen Minuten verflüchtigt hatte. Um die Schulter eine kleine Ledertasche, in der Hand tatsächlich eine große runde Kerze. „Die Neandertaler setzen sich nach Einbruch der Dunkelheit an das Lagerfeuer und diskutieren eine Strategie, ihr Aussterben zu verhindern. Einverstanden?"

„Gegenvorschlag: Ugur der Clanhäuptling entdeckt am Lagerfeuer die Kunst der romanhaften Erzählung. Er findet mit dieser zuvor unbekannten Fähigkeit mehr Anklang bei den Frauen und schafft sich einen evolutionären Vorteil. Seine Gene häufen sich, er wird zum Stammvater einer mächtigen Sippe."

Sie zog die Augenlider schwungvoll nach oben und runzelte die Stirn. „Wir hörten soeben die Steinzeitvariante des bekannten Verses: Männer denken immer nur an das eine. Erzählen Sie weiter, ich bin neugierig."

6. Kapitel: Dionysos

Montag, 30. April 2007

Als ich vom Laufen zurückkam, hatte Alexander gerade eine Gruppe Weinbergsarbeiter auf einen offenen Anhänger mit Sitzbänken dirigiert und war dabei, sie mit einem Traktor durch das Tor zu ihrer Arbeitsstelle zu fahren. Ich winkte ihm noch zu, bevor er um die Ecke bog. Heute hatte ich härter trainiert als gestern. Fünfzehn Kilometer in knapp einer Stunde, auf jedem Kilometer vierhundert Meter im Sprint. Ich war auf dem richtigen Weg, meinen alten Stand wieder zu erlangen.

Um neun stand ich im Büro meines Onkels und blickte mich so unauffällig wie möglich um, als er die Bilanz in einen Umschlag packte und umständlich versiegelte. Traute er mir nicht oder war das der normale Umgang mit sensiblen Papieren? So hatte ich leider keine Möglichkeit, sie zu studieren. Auf dem wuchtigen Schreibtisch vor dem Fenster befand sich ein aufgeklappter Laptop, dessen Bildschirm das ziellos hin- und herwandernde Microsoft-Logo zeigte. Ein Monitor daneben auf einem Videorecorder war ausgeschaltet. Vermutlich der für die Kamera im Keller. Die hintere Schiebetür der raumfüllenden Schrankwand auf der rechten Seite stand ein Stück offen. Ich bemerkte zwei Regalreihen mit Kassetten. Ihre Beschriftungen konnte ich nicht entziffern, der Anordnung der Zeichen nach konnten es Datumsangaben sein. Sollte mein Onkel doch Kassetten aufheben? Gab es doch eine vom 15. Oktober letzten Jahres? Angeblich nein. Ich wagte nicht, danach zu fragen.

Mit der Bilanz in der Tasche marschierte ich auf dem kürzesten Weg über eine der steilen Weinbergsstaffeln hinunter zur Sparkasse. Das erste Mal, dass ich eine solche Treppe ging. Die grob behauen, unterschiedlich hohen Stufen aus Sandstein waren zum Teil stark ausgewaschen, ich musste mich auf jede konzentrieren und anhalten, wenn ich einen Blick über das Neckartal riskieren wollte. Auch mit guter körperlicher Fitness sind diese Auf- oder Abstiege eine Herausforderung. Ich dachte respektvoll an die Menschen, die die Terrassen das ganze Jahr über nur auf diesen Wegen erreichen können, um danach ihre Arbeit zu tun. Und dann die Vorstellung, bei der Lese immer wieder mit fünfundzwanzig Kilogramm Trauben auf dem Rücken zum Transportwagen hinunterzuwanken! Also doch lieber Evolutionsbiologe im klimatisierten Labor.

Direktor Weber tat sehr geschäftig und ließ mich zu einem Herrn Merkle führen, mit dem ich die nervigen Formalitäten abarbeitete. Personalausweis kopieren, Antrag auf Kontoeröffnung ausfüllen, mein gesamtes Vermögen, 15.000 US-Dollar, die ich hatte retten können, direkt einzahlen, Kreditkarte bestellen und alles doppelt bis dreifach unterschreiben. Er stellte unendlich viele Fragen, hörte sich geduldig die Antworten an und füllte die Formularbögen. Ich hatte kein Interesse, alles zu lesen, was er mir zur Unterschrift vorlegte. Lästige Pflichten wollte ich schnellstmöglich hinter mich bringen. Für solche Dinge hatte ich noch nie Geduld gehabt. „Grüßen Sie bitte Anne von mir. Ich kenne sie gut, wir waren in derselben Klasse, bis sie leider ab der Oberstufe nach St. Blasien zu den Jesuiten aufs Internat musste. Es wurde richtig langweilig in der Klasse, als sie weg war. Ihre finanziellen Dinge wickelt sie immer mit mir direkt ab. Es wäre schön, wenn ich das für Sie auch tun könnte." Schon wieder eine Neuigkeit. Anne war drei Jahre von Jesuiten ausgebildet worden. Einen christlich-demütigen Lebenswandel hatten sie ihr dort allerdings nicht beigebracht.

Mit fünf Minuten Verspätung meldete ich mich bei der Sekretärin von Herrn Stephaut im zweiten Stock des Glasturmes von „St.Urban". Er begrüßte mich in seinem Büro und hieß mich vor dem Schreibtisch Platz nehmen. Für amerikanische Verhältnisse war es prunkvoll ausgestattet und riesig groß. Die Gemälde an der Wand schienen Originale zu sein. Rechts und links der Tür standen zwei grob behauene Skulpturen aus schwarzem Holz, ein männlicher Torso und ein weiblicher Akt. Zwischen Fachbüchern parkten zahlreiche Rennwagenmodelle, rote Ferrari, Silberpfeile und andere, die ich keinem Rennstall zuordnen konnte. Sicher spielt er auch Golf. Alles wirkte sehr stilvoll, wie ich es in Amerika so noch nie gesehen hatte. Hochschullehrer residieren kärglich, höchstens zwischen Bücherregalen und einem Rechner. Von Assistenten nicht zu reden. Der Schreibtisch war bis auf einen Unterschriftenordner leer. Er schien seine Welt sehr geordnet zu halten.

„Bedauerlicherweise habe ich nur wenig Zeit. Ich bekomme überraschend Besuch aus der Deutschlandzentrale. Der Vorstand will um zwei mit mir über das Budget des nächsten Jahres reden, es sind noch einige Zahlen zu präparieren. Holdinggehabe, solche Termine kurzfristig und auf einen Brückentag zu legen, wo jeder Betrieb nur auf Sparflamme arbeitet. Sie wissen, dass morgen Maifeiertag ist? Herr Mohr wird den Vertrag mit Ihnen aufsetzen und die Papiere fertigmachen. Danach führt er Sie zu Herrn Horvath. Der hat den Tag schon verplant. Sie sollen wohl die Weinverkostung mit seinen Kollegen auswerten, wie er mir sagte." Er wandte sich zur offen gebliebenen Tür und wirkte auf einmal ungehalten, die Stimme schneidend und laut: „Frau Braun, warum ist Herr Mohr noch nicht hier. Ich habe Ihnen doch ausdrücklich gesagt, ihn nach der Ankunft von Herrn Bannert sofort zu rufen. Sie haben heute keine Zeit, Taxi für ihn zu spielen, die Power-Point-Präsentation ist immer noch fehlerhaft, wir müssen sie nochmals überarbeiten."

Frau Braun kam zur Tür. „Herr Mohr hat bis vor zwei Minuten telefoniert, er ist jetzt auf dem Weg."

„Dann sorgen Sie dafür, dass das Controlling geschlossen im Besprechungsraum antritt. Wo ist mein USB-Stick mit der Präsentation? Haben Sie das Deckblatt korrigiert? Einem Ami ein slide mit „pool-position" anstelle „pole-position" zu zeigen ist suizidales Arbeiten. Ihre mangelhaften Kenntnisse der Formel 1 sind schon schlimm genug, jämmerliche Englischkenntnisse können Sie sich überhaupt nicht erlauben. Wir gehören zu einem amerikanischen Konzern. Herr Bannert war lange genug drüben, er versteht mich." Frau Braun hörte schweigend zu, den Blick nach unten gerichtet, und ging zum Telefon.

Mit Herrn Mohr erlebte ich den nächsten bürokratischen Akt. Er war sehr beflissen, mir zu servil, aber kompetent und absolut korrekt. Bei dem Vorgesetzten sind Fehler unangenehm, wie ich bei Frau Braun gesehen hatte. Er werde die Papiere Herrn Stephaut zur Unterschrift vorlegen und mit der Post bis spätestens Donnerstag zuschicken. Jetzt solle ich ihn zu Herrn Horvath begleiten. Wir gingen aus dem Glasturm durch eine Codegesicherte Stahltür in den Kellereibereich, vorbei an haushohen runden Edelstahltanks zu einem zweistöckigen Büro- und Labortrakt links an der Gebäudewand. Gabor empfing mich in einem einfachen, zweckmäßigen Raum, der vom Schreibtisch dominiert wurde, und begrüßte mich herzlich als seinen neuen Mitarbeiter.

„Bevor wir zu den Kollegen gehen, unseren Keller durchzuprobieren, will ich dir einige Informationen über unseren Betrieb geben." Er führte mich an die Wand links vom Eingang. Ein Farbfoto zeigte eine Luftaufnahme der Kellerei, von Hand nachträglich eingezeichnete Linien teilten den riesigen Flachbau in mehrere Segmente. „Wir stehen links unten. Hier befinden sich alle Labors und Büros sowie die Sozialräume. Im Labor werden wir uns nachher aufhalten, die Kollegen sind schon da. Daran schließt sich der Arbeitsraum mit allen kellerwirtschaftlichen Geräten wie Filter, Plattenapparate, Zentrifugen und so weiter an." Er zeigte mit dem Finger jeweils auf das entsprechende

Segment auf dem Bild. „Mit der Trubverarbeitung, unserem Druckloch, schließt die linke Gebäudeseite ab. In der Mitte hast du schon unsere Tankfarm gesehen, ausschließlich Edelstahltanks. Sie fassen zusammen dreißig Millionen Liter und werden zwei- bis zu dreimal im Jahr umgeschlagen. Die Standardgröße sind 120.000 Liter Inhalt, zum Verschneiden stehen einige mit dem Vielfachen davon zentral in der Mitte des Kellers. Der größte fasst 1,2 Millionen Liter. Der ist nötig, wenn besonders große Mengen eines Weines für Discounter egalisiert werden müssen. Das rechte Drittel der Kellerei, auf der entgegengesetzten Längsseite, beherbergt zwei Abfülllinien, einige Fülltanks und das Flaschenlager. Das ist vergleichsweise klein, nur zwei Millionen Flaschen, wir füllen praktisch just in time. Die LKW laden direkt daneben und fahren Tag und Nacht. Hier ist alles auf Effizienz ausgelegt, Spielereien wie auf Navalis können wir uns nicht erlauben. Wie war denn deine Unterhaltung mit meinem Kollegen? Ihr wart schnell fertig."

„Es scheint zwei Stephauts zu geben, einen privaten und einen geschäftlichen. Wegen des Vorstandsbesuchs heute schien er unter Druck, ließ Leute stramm stehen und faltete seine Sekretärin vor mir rüde zusammen. Alphatiergehabe auf dem Niveau meiner Schimpansen. Er braucht Machtdemonstrationen und im Gegensatz zu dir auch Statussymbole. Trotzdem bin ich ihm dankbar für seine Hilfe. Wie kommst du denn mit ihm klar, ihr seid doch ganz unterschiedliche Typen?"

Gabor überlegte seine Worte. „Er ist Vollprofi. Ich kenne niemanden mit einem besseren Zahlenverständnis. Er spielt mit einer Bilanz wie Anne mit ihrer Geige. Budgets sind für ihn Commitments, die er bisher immer eingehalten hat. Er beherrscht das Financial Engineering perfekt und ist der richtige Gegenspieler für die Zahlenmenschen aus der Holding, die nicht einmal wissen, dass Wein aus Trauben hergestellt wird. Die könnten auch Gummibärchen addieren, Hauptsache die Steigerungen kommen jedes Jahr wie budgetiert. Das ist nicht meine Welt. Wir ergänzen uns deshalb perfekt. Er hält mir die Zahlenfetischisten vom Leib, ich ihm die Feinheiten des Weinausbaus. Wir arbeiten kollegial zusammen. Dass er mich über den Besuch heute nicht informiert hat, bekommt er aber noch auf sein Butterbrot geschmiert. Du hast recht, soziale Kompetenz ist nicht seine Stärke. Das lässt die Rolle „Geschäftsführer", die er im Betrieb spielt, nicht zu. Er ist zudem karriieregeil und sieht hier nur eine zeitlich befristete Durchgangsstation. Er schielt nach der Holding. Wir sind beide seit der Übernahme der damals praktisch bankrotten Kellerei durch die Amerikaner hier im Betrieb, inzwischen fast fünf Jahre. Es kann sein, dass sich tatsächlich bald etwas tut. US-Konzerne denken nicht sehr langfristig. Persönlich glaube ich nicht an einen Karrieresprung für ihn. Er ist kein Stratege, sein Horizont reicht immer nur vom 1. Januar bis zum 31. Dezember. Strategiemeetings drehen sich nur um das Überleben des laufenden Geschäftsjahres. Das steuert er aber wie gesagt hervorragend, fünf Jahre ging es nur aufwärts, finanzielle Reserven inklusive. Er hat aber keine Vision und kann auch mit langfristig denkenden Menschen in seiner Mannschaft nichts anfangen. Er sucht Befehlsempfänger."

Ich musste Grinsen. „Du schüttelst mit deiner direkten Art nicht nur bei Weinen, sondern auch bei Menschen Totalverrisse aus dem Ärmel. Euer Verhältnis hört sich nach friedlicher Koexistenz an, wie zu Zeiten des Kalten Krieges zwischen den Blöcken rechts und links des „Eisernen Vorhangs". Ideologisch völlig auseinander, aber jeder zu stark gerüstet für einen risikolosen Angriff der anderen Seite. Du weißt nicht, warum ich lache? Wir unterhielten uns am Samstag über meinen Beruf. Ich erzählte ihm von einer Managementmethode, die eine darwinistische Unternehmensführung propagiert und Führungskräfte Darwinmanager nennt. Wenn er so ist, wie du ihn darstellst, müsste er Steinzeitmanager genannt werden. Die vordringlichste

Aufgabe eines Sippenhäuptlings damals bestand darin, seine Gruppe heil durch den Winter zu bringen. In schlechten Jahren ging es für alle ums nackte Überleben. Einen Fünfjahresplan aufzustellen wäre denen nie in den Sinn gekommen. Der Planungshorizont reichte bis zum Frühling, wenn allmählich die Ernährungssituation besser wurde. Erzähle ihm ja nicht, dass ich ihn mit einem Steinzeithäuptling in Zusammenhang gebracht habe."

Nebenbei hatte ich auf die anderen vier Bilder im Büro geblickt, alle in gleichartigem Metallrahmen und kleinen schwarzen Passepartout. Es ging offensichtlich um kellerwirtschaftliche Dinge, deren Zusammenhänge ich aber nicht verstand. „Das linke Bild müsstest du kennen. Es ist die berühmte Kelterszene aus dem Grab des Nakht, das sich in der Nähe von Theben befindet und etwa 3400 Jahre alt ist. Die Ägypter hatten eine hochstehende Weinkultur, das Motiv findest du deshalb häufig. Griechen und Römer bildeten ähnliche Kelterszenen auf Gefäßen oder Mosaiken ab. In vielen Gedichten wurde der rhythmische Gesang beschrieben, der den Sklaven, die die Hauptarbeit zu leisten hatten, die Arbeitsgeschwindigkeit vorgab. Dieterich rezitiert bei Weinproben gerne einen gewissen Agatias aus Myrina:

„Kelternd stampften wir jüngst
Des Dionysos reichliche Gaben;"

und so weiter. Mehr kann ich mir nicht merken. Diese Tretkeltern waren im Altertum und der Antike jedenfalls der Stand der Technik."

Gabor hatte tatsächlich im Versmaß mit den Füßen gestampft. Er wollte bewusst komisch wirken und mir klarmachen, wie absurd das aus heutiger Sicht war. Fünf dunkelhäutige, schlanke und leicht bekleidete Männer standen in einem mit Trauben gefüllten Becken und waren offensichtlich damit beschäftigt, sie zu zertreten. Von der Decke hingen Zweige oder Schnüre, an denen sie sich festhielten. Der frei gewordene Traubensaft floss aus einer Röhre in ein tiefer gelegenes kleines Auffangbecken. Neben der Kelter hatte der Künstler mehrere Amphoren abgebildet, die den Saft aufnehmen sollten. In typisch altägyptischem Stil waren die Menschen in strengem Profil, mit kräftigen Farben und harten Kontrasten gezeichnet. Eine beeindruckende Plastizität. Natürlich war mir ein derartiges Bild noch nie aufgefallen, obwohl ich schon viele ägyptische Wandzeichnungen in Museen studiert hatte. Der Biologe sieht immer nur Tiere und Pflanzen und nichts, was mit Technik zu tun hat. Bis vor zwei Tagen hatte ich ja keinerlei Beziehung zu Wein.

„Wenn du meinst, die Welt hätte sich von dieser Technik völlig verabschiedet, liegst du falsch. Es gibt sie noch, in meinen Augen ein lebendes Fossil wie dein Quastenflosser oder die Silberfischchen in meinem Bad. In Portugal kenne ich Spitzenbetriebe, die aus der antiken Methode eine moderne Kellertechnik gemacht haben. Sie entwickelten Robotersysteme, die die Funktionsweise des menschlichen Fußes simulieren. Fußähnliche Stempel laufen auf Schienen über die Lagares, wie die Tröge dort heißen, die hüfthoch mit Trauben gefüllt sind. Was früher nach einem anstrengenden Lesetag von vielen Lesern zwei bis drei Stunden lang nach genau festgelegtem Programm erledigt werden musste, ist heute automatisiert. Es ist unglaublich, mit Hightech in die Steinzeit zurück."

Gabor lenkte mich zum nächsten Bild. Es enthielt eine schwarz-weiß-Fotographie und bildete offensichtlich wieder eine Kelter ab. Auf einem massiven Holzbalkenrahmen lag ein rechteckiger niedriger Kasten mit einem kleinen Ablauf nach vorne. In den beiden seitlichen Trägerbalken steckte jeweils ein langes Kantholz, das oben als Schraube endete. Mit Hebelmuttern konnte ein wuchtiger Balken, der horizontal in die Schrauben gesteckt war, nach unten gedrückt und dadurch Druck ausgeübt werden. Soweit war das System für einen Laien verständlich, der ab und zu Möbel zusammenbaut und mit Knebelschrauben Bretter zusammenpresst. Aber wie kam der Druck gleichmäßig über die gesamte Kastenoberfläche? Wie wurden die Knebelmuttern gedreht?

Gabor sah die Fragezeichen in meinem Gesicht. „Das Foto zeigt eine Doppelspindelkelter, sie stammt aus dem Jahre 1584. In dem flachen Kasten liegen die Trauben in einer dünnen Schicht. Darüber werden Latten gelegt, die von einem breiten Stempel aus massivem Holz über den Querbalken und die beiden Muttern einen gleichmäßigen Druck erhalten. Der frei gewordene Saft findet seinen Weg durch die Beerenhäute und die Öffnungen in der Holzunterlage und läuft über die Rinne in einen Auffangbehälter, der hier nicht abgebildet ist. Die Presse besteht aus massivem Kirsch- und Eichenholz, anders als unsere heutigen Möbel mit ihrem dünnen Furnier und dem Kern aus Pressspänen. Die vielköpfige Keltermannschaft wusste am Ende der Arbeit was sie getan hatte. Work out und Fitness Studio zusammen. Und wurde sogar noch entlohnt, häufig allerdings nur mit Wein aus nachgepresstem und mit Wasser versetztem Saft. Komm mit zum nächsten Bild."

Wieder stand ich vor einer Fotografie. Sie zeigte einen langen liegenden Edelstahltank, der in einem lackierten Gestell drehbar eingehängt war. An der Stirnseite befand sich ein kleiner Schaltschrank mit einigen Knöpfen, Lämpchen und Schaltern. Darüber offensichtlich der Antriebsmotor für die Rotation des Tanks. Eine hydraulisch zu bedienende Schiebetür im hinteren Bereich schien die einzige Öffnung zu sein. Nach der bisherigen Diskussion konnte das wieder nur eine Presse sein. Dann mussten die Trauben über diese große Tür eingebracht und hinterher wieder ausgetragen werden. „Wie ich sehe, hast du mich von der Antike über das Spätmittelalter nun in die Neuzeit geführt. Das müsste ebenfalls eine Presse sein, ich habe aber keinerlei Vorstellung, wie sie funktioniert. Es ist nichts zu sehen im Vergleich zu den beiden anderen. Danke jedenfalls, die Evolution der Presse kann ich jetzt ein Stück weit nachvollziehen."

„Solche Tankpressen sind seit etwa dreißig Jahren als modernste und vor allem schonendste Technik im Einsatz. Eine Programmsteuerung reduziert den Personalaufwand auf Bruchteile von früher, die Drücke sind vergleichsweise bescheiden und können automatisch langsam gesteigert werden. Trauben werden maximal geschont und die Stundenleistung ist für Großbetriebe ausreichend. Wir haben sechs Stück davon im Einsatz. Innerhalb des Edelstahlzylinders befindet sich eine Gummimembran, die über eine Vakuumeinrichtung fest an die Wand gesaugt wird und etwa die Hälfte der Innenoberfläche bedeckt. In dieser Position werden die Trauben von oben eingefüllt, der Deckel wieder geschlossen. Pressluft drückt die Membrane danach gegen die Trauben, der ablaufende Saft gelangt über Siebbleche innerhalb des Tanks in ein zentrales Rohr und von dort in einen Aufnahmetank. Soweit mitbekommen? Ich weiß, dass ich dich mit Technik erschlage. Es spielt keine Rolle, wenn du nicht alles verstanden hast. Meine Botschaft ist eine andere." Er ging dabei zum nächsten Rahmen. Er war leer. Ich schaute ihn fragend an und wartete auf seine Erklärung.

„Ich habe dir über Kollegen Stephaut erzählt, dass ich bei ihm keine Vision außer bei seiner Karriereplanung feststellen konnte. Meine kellerwirtschaftliche Vision findest du in diesen vier Bildern. Der vierte Rahmen ist noch leer. Ich hoffe, ihn nach der nächsten Lese füllen zu können. Das Bild liegt bereits in meinem Schreibtisch. Ist dir aufgefallen, dass die Pressen aus den drei Jahrtausenden zwar völlig unterschiedlich konstruiert sind, aber doch alle nach dem gleichen Prinzip arbeiten? Alle trennen den Saft von den Beerenhäuten mit Druck. Der Beere ist es egal, ob sie von einem sauberen Fuß, einem Holzbrett oder einer Gummimembran getreten wird. Du musst dir eine Beere wie einen Fußball vorstellen. Eine dicke Hülle oder Schale oder Beerenhaut, alle drei Namen sind gebräuchlich, schützt einen sehr verletzlichen Inhalt. Ist die Hülle einmal aufgebrochen, läuft der Saft fast freiwillig aus. Wir quetschen deshalb die Beeren zuvor, um der Presse die Arbeit zu erleichtern. Sie muss nur noch das Feste vom Flüssigen trennen, den Traubensaft von den Beerenhäuten. Pressen sind im Prinzip Filter. Nochmals, wir haben die Presstechnik in 3000 Jahren nicht grundsätzlich weiterentwickelt und treten die Beeren im Prinzip immer noch mit Füßen. Ein Armutszeugnis für Wissenschaft und Technik. Was ich will, ist ein kontinuierliches, automatisiertes und schonendes System, etwas, was es zurzeit in dieser Konstellation nicht gibt. Mein Kaufmann verlangt zudem noch niedrige Anschaffungs- und Unterhaltskosten. Die eierlegende Wollmilchsau, flugfähig eben. Ich glaube inzwischen eine Lösung gefunden zu haben, einen völlig neuen Ansatz, der diesen Forderungen ziemlich nahe kommt. Zusammen mit einer Maschinenbaufirma konnten wir ein Verfahren entwickeln, das zu Recht als Revolution bezeichnet werden darf. Anstelle des Druckes soll Zentrifugalkraft die Beerenhäute vom Saft trennen. Dazu gibt es bereits eine Maschine, die ich in der kommenden Saison im Großeinsatz testen werde. Details dazu werde ich dir ein anderes Mal erzählen. Wir planen die gesamte Ernteperiode über umfangreiche Versuche durchzuführen und das neue Gerät mit den vorhandenen Pressen zu vergleichen. Mit meinen Kollegen wollte ich das bisher nicht diskutieren, auch nicht mit den Freunden, die wir gleich im Labor treffen. Es ist in der Weinszene besser, erst an die Öffentlichkeit zu gehen, wenn positive Ergebnisse in ausreichender Menge vorliegen. Die Branche ist leider sehr konservativ. Etwas grundlegend Neues brüllt sie mit aller Energie nieder. Bloß keine Veränderungen. Von den Journalisten, die fast alle Philosophen sind, weil sie von Technik nichts wirklich verstehen, rede ich gar nicht. Die Meister der Häme und des Spotts verachten Großbetriebe wie meinen sowieso. Man muss im Umgang mit der

Weinwelt mehr Psychologe als Technologe sein. Vergiss eben nicht, dass Jahrtausende auf uns herabschauen, die auf einen Schlag im Museum entsorgt werden sollen. Du warst einer der ersten, mit denen ich darüber geredet habe. Stephaut weiß natürlich Bescheid, versteht aber nicht wirklich, um was es geht. Ich würde die Unterhaltung gerne später fortsetzen, es ist mir sehr an einem Diskussionspartner gelegen, der nicht direkt vom Fach, aber aus der Wissenschaft kommt. Ich möchte einen anderen Blick bekommen als der von Fachidioten, einen wissenschaftlicheren. Ich brauche auch Hilfe bei der Versuchsplanung und bei der theoretischen Durchdringung. Als Biologe kannst du dich bestimmt schnell in die Feinheiten der Beerenhaut, ihrer Zellstruktur und ihres Verhaltens innerhalb einer Maschine einarbeiten. Wenn wir deren Feinstruktur verstanden haben, können wir viel besser die Phänomene erklären, mit denen wir garantiert bei den Versuchen konfrontiert werden. Deine Anstellung hier kam mir deshalb sehr gelegen, auch wenn sie Herr Stephaut initiiert hat. Machst du mit?"

Er schaute mich an wie einen Verschwörer, der eben einen anderen in seine Umsturzpläne eingeweiht hatte. Ging es tatsächlich um eine Revolution, eine Abkehr von der Erde als Mittelpunkt der Welt, einen Paradigmenwechsel? Wollte er die Katastrophe sein, die die Saurier auslöscht, ein kleiner Kopernikus, der die Pressen aus dem Mittelpunkt ihres Weinuniversums wirft, ein Minidarwin, der die Weinwelt erschüttert? Ich konnte die Bedeutung einer völlig neuen Art zu keltern nicht einschätzen, dazu war ich in jeder Beziehung viel zu weit weg von der Materie. Vielleicht ist es für die Kellerleute tatsächlich eine Revolution. Immerhin war die Gewinnung des Saftes aus der Traube einer der wichtigsten Prozesse bei der Weinherstellung. Ich hatte nichts zu verlieren und freute mich darauf, meinem Kopernikus über die Schulter zu schauen. Er verpasste mir einen seiner gefährlichen Händedrücke und schaute zufrieden. Ich hatte rasch gelernt, meine Hand bis zum Anschlag in seine zu schieben und damit den Druck auf die Knöchel zu verringern. Der Pressvorgang wurde so erträglich. Diese Chance hat eine Traube nicht. „Lass uns in das Labor gehen, die Kollegen warten. Es sind vier der besten Kellermeister in Württemberg. Drei von Genossenschaften, einer aus einem Privatbetrieb. Sei vorsichtig, ihre Spottlust ist landesweit bekannt, ihre Ironie nicht besonders feinsinnig. Niveau Anne. Du wirst sie mögen."

Das Labor war riesig. Durch die Fenster der Blick auf die Traubenannahme, davor stand auf einer unendlich langen Tischreihe eine Weinflasche neben der anderen. Wie bei Onkel Dieterich, nur viel umfangreicher. Sollten wir die alle probieren müssen? Die Tische an der Innenseite waren mir angenehmer. Laborausstattung, wie ich sie kannte. Gaschromatographen, HPLC-Säule, Laborzentrifuge, Mikroskop, Glasapparaturen, Wasserbäder, einige nicht auf Anhieb zu durchschauende Messgeräte und der übliche Gläser- und Becherkleinkram. An Personal konnte ich lediglich eine junge Frau in weißem Labormantel entdecken, die mit einer Destillationskolonne beschäftigt war. Gabor stellte mich seinen Freunden unerwartet seriös vor. „...und kennengelernt habe ich ihn bei einer Veranstaltung auf Schloss Navalis letzten Samstag. Dort wohnt er auch…"

Dröhnendes Lachen vom kräftigsten der vier unterbrach ihn. Er zog einen Zeitungsausschnitt aus der Tasche und hielt ihn hoch. „Der Artikel ist heute in unserem lokalen Käseblatt erschienen. Zur Erbauung gebe ich einige Sprüche wider. Haltet eure Zehennägel fest, sie rollen sich sonst auf." Er baute sich theatralisch vor uns auf und begann feierlich vorzutragen.

„Schloss Navalis hübscht sich auf! Er wohnt in einem veritablen Schloss, ist aber selbst nicht von Adel. Als Bürgerlicher ist es dem Inhaber, Dieterich Engelmann, trotzdem wieder auf das Beste gelungen, Weine mit höchstem Adelsprädikat zu erzeugen. Bei einer Kellereinweihung am letzten Samstag, nach mehrmonatigem aufwendigem Umbau, konnten sich über 100 Gäste davon überzeugen. Der Jahrgang 2006, nicht ganz ohne, wie wir wissen, wurde bei der Gelegenheit vorgestellt. Präsentiert vom unvergleichlichen Konrad von Schimmelbusch, wohl zwischen zwei investigativen Ermittlungen, kam eine Leistungsschau der Extraklasse zu Auffführung. Adelsgütern wirft man gerne vor, sie seien träge wie Supertanker: geradeaus durch alle Stürme, bis sie vom Radarschirm verschwunden sind. Für das Weingut Schloss Navalis trifft das nicht im Geringsten zu, dort wird innovativ an Ambiente und Weinstil gefeilt. Einige Weine hatten es uns besonders angetan: Da wäre der „Riesling trocken" im Kabinettsrang. Putzmunter turnt dieser junge Bursche über die Zunge, bevor er sich mit eleganten Sprüngen am Zäpfchen verabschiedet. Oder der Weißburgunder. Der ist beileibe kein kecker Hofnarr. Sein Defilee der gelben Früchte lässt auf Williamsbirnen und Aprikosen beim Finale reichlich Mirabellen folgen. Wie Gold im Kerzenschein funkelt dabei die Frucht. Oder der Trollinger aus den Steillagen, für die Schloss Navalis besonders berühmt ist. Aus alten Reben, auf der Schale vergoren, eine ganze Woche lang. Durch diese Methode entfalten sich komplex geschichtete Aromen. Majestätisch macht sich der Geruch in der Nase breit und fließt wie ein Strom aus reifen Früchten am Gaumen vorüber. Tief und sanft mitreißend." Er packte den Artikel wieder weg. „Den Rest dieses Sprachmülls erspare ich euch. War der Schreiberling besoffen oder bestochen? Wer auch nur etwas von Weinen versteht, weiß dass Navalis zu spät mit der Lese begonnen und seine Probleme nicht in den Griff bekommen hat. Tut mir leid für dich, Rafael, nimm es nicht persönlich. Ich bin übrigens der Otmar." Er schüttelte mir schwungvoll die Hand. Die anderen hatten beim Zuhören alle gelacht, nicht laut und dröhnend, eher in sich hinein und wissend. Sie schienen derartige Artikel und ihren Kollegen zu kennen.

Gabor stellte sie mir der Reihe nach vor. Gestandene Mannsbilder, sich ihrer Position und ihres Könnens bewusst, ohne arrogant oder eitel zu wirken. „Unser Vorleser mit der breiten Brust ist Kellermeister einer mittelgroßen Genossenschaft und verantwortet jedes Jahr drei Millionen Liter Wein. Wie du ihm ansiehst, liebt er das Leben, Bacchus, Aphrodite und danach gutes Essen oder umgekehrt. Er beherzigt und lebt Luthers Spruch wie kein zweiter: „Ich fresse wie ein Böhme und saufe wie ein Deutscher. Gott sei`s gedankt. Amen." Und ist nur neidisch, dass er am Samstag nicht eingeladen war. Anne muss ihm ständig auf die Finger klopfen. Bekannt ist er mit Gott und der Welt, bis hin zum Ministerpräsidenten und fast allen Ministern. Wenn die einen gelungenen Abend mit Wein suchen, muss Otmar ran. Seine Proben und die Sprüche sind legendär. Seit er mit Fußballspielen aufgehört hat, ringt er um ein neues Ziel. Das hat er am Eingang zu seinem Keller gefunden. Dort steht ein Tank mit 20.000 Litern Inhalt. Den will er zum Ende seiner Karriere rein rechnerisch ausgetrunken haben. Lass dir bei Gelegenheit seine Weinstandsmeldung geben. Der gutaussehende Schwarzhaarige links ist Johannes, ebenfalls Genossenschaftskellermeister und begnadet gut im Weine Probieren. Er besitzt von uns fünfen den niedrigsten Schwellenwert bei Korkgeschmack, flüchtigen Säuren oder Acetaldehyd. Ihm entgeht kein Weinfehler. Johannes ist zudem unser innovativster, der ständig neue Dinge ausprobiert und die einschlägige Industrie mit ihren Spielzeugen im Haus hat. Sein Keller wirkt wie ein Museum für technische Fehlschläge. Musst du dir unbedingt anschauen. Der kleine rechts mit den grauen Haaren ist Matthias. Klein aber oho, unser Rotweinguru. Er kann dir stundenlang über die Evolution der Rotweinverfahren erzählen und sich noch an alle Fehlschläge erinnern. Jedes graue Haar auf dem Kopf steht für einen. Matthias ist der seriöseste unter uns, er transpiriert, wo wir schwitzen, er wägt ab, wo wir zulangen und er diskutiert immer noch, wenn wir schon besoffen sind. Er könnte auch Diplomat sein. Wenn du allerdings seine Weine in Frage stellst, wird er zum Kampfzwerg, wie der beim „Herr der Ringe", unwiderstehlich." Jeder hätte sich auch selber vorstellen können, sie wollten Gabor den kleinen Auftritt als Hausherr lassen.

„Der letzte ist der jüngste und der kleinste, ich meine das nicht körperlich. Er heißt Franz und besitzt ein kleines Weingut in Heilbronn. Seine Betriebsgröße entspricht etwa einer Temperaturerhöhung in meinem Keller von zwei Grad. Du kennst das vom Benzintank deines Autos im Sommer. Er kann überlaufen, wenn er zu voll ist. Bei steigender Temperatur dehnt sich auch Wein aus, eine Million Liter vermehren sich pro Grad um rund fünfhundert Liter. Ich gewinne im Sommer bis zu 30.000 Liter Wein dazu, etwa die Jahresmenge seines Weinguts. Mach dir aber keine Gedanken, im Winter verliere ich sie wieder. Und abgefüllt wird immer bei 20 Grad, das Eichgesetz und die Weinkontrolle passen auf. Franz, das erkennst du, sieht aus wie Brad Pit, seine Frau tendiert in Richtung Claudia Schiffer. Wir sind alle neidisch, haben aber gegen seine Ausstrahlung und sein Aussehen keine Chance. Läuft übrigens auch Marathon, ihr habt euch sicher einiges zu erzählen."

Nach und nach hatte ich alle vier gemustert. Sie schienen keine Berührungsängste vor mir zu haben, trotz Doktortitel und Globuskenntnis. Ihre Welt war sicher kleiner als meine bisher, dafür hatten sie jedes Jahr Erfolgserlebnisse, von denen ich nur träumen konnte. Sie produzieren etwas, das sie mit Händen fassen können und das die Sinne anspricht. Sie können sich jedes Jahr an ihren Produkten messen lassen. Identifikation nicht mit abstrakter, trockener Wissenschaft und einigen Seiten Publikation nach jahrelanger Arbeit, sondern mit angenehmen Dingen der realen Welt. Beneidenswert. Dass sie sich daneben mit den üblichen Rangkämpfen und Intrigen eben dieser realen Welt auseinandersetzen müssen und dem Wettbewerb mit Kollegen ausgesetzt sind, war mir klar. Sicher sind alle fünf am Markt Wettbewerber. Nur im Paradies lebt niemand, ein bisschen Hölle gehört zur psychischen Gesunderhaltung.

Matthias wollte mir offensichtlich die Gelegenheit geben, mich zu präsentieren. Oder war es wieder ein Test auf rutschiger Fläche? „Bei Fachproben tauchen recht wenige Frauen auf, du siehst das doch auch in dieser Runde. Alles starke Männer, die Weinszene wird nur langsam femininer, sehr zum Leidwesen von Otmar. Sind aber Frauen dabei, halte nicht nur ich sie für sensiblere Tester als meine Geschlechtsgenossen. Ihre Schwellenwerte liegen im Mittel niedriger und sie bewerten reproduzierbarer. Als mögliche Erklärung hören wir von Wissenschaftlern nette Sprüche über unsere Zeit als Jäger und Sammler. Die Frauen waren mit der Brutpflege und dem Sammeln von Früchten beschäftigt, die Männer stellten dem Mammut nach, oder so ähnlich. Beim Sammeln von Beeren und Früchten benötigten sie feine Sinnesorgane zum Finden und vor allem zur Beurteilung der Eignung für sich und ihre Sippe. Durch das ständige Training entwickelte sich die Fähigkeit zum Riechen und Schmecken immer besser. Deshalb sind Frauen den Männer auf dem Gebiet etwas voraus. Kann das so sein? Wenn schon ein Fachmann zu dem Thema im Raum ist, dann soll er uns auch schlau machen."

Das war keine Fangfrage, ich konnte mit Vorlesungsstoff antworten, den ich nur von meiner Festplatte im Hirn abzurufen brauchte. Wieder waren Inhalte der Evolutionslehre in der Öffentlichkeit falsch verstanden worden. Genauso wenig wie sich der Hals der Giraffen durch permanentes Strecken verlängerte, wurde die sensorische Qualität des Menschen durch Training verbessert und als höheres Niveau im genetischen Code abgelegt. Die Evolution hat ein Kommunikationsproblem. Warum ist Aufklärung nur so mühsam? „Unterschiedliche Schwellenwerte bei Geruch und Geschmack sind allein genetisch bedingt und Folge eurer individuellen Veranlagung. Bedankt euch bei euren

Eltern. Die Evolution fängt zu wirken an, wenn der sensorisch Bessere einen Überlebensvorteil bekommt. Es wird heutzutage niemand sich häufiger fortpflanzen, nur weil er besser Weine probiert als andere. Versetzt euch aber in die Steinzeit, ohne Penicillin oder fließend Wasser. Wir reden seit etwa 2,4 Millionen Jahren von Menschen, zuvor eher von Affen. Bis auf die letzten sechstausend Jahre entwickelte sich der Mensch in eben dieser Steinzeit. Verdichten wir den gesamten menschlichen Zeitraum auf einen 24-Stunden-Tag, steht eine Stunde für 100.000 Jahre. Jesus ist vor sechs Minuten an das Kreuz geschlagen worden. Unser Verhalten, fast alle unserer spezifischen Fähigkeiten, sind die der Steinzeit. Welchen Vorteil hat nun ein Steinzeitmensch seinem unbedarfteren Kollegen gegenüber, wenn er besser riecht und schmeckt? Er wird sicher geringfügig mehr Nahrung finden und gesunde Kalorien von ungesunden besser auseinander halten können. Mehr Kalorien, weniger Gift, mehr Fortpflanzung. Seine Gene werden häufiger weitergereicht als die vom Kollegen. Wenn wir nun davon ausgehen, dass die Frauen als Sammler besonders ausgeprägte sensorische Fähigkeiten benötigten, glaube ich gerne an ihre höhere Sensibilität auch heute noch. Grenouille hätte eine Frau sein müssen. Holt die Frauen an Bord, solange ihre Qualitäten noch nicht verkümmert sind. Zufrieden mit der Antwort?"

Ich solle Anne diese Weisheiten auf keinen Fall weitergeben, bat mich Gabor. Sie sei arrogant genug. Franz hakte nach. „Wenn eine gute sensorische Ausstattung einen Überlebensvorteil brachte, warum sind unsere Sinnesorgane dann insgesamt gesehen so kümmerlich. Mein Schäferhund kann tausend Mal besser riechen als ich. Aus einer Woge chemischer Geruchsinformationen holt er sogar einzelne Moleküle heraus. Er muss im Hirn eine phänomenale Unterscheidungsfähigkeit und äußerst niedrige Schwellenwerte installiert haben."

„Wir sind eben Mängelwesen, die Tierwelt steckt uns bis auf unsere Fähigkeit, ausdauernd zu laufen, in allen Disziplinen in die Tasche. Der Hund definiert sich durch den unschlagbaren Geruch, der Greifvogel späht mit einem Adlerauge und sieht sogar Infrarot, der Gepard sprintet uns davon, die Fledermaus ortet mit dem Gehör, Insekten sehen Bewegungen bis 150 Hertz, die großen Tiere sind stärker als wir und die kleinen vermehrungsfreudiger. Von Schwimmen, Fliegen, Klettern oder Tauchen will ich gar nicht reden. Im Grunde sind wir arme Würstchen im Universum, ein Wunder dass es uns gibt. Unser Geschmackssinn stellt uns ein besonderes Armutszeugnis aus. Wir schmecken nur süß, sauer, salzig, bitter und Umami, möglicherweise auch noch Fett. Einige tausend Geschmacksknospen in den kleinen Erhebungen auf der Zungenoberfläche registrieren diese chemischen Substanzen. Die Rezeptoren für Umami kennen wir noch nicht lange, kaum zehn Jahre. Es ist der Geschmack von Glutamat, das als Geschmacksverstärker in Fertignahrung verwendet wird und signalisiert besonders eiweißhaltige Nahrungsmittel. Aber ihr könnt es auch anders sehen. Der Mensch benötigte nicht mehr als die wenigen Rezeptoren, die ihm das lebensnotwendige Salz anzeigen oder kalorienhaltige süße Früchte. Sauer und bitter warnten hauptsächlich vor gefährlichen Stoffen. Die Fähigkeit zu schmecken nimmt mit zunehmendem Alter ab. Ihr werdet immer schlechter. Im Zentrum der Zunge gibt es übrigens keine Geschmacksknospen, nur am Rande. Deshalb ist es tatsächlich sinnvoll, Wein in der Mundhöhle hin und her zu bewegen. Mehr Respekt solltet ihr eurem Geruch gegenüber zeigen. Drei Prozent unseres Erbgutes bestehen aus Riechgenen, wir können im Gehirn theoretisch über 10.000 Gerüche speichern und ich unterstelle, dass ihr im Rotwein die vielen hundert verschiedenen alle identifizieren könnt. Der Geruch scheint in der menschlichen Entwicklung viel wichtiger gewesen zu sein als der Geschmack. Feuer, wilde Tiere, Sippenmitglieder, eine Kakophonie von Gerüchen. Es war sicher vorteilhaft, die Nase besonders gut in den Wind hängen zu können. Wir riechen auf der nur fünf Quadratzentimeter großen Riechschleimhaut im hinteren, oberen Teil der Nasenschleimhaut. Mit ihren rund zehn Millionen Riechzellen eine vernachlässigbare Größe im Vergleich zum Hund. Der verfügt über einen ganzen Quadratmeter mit zweihundert Millionen Riechzellen und zusätzlich über eine separate Region, die auch der Mensch einmal besaß, die bei ihm aber verkümmert ist wie der Blinddarm oder das Steißbein. Dort sitzen die Rezeptoren, die ihn über den Zustand seines Gegenübers informieren: Geschlecht, Alter, soziale Stellung und vieles mehr. Detailinformationen durch Geschlechtshormone, an die wir Menschen nicht einmal in Ansätzen kommen. Alle Säugetiere kommunizieren über Pheromone, außer den Menschen."

„Heißt das, wir konnten die Erregung eines hübschen Mädchens früher riechen? Warum sind wir ausgerechnet in diesem Punkt völlig unfähig geworden? Schade." Otmar natürlich.

„Es gibt weitere Anzeichen, dass unsere Geruchsfähigkeit immer mehr verkümmert. Bereits jetzt können zehn Prozent der Menschen nicht riechen. Ich kann dich aber beruhigen, Otmar: trotz unserer sensorischen Armut verfügen nur wir Menschen über die Fähigkeit, die Sinne zum Gesamtkunstwerk zu komponieren. Unser Großhirn, wo alle Regionen eng mit dem Geruch verwoben sind, erlaubt nur uns Menschen ein Menü oder einen Wein wirklich zu genießen. Dein Hund, Franz, riecht einzelne Substanzen unschlagbar fein, daraus eine Komposition zu machen, fehlt ihm das geeignete Gehirn. Unsere Sinne und Fähigkeiten sind jede für sich allenfalls zweite Liga, häufig noch schlechter. Aber wir allein verfügen über ein Superhirn, das durch die intelligente Verknüpfung von Unzulänglichkeiten eine völlig neue Qualität schafft. Championsleague eben. Also doch kein Mängelwesen."

Alle nickten, sie hatten der Vorlesung interessiert gelauscht. Jetzt reichte es mit Wissenschaft, der Worte waren genug gewechselt. Jeder hielt inzwischen ein Weinglas in der Hand und lauschte Gabors Erläuterungen. Die Probe konnte beginnen. „In der Reihe vor den Fenstern stehen hundertzwanzig verschiedene Weine, zum Teil bereits im Verkauf, die meisten als Tankprobe. Sie sind aufgeteilt in drei Blöcke, einem mit weißen, einem mit roten Weinen, beide trocken oder mit nur wenig Restsüße. Die dritte Gruppe enthält Rosee-Weine sowie alle lieblichen. Wasser und Brötchen stehen in ausreichender Menge verteilt, jeder schenkt sich selber ein. Wie immer werden die Beurteilungen nach dem Fünf-Punkte-Schema in eine Tabelle eingetragen, Rafael wird sie später auswerten. Er probiert als Anfänger mit, läuft aber außer Konkurrenz. Wenn die Lust nachlässt, machen wir Pause, heute Abend ist ein Tisch im „Ochsen" reserviert. Ich lade ein. Noch Fragen?"

Wir verteilten uns an den Tischen und begannen mit Probieren. Ich hielt mich an Gabor und versuchte mich auf die Weine zu konzentrieren. Meine Bewegungen und Blicke wirkten sicher so hilflos wie am Samstag. Ob ich heute Feinheiten und Unterschiede finden würde? Oder sollte ich besser die Kellermeister bei der Arbeit beobachten wie früher meine Bonobos? Ich beschloss zu probieren, um bei dieser einmaligen Gelegenheit so viel wie möglich zu lernen. In Leipzig gibt es sicherlich auch Weinproben, eine mögliche Blamage weniger.

„Ich würde an deiner Stelle ausspucken und nicht trinken. Auch wenn die Schlucke klein sind, summiert sich die Alkoholmenge doch ganz schnell. Beobachte die Kollegen, wie sie es machen. Der Tag wird lang." Gabor hatte mir zugeschaut und wollte mich warnen. Die Profis beherrschen diesen Vorgang bewundernswert. Otmar traf aus fast zwei Metern mitten in den Spuckbehälter. Wie ein Schützenfisch, der seine Opfer mit einem Wasserstrahl vom Zweig schießt. Kein Molekül schien daneben zu gehen. Er kokettierte buchstäblich mit seiner Technik. Ein dünner Strahl flog durch die Luft genau ins Ziel. Die anderen waren sicher genau so treffsicher, gingen aber näher heran. Es sah ästhetischer aus. Meine Unfähigkeit war mir peinlich. Sollte Spucken Teil der Fachausbildung sein? Ich schluckte lieber, das sah bei mir ästhetischer aus.

„Alle Weine werden bei Zimmertemperatur probiert, man merkt so die Fehler besser, aber auch die Feinheiten. Kälte übertüncht vieles, die leicht flüchtigen Bukettstoffe, die positiven wie die negativen, bleiben bei Kälte im Wein gefangen und sind viel schwerer zu identifizieren. Die Flaschen sind seit einer Stunde offen, überschüssiges Kohlenstoffdioxid konnte dadurch entweichen und Luftsauerstoff den Wein etwas reifen lassen. Alle sind noch jung, vom letzten Jahrgang. Etwas Reife tut ihnen gut." Ich war ihm dankbar für diese im Flüsterton zugeworfenen Kommentare. Hoffentlich konnte ich mir alles merken, was in den letzten Tagen auf mich eingeströmt war.

„He, Gabor, willst du uns verarschen? Du kannst doch nicht im Traum annehmen, dass wir diesen Schrott übersehen. Etwas mehr Respekt vor unserem Alter und unserer Erfahrung." Johannes Stimme klang vorwurfsvoll. Er stand mit Matthias zusammen vor einer Flasche, die sie aus der Reihe nach vorne geholt hatten. Gabor schaute seine Freunde fragend an. Er füllte sein Glas mit dem reklamierten Wein, schaute es von oben und der Seite an, roch daran und nahm einen Schluck in den Mund. Sein Gesicht verlor an Farbe, er schüttelte kommentarlos den Kopf und studierte den Aufkleber dieser Flasche.

„Gerti", er wandte sich an die Laborantin, die immer noch im Eck destillierte, „ruf bitte sofort Thomas her. Er soll eine Probe aus Tank 423 mitbringen. Such du in der Zwischenzeit den dazugehörigen Steckbrief mit sämtlichen Analysendaten heraus. Auch die aller Verschnittpartner." Irgendetwas stimmte nicht. Inzwischen hatten wir alle probiert. Er kam mir bräunlicher vor als die Trollinger daneben, der Geruch erschien fremdartig und unangenehm. Gabor wirkte in Alarmbereitschaft, wurde aber nicht hektisch. Ein mittelalter, drahtiger Mann in Küferbluse, Gabors Produktionsleiter, brachte nach wenigen Minuten die erwartete Probe. Sie deckte sich mit der ersten, genauso fehlerhaft. Gerti hatte in der Zwischenzeit die Gesamtsäure und den Wert für die freie Schweflige Säure bestimmt. Sie unterschieden sich deutlich von den Zahlen, die im Rahmen der Routineanalyse vor vier Wochen ermittelt wurden. Der Säurewert lag erheblich niedriger, die Schweflige Säure war aufgezehrt und nur noch im Bereich des Blindwertes.

Erst als er alle in der Kürze der Zeit ermittelbaren Fakten beieinander hatte, ergriff Gabor wieder das Wort. „Was passiert ist, kann ich im Moment nicht sagen. Vor vier Wochen war alles in Ordnung, der Wein zwar kein großer Held, aber fehlerfrei und schwefelstabil. Jetzt liegt er ohne den geringsten Oxidationsschutz, stinkt nach Acetaldehyd, ist braun, hat weiter Säure abgebaut und ist offensichtlich ein Schwefelfresser mit noch aktiver Laccase." Er wandte sich an seinen Produktionsleiter, der nervös und irgendwie schuldbewusst neben ihm stand und auf Anweisungen wartete.

„Pasteurisiere den Wein sofort; achtundsiebzig Grad, vierzig Sekunden. Linie zwei."

„Schwefeln?"

„Ja, hundert Milligramm pro Liter. Aber erst nach der Erhitzung. Die Gesamte Schweflige Säure interessiert im Moment nicht. Wir müssen eh verschneiden. Der wird allein nie mehr trinkbar gemacht werden können."

„Filtration?"

„Ja, nimm die Membranfiltration, die ist schärfer als Kieselgur- und Schichtenfilter und entfernt Bakterien sicherer."

„Schönung?"

„Entscheiden wir nach der Filtration. Und dämpfe hinterher den Tank in dem der Stinker gerade liegt. Kein Risiko mehr. Tut mir leid für deinen Feierabend." Thomas ging eilig wieder in den Arbeitsraum zurück, froh, nicht an die Wand genagelt worden zu sein.

Matthias gab als Erster einen Kommentar ab. „Du warst drei Wochen in Südamerika, Thomas eine über Ostern weg. Hat euch jemand etwas in den Tank geschüttet? Einen derart fehlerhaften Wein habe ich bei dir noch nie erlebt. Mein Produktionsleiter wäre aber nicht so ungeschoren geblieben. Er ist dafür verantwortlich, dass solche Dinge nicht vorkommen. Was ist da passiert?"

Gabor schüttelte den Kopf. „Ich weiß es nicht. Bis morgen bekomme ich alle Werte aus dem Analyseautomaten. Dann sehe ich, ob es überhaupt derselbe Wein ist wie der, den wir vor vier Wochen in diesem Tank untersucht haben. Entschuldigt bitte, ich wollte euch wirklich nicht vorführen. Lasst uns am besten weiter probieren." Er wirkte kühl und beherrscht. Unter der Oberfläche ahnte ich einen Vulkan kurz vor dem Ausbruch. Ausgerechnet ihm passierte eine solche Blamage vor den besten seiner Kollegen, Freunde hin oder her. Innerhalb der nächsten halben Stunde überprüfte er alle noch nicht angebrochenen Flaschen im Eildurchgang auf der Suche nach einem weiteren U-Boot. Einschenken, abriechen, abstellen, einschenken, abriechen... Ich konnte nicht mehr mithalten, reichte dafür immer wieder ein frisches Glas und schenkte ein, damit er schneller vorankam. Der Rest der Weine war in Ordnung, Gabor entspannte sich sichtlich.

„Nächstes Mal probiere ich jede Flasche hier oben vor, auch wenn ich den Inhalt erst kurz vorher im Tank verkostet habe. Verwechslungen können immer passieren. Eine solche Blamage reicht. Ich glaube zu wissen, was passiert ist. Der Tank enthält 2.000 Liter Trollinger deines Onkels mit entsetzlichen Analysenwerten aus extrem verfaultem Traubenmaterial. Du erinnerst dich an die Diskussionen am Samstag. Ich wollte Anne einen Gefallen tun, sonst hätte ich ihn nie abgenommen. Wir haben auch nicht viel dafür gezahlt, sondern unbürokratisch geholfen. Sogar Herr Stephaut hatte ohne Überlegung zugestimmt. Im Gegenzug kaufte Dieterich dieselbe Menge in guter Qualität bei uns. Ich hätte mir nie vorstellen können, dass diese weniger als zwei Prozent den ganzen Tank derart verderben können, der zuvor kerngesund war. Wie bei einer Virusinfektion. Hätte ich ihn doch bloß gleich erhitzt. Faule Trauben können ein Enzym enthalten, das äußerst stabil ist gegen Alkohol und Schweflige Säure und das noch im Wein wirkt. Du hast den Namen gehört: Laccase. Es wird gebildet von bestimmten Schimmelpilzen und setzt eine Kettenreaktion in Gang, bei der zuerst die Gerb- und Farbstoffe des Rotweins oxidiert werden. Die Schweflige Säure kehrt diesen Prozess zunächst wieder um, bis sie letztendlich verbraucht ist. Ist sie dadurch aufgebraucht, kann sich aus dem Alkohol Acetaldehyd bilden, den du als fruchtig-fremdartig wahrgenommen hast. Die Laccase arbeitet weiter, der Wein wird braun. Der gesamte Bakterienzoo kann dann ohne Hemmung durch die Schweflige Säure wieder aktiv werden und die natürliche Säure umwandeln. Je nach Stamm findest du dann Essigsäure, Milchsäure und vieles mehr, immer wieder auch Stoffe, die für Kopfschmerzen bis zu Migräneanfällen verantwortlich sind, sogenannte biogene Amine. Fäulnis in den Trauben ist deshalb für uns immer eine besondere Herausforderung. Der Witterungsverlauf des Jahres 2006 war durch viel warmen Regen ab Anfang Oktober besonders kritisch. Wir hatten die Lese frühzeitig begonnen, als keine oder kaum faule Trauben an den Rebstöcken hingen und die geringere Reife in Kauf genommen. Dieterich erntete leider so spät wie immer mit dem bekannten Ergebnis. Er war aber nicht allein, gerade gute Betriebe sind in diese Falle getreten. Eine Pasteurisation des Mostes, die viele Kellereien durchführen, hätte die Laccase gehemmt, den Schimmel und viele andere Probleme beseitigt."

Das alles hatte er mir zugeflüstert, während wir die Weine der Reihe nach probierten und ich versuchte, aus seinen Bemerkungen zu erfahren, was ich riechen und schmecken sollte. Die Kollegen durften also nicht wissen, dass er der Ursache für das Desaster schon auf der Spur war und den Fehler wohl in der total unterschätzen infektiösen Wirkung von Dieterichs Trollinger gefunden hatte. Ach ja, Anne spielte Geige. Nach etwa der Hälfte der Arbeit wurde endlich Pause gemacht. Die Wirkung des Alkohols spürte ich schon lange, obwohl ich nur kleinste Mengen schluckte. Ich musste mich zur Konzentration zwingen und hätte mich gerne gesetzt. Keiner sonst hatte das Bedürfnis dazu, alles lief im Stehen ab. „Wine taster do it standing up", erklärte mir Franz voll stolz auf seine Englischkenntnisse und verteilte Brötchen. Laut Spielregel sollten die Weine erst am Ende im Zusammenhang diskutiert werden, in der Pause konnte ich so Gabors Freunde näher kennenlernen. Otmar preschte unmittelbar vor und erläuterte uns die Evolution niveauvollen Trinkens. Die anderen hörten unbeteiligt zu. Sie schienen die Geschichte bereits zu kennen. Sein Glas war mit Rotwein bis oben hin gefüllt, er wollte jetzt genießen und nicht nur probieren.

„Selbstverständlich verläuft die Evolution des Trinkens ebenfalls vom niedrigen zum höheren Niveau, wie die vom Affen zum Menschen." Ich biss mir auf die Zunge und unterbrach ihn nicht. „Das unterste Level beginnt mit süßen Mischgetränken, Wodka mit Cola oder pappigen Likören. Ich selber hatte diese Phase während der Pubertät, Peergroup-beeinflusst natürlich, steigerte mich aber rasch zum süßen Weißwein. Kerner, Müller-Thurgau, Scheurebe oder noch aromatischer, der Morio-Muskat. Alle mit so viel Restzucker, dass ich heute einen osmotischen Schock bekommen würde, aber bezahlbar auch für Schüler. Diese inzwischen nicht mehr nachvollziehbare Geschmacksverirrung mündete später im ausschließlichen Konsum trockener Weißweine mit einem Maximum an Säure. Etwas für echte Kerle. Ich hatte ein regelrechtes Erweckungserlebnis während meines Studiums. Die letzte Steigerung zur weintrinkenden Krone der Schöpfung erfuhr ich im Rotwein. Zuerst die leichten, inzwischen die kräftigen, wie es meiner Figur frommt. Diese Evolution sehe ich regelmäßig bei Menschen, ich bin geneigt, darin eine Gesetzmäßigkeit zu erkennen. Eine unwesentliche Modifikation mag vorkommen, wenn Bier als Getränk dazwischenkommt. Jeder einzelne verbringt selbstverständlich unterschiedlich lange Zeit in den einzelnen Abschnitten. Alle enden sie beim kräftigen Rotwein. Schau dir einfach die Gruppe hier an, insbesondere Matthias. Wo befindest du dich eigentlich gerade?"

Otmar hatte beim Reden keine Miene verzogen, tiefernst geblickt und sein Glas nach und nach geleert. Ich war mir sicher, verarscht zu werden. In den anderen Gesichtern meinte ich ein noch stärkeres Grinsen als vor seiner Interpretation der Evolution zu erkennen. Sie waren auf meine Antwort gespannt, schon wieder ein Test. Die Evolution des Unsinns in der Welt spontan zu entwickeln schaffte ich in meinem Zustand nicht mehr, meine Schlagfertigkeit hatte stark gelitten. Kleiner Teufel Alkohol! Franz rettete mich zum Glück. Er arbeite im Organisationskomitee des Trollinger-Marathons in Heilbronn in knapp drei Wochen, ob ich nicht Lust hätte, mitzulaufen. Siegerzeit beim letzten Mal um 2 Stunden 30, kein Antrittsgeld, keine Profis, herrliche Strecke durch die Weinberge an Weingütern und Genossenschaften vorbei. Läufer hätten freies Trinken, nicht jedem wäre die Zeit das Wichtigste. Wie der Medoc-Marathon, nur nicht so überlaufen und ohne Karnevalskleidung. Ideal als warm up vor größeren Herausforderungen. Er würde sich freuen und versuchen, mitzuhalten trotz seiner lausigen Bestzeit von knapp vier Stunden. Mein Glas war ständig voll, die Kollegen füllten sofort wieder auf.

Ich sollte langsamer trinken und noch ein Brötchen essen. Ob die gestandenen Trinker um mich herum mein Schwächeln schon bemerkt hatten? Sprach ich noch deutlich genug oder war die Zunge schon belegt? Redete ich noch flüssig oder schon mit Erholungspausen? Oder nur noch viel und ohne Punkt oder Komma? Ich suchte Blickkontakt mit Gabor. Er sollte meine Unerfahrenheit kennen und müsste mich rechtzeitig aus dem Verkehr ziehen. Keine Blamage beim ersten Mal. Keiner machte Anstalten, die Weinprobe fortzusetzen. Sie wollten lieber diskutieren und bedienten sich aus der Flasche mit ihrem Favoriten aus der Probe.

Johannes zog über einen Riesling her, der ihm überhaupt nicht zusagte. „Eleganz, Klarheit, brillante Säure, Spiegelung des Terroirs, das erwarte ich von einem Riesling. Der Kerl hier", er schwenkte sein Glas so kräftig, dass der Wein fast überschwappte, „soll wie eine übermütige Obstverkäuferin mit Fruchtaromen um sich werfen und frisch, von mir aus frech sein. Auf jeden Fall sexy. Ich bin weiß Gott Rieslingpatriot, aber nicht bei dem. Mit dem hast du Unzucht getrieben. Er verfehlt mein Lustzentrum, er trifft nicht mal die Scheibe. Technisch sauber wie immer bei dir, aber ohne Charakter und Persönlichkeit." Er goss den Wein demonstrativ in den Spuckbehälter. Gabor war durch diese Mischung aus freundschaftlicher Provokation und inhaltlichem Vorwurf gefordert, er musste sein Baby verteidigen. Wir probierten ihn rasch.

„Dein Lustzentrum hätte ich bisher ganz wo anders gesucht. Ich muss mit deiner Frau reden. Deine Gier nach hoher Säure ist wohlbekannt. Du drängst dich aber im Moment in die Rolle eines Weinfundamentalisten im Besitz des absoluten Geschmacks, der missionarisch andere von ihrem Glück überzeugen will. Erinnere dich an die Trinkerkarriere von Otmar. Sein spätpubertärer Weg zum lieblichen Weißwein. Genau diese Klientel spreche ich mit dem säureschwachen, milden aber dennoch fruchtigen Riesling an. Er bekommt noch eine dienende Süße und wird beim Discounter für unter drei Euro die Flasche verkauft. Und das etwa eine Million Mal, fast die Hälfte deiner gesamten Menge. Zielgruppenorientiert eben. Du findest deinen Traumriesling in der drittletzten Flasche der Gruppe eins. Sexy, erotisch, von Aphrodite geküsst auf der Bettkante und für sechs Euro, wenn du mindestens 10.000 Flaschen abnimmst." Alle waren zufrieden. Das schien der Standard gehobener Unterhaltung unter Weinfreunden zu sein. Fast wie bei Anne. Gabor bot mir einen Laborstuhl an. Mehr Komfort gab es hier nicht. Sorry, we do it standing up.

Der Lemberger war wirklich gut. Ich schaute versonnen ins Glas. Was sagte mir dieser Rotwein, wie sprach er zu mir? Tiefes, sattes, dunkelstes Rot, in der Mitte pechschwarze Reflexe. Ein Bukett wie aus dem Lehrbuch nach Brombeeren, Cassis und Leder. Ich entdeckte Lakritze, getrocknete Oliven und Darjeeling-Tee. Dicht und elegant, dazu perfekt balanciert, minutenlang im Mund, fast ölig im Abgang. Ein Traum. Oh Gott, was formulierte ich da für wirres Zeug. Alle Begriffe, die ich in letzter Zeit im Zusammenhang mit Rotwein hörte, waren über mich gekommen. Böser Weinteufel. Hatte Dionysos meine Zunge geführt? Warum zeigten die anderen noch keine Reaktion? Rede ich zu viel? War mit dem Lemberger etwas nicht in Ordnung?

Otmar lobte mich für meine Wahl. Ich sei schon auf dem höchsten Level des Trinkers angekommen. Kräftiger Rotwein mit über 13,5 Volumen Prozent Alkohol. Die Richtung stimme. Er füllte nach.

„Kennt ihr mein Lieblingstier, mein Maskottchen? Darf ich euch mit ihm bekanntmachen?" Ich nahm Haltung an, fast wie beim Militär. „Wir haben bereits einige wesentliche Aspekte der Evolution betrachtet, einer fehlt noch, der über das ideale Wappentier für die Weinbranche oder zumindest für euren Freundeskreis. Merkt euch den Namen Ptilocercus lowii, auf Deutsch

„Malaysisches Federschwanz-Spitzhörnchen". Dieses Tier hat unser Verständnis über die Evolution enorm bereichert. Wir glaubten bisher, das Paradies wäre alkoholfrei gewesen bis zum Sündenfall der ersten Bierherstellung. Jetzt konnten Wissenschaftler feststellen, dass ein regelmäßiger hoher Alkoholkonsum schon sehr früh in unserer engsten Säugetierverwandtschaft vorkam. Das Federschwanz-Spitzhörnchen ist ein mausgroßes Fellknäuel mit einem langen, am Ende federartig gespreizten Schwanz und wiegt gerade mal 50 Gramm. Putzig, nachtaktiv, zum Verlieben und hat über 50 Millionen Jahre ohne große Veränderungen überlebt. Respekt vor dieser Leistung, die muss der Mensch erst einmal nachmachen. Möglicherweise hat ihm seine Ernährung dabei geholfen. Es säuft täglich Unmengen von vergorenem Palmnektar, man könnte Dschungelbier sagen, und fällt trotzdem nicht vom Baum. Es hängt jede Nacht über zwei Stunden am Alkoholtropf und lässt dafür alles andere liegen. Es ist ein Schluckspecht, den keiner von uns einfach unter den Tisch trinken kann. Die Alkoholmengen, die dieses Kerlchen verträgt, würden die meisten Menschen ins Krankenhaus bringen. Kann ich noch etwas Lemberger bekommen?"

Otmar schenkte sofort nach. Wir waren bei diesem Wein Brüder im Geiste. Sie ermunterten mich, weiterzureden. Trinkfeste Gesellen mögen sie. Ich fühlte mich verstanden.

„Welche für die Weinwirtschaft wichtigen Fragen ergeben sich aus der Existenz des Federschwanz-Spitzhörnchens? Was lehrt und was sagt es uns? Ich will einige Fragen aufwerfen und zur Diskussion stellen. Ist der Rausch ein uraltes Säugetiererbe, das wir bisher nur noch nicht in diesem Kontext erkennen konnten? Können wir vom Federschwanz-Spitzhörnchen lernen, dass der Absacker zur Nacht weniger eine menschliche Eigenheit, vielmehr als Erbe der Menschheit zu sehen ist? Wie überlebt es im Suff in einer Welt voller Feinde und ohne vom Baum zu fallen? Warum wird es nicht übermütig und stellt sich jedem noch so großen Gegner zum Kampf? Warum hat sich der Mensch noch nicht ausreichend an Alkohol gewöhnen können und ihn unter die Knute einer Promillegrenze gezwungen? Wo bleibt die selektive Wirkung der Evolution beim Menschen? Welchen Weg hat das Tierchen gefunden, die Wirkung des Alkohols unschädlich zu machen? Können wir diesen Trick lernen und den Rausch ohne Kater erfahren? Ach, die Weinwirtschaft hat überhaupt noch nicht entdeckt, welche Potentiale dort begraben liegen. Lasst mich kurz austreten, dann können wir die Antworten dazu gemeinsam erarbeiten. Ich bin gleich wieder zurück."

7. Kapitel: Aphrodite

Dienstag, 1. Mai 2007

Annes Telefon klingelte und riss mich aus tiefem Schlaf. Es war kurz nach elf Uhr, das Zimmer taghell von der Sonne ausgeleuchtet und aufgewärmt. Ich lag in Unterhose und Hemd auf dem Bett, die Hose korrekt über dem Stuhl, das Handy auf dem Nachttisch. Daneben eine halb ausgetrunkene Wasserflasche. Mein Mund war völlig ausgetrocknet, die Schleimhäute fühlten sich belegt an. So hatte ich mich zum letzten Mal auf einer Expedition in die Kalahari-Wüste gefühlt, als das Wasser knapp wurde und streng rationiert werden musste. Es dauerte einige Sekunden. bis ich endlich annahm. Die Erinnerung kam leider schnell wieder. Gabor meldete sich.

„Guten Morgen, Rafael. Wie geht es dir?" Seine Stimme klang munter mit einem fragenden Unterton.

„Verdammt noch mal, was ist passiert? Bei wem muss ich mich entschuldigen? Ich bin zur Toilette gegangen und weiß von dem Moment an nichts mehr. Filmriss heißt das an der Uni. Was habe ich angestellt und, vor allem, wie bin ich in mein Bett gekommen. Ich komme mir beschissen vor, die Situation ist mir peinlich. Kopf und Magen sind soweit in Ordnung, danke der Nachfrage. Deine Kollegen haben sich kaputt gelacht über den schnöseligen Akademiker, der große Sprüche von sich gibt und im ersten Sturm sofort absäuft. Das war der größte Absturz meines Lebens. Ich verspreche dir, das passiert nie wieder. Ich werde Blaukreuzler."

Gabor lachte laut ins Telefon. „Mach dir keine Sorgen. Ich habe dich eine halbe Stunde nach deinem Abgang schlafend auf der Toilette gefunden und meinte, du hinterlässt einen besseren

Eindruck, wenn du direkt ins Bett gehst. Zum Glück kam Anne gerade, sie wollte dich zu einem spontanen Abendessen abholen und aus unseren Klauen befreien. Dank ihrer Hilfe war es kein Problem, dich nach oben zu verfrachten. Du wiegst ja nicht viel."

Wieder war Gabor bis zur Schroffheit ehrlich. Er hätte mir alles auch schonender beibringen können. „Anne hat mich also auch in dem Zustand gesehen? Womöglich noch ausgezogen? Gabor, ich brauch eine andere Wohnung. Diese Blamage. Und ihr musstet mich nach oben tragen, konnte ich nicht mehr laufen? Nein, spar dir die Antwort. Ich will weg von hier, die Weinszene tut mir nicht gut."

„Hör endlich auf, Blödsinn zu reden. Du hast es mit Erwachsenen zu tun, die selber trinken und alle auch exzessive Erfahrungen hinter sich haben. Hinfallen darf jeder, er muss aber wieder aufstehen. Die Kollegen erwarten, dass du am 14. Mai bei Franz in Heilbronn mit dabei bist, wenn wir seine Weine probieren. Sie waren begeistert von dir. Wir haben selten so viel Spaß gehabt und erfrischend andere Blickwinkel diskutieren können. Otmar begann schon, die Evolution zu verstehen. Ich zitiere ihn sinngemäß: Testosteron macht witzig, sehr viel Testosteron sogar unwiderstehlich witzig. Wer gute Witze gut erzählen kann hat also Erfolg bei Frauen und kann seine Gene erfolgreich verbreiten. Ich bin sehr witzig, also besitze ich viel Testosteron. Humor ist beim Menschen ein Zeichen für Intelligenz. Ist der Mann witzig, ist er auch schlau – und damit erfolgreicher im Überlebenskampf. Diskutiere das mit ihm, ich glaube er verwechselt einiges und droht, sich noch mehr dumme Sprüche anzueignen. Und den Antworten auf die vielen Fragen, die du im Zusammenhang mit dem Federschwanz-Spitzhörnchen aufgeworfen hast, entkommst du nicht. Wir haben Blut geleckt. Wie lange würde der Mensch brauchen, um genauso widerstandsfähig wie dein Maskottchen zu werden? Wann hätten sich die resistenteren von uns durchgesetzt und eine neue Art Mensch geschaffen?"

„Einige Hunderttausend Jahre dauert es mindestens bis zum Homo alcoholicus, wenn du Polizei und Mediziner zurückhältst, die die Komasäufer wieder ins Leben zurückholen. Den Ansatz finde ich nach meinem gestrigen Erlebnis suboptimal. Otmar hat zwar nicht alles verstanden, seine Überlegungen haben aber Charme. Verrate mir, warum bin ich so abgestürzt."

„War doch klar. Jet-lag im Körper, nichts im Magen, eine verständliche Anspannung, weil alles neu war, die Weine nicht ausgespuckt, sondern getrunken, gegen Ende immer schneller das Glas geleert und alles ohne Training. Du brauchst dann keine riesigen Mengen bis zum Kollaps. Wie wenn ich einen Marathon laufe ohne ausreichende Vorbereitung. Ich könnte hinterher vier Wochen lang nicht mehr richtig gehen, wenn ich nicht nach fünfundzwanzig Kilometern schon zusammenbrechen würde. Geh davon aus, dass alle anderen zuvor fett und viel gegessen haben. Von Johannes weiß ich, dass er vor schweren Proben eine Dose Büchsenmilch trinkt, um die Aufnahme des Alkohols ins Blut zu verlangsamen. Mit Intelligenz trinken, so es denn sein muss. Dir passiert das nicht noch einmal, soweit kenne ich dich. Du wirst die nächste große Probe strategisch angehen und durchziehen wie einen Marathonlauf. Gut vorbereitet die Kräfte einteilen, zwischendrin Wasser trinken und etwas essen. Und nie zu schnell loslaufen. Wir sind mit unseren Disziplinen nahe beieinander. Wie lange hält es eigentlich ein Klappergestell wie du ohne Nahrungsaufnahme durch? Sieh zu, dass du etwas in den Magen bekommst. Und grüß Anne."

Ich war auf dem Weg zur Dusche, als Anne anrief. Die beiden hatten sich garantiert abgestimmt, ihr Anruf jetzt war kein Zufall. Gabor sollte zuvor das Minenfeld räumen. Sie tat als ob nichts gewesen wäre, bestellte mich umgehend zum Brunch und fragte, ob ich heute Nachmittag mit ihr joggen würde.

„Anne, du lenkst vom Thema ab. Natürlich bin ich fast verhungert und ich freue mich auf einen Lauf mit dir. Erzähl mir, was gestern passiert ist. Mir fehlen einige Bilder. Sonst geht es mir gut."

„Häng es tiefer. Deinen Saufkumpanen habe ich den größten Anschiss ihres Lebens verpasst. Sie haben dich absichtlich auflaufen lassen. Gabor hatte dich zuvor als Übermenschen angekündigt, eine weltbekannte Koryphäe, die zur Spitze der Wissenschaft gehört. Ihnen blieb gar nichts mehr anderes übrig, als dich auf Normalmaß herunterzuholen. Seit gestern können sie mit dir auf Augenhöhe reden. Männliches Ego verlangt das. Sieh das, was passiert ist, von mir aus als Initiationsritus, als Äquatortaufe, als Beschneidung oder was immer sonst in Männerhorden zelebriert wird. In der Steinzeit hätte dich der Schamane in eine Höhle mit bunten, furchteinflößenden Bildern geführt und in den Grenzbereich zwischen realer und irrealer Welt gebracht. Woanders warst du gestern auch nicht. Du gehörst jetzt dazu. Sei stolz darauf. Die Leute sind menschlich integer und fachlich spitze."

Wir trafen uns am Holztor. Anne trug eng anliegende, ihre Figur betonende Markenklamotten, wie ich sie mir nicht leisten konnte. Arme und Beine zeigten eine gleichmäßige, mittlere Bräune vom Urlaub im Süden oder der Sonnenbank. Ob dieses Luxusweib auch noch ausdauernd laufen kann? Ich wirkte neben ihr wieder wie der arme Vetter, der bei der reichen Verwandtschaft am Tisch mitessen darf. Nur bei den Schuhen war ich etwas verschwenderischer, sie tragen die Hauptlast, müssen passen wie eine zweite Haut und die vielen Stöße bei jedem Sprung abfedern. Jeder Sparversuch an dieser Stelle war mir schlecht bekommen. Meine Gelenke waren schon nach wenigen Kilometern beleidigt. Sie kommentierte mein Outfit zum Glück nicht, obwohl Hose und Hemd nicht gebügelt und nur im Waschbecken von Hand gewaschen waren. Mein Absturz war kein Thema mehr, er schien tatsächlich in ihren Augen nichts Besonderes gewesen zu sein. Beim Brunch hatte sie mir von ihrer Recherche über Herrn von Schimmelbusch erzählt. Massenhaft Einträge als Reporter, Moderator, Journalist, Buchautor. Publikationen in großer Zahl, unzählige Sendungen zu allen Themen, Mitgliedschaft in der CDU und in anderen bekannten sportlichen oder sozialen Gruppierungen. Freier Mitarbeiter des Südwestrundfunks, Büro in Stuttgart und so weiter. Konservativer Vertreter innerhalb des demokratischen Spektrums. Kein einziger Eintrag, kein Hinweis auf kirchliche oder religiöse Aktivitäten. Nicht einmal seine Konfession war aufgeführt. Als Mann des Glaubens existierte Konrad nicht. Als wären alle entsprechenden Websites gesperrt und Nachrichten über ihn gelöscht worden. Auch in Annes Redaktion fand sich dazu nichts. Lediglich bei Wikipedia gab es einen kleinen Hinweis. Der Verfasser nannte ihn tiefgläubig und zum konservativen protestantischen Flügel gehörig. Ich war überrascht, das hatte ich nicht erwartet. Ein derart exponierter Glaubenskrieger, der keine Öffentlichkeit herstellt? Ein Missionar lediglich im Verborgenen? Ich konnte es mir nicht vorstellen. Ein Geheimbund? Quatsch, jetzt nicht auch noch eine Verschwörungstheorie ins Spiel bringen.

Wir wollten den Höhenweg nehmen, gehobenes Trabtempo, das es uns ermöglichte, beim Laufen zu reden. Zehn bis fünfzehn Kilometer wären kein Problem, sie jogge regelmäßig. Wir starteten nebeneinander gemütlich mit fünfeinhalb Minuten für einen Kilometer. Ich kannte ihren Leistungsstand noch nicht und beobachtete sie aus den Augenwinkeln. Sie atmete ruhig durch die Nase und konnte sich bei dieser Geschwindigkeit problemlos unterhalten. Dabei war sie sichtlich bemüht, immer einen halben Schritt vor mir zu laufen. Erhöhte ich das Tempo versuchsweise, zog sie mit. Wurde ich wieder langsamer, passte sie sich sofort an. Immer einige Zentimeter vor mir. Die Kröte hatte Wettkampferfahrung. Mit diesem Trick kann man Gegner entnervt zur Aufgabe bringen. Was immer er versucht, er ist ständig einen halben Schritt zurück. Anne wollte vorne sein. Alphatiergehabe, Dominanzverhalten, auf Unterwerfung ausgelegt. Warum hatte sie das nötig? Wollte sie mich testen? Ich tat ihr den Gefallen und beschleunigte langsam, fast unmerklich. Bei fünf Minuten je Kilometer war sie noch voll dabei. Bei viereinhalb begann sie verstärkt durch den Mund zu atmen, ihre Worte wirkten gepresst, die Sätze wurden kurz. Ihre Grenzen erreichte sie, als ich die Geschwindigkeit nochmals leicht erhöhte. Sie vermochte nicht mehr zu reden und atmete hechelnd. Sicher schmerzte ihre Brust bereits, ihre Beine müssten bald müde werden. Sie lief im anaeroben Bereich und schwitzte stark. Aber lief immer noch einen halben Schritt vor mir und gab nicht nach. Auch noch stur wie ein Maulesel. Dann gibt ein Gentleman nach. Ich fiel wieder auf die Anfangsgeschwindigkeit zurück und gönnte ihr einige Minuten Erholung. Wir hielten an einer Stelle, an der der Höhenweg bis fast an den Hang reichte und wir nicht nur in die Weite, sondern auch nach unten in die Rebzeilen blicken konnten. Ich fühlte mich wie damals in der obersten Reihe des gigantischen Amphitheaters im türkischen Pamukkale. Dort besichtigten wir mit der gesamten Tagungsgruppe die riesigen Römerbäder und waren als sportliche Übung über dutzende Zuschauerreihen von der Bühne nach oben geklettert. Um den Blick in die Weite zu genießen, musste man schwindelfrei sein, wurde aber durch ein farbenprächtiges Panorama auf der Hochebene belohnt, weite Salzflächen glänzten in der prallen Frühlingssonne strahlend weiß. Die Zuschauerreihen des Amphitheaters waren die Rebzeilen einer Steillage. Schmale, ebene Flächen mit Reben bestockt, senkrechter Absturz bis zur nächsten Zeile und so weiter, bis zum Grund. Menschen hatten sowohl hier als auch dort die Laune der Natur, ein steil abfallendes natürliches Halbrund, in ihrem Sinne genutzt und modifiziert. Ganz unten floss der Neckar träge in Richtung Heilbronn, ab und zu waren kleine Ausflugdampfer zu sehen, die wieder Saison hatten.

„Du blickst auf einen Teil des europäischen Naturschutzgebietes Natura 2000", begann sie zu erklären, immer noch kurz atmend. Sie zeigte mit den Händen auf zwei Holzpfosten rechts und links von uns. „Der Streifen zwischen den beiden Pfosten, etwa ein halber Kilometer, gehört bis zur Straße hinunter Papa. Die höchstens zehn Meter schmalen Rebterrassen werden Schrannen genannt. Als Biologe müsstest du begeistert sein. Hier kannst du selten gewordene Tiere wie Kreuzotter, Mauereidechse, Hausrotschwanz und Felspicker studieren oder Thymian und Mauerpfeffer als Gewürz sammeln. Die Steillagen sind dank ihrer Mauern ein Riesenbiotop. Sie bestehen oft aus uralten, aufeinandergeschichteten Natursteinen, rund zwei Meter hoch. Wir müssen sie immer wieder von Hand reparieren, wenn sie sich wegen des Hangdruckes vorwölben, schwanger werden, wie wir sagen. Diese Arbeit beschäftigt uns den Winter über. Sie ist eine Quälerei und verlangt viel Erfahrung. Mörtel darf nicht verwendet werden, um die Fugen und Ritzen als Biotop zu erhalten. Peter ist inzwischen Spezialist dafür. Er kann praktisch alles. Allein hier am Mundelsheimer Käsberg stehen über hundert Kilometer Mauern. In Württemberg gelten achthundert Hektar Rebfläche mit einem Winkel von über dreißig Grad als Steillage. Die steilsten messen siebzig Grad, du glaubst, senkrecht nach unten zu blicken und bekommst Höhenangst. Kann man nicht die Schimpansen des Stuttgarter Zoos als Erntehelfer dressieren oder verstößt das gegen das Tierschutzgesetz? Ihnen macht diese Arbeit vielleicht sogar Spaß. Und ab und zu könnten sie Trauben naschen. Dass sich Steillagen für unseren Betrieb wirtschaftlich rechnen, bezweifle ich aber. Papa weigert sich, höhere Erträge zu akzeptieren als in den Flachlagen, um damit die deutlich größeren Kosten auszugleichen. Hohe Qualität heißt niedrige Menge, Qualität geht ihm über alles. Wir schaffen es aber nicht, deutlich höhere Verkaufspreise für Steillagenweine zu erzielen. Unsere Preise sind alle schon im gehobenen Bereich. Statt vierhundert bis sechshundert Stunden je Hektar müssen wir in den Terrassen mehr als das doppelte aufwenden. Einzelne Arbeitsschritte dauern vier bis fünfmal so lange. Mechanisierung ist kaum möglich, an der Handlese führt kein Weg vorbei. Papa hatte bisher kein Geld übrig, eine Zahnradbahn als Transportmittel anzuschaffen. Sie kostet dabei kaum mehr, als die Sicherheitsmaßnahmen im Keller, die er wegen des Kreuzes installieren musste. Die Hitze in den Zeilen kann so hoch sein, dass wir nur morgens oder abends hier arbeiten können. Mein Lieblingsmuskateller liebt es sehr warm, er findet hier ideale Bedingungen. Wenn du zur Lese noch bei uns sein solltest, kannst du Butten tragen und deine Muskeln im oberen Körperbereich trainieren. Läufer sind meist einseitig entwickelt. Nichts von athletischem Körperbau, alles steckt im Fahrwerk. Frauen bevorzugen Zehnkämpfer. Weiter jetzt, du Faulpelz."

Wir liefen eine Zeit lang langsam und schweigend nebeneinander. Anne musste nicht mehr einen Schritt voraus sein. Ich hatte Gelegenheit, nachzudenken. Warum war über einen in der Öffentlichkeit so sichtbaren Lebensbereich des von Schimmelbusch im Internet nichts zu finden? Hatte er Einträge unterdrückt? Nein, die Web-Gemeinde lässt sich nicht gängeln oder ausbremsen, sie ist geschwätzig, voyeuristisch, transparent, schamlos und rücksichtslos. Was immer irgendwo passiert, findet seinen Weg ins Web. Hatte Anne alle Portale abgesucht und auch die nachrangigen Einträge stichprobenartig durchgesehen? Bei Google wäre er auf jeden Fall aufgetaucht, wenn es ihn irgendwo versteckt gäbe. Trägt er vielleicht in seinem parallelen Leben einen Künstlernamen? Was hatte ich von ihm während unserer Maulfechtereien erfahren? Eigentlich nichts. Dass er in Seattle ein gutes Restaurant mit üppigen Portionen kennt und vor wenigen Wochen einige Zeit dort war. Urlaub Anfang April in Seattle? Eher nein, dort regnet es immer. War er beruflich dort? Möglich, aber auch eher nein, er jagt deutsche Unmoral. Ein familiärer Grund? Möglich. Als Glaubenskrieger? Möglich. Ja, das könnte es sein. Wie konnte ich das vergessen? In Seattle ist das „Discovery Institute" ansässig, die intellektuelle Kaderschmiede der Vertreter des Intelligent Design. Dort werden Wissenschaftler finanziert, Mitglieder trainiert und Bücher verfasst und verbreitet, die gegen wichtige Teile der Evolutionstheorie wettern und einen streng an die Bibel angelehnten Schöpfungsentwurf vertreten. Sie reden nicht direkt von Gott, sie sprechen von einem intelligenten Designer, der hinter der Schöpfung steckt. Im Beirat des Instituts waren in der Vergangenheit auch Ausländer, darunter sogar ein deutscher Professor. Könnte von Schimmelbusch damit etwas zu tun haben? Das Institut veranstaltet oft im Frühjahr seine Jahrestagung. Das würde passen. Vielleicht wäre auf deren Web-site etwas zu finden. Und warum schweigt Wikipedia in der aktuellen Version? Aber war es nicht so, dass alle alten, gelöschten oder korrigierten Versionen eines Themas separat gespeichert und nachgeschaut werden können. Sollte von Schimmelbusch eingegriffen und zensiert oder ganz gelöscht haben, wäre das sichtbar zu machen. Ich musste ins Internet. Anne hatte sicher einen schnellen Zugang und würde mich an ihren Computer lassen.

„Ist das deine Variante des Briefmarkenalbums? Wäre sehr uninspiriert. Lass uns noch etwas laufen, ich warte auf meinen Laufrausch. Es kann nicht mehr lange dauern."

„Vergiss es. Ich habe es noch nie erlebt, andere erfahren es angeblich kurz vor dem Einbruch als eine Art lebensverlängernde Maßnahme des Körpers. Du bist noch weit davon entfernt. Dein Belohnungssystem sollte inzwischen genügend mit Endorphinen bedient worden sein. Lass uns umkehren, es kribbelt in mir, ich muss unbedingt im Internet nachschauen. Mir sind einige Ideen gekommen."

„Du bringst mich um Runners High. Das verzeihe ich dir nicht." Wir liefen zurück zum Schloss. Sie wohnte in einer Penthouse-Wohnung unter dem Dach, abgetrennt vom Rest des Hauses. Zu erreichen war sie von der Rückseite, an den Parkplätzen der Mitarbeiter vorbei durch ein Spitztürmchen mit steinerner Rundtreppe. Ihre Wohnung war wie erwartet edel ausgestattet. Sie betrug rund die Hälfte der Hausgrundfläche mit durchgehender Dachschräge und imponierte durch eine gewaltige Fensterfront zum Neckar hin, die fast die gesamte Stirnseite ausfüllte. Die Sonne schien schräg durch halb geöffnete Jalousien und flutete den Raum mit hellgelbem Licht. Staubpartikeln in der Luft wurden von ihren Strahlen erfasst und wirkten wie winzige, in der Luft tanzende Kobolde. Der hellbraune Parkettfußboden glänzte frisch poliert. Massive Dachbalken ragten aus der Holzdecke, alles war weiß gestrichen. Das Wohnzimmer hatte die Größe eines Tanzsaales. Im hinteren Drittel führte eine Treppe zum offenen Schlafbereich unter dem Dach, die Türen darunter mussten zu Küche und Bad führen, vielleicht in eine Abstellkammer. Anne hatte nur karg möbliert, einige Solitäre kamen dadurch besonders zur Geltung. Gegenüber der Eingangstür nahe dem Fenster eine Ledercouch, zwei passende Sessel und ein niedriger Glastisch, dahinter ein Esstisch mit vier Stühlen. An der Türseite standen zwei Kommoden und ein schmaler, hoher Glasschrank mit Gläsern und Essservice. Viel Platz, aber nicht für häufigen Besuch eingerichtet. Auf einem ausladenden, modernen Schreibtisch in der Mitte des Raumes, zwei Meter vor der Fensterfront, befand sich das Objekt meiner Begierde, ein Computer mit neunzehn Zoll Flachbildschirm. Bei einer Redakteurin musste der Schreibtisch selbstverständlich an einem exponierten Platz stehen, bei der Arbeit konnte sie weit über das Neckartal sehen. Mit einem Blick hatte ich alles registriert, wie früher im Zoo oder im Dschungel. Ich kam mir in dem Raum verloren vor, die Gigantomanie erschreckte mich. Das war nicht meine Welt, ich verspürte keinerlei Neid.

„Willkommen im Paradies. Mein Rückzugsort, meine Kreativecke, mein Arbeitszimmer und Meditationsraum. Alles, was du willst." Sie schickte mich unter die Dusche, während sie den Rechner startete. Der graue Bademantel neben der Tür sei für mich, meine Klamotten sollte ich neben die Waschmaschine legen. Auch das Badezimmer war überdimensioniert. Zahlreiche weiße Schränke, weiße Badewanne, Dusche, Bidet, große Marmorfliesen deckenhoch. In fünf Minuten war ich fertig, der Vorteil kurzer Haare, sie trocknen von selber an der Luft. Die Google-Homepage war bereits aufgerufen. Ich könne mir Zeit lassen, Frauen bräuchten im Bad länger.

Die Plattform für Intelligent Design hatte ich schnell gefunden, ebenfalls die Homepage des Discovery Institute. Unter Discovery Institute waren bei Google über 1,8 Millionen Einträge verzeichnet, so viel wie für mittlere Pop-Stars. Dagegen war ich ein armer Wicht mit meinen wenigen tausend. Das Institut wurde 1990 von Bruce Chapman, einem konservativen ehemaligen Politiker und Mitarbeiter der Regierung Reagan gegründet. Es wird zum überwiegenden Teil von religiösen Stiftungen finanziert, die in ihren Statuten ausdrücklich die Missionierung als Ziel angeben. 1996 wurde das „Center for Science and Culture" als eine Abteilung gegründet, es bildet den Dreh- und Angelpunkt der Intelligent-Design-Bewegung, dessen Einführung in öffentliche Schulen als offizieller Unterrichtsstoff eines der wichtigsten Themen ist. Als Hauptziel steht dahinter das Bemühen, materialistische Erklärungen durch ein theistisches Verständnis zu ersetzen, dass Natur und Mensch von Gott erschaffen wurden. Intelligent Design als Neo-Kreationismus, nur wissenschaftlicher verpackt. Daneben werden Themen wie Bioethik bearbeitet, zum Beispiel die gegenwärtige Diskussion über die Stammzellenforschung oder über Religion im öffentlichen Leben. Die öffentlichen politischen Auftritte greifen meist konservative Themenschwerpunkte auf wie die strikte Durchsetzung einer konservativen Fiskalpolitik oder die Durchsetzung von Gesetzen.

Wo könnte auf der Homepage eine Information über einen deutschen Gast verborgen sein? Die Auswahl an links auf andere Überschriften war groß. Technologie und Demokratie war ein Unterthema, Wissenschaft und Kultur ein anderes. Cascadia als Name für ein Verkehrsprojekt traf sicher nicht zu. Ferner gab es Bioethik, Blogs und andere Programme. Nichts, auf was ich direkt springen wollte. Daneben fanden sich auf der Homepage noch eine Spalte mit Veranstaltungen, Artikel von fellows und Neuigkeiten. Der Webdesigner war wenig kreativ, die Seite animierte nicht zum Verweilen.

Ich beschloss, zuerst unter den Artikeln der fellows zu schauen. Vielleicht war von Schimmelbusch dort mit einem Beitrag aufgetreten. Zwischen „Biologischer Kolonialismus", einem Artikel aus der Jerusalem Post über einen Rabbi oder „Meine bioethischen Voraussagen" fand ich keinerlei Hinweis auf ihn. Auch unter Neuigkeiten nichts, was zielführend hätte sein können. Also blätterte ich durch Veranstaltungen und konzentrierte mich auf den Zeitraum März und April. Dort wurden meist Abendveranstaltungen zu unterschiedlichen Themen erwähnt, zum Beispiel über den „Niedergang öffentlicher Schulen" oder „Bedeutung und Ideale des Öffentlichen Dienstes", aber auch in Kürze eine über „Darwin und Design". Jede Woche fand irgendwo in Seattle eine Veranstaltung statt, bei der offensichtlich bekannte Persönlichkeiten zu einem Thema referierten, das meist einen wissenschaftlichen Anstrich hatte, aber in der konservativen Ecke des politischen oder gesellschaftlichen Spektrums beheimatet war. Am 28. März wurde ich fündig. „Erfolgreiche Missionsarbeit in Deutschland", ein Bericht des Bruders Conrad von einer „Kirche zum Heiligen Kreuz". Das müsste es sein.

Konrad nur mit „C" geschrieben und ohne Nachnamen. Ich öffnete die Seite der Veranstaltung und fand sofort von Schimmelbusch am Mikrofon abgebildet. Ein freundlicher Bericht über die Präsentation des Gastes aus Deutschland, der seinen Vortrag mit einem eigens gedrehten Film abgerundet hatte, ergänzte das Foto. Kein Wunder, dass Anne ihn nicht in seinem christlichen Wirken gefunden hatte. Jetzt kannten wir auch den Namen seiner Kirche oder Sekte oder wie immer man sie bezeichnen sollte und wussten, wonach wir zu suchen hatten. Ich hatte wohl einen Jubelschrei losgelassen, Anne kam mit schnellem Schritt und noch feuchten Haaren aus dem Bad.

„Ich hab`s. Sieh mal, was ich gefunden habe. Du hattest keine Chance, ihn aufzuspüren." Ich saß auf ihrem Schreibtischstuhl, sie stand direkt hinter mir und schaute mir über die Schulter auf den Bildschirm. Ihre Haut roch angenehm frisch und dezent nach einer Mischung aus Duschgel und parfümierter Lotion. Warum verdecken wir bloß unseren Eigengeruch so sehr, er ist doch Teil unserer Persönlichkeit? Ihre Haare kitzelten mein Gesicht, ich wich nicht aus, sondern versuchte, ihre Nähe zu genießen. Seit über sieben Monaten lebte ich als Mönch. Sie las leise die Bildbeschriftung und bewegte ihre Lippen im Rhythmus der Worte. Um die kleine Schrift besser zu entziffern, musste sie sich etwas nach vorne beugen und stützte sich auf meinen Schultern auf. Ihren Morgenmantel hatte ich nur locker um meinen Bauch zusammengebunden, in meiner Sitzstellung klaffte er ein Stück weit auf. Die Brust war bis zum Nabel unbedeckt, aus ihrer Stellung konnte sie bis in meinen Schoß hinunter sehen. Unauffällig versuchte ich, den Morgenmantel vollständig zu schließen. Sie hielt meine Hand fest und hinderte mich daran. Sie schien zu grinsen.

„Du bist mir noch mein Runners High schuldig". Sie löste den Bademantel ganz. Er fiel zu beiden Seiten nach unten, ich saß nackt auf dem Stuhl. Meine Erregung sprang sie regelrecht an.

„Leistungssportler sind besser durchblutet als couch potatos, das sieht man. Was ein Liter Blut mehr so alles ausmachen kann." Ihr ewiger Spott nervte in diesem Augenblick. Sollte ich mich wehren und sie zurückweisen? Es war meine Cousine, die mich soeben zu verführen begann. Ich durfte das nicht zulassen. Hatte sie Gabor auch verführt oder hatte er die Situation im Griff gehabt, so wie er sie bei der Stellung mit körperlicher Kraft fest im Griff halten musste? Zum Glück ließ sie mir keinen Ausweg. Sie drehte den Stuhl um 180 Grad, wir standen uns auf Augenhöhe gegenüber, die Nasenspitzen nur Zentimeter voneinander. Jetzt erst sah ich, dass sie lediglich mit einem kurzen T-Shirt bekleidet war, das ihr gerade bis zum Bauchnabel reichte. Das war keine spontane Verführung. Die Kröte war schon mit dieser Absicht gekommen. Sie wollte spontanen Sex, ohne erotisches Vorspiel, kein verbales Streicheln, ohne die Intimität durch Blicke, ohne Gefühl. Nur Sex, zwei Körper die übereinander herfallen. Bevor ich irgendwie reagieren konnte, hatte sie die Initiative ganz ergriffen. Sie setzte sich mit gespreizten Beinen auf meinen Schoß, Geschlecht an Geschlecht, und hielt mich durch ihr Gewicht auf dem Stuhl fest. Damit war sie Herrin des Geschehens. Meinen Penis hatte sie geschickt in die Rinne zwischen ihren Schamlippen dirigiert und sie begann, ihren Körper langsam auf und ab zu bewegen. Unser Bauch- und Brustbereich rieben aneinander. Sie stützte sich dazu mit ihren Beinen auf dem Gestell des Stuhles ab. Ich war in der Position völlig zur Passivität verurteilt, ich wurde geliebt. Ich suchte ihren Mund. So volle, hoch geschwungene Lippen zu küssen musste ein Traum sein. Ich hatte sie schon mehrfach neidisch betrachtet, nicht nur bei unserer ersten Autofahrt am Samstag. Besonders im Profil wölbten sie sich erotisch nach vorne, rot auch ohne Lippenstift. Nicht so aufdringlich prall wie bei Angelina Jolie, eher wie bei

Scarlett Johannson oder Kate Winslett. Ihr Kopf bewegte sich im Rhythmus ihrer Körperbewegungen immer schneller, ihre Haare flogen hin und her. In dieser Stellung konnte sie ihre Klitoris wild an mir reiben, an einer Stelle, an der meine Empfindlichkeit gering war. Ihre Reizung musste wahnsinnig intensiv sein, meine Ausdauer konnte sie steuern. Sie atmete schwer, wie vorhin beim schnellen Laufen, ihre Erregung verstärkte meine, wir wurden noch schneller, noch hektischer, gingen dem Höhepunkt entgegen. Dann die Penetration, auch nach ihrer Regie. Es ging schnell, laut, gierig, mein Puls hämmerte am Anschlag.

Wir lagen zusammen auf der Couch, notdürftig mit dem Bademantel zugedeckt. Ihr Kopf ruhte auf meiner Schulter, unsere Beine waren ineinander verknotet. Ihre Haare kitzelten immer noch. Beide dämmerten wir in einer wohligen Müdigkeit, der Puls schlug wieder ganz langsam. Sie hatte ihr Runners High bekommen, ihr Belohnungszentrum war mit Dopamin und Endorphinen versorgt. Mir selber waren die Momente nach dem Akt wichtiger als während, wenn alle Anspannung gelöst ist und ich mit meiner Partnerin im echten Sinne des Wortes schlief. Ich versuchte zu begreifen, was geschehen war. Ich hatte Sex gehabt mit der attraktivsten Frau, die ich mir im Moment vorstellen konnte. Spontanen Sex mit meiner Cousine. War das schon Inzest? Juristisch sicher nicht, im biologischen Sinne hatte ich mir darüber noch keine Gedanken gemacht. Inzesttabus sind im Tierreich weit verbreitet, bei Schimpansen verlassen geschlechtsreife Weibchen häufig die Horde und schließen sich anderen Gruppen an. Ein Gedanke ließ mich schmunzeln. Mein Guru, Charles Darwin, hatte im allerpuritanischsten London seine Cousine Emma Wedgwood zur Frau genommen und es immerhin auf zehn Kinder gebracht. Und seine leider sehr früh verstorbene Lieblingstochter hieß ausgerechnet Anne. Auch Darwins Bulldogge von der Universität Jena, der Mediziner und Zoologe Ernst Haeckel, der den Krieg um die Evolution in Deutschland führte, heiratete mit Anna Sethe die eigene Cousine. Ihr früher Tod wegen eines geplatzten Blinddarmes hatte ihn an den Rand des Selbstmords gebracht und der Zoologie eine Quallenart mit dem Namen „Desmonema annasethe". Oder Edgar Allen Poe, Erfinder des subtilen Horrorromans, der ebenfalls mit seiner Cousine, Virginia Clemm, verheiratet war. Sie war bei der Hochzeit 1836 gerade mal dreizehn Jahre alt. Nein, keine Gewissensbisse deswegen. Es war eine win-win-Situation. Ich wollte sie so lange als möglich genießen, eine Wiederholung war eher unwahrscheinlich.

„Du warst so ausgehungert, als hättest du seit Monaten keine Frau mehr gehabt. Mama erzählte beiläufig mal von einer Scheidung. Was ist denn mit Jenny schiefgegangen? Ihr wart doch nur wenige Jahre verheiratet." Sie hielt die Augen weiter geschlossen, den Kopf immer noch auf meiner Schulter. Zum ersten Mal wollte sie etwas über mich wissen, in einem Moment höchster Intimität. Keine bessere Gelegenheit, über mein persönliches Drama zu reden. Bis jetzt war nur Danny, mein smarter, immer optimistischer und humorvoller Anwalt und Freund aus der Studienzeit über alles im Bilde. Er ist weiterhin mein Statthalter drüben. „Du weißt ja, dass ich meinen Eltern nach dem Abitur in die USA gefolgt bin und dort Biologie studiert habe. Ich habe mich ausführlich schon im Studium mit unseren engsten Verwandten im Tierreich beschäftigt und später über das Verhalten der Bonobos im Falle von Konflikten promoviert. Die Bonobos sind eine Schimpansenart, etwas grazieler, längeres Fell, vor allem aber mit deutlich anderem Sozialverhalten als die Schimpansen. Sie sind wenig aggressiv und lösen ihre Konflikte meist mit Sex. Ihr Kopulationsverhalten ist frappierend. Jeder mit jedem, als Belohnung, zur Bestechung, zum Streitschlichten oder einfach so. Weibchen häufiger miteinander als heterosexuell. Mehr als einmal wurde ich mit einem Zungenkuss begrüßt, das war gewöhnungsbedürftig. Sex ist Teil ihres Wesens, es hat für sie nichts Böses oder Schamhaftes. Es ist eine Art sozialer Kitt. Die etwas robusteren Schimpansen dagegen fallen weniger durch Sex als vielmehr durch Aggressivität auf. Sie kämpfen mitunter auf Leben und Tod miteinander, ihre Sozialstruktur ist von Rangeleien und Allianzen zwischen Männchen geprägt. Bei ihnen ist das Alphatier immer männlich, bei den Bonobos dominiert das ranghöchste Weibchen, das sich geschickt mit ihren Geschlechtsgenossinnen zu einer unschlagbaren Gruppe zusammenschließt. Die Weibchen verteilen auch die Nahrung. Schimpansen regeln sexuelle Angelegenheiten mit Macht, Bonobos die Machtfrage mit Sex. Ich habe mich schon oft gefragt, ob wir Männer das Testosteron-geladene Prinzip Schimpanse repräsentieren und ihr das der Bonobos."

Anne hob kurz den Kopf und nickte nur. „Make love, not war."

„Zunächst war ich mit Primatenpopulationen in verschiedenen Zoos beschäftigt. Arnheim zum Beispiel oder San Diego. Später folgten Aufenthalte bei freilebenden Gruppen. So im Tai-Nationalpark in der Elfenbeinküste, bei den Forschungsstationen in Lomako, Wamba und Salonga, alle im Regenwald der Demokratischen Republik Kongo. Ich trieb mich manchmal die Hälfte des Jahres unter primitiven Umständen in diesen Regionen herum und beobachtete das Sozialverhalten der Affen. Glaube mir, ich habe sie lieber gewonnen als viele der Menschen, mit denen ich später in den USA zu tun hatte. Als mir nämlich Jenny über den Weg lief, musste ich mich entscheiden. Sie war Laborbiologin an der University of California in Irvine, wo ich dann ebenfalls eine Stelle fand. Wir hatten die gleichen beruflichen Interessen, sie war ebenfalls Leichtathletin, aber mit mehr Talent als ich. Sie brauchte mich als ihre Stütze, war ständig unsicher, den Anforderungen zu genügen, nie mit einer Leistung zufrieden und vielfach dadurch eine Getriebene. Ich bildete mir ein, sie in vielen nächtelangen Diskussionen stabilisiert zu haben. Sie bekam ihre Labilität weitgehend in den Griff. Nach wenigen Monaten zogen wir zusammen. Ich begann mich zu der Zeit mit dem Genom der Schimpansen zu beschäftigen und arbeitete in einer Arbeitsgruppe, die die Sequenzierung ihrer DNA durchführte. Im Jahre 2005 war das Projekt abgeschlossen und die Menschheit weiß nun, dass die DNA der Schimpansen zu 98,4 Prozent identisch ist mit unserer."

Obwohl sie die Augen immer noch geschlossen hatte, zeigten einige Falten auf ihrer Stirn, dass sie sich auf meinen Bericht konzentrierte und ich das Luxusweib nicht langweilte.

„In der Zeit begann für mich die Phase meiner Tätigkeit, die später für meine Flucht aus den USA verantwortlich war. Mein Institutsleiter und Förderer, als Evolutionsbiologe eine viel zitierte Kapazität, war intensiv in die juristische Auseinandersetzung von gläubigen Fundamentalisten gegen die Evolutionstheorie verwickelt. Allein in einunddreißig Staaten gab es Gerichtsverfahren, bei denen sie gegen Schulbehörden kämpften, um die gleichrangige Behandlung von Schöpfung und Evolutionstheorie in der Schule durchzusetzen. Es war unvorstellbar für mich, erkennen zu müssen, dass die aufgeklärteste und fortschrittlichste Wissenschaftsnation der Welt, die jedes Jahr Nobelpreise absahnt und laut Shanghai-Ranking siebzehn der zwanzig berühmtesten Universitäten der Welt stellt, dass diese Nation zu fast fünfzig Prozent an eine Schöpfung durch Gott innerhalb der letzten 10.000 Jahre glaubt und weitere knapp vierzig immerhin noch an eine Lenkung des Evolutionsprozesses durch einen Schöpfer, wenn auch über Millionen von Jahren. Die erste, inhaltlich breit gestreute Gruppe nennt man die Kreationisten, wo es tatsächlich Anhänger gibt, die die Erde als Scheibe sehen und alles andere als Lüge. Die zweite Gruppe, Kreationismus light, vertritt das „Intelligent Design". Weniger als fünfzehn Prozent der Amerikaner gehen von der Evolutionstheorie ohne Mitwirkung Gottes aus. Besonders deprimierend ist, dass ein Siebtel der

Biologielehrer an den High-Schools selbst davon überzeugt ist, dass der Mensch vor 10.000 Jahren von Gott geschaffen wurde. Und fast die Hälfte dieser Gruppe glaubt immerhin noch an eine von Gott gesteuerte Entstehung der Arten. Du kannst dir die Indoktrination der Schüler und Studenten sicher vorstellen. Und das, obwohl religiöse Inhalte an US-Schulen nicht willkommen sind. In zahlreichen Prozessen haben Gerichte immer wieder entschieden, dass religiöse Alternativen keinen Platz im Unterricht haben.

Mein Chef trat häufig als Gutachter vor Gericht auf und war bei mehreren Entscheidungen maßgeblich beteiligt, wo Gerichte zugunsten von Darwin im Biologieunterricht entschieden. Vor etwa zwei Jahren zog er sich aus dieser Gutachtertätigkeit spontan zurück, für mich sehr überraschend. Ich durfte an seiner Stelle auftreten und tat dies mit jugendlichem Enthusiasmus und quasi studentischer Streitlust. Meine Auftritte brachten mir viel Anerkennung bei den Kollegen und einen großen Bekanntheitsgrad auch in der Öffentlichkeit ein. Richter folgten oft meinen Argumenten. Meinem Ego ging es gut. Aber: Jenny stammte aus Texas, ihre Eltern waren in einer der vielen Kirchen sehr aktiv, die ich den Kreationisten zurechnete. Mein Verhältnis zu ihnen verschlechterte sich nachhaltig, ich war der Gottlose, der ihnen ihre Tochter entfremdete und mit atheistischem Zeugs infiltrierte. Jenny war Naturwissenschaftlerin wie ich und glaubte doch an Gott. Sie konnte Glauben und Wissenschaft trennen, wir beide hatten damit keine Probleme. Meinen Agnostizismus konnte sie akzeptieren. Sie litt allerdings unter dem Druck ihrer Eltern. Dann wurde sie schwanger, es sollten Zwillinge werden. Und dann kam der Tag, der meine heile Welt implodieren ließ. Seitdem ist nichts mehr wie zuvor."

Anne schaute mich mit hochgezogenen Brauen an. Sie ahnte, dass das Vorspiel beendet war und jetzt ein Drama folgen würde. „Immer müssen Millionen müßiger Weltstunden verrinnen, ehe eine wahrhaft historische, eine Sternstunde der Menschheit in Erscheinung tritt." Sie zitierte Stefan Zweig, ich erinnerte mich an dessen Buch „Sternstunden der Menschheit". Menschliche Größe und Schwäche, Schicksal und Charakter als bestimmende Faktoren unseres Lebens von jeher und immer. Ein Staubkorn Zufall kann Weltgeschichte machen. Wie beim Fall von Byzanz, als die Türken die vergessene, offene Kerkapforte fanden und in die Stadt gelangten, wie vor Waterloo, als Marschall Grouchy mit einem Drittel von Napoleons Armee die zuvor geschlagenen Preußen weisungsgemäß verfolgte, obwohl er in der großen Schlacht das Glück hätte zugunsten der Franzosen wenden können. Wenn er denn umgekehrt und nicht stur dem Befehl gefolgt wäre. Zufälle und schicksalhaftes Verhalten. Bei mir gab es keine geschichtliche Dimension, nur eine ganz persönliche. Vier Tage und zwei völlig getrennte Ereignisse, die mein geordnetes Leben aus der Bahn warfen.

„Jennys Schwangerschaft war nicht einfach. Ihr war ständig übel, der Kreislauf spielte häufig verrückt, sie nahm stark zu und war bald ziemlich unbeweglich. Ihren Beruf konnte sie ab der zwölften Woche schon nicht mehr ausüben. Sie litt fürchterlich und suchte in der Situation den Schulterschluss mit ihrer Mutter. Am 15. Oktober, in der zweiunddreißigsten Schwangerschaftswoche, setzten Wehen ein oder was wir in unserer Unerfahrenheit dafür hielten. Es war der Todestag meines Vaters. Ich fuhr Jenny umgehend in die Klinik, die Ärzte gaben ihr wehenhemmende Mittel und behielten sie zur Sicherheit da. Es sei nichts Besorgniserregendes. Dann empfing ich den Anruf von Tante Lotte auf meinem Mobiltelefon. Das erste Mal in meinem Leben, wo ich mich zwischen zwei Alternativen entscheiden musste und eine rationale Abwägung versagte. Ich war innerlich noch nie so zerrissen. Die zwei wichtigsten Menschen meines Lebens brauchten mich gleichzeitig, waren aber zwölf Flugstunden auseinander. Jenny drängte mich, nach Deutschland zu fliegen, die Ärzte erwarteten keine Komplikationen für sie. Während wir in Heilbronn noch beim Leichenschmaus saßen, informiert mich die Klinik, dass Jenny eine Fehlgeburt erlitten habe, beide Kinder, zwei Mädchen, seien tot und ihre Mutter bereits bei ihr wäre. Jenny in dieser Situation in der Hand ihrer Mutter: ich hatte sofort ein ungutes Gefühl. Es dauerte zwei Tage, bis ich zurück war. Ich hatte vier Tage nur im Flugzeug etwas geschlafen und war körperlich und psychisch ein Wrack. Jenny lag nicht mehr in der Klinik, ihre Mutter hatte sie mit nach Texas genommen. Ein Anwalt drückte mir ein Schreiben in die Hand, das sie offensichtlich mit zittriger Hand unterschrieben hatte. Sie wolle nichts mehr von mir wissen und sich umgehend scheiden lassen. Meine Gottlosigkeit sei Schuld an ihrem Schicksal, am Tod ihrer beiden Kinder, sie könne es nicht mehr länger ertragen, mit mir zusammen zu sein. Ihr Anwalt würde als ausschließlicher Ansprechpartner alles weitere mit mir regeln. Ich solle auf keinen Fall nach ihr forschen. Sie sei gut untergebracht. Als ich in unser Haus kam, fand ich es leer vor. Alle Möbel waren wegtransportiert, auch sämtliche privaten Akten und Bücher, unsere Computer. Nur meine Kleider hingen noch im Schrank. Unser gemeinsames Konto war geplündert. Zum Glück hatte ich meinen Laptop mitgenommen, er enthielt alle meine wissenschaftlichen Ergebnisse, aber auch viele private Unterlagen. Ich sah Jenny nie wieder. Alle Versuche, Kontakt aufzunehmen, scheiterten an der Blockade ihrer Eltern. Der Anwalt setzte mich immer mehr unter Druck, überzog mich mit Klageandrohungen, einstweiligen Verfügungen und schickte ständig steigende Rechnungen. Schon im Februar wurde die Scheidung vollzogen. Das leere Haus und mein Auto blieben mir, alles andere ging an sie. Danny war meine einzige Stütze, er bewahrte mich vor dem finanziellen Bankrott, weil er rationale Entscheidungen fällte, zu denen ich anfangs nicht in der Lage war. Mein Chef hörte sich die ganze Geschichte unbewegt an, er konnte oder wollte mir nicht helfen. Über private Kontakte erfuhr Danny, dass Jennys Anwalt bei der Polizei vorstellig geworden war. Er wollte mir Verstöße gegen das Ausländergesetz unterstellen und brachte mich in die geistige Nähe von Terroristen. Waren nicht 9-11-Attentäter über Deutschland eingereist und hatten sogar dort studiert? Völlig absurd, aber in der hysterischen Situation, in der sich die USA zu der Zeit befanden, war nichts abwegig genug, als dass es nicht sofort und mit aller Brutalität verfolgt worden wäre. Was war nur aus dem Land der Freiheits- und Menschenrechte geworden? Im Institut hatte nicht nur ich diesen albtraumhaften Eindruck, es schien unter Bush in Angst und Duckmäusertum zu erstarren und Denunziation staatstragende Gesinnung sein zu müssen. Viele Ausländer begannen sich unwohl zu fühlen, nicht nur solche mit islamischem Hintergrund. Ich wohnte von da an für die restlichen Tage unter wechselndem Vorwand bei Freunden, schaltete mein Handy ab, war nur noch in Internet-Cafes im Netz und organisierte meine Flucht. Vielleicht war ich hysterisch geworden und übertrieb maßlos -wenn das Virus der Angst einmal die Oberhand gewonnen hat, versagt die Ratio zumindest auf dem Höhepunkt der Infektion. Schließlich fuhr ich mit einem Leihwagen über die Grenze nach Mexiko, um über Mexiko City nach Deutschland zu fliegen. Später erfuhr ich, dass die Polizei tatsächlich vor meinem Haus auf mich gewartet und Kollegen im Institut nach meinem Aufenthalt befragt hatten. Zum Glück lag seit geraumer Zeit ein Angebot aus Leipzig vor, das ich jetzt annahm. Danny erhielt sämtliche Vollmachten, nach Abzug aller Kosten verblieben mir 15.000 US-Dollar, die ich gestern auf mein neues Konto einzahlen konnte. Und ein Trekkingrucksack mit einigen Kleidern sowie mein Computer mit allen Dateien, die ich je erstellt habe. Die gesamten Schätze eines 36-jährigen promovierten Wissenschaftlers, mein Vermögen ist überschaubar. Den Rest kennst du."

Ich fühlte mich etwas erleichtert. Gesprächstherapie. Anne sollte auch Verständnis für mein ärmliches Auftreten bekommen und dass ich nicht in der Lage wäre, das kurzfristig wesentlich zu verbessern. Hielt sie mich jetzt für einen loser, der in den USA grandios gescheitert war? Der nach siebzehn Jahren mit fast nichts zurückkam und die Rolle des „Armen Poeten" übernahm? Viele Publikationen, viele Beweise wissenschaftlicher Fähigkeit, aber nichts, was im Leben zählt. Materiell ein armer Schlucker, der seiner Verwandtschaft auf der Tasche lag. Egal, ich hatte in Leipzig die begründete Aussicht auf einen Neuanfang, meine Tage im Schloss waren gezählt. Ich entspannte mich langsam wieder.

Anne hatte hellwach zugehört. „Du bist demnach von Kreationisten aus dem Weg geschafft worden. Die haben drüben jetzt einen gefährlichen Gegner weniger, ein verlorenes Schaf zurückgewonnen in ihren Kreis und ein Exempel zur Abschreckung statuiert. Die Schlacht zwischen Evolution und Religion, Wissenschaft und Kirche, Affe und Engel war zu deinen Ungunsten ausgegangen. Dein Chef hatte zuvor sicher eine ähnliche Behandlung erfahren. Anstatt Charakter zu zeigen, ist er eingeknickt. Wenn ein Kampf aussichtslos erscheint, bleiben Flucht oder Tod. Du hast richtig entschieden, ich bin nach wie vor fest überzeugt vom Rechtsstaat Amerika, aber bis die juristischen Mühlen richtig arbeiten, verbringst du einige Zeit im Gefängnis. Du in Gesellschaft mit dominanten Kriminellen, das Ergebnis kann ich mir bildhaft vorstellen. Gegner werden heute oft erfolgreicher mit juristischen Keulen bezwungen als mit brutaler Körperkraft. Das ist sichtlich humaner und genauso effektiv. Jedenfalls verstehe ich deine Aversion gegen von Schimmelbusch, der sicher in eine dieser Schubladen mit Glaubenskriegern gehört. Kennt er deine Geschichte vielleicht sogar? Seine Aggressivität gleich zu Beginn könnte man so interpretieren. Soll er womöglich die Arbeit der Amerikaner hier fortführen, vielleicht bis zu deiner endgültigen Vernichtung und du auch zum Duckmäuser geworden bist? Ich werde mich in den Kerl vergraben. Glaube mir, wenn es irgendetwas über ihn diesbezüglich gibt, finde ich es heraus. Ich bin Meister der Recherche. Du hast eine Schlacht verloren, aber noch lange nicht den Krieg. Es tut mir leid um Jenny. Eine Frau, die eben ihre Zwillinge verloren hat, kann für einige Zeit gar nicht mehr zurechnungsfähig sein. Wenn dann noch der Partner und Vater der Kinder weit weg ist, wird sie manipulierbar wie ein Kleinkind, besonders durch ihre eigene Mutter, die sicher im Falle einer Geburt der erste Ansprechpartner einer jungen Frau ist. Du hattest keine Chance. Deine Schwiegereltern waren im Gegensatz zu dir zur rechten Zeit am rechten Ort."

Sie hatte alles Nennenswerte gesagt und vergrub ihren Kopf wieder zwischen meiner Schulter und meinem Kopf. Wir hatten Ruhe und Zeit, unsere Gedanken fliegen zu lassen. Ich musste immer noch oft an Jenny denken. Was war aus ihr geworden, aus meiner Labormaus, die immer die besten Wiederholungsergebnisse erzielte und neue Methoden am schnellsten standardisiert hatte? Die aber immer panische Angstattacken bekam, wenn sie vor Publikum präsentieren sollte. Liebe empfand ich schon lange nicht mehr, dafür kam immer öfter der ohnmächtige Zorn des grundlos Verlassenen hoch. Sie hatte auch von sich aus niemals versucht, mich zu erreichen. Kein Anruf, keine Mail, kein SMS, wie ein kleiner Tod, ein Abschied für immer. Abgeschlossen. Das Leben ging weiter, tiefer war nicht mehr möglich, es musste wieder aufwärtsgehen.

„Was machst du da?" Ihre Stimme klang schläfrig.

„Ich erkunde deine Haut. Auch du hast mindestens zwei Quadratmeter."

„Warum?"

„Für die Wissenschaft. Ich will wissen, wie sich deine Rezeptoren und meine Tastkörperchen verstehen."

„Lass das, ich bin kein Versuchsobjekt."

„Du wirst auch belohnt. Meine Schimpansen bekamen immer Bananen."

„Affen streicheln sich nicht, sie lausen sich nur. Ich hab keine Läuse."

„Durch Streicheln werden Glückshormone freigesetzt."

„Du kitzelst aber nur."

„Siehst du, es klappt. Ich berühre dich ganz leicht und du bekommst eine Gänsehaut."

„Sogar meine Haut will, dass du aufhörst."

„Wenn ich die Fingernägel noch dazu nehme und über die Innenseite deines Oberarms streiche, stehen noch mehr Körperteile als nur die Haare."

„Lass meine Brustwarzen aus dem Spiel."

„Ich berühre keine primären Geschlechtsorgane."

„Dafür alle anderen erogenen Zonen."

„Die reine Lehre sagt, dass die Haut unterhalb der Rippen besonders sensibel ist, dort, wo andere Frauen ihre Speckröllchen tragen."

„Nimm die Fingernägel weg, Du reizt mich. Ich schreie."

„Hier hört dich keiner."

„Ich will jetzt die Banane."

„Dann dreh dich auf den Rücken."

„Missionarsstellung? Du bist spießig."

„Die Stellung ist einzigartig. Nur für Primaten erfunden."

„Ich bin mir sicher, kein Warzenschwein zu sein."

„Stell dir einen Silberrücken von fünf Zentnern auf einer seiner viel kleineren Weibchen vor, da bekommst du Achtung vor dieser Stellung."

„Aber Affen sind doch immer so schnell fertig. Wo bleibt da das Gefühl?"

„Und ihre Banane ist nur fünf Zentimeter lang."

„Woher kennst du ihre Länge?"

„Ein todesmutiger Biologe hat nachgemessen. Für die Wissenschaft."

„Für die Wissenschaft tut ihr Biologen alles. Ihr seid Voyeure."

„Das ist die notwendige Voraussetzung für den Job."

„Und hinreichend wird es, wenn ihr fummeln könnt."

„Wir wollen nur das Beste für die Menschen."

„Läuse sollen besser bestückt sein als Gorillas."

„Ihr Geschlechtsorgan macht ein Drittel ihrer Körperlänge aus. Du hast aber keine."

„Wer hat im Tierreich am meisten zu bieten?"

„Der Flughund. Seine Sexualorgane wiegen fast 3 Prozent vom Körpergewicht, mehr als sein Gehirn."

„Die Weibchen müssen glücklich sein. Die Männchen potent, aber blöd"

„Ich weiß nicht. Die Weibchen gehen jedenfalls viel fremd. Deshalb diese großen männlichen Attribute."

„Je untreuer die Frauen, desto größer die Organe bei Männern?"

„Bei Fledermäusen mit monogamen Weibchen ist das Hirn sehr groß."

„Dann muss ich mich entscheiden zwischen Intelligenz und Potenz?"

„Ja, das ist die sexuelle Selektion. Wir Männer stellen uns der Wahl der Weibchen."

„Ihr sollt um uns kämpfen. Ich mag das."

„Und enden wie Gorillas, 250 Kilogramm schwer mit spitzen Zähne, einem winzigen Penis und zum eifersüchtigen Haremswächter verdammt."

„Wenn du nicht kämpfen willst, musst du uns eben mit einem Pfauenrad beeindrucken."

„Das ist doch zu nichts nütze, nur Optik und risikoreich."

„Diamanten, Aktiendepot, ein großes Appartement und eine Yacht reichen alternativ."

„Was tut ihr denn, um uns zu gefallen. Lippen, Busen, ein charmantes Wesen wären schön."

"Der Kampf um den Sexualpartner bringt also die Schönheit in die Welt?"

„Ja, ohne den würdet ihr hässlich wie Nacktmulle aussehen. Halt jetzt endlich die Klappe."

„Du willst nur das letzte Wort behalten."

„Nein, mich auf die Arbeit konzentrieren."

„Ich dachte, es geht ums Vergnügen."

Diesmal genoss ich unsere Vereinigung als Liebe, ein Wechselspiel beider Körper, kein Sex nur zur Triebbefriedigung. Nicht Eros als Gott blinder Leidenschaft hatte die Hand geführt, sondern Aphrodite als Göttin der Liebe, der Sexualität und Schönheit. Anne hatte sich völlig fallen lassen, sie wollte keine Kontrolle mehr ausüben und dominant sein. Wie bei unserem Laufwettbewerb vor wenigen Stunden, wo sie zuletzt auch nicht mehr meinte, führen zu müssen. Hatte ich unbewusst gleich zweimal die Oberhand behalten und ihr meinen Willen aufgezwungen? Das war nicht im Entferntesten meine Absicht gewesen. Sexualität und Machtfrage gehen zu häufig eine unglückliche Partnerschaft ein, die in Frustration und Hass enden kann. Ich hatte nie das Bedürfnis, andere zu dominieren. Ich wollte nie bewusst ein Alphatier sein, nie der Boss einer Schimpansenhorde. Das wäre mir zu anstrengend. Führer sterben meist in den Stiefeln, selten im Bett. Ihr Adrenalinspiegel ist immer am Anschlag.

Zum zweiten Mal an diesem Nachmittag lagen wir entspannt ineinander verknotet und gingen unseren Gedanken nach. Alle Muskeln schlaff, die Atmung ruhig, es herrschte Frieden. Die Sonne ging allmählich unter und zauberte vibrierende Staubfiguren an die Wände. Der Computer arbeitete längst im Ruhemodus, von Schimmelbusch war von der Bildfläche verschwunden.

Nun hatte Anne das Bedürfnis zu reden. Mein Gefühl hatte mir schon lange gesagt, dass auch sie eine Geschichte haben musste. Welche Rolle spielte sie im Weingut, wie war ihr Verhältnis zu ihrem Vater? Zu ihrem Bruder?

„Du liegst hier auf meinem Erbe. Als Papa die Nachfolgeregelung gegen mich entschieden hatte, verzichtete ich auf sämtliche Ansprüche. Dafür erhielt ich dieses Penthouse ausgestattet und die Zusatzausbildung in Hohenheim. Seitdem sind meine Eltern und ich quitt. Zwei bis drei Tage im Monat stehe ich noch im Verkauf zur Verfügung und kann auch sonst mithelfen, wann immer ich will. Diese Entwicklung hatte ich nicht gewollt, aber eine Zusammenarbeit mit meinem Vater war nicht möglich. Wir konnten den Generationenkonflikt nicht friedlich lösen, ein unverbesserlicher Macho gegen eine emanzipierte Frau. Ich hatte gehofft, dass ich nach meiner Oenologen-Ausbildung in Geisenheim nach und nach die Verantwortung übernehmen könnte. Leider war unser Verhältnis während meiner Pubertät massiv gestört worden. Dass die Zerstörung irreversibel sein würde, hätte ich nie gedacht. Das lebhafte, freche kleine Mädchen war zur Frau geworden, die den Männern den Kopf verdrehte und alles in großen Mengen trank, nur nicht den eigenen Wein. In der Schule sackte ich dramatisch ab, wurde zweimal von der Polizei heimgebracht. Das volle Programm einer Pubertierenden, die den Aufruhr gegen das Elternhaus probt. Die landete schließlich mit siebzehn bei den Jesuiten in St. Blasien, um dort wenigstens das Abitur zu schaffen und vor allem unter strenger Kontrolle zu sein. Entsorgt auf hohem Niveau. Als Zimmergenossin bekam ich ein zwei Jahre jüngeres Mädchen, mit der ich zunächst eine Zweckgemeinschaft und später die engste Freundschaft aufbauen konnte. Die Freundschaft mit Sandy, die am Samstag leider nicht kommen konnte, hält bis auf den heutigen Tag. Sandy war zierlich, hochintelligent, Französin, ihr Vater Diplomat und alle zwei Jahre in einem anderen Land. Sie war immer dabei, konnte nie Freundschaften aufbauen, war immer entwurzelt. Bis zum Abitur sollte sie die Schule nicht mehr wechseln, so kam sie ins Internat. Sie hatte zwei Klassen übersprungen und war trotzdem immer die beste. Ich war deprimierend schlecht in der Schule, aber extrem lebensfähig und als Leistungsschwimmerin mit einem breiten Kreuz gesegnet. Du blickst so fragend. Ich war viele Jahre in der württembergischen Bestenliste auf den kurzen Strecken im Kraulen, Brustschwimmen und Schmetterling. Das breite Kreuz habe ich behalten. Sandy brachte mich also durchs Abitur, ich sie durchs Leben. Kurz nachdem ich sie kennengelernt hatte, unternahm sie ihren zweiten Selbstmordversuch mit Schlaftabletten. Er scheiterte ebenfalls, weil das ungeliebte Kind zum Glück nur auf sich aufmerksam machen wollte. Von da an nahm ich sie unter meine Fittiche. Sie studierte später in Mainz und Heidelberg, ich in Geisenheim. Wir waren an jedem Wochenende zusammen wie siamesische Zwillinge. Du musst sie unbedingt kennenlernen. Ich versuche das noch am Wochenende zu arrangieren. Ihr werdet euch mögen."

Hier machte sie eine kurze Pause und holte ihren Muskateller aus dem Kühlschrank. Dionysos und Aphrodite gehören zusammen, wie ich gestern gelernt hatte. Dann fuhr sie fort.

„Bei unseren Gesprächen ging es bisher nie um meinen Bruder. Er ist für mich eine tragische Figur. Hochsensibel, super Weinansprache, mäßig in der Schule, aber ein extrem talentierter Pianist, er spielt auf Konzertniveau, und dazu ein Vater, der immer etwas anderes von ihm wollte. Alexander schaffte es in dreißig Jahren nicht, ihm auch nur einmal etwas recht zu machen. Klavierspiel, aber auch meine Geige, beides von Mama protegiert, waren für Papa kein Wert, beim Sport oder beruflich schaffte er es nicht in die Spitze. Seine Technikerausbildung an der Schule in Weinsberg war für Papa weit unter Niveau und zudem mit mäßigen Noten, für die Universität reichte es nicht. Auf der anderen Seite ist er auch kein begnadeter Praktiker wie Peter. Was er gut konnte, wurde nicht akzeptiert, wo er schwach war, das wurde überhöht und von ihm verlangt. Alexander ist in meinen Augen letztendlich im ständigen Kampf um die Anerkennung seines dominanten, herrischen Vaters zerbrochen. Ich konnte bei demselben Vater ausbrechen, mich hat er stärker gemacht. Es war deprimierend ansehen zu müssen, wie Alexander nach Anerkennung schrie. Im Grunde seines Herzens bewundert er ihn auch heute noch, will so sein wie er und verteidigt ihn gegen mich, wann immer ich mir Revolte gestatte. Macht des Vaters, Krankheit des Sohnes. Papa hat nun keinen Betriebsnachfolger, andererseits will er auch nicht abtreten. Er hält sich wohl für unsterblich. Von Schimmelbusch und seine Kirche sollen ihm sicher helfen, das tatsächlich zu werden."

„Welche Rolle spielt der Kerl hier im Betrieb? Ist er der stille Teilhaber, den mein Onkel beim Abendessen erwähnte? Tante Lotte und Alexander reagierten pikiert, als ich in meinem Leichtsinn nach der neuen Firmenstruktur fragte. Er ist häufig hier und parkt sein Auto in der Garage und nicht hier hinten oder auf dem Gästeparkplatz. Hast du einen Überblick über die finanzielle Struktur des Betriebes? Ist er gesund, kann er bei der Rebfläche überhaupt solche Investitionen wie den Kellerumbau oder deine Wohnung stemmen?"

„Zuviel Fragen auf einmal. Papa hat mich nie in seine finanzielle Situation eingeweiht. Wir treffen uns morgen zum Mittagessen im „Ochsen", einverstanden? Dabei können wir mit Adolf reden, dem Vorgänger von Peter. Er ist inzwischen über achtzig, fast blind, aber der letzte, der auch meinen Großvater noch erlebte. Es ist immer nett, mit ihm zu sprechen, er flirtet ständig mit mir und liebt mich wie seinen Augapfel. Als Firmenrente erhält er lebenslänglich ein Viertel Trollinger zum Mittagessen.

Danach besuchen wir meinen allerersten Liebhaber, Michael Merkle, in der Sparkasse. Den vergisst eine Frau nie, auch wenn es eher schlechte Erinnerungen sind. Er kann uns Informationen besorgen über die anderen Anteilseigner und über die finanzielle Lage von Schloss Navalis. Er liebt mich noch immer, seine Frau stirbt vor Eifersucht, wenn auch nur mein Name fällt. Inzwischen recherchiere ich weiter über Doktor Konrad und seine „Kirche zum Heiligen Kreuz".

Meine Sportsachen waren inzwischen gewaschen, Anne hatte sie sogar noch in den Trockner geschoben. „Bis morgen. Und das machen wir nie wieder, ich bin kein Bonobo!"

8. Kapitel: Drittes Interglazial

Als ich schließlich eine Pause machte und meine Zuhörerin herausfordernd anblickte, öffnete sie die Augen und erwiderte meinen Blick. Sie schien innerlich zu strahlen. Meine kleine Frau Doktor saß auf ihrem Stuhl im Schneidersitz, die Beine übereinander verschränkt und die Handflächen nach oben verdreht. Körper und Kopf hielt sie völlig aufrecht. Ihre Schuhe standen neben ihr, das lange, seitlich geschlitzte Kleid fiel bis zum Boden. Auf dem Nachttisch brannte die Kerze. „Ich habe dank einer Mischung aus Yoga und Meditation gelernt, Stress abzubauen. Beim Meditieren konzentriere ich mich ganz auf mich und blende alles andere aus. Diese Technik ermöglicht mir ebenso, mich völlig auf andere Personen einzustellen, zum Beispiel auf Sie."

„Sie sind nicht über meine langweilige Geschichte eingeschlafen? Sie sind einer der wenigen Menschen, die sie kennen."

„Im Gegenteil. Sie ist schon mitten drin spannend und ich bin neugierig auf mehr. Und nebenbei bin ich hinterher schlauer, als zu Beginn. Soll ich sie wörtlich wiederholen? Langsam kommt Dramatik auf. Runners High kann man übrigens auch durch Meditation bekommen, dazu muss man sich nicht die Lunge aus dem Leib rennen. Mit meiner Art geistiger Gymnastik lassen sich ähnliche Hirnreaktionen erzeugen wie durch Laufen. Letztendlich landen wir immer bei unserem Belohnungssystem, dem Striatum, das gehätschelt werden will. Fühlt sich dieser fingerspitzengroße Bereich in unserer Hirnmitte gut", sie zeigte mit dem Finger an ihrem Kopf die Stelle, „egal ob nach Sex, Alkohol, beruflichem Erfolgserlebnis, einem Marathon, Meditieren oder was auch immer, lässt sich das mit Tomografen sichtbar machen und sogar als langfristigen Effekt im Gehirn wiederfinden. Die graue Hirnmasse wird dicker, neue Nervenzellen bilden sich und Hirnwellen wabern verstärkt durch das Gehirn. So entsteht auch Sucht. Aber Sie haben es ja selber erfahren: die Dosis macht das Gift. Entschuldigen Sie mich jetzt bitte, ich muss morgen früh operieren. Darf ich Sie abends wieder heimsuchen, die Kerze ist noch nicht abgebrannt?"

„Ich freue mich drauf, oder ist es mein Belohnungssystem, das sich freut? Gute Nacht."

„Passen Sie auf, dass Sie nicht süchtig werden." Dann war sie weg.

Sie kam spät, ich hatte schon nicht mehr mit ihr gerechnet und war in einen belanglosen Krimi aus der Krankenhausbücherei vertieft, über den ich irgendwann eingeschlafen wäre. Wieder zeigte sie weibliche Wandlungsfähigkeit. Diesmal trug sie einen weitgeschnittenen weißen Leinenanzug, ein rosa Top und leichte Kriegsbemalung, eingerahmt von pechschwarzen Haaren und als Fixpunkt ihre großen dunklen Augen, die alles photographisch abzubilden schienen. Ihr Kleiderschrank musste viel größer sein als meiner. Sie hatte also wieder passende, nicht einengende Kleidung zum Meditieren gewählt, ich bin ja lernfähig. Fehlte noch die Provokation zu Beginn, um mich aus der Reserve zu locken. Dass ich auf sie gewartet hatte, konnte ich ihr natürlich nicht verraten. In ihrer Anwesenheit fühlte ich mich wohl, obwohl sie immer noch eine völlig Unbekannte war. Ich kannte sie gerade seit zwei Tagen. Sie sprang nach einer kurzen Begrüßung auch direkt ins Thema, als wollte sie ihre Verspätung aufholen. „Als Medizinmann kann ich alle anatomischen Unterschiede zwischen Mann und Frau im Detail beschreiben. Sind Sie Willens, mir deren unterschiedliches Verhalten biologisch-steinzeitmäßig zu erklären? Wenn ich meine männlichen Kollegen beobachte, bezweifle ich manchmal, dass die bereits im 21. Jahrhundert angekommen sind. Viele scheinen noch irgendwo im Pleistozän zu stecken."

Sie hatte gestern tatsächlich aufgepasst und, so schätzte ich sie ein, in Fachbüchern geblättert. Jetzt wollte sie garantiert hören, dass im männlichen Schädel der Geist der Steinzeit spukt, dass der Jäger und Weltumsegler in uns sein archaisches Erbe in die Neuzeit konserviert hat und dass wir Statussymbole wie Jagderfolg oder längeren Speer als Zeichen unserer Fitness zur Eroberung der besten Weibchen benötigten. Um eben unsere Gene fortzupflanzen. Nein, den Gefallen wollte ich ihr nicht tun. „Meine Kollegen von der Evolutionspsychologie glauben herausgefunden zu haben, dass Frauen, statt Geld zu verdienen, lieber heiraten. Frauen studieren zudem lieber, was ihnen Spaß macht, Männer suchen das Fach mit dem besten Status und dem höchsten Einkommen. Frauen malochen lieber weniger und gründen kleine, überschaubare Unternehmen. Sie wollen in Wirklichkeit gar nicht ganz nach oben. Männer klotzen dafür, selbst im Scheitern wollen sie die Größten sein. Erfolg schüttet Testosteron aus, das die Risikobereitschaft steigert. Frauen gehen auf Nummer sicher, sie fahren keine „Exxon Valdez" betrunken auf ein Riff."

Ihre großen Augen wirkten jetzt noch größer. „Wenn Sie mir jetzt bitte bestätigen könnten, dass Männer die Statussymbole nur brauchen, um die besten Frauen von sich zu überzeugen. Ein großes Pfauenrad macht sexy und bestätigt unserem Geschlecht beste Gene, die es wert sind, fortgepflanzt zu werden. Der Porsche ersetzt die Keule, die heute aus kulturellen Gründen nicht mehr verwendet werden darf im Kampf mit dem Nebenbuhler."

„Ich bestätige überhaupt nichts. Es ist für mich schon peinlich genug, wie sehr Männchen in der Natur sich bis zur Selbstaufgabe anstrengen, um dem Weibchen zu gefallen und ausgewählt zu werden. Macho ist anders. Wir laufen mit deutlich sichtbaren roten Punkten oder lebensgefährlich dimensionierten Schwänzen durch die Gegend, nur um erhört zu werden. Wir riskieren unser Leben im Kampf um die Frau. In unserer Konsumgesellschaft zeigen wir unser Potenzial durch die Luxusprodukte, die wir uns anschaffen. Sie sind mehr Signal als Gebrauchsgut und wir Männer zum Homo oeconomicus degradiert." Wirklich seriös lässt sich das Thema „Sexuelle Selektion" mit einer intelligenten Frau, die gerne provoziert, nicht diskutieren. Meine Frau Doktor neigte wie eine schwarzhaarige Anne zur Rabulistik, die beim Geschlechterkampf besonders einfach einzusetzen war. Inzwischen hatte sie wieder ihre Meditationsstellung auf dem Stuhl eingenommen, die Kerze brannte leicht rußend. Ihre Augen waren geöffnet, noch wollte sie kämpfen.

„Als bekennender Laie in Sachen Evolution ist mir dennoch bekannt, dass Mann und Frau unterschiedliche Strategien der Fortpflanzung verfolgen. Wir können mit großem Aufwand nur wenige Kinder zur Welt bringen, ihr Männer schafft es mit minimalem Einsatz euren Samen über die ganze Welt verteilen. Wir repräsentieren Klasse, ihr Masse."

„Natürlich, deswegen sucht ihr euch auch die edelsten aus, denen ihr es erlaubt, euch zu erobern. Ein Porsche und eine Penthaus-Wohnung wirken bei dieser Wahl wie ein Katalysator, sie senken die Aktivierungsenergie weit herab. Hinterher erlaubt ihr einem Golffahrer die Kinder aufzuziehen. Rund zehn Prozent des Nachwuchses sind Kuckuckskinder. Dass sich Weibchen selber aktiv ihre Partner suchen, statt sich widerstrebend erobern zu lassen, war zu Zeiten Darwins natürlich skandalös. Schämen Sie sich."

Sie verzog keine Miene, auch als Schauspielerin war sie brauchbar. Innerlich amüsierte sie sich, zumindest ihren leicht geröteten Wangen nach zu urteilen. „Wir sind halt listig, eine ausgeklügelte Doppelstrategie zum Wohle der Menschheit. Was nützt uns ein Adonis mit besten Eigenschaften, der seine Gene ständig woanders verstreut. Das Kind braucht die Sicherheit eines liebevollen Ernährers. Und auf keinen Fall einen Stiefvater, der statistisch gesehen ein vierzigfach höheres Risiko für einen Kindsmord darstellt als der leibliche Vater. Der neue Alphalöwe beseitigt doch auch als erstes alle Jungen des Vorgängers. Männer ertragen eben nichts, was nicht ihre Gene enthält."

„Sie argumentieren wie aus der Steinzeit der Evolutionslehre und lassen den Menschen eiskalt im Pleistozän stehen. In der Evolutionsneuzeit hat man verstanden, dass viele Facetten der menschlichen Psyche erst seit dem Ausklingen der Steinzeit entstanden sind, im Pliozän. Die Evolution hat beim Menschen in den letzten zehntausend Jahren dramatisch an Fahrt aufgenommen. Viele erworbene Eigenschaften der zweieinhalb Millionen Jahre zuvor blieben erhalten, andere veränderten sich aufgrund der Anpassung an die Umwelt blitzschnell. Mit der Erfindung der Landwirtschaft und der Ansiedlung in Städten wurde der Turbo gezündet. Wir lebten in größer werdenden Gruppen eng mit eben erst domestizierten Haustieren zusammen, mussten uns an neue Nahrungsmittel und Krankheitserreger anpassen und blitzschnell lernen, zum Beispiel Laktose zu verdauen, um Milch als Kalorienquelle besonderer Güte zu gewinnen. In den letzten fünftausend Jahren haben sich mindestens sieben Prozent der Gene verändert, unter anderem auch einige, die den Zuckerstoffwechsel im Gehirn steuern. Es ist dadurch leistungsfähiger geworden. Viele Kollegen glauben inzwischen sogar, dass sich das menschliche Gehirn von seinem biologischen Erbe gelöst hat. Es hat sich emanzipiert. Auf jeden Fall haben wir die Geschwindigkeit der Evolution revolutioniert." Ich merkte selber, dass ich wieder zur Spaßbremse geworden war. Man kitzelt auch keinen Evolutionsbiologen unterhalb der Gürtellinie. Sie ließ sich zum Glück nicht entmutigen.

„Trotz allem bin ich überzeugt, der männermordende Kampf um den Chefarztposten dient nur dem Zweck, uns Frauen zu signalisieren: „Ich bin erfolgreich, besitze einen tollen Status und tolle Gene." Das sind doch die Eigenschaften, die in der kleinen, überschaubaren Steinzeithorde von entscheidender Wichtigkeit waren. Ich behaupte, dass evolutionär verdrahtete Motive das männliche Verhalten steuern und entscheiden über euer Sinnen und Trachten. Die Werbung verführt euch durch Ausnutzung dieser Zusammenhänge zu Kaufzwängen, deren Ergebnisse uns Frauen beeindrucken sollen."

„Kaufrausch war für mich bisher ein Privileg des Weiblichen. Wenn ich Sie so argumentieren höre, bekomme ich Sympathie für die Zeiten und Kulturen, wo Väter die Ehepartner zusammenbrachten. Dynastische oder ökonomische Erwägungen ersetzten Schmetterlinge im Bauch oder Brunftspiele. Der Menschheit hat es nicht geschadet, ihre Wachstumsrate in den letzten Jahrhunderten war exorbitant."

„Könnten Sie dabei den segensreichen Einfluss der Medizin betonen? Ohne Menschen wie mich wäre die Lebenserwartung doch weiterhin bei fünfunddreißig Jahren. Danke für Ihre Anerkennung."

„Mit ihrer Hilfe hat die Menschheit zwar nicht die Evolution, aber die Selektion außer Kraft gesetzt. Dank Technik, Medizin, und Zivilisation schützen wir ihn vor den natürlichen Selektionskräften. Wir formen die Umwelt nach unseren Vorstellungen und sind ihr nicht mehr so ausgeliefert. Schwache oder Kranke sind im großen Spiel der Evolution nicht unweigerlich verloren."

„Ist dann mit dem Menschen, dieser „Krone der Schöpfung", die Evolution zu einem Ende gekommen?"

Jetzt war sie ernsthaft geworden. Die Antwort musste seriös sein. „Natürlich nicht. Die Evolution besitzt keinen Endpunkt, sonst hätte sie ja ein Ziel gehabt, auf das sie zuarbeitet. Sie ist blind und zufällig. Jedes Mal, wenn sie die Kassette mit der Geschichte der Evolution zurückspulen, sehen Sie einen völlig anderen Film. Tut mir leid, aber Sie sind ein reines Zufallsprodukt. Dass Sie mit Computertomographen Menschen in feine Scheiben schneiden können, hebt Sie zwar von dem Rest der Lebewesen etwas ab, trotzdem sind sie und ich nur eine Art unter vielen Millionen mit einer begrenzten Daseinsberechtigung und mit dem Wissen, dass die Erde ganz gut auch ohne uns könnte."

Sie nickte zustimmend. „Unser Egoismus lenkt den Blick zu sehr auf den Menschen. Im Krankenhaus werden wir täglich Zeuge der Evolution. Die wahren Herrscher der Erde sind die Bakterien, die uns in jeder Beziehung in die Tasche stecken. Sie vermehren sich bedeutend schneller als wir und beherrschen biochemische Tricks, über die wir nur staunen können. Den Wettkampf gegen zumindest die Krankheitserreger hatten wir eine Zeit lang geglaubt, mit den Antibiotika gewonnen zu haben. Inzwischen existieren gegen fast alle Medikamente bereits Resistenzen, die uns in einem mörderischen Krieg halten. Ich befürchte, dass sie uns auf Dauer überlegen sein werden und besiegt geglaubte Krankheiten wieder zurückkommen."

„Dieser Krieg war seit der Menschwerdung bestimmt durch ein permanentes Wettrüsten zwischen den Angriffen der Krankheitserreger und der sich anpassenden Immunabwehr des Menschen. Es war wie eine Art kriegerische Koexistenz, die immer wieder zu verlorenen Schlachten führte, für die Gesamtheit der Menschen aber in einem Gleichgewicht des Schreckens mündete. Es war nie im Interesse eines Krankheitserregers, sein Opfer gänzlich zu beseitigen. Ohne Wirt ist auch er zum Untergang verurteilt."

„Es baut Ihren geschundenen Körper sicher auf, wenn ich Ihnen verrate, dass die Medizin dabei ist, einen neuen Wissenschaftszweig zu etablieren. Die „medizinische Systembiologie" nützt die Erkenntnisse der Evolution, um Krankheiten besser zu verstehen. Ein Beispiel extra für den Läufer: Unsere Vorfahren, die frohgemut durch die Savanne liefen und schwitzten, um dem Hitzschlag zu entgehen, mussten lernen, mit dem Wasser- und Salzverlust fertigzuwerden. Unser Homo erfand also Hormone, um den Blutdruck unter allen Umständen aufrechtzuerhalten und eine Dehydrierung zu verhindern. Sie halten dazu Salz und Wasser in der Niere zurück und verengen bei Volumenmangel die Gefäße. So weit, so gut, diese aktiven Hormone halfen unter Steinzeitbedingungen zu überleben. Bei der heutigen Lebensweise und hohem Salzkonsum sind sie überaktiviert und führen bei der Hälfte der erwachsenen Bevölkerung zu Bluthochdruck. Die Therapie heißt dann entweder laufen wie in der Steinzeit oder die Wirkung der Hormone mit Medikamenten auszuschalten. Der neue Zweig der Systembiologie verbindet die klassische Medizin mit Methoden der Bioinformatik, der Evolutionslehre und einer neuen Modellbildung. Sie dürfen sich freuen, sogar meine Medizin unterliegt der Evolution."

In diesem Moment ging die Tür leise auf. Schwester Stefanie streckte den Kopf in das Zimmer und machte mit ihren Fingern eine Art Victory-Zeichen, das ich nicht interpretieren konnte. Frau Berger nickte nur kurz, Stefanie war unmittelbar wieder verschwunden. Ich musste irritiert und etwas zornig geschaut haben, sie hatte unsere Intimität gestört. Die feinen Antennen meiner Gesprächspartnerin bemerkten meinen Unmut sofort. „Entschuldigen Sie, das war unhöflich. Stefanie hat mein Auto aus der Werkstatt abgeholt und sollte mir Bescheid geben, wenn es wieder auf dem Parkplatz steht. Eine SMS zu schreiben wird sie nicht mehr lernen. Dafür ist sie als Krankenschwester eine unserer Besten."

Ich ärgerte mich, dass sie mich sofort durchschaut hatte. Warum konnte ich nicht einmal solche Banalitäten unter Kontrolle halten? Ich war wie ein offenes Buch für sie. „Schwester Stefanie schwärmt regelrecht von ihnen. Sie würde alles für Sie tun. Richtig schlau werde ich allerdings nicht aus ihr. Sie scheint mehr erlebt zu haben, als einer Krankenschwester normal passiert. Ihr Gesicht spiegelt viele seelische Verletzungen wider, die aus ihrem früheren Leben stammen müssen. Sie will nach außen burschikos und souverän wirken, unter der harten Schale steckt aber sicher ein verletzlicher Kern."

Ich schaute Frau Berger bewusst fragend an. Sie könnte ruhig auch etwas aus ihrem persönlichen Bereich erzählen. Ihr Gesicht zeigte eine leichte Röte. Weil Stefanie sie laut meiner Aussage so hoch schätzt? „Gut beobachtet. Für Stefanie gibt es ein Leben vor dem Hospital. Es war kein Leben, auf das sie stolz ist. Sie hat aber den Absprung vor einigen Jahren geschafft, wir freuen uns alle darüber."

Ich verstand. Sie wollte die Grenze nicht überschreiten und loyal bleiben. Aber sie kannte ihr früheres Leben. Es stand mir nicht zu, nachzufragen. Sie wiederum spürte, dass ich mit ihrer Antwort nicht zufrieden sein konnte, sie aber respektierte. Andeutungen ohne konkret zu werden hinterlassen ein schales Gefühl. Jetzt begab sie sich in die Meditationsstellung. Die Hände nach oben und den Kopf gerade. Sie schloss die Augen und begann sich auf meine Geschichte einzustimmen. „Gestern haben Sie mir viel über Wein und Weib erzählt. Gesang erwarte ich nicht, aber eine langsam steigende Spannung. Verzeihen Sie bitte noch meine Verspätung, ich arbeite seit einigen Jahren neben meiner Tätigkeit am Hospital federführend in einem Projekt mit, bei dem Prostituierte resozialisiert werden. Wir bieten ihnen die Möglichkeit, in soziale oder medizinische Berufe umzuschulen. Ihnen ist nichts Menschliches fremd, viele eignen sich deshalb hervorragend für Pflegeberufe. Sie können sich vorstellen, welche Mühe es bedeutet, diese Frauen aus der Gosse aufzufangen, sie meist von Drogen und Alkohol loszubringen und an geregelte Arbeit zu gewöhnen. Erfreulicherweise hatten wir in den letzten Jahren einige Erfolge. Dabei bin ich leider aufgehalten worden. Jetzt freue ich mich auf die Fortsetzung Ihrer Geschichte."

Ich hatte ihre Botschaft verstanden, schloss ebenfalls die Augen und begann zu erzählen.

9. Kapitel: Homo neanderthalensis

Mittwoch, 2. Mai 2007

Es war noch dunkel im Zimmer, als ich Annes hochgezüchteten Golf hörte. Sie musste früh in der Redaktion sein, zum Mittagessen wollten wir den alten Adolf treffen, anschließend zur Bank gehen. Für den Abend hatte Tante Lotte geplant, mich mit Pastor Lehmann zusammenzubringen. Der Tag versprach wieder interessant zu werden. Und es blieben noch einige Stunden Zeit, zu laufen. Nach der Trennung von Jenny hatte ich mein Trainingspensum exzessiv gesteigert, das nach der Hochzeit als Opfer an das Eheleben etwas degeneriert war. In wenigen Wochen schaffte ich wieder meinen alten Leistungsstand, eine Marathonzeit um zwei Stunden fünfundvierzig. Ich machte mir keine Illusionen: mein Tun war eine Ersatzbefriedigung durch die Stimulierung des Belohnungssystems, eine Beschäftigungstherapie gegen die dröhnende Langeweile, ein Psychoprogramm an der frischen Luft, wo Glückshormone meine anfängliche Depression drehten und nicht zuletzt erhielt ich viel Selbstbestätigung durch die guten Platzierungen bei Wettkämpfen. Ich brauchte zur Trauerarbeit weder Alkohol noch Psychiater. Laufen hatte ausreichend Heilkraft gegen alle Arten des Verlassenwerdens.

Um beim Trollinger-Marathon in Heilbronn befriedigend mitzulaufen, musste ich meine Schlagzahlen steigern. Die Ausdauer war ausreichend, es fehlte noch an Geschwindigkeit. Die wollte ich heute trainieren. Fünf mal vier Kilometer in jeweils einer viertel Stunde, dazwischen ausgiebige Pausen. Zum Abschluss mehrere Sprints über hundert Meter. Morgen wieder leichtes Ausdauerprogramm, zwanzig Kilometer langsam, zur Regeneration. Am Freitag Ruhetag wegen meiner Fahrt nach Leipzig, dafür Samstag der Dauerlauf über fünfunddreißig Kilometer. Nächste Woche wieder die Mischung aus Ausdauer, Tempo und langem Lauf. Die Zielzeit sollte drei Stunden minus x sein, x größer zehn Minuten. Wieder ertappte ich mich dabei, dass ich unbedingt ein Ziel vor Augen brauchte, um engagiert und konzentriert zu arbeiten. Es war wohl mein bisheriges Erfolgsgeheimnis im Sport und in der Wissenschaft, immer herausfordernde Ziele zu setzen. Eine Zeit von zwei Stunden fünfundvierzig beim New York-Marathon, drei bis vier wissenschaftliche Veröffentlichungen bis Jahresende und mindestens zwei Vorträge bei internationalen Kongressen. Ich hatte mich immer durch meine Ziele definiert, das war meine Art der Automotivation, und mehr als einmal plumpe Motivationsversuche meiner Vorgesetzten abgewürgt. Es genügte, mich nicht zu demotivieren. Warum kapieren Vorgesetzte das nicht? Im Privatleben waren meine Ziele nie so klar. Die Nähe zu anderen Menschen verlangt Kompromisse, harte Ziele werden weich und fallen oft genug um. Seit Jennys Flucht hatte ich mir gar keine privaten Ziele mehr gesetzt.

Pünktlich um zwölf stand ich vor dem „Ochsen", einem alten, herrschaftlichen Fachwerkbau mit dominierender Steintreppe am Eingang und steilem Giebel, der sich über drei Stockwerke nach oben zog. Ich musste wieder an einen Satz von Papa denken, der sicher schon zwanzig Jahren alt war: „Wenn du in einem fremden Dorf etwas essen willst, geh in den „Ochsen" Es ist meist das älteste Restaurant am Ort. Der Name verpflichtet, du wirst selten enttäuscht." Die wuchtigen Holzbalken waren intensiv schwarz gestrichen und kontrastierten stark mit dem fast schon grellen weißen Putz. An den Fenstern in den oberen Geschossen hingen frisch bepflanzte Blumenkästen. Auch hier war die Natur auf dem Sprung. Neben dem Eingang sah ich eine Kupferlatte, auf der Hochwassermarken eingraviert waren aus Zeiten, als der Neckar noch nicht gezähmt war und regelmäßig Ausbrüche wagte. Die höchste Marke reichte in die Höhe der Eingangstür, mindestens zwei Meter über dem Boden, der seinerseits mindesten fünf Meter über dem normalen Wasserpegel lag. Der träge Fluss musste sich in einen riesigen See verwandelt haben, der die gesamte Ebene auf der anderen Seite meterhoch unter Wasser setzte. Inzwischen war er gezähmt, die jüngste Marke stammte aus den siebziger Jahren und belegte über vierzig Jahre Unterordnung. Meine Eltern hatten mir oft von Überschwemmungen in Heilbronn erzählt, selber hatte ich keine mehr erlebt. Die Natur war schon vor meiner Zeit ins Korsett gezwungen worden.

Anne und Adolf warteten bereits auf mich. Sie saßen in einem niedrigen und mit dunklem Holz verkleideten kleinen Nebenzimmer, wie geschaffen für eine konspirative Sitzung. Adolfs faltige Hand ruhte in der von Anne. Wie die Enkelin mit ihrem geliebten Opa, der so viele Jahre ihrer Entwicklung begleitet hatte. Der verknitterte, schmächtige Alte schien in seinem Leben viel und hauptsächlich körperlich gearbeitet zu haben, er wirkte verbraucht und müde. Dabei strahlte er eine Ruhe und Zufriedenheit aus, wie es wohl nur im Rückblick auf ein ausgefülltes Leben möglich ist. Er ruhte in sich. Zur Feier des Tages hatte er ein braunes Jackett angezogen, das ihm viel zu groß über die Schultern hing. Kleider schrumpfen mit dem Alter nicht. Obwohl über achtzig, besaß er noch volles Haar, schlohweiß zwar, aber dicht und dick, wie ich es mir auch bei Gabor einmal vorstellen konnte. Mehrere Zahnlücken zeigten, dass er für sein Gebiss kein Geld übrig hatte. Am auffälligsten waren seine Ohren. Von Hause aus groß, ragten sie riesig aus dem geschrumpften Kopf, wie beim Afrikanischen Elefanten, zwei Segel ohne Funktion. Sein Schnurrbart hing über den Mund, wie beim Walross, und verlieh einen Hauch von Aufmüpfigkeit. Er war mir auf Anhieb sympathisch. Anne stellte mich kurz vor, er erinnerte sich an mich genau so wenig wie ich mich an ihn trotz zahlreicher früherer Besuche zusammen mit meinen Eltern. Ich wusste, dass er so gut wie blind war und verstand deshalb seinen starren, leblosen Blick. Er sah mit seinen riesigen Ohren und war ein perfekter Zuhörer. Anne erzählte ihm über sich, er hatte sie über ein Jahr nicht mehr gesehen, sie bestellte Essen und Getränke für alle, ließ ein paar nebensächliche Worte über mich fallen und kam langsam auf das Thema zu sprechen.

Sie sei jetzt Redakteurin bei der Stuttgarter Zeitung. Ein Hobby von ihr wäre es, die Geschichte von bedeutenden lokalen Gebäuden zu schreiben, zum Beispiel die des „Ochsen", der Genossenschaft, des Rathauses oder auch von Schloss Navalis. In deren Historie spiegele sich die Geschichte der Region, der tragenden Persönlichkeiten und der jeweiligen Zeit. Sie habe mit Entsetzen erkannt, dass ausgerechnet im elterlichen Weingut fast keine schriftlichen Informationen existierten und er als letzter Zeitzeuge zum Glück noch am Leben war. Es wäre eine historische Verpflichtung, ihn über die geschichtslosen Jahre seit dem Kauf des Schlosses durch ihren Großvater zu befragen. Nur er könne noch Licht in dieses finstere Zeitalter bringen, wo alle Dokumente doch verloren gegangen seien. Sie wäre ihm dankbar, wenn er etwas über die Zeit erzählen könne.

Anne beherrschte alle Tricks der Verführung, auch bei älteren Herrschaften. Sie hatte immer wieder mit ihm angestoßen, seine Hand gestreichelt, ihn für seinen Einsatz weit über das normale Rentenalter hinaus gelobt und zum Schluss einen Kuss auf seine Wange gesetzt. Er hatte keine Chance, auszuweichen. Dafür bekam er die Möglichkeit, im Mittelpunkt zu stehen, ernstgenommen und gehört zu werden. Einen Moment schien er trotzdem zu überlegen, ob er antworten sollte. Dann gab er sich einen Ruck und begann zu reden. Er redete wie ein Wasserfall, der die ganze Zeit blockiert war und jetzt den Weg über die Klippe freigekämpft hatte. Wie wenn er an der Schwelle des Todes sein

Gewissen reinigen wollte und geradezu auf diese Gelegenheit gewartet hatte.

„Du weißt ja, dass ich nichts mehr richtig sehen kann. Das Alter fordert seinen Tribut. Mein Augenarzt redet von Makuladegeneration, er hat einen gelehrten Namen für meine Krankheit, aber keine Medizin dagegen. Er sagt, dass bei mir durch Absterben der Netzhautzellen die Sehfähigkeit im zentralen Gesichtsfeld beeinträchtigt ist, aber das verharmlost meine Krankheit nur. Bis vor kurzem konnte ich meine Armbanduhr zwar noch sehen, sie aber nicht mehr lesen. Inzwischen schaffe ich sogar das nicht mehr. Ich sehe nur noch hell und dunkel. Aber lass´ mich nicht jammern, Du hast eine Frage gestellt, vielleicht ist ein alter Mann doch noch zu etwas nütze."

Er nahm einen kräftigen Schluck aus seinem Glas wischte sich mit seiner Serviette umständlich den Mund ab. Mehr Zeit zum Nachdenken benötigte er nicht. „Meine erste Begegnung mit deinem Großvater hatte ich Ende März 1945. Er war eine faszinierende Erscheinung in den besten Jahren, Mitte vierzig, groß und drahtig, blaue Augen und mittelblonde Haare. Ein Paradearier, gewohnt zu befehlen und keinen Widerspruch zu dulden. Sein Wort war Gesetz. Ein Herrenmensch eben. Ich war damals zweiundzwanzig Jahre alt und mit meiner SS-Einheit zwei Tage zuvor auf Schloss Navalis eingerückt. Meine Gruppe bestand noch aus zwanzig Mann, zum Teil verwundet, der Rest war in den vielen Rückzugsgefechten seit der Invasion der Normandie Mitte 1944 gefallen. Die Halbwertzeit von jungen Soldaten lag damals bei wenigen Wochen, ich hatte viel Glück gehabt. Ich war neben zwei Offizieren als unsere Befehlshaber der Älteste. Beide waren linientreue Nazis mit einem strengen militärischen Ehrenkodex und brutale, aber äußerst tapfere Soldaten."

Während er redete und gerade nach vorne blickte, konnte ich sein dürres, faltiges Gesicht im Profil genauer betrachten. Zum ersten Mal in meinem Leben hörte ich einen Landser über

Kriegserlebnisse reden. So musste es sich angehört haben, als mein eigener Großvater von seinen Erlebnissen in Russland erzählte. Seine graue Haut rötete sich immer mehr, kleine Flecken auf den Wangen zeigten, dass Erinnerungen und Emotionen aus der Tiefe des Gedächtnisses hervorgeholt wurden. Er würde in Kürze wieder im Jahr 1945 auf Schloss Navalis sein. Welche Rolle würde er einnehmen? Die des Helden, wie die meisten Landser, bei denen der Krieg nur verlorengegangen war wegen der Unfähigkeit der politischen Führung? Und die alle Erzählungen um ihre eigenen Heldentaten herum aufbauten. Oder war er zerbrochen wie so viele andere und sah sich nur als Opfer? Das glaubte ich bei ihm nicht.

„Der Krieg war praktisch verloren, jeder wusste es, doch schon dieses Wissen zu äußern war tödlich. Die Amerikaner standen wenige Tage vor dem Neckar, er sollte wie der Rhein oder die Elbe besonders verteidigt werden, obwohl fünf Wochen vor Kriegsende bereits alles in Auflösung begriffen war. Wir besaßen eine der wenigen noch einsatzfähigen „Schweren Granatwerfer 42", Kaliber acht Zentimeter, den wir gut getarnt auf dem mittleren Turm der Neckarmauer verstaut hatten. Wir konnten mit dem Ding unheimlich schnell schießen und die dreieinhalb Kilogramm schweren Granaten reichten rund fünf Kilometer weit. Auf dem Rückzug brachten wir den Amerikanern damit große Verluste bei. Wir waren ständig in Bewegung und mussten fast jeden Tag kämpfen. Einmal erinnere ich mich, es war zwei Tage nach der Landung der Alliierten…Nein, das hat nichts mit deiner Frage zu tun, Anne, ich schweife ab. Ich hatte jedenfalls den Eindruck, dass die restliche verfügbare Munition des gesamten Dritten Reiches allein uns zur Verfügung stand. Wir waren bestens bestückt mit Granaten, Handgranaten und Gewehrmunition, alles für ein letztes Feuerwerk, um die neue Zeit zu begrüßen. Die beiden Offiziere bereiteten uns auf den bevorstehenden Endkampf mit den Amerikanern vor, für den Führer, bis zur letzten Granate. Verbrannte Erde nach einem verkorksten Leben. Lieber im Kampf fallen als mit der Schande einer totalen Niederlage weiterleben zu müssen. Als Untergebene blieb uns nichts anderes übrig, als mitzumachen, wir wurden nicht gefragt und trauten uns nicht zu desertieren. An den Bäumen hingen schon viele unserer Kameraden. An einen weiteren Rückzug glaubten wir alle nicht mehr, wohin auch? Beide Offiziere, da war ich mir sicher, mussten wegen zahlreicher Strafaktionen gegen die eigene Bevölkerung damit rechnen, als Kriegsverbrecher hingerichtet zu werden. Sie waren selbst noch in den letzten Kriegstagen an Erschießungen von Deserteuren, Kollaborateuren, Wehrkraftzersetzern und was die Nazis sonst noch alles als Volksschädlinge bezeichneten, beteiligt. Je schlechter die Situation, desto brutaler die Strafjustiz. Ich hatte den Eindruck, sie wollten möglichst viele andere mit in den Tod reißen. Unwertes Leben eben, das den Krieg verloren und ein Lebensrecht verwirkt hat. Diese Perversität ist mir erst später bewusst geworden, auf Schloss Navalis waren wir gefangen im militärischen Gehorsam und funktionierten, ohne zu denken. Wenn du monatelang auf dem Rückzug und nie ausgeschlafen bist, rechts und links neben dir die Kameraden im Dutzend verrecken siehst, dann denkst du nicht mehr, du funktionierst nur noch und hoffst, irgendwie zu überleben. Kurze Zeit später war der Krieg zu Ende, wir wären alle kurz vor der Ziellinie sinnlos krepiert."

Er hatte den Absprung gerade noch geschafft und war nicht in den Heldenmodus gerutscht. Anne schaute mich von der Seite an, sie empfand es genauso. Sie prostete Adolf zu und ermunterte ihn, weiter über ihren Großvater zu reden.

„Dein Großvater war ein bekannter und bekennender Nazi, der mit den beiden Offizieren kräftig soff und sie einwickelte, bis er ihre Absichten kannte und sie ihr Misstrauen verloren hatten. Ab einem bestimmten Zeitpunkt war ihm klargeworden, dass er sich zwischen dem Überleben des Schlosses und seiner politischen Einstellung entscheiden musste. Ein Einsatz der Kanone, jeder Gebrauch von Schusswaffen, der geringste Ansatz von Verteidigung mit Waffen, hätten die völlige Zerstörung bedeutet, das wussten wir alle. Die Lufthoheit der Amerikaner war derart erdrückend, dass uns und das Schloss nur ein Heldentod erwarten konnte. Eines Abends, es war unser dritter Tag auf Navalis, wollte dein Großvater unbemerkt mit mir reden. Wir trafen uns heimlich in der Brennerei neben dem Tor, wo heute die große Holzpresse steht. Er wusste, dass ich aus der Nähe stammte und appellierte an meinen Patriotismus. Ich sollte ihm helfen, die Dörfer der Umgebung und das Schloss zu retten. Er erzählte von Bürgermeistern, die ihren Ort entgegen aller Vorschriften kampflos und dadurch unzerstört übergeben hatten. Viele Unschuldige seien dadurch gerettet worden. Deutschland würde zum Wiederaufbau junge Menschen wie mich benötigen. Kampf wäre das Ende für alle, die Amerikaner würden nicht differenzieren. Wer jetzt noch einen sinnlos gewordenen Krieg fortführe, sei der wahre Vaterlandsverräter. Ab jetzt sei die Zukunft Deutschlands wichtiger als die Soldatenehre. Er schilderte mir seinen Plan. Als ich ohne lange Überlegung zustimmte, merkte ich, wie er seine Pistole in der Jackentasche wieder sicherte. Er hätte mich sofort erschossen, wenn ich abgelehnt hätte.

Es musste alles sehr schnell gehen, die Vorhut der Amerikaner würde in wenigen Stunden am Neckar stehen. Dein Großvater lockte die beiden angetrunkenen Offiziere in den Keller und erschoss sie mit derselben Pistole, die er für mich bereitgehalten hatte, direkt vor dem großen Fass. Die Soldaten ruhten in den Gesinderäumen, einige tranken in der Weinstube. Es war ihre Henkersmahlzeit. Statt bei der Kanone stand ich Wache am Eingang und hörte nur zweimal zwei dumpf bellende Schüsse. Die beiden wurden hingerichtet, wie sie selber so oft hingerichtet hatten, nur ohne Vorwarnung, nicht einmal Todesangst konnten sie bekommen. Ihre unzähligen Opfer hätten ihnen diese Angst, die den Schließmuskel öffnet und das Hirn schließlich lähmt, von Herzen gegönnt. Die beiden letzten Schüsse waren Fangschüsse, wie der Genickschuss bei Massenexekutionen, wenn ein Opfer im Graben noch zuckte. Ich hatte das oft mit ansehen müssen. Wir verfrachteten die Leichen in ihren stark verbeulten Kübelwagen, ich fuhr ihn an den Neckar unterhalb des Schlosses. Dort war eine kleine Bootsanlegestelle, die ich wie eine Rampe benutzen konnte. Der Wagen mit den beiden versank langsam und gurgelnd, ich schwamm die paar Meter durch das eiskalte Wasser ans Ufer und rannte über die Weinberge ins Schloss zurück. Dein Großvater hatte inzwischen den Soldaten von der Flucht der Offiziere erzählt und sie mit seiner Autorität als Nazi-Größe aufgefordert, sich ebenfalls in Sicherheit zu bringen. Wenn schon die Führer flüchten, sollte auch ihnen das Leben wichtiger sein als jede Ideologie. Wir blieben allein zurück. Die Munition schafften wir in den Keller, machten die Kanone unbrauchbar, warfen die Einzelteile den Steilhang hinunter und hissten auf dem Schloss die weiße Fahne.

Bereits am anderen Morgen marschierten die Amerikaner in den Orten der Umgebung ein. Das Schloss diente mehrere Monate als Unterkunft für ein Nachrichtenbataillon. Dein Großvater schaffte es dank seiner Beziehungen und vieler Flaschen Wein als Schmiermittel, lediglich Mitläufer gewesen zu sein und Anfang 1946 ging die Arbeit normal weiter. Seit der Zeit war ich Mitarbeiter im Weingut, bis mich Peter vor zehn Jahren ablöste. Dein Großvater und ich waren ein Gespann, das sich blind und auf Zuruf verstand, aber immer Herr und Knecht. Die gemeinsame Geschichte hatte uns zusammengeschweißt, obwohl wir nie mehr darüber redeten. Das Thema war tabu, für mich bis heute. Zum Glück war auch mit deinem Vater, Anne, eine so enge Zusammenarbeit möglich. Er war noch ein kleiner Junge, als die Geschichte passierte, fünf oder sechs Jahre alt und auf

Kinderlandverschickung irgendwo in Bayern, zusammen mit seiner Mutter. Nachdem sein älterer Bruder nicht mehr aus dem Krieg zurückkam, musste er später den Betrieb allein weiterführen. Über deinen Onkel erfuhren wir lediglich, dass er in den letzten Kriegsmonaten auf dem Rückzug in Polen umgekommen ist, zerfetzt von einer Granate. Er war gerade neunzehn Jahre, galt zunächst als vermisst und wurde später für tot erklärt. Einige Äußerungen deines Vaters später ließen mich vermuten, dass er die Geschichte mit der SS-Einheit kannte, genau wie du jetzt."

Anne wirkte sehr nachdenklich. Die Geschichte ihres elterlichen Betriebes war mit Blut geschrieben. Hatte sie ein moralisches Dilemma? Ihr Großvater hatte über zwei Menschen Richter auf Leben und Tod gespielt, aber um viel mehr Menschen zu retten und gravierende Zerstörungen zu verhindern. Er war in einer klassischen Zwickmühle gefangen gewesen. Wissenschaftler versuchen heute anhand derartiger Dilemmata die Herkunft der menschlichen Moral zu verstehen. Unabhängig vom kulturellen Hintergrund fanden sie vergleichbare Antworten auf zwei Arten von Fragen:

„Stellen Sie sich vor, ein außer Kontrolle geratener Zug rast auf eine fünfköpfige Gruppe von Arbeitern zu und würde sie sicher töten. Sie hätten die Möglichkeit, eine Weiche umzuleiten und den Zug auf ein Nebengleis zu führen, wo nur ein Arbeiter zu Tode kommen würde. Würden sie die Weiche umlegen?" oder, zweite Frage:

„Stellen Sie sich vor, sie könnten den Zug vor dem Aufprall auf die Arbeiter nur anhalten, indem Sie einen extrem schweren Menschen von einer Brücke auf das Gleis stoßen und diesen als Prellbock einsetzen. Würden Sie den Mann hinunterstoßen?"

In beiden Fällen wird eine ähnliche Situation geschildert. Einen Menschen opfern für das Überleben von mehreren. Frage eins wird überwiegend und in allen Ländern nach einer Kosten-Nutzen-Abwägung beantwortet. Fünf Menschen sind mehr als einer, ich lege die Weiche um. Bei Frage zwei ist es umgekehrt. Menschen haben Hemmungen, sich aktiv an einem anderen zu vergehen. Sie empfinden ihr Tun nicht als opfern, sondern töten. Nur ein kleiner Prozentsatz der Befragten stößt den Schwergewichtigen nach unten. Annes Großvater hatte sich klar entschieden und sogar zwei Menschen hinuntergestoßen. Ich konnte ihm keinen Vorwurf machen, genauso wenig wie Adolf. Theoretisch hätte ich ebenfalls so gehandelt. Eine juristische Bewertung wollte ich mir ersparen, insbesondere nach einer so langen Zeit. Zum Glück hat mir das Schicksal einen derartigen Zwiespalt bisher erspart, hoffentlich würde ich nie in eine Situation geraten, die solche Entscheidungen erzwingt.

Einige Minuten herrschte Stille am Tisch. Anne und ich nippten am Glas, Adolf langte kräftig zu. „Ich bin dir sehr dankbar, dass du so offen geredet hast. Was mein Großvater mit deiner Hilfe getan hat, war im Sinne zahlloser unschuldiger Menschen. Ihr seid beide in meinen Augen Helden, denen die gesamte Gegend dankbar sein müsste. Ohne dich würde es wahrscheinlich unser Weingut nicht mehr geben. Und keiner hier weiß darüber Bescheid, wie knapp alle einer Katastrophe entronnen sind. Es spricht für dich, wie du die traurige Geschichte erzählt hast. Alle meine bisherigen Gespräche mit ehemaligen Landsern liefen nach einem gänzlich anderen Muster ab. Sie waren jeder für sich ein Held, der in schwieriger Zeit die Fahne des Anstands und der Moral aufrecht gehalten hatte. Verbrecher waren immer die anderen. Du hast diese Art der Selbstrechtfertigung nicht nötig, dein Seelenheil hängt nicht an einem Selbstbetrug, den viele nach einigen Wiederholungen schließlich selber glauben. Wahrscheinlich sind sich die alten Kämpfer ihrer Lebenslüge gar nicht mehr bewusst."

Anne schauspielert nicht, soweit kannte ich sie inzwischen. Auch das Schloss hatte seine Sternstunde erlebt, wo eine einzige Tat, eine Entscheidung die Zukunft in diese oder jene Richtung verschob. Am Abgrund stehend wurde gerade noch rechtzeitig umgedreht und auf sicherem Gelände eine Erfolgsgeschichte begonnen, die uns hier in den „Ochsen" führte, um sie besser zu verstehen. Eine Frage konnte ich mir nicht verkneifen, bisher hatte ich nur schweigender Statist gespielt. „Was ist denn mit der Kanone und der vielen Munition geschehen. Haben sie die Amerikaner mitgenommen oder ist alles womöglich noch im Keller vergraben? Leben wir auf einer Zeitbombe?"

Zum ersten Mal wandte sich Adolf direkt an mich, er schien mich vergessen zu haben. „Ich weiß es nicht wirklich. Als meine Kameraden verschwunden waren, hatten wir alles in den Keller geschafft. Es war eine Heidenarbeit für zwei übermüdete Männer, eine Kiste mit Handgranaten, eine mit Munition für unsere Gewehre, vor allem aber die großen mit den Mörsergranaten. Oben sollte nichts mehr zu finden sein, wenn die Amerikaner eintreffen. Wir wussten von anderen Einmärschen, dass die Kampftruppen nur oberflächlich kontrollierten und nach Bewaffneten suchten. Sie wollten schnell weiter. Als schließlich sämtliche Spuren einer Anwesenheit von SS-Truppen beseitigt, Blut und Hirnfetzen der Nazis weggewischt waren, meine Uniform im Kamin brannte und ich Zivilkleidung trug, konnten wir alles so verstecken, damit auch im Falle einer länger dauernden Besetzung nichts gefunden würde. Es kam uns überhaupt nicht in den Sinn, die Munition zu übergeben. Das hätte nur zu Unannehmlichkeiten und lästigen Fragen geführt. Wer wusste in dieser elenden Zeit schon, wofür die Dinge noch gut sein konnten. Annes Großvater entschied sich für das große Fass als Versteck, dort war ausreichend Platz für alles. Es war zu der Zeit mit Schwefelwasser gefüllt, das wir zuerst ablassen mussten. Die kleinen Kisten passten gut durch die Fasstür, die großen erst, nachdem wir die Kanten abgehobelt hatten. Wir errichteten im Inneren ein Holzgerüst, auf das wir die Kisten stellten. Danach wurde das Fass wieder verschlossen und soweit mit Wasser gefüllt, dass sich die Munition noch im Trockenen befand. Niemand konnte erkennen, dass es nur zum Teil gefüllt war und ein explosives Geheimnis barg. Leider bekamen die Amerikaner heraus, dass ich zur Waffen-SS gehört hatte. Ich wurde für einige Monate auf der Frankenbacher Höhe bei Heilbronn interniert und kam erst Ende 1945 wieder frei, ebenfalls als Mitläufer. Was in der Zwischenzeit mit der Munition geschehen ist, weiß ich nicht. Wir haben niemals mehr über die Tage im März geredet. Sicher hat sie Annes Großvater entsorgt, als er es gefahrlos konnte. Wer sitzt schon gerne auf einer Bombe?"

Wieder hatte er emotionslos und präzise berichtet. Und schon wieder spielte das Prunkfass eine entscheidende Rolle. Peters Schilderungen und nun Adolfs Bericht, die elektronische Sicherung, das Kreuz. Gab es noch mehr Geheimnisse oder Geschichten? Anne drängte zum Aufbruch, Merkle warte. Er sei nur eine Stunde allein, in der er ohne dumme Fragen seines Vorgesetzten reden konnte. Sie übernahm die Rechnung, spendierte Adolf noch ein Glas Trollinger und verabschiedete sich mit einem dicken Kuss. Sein Gesicht strahlte, als er die junge Frau umarmen durfte, die viel kräftiger war als er. Wir wollten uns nächste Woche nochmals hier treffen, um mehr über die Zeit bis zum Tod des Großvaters zu erfahren.

Michael Merkle erwartete uns bereits in seinem schmucklosen Büro in einem ebenso schmucklosen Bankgebäude, das den Charme der sechziger Jahre versprühte und allmählich renoviert gehörte. Alles quadratisch, nur rechte Winkel. Bei meinem letzten Besuch hatte ich keinen Blick für solche Details gehabt, da war ich noch viel zu sehr mit mir selber beschäftigt. Er trug wieder den Bankereinheitslook, dunkler Anzug, weißes Hemd und langweilige Krawatte, nur nichts Karriereschädliches. Anne und er begrüßten sich mit Küsschen und er kam gleich zur Sache. Seine Blicke machten die Eifersucht seiner Frau plausibel. Wenn

Anne nur wollte, würde er sie sofort stehen lassen wie abgestandenes Bier.

„In einer Stunde ist Weber wieder zurück. Er sollte euch nicht zusammen bei mir sehen. Alles was mit Schloss Navalis zu tun hat, betreut er in geheimer Kommandosache allein. Seit einer Stunde glaube ich auch zu wissen, warum. Die Unterlagen, Verträge, Bilanzen, Briefwechsel und so weiter bewahrt er alle in seinem Büro auf. Der Zugang zu den Bankkonten ist durch ein Passwort gesichert, das nur er kennt. Das ist zunächst nicht ungewöhnlich, Zugänge zu Konten sind hierarchisch gestaffelt. Es soll nicht jeder kleine Lehrling Zugang zu Interna von großen Kunden bekommen. Dass ich als Stellvertreter auch geblockt war, ist mir heute zum ersten Male bewusst geworden. Damit hat der Alte, der zwar nur Filialleiter ist, sich aber gerne mit Herr Direktor anreden lässt, meine Neugierde richtig geweckt. Er ist bekennender PC-Legastheniker, der mich ständig braucht, wenn sein System wieder abgestürzt ist. Ich bin deshalb häufig in seinem Büro. Die IT-Abteilung in der Zentrale verlangt alle acht Wochen eine Änderung des Passwortes, das er sich jedes Mal auf einem Zettel notiert, weil er sich solche komplizierten Dinge nicht merken kann, und den er in seinem Schreibtisch deponiert. Sein Büro war wie immer unverschlossen, in der Mittagspause konnte ich mich umsehen, ohne dass Frau Robert im Vorzimmer etwas davon mitbekam. Ich wollte sie nicht in Verlegenheit bringen. Was ich herausbekommen habe, dürfte euch überraschen."

Anne unterbrach ihn. „Du bist ein echter Freund. Verlasse dich darauf, niemand erfährt von unserem Gespräch. Du verstehst aber, dass die kleine Tochter gerne wissen möchte, was ihr Herr Vater einmal zu vererben gedenkt. Bin ich dann eine reiche Frau oder Großschuldnerin. Als Oenologin verstehe ich leider viel zu wenig von wirtschaftlichen Dingen und brauche gute Berater. Danke für deine Hilfe."

Die Kröte spielte diesmal die unbedarfte Blondine, die nichts versteht und Unterstützung braucht. Sich kleinmachen, den Gesprächspartner damit aufwerten. Merkle schien nicht zu merken, dass er von der „femme fatale" um den Finger gewickelt wurde. Er fühlte sich geschmeichelt, Anne pflegte sein bedürftiges Ego und ließ ihn sich wichtig fühlen. Allein ihr Blick musste ihn aufbauen. Sie hatte zu Recht die Beziehung mit ihm beendet. Fachlich bestimmt top, schien er charakterlich sehr ungefestigt zu sein und sägte intensiv an Webers Stuhl, den er verachtete. Ob der die letzten Jahre bis zu seiner Verrentung überlebt? Wieder kam ich mir nach seiner Einleitung wie in einer konspirativen Sitzung vor.

„Vor vier Jahren war der Betrieb praktisch pleite. Die Bankverbindlichkeiten waren viel höher als der Umsatz. Er hätte wegen Überschuldung in die Insolvenz gehen müssen." Er zeigte auf ein Blatt Papier mit unendlich vielen von Hand aufgeschriebenen Zahlen. Ein Zahlenmensch wie Stephaut, nur Hierarchiestufen niedriger. „Der Umsatz ist die Jahre über ziemlich konstant geblieben. Zwischen vier und viereinhalb Millionen Euro, je nach Jahrgang. Das ist in der Weinbranche normal, ebenso ein derartiger Umsatz bei etwas über zweiundvierzig Hektar Rebfläche. Ein Hektarerlös von 100.000 Euro ist sogar Spitze, nur wenige Topgüter schaffen mehr. So weit so gut. Was nicht dazu passt, ist die Kostensituation. Der Unterhalt des Schlosses frisst Unmengen Geld. Allein zwei Handwerker ganzjährig, dazu ein Gärtner und die Kleinigkeit von 40.000 bis 60.000 Liter Heizöl. Jedes Jahr zusätzlich Reparaturkosten von über 100.000 Euro. Die Gestehungskosten je Liter Wein sind exorbitant hoch, sie liegen bei rund sechs Euro, fast die Hälfte davon für die Traubenerzeugung. Das ist ein Spitzenwert in Deutschland. Steillagen waren noch nie billig. Andere Betriebe halten sich einige Hektar aus Prestigegründen, die Masse der Weine stammt aus Flachlagen. Mit einer Mischkalkulation können sie profitabel leben. Bis 1999 hielten sich die Verbindlichkeiten trotzdem in Grenzen, seit der Zeit müssen jedes Jahr dramatisch steigende Zinsen und eine hohe Tilgung erwirtschaftet werden. In dem Jahr war eine Dachsanierung fällig für die Kleinigkeit von 575.000 Euro, alles kreditfinanziert. Frauen und Dächer sind das Elend der Schlossbesitzer, alle Adligen kennen den Satz spätestens nach der ersten Scheidung. Im Jahr darauf kostete die Reparatur der Mauern im Käsberg nochmals eine halbe Million, die Neuanlage im „Felsengarten" 240.000, und wieder alles kreditfinanziert. Sparen in anderen Bereichen war ebenfalls nicht angesagt, alle Kostenpositionen stiegen regelmäßig um fünf bis zehn Prozent pro Jahr. Niemand ist auf die Kostenbremse getreten. Navalis war in einer wirtschaftlichen Abwärtsspirale, die aus Ignoranz oder Arroganz nicht zur Kenntnis genommen wurde und keiner etwas dagegen unternahm. Es reicht eben nicht, nur ein super Verkäufer zu sein. Der Absturz von Navalis war lehrbuchgerecht, er könnte als Modell für angehende Berater von BCG, ADL oder McKinsey dienen oder wie die teuren Lackaffen in ihren Einheitsanzügen sonst noch heißen. Im Jahr 2002 schließlich waren mehr Verbindlichkeiten als Umsatz im Zahlenwerk, allein die Kreditzinsen beliefen sich auf dreihunderttausend Euro im Jahr, das Girokonto war mit fast hunderttausend überzogen, immerhin bei 13,5% Zinsen. Der helle Wahnsinn. Weber hätte schon längst die Reißleine ziehen müssen und nicht immer noch gutes Geld schlechtem nachwerfen. Oder eine vernünftige betriebswirtschaftliche Beratung durchführen. Wenn zu diesem Zeitpunkt unsere Innenrevision schärfer geprüft hätte, wäre er mitsamt dem Weingut in Schwierigkeiten geraten. Und das, obwohl mit dem Schloss an sich und mit den Weinbergen ausreichende Werte dagegen standen. Die Schulden waren besichert, was fehlte war eine Perspektive für die nachhaltige Entwicklung des Betriebes und den Abbau der Verbindlichkeiten."

Er machte eine kurze Pause. Anne wirkte konsterniert, so irritiert hatte ich sie noch nicht gesehen. Die Konsequenzen aus all dem müsste sie viel besser verstehen als der naive Naturwissenschaftler neben ihr. Was hatte das alles zu bedeuten? War die Überschuldung der Grund für die Änderung der Gesellschaftsform des Weinguts gewesen? Dieterich hatte sie mit den anstehenden Investitionen begründet. Die waren aber erst zwei Jahre später durchgeführt worden und hätten auf den Schuldenberg aufgesattelt. Was wusste der Banker sonst noch?

Anne schaute ihn fragend an und ermunterte ihn wortlos zum Weiterreden. Sie begriff sich als Teil des Schuldenproblems, ihr vorgezogenes Erbe hatte auch finanziert werden müssen. „Im Frühjahr 2002 ging alles recht schnell. Der Betrieb wurde in eine GmbH umgewandelt, fremde Investoren stiegen ein und brachten frisches Kapital mit, erstaunlich viel sogar. Damit wurden die Verbindlichkeiten bis auf einige Langläufer vollständig zurückgezahlt und notwendige Investitionen ermöglicht. Die Gesellschaft steht heute gesund da. Es müsste schon ein ganzer Jahrgang ausfallen, um den Betrieb in Schwierigkeiten zu bringen. Das kann theoretisch passieren, bei den weit verstreut liegenden Weinbergen ist es eher unwahrscheinlich, dass alles gleichzeitig von Hagel oder Frost betroffen wird. Zu deiner Frage, Anne, du und dein Bruder erben lediglich 26 Prozent der Geschäftsanteile, der Rest gehört einem Finanzinvestor. Dafür ist der Anteil gesund. Dein Vater ist zwar weiterhin Geschäftsführender Gesellschafter mit einer Sperrminorität, hat aber im Grunde nicht mehr das Sagen. Über Wohl und Wehe von Schloss Navalis bestimmen andere."

Anne hatte sich wieder gefangen und erkundigte sich nach dem Investor, von dem sie noch nie etwas gehört hatte. Ihr Exfreund musste erstmals passen. „Die Verträge befanden sich nicht bei den Unterlagen, vielleicht hat sie Weber im Safe untergebracht. Ich hatte auch nicht viel Zeit, alles zu durchsuchen. Ich kenne nur den Namen des Geldgebers, es ist eine Gesellschaft mit der Bezeichnung „Beteiligungsgesellschaft ZHK mit beschränkter Haftung". Hört sich komisch an, wer sich dahinter verbirgt, kann ich im Moment noch nicht sagen. Rein wirtschaftliche Motive können allerdings hinter dem Engagement nicht stecken, der Return on Invest ist mir nicht klar, eher an Sankt Nimmerlein als kurzfristig, genauso wenig wie das zugehörige Geschäftsmodell. Und an blanken Altruismus glaube ich in meinem Alter auch nicht mehr. Ich versuche, mehr herauszubekommen. Ach ja, noch etwas. Im Vorgang fand ich zufällig eine ziemlich zerknitterte und nur schwer lesbare Kopie des Kaufvertrages, den dein Großvater im Jahr 1935 mit dem Vorbesitzer abgeschlossen hat. Interessiert es euch, was da drin steht? Ich habe mir die wichtigsten Punkte schnell abgeschrieben. Leider stehen in Webers Büro weder Kopierer noch Scanner, sonst hätte ich eine Kopie gemacht."

Es war eine rhetorische Frage. Wir nickten trotzdem beide mit dem Kopf. Spielte das Dritte Reich schon wieder eine Rolle? In der Zeit tätigten viele reiche Juden Notverkäufe an Nazis, die mit windigen Verträgen gleichsam eine notariell beglaubigte Enteignung durchführten. Wenn die Juden dann schnell außer Landes gingen, hatten sie wenigstens ihr Leben gerettet. Bisher war mir ein Kauf Anfang der Dreißiger Jahre bekannt gewesen, vor der Machtergreifung. Sollte das eine Schutzbehauptung gewesen sein, um sich kritische Nachfragen zu ersparen?

„Der Vorbesitzer war ein Kaufmann aus Stuttgart mit dem schönen Namen Wolfsohn. Was glaubt ihr wohl, welcher Religion er angehörte und warum er einen repräsentativen, florierenden landwirtschaftlichen Gemischtbetrieb mitsamt Schloss für den stolzen Preis von zehntausend Reichsmark, zahlbar in fünf Jahresraten, verscherbelte? Voraussetzung für die Zahlung der Raten war ein Aufenthaltsort des Empfängers im Deutschen Reichsgebiet, die erste Rate sollte in sechs Monaten fällig sein.

Ausgewiesen hat sich dein Großvater mit seinem Mitgliedsausweis der NSDAP, Mitgliedsnummer, lass mich in meinen Spickzettel schauen, 22.749. Er war ein Nazi der ersten Stunde und privilegiert, sich zu bereichern. Hoffentlich habe ich euch nicht geschockt. Anne besitzt ja die Gnade der späten Geburt, trotzdem muss sie damit leben, dass ihr Elternhaus auf fragwürdiger Moral aufgebaut ist. Ihr sollt jetzt gehen, Weber wird gleich zurück sein. Sein Spiel werde ich auch noch durchschauen, er hat garantiert Dreck am Stecken. Wenn ich etwas weiß, Anne, rufe ich dich an."

Gemeinsam gingen wir zum Parkplatz. Anne wollte allein sein und sofort in die Redaktion fahren. „Kein Problem, ich kenne den Weg hoch. Tut mir leid für dich." Der getunte BMW auf dem Direktionsparkplatz musste unserem Michael Merkle gehören. Das Autokennzeichen mit den Namensinitialen MM in der Mitte passte zu ihm, er brauchte Statussymbole und viel PS als Potenzmittel. Ich mochte den arroganten Wichtigtuer nicht. Was würde Anne als Gegenleistung bieten müssen?

Der Fußweg zum Schloss kam gerade recht. Nach den beiden Gesprächen hatte ich eine Menge Informationen zu sortieren. Und in zwei Stunden sollte ich mit Pfarrer Lehmann plaudern. Anne hatte keine Ahnung gehabt, auf welchem Fundament ihr Elternhaus gebaut war. Gab es denn in der Familie keine Gespräche über die eigenen Wurzeln? Oder hatte sie immer nur konsumiert, die höhere Tochter mit ständig steigenden Ansprüchen, ohne zu fragen, wo denn der ganze Wohlstand herkam. Sie wirkte betroffen. Würde das auch ihre Einstellung dem Betrieb gegenüber verändern? Der gütige Schleier vor der harten Wahrheit war weggerissen, sie konnte nicht mehr länger die Augen verschließen. Was hatte bloß der Umbau ihrer Wohnung gekostet? Alles Geld aus der Substanz. Ich schätzte sie als eine intelligente Person ein, die nun verstand, wie labil das Fundament ihrer Existenz geworden war und die jetzt mit allen Mitteln mehr wissen wollte. Was gab es noch für Geheimnisse in dem Schloss? Mein ungutes Gefühl wegen des Todes meines Vaters war noch stärker geworden. Stimmte auch dabei etwas nicht? Der Schlüssel zu all den Themen hieß Dieterich. Er war auch mir gegenüber bereit gewesen, die Wahrheit zumindest zu biegen. Oder machte er sich selber etwas vor und glaubte tatsächlich, noch das Sagen im Betrieb zu haben? Er war immerhin zuvor vier Jahrzehnte unumschränkter Herrscher auf Navalis. War Annes Vater der Typ Mensch, der andere auf der Reise mitnimmt und sie einweiht in seine Pläne, oder war er der abgehobene Steppenwolf geworden, den ich bei so vielen Managern gefunden hatte? Anne wollte er jedenfalls nicht mitnehmen, bei Alexander hatte ich auch Zweifel. Das passte zu seinem Status als Erfolgsmensch, der irgendwann die Bodenhaftung verliert und kein Korrektiv im eigenen Umfeld mehr akzeptiert. Hatte der begnadete Weinverkäufer und jämmerliche Kaufmann womöglich die Abwärtsspirale nicht erkannt und konnte nicht mehr reagieren, weil es schon zu spät war? Wollte er den Absturz einfach nicht wahrhaben, wie ein kleines Kind, das die Hände vor die Augen hält und ein Problem beseitigt hat, wenn es nicht mehr zu sehen ist? Hatte ihn Weber womöglich auflaufen lassen, aber welche Interessen könnte der dabei haben?

Ich fing an, mich mit lauter Fragen zu verzetteln, die ich zum jetzigen Zeitpunkt doch nicht beantworten konnte. Andererseits betrafen mich die Antworten im Zusammenhang mit dem Tod meines Vaters. Ich war nur Kurzzeitgast auf Navalis, einmal in Leipzig, würde ich höchstens noch mit Anne Kontakt halten. Und hoffentlich Gabor, vielleicht noch mit seinen trinkfesten Freunden. Das Neckartal wäre bald Geschichte. Ich bedauerte es, nicht in Laufkleidung unterwegs zu sein. Beim langsamen Gehen flossen auch die Gedanken langsam, je geruhsamer sie flossen, desto mehr zerfaserten sie, wie ein dickes Seil, das aufgedrillt wird. Ich fand unzählige Enden, aber brachte sie nicht zusammen. Am Schreibtisch hätte ich versuchen können, die Zusammenhänge graphisch darzustellen. Ich war Augenmensch, der in Bildern dachte und in Bildern zu Lösungen kam. Kein „mind mapping" oder etwas anderes Marktgängiges, mein ganz persönliches System, erdacht und getestet in einsamen Stunden im Dschungel bei der Beobachtung von Schimpansen und Bonobos. Bei den Prozessen um Kreationismus im Unterricht verwunderte ich Rechtsanwälte und Richter oft mit dieser Darstellung von Argumenten und Gegenargumenten. Mein Blatt sah am Ende oft aus wie ein biochemischer Prozess mit vielen Zwischenreaktionen, nur dass anstelle von chemischen Formeln einzelne Begriffe standen, die ich ineinander überführen konnte und deren Abhängigkeiten klar wurden. Am besten gelang es mir aber beim Laufen, Ordnung in meine Gedanken zu bringen. Morgen früh plante ich gemütliche zwanzig Kilometer, ideal zum strukturierten Denken. Etwas Wichtiges hatte ich ganz vergessen. Anne wollte doch wegen von Schimmelbusch recherchieren. Wir hatten darüber nicht mehr geredet. Hatte sie mit den Informationen aus Seattle mehr herausgefunden? Vor meinem nächsten Kampf mit ihm brauchte ich Gewissheit. Trägt der Gegner einen Namen, ist er nur noch halb so gefährlich.

Tante Lotte und Pastor Lehmann traf ich auf dem bereits mehrfach erwähnten mittleren Turm, nur wenig höher als die Mauer, der wie bei mittelalterlichen Burgen üblich ein Stück nach vorne kragte. Dadurch konnten die Verteidiger die Mauer besser schützen, der Angreifer hatte sie sogar im Rücken. Hier also hatte der Mörser gestanden, auf einem Rund mit fünf Metern Durchmesser. Die Vorstellung, das Schloss mit einer Kanone und zwanzig Mann gegen Jagdbomber und einen erdrückend überlegenen Gegner zu verteidigen, machte mich krank. Adolf hatte recht. Reiner Selbstmord, den nur Fanatiker anordnen können. Ein Sonnensegel schützte uns vor der schrägstehenden

Abendsonne, drei Sessel umrahmten einen kleinen Tisch, auf dem ein Weinkühler eine Flasche kühl hielt. Dazu etwas Gebäck und drei Gläser. Pfarrer Lehmann war zivil gekleidet, dunkle Hose, weißes Hemd und ein ebenfalls dunkles Sakko. Am Samstag hatte ich ihn nur von weitem gesehen. Er musste noch jung sein, höchstens dreißig. Er begrüßte mich mit offenem Visier, ohne Dominanzanspruch, und schüttelte meine Hand kräftig. Inzwischen fragte ich mich, ob die Menschen in dieser Gegend naturgegeben einen so festen Händedruck besitzen oder ich in den USA verweichlicht worden war. Dort hatte ich selten ein Schraubstockgefühl wie hier. Sein glattrasiertes, freundlich lächelndes Gesicht wurde durch eine riesige Nase beherrscht, wie bei Cyrano de Bergerac. Tante Lotte zeigte sich begeistert über die drei Bilder, die ihr Gast mitgebracht hatte und die links an der Wand lehnten. Es falle ihr schwer, das schönste für den Probierraum auszuwählen, ob ich nicht helfen könne. Das war die Höchststrafe. Mein Verständnis für Kunst rangiert noch deutlich unterhalb der Fähigkeit zur Weinansprache. Bonobos malen nicht. Eine Blamage war vorprogrammiert. Wenn sie dann noch einen Kommentar zum Wein haben wollte...

Die Erkenntnisse der Evolution waren nicht nur für Theologen ein Riesenschock gewesen, sondern auch für bildende Künstler. Die hatten jahrhundertelang die Natur als Spiegel göttlicher Unendlichkeit gesehen und sie in ihren Darstellungen mit der entsprechenden Symbolik geadelt. Über Nacht wurde ihnen klargemacht, dass der Mensch mitnichten so haushoch über allem Getier steht, wie es immer gedacht wurde. Ob sich Pfarrer Lehmann über diese Abdankung des Schöpfergottes und die radikale Entzauberung der Wirklichkeit bewusst war? Und dass der Weg zur abstrakten Malerei als eine Art Religionsersatz von da aus nicht mehr weit war? Ich schätzte ihn nicht so ein. Er schien ein dem Menschen zugewandter Seelsorger zu sein, dem die reine Luft wichtiger war als die reine Lehre. Tante Lotte war bei ihm gut aufgehoben. Um mehr Zeit zu gewinnen, fragte ich ihn nach seiner Technik und was er sich dabei gedacht habe. Man könne ja Kunst und Künstler nie trennen. Er erzählte begeistert von seiner schon bei den alten Ägyptern bekannten Maltechnik mit dem Namen Enkaustik, die heute fast vergessen sei. Er sei einer der wenigen Künstler, die eine Renaissance dieser Kunst versuchten. Heißes, flüssiges Wachs würde mit Pigmenten versetzt und auf einen festen Untergrund aufgetragen. Mit Föhn oder Bügeleisen ließen sich durch kreatives Schmelzen und Erstarren des Wachses dreidimensionale, eher abstrakte als figürliche Bilder mit brillantem Glanz und unbeschreiblicher Tiefe erzielen, die den Betrachter regelrecht anspringen. Ich solle doch nur schauen, wie die drei romanischen Doppelbögen im mittleren Bild mich an der Hand nähmen und die Weinflasche daneben fast schon zum Einschenken aufforderte. Diese Tiefe würde ich sonst nirgendwo sehen. Tante Lotte entschied sich für dieses Bild, wir konnten uns setzen und ein Glas Wein trinken.

Pfarrer Lehmann war noch nicht fertig mit seiner Kunst. Solange ich keine Kommentare abgeben musste... „Ich kenne mehrere Geistliche, die begeisterte Maler sind. Wer sich sonst den ganzen Tag mit Menschen auseinandersetzen muss, fast immer zu reden hat, der sucht gerne eine gänzlich andere Art der Entspannung. Die stumme Zwiesprache mit der Leinwand, der Kampf mit Formen und Farben, das Studieren der Technik, vor allem die handwerkliche Umsetzung der Ideen im Kopf, all das bringt mir so viel Genugtuung und Befriedigung, dass ich hinterher ein anderer Mensch bin. Gelöst, frei, belastbar. Malen ist für mich zum Jungbrunnen geworden, das ist unabhängig vom biologischen Alter. Dass es dann noch nette Menschen gibt, denen meine Art von Kunst gefällt, ihnen etwas sagt, macht mich noch zufriedener. Mein Malstil unterscheidet sich allerdings von den meisten meiner Berufskollegen. Wo ich eher skizziere und interpretiere, sind sie streng figürlich, naturalistisch, manchmal sogar übernatürlich. Sie sehen die Natur als malerischen Garten Gottes, in dem schwimmende Eisberge, pathetische Wasserfälle oder Vulkanausbrüche die Naturschönheit ins Erhabene überhöhen. Die Bilder sind wunderschön anzuschauen, für mich aber schon eine Art Bild-Gottesdienst. Ich halte mehr davon, dem Betrachter Raum für eine eigene Interpretation zu geben, wie sie es bei dem Bild „Charta", das Frau Engelmann so gefallen hat, tun können."

Eine Endorphinausschüttung beim Laufen verstand ich. Dass derselbe Effekt auch durch Malen möglich sein sollte, war mir neu. Offensichtlich meditierte er dabei wie ein mittelalterlicher Mönch und überschüttete sein Belohnungszentrum mit Glückshormonen. Laufen ist sicher anstrengender. Ich musste langsam das Thema wechseln. Pfarrer Lehmann konnte mir bestimmt mehr über von Schimmelbusch sagen. Zuerst aber meldete sich Tante Lotte zu Wort, die ich bisher eher als Zuhörerin erlebt hatte. „Ich hoffe, der Wein schmeckt euch. Es ist ein Pinot Blanc de Noirs trocken vom letzten Jahrgang. Rafael, falls du damit nichts anfangen kannst: ein Spätburgunder, weiß gekeltert. Die Farbe ist ja nur in der Beerenhaut eingebettet, das Fruchtfleisch im Inneren der Beere ist farblos. Als Biologe verstehst du das sicher. Soll ein Rotwein hergestellt werden, ist das immer ein Kampf um die Farbe in der Beerenhaut. Oenologen kennen viele Methoden, das Maximum an Farbe zu gewinnen. Bei einem Blanc de Noirs ist man ganz im Gegenteil bemüht, die Beerenhaut einer roten Traube unbeschädigt zu lassen, um möglichst wenig, besser überhaupt keine Farbstoffe herauszulösen. Die Spätburgunderrebe wird so behandelt, als wäre sie eine weiße Sorte. Die Rebe ist ja im 12. Jahrhundert von Mönchen aus Burgund in den Osten gebracht worden, ihre Weine waren liturgisch-spirituelle Getränke, gerade richtig für unseren lieben Pfarrer Lehmann. Der Spätburgunder gilt als eine der größten Diven der Weinwelt, kapriziös und wetterfühlig, man muss genau den richtigen Lesezeitpunkt erwischen. Fehler bestraft die Rebe mit bösen Qualitätsmängeln. Richtig ausgebaut, erhält man einen würzigen, erdigen Wein mit fruchtigem Charakter und einer delikaten Fruchtsäure. Ein in meinen Augen besonders gelungenes Produkt habt ihr im Glas, ein typisches Burgunderaroma und doch die Säure und Frische eines Weißweines. Er wird deshalb auch kühl wie ein Weißwein getrunken und ist der ideale Begleiter für Sommerabende auf der Terrasse. Du siehst, dass er nahezu farblos ist. Im Ausbau verwandt ist der Weißherbst, dem wir aber mehr Farbe zugestehen und bei dem wir etwas mehr Rotweinart herausarbeiten. Ich hoffe ihr mögt den Blanc de Noirs genau wie ich. Zum Wohl."

Beide lobten wir artig, ich meinte dennoch ein leichtes Kratzen im Rachen festzustellen. Sollte er das haben, was Gabor schon mehrfach „flüchtige Säuren" genannt hat, einen typischen Weinfehler des letzten Jahrgangs? Ich fing an, mich über meine Unfähigkeit zu ärgern. Wann würde ich endlich in der Lage sein, sensibel zu riechen und zu schmecken und wann über die passenden Worte dafür verfügen? Immer noch kam ich mir vor wie ein Blinder, der vom Sehen reden muss.

„Vielleicht erinnern Sie sich noch, dass ich erst am Samstag nach siebzehn Jahren amerikanischer Gefangenschaft ins Heilige Land zurückgekehrt und auf der Durchreise nach Sachsen bin. Herr von Schimmelbusch hatte mich ja freundlicherweise vorgestellt. In den Jahren meiner Abwesenheit habe ich den religiösen Überblick in Deutschland leider etwas verloren. Es ist so vieles im Fluss in einer Zeit, wo vielen Menschen die religiöse Orientierung abhanden gekommen ist. Können Sie mich über Ihre Kirche aufklären, ihr spirituelles Denken, ihre Zugehörigkeit, ihre Dogmen und so weiter. Ich hoffe Sie mit solchen Fragen nicht zu überfallen, meine wissenschaftliche Neugierde sucht aber einmal mehr nach Befriedigung."

Pfarrer Lehmann lachte mit breitem Mund. Er war der angenehme Kontrast zum militanten Benehmen meines von Schimmelbusch. „Ich habe nichts zu verbergen, im Gegenteil freue ich mich über jeden, der sich für meine Kirche interessiert. Wir gehören nicht zu den beiden großen Kirchen, sondern sind eine Freikirche, die der protestantischen Glaubensrichtung nahesteht. Wir halten es mehr mit Luther als mit dem Papst, uns sind die Menschen wichtiger als Glaubenssätze, wir sind keine Romantiker, sondern der Welt zugewandte Praktiker. Wir wollen die Welt heilen mit weltlichen Dingen, mit Sachlichkeit, Nüchternheit und Vernunft. Mit der römischen Kirche stehen wir auf Kriegsfuß, sie lebt in einer babylonischen Gefangenschaft ihrer Dogmen, ist rigoros und altertümlich. Die Form ist ihr das Entscheidende, nicht der Inhalt, die Reinheit der Lehre das Maß aller Dinge. Meine Kirche vertritt als Kardinaltugenden der Menschen Pflichtgefühl, Strebsamkeit, Nüchternheit und Bescheidenheit. Alles Werte, die einzuhalten jedem möglich sind. Mit großer Genugtuung nehmen wir zur Kenntnis, dass immer mehr Menschen Zuspruch im Glauben suchen, allerdings nicht in den beiden großen Kirchen, sondern bei uns. Gott ist nicht tot und das Ende aller Religion ferner denn je, trotz Nietzsche und aller ihm folgenden Philosophen der Aufklärung. Wir reden mit den Menschen, wir predigen nicht. Wir versammeln uns weniger zu großen Gottesdiensten, uns sind Bibelkreise in kleinem Rahmen wichtiger. Dort kann sich jeder einbringen und erhält direkte Ansprache. In unserer Theologie spielt das allgemeine Priestertum der Laien eine wesentliche Rolle. Jeder Einzelne kann und soll sogar mit der Bibel umgehen, sie privat und in Kleingruppen studieren, auslegen und auf sich wirken lassen. Viele unserer Laien diskutieren auf allerhöchstem Niveau. Laien übernehmen bei uns auch in beträchtlichem Umfang Schulungs- und Leitungsaufgaben, wir sind keine Kirche, die ein theologisches Studium voraussetzt für die Ansprache von Menschen. Ich bin schon fast die Ausnahme."

Er nahm einen kräftigen Schluck Wein und schaute mich aufmunternd an. Ich sollte den Ball aufnehmen. Was er bisher erzählt hatte, half mir noch nicht, seine Kirche in eine der zahllosen religiösen Richtungen einzuordnen. Er konnte Evangelikaler sein oder Pietist, aber auch Charismatischer Pfingstler. Entscheidend ist der Umgang mit der Wahrheit und der absoluten Gültigkeit der Bibel, die Toleranz Andersdenkenden gegenüber und der Achtung gesellschaftlicher Außenseiter. Das würde ich auch noch herausbekommen, vor allem aber die Rolle meines von Schimmelbusch. Bisher passte er in diese Gruppe als machtbewusster Laie. Über Toleranz und Meinungsfreiheit hatte Pfarrer Lehmann noch nicht geredet. „Ich glaube, sie haben recht. Die großen Kirchen bieten in einer Zeit der Unsicherheit und der Unverbindlichkeit zu wenig Stabilität und Gewissheit. Die Navigation durch die Gesellschaft fällt vielen Menschen extrem schwer, sie sind auf Sinn- und Orientierungssuche und finden in den alten Kirchen nur unzureichend Antwort. Mir selber sind Seelsorger lieber als Theologen, die Amtskirchen sehen das teilweise umgekehrt. Können Sie mir etwas über die Herkunft Ihrer Kirche erzählen und ihre Verbreitung. Freikirchen sind doch in anderen Ländern viel verbreiterter als in der Heimat Martin Luthers und sogar des derzeitigen Papstes."

„Unsere Wurzeln liegen im Süden der USA, in Texas. Sie waren drüben und wissen sicher, dass die Trecks frommer Menschen immer tiefer ins Land eingedrungen sind, um ihren Glauben leben zu können, was sie in ihrer alten Heimat oft nicht mehr durften. Amerika ist das Land der religiösen Vielfalt, die einzelnen Kirchen sind glaubensfester als ihre europäischen Gegenstücke, Gläubige gehen wesentlich häufiger in die Messe als hier. Die Christen im Süden und Westen von Amerika schotteten sich lange Zeit gegen die Eliten der Ostküste ab, ich möchte fast sagen sogar gegen den Rest der Welt. Erst nach dem Zweiten. Weltkrieg, als viele dieser Gläubigen Jahre in Europa oder als Besatzungssoldat in Deutschland verbringen mussten, begann die weltliche Öffnung. Laien fingen an, Außenstellen ihrer Kirche aufzubauen und ihr Gedankengut zu verbreiten. Am bekanntesten ist die Arbeit der Mormonen oder der Mennoniten. Meine Kirche wurde erst 1954 in Stuttgart gegründet und nennt sich „Kirche zum Heiligen Kreuz", die wörtliche Übersetzung ihres amerikanischen Namens. Vielleicht haben Sie ihn schon einmal gehört. Unser wichtigstes Anliegen ist die Bibelarbeit. Ich sagte es bereits. Dieses Buch ist das Wort Gottes, von Menschen aufgeschrieben, aber von Gottes Geist inspiriert. Die Bibel ist der verbindliche Maßstab des Glaubens und der Lebensführung, an dem sich alles andere messen lassen muss. Wir sind uns im Gegensatz zu vielen anderen kirchlichen Gemeinden völlig im Klaren, dass die Bibel ausgelegt werden muss. Die Erde ist nicht in sechs Tagen erschaffen worden, Gott redet vielfach in Gleichnissen zu uns. Unser Christentum basiert auf einer persönlichen, bewussten Entscheidung für den christlichen Glauben und einer persönlichen Beziehung zu Jesus Christus. Diese Entscheidung muss auch im Alltag Auswirkungen auf das persönliche Handeln haben. Wir erwarten nicht nur die Kirchenmitgliedschaft, sondern eine persönliche Abkehr vom alten Leben und eine Hinwendung zu Jesus. Diese Bekehrung als bewusste Entscheidung wird in Form eines persönlichen Gebets vollzogen. Wir nennen sie Lebensübergabe. Von dem Tag an wird Gott direkt in unser Leben eingreifen. Insbesondere Sündhaftigkeit und Schuld setzen den Menschen Gottes Zorn und Verdammnis aus. Die Erlösung kann nur durch einen Gnadenakt Gottes kommen, um den wir täglich ringen müssen."

Tante Lotte hatte wieder nachgeschenkt. Sie hörte unserer Unterhaltung interessiert zu, mischte sich aber nicht ein. Fühlte sie sich übergangen oder reichte es ihr, nur still dabei zu sein?

Kannte sie das alles schon? War sie Mitglied in dieser „Kirche zum Heiligen Kreuz", die ich inzwischen der großen Gruppe der Evangelikalen zuordnete. Konservativ, missionarisch, bibelfest aber nicht militant. Im Kampf Darwin gegen Gott hatte ich bereits mit einigen Anhängern dieser Gruppierungen zu tun gehabt. Auch sie kämpften gegen die Evolution im Biologieunterricht, sie verlangten zumindest die Gleichbehandlung der Schöpfungsgeschichte. Rund ein Viertel der Amerikaner wird diesen Evangelikalen zugerechnet, sie haben mehr Mitglieder als die Katholiken oder die „Mainline"-Protestanten". In Deutschland ist ihre Verbreitung noch gering, man schätzt die Zahl der Anhänger über alle Strömungen auf 1,3 Millionen, eine Zahl die weiter wächst, solange die großen Kirchen bei den zentralen Fragen des Menschen versagen. Die vielen christlichen Bewegungen waren in letzter Konsequenz ein Produkt der Reformation. Wo die katholische Kirche eine zentrale Dogmatik vertrat, überließ die Reformation die Bibelinterpretation dem Leser. In der Folge entstanden innerhalb Europas viele Gruppen, die die Bibel wörtlich auslegten als „normierte Glaubensurkunde". Diese Fundamentalisten stießen nicht zuletzt durch die Gegenreformation auf massiven Widerstand und wanderten nach Amerika aus. Pioniergeist und „common sense" vermischten sich dort mit der streng religiösen Einstellung zu einer anti-intellektuellen, intoleranten und ihrerseits dogmatischen Haltung. Ihr Fundamentalismus und eine unglaubliche Beharrlichkeit waren die Rahmenbedingungen für die Entstehung des Kreationismus gewesen. Die traumatische politische und wirtschaftliche Situation im Süden der USA während und nach dem Bürgerkrieg, in einer Periode, in der sich Darwins Schriften verbreiteten, ließen die Menschen nach einfachen und verlässlichen Aussagen suchen, die sie in der Genesis als sinngebende Schrift fanden. Dass die Evolutionslehre zu allem Überfluss Schwarze und Weiße auf eine Stufe stellte, brachte ihr erbitterte Gegnerschaft ein. Sie rüttelte an sämtlichen

Fundamenten, die die Gesellschaft bisher getragen hatte. Pfarrer Lehmann schien nichts über mich zu wissen, hatte er meine Vorstellung durch von Schimmelbusch nicht mitbekommen? Der hatte mich wegen meiner Abstammung vom Affen massiv verunglimpft, das hätte doch haften bleiben müssen. Er sprach mit mir wie mit einem potentiellen Konvertiten, der mit etwas Mühe in den Schoß der einzig wahren Kirche geführt werden könnte. Was hatte Tante Lotte ihm erzählt? Die Rolle von Schimmelbuschs kannte ich noch immer nicht, wie hielten sie es mit Schwulen, mit Juden und der Abtreibung. Bei vielen Gruppierungen die Gretchenfrage und die Grenze zur Intoleranz. Ich wollte über Umwegen dazu Antworten bekommen. Möglichst beiläufig erkundigte ich mich nach ihrer Mission, der Maßnahmen zur Verbreitung ihres Glaubens. Auch dazu gab er bereitwillig Auskunft.

„Wir sehen es als sehr wichtig an, unseren Glauben gegenüber allen Nicht-Christen zu bezeugen und die biblische Erlösungsbotschaft zu verbreiten. Jedes Mitglied steht als Gesprächspartner für Interessierte gerne zur Verfügung, an zahlreichen Hochschulen wurden Missionsgruppen gegründet, bei denen mehrere Kirchen zusammenarbeiten. Inzwischen gibt es siebzig Gruppen über ganz Deutschland verteilt. Es liegt uns viel am akademischen Nachwuchs, der zukünftigen Elite des Landes. Wir treten bei Popkonzerten oder Fußballspielen auf und verwickeln Besucher in Gespräche über die Bibel, ihren Glauben und Jesus. Um Weihnachten sind wir besonders aktiv: vor Restaurants, auch vor der Mensa erinnern wir die Hungrigen an den christlichen Hintergrund des Festes. Wir stellen immer wieder fest, wie ausgeprägt bei den Menschen die Suche nach einem Sinn ihres Lebens ist. Dort setzen wir an und stehen Rede und Antwort. Ein bisschen Provokation darf schon dabei sein. Wir wollen aufwühlen, weil wir damit mobilisieren. Einmal wurde ein Bild gezeigt mit einem an einem Strick aufgehängten Säugling. Darunter stand der Text: „Meine Mutter macht Karriere." Studenten verstehen solche Symbolik." Er machte eine kurze Pause. „So, Herr Bannert, jetzt sollten Sie mir die Möglichkeit geben, etwas mehr über ihre Person zu erfahren. Von Frau Engelmann weiß ich lediglich, dass sie ihre Tante ist und Sie nach langem USA-Aufenthalt einige Zeit hier wohnen, bevor Sie eine neue berufliche Herausforderung in den Neuen Bundesländern annehmen. Ihre Biographie hört sich interessant an." Er prostete mir zu, in seinem Gesicht konnte ich keine Böswilligkeit entdecken.

Ich hatte richtig vermutet, er wusste nichts von meiner antiklerikalen Vergangenheit. Wie könnte eine Antwort aussehen, die keine Unwahrheiten enthielt, ihn befriedigte und zu weiteren Antworten ermutigte? Gemeinplätze, Bekanntes wiederholen „Ich bin nach dem Abitur meinen Eltern in die USA gefolgt, um dort Biologie zu studieren. Danach verbrachte ich über viele Jahre die meiste Zeit in fast allen tropischen Wäldern dieser Welt, um mich mit Affen zu beschäftigen, ehe ich vor einigen Jahren in Kalifornien seßhaft wurde. Am ersten Juli trete ich eine neue Position in Leipzig an und freue mich schon sehr auf diese Aufgabe. Mehr Worte zu meiner Biographie lohnen nicht, es ist die eines langweiligen Wissenschaftlers."

„Wenn Sie Biologe sind, beschäftigen Sie sich doch mit der Wissenschaft des Lebendigen. Welche Rolle spielt denn die Religion in ihrem Leben, wie nahe stehen Sie Gott. Verzeihen Sie meine Direktheit, aber ein Pfarrer denkt nur in solchen Fragen. Andernfalls hat er seinen Beruf verfehlt."

Bevor ich antworten konnte, dröhnte eine bekannte Stimme von hinten. Mein Körper reagierte sofort nach dem bekannten Muster „Säbelzahnkatze". Von Schimmelbusch! Raumfüllend wie immer, aggressiv und mit dem rechten Fuß heftig wippend stand er in voller Größe direkt neben mir. Er schaute mich von oben herab an, als wenn er sich jeden Moment auf mich stürzen wollte. „Guten Abend, liebe Charlotte, hallo Christian. Lass dich vom größten Atheisten und Gottesgegner auf der Erde nicht einwickeln. In vielen Diskussionen mit mir hat er sich als verstockter, unbelehrbarer und dogmatischer Darwinist geoutet, der nichts gemein hat mit uns, der weder an Gott noch an die Wahrheiten der Bibel glaubt und die einzigartige Stellung des Menschen innerhalb der Schöpfung leugnet. Du vergeudest deine Zeit, wenn du dich mit ihm auseinandersetzt."

Tante Lotte entschärfte die Situation. „Einen guten Abend, Konrad. Schön, dass du gekommen bist. Nimm bitte Platz, ich organisiere noch einen Stuhl und ein Glas. Du trinkst doch mit uns." Es gelang ihr, die Emotionen zu dämpfen. Der fleischgewordene Kampfpanzer setzte sich tatsächlich. Wir brachten einige Minuten etwas wie small talk zustande, die Stimmung war eisig. Dann wollte Lotte mit Pfarrer Lehmann das Finanzielle regeln und ging mit ihm ins Büro. Ich war mit von Schimmelbusch schon wieder allein und hätte mich am liebsten verabschiedet. Die Sonne war untergegangen, es wurde kühl. Flüchten oder standhalten, hatte Anne gesagt. Mein Chef war geflüchtet, ich wollte mir diese Schwäche nicht eingestehen. Also standhalten und kämpfen. Seine Attacke kam umgehend, kaum dass die beiden außer Hörweite waren.

„Es ehrt Sie schon fast, dass Sie nicht die Flucht ergreifen. Warum halten Sie nur so hartnäckig an einer Lehre fest, der die Menschheit bis heute die Akzeptanz verweigert? Kaum jemand ist überzeugt, dass ihr Homo sapiens nur durch die Evolution auf die Welt gekommen wäre. In keinem Land der Welt ist Darwin mehrheitsfähig, am wenigsten in den USA, dem Land mit den besten Wissenschaftlern der Welt. Nicht einmal im Geburtsland von Darwin folgt man ihm. Weniger als die Hälfte der Engländer hängen ihm nach, immerhin fast zweihundert Jahre nach seiner Geburt. Eine Wissenschaft, die die Menschen nicht findet, ist keine Wissenschaft, nur elitäre geistige Selbstbefriedigung. Unser Pfarrer Lehmann wird ihnen beschrieben haben, wie unsere Kirche die Seele der Menschen, ihr Bedürfnis nach Spiritualität trifft und sie von den Selbstzweifeln erlöst."

Er argumentierte plötzlich auf einer gänzlich anderen Ebene als bisher. Was er sagte, war in der Tat eine der großen Schwächen der Evolutionslehre. Wir glauben inzwischen zu verstehen, warum diese Wissenschaft kaum gesellschaftliche Akzeptanz findet und schlechte Karten hat in der Auseinandersetzung mit Nichtwissenschaftlern. Die Hinweise verdichten sich immer mehr, dass der Mensch wegen seines Gehirns geradezu prädestiniert ist, an höhere Mächte zu glauben. Dabei spielt die Angst vor dem Tod eine untergeordnete Rolle. Die Schwäche für übergeordnete geistige Wesen scheint unter anderem in den enormen sozialen Fähigkeiten des Menschen zu liegen. Er ist perfekt darin, Beziehungen zu Personen jenseits seiner physischen Präsenz zu unterhalten. Nur so können nach Ansicht amerikanischer Psychologen Hierarchien und Bündnisse dauerhaft funktionieren. Gebete und Meditation, so die Erkenntnisse der modernen Hirnforschung, beeinflussen die Teile des menschlichen Gehirns, die am wichtigsten für die Selbstregulierung und Selbstkontrolle sind. Religiöses Denken ist nicht zuletzt der Weg des geringsten Widerstandes für unser kognitives System. Unglaube bedeutet bewusste harte, körperliche Arbeit gegen die natürliche Veranlagung. Die erstaunliche Neigung des Menschen zum Glauben sehen Wissenschaftler inzwischen als ein Nebenprodukt der Evolution des Gehirns. Vielleicht hat der Glaube sogar der menschlichen Spezies aktiv beim Überleben geholfen. Dann hätte Gott bei der Evolution doch seine Finger im Spiel gehabt. Dass das menschliche Hirn regelrecht glauben will und über Netzwerke verfügt aus dem Echo der vergangenen Millionen Jahre, zwingt die Wissenschaft in einen Kampf, bei dem ihre Gegner von vornherein einen strategischen Vorteil besitzen. Wir kämpfen im Namen der Evolution gegen unser evolutionäres Erbe. Wenn das ein von Schimmelbusch in Erfahrung brächte, hätte er riesige Wassermassen auf seiner Mühle und die Diskussion mit ihm wäre noch mühsamer.

„In einem Punkt bin ich gerne bereit, Ihnen recht zu geben", erwiderte ich und fand mich ganz ruhig dabei. „Die zu Beginn von vielen Gläubigen befürchtete Bedrohung für die Religionen besteht global nicht. Die Kirchen können gelassen den Atheisten zuhören, die sich auch ohne Gott glücklich fühlen. Dass organisierter Glaube in Vergangenheit und Gegenwart zu weit mehr Hass, Leid und Tod geführt hat als Unglaube, halte ich nach für vor für eine richtige Aussage. Geschadet hat das den Religionen kaum. Die fehlende Akzeptanz der Evolutionslehre liegt meiner Meinung nach in ihrer Komplexität. Sie ist zwar die mit Abstand beste Theorie zur Erklärung der Welt, aber ohne tiefschürfende Beschäftigung mit dem Thema nicht zu verstehen. Religion funktioniert einfacher. Den Menschen ins Tierreich einzuordnen, provoziert natürlich viele Gegner. Sie sind ja einer davon. Aber stellen Sie sich einmal vor, eine lautstarke, finanziell gut bestückte und aggressive Gruppe würde gegen Einsteins Relativitätstheorie oder die Quantentheorie ankämpfen. Die Experten stimmen in ihrer Beurteilung überein, beide Theorien sind Stand des Wissens und allseits akzeptiert. Durch sie beherrschen wir die Atomkraft, stellen Transistoren und Laser her und durchleuchten uns mit Computertomographen. Die Physiker haben riesiges Glück, nicht auf Totalverweigerer zu treffen, die sie hochmotiviert bekämpfen. Das breite Publikum wäre unfähig, auch nur die Ansätze der beiden Theorien zu begreifen. Was ich nicht verstehe, lehne ich ab, es könnte gefährlich sein. Was ich nicht kenne, esse ich nicht. Die Evolutionslehre hat ein Kommunikationsproblem, sie haben recht. Seit dem Beginn unserer Auseinandersetzungen warte ich aber auf einen wissenschaftlich begründeten Gegenentwurf von ihnen, der die Entwicklung des Lebens auf der Erde in den letzten, sagen wir 800 Millionen Jahren, erklärt. War es so, wie es in der Bibel steht, also in sechs

Tagen, oder von einem Schöpfer initiiert in vielen Millionen Jahren? Oder doch ganz anders? Wo stehen Sie in diesem Spektrum an Meinungen. Wie halten Sie es mit dem Alter der Erde und des Menschen? Ich kenne bisher aus der religiösen Ecke keine plausible Erklärung für biologische Phänomene. Wo ist Ihr Gegenentwurf zur natürlichen Selektion?"

Er dachte einige Sekunden nach. Dann lief ein Grinsen über sein Gesicht „Ich will Ihnen genau sagen, wie der Mensch entstand. Vor vielen Jahren kamen intelligente Genforscher von einer anderen Galaxis zur Erde. Sie fanden, dass dieser Planet interessanter wäre, wenn es eine sprechende Spezies gäbe. Sie suchten sich einige Affen, veränderten deren Gene, um ihnen den Sprachinstinkt zu geben und vergrößerten deren Stirnlappen, um Planen und Denken zu ermöglichen. Und siehe, es funktionierte. Ihr Nachfahre sitzt soeben neben mir. Sind Sie mit dieser Hypothese zufrieden? Sie ist genau so wenig belegbar oder widerlegbar wie Ihre Evolutionslehre, oder dass das Leben auf dem Mars begann und durch kosmischen Einschlag auf die Erde kam. Wir wissen genau, dass das Alter der Erde nicht in Jahrmillionen gerechnet werden kann. Die Erde ist viel jünger, ohne dass ich an dieser Stelle über die komplexe Beweisführung darüber mit Ihnen diskutieren will."

Er war meinen Fragen ausgewichen, sogar mit einer plumpen Argumentationstechnik, alles ins Lächerliche zu ziehen und damit die Frage lächerlich zu machen. Andersdenkende Wissenschaftler ins Lächerliche zu ziehen ist eine häufig angewandte Methode dieser Menschen. Sein Angriff war besser als seine Verteidigung, auch das traf für alle meine bisherigen Auseinandersetzungen mit Kreationisten zu. Ich musste endlich den Spieß umdrehen und aus meiner ständigen Defensive herauskommen. Er hatte mich oft genug überrumpelt, es wurde Zeit, zurückzuschlagen.

„Pfarrer Lehmann hat mir einiges über Ihre Kirche erzählt. Ihre Rolle ist mir in dieser Organisation noch nicht klar. Sind Sie Laienprediger oder irgendwo in der Hierarchie angesiedelt? Es gibt doch eine hierarchische Struktur bei Ihnen, oder? Er konnte mir auch keine Auskunft mehr geben, wie Ihre Kirche zur Homosexualität steht oder zur Abtreibung. Wie halten Sie es mit Selbstmördern oder der Sterbehilfe? Das sind praktische Fragen, die losgelöst von der Evolution oder einer Schöpfung beantwortet werden können und deren Antworten für unsere Gesellschaft von großer Bedeutung sind. Wir sollten mehr auf dieser Ebene diskutieren und weniger auf dem Niveau der Scholastiker, wie viele Engel denn nun auf einer Nadelspitze Platz finden. Ach, bevor ich es vergesse: Ihre Hypothese zur Entstehung des Menschen wäre einfach wissenschaftlich überprüfbar. Wir könnten das Genom des Affen und des Menschen vergleichen und nach Spuren gentechnischer Manipulation durch diese außerirdischen Techniker suchen. Wenn es Ihnen gelänge, eine Gebrauchsanweisung für diese Manipulation zu finden, wäre Ihnen der Nobelpreis sicher. Dann wüssten wir endlich genau, wo auf der genetischen Ebene die Unterschiede zwischen Affen und Menschen liegen, was den Menschen zum Menschen macht. Es ist aber zur Stunde keine Untersuchung bekannt, die sich mit diesem Thema beschäftigt. Ich gehe deshalb von einer Falsifikation ihrer Hypothese aus."

Sein rechter Fuß wippte immer hektischer, er war am Kochen. Trotzdem gelang es ihm, sich unter Kontrolle zu halten. Es war die bisher am wenigsten laute Diskussion mit ihm, vom Ausrutscher zu Beginn abgesehen. „Sie stellen viele Fragen auf einmal. Und werfen viele Dinge unzulässig durcheinander. Ihre Evolutionslehre ist für mich keine Wissenschaft, eben weil sie nicht falsifizierbar ist und sehr vieles nicht erklären kann. Mehr als das Niveau einer Hypothese akzeptiere ich nicht. Karl Popper, der den „Kritischen Rationalismus" als Wissenschaftstheorie entwickelte, verlangt von einer Wissenschaft, dass sie falsifiziert werden kann. Oder andersherum formuliert: eine wissenschaftliche Theorie besitzt solange Akzeptanz, solange es ihr gelingt, allen Versuchen einer Falsifikation zu entgehen. Sie kennen den Satz von Albert Einstein, wonach 1000 Versuche seine Theorien nicht zu beweisen vermögen, ein einziger Versuch sie aber als falsch entlarven kann. In dem Sinne lehne ich die Evolution ab, sie kann nicht falsifiziert werden. Es gibt keine wissenschaftliche Versuchsanstellung, die von anderen Labors an anderen Orten zur Bestätigung wiederholt werden könnte. Darf ich dazu ausnahmsweise noch den Papst persönlich zitieren, der sogar wörtlich schreibt, dass die Existenz der Evolution nicht beweisbar ist. Eine Antwort bin ich Ihnen noch schuldig: in meiner Kirche leite ich als Laie einen Beirat, der die Kirchenleitung in wissenschaftlichen, wirtschaftlichen und medientechnischen Dingen berät. In bin quasi in einer Stabstellenfunktion. Jetzt darf ich mich entschuldigen, mir ist kalt geworden und Charlotte hat uns auf dem Trockenen sitzen lassen."

Er stand auf und entfernte sich rasch in Richtung des Schlossgebäudes. Wieder war er meinen Fragen ausgewichen. Ich fröstelte, war müde geworden und beschloss, schlafen zu gehen. Ein Glas Wein hätte gut getan zum Abschalten. Nach dem dritten Streitgespräch mit Konrad war ich längst nicht mehr so aufgewühlt. Geist und Körper gewöhnen sich an vieles. Langsam fing die Auseinandersetzung sogar an, Spaß zu machen. Ich hatte einen Ansatz gefunden, ihn in die Defensive zu drängen, den er routiniert durch Verweigerung umschiffte. Und wusste einiges mehr über seine Position in der Kirche. Und eine intellektuelle Herausforderung hatte ich in den letzten Wochen nicht gehabt. Jetzt musste ich nur die Muße finden, alle Enden des Seils zusammenzuführen. Morgen früh beim Laufen.

Ich suchte gerade den Lichtschalter für das Treppenhaus, als ich Stimmen näherkommen hörte. Dieterich und Peter befanden sich auf Höhe der Brücke, die zu meinem Turm führte. Sie redeten so laut, dass ihre Stimmen sogar die dicke Holztür durchdrangen. Leise öffnete ich sie einen Spalt, um besser verstehen zu können. Peter wirkte wieder angetrunken, wie am Sonntag. „Du hältst dich immer noch für unersetzlich", hörte ich Dieterich jetzt mehr brüllen als sprechen. Er war nicht mehr der ehrenwerte Gentleman, der stets distinguiert die Selbstbeherrschung wahrt, sondern außer sich und ließ seinen Aggressionen freien Lauf. Seine Kunden hatten ihn so bestimmt noch nicht gesehen oder gehört. Sicher gestikulierte er mit beiden Händen, hatte einen hochroten Kopf und war kurz vor dem Zuschlagen. Leider konnte ich die beiden nur hören. Das passte ins Bild, ich war nicht überrascht. Die Maske des Ehrenmanns verdeckte einen brodelnden Vulkan, der eben ausbrach.

„Nimm endlich zur Kenntnis, dass jeder austauschbar ist. Ab morgen arbeitest du nicht mehr für uns. Hol dir die Papiere und die Abrechnung, ich habe endgültig genug von deinem Verhalten. Du bist jeden zweiten Tag betrunken und schleichst durch das Schloss, anstelle deine Arbeit zu tun. Wenn du tatsächlich einmal arbeitest, muss hinterher meist jemand die Fehler einsammeln. Wir sind quitt miteinander. Verschwinde jetzt, ich habe endgültig genug von dir. Unterstehe dich, morgen wieder um Entschuldigung zu betteln. Es ist aus. Geh zurück in das dreckige Kaff, wo du herkommst. Wir brauchen keine Polen wie dich." Er musste sich umgedreht haben und lief zum Haus zurück. Peters Antwort bestand aus einem deutsch-polnischen Kauderwelsch, ein Zeichen, dass er sehr stark betrunken war. Es war eine krude Mischung aus Verwünschungen und Drohungen, die ich nur zum Teil verstehen konnte. Verständliche Satzfetzen enthielten Worte wie „kaputt gearbeitet", „nie Anerkennung", „weiß mehr, …", „sind nicht quitt", „hast nichts mehr zu sagen", „abgewirtschaftet", „nicht verkehrsfähig", „auch Gabor…." Zuletzt war er kaum noch zu verstehen und schimpfte nur noch auf polnisch, nicht mehr für Dieterich bestimmt, nur noch für sich selber.

Ich ging im Dunkeln nach oben und machte mich ohne Licht für das Bett fertig. Der Lauscher wollte im Verborgenen bleiben. In der Dunkelheit bemerkte ich das Paket auf meinem Bett erst, als ich mich drauflegte. Um mehr zu erkennen, musste ich die armselige Glühbirne an der Zimmerdecke einschalten. Sie sorgte für nur wenig, aber ausreichend Licht. Ein Schuhkarton, in Zeitungspapier eingewickelt. Während meiner Abwesenheit war jemand hier im Zimmer! Im Kopf ging ich die möglichen Personen durch, die mir ein Paket auf das Bett hätten legen können. Etwas von Tante Lotte, für mich, ihren Kunstberater? Quatsch. Etwas von Anne? Ich hatte nichts in ihrem Zimmer liegen lassen, Geschenke zu machen ist nicht ihr Stil, sie nimmt nur. Ich wickelte den Karton aus und legte das Papier gefaltet auf die Seite. Es war ein Schuhkarton von Adidas, laut Aufdruck sollten Fußballstiefel der Marke Franz Beckenbauer, Größe 42, drin sein. Dessen Glanzzeit war vor dreißig Jahren gewesen, ein fast schon historischer Karton. Der Deckel lag lose drauf. Ich legte in neben das Packpapier. Gefüllt war er bis zum Rand mit Putzwolle, wie sie zum Schutz von empfindlichen Waren früher viel verwendet wurde. Vorsichtig griff ich mit beiden Händen an den Seitenwänden entlang hinein. Im Dschungel hatte man uns Greenhorns immer vor solchen Dingen gewarnt. Schlangen, Spinnen, die halbe Fauna des Urwaldes könnte unter der Putzwolle verborgen sein. Tief unten spürte ich etwas festes, in Folie eingepackt. Ich tastete es langsam ab. Rauhe Oberfläche, gewölbt, sehr kompakt, vielleicht 25 mal 35 Zentimeter. Etwas mehr als ein Zentimeter dick und mit leicht bauchiger Form. Gewicht ein gutes Pfund. Langsam zog ich das Stück heraus.

Ich hielt ein vollständiges Schädeldach in der Hand, ein poröses Knochenstück, das an den Rändern ausgefranst und scharfkantig war. Es stammte eindeutig von einem Menschen, nicht von einem Affen. Dafür war es viel zu groß und zu schwer. Aber von einem ganz besonderen Menschen mit einer ungewöhnlichen Schädelform. Viel flacher als normal, viel länger nach hinten gezogen. Ein Flachschädler. An der Stirne auffällige Wülste, geformt wie der obere Teil einer dicken Hornbrille, mächtige Knochenbögen über leeren, hohen und gerundeten Augenhöhlen. Gesichtsknochen waren keine vorhanden, alle Teile unterhalb der Nasenwurzel fehlten. Die Kalotte sah aus wie von einem Urmenschen, von Homo erectus oder vom daraus hervorgegangenen Homo neanderthalensis. Im schwachen Licht der Glühbirne blickte sie mich grau-schwarz an, mit einer matten Färbung, wie wenn sie lange in der Erde vergraben gewesen wäre. Sie war völlig sauber, ohne anhaftenden Sand oder anderen Dreck. Ich drehte das Schädeldach mehrmals in der Hand und betrachtete es von allen Seiten. Nach einigen Minuten war ich mir sicher. Bilder hatte ich schon unzählige gesehen, in Instituten auch Originale ehrfurchtsvoll umrunden können, aber bisher nur einmal selber in Händen halten dürfen. Vor mir lag das Schädeldach eines Neandertalers! Ein Schädeldach wie das des namengebenden Fundes von 1856 aus dem Neandertal, das die Wissenschaft zunächst spaltete in Anhänger und Gegner einer neuen Menschenart und die Begleitmusik zu Darwins grundlegender Publikation über die „Entstehung der Arten" drei Jahre später bildete. Selbst der geniale deutsche Naturforscher Virchow hatte in den lediglich sechzehn Knochen nur einen rachitischen Kosaken aus der Zeit der napoleonischen Kriege gesehen. Es dauerte Jahrzehnte, bis die Wissenschaft dank zahlreicher weiterer vergleichbarer Skelette zu einem einhelligen Urteil kam und den „Neandertaler" akzeptierte. Ein kleiner Evolutionsbiologe hielt ein Skelettteil in der Hand, für das Kollegen auf der ganzen Welt Jahre ihres Arbeitslebens bedenkenlos opfern würden. Verwirrung, Triumphgefühl, Freude, aber auch Angst und Unsicherheit überfielen mich gleichzeitig.

Mehr war im Karton nicht zu finden, kein Brief, keine weitere Botschaft. Jetzt war ich nicht mehr müde, mein Puls raste wie beim Endspurt eines Rennens. Wer konnte den Karton auf mein Bett gelegt haben? Mein Zimmer war nicht abgeschlossen. Peter war vor langer Zeit Fußballspieler. Aber warum? Was sollte die Botschaft sein, die er –oder ein anderer Lieferant- mir nicht selber sagen wollte? War das Stück überhaupt echt? Sollte ich wieder vorgeführt werden wie bei der Weinprobe? Von Gabor und seinen Spießgesellen, die sich aus dem Neandertalmuseum in Mettmann für kleines Geld eine Replik der Kalotte besorgt hatten? Deren Kopien sehen täuschend ähnlich aus, vom Original kaum zu unterscheiden. Werden Kopien gekennzeichnet wie Spielgeld? Die Frage hatte ich mir nie gestellt. Die Kalotte war augenscheinlich gut erhalten, zu gut für ein Original? Ich getraute mich nicht, sie aus der Hülle zu holen, ohne Handschuhe würde ich meine DNA darauf verbreiten und wissenschaftliche Untersuchungen erschweren. Für solche Untersuchungen werden Reinsträume benötigt wie bei der Arbeit mit pathogenen Keimen. Es ist schon aufwendig genug, das Erbgut der Bakterien, die über Jahrtausende in den Knochen eingedrungen waren, zu eliminieren. Meine Hautschuppen müssen nicht auch noch dazukommen. Mein Tastgefühl sagte mir, dass es sich nicht um eine Kopie handelte. An der Oberseite war es etwas löcherig, die Innenseite zeigte kleine Einbuchtungen, zum Beispiel die des Broca-Zentrums, das für die Sprache eine große Rolle spielt. Wie kommt ein Neandertaler hierher? Meines Wissens wurde am Neckar noch kein Relikt gefunden. Die nächste Fundstelle lag am Rande der Schwäbischen Alb, hundert Kilometer südlich. Nach Norden muss man bis in die Eifel gehen, in die Nähe des Nürburgrings. Weltweit kennt man nur etwa dreihundert Individuen, viel weniger als es Paläoanthropologen gibt, die deren Knochen untersuchen. Die Funde, häufig nur Bruchstücke einzelner Knochen, meist von Schädel oder Oberschenkel, werden bewacht wie das Gold der Bundesbank.

Ist die Kalotte tatsächlich echt? Das wäre für die Wissenschaft bei aller Freude über ein so seltenes Stück eine Katastrophe. Ein Fund ist nur im Fundkontext wertvoll, Raubgräber gelten deshalb als die Pest der Archäologie. Nur mit den Fundumständen zusammen besitzt ein Stück wissenschaftliche Aussagekraft. Nur sie geben Auskunft, ob der Leichnam beerdigt wurde, vielleicht mit Blumenschmuck, oder ob einzelne Knochen zufällig an den Fundort kamen durch Hyänen oder andere tierische Räuber. Nur mit Informationen über die Fundstelle kann der Knochen zum Leben erweckt werden. Gibt es dort noch mehr Knochen, vielleicht ein vollständiges Skelett? Meine Gedanken fingen an, sich im Kreise zu drehen. Ich legte das Schädeldach zurück in den Karton und versuchte zu schlafen. Morgen würde ich lange laufen müssen, um alle Eindrücke zu sortieren. Und ich wollte die Tür ab sofort zuschließen.

10. Kapitel: Suizid

Donnerstag, 3. Mai 2007

Das Aufstehen fiel mir heute Morgen schwerer als sonst. Ich war lange wach gelegen, hatte frustriert Schäfchen gezählt und schließlich doch, wie bei Nachtflügen, wenn ich nicht völlig verknautscht ankommen durfte, eine Schlaftablette genommen. Wieder hatte ich gestern eine kaum verkraftbare Menge an Informationen aufgenommen. Ich kam mir vor wie früher im Dschungel, wo ich unendliche Mengen Papier mit Beobachtungen gefüllt hatte und an ihrer Auswertung regelmäßig verzweifelt war. Es nützt nichts, nur zu sammeln. Genauso wichtig sind die Verwertung, die Interpretation der Fundstücke und das Erkennen von Zusammenhängen. Im Dschungel sah ich oft genug den Wald vor lauter Bäumen nicht mehr. Die Zeit hinterher im Büro war mindestens genauso wichtig wie die Zeit im Feld und dauerte meist sogar länger. Bisher war ich auf Navalis praktisch nur im Feld gewesen. Es wurde höchste Zeit, alle Enden der Geschichte zu entwirren und richtig zusammenzufügen. Mein Büro würde ich gleich in die Weinberge verlagern und langweilige Schreibtischarbeit beim Laufen erledigen.

Der Himmel war stark bewölkt, ich musste mit Regen rechnen und eine wasserdichte Jacke überziehen. Auf der Brücke, die mein Reich mit dem Festland verband, sah ich Alexander am anderen Ende des Hofes mit einem Traktor beschäftigt. Er hantierte an einem Laubschneider, der hinten angehängt war und mit dem das Laubwerk in den Rebzeilen ins Glied gebracht wird. Was aus der Reihe tanzt, seitlich oder nach oben, wird abgeschnitten. Der Weinberg hat wie bei einer Parade auszusehen. Er winkte mir von weitem zu. In sechs Tagen auf Navalis konnte ich nicht einmal mit ihm reden. Er war kaum sichtbar, genauso wenig spielte er bei den Geschicken des Weingutes eine Rolle. Wohnte er überhaupt auf dem Schloss? Morgen sollte er mich zum Flughafen fahren, die erste Gelegenheit zu einer Unterhaltung. Ich kannte ihn im Gegensatz zu den anderen Mitgliedern der Familie praktisch nicht.

Seit fünf Tagen jeden Morgen der gleiche Weg: über die Brücke, nach rechts am Teich vorbei, die Garagen links liegen lassen, durch das kleine Holztor und dann die spontane Entscheidung, in welche Richtung loslaufen. Nördlich nach Hessigheim, südlich nach Mundelsheim, beide Strecken parallel zum Lauf des Neckars, oder nach Osten in die Weinberge der Hochebene. Noch nie hatte ich es so einfach gehabt, zu trainieren. In der Stadt musste immer das Auto gesattelt werden, um zur Laufstrecke zu kommen, danach verschwitzt zurück im Gebläse einer Klimaanlage, die mich mit Viren und Bakterien beschoss und mein Immunsystem herausforderte. Hier hatte ich ein Trainingsparadies. Das würde ich in Leipzig vermissen. Nicht vermissen würde ich die verkrampfte, unehrliche Atmosphäre auf dem Schloss und die Kämpfe mit dem aggressiven Glaubenskrieger von Schimmelbusch.

Das Geräusch, das sich plötzlich in meinem Ohr festsetzte, konnte ich zunächst nicht einordnen. Es hörte sich an wie ein alter Dieselmotor im Leerlauf und schien aus einer der Garagen zu kommen. Als ich nur noch wenige Meter davor stand, konnte ich die Herkunft des Geräusches identifizieren. Es kam aus der Garage ganz links, der neben Peters Wohnung. Ein Motor nagelte mit niedriger Drehzahl, unrund, kurz vor dem Ausgehen. Sollte ein Dieselmotor, als Notstromaggregat oder zum Wasserpumpen, in einer der Garagen untergebracht sein? Das wäre in einem landwirtschaftlichen Betrieb so weit außerhalb einer Ortschaft nichts Außergewöhnliches, auch wenn in den letzten Tagen nie etwas zu hören gewesen war. Dann erinnerte ich mich, dass ich diese Garage einmal offen gesehen hatte und Peters altersschwacher Mercedes sie völlig ausfüllte. Das Motorengeräusch konnte auch von einem Auto stammen. Aber mit laufendem Motor in einer geschlossenen Garage, da stimmte etwas nicht. Mein Magen verkrampfte sich spontan. Durch den Spalt zwischen Holztür und Rahmen meinte ich feine Schwaden von Verbrennungsgasen entweichen zu sehen. Es roch nicht stark, aber eindeutig. So riecht unvollständig verbrannter Diesel, der Geruch hatte sich vor siebzehn Jahren in mein Gehirn gebrannt. Ich sah vor meinem geistigen Auge sofort wieder den Golf Diesel, mit dem ich die Zeit zwischen Abitur und Abreise in die USA überbrückt hatte. Dieses Süßlich-Brenzlige, diese stinkenden Kohlenwasserstoffe, die nicht vollständig zu Kohlenstoffdioxid oxidiert waren. Und als geruchlose, aber tödliche Beimischung Kohlenstoffmonoxid, je untertouriger, desto mehr.

An der schrägen Stellung des Riegels sah ich, dass die Klapptür nicht abgeschlossen war. Ich hielt die Luft an und zog die Tür am Riegel schwungvoll nach oben. Sie lief leise und leicht in den beiden Schienen, die Laufräder schlugen gegen den Prellbock und federten die Tür etwas zurück. Ich war zu stürmisch gewesen. Das Motorengeräusch klang jetzt ungedämpft und tief brummend. Zwei, drei schnelle Schritte brachten mich weg von der Garage, in bessere Luft. Was ich sah, versetzte mich in Panik. Ich rief mit aller Kraft nach Alexander, der gerade mit dem Traktor abfahren wollte. Ich hatte weniger gerufen als mehr hysterisch gebrüllt. Wie unter Schock, wo die Kontrolle über Körper und Geist verloren geht. Ich brüllte immer noch, als Alexander schon neben mir stand. Er reagierte hervorragend, ohne lange zu überlegen. Er hielt die Luft an, riss den Schlauch, der vom Auspuff in den Innenraum des Autos führte, heraus und verstopfte das Auspuffrohr mit einem Taschentuch. Dann rannte er zurück zum Traktor. Noch auf dem Rückweg band er sich eine Gasmaske um, die er dort aus einer Seitentasche gekramt hatte. Ich wusste, dass sie Teil seiner Schutzkleidung bei Arbeiten mit Pflanzenbehandlungsmitteln war. In der Hand hielt er einen derben Strick. Der Motor war inzwischen ausgegangen. Ich stand immer noch vor der Garage und wusste nicht, wie ich mich verhalten sollte. Der Mercedes war voll von Autoabgasen, eine Person lag, schemenhaft zu erkennen, leblos über dem Lenkrad. Es schien ein Mann zu sein, mehr konnte ich nicht ausmachen. Alexander öffnete die Fahrertür und löste die Feststellbremse links unter dem Armaturenbrett. In der Zwischenzeit hatte ich auf seine Anweisung das Seil um die Anhängerkupplung gewickelt. Gemeinsam zogen wir das Auto aus der Garage und sperrten alle vier Türen so weit wie möglich auf. Es war Peter. Tot.

Alexander verständigte seinen Vater und die Polizei. Mir war schlecht, ich musste mich übergeben. Vielleicht, weil ich doch zu viele Gase eingeatmet hatte, aber viel wahrscheinlicher reagierte ich psychosomatisch. Mein langweiliges Forscherleben hatte solche Situationen noch nicht erlebt, ich war nicht abgehärtet, sondern ein Weichei mit schwachem Magen. Das Bild, das ich durch die geöffneten Türen sehen konnte, würde mich mein ganzes Leben begleiten. Peters Brust ruhte auf dem Lenkrad, der Kopf darüber und nach vorne gefallen. Seine Hände lagen auf dem Armaturenbrett auf. Die Augen völlig aufgerissen, der Mund weit geöffnet, die Haut fahl blau, machte er einen gespenstischen Eindruck, ein Zombi aus einem Horrorfilm. Der gesamte Innenraum des Autos war mit Rußpartikeln verdreckt, die Scheiben fast blind. Die widerliche Mischung aus Fetten und Ruß war wie eingebrannt und sicher nicht mehr zu entfernen. Als die Leiche später zur gerichtsmedizinischen Untersuchung abtransportiert war, zeichneten sich Peters Körperumrisse auf dem Armaturenbrett und auf dem Sitz ab, überall da, wo die Rußpartikeln sich wegen seines Körpers nicht direkt ablagern konnten. Es war ein Schattenbild, wie ich es aus den Ruinen von Pompei kannte, wo die viele hundert Grad heiße pyroklastische

Wolke Menschen restlos verbrannt hatte. Archäologen fanden nach fast 1900 Jahren an der Todesstelle noch ihr Schattenbild auf dem Straßenpflaster.

 Kurze Zeit später waren Polizei und Notarzt vor Ort. Peter war tot, kein Fall mehr für einen Arzt. Die sofort zugezogene Spurensicherung nahm alle Details auf, vermaß, machte viele Aufnahmen und Kriminalbeamte sprachen mit allen Schlossbewohnern. Alexander und ich schilderten genau, was wir gesehen und getan hatten, Anne wurde im Verlag angerufen. Sie hatte das Schloss um viertel nach sechs verlassen und nichts gehört oder gesehen. Sie wollte so rasch wie möglich heimkommen. Dieterich führte die Beamten in Peters Wohnung und erzählte auch von einem Streit mit ihm in der gestrigen Nacht. Und dass er ihm wegen seiner Alkoholexzesse gekündigt habe. Eine leere Schachtel Dolestan lag auf dem Nachttisch. Dasselbe Mittel, das ich im Flugzeug als Einschlafhilfe benutzte. Selbstmord aufgrund einer Kurzschlussreaktion war die Arbeitshypothese, wahrscheinlich in stark alkoholisiertem Zustand in Verbindung mit Schlafmitteln. Gegen Mittag rückten die Beamten wieder ab. Peter war schon in der Gerichtsmedizin, sein Auto bis zur völligen Klärung in Verwahrung genommen, die Garage verplompt. Er war Geschichte. Die Berichte würden einige Zeit dauern, die Leiche Anfang nächster Woche freigegeben. Dieterich telefonierte mit Peters Frau in Polen, es würde reichen, wenn sie am Montag hier wäre. Erdim musste allein mit dem LKW nach Ulm fahren, den Aufbau des Weinstandes vorzubereiten. Alexander sollte wie geplant morgen gegen neun mit den Weinen bei ihm sein, ihn zu unterstützen. Das Ehepaar Engelmann wollte gegen Mittag zur Eröffnung des Weinfestes eintreffen. Mit Peter war ein kleines Mosaiksteinchen ausgefallen, die Lücke wurde sofort geschlossen. Alles ging seinen streng geschäftlichen Gang, emotionslos und kühl. Wie bei meinem Vater. Tante Lotte war sprachlos wie immer, ich wusste nicht, was sich hinter ihrer

Maske verbarg. Dieterich beherrschte die Szene, er ließ keinen Leerlauf und keine große Trauer aufkommen. Nur Alexander war in meiner Achtung beträchtlich gestiegen. Wo ich in Schockstarre verfallen war, hatte er souverän reagiert. Sein Vater gab zu seinem Verhalten keinen Kommentar ab. Man lobt nicht. Ich wollte ihm morgen im Auto meinen Respekt ausdrücken. Dann kam von Schimmelbusch. Ich beschloss spontan, mein ausgefallenes Training nachzuholen, und konnte ungesehen durch das kleine Tor verschwinden.

Laufen wollte ich quer durch die Weinberge, hoffentlich ohne jemanden zu sehen und in ein Gespräch verwickelt zu werden. Nur allein sein und den im Kopf immer wieder aufblitzenden Anblick des toten Peter verdauen. Und den Wust der Erlebnisse der letzen sechs Tage ordnen und die zahllosen Fragen beantworten und mich auf das Gespräch morgen in Leipzig vorbereiten. Viel zu viel für einen Lauf. Wenn nicht jetzt, wann dann? Und nur beim Laufen. Mein Gehirn ist seit mehr als zwei Millionen Jahre an ein Leben als Jäger und Sammler angepasst, es braucht Bewegungsreize, um gut funktionieren zu können. Meine Gene wollen laufen, Körper und Gehirn kommen gleichermaßen auf Trab. Meine wissenschaftliche Karriere war parallel zur sportlichen verlaufen. Die verbesserte Durchblutung lässt in verschiedenen Hirnregionen neue Blutgefäße entstehen, die letztendlich wie Dünger auf das Gehirn wirken, Nervenzellen intensiver verschalten und sogar neue Zellen produzieren. All das wusste ich. Heute war Laufen wieder ein Antidepressivum, wie nach der Trennung von Jenny. Therapeutisches Laufen mit Scheuklappen, drei oder vier Stunden, solange ich Lust hatte. Dann hätte ich immerhin das normale Tagespensum eines Homo erectus oder Neandertalers erreicht, die täglich geschätzte vierzig Kilometer auf den Beinen waren und Glückshormone im Hirn als Normalzustand empfanden. Glücklich, leider ausgestorben. Schnell verscheuchte ich diese Art von Nebengedanken, die sich immer wieder versuchen, einzunisten. Ich musste mich jetzt auf mein Thema konzentrieren.

War ich in der Lage, mit den bisherigen Informationen eine Arbeitshypothese aufzustellen? Eine Arbeitshypothese zu was überhaupt? Ich hatte doch hauptsächlich ungelöste Fragen, die keinen Sinn hinter all dem erkennen ließen. Nur unter der Annahme eines inneren Sinnes könnte eine Arbeitshypothese hilfreich sein, die danach ständig zu falsifizieren wäre. Das war der weitgehend akzeptierte wissenschaftliche Ansatz, das hatte sogar ein von Schimmelbusch verstanden. Ohne Arbeitshypothese wird nur im Nebel gestochert. Als erstes brauchte ich eine Bestandsaufnahme aller verfügbaren Fakten. Peter, Adolf, Michael Merkle, die Familie, alle hatten viel erzählt, es war höchste Zeit, diese Informationen zu sortieren.

Was hatte ich alles an Fakten? Im Kopf begann ich die bisherigen Kernaussagen aufzuzählen. Jetzt wäre ein Blatt Papier hilfreich gewesen.

- „legale" Enteignung des Schlosses durch Annes Großvater im Dritten Reich
- Rettung des Schlosses vor der Zerstörung durch alliierte Bomber mit Notwehraktion; wo ist die Munition geblieben?
- Tod von Dieterichs Bruder und designiertem Betriebsnachfolger auf dem Rückzug in Polen
- Betriebsübernahme nach dem Herzinfarkt des Vaters durch Dieterich im Jahre 1960
- Wirtschaftlicher Aufschwung bis etwa 1999, danach dramatische Verschuldung
- Mehrheitliche Übernahme des Betriebes durch eine Beteiligungsgesellschaft; deren Ziel ist unklar
- Dieterich stellt sich trotzdem als Entscheider dar
- Bankdirektor-Filialleiter Weber hält Situation von Navalis unter Verschluss

- großer Umbau mit Abfindung von Anne; der Keller wird zur „Kathedrale"
- große Qualitätsprobleme mit dem Jahrgang 2006; ein Totalausfall würde den Betrieb laut   Merkle vor ernsthafte Probleme stellen
- Unfalltod meines Vaters
- Selbstmord Peters
- Neandertalerkalotte auf meinem Bett
- Aggressivität des von Schimmelbusch gegen mich; Evangelikaler mit kreationistischem Denken
- Nähe von Dieterich und Lotte zu der „Kirche zum Heiligen Kreuz", bei der auch von Schimmelbusch eine maßgebliche Rolle spielt; Wurzeln der Kirche in den USA
- extremer Schutz des Heiligen Kreuzes im Keller; Kameraüberwachung, Lichtschranke
- Schutz des großen Fasses durch dieselben Maßnahmen; früher normale Fasstür; heute seitlicher Eingang; renoviert, ebener Boden eingezogen; hatte zu Kriegsende die Munition verborgen; weitere Tür laut Peter nach hinten zur Stirnwand
- Alexander als Betriebsnachfolger ausgebootet
- Drohungen von Peter gegen Dieterich am Vorabend seines Selbstmordes; „wir sind noch nicht quitt", „Du hast auch Gabor betrogen", „ich weiß mehr als du denkst"; Dieterich hatte ihm vorgeworfen, durch das Schloss zu schleichen, anstelle zu arbeiten;

Auch so zusammengestellt ergab sich aus dieser Auflistung kein innerer Sinn. Was brachte mich überhaupt dazu, hier Zusammenhänge und Hintergründe zu suchen. Was stimmte denn nicht. Könnte nicht alles Zufall sein, wie in der Evolution, die zwar einen Ursprung aber kein Ziel besitzt? Zwei Todesfälle innerhalb eines Jahres, beide durch Gas, ein wirtschaftlicher Beinahezusammenbruch mit Restrukturierung und nachfolgenden Investitionen, der Einfluss einer evangelikalen Kirche und menschliche Schwächen sind nichts Außergewöhnliches und können zufällige, nicht miteinander zusammenhängende Ereignisse sein. Was waren die wirklichen Gründe, die mich so nachdenklich gemacht hatten und nach Ursachen suchen ließen? Was suchte ich überhaupt? In wenigen Wochen wäre ich in Leipzig und mein Aufenthalt am Neckar Geschichte. Das Schicksal meiner Verwandten könnte mir egal sein. Was machte mich so unruhig? Ich hatte doch nichts Belastbares in der Hand.

Trotzdem war ich in den letzten sechs Tagen in die Geschichte des Weingutes und vor allem einzelner Menschen verwickelt worden. Tief im Inneren fühlte ich, dass es im Schloss Geheimnisse gab, die auch mich betrafen. Wissenschaftler sind der Rationalität verpflichtet, ihre Methodik muss begründet und nachvollziehbar sein. Das lernt jeder Student im ersten Semester. Trotzdem besitzen viele große Wissenschaftler ein ausgeprägtes Bauchgefühl, teilweise sehen sie es sogar als Voraussetzung ihres Erfolges an. Intuition ist häufig die maßgebliche Größe für ihre Richtungsentscheidungen, wenn viele Parameter unterschiedliche Wege ermöglichen. Mit den Methoden der Statistik lässt sich der emotional gefundene Lösungsansatz hinterher immer plausibel machen. Nicht nur die Wissenschaft tickt derart irrational, ich kannte auch eine Menge Manager, die ähnlich agieren und Entscheidungen aus dem Bauch heraus fällen. Die Macht von Intuition, Instinkt oder Emotion als Entscheidungsgrundlage hatte ich in meiner Karriere bisher kleingehalten. Ich trug das Image des rationalen, nur an Fakten orientierten, emotionslosen und leider meist humorlosen Einzelkämpfers sicher nicht zu Unrecht. In der jetzigen Situation gewannen meine Gefühle immer mehr die Oberhand, eine Tatsache, die mich noch mehr beunruhigte.

Wichtigster und emotionalster Grund für mein ungutes Gefühl auf dem Schloss war sicher die lückenhafte, völlig unbefriedigende Kommunikation wegen des Unfalls meines Vaters, die mich misstrauisch gemacht und diesbezüglichen Äußerungen gegenüber sensibilisiert hatte. Peters zahlreiche Bemerkungen trafen deshalb auf fruchtbaren Boden. Sein Selbstmord nahm mir die Möglichkeit, mehr aus ihm herauszuholen. Stimmte womöglich mit dem Tod meines Vaters etwas nicht? Hatte jemand nachgeholfen? Aber warum? Kein Mord ohne Motiv. Ich verdrängte diesen Gedanken sofort wieder. Verwandtenmord auf Navalis, das roch nach Räuberklamotte, eines Wissenschaftlers unwürdig, es sei denn er verfügt über Indizien oder sogar Beweise, die dafür sprächen. Hatte ich alles nicht, nur vielleicht sogar falsch interpretierte Kommentare von Peter.

Der zweite Grund für meine Unruhe lag in der Person von Schimmelbusch. Dessen evangelikale Aggressivität musste eine Ursache haben, die ich noch nicht verstehen konnte. Einem Fremden gegenüber kann es keinen Grund geben, so militant anzugreifen. Oder liegt die Lösung in den USA, wo seine Kirche ihre Wurzeln hat? An den Namen der Kirche meiner ehemaligen Schwiegereltern konnte ich mich nicht mehr erinnern, er hatte aber nichts mit einem Kreuz zu tun. Da war ich mir sicher. Und welche Rolle spielte er wirklich auf dem Schloss, wie weit beherrschte er meinen Onkel? War er womöglich der wahre Herrscher und Dieterich der Grüß-August, der nützliche Idiot, der zur Bewahrung einer Fassade nötig war? Könnte ich unter diesen Umständen noch länger hier wohnen? Alles andere hatte sich aus diesen beiden Aspekten ergeben. Vor allem das Schädeldach des Neandertalers musste eine Botschaft transportieren, nur welche. Es war das einzige fassbare Stück, dessen Geschichte ich schon aus wissenschaftlichen Gründen aufklären sollte. Aber was hatte es mit meinem Vater oder mit von Schimmelbusch zu tun? Ich hatte außer einem Stück Knochen tatsächlich nichts in der Hand. Nur Emotionen, Gefühle oder Ahnungen. Und einen ganzen Weintank mit unbeantworteten Fragen. Für einen Wissenschaftler entsetzlich unbefriedigend, aber auch eine Herausforderung.

Was waren schließlich die zentralen Fragen, deren Beantwortung mir allein weiterhelfen konnte?

Wer war die Beteiligungsgesellschaft ZHK? Merkle wollte uns weiterhelfen. Anne müsste nachfassen.

Welche Rolle spielte von Schimmelbusch wirklich in seiner Kirche?

Wie sind mein Onkel und meine Tante mit dieser Kirche verstrickt? Anne könnte weiterhelfen oder Alexander.

Wer herrscht wirklich auf Navalis? Nochmals Anne oder Alexander.

Stimmt etwas nicht mit dem Tod meines Vaters? Anne könnte mich sicher mit den Polizisten zusammenbringen, die den Fall untersuchten.

Birgt das große Fass ein Geheimnis? Ich müsste mit Gabor reden.

Hat Dieterich Gabor tatsächlich betrogen, wie Peter es behauptete? Ebenfalls Gabors Thema.

Es half alles nichts. Allein würde ich hier nicht weiterkommen, der Steppenwolf war an seine Grenze gekommen. Ich brauchte Gabor und Anne zu einem brain storming. Drei Köpfe finden leichter einen Zusammenhang und kommen auf intelligentere Antworten als einer allein. Teamarbeit hat in bestimmten Situationen unstrittige Vorteile. Schwarmintelligenz eben. Den beiden vertraute ich. Am Wochenende wären wir allein und könnten bei einem Glas Wein alles diskutieren.

Ich schaute nach über zwei Stunden und fast sechsundzwanzig Kilometern das erste Mal auf die Uhr. Zwischendrin hatte es immer wieder leicht geregnet, ein Nieseln mit feinen Tropfen, ich war von innen und von außen nass. Allmählich verspürte ich etwas Durst, die Schleimhäute im Mund waren trocken geworden. Auch ließ die Leichtigkeit beim Laufen nach, das Zeichen, dass mein Glykogen allmählich aufgebraucht war. Ich kannte die

Reaktionen meines Körpers inzwischen gut genug und beschloss an der nächsten Wasserstelle, wie sie in unregelmäßigen Abständen bei der Flurbereinigung installiert worden waren, eine kurze Trinkpause einzulegen und meinen Müsliriegel zu essen. Mein Körper sagt mir, was er braucht. Er hat in Jahrhunderttausenden auf der Jagd in der heißen Savanne perfekt gelernt, den Elektrolyt-Wasser-Haushalt konstant zu halten. Bis zur Erreichung der Durstschwelle kann er seinen Flüssigkeitsverlust durch Schwitzen puffern und die Größe der Körperzellen konstant halten. Der Durstmechanismus funktioniert perfekt seit Beginn der Menschwerdung. Ein halber Liter kaltes Wasser und der klebrige Riegel reichten mir vollkommen für die nächsten ein bis zwei Stunden.

Meine Überlegungen brachten mich nicht weiter. Navalis, von Schimmelbusch und die Kalotte gaben ihr Geheimnis nicht preis. Ich wechselte resigniert das Thema und dachte mich in die Situation in Leipzig ein. Morgen sollte ich zur Vertragsunterzeichnung im „Institut für Evolution und Anthropologie" antreten. In Fachkreisen wird der schwulstige Name zu EVA verkürzt, was bei Außenstehenden nicht selten zu einem Erklärungsbedarf führt. Der erste Teil sollte eine formelle Angelegenheit mit dem Personalchef sein, alle Details waren im „Letter of intent" bereits fixiert. Viel spannender würde die Diskussion mit meinem zukünftigen Chef. Ich hatte mich entschlossen, das Schädeldach mitzunehmen. Er sollte es untersuchen und meine Einschätzung als Teil eines Neandertalers bestätigen. Die Wahrscheinlichkeit, dass mich ein Scherzbold mit einer Kopie hereingelegt hatte, war minimal. Er konnte auch in wenigen Tagen das Alter ermitteln lassen. Dank neuer C-14-Methoden werden nur noch geringe Probenmengen benötigt. Ich freute mich wahnsinnig auf die Arbeit in einem internationalen, jungen und hochprofessionellem Team, in dem ich kein provinzielles Gehabe wie auf Navalis erleben würde. Mit einer Atmosphäre, in der Auseinandersetzungen Teil des akademischen Diskurses sind und Alphatiere sich intellektuell durchsetzen müssen, nicht durch Gewalt oder mit Lautstärke. Das war meine Welt, jenseits irdischer Machtkämpfe. Meine Stimmung verbesserte sich mit jedem Kilometer, den ich zurücklegte. Die Aussicht auf eine fruchtbare Zukunft und die Hormone für mein Hirn ließen mich die fragwürdige Gegenwart für einige Zeit vergessen.

Als ich zum Schloss zurückkam, war es 17.00 Uhr, ich war weit mehr als drei Stunden gelaufen, die letzte fast mit Wettkampfgeschwindigkeit. Mein linkes Knie schmerzte wie immer, wenn die Schuhe verschlissen und die Dämpfung der Sohlen allmählich unzureichend geworden waren. Ich musste dringend neue anschaffen, nach 1500 Kilometern war eine Neuinvestition überfällig. Auch die Muskulatur meldete sich mit leichtem Ziehen im rechten Oberschenkel, beide Waden fühlten sich hart wie Stein an. Meine Fitness war doch noch weit weg vom Bestwert, stellte ich traurig fest. Die letzte Stunde hatte ich geistig total abgeschaltet, mein Gehirn war völlig leer. Navalis und Peter im Besonderen waren verdrängt. Ich wollte bewusst nichts mehr denken, nur noch laufen und den Hormonen erlauben, mein Belohnungssystem zu beglücken. Jetzt war ich körperlich zwar mitgenommen, aber geistig wohlig müde und würde nach der Dusche etwas essen und sofort schlafen können. Diese innere, tiefsitzende Zufriedenheit war mir wichtiger als ein kurzzeitiger Höhepunkt analog Annes „Runners High".

Meine tiefzufriedene Stimmung hielt nur bis zum Schlosshof. Von Schimmelbusch war noch immer da. Er stand mit drei Männern, die ich nicht kannte, neben der Brücke zu meinem Turm. Ich hatte keine Möglichkeit, ihnen aus dem Weg zu gehen. Oder sollte ich wieder umdrehen? Nein, keine Feigheit vor dem Feind, ich wusste ihn inzwischen zu nehmen. Langsam ging ich auf die vier zu und musterte dabei die Fremden. Sie waren alle in meinem Alter, schlank, hochgewachsen, mit Bürstenhaarschnitt und rosigem Teint. All american standard, in den USA hatte ich solche Typen in allen wichtigen Positionen gesehen. Besonders das FBI oder die Banken waren voll von diesen gut ausgebildeten, langweiligen, stockkonservativen Einheitsfiguren. Alle trugen eine dunkle Hose und ein weißes Hemd mit kleinem Stehkragen. Es mussten Pfarrer aus der US-Kirche sein oder Funktionäre. Mein Magen reagierte diesmal nicht. Er hatte sich an die Situation wohl schon gewöhnt. Die Vier beobachteten mich genau, als ich ihnen entgegenging. Die Fremden wussten über mich Bescheid, das spürte ich. Von Schimmelbusch ging sofort in Angriff über. Er sprach Englisch, und wandte sich seinen Gästen direkt zu. Meine Vermutung stimmte also. Es war ein perfektes broadcast english, viel besser als mein Südstaatenslang, den ich von Jenny leider übernommen hatte. Ich beneidete ihn dafür.

„Wir begrüßen Doktor Rafael Bannert, einen müden Krieger, der wieder vom Götzendienst heimkommt. Wenn er nicht diesbezüglich unterwegs ist, verbreitet er die Irrlehren eines Darwin, den Ursprung alles Bösen. Leuten wie ihm haben wir die hohe Kriminalitätsrate, Kriege, Homosexualität und die ausufernden Scheidungsraten zu verdanken. Die Anhänger Darwins, vor allem Ernst Haeckel, waren die Verbindung zu den Nazis, die in dreizehn Jahren die Welt in Schutt und Asche gelegt hatten. Ich habe mir die Freiheit genommen, mit ihm seriös zu diskutieren, musste aber leider feststellen, dass gegen ideologische Borniertheit kein Kraut gewachsen ist. Wir müssen ihn deshalb als therapieresistent aus unserem Kreis ausschließen."

Seine Aggressivität kam diesmal völlig überraschend. Beim letzten Mal konnten wir so etwas wie eine intellektuelle Diskussion zustande bringen, weitgehend war es sogar ein Austausch von Argumenten. Diesmal griff er direkt auf bekannte Klischees zurück. Er wollte seinen Gästen offensichtlich seine Kampfbereitschaft beweisen und sich als Glaubenskrieger profilieren. Die

Gruppe hatte inzwischen einen Halbkreis um mich gebildet. Ich fühlte mich in dieser Runde zutiefst unwohl, sie wollten mich bewusst einschüchtern und waren leider damit erfolgreich. Mein Körper war schon auf Kampf programmiert, ich konnte mir aber nicht vorstellen, mich mit denen prügeln zu müssen. Gegen alle vier hatte ich keine Chance. Sollte ich auf seinem Niveau antworten oder auf der intellektuell-wissenschaftlichen Ebene? Das hatte ich bisher getan. Mir platzte der Kragen, ab sofort sollte es keine Zurückhaltung mehr geben. Meine Tage auf Navalis waren ohnehin gezählt. Ab jetzt wird zurückgeschossen. Munition hatte ich zur Genüge. Ich erkannte mich selber nicht wieder, einen solchen „furor teutonicus" hatte ich in meinem bisherigen Leben noch nicht an den Tag gelegt. Aller Frust der letzten Jahre schien in meiner Antwort zu liegen, die mit normaler Lautstärke begann und sich immer mehr in die Oberstimme steigerte, bis ich schließlich zu meinem eigenen Entsetzen die Kontrolle über mich verloren hatte. Sollten die amerikanischen Schnösel über mich denken, was sie wollten. Uns verband nichts, was mich zur Zurückhaltung hätte nötigen können.

„Hören Sie endlich auf, sich so überlegen zu fühlen. Dass erwachsene Leute wie sie immer noch einem frauenfeindlichen, homophoben, rassistischen, Kinder und Völker mordenden, größenwahnsinnigen, sadomasochistischen, launisch-boshaften Tyrannen nachlaufen, bringt jeden intelligenten Menschen zur Verzweiflung." Ein so polemisches Gottesbild hatte der zurzeit prominenteste Streiter gegen die Religion, Richard Dawkins, Darwins Dobermann in der Tradition eines Huxley, aus dem „Alten Testament" destilliert. Gerade setzte ich es zum ersten Mal selber in einer Diskussion ein, hinterher wäre kein Kompromiss mehr möglich. Das war eine bewusste Kriegserklärung. Ich war zum Krieg bereit.

„Die Militanz ihres Glaubens widert mich an, sie fühlen sich im Besitz der Wahrheit und sind keinen Argumenten mehr zugänglich. Ihre Waffen sind Aggressivität, Verunglimpfung, Indoktrination, eine Schande für die Moderne, die sie ablehnen, weil sie nicht in ihr Weltbild passt. Sie geben sich mit dem zufrieden, was sie haben, sie untergraben die Suche nach weiterer Erkenntnis und sind nicht nur wissenschaftsfeindlich, sondern unterminieren auch noch den Intellekt. Wann stellen sie sich endlich einmal selbst in Frage, es gibt auf der Welt hunderte Religionen, Kirchen und Sekten, alle mit Absolutheitsanspruch. Alle können nicht gleichzeitig recht haben. Ich bin überzeugt, dass hinter ihrer absolut gesetzten Wahrheit nur die Angst vor ihrem eigenen Ende steckt, Sie haben Angst vor dem Tod. Sie flüchten sich in Hoffnungen, die himmlische Erlösung vom sicheren irdischen Schicksal versprechen. Sie meinen, durch rigiden Glauben die eigene Sterblichkeit verdrängen zu können. Wissenschaft fragt dagegen permanent, ob die Richtung korrigiert werden muss, es ist ihr systemimmanent, sich selber in Frage zu stellen. Ihnen fällt das nie im Leben ein. Meine Fragen von gestern haben sie aus nachvollziehbarem Grund nicht beantwortet. Die Frage nach dem Verhältnis zu Juden, Homosexualität oder Abtreibung. Ich will ihnen die Antwort geben: Homosexualität ist eine Sünde, ihr hetzt gegen Schwule als Sodomisten, Abtreibung ist Mord, die Juden sind Christusmörder, die in den USA den Holocaust erfunden haben, um ihren reaktionären Zielen die moralische Legitimation des Opfers zu geben. Herr von Schimmelbusch, sie leben in einer religiös-reaktionären Parallelwelt und sind ein Hardcorekreationist, ein Rassist und Antisemit. Offen ist noch, ob ihr Gott die Welt in 10.000 Jahren oder nur in sechs Tagen erschaffen hat und die Erde eine Scheibe ist, um die die Sonne kreist. Und jetzt entschuldigen Sie mich, ich habe die Nase voll von Ihnen."

Den letzten Satz hatte ich wutschnaubend herausgebrüllt. Die vier hatten mich inzwischen vollständig eingekreist, ihre Drohgebärden wurden heftiger. Sollte es dabei bleiben, hier in der

Öffentlichkeit, oder würden sie wie sich überlegen fühlende Schimpansen schließlich doch gewalttätig werden? Langsam rückten sie näher, der Radius wurde enger. Ihre Fäuste waren geballt. Ich suchte einen Fluchtweg zwischen zwei der Amerikaner zu meiner Linken hindurch zur Brücke und in den Turm. Von Schimmelbuschs Masse wollte ich aus dem Weg gehen. Im Sprint war ich ihnen überlegen, die Türe ließe sich von innen verriegeln. Eine unwürdige Situation, aber die Zeit des Pardon für mich als Andersgläubigen schien abgelaufen. Langsam spannte ich alle Muskeln an und atmete tief ein, der hungrigen Säbelzahnkatze fest in die Augen blickend. Nur kein Zeichen von Angst erkennen lassen, Raubtiere riechen Angst.

Wieder rettete Anne die Situation. Sie kam mit hoher Geschwindigkeit durch das Schlosstor direkt auf uns zu gefahren und parkte ihren Golf zwei Meter daneben. Sie sprang regelrecht aus dem Auto, ihre sonst immer perfekt sitzende Frisur war zerzaust, ihr Make-up sichtlich verschmiert. Sie hatte geweint. Mit drei raschen Schritten gelangte sie zu mir, packte mich am Arm und zerrte mich in den Turm. „Entschuldigung, aber ich muss dringend mit Rafael reden", rief sie den anderen im Vorbeirennen zu. Sie reagierten nicht und ließen uns wortlos durch. Der Kampf war vertagt.

Kaum war die Holztür ins Schloss gefallen, presste sie sich fest an mich und schlang ihre Arme um meinen Hals. Ein panisches Festkrallen mit viel Angst im Blick, ihr ganzer Körper war verkrampft und zitterte wie bei Schüttelfrost. Dicke Tränen rollten wieder über ihr Gesicht, sie war am Rande zur Hysterie. „Rafael, ich habe Angst, furchtbare Angst. Es ist schon wieder etwas Entsetzliches geschehen. Adolf ist tot. Er wurde heute Morgen im Ententeich gefunden. Ertrunken, wahrscheinlich auch Selbstmord. Wie Peter, alles an einem Tag. Ich glaube nicht mehr an Zufall, da wurde nachgeholfen. Wer ist der nächste?" Ihre Sätze kamen abgehackt, wie aus einem Maschinengewehr. Ich hatte Mühe zu folgen. Mein Gesicht war inzwischen von den Tränen so nass wie ihres.

Bei Jenny hatte ich mühsam gelernt, mit solchen Reaktionen umzugehen. Nichts sagen, nur zuhören und sie fest an mich drücken. Erst kommt ein Redeschwall, danach Ruhe, die Muskeln entspannen sich, der Tränenfluss versiegt. Verständnis zeigen für ihre Situation, auf keinen Fall rationale Argumente bringen und das Problem nie relativieren. Kein plumper Trost. Die Erfolgsquote lag gegen Ende bei über fünfzig Prozent, ich war Frauenversteher geworden. Oft wollte sie, nachdem sie sich wieder beruhigt hatte, sofort mit mir schlafen. Dann waren wir uns nahe wie nie. Bonobos ticken einfacher. Ich führte Anne schließlich hoch ins „Wohnzimmer", wir setzten uns über Eck an den kleinen Esstisch. Ihre Hände lagen in meinen wie die von Adolf in ihren gelegen hatten, wir drückten unsere Stirn leicht gegeneinander. Uns verband inzwischen eine derartige Vertrautheit, dass diese Situation nichts Anrüchiges hatte, wir waren wie Geschwister. Unter der Fassade der starken Frau kam das schwache kleine Mädchen zum Vorschein. Jede Mauer kann geschleift werden, die Angriffe müssen nur stark genug sein. Von Männern und Affen kannte ich diese Ambivalenz zur Genüge.

Nach und nach begriff ich, was geschehen war. Sie hatte mit Adolfs Schwester geredet, in deren Haus er seit dem Tod seiner Frau eine kleine Wohnung besaß, und mit den Polizeibeamten, die die Untersuchung leiteten. Adolf hatte den „Ochsen" etwa eine Stunde nach uns verlassen und sich sofort daheim zu einem langen Mittagsschlaf hingelegt. Er war deutlich angetrunken, bei dem großen Konsum schon in unserer Anwesenheit war das verständlich. Nach dem Abendessen, es dunkelte bereits, hörte seine Schwester ihn telefonieren. Einige Zeit später verließ er das Haus, ohne sich abzumelden. Das war ungewöhnlich, weil er aufgrund seiner starken Sehbehinderung bei Dunkelheit sehr hilflos war und deshalb vermied, abends allein wegzugehen.

Vermisst wurde er erst, als er nicht zum Frühstück erschien, das jeden Tag pünktlich um sieben Uhr gemeinsam eingenommen wurde. Wenige Minuten später stand auch die Polizei vor der Tür und überbrachte ihr die schreckliche Botschaft. Ein Kellerarbeiter von Gabor hatte seinen Leichnam auf dem Weg zur Frühschicht im Teich treiben sehen. Adolf war eindeutig ertrunken, die Lunge voll Wasser, und er schon mindestens acht Stunden tot. Todeszeitpunkt demnach gegen 22.00 Uhr, zwanzig Minuten, nachdem er seine Wohnung verlassen hatte. Fremdeinwirkung als Todesursache war auszuschließen, es gab keinerlei äußere Anzeichen von Gewalt. Ebensowenig war es ein Herzinfarkt oder Hirnschlag. Entweder ein tragisches Unglück zum Beispiel nach einem Schwächeanfall oder Freitod. Adolf war kein guter Schwimmer, er konnte sich aber leidlich über Wasser halten. Die Wasserratte Anne hatte sich immer über seinen Stil lustig gemacht. Die Polizei suchte nach Zeugen, die Adolf zuletzt lebend gesehen hatten und eine Rekonstruktion seiner letzten Minuten ermöglichen. Sein Hausarzt, Doktor Bröker, den du am Samstag kennengelernt hast, informierte sie über schwere Altersdepressionen, nicht zuletzt durch die Blindheit, die er mit starken Antidepressiva behandelte. In seinem Bad fanden sich viele nicht eingenommene Tabletten, er hatte seine schleichende Erblindung mühsam akzeptiert, aber nie die immer düsterer werdende Psyche. Er wäre nicht verrückt. Selbstmord galt deshalb als wahrscheinlichste Todesursache.

„Rafael, ich habe Angst. Ich weiß, mit wem Adolf sein letztes Telefonat führte." Jetzt blickte sie mir starr ins Gesicht. Ich begann etwas zu ahnen. „Es war mit Papa. Ich saß mit Mama in der Küche, wir hörten ihn reden, ohne ihn zu verstehen. Er sprach laut, schon aggressiv und wirkte erregt. Kurz danach verließ er kommentarlos das Haus. Neugierig geworden, suchte ich im Display nach der Nummer des Anrufers. Eindeutig die von Adolf, die ich vor unserem Mittagessen gestern mehrfach selber gewählt hatte. Was hat das zu bedeuten? Laut Mama war Papa gegen elf wieder zurück, er erzählte nur kurz angebunden, dass er mit von Schimmelbusch zusammen gewesen sei. Mama pflegt von sich aus nie weiter nachzufragen. Der Polizei habe ich davon nichts erzählt, sie wird aber bald von selber darauf kommen, wenn sie Adolfs Telefon überprüft. Drei Tote im Dunstkreis unseres Betriebes innerhalb von acht Monaten. Kann das noch Zufall sein? Was geht hier vor?"

Mir war kalt geworden, jetzt hatte ich eine Gänsehaut. In das Hirn eines Selbstmörders zu blicken ist unmöglich. Die meisten bringen sich ohne Ankündigung und total überraschend für die Angehörigen um. Adolf war für mich eine solche Überraschung. Gestern hatte er in meinen Augen optimistisch und zuversichtlich gewirkt, ein alter Mann, der noch viel zu erzählen hat. Aber was war mit dem Anruf auf Navalis? Hatte er Dieterich von der Unterhaltung mit uns erzählt, war der deshalb aufgeregt? Wusste er etwas, was auf keinen Fall verraten werden darf? Aber er hat doch nur über Ereignisse während des Dritten Reiches erzählt, als Dieterich noch ein kleines Kind war. Sein Tod machte es unmöglich für uns, über die Zeit danach etwas zu erfahren. Sollte gerade das verschleiert bleiben. Barg Navalis doch ein Geheimnis? Zwei Informanten waren schon ausgefallen. Blieb noch Michael Merkle. War er auch in Gefahr? Anne schaute mich mit starrem Blick unendlich traurig an, als sie weiterredete.

„Seit drei Stunden ist Michaels Telefon abgeschaltet. Er hat nach Aussage der Dame vom Telefondienst unmittelbar nach Schalterschluss das Büro verlassen. Donnerstags geht er immer mit Kollegen aus der Zentrale in eine Fitnessbude nach Stuttgart, danach zum Essen. Soziokulturelle Verpflichtungen, wie er sagt. Er arbeitet zielstrebig an seiner Karriere, du hast das sicher bemerkt. Weber wird ihm bald zum Opfer fallen. Zuletzt haben wir gegen Mittag miteinander telefoniert. Er hat herausgefunden, wer sich hinter der Beteiligungsgesellschaft ZHK verbirgt. Warum sind wir bloß nicht selber darauf gekommen, die naheliegendsten Dinge sehen wir nie. Der korrekte und vollständige Name des Quasi-Besitzers von Navalis lautet: „Zum Heiligen Kreuz Beteiligungsgesellschaft mit beschränkter Haftung". Geschäftsführer dieser illustren Gesellschaft, die natürlich als einzigen Anteilseigner die gleichnamige Kirche hat, sind Doktor Konrad von Schimmelbusch als Sprecher, unser Herr Weber von der Sparkasse und Doktor Bröker, Allgemeinmediziner. Zweck der Gesellschaft ist der Erwerb von repräsentativem Grund und Boden für die Kirche. Navalis ist wieder zu dem geworden, was es bei der Gründung war. Eigentum einer christlichen Organisation, nur befindet sich die Kathedrale unten im Keller. Meine Eltern spielen weltliche Statthalter, die nichts mehr zu sagen haben. Wir müssen Michael warnen, er muss vorsichtig sein."

Anne wirkte auf einmal trotz ihrer körperlichen Robustheit zerbrechlich wie dünnes Glas und müde, sie war erschöpft. Ich nahm sie erneut in den Arm und hielt sie so fest wie ich konnte. Gerade eben zerbrach ihr bisher so festgefügtes Weltbild, sie war immer obenauf gewesen und erlebte nun einen Absturz, wie er schmerzlicher nicht sein konnte. Navalis war in der Hand von Evangelikalen, würde sie mit ihrem in deren Augen gottlosen Lebenswandel auf Dauer geduldet? Hatte ihr Vater sie abgesichert? Anstatt sie mit ins Boot zu nehmen, hatte er lieber seine Seele an eine dogmatische Kirche verkauft. Ob Dieterich die Kirche als Retter oder als Besatzer empfand, war mir noch nicht klar. Die ständige Präsenz meines von Schimmelbusch und sein dominantes Auftreten wurden jedenfalls verständlich. Was würde uns sonst noch auf dem Schloss überraschen? Jedenfalls waren einige meiner Fragen von heute Nachmittag bereits beantwortet.

„Ich bin so froh, dass du hier bist. Tief im Dreck merkt man erst, wie wenig echte Freunde für einen da sind, mit denen man die wirklich ernsten Dinge diskutieren kann. Die vielen Bekannten zählen nichts, sie sind höchstens die Begleitmusik in schönen

Stunden, aber nie ein Anker bei Sturm. Wie Zwiebelschalen, je weiter außen desto mehr, aber desto oberflächlicher. Nur die wenigen inneren sind dem Zentrum wirklich nah. Mir bleiben neben dir noch Sandy, die sich gerade in ihrer Abschlussarbeit vergraben hat und nicht ansprechbar ist, daneben Gabor, der bis morgen Abend in London Weine probiert. Es ist so traurig. Lass uns Essen gehen, ich muss weg von hier."

Endlich konnte ich duschen, während sich Anne hier etwas restaurieren wollte. Als ich wieder nach unten kam, hielt sie den Schuhkarton mit dem Schädeldach in Händen, das ich morgen mitnehmen wollte. Sie schaute mich fragend an. Ich setzte sie mit wenigen Worten ins Bild. Ihre Neugierde und ihre Lebensgeister wurden wieder wach, hier war eine Herausforderung, die sie ablenkte. Viel mehr als für die Kalotte interessierte sie sich für die Zeitung, in der der Karton eingepackt war. Ich hatte sie einfach zusammengefaltet und als Polster für das Schädeldach verwendet. Erst jetzt registrierte ich, dass es der Lokalteil der hiesigen Zeitung vom 2. Mai 1998 war, vor genau acht Jahren erschienen. Anne überflog die Überschriften und stutzte auf einmal. An einem Artikel blieb sie hängen, sie studierte ihn leise und las schließlich laut vor:

„Tod im Weinberg. Einen entsetzlichen Fund machten Spaziergänger in den Mittagstunden des 1. Mai im Weinberg unterhalb von Schloss Navalis. Eine junge Frau, die nicht vom Tanz in den Mai zurückgekommen und von ihren Eltern kurz zuvor als vermisst gemeldet worden war, lag tot in einer Rebzeile ein gutes Stück unterhalb des Höhenweges, der vor dem Schloss vorbeiführt. Die Gerichtsmediziner stellten fest, dass die 23-jährige schon vor mindestens zehn Stunden gestorben war. Todesursache war ein Hirnaneurysma, eine im Normalfall spindel- oder sackförmige, angeborene, lokal begrenzte und permanente Erweiterung des Querschnitts von Blutgefäßen, also eine gefährliche Wandveränderung. Reißt das schwache Bindegewebe auf, führt es zu einer Hirnblutung, die für die Hälfte der Opfer tödlich verläuft. Der Patient hat das Gefühl, sein Kopf läuft voll, gefolgt von stechenden Schmerzen, die den Eindruck vermitteln, die Schädeldecke müsse gleich wegfliegen. Nach Aussage ihres Hausarztes, Doktor Bröker, sei diese lebensgefährliche Anomalie nicht bekannt gewesen. Es handelte sich um einen unglücklichen Todesfall ohne Mitwirkung Dritter. Die Krankheit trifft oft scheinbar kerngesunde, mitten im Leben stehende Menschen und ist zum Glück sehr selten. Nur etwa sechs Prozent der Bevölkerung haben eine solche Gefäßausstülpung im Gehirn. Dass eine solche Aussackung reißt, ist noch seltener, Fachleute sprechen von fünf bis zehn Betroffenen je 100.000 Einwohner. Wann und warum es zu einem Riss kommt, ist kaum vorherzusagen. Die Ader kann beim Niesen, bei sportlichen Anstrengungen oder sogar auf der Toilette platzen. Die Polizei sucht nach Zeugen, die die Frau in ihren letzten Lebensstunden gesehen haben. Und so weiter, und so weiter."

Sie legte die Zeitung wieder in den Karton. In ihrem Hirn arbeitete es mächtig. „Ich erinnere mich daran, es geschah, als ich in St. Blasien war. Die Tote hieß Anja Megerle und hat bei uns stundenweise gearbeitet. Abfüllung, Laubarbeiten, Servieren bei Weinproben, sie war unser Mädchen für alles. Sie war sechs Jahre älter als ich, sah gut aus, sportlich, voller Lebenslust, die Männer stiegen ihr ständig nach. Viele Dinge, die ich mir zu der Zeit leistete, konnte sie im Gegensatz zu meinen Eltern verstehen. Sie muss in der Pubertät eine ähnliche Phase durchlebt haben. Ihr Tod hat uns alle mitgenommen. Man fand nie heraus, wie sie in den Weinberg kam. Das letzte Mal wurde sie gegen 21.00 Uhr gesehen, danach waren alle Gäste schon zu betrunken, um noch etwas bewusst zu registrieren. Wieder taucht Doktor Bröker auf. Wieder alles nur Zufall? Die Zeitung wurde mit Sicherheit absichtlich um den Karton gewickelt. Auch das ist eine Botschaft, genau wie der Knochen. Enthält der Karton noch mehr Informationen? Gib ihn mir bitte, aber ohne den Knochen. Der gehört in dein Fachgebiet."

Sie betrachtete ihn intensiv von allen Seiten, tastete ihn mit den Fingern ab, grinste mich dabei spöttisch an und schüttelte ihn. Nichts zu finden, nur ein alter, leerer Karton für Fußballschuhe Größe 42. Dann griff sie sich den Deckel. Um den hatte ich mich überhaupt nicht gekümmert und ihn sofort beiseitegelegt. Dieselbe Überprüfung, diesmal mit Erfolg. Unter dem Falz, der den Deckelrand verstärkt und die Schachtel umfasst, genau in der Mitte, war ein harter Gegenstand zu spüren. Dort klafften der sonst fest verklebte Karton auseinander. Der Rest war ohne Beschädigung. Der Gegenstand musste offensichtlich mit Druck dazwischen geschoben worden sein und verlangte spitze Finger, ihn herauszufummeln. Vor uns lag ein flacher Schlüssel, wie er in jeder Haustür zum Einsatz kommt. Die Reide war quadratisch und ohne Beschriftung. Ich hatte noch nie einen Schlüssel ohne eine eingravierte Nummer oder zumindest eine Herstellerangabe gesehen. War das die Sonderanfertigung eines begabten Bastlers, eine unerlaubte Kopie? Der schmale Bart zeigte die übliche Längsrinne mit fünf Profilkerben an der tiefsten Stelle. Bartschlüssel wie der vor uns lassen sich durch Feilen eines ähnlichen Rohlings einfach erzeugen. Schwieriger, aber für einen guten Handwerker machbar, ist die Kopie anhand eines Abdruckes aus Ton oder Knetmasse. Durch Versuch und Irrtum muss solange gefeilt werden, bis sich das Schloss schließlich öffnen lässt. Im Gegensatz zu modernen Schlössern reicht bei älteren bereits eine weitgehende Übereinstimmung. Anne legte ihren Schlüsselbund daneben. Weder ihr Generalschlüssel vom Weingut noch die vom Verlag oder ihr privater waren identisch oder auch nur ähnlich. Passte der Schlüssel zu einer Tür im Weingut unabhängig von der Schließanlage oder gehörte er ganz woanders hin? Und was hatte er mit dem Schädeldach zu tun?

Ich sprach meinen anfänglichen Verdacht an. „Mein Gefühl sagt mir, dass wir ein Abschiedsgeschenk von Peter vor uns haben. Er wusste, wie und wann er unbemerkt in mein Zimmer eindringen konnte und war aktiver Fußballspieler zu einer Zeit, als diese Schuhe aktuell waren. Seine Schuhgröße könnte auch passen. Was wollte er uns aber damit sagen? Lass mich wild spekulieren: Der Schlüssel ist von einem guten Handwerker heimlich kopiert worden und führt in einen Raum, der weitere Informationen für uns bereit hält. Nach all dem, was wir bisher erlebt haben, muss es eine wichtige Information sein. Was das sein soll, kann ich beim besten Willen nicht sagen. Der Raum wird sicher hier im Schloss sein. Am Wochenende haben wir die Möglichkeit, unbemerkt alle Schlösser auszuprobieren. Die Kalotte stammt aus dem Weingut und muss mit dem Keller im Zusammenhang stehen. Dort scheint ein Geheimnis verborgen zu sein, auf das wir hingewiesen werden sollen. Wenn bei Ausschachtungen ein derartiger Fund gemacht worden wäre, hätten Archäologen, Paläoanthropologen und zwanzig andere Spezialisten den Bau auf Monate, vielleicht Jahre blockiert. Für das Weingut wäre das unangenehm geworden, Dieterich hätte großes Interesse haben müssen, die Öffentlichkeit zu meiden. Für die Wissenschaft wäre das ein entsetzlicher Schaden gewesen. Es gibt viel zu wenige derart gut erhaltene Funde. Orten wie Mettmann in der Nähe des Neandertals gelang es, die Knochen kulturell und wissenschaftlich zu vermarkten. Das hätte hier auch geschehen können. Ein Weingut mit Urmenschenmuseum wäre eine gigantische Attraktion für die ganze Gegend. Der Zeitungsartikel in Verbindung mit den Informationen von dir deutet auf eine Verbindung der Toten zu Personen auf dem Schloss hin. Mit einem Hirnaneurysma habe ich selber vor vier Jahren böse Erfahrungen gemacht. Einer meiner Laufkollegen ist beim Training für den

New York Marathon daran verstorben, man hat ihn erst viele Stunden später zufällig gefunden. Seine Witwe wollte daraufhin im Andenken an ihn den Marathon selber laufen. Ich habe ihr bei der Vorbereitung als Trainingspartner geholfen, zwei Jahre später hat sie es tatsächlich geschafft. Ich kenne auch Musiker, die mitten im Konzert zusammengebrochen sind oder den ehemaligen Chef von Hewlett-Packard, Lewis E. Platt, der 1995 daran verstorben ist. Sollte das Mädchen im Schloss ums Leben gekommen und in den Weinberg gelegt worden sein, um Navalis nicht negativ ins Gerede zu bringen? War sie mit Peter zusammen gewesen, der zu der Zeit als Strohwitwer hier lebte? Hatte Peter das allein gemacht oder jemanden, vielleicht Dieterich, zu Hilfe gerufen? Als Mitwisser hätte er Peter dadurch in der Hand gehabt. Oder ist dein Vater mit ihr fremdgegangen und Peter musste bei der Verschleierung helfen? Bestand dadurch eine Abhängigkeit? Hat Dieterich ihn deshalb nicht schon lange rausgeworfen? Aber warum jetzt?"

Ich erzählte Anne von der Auseinandersetzung zwischen Peter und ihrem Vater am Vorabend seines Todes. Sie kannte solche Auseinandersetzungen zur Genüge, hatte sie in der Vergangenheit aber immer als Hahnenkampf erlebt, einen Tag später ging die Arbeit wie gewohnt weiter. Ich war mit meinen Spekulationen und Mutmaßungen noch nicht fertig. „Peter kannte im Schloss jeden Stein, er wusste über alles so gut Bescheid, dass dein Vater sein Herumschnüffeln als Spionage betrachtete und um jeden Preis unterbinden wollte. Hat er etwas zu verbergen? Aber vor allem, warum diese Heimlichtuerei von Peter? Warum Informationen immer als Rätsel verpackt, ständig versteckte Hinweise, Andeutungen, kleine Puzzleteile, intellektuelle Herausforderungen, wie bei einer Schnitzeljagd. Leider merken wir erst jetzt, dass wir Teilnehmer bei einem solchen Spiel sind und haben garantiert die wichtigsten Hinweise übersehen. Warum hat

Peter nicht offen mit mir geredet? Gelegenheit gab es genügend dazu."

Anne hatte aufmerksam zugehört. „Du gehst davon aus, dass Peter der Schlüssel zu den Vorgängen im Schloss ist? Als Arbeitshypothese ist das ja schon ganz brauchbar, egal, ob der Karton von ihm ist oder nicht. Konnte und wollte er nicht offen reden, weil ihn mein Vater in der Hand hatte? War seine Arbeitserlaubnis getürkt und er ständig auf Abruf hier? Hatte er Dreck am Stecken, den Papa deckte? Anja könnte eine Erklärung sein. Für Papa möchte ich keine Hand ins Feuer legen. Er zitiert zwar ständig die „Zehn Gebote", wenn Hormone drücken, finden Religion und Moral nur noch zwischen den Beinen statt. Einen Hormonstau kann ich mir bei ihm schon vorstellen, so wie sich Mama manchmal verhält. Anja war kein Kind von Traurigkeit. Bleiben der Schlüssel und dein Knochen. Darüber diskutieren wir morgen mit Gabor. Heute waren wir recht gut. Lass uns zum Essen nach Ludwigsburg fahren, du bist für die Heimfahrt verantwortlich. Ich habe das dringende Bedürfnis, ein großes Glas Muskateller zu trinken. Gabor landet übrigens morgen fast gleichzeitig mit dir in Stuttgart. Er bringt dich hierher, ich koche uns etwas. Grins nicht so unverschämt, ich habe in den Semesterferien viel in Küchen gejobbt, auch in guten. Wir sorgen für dich, wie es sich für ein Familienmitglied gehört. Los jetzt, ich bin fast verhungert."

Anne hatte sich wieder gefasst. Merkle war den ganzen Abend nicht erreichbar.

11. Kapitel: EVA

Freitag, 4. Mai 2007

Es war noch dunkel und ziemlich frisch, als ich zu Alexander in den Bully stieg. Der Wagen war vollgepackt mit Wein und Mineralwasser, alle Flaschen in Kartons und auf Paletten fixiert. Ich musste spätestens um 6.30 am Flughafen sein, um in Ruhe einchecken zu können, so blieb gut eine Stunde Zeit, zu reden. Alexander trug eine dicke Jeansjacke und wirkte noch etwas verschlafen. Nach einer Woche auf Navalis war es das erste Mal, dass sich die Gelegenheit ergab, mehr über ihn zu erfahren. Bis gestern hatte er den Eindruck eines Weicheis vermittelt, kräftige, aber schwammige Hände, matschiger Händedruck, sensibler Sensoriker, Duckmäuser seinem Vater gegenüber und stark übergewichtig. In der Hackordnung des Weinguts war er eher die Nummer vier als die zwei, der für die niederen Arbeiten und nicht repräsentabel genug war für den Umgang mit Kunden. Ich lobte ihn für sein Verhalten gestern Morgen, wo er sofort die Initiative ergriffen und instinktiv das Richtige getan habe. Ein Schreibtischtäter wie ich war hoffnungslos überfordert und mehr Belastung als Hilfe gewesen. Aus den Augenwinkeln sah ich ihn erröten. Er war es nicht gewohnt, gelobt zu werden.

„Mach dir keine Gedanken. Den Umgang mit solchen Situationen kann man lernen. Meine vier Jahre als Zeitsoldat bei der Bundeswehr, vor allem die Zeit als Ausbilder, haben mich mit nahezu allem konfrontiert, was im Zusammenhang mit Menschen möglich ist. Bei meiner Einzelkämpferausbildung ist ein guter Freund hundert Meter in eine Schlucht gestürzt. Als wir seinen Leichnam bargen, erging es mir so wie dir gestern. Ich habe mir die Seele aus dem Leib gekotzt, als wir den Haufen

Matsch, der vor kurzem noch unser Kollege war, in den Leichensack packten. Von den Alkoholleichen gar nicht zu reden, die wir über das Waschbecken hielten und mit dem Finger im Mund zum Erbrechen brachten. Du gewöhnst dich an alles und stumpfst leider dabei ab."

„Ich wusste nicht, dass du vier Jahre Auszeit vom Betrieb genommen hattest. Hätte dich dein Vater hier nicht viel mehr gebraucht, ich dachte immer du wärest der zukünftige Hoferbe. Hier gab es doch sicher genug zu tun für euch beide."

„Du kennst doch Papa. Ihr nennt solche macht- und statusbewussten Menschen Alphatiere, die dulden keine Götter neben sich. Es war sehr schwierig mit ihm. Er war immer zum Wohle des Betriebes unterwegs, für mich nie da und behielt immer das letzte Wort. Als ich nach der Mittleren Reife hier im Betrieb mit der Winzerlehre begann, kam es regelmäßig zu Auseinandersetzungen. Ich war in den Jahren wohl etwas rebellisch, Ausfechten der Hackordnung als uraltes männliches Prinzip, um in deiner Terminologie zu reden, und es dauerte einige Zeit, bis ich seine Leistung für uns anerkennen konnte. Er arbeitete für seine Familie bis zum Umfallen. Ich lernte zu bewundern, wie er mit Kunden umging, viele fressen ihm regelrecht aus der Hand und sehen es als Ehre an, von ihm beraten zu werden. Dabei vergrößerte er das Weingut ständig und reduzierte nach und nach alle Nebenaktivitäten. Meine Auszeit war auch nötig geworden, um Zeit zu gewinnen. Papa war damals erst Ende fünfzig und stand voll im Saft, als ich die Lehre abgeschlossen hatte. Ihn jetzt schon aufs Altenteil zu schicken, wäre ihm nicht gerecht geworden, es war auch nicht Teil seiner Lebensplanung. Für zwei Chefs ist der Betrieb nicht groß genug. Nach dem Ende meiner Bundeswehrzeit im Jahr 2000 arbeitete ich einige Zeit wieder hier in den Weinbergen, um schließlich an der Schule in Weinsberg den Weinbautechniker zu machen. Seit Mitte 2003 schließlich hat mich Papa fest angestellt und für den Außenbetrieb verantwortlich gemacht. Dass ich nicht auf dem Schloss wohne, sondern in Mundelsheim in einer kleinen Kommune, schafft den nötigen Abstand und gibt mir ein gewisses Maß an Freiheit für ein Leben neben dem Weingut. Ich glaube, inzwischen funktioniert es ganz gut zwischen uns beiden."

„So wie du die Bundeswehrzeit beschrieben hast, wolltest du deinem Vater damit beweisen, dass ein echter Kerl in dir steckt, ein Indianer, der keinen Schmerz kennt, ein deutscher Junge, zäh wie Leder, flink wie ein Windhund und hart wie Kruppstahl. War das nötig, hätte mein Onkel das nicht auch ohne diesen Beweis der Männlichkeit erkennen können? Oder hatte er einen überirdischen Maßstab, den ein Sterblicher nie erfüllen konnte?" Annes Informationen, mit denen sie ihren Bruder charakterisierte, erlaubten mir schnell zum Thema zu kommen. Der offensichtliche Vater-Sohn-Konflikt war ein wichtiger Aspekt auf Schloss Navalis. Was wusste Alexander über die Situation im Weingut?

Er schwieg einige Minuten. Ich merkte, wie es in ihm arbeitete. „Mein Vater hat nie über sich selber erzählt. Er panzert sich. Ich weiß von seinen Ängsten, Sorgen, Sehnsüchten und Träumen praktisch nichts. Leider war auch von Mama kaum etwas zu erfahren. Klar ist aber, dass das Leben Papa sehr hart gemacht haben muss, ihn, der mit gerade zwanzig Jahren, mitten aus dem Studium heraus, den elterlichen Betrieb zu übernehmen hatte. Seine Jugend war mit einem Schlag beendet. Wenn seine Freunde feierten, pflanzte er Reben, als sie ihre Mädchen hofierten, schrieb er Rechnungen oder hielt Weinproben. Bei keiner Feier konnte er mitmachen, weil jedes Wochenende irgendwo ein Weinfest stattfand, wo er seinen Weinstand aufbauen musste. Er kannte keinen Urlaub, keine Freizeit, besaß kein Hobby und hatte kaum mehr Zeit für Freunde. Alle menschlichen Kontakte dienten dem Interesse des Weinguts. Im Vergleich mit ihm geht es mir so gut, dass ich häufig deswegen ein schlechtes Gewissen habe. Er hat sich aufgeopfert, um mir und Anne ein besseres Leben zu ermöglichen."

„Was dein Vater geleistet hat, ist bewundernswert. Ich kenne wenige, die Vergleichbares geschafft haben. Leider geht eine solche Leistung nicht selten auf Kosten der Familie. Aber war er in seinem Erfolg für dich unerreichbar? Hattest du jemals die Möglichkeit, aus seinem Windschatten zu treten? Wie sind denn die Konflikte zwischen euch beiden ausgetragen worden? Als offener Kampf mit gleichen Waffen oder stand der Sieger immer von vorne herein fest? Konntest du dich auch gegen ihn behaupten, hat er dir eine Chance zur Gesichtswahrung gelassen?"

Ich spürte, dass es ihm unangenehm war, so über seinen Vater befragt zu werden. Fürchtete er dessen Bloßstellung, wenn eine Maske vom Gesicht fiel, würden ihn die Antworten verletzen und seine eigene Unterlegenheit zu grell ausleuchten? Ich musste vorsichtiger vorgehen, um Alexander nicht in einen inneren Konflikt zu bringen oder ihn zu blockieren. Seine Informationen waren ein wichtiger Teil des Puzzles, das ich gerade erst zusammenzufügen begonnen hatte. „Papa ist extrem leistungsorientiert. Es ist schwer, ihm etwas recht zu machen. Er übte und übt ständig Druck aus auf seine Familie oder auf Mitarbeiter. Er verlangt aber nie etwas von anderen, was er nicht selber zu leisten bereit ist. Er führt durch Vorbild. Er tut sich aufgrund seiner Lebensgeschichte aber auch schwer, die Leistung anderer anzuerkennen. Wahrscheinlich hast du recht. Meine Ausbildung als Einzelkämpfer geschah, um Papa zu imponieren, die Härte nach außen sollte ihn von meiner Männlichkeit überzeugen. Unsere Auseinandersetzungen während meiner Pubertät waren sehr einseitig, von oben nach unten. Ich hatte nie eine Chance. Er war lauter, fachlich erfahrener und väterliche Autorität. Ich zog regelmäßig den Schwanz ein und trollte mich bis zum nächsten Aufstand, den er wiederum niederknüppelte. Nach meiner Zeit bei der Bundeswehr wurde es besser. Wir hatten viele Diskussionen, die fast auf Augenhöhe geführt wurden. Streit gab es keinen mehr, die überzeugenderen Argumente gewannen. Er hörte mir immer zu. Es lag in der Natur der Sache, dass Papa mit seiner Lebenserfahrung und Abgeklärtheit die besseren Karten hatte. Schließlich trug er die Verantwortung und musste für uns alle entscheiden."

Alexander hatte mich zu Beginn unserer Unterhaltung immer wieder von der Seite angeschaut, manchmal so intensiv, dass ich Angst bekam, er könnte den Verkehr aus den Augen verlieren und auf den Vordermann auffahren oder im Graben landen. Inzwischen schaute er starr nach vorne, wie ich es beim Laufen häufig an mir selber erlebte, wenn ich konzentriert mit meinen Gedanken beschäftigt war. Er wirkte betroffen von dem Thema, das ich so schnell und so direkt ursprünglich gar nicht ansprechen wollte. Wenige Minuten hatten gereicht, um in sein Innerstes vorzudringen. War er froh, darüber reden zu können oder schmerzte es ihn? Sein Übervater als Lebenslüge. Er wusste, dass er vor ihm nie Gefallen finden würde, dass der nur Anerkennung für Überragendes zu geben bereit war, und kämpfte trotzdem einen aussichtslosen Kampf um dessen Anerkennung. Machte er sich hier etwas vor, versuchte er die Realität zu verdrängen? Mittlere Begabung wird dort zur Last, wo sie auf hohe trifft, wo sie nur an der Spitze gemessen wird. Die Geschichte ist voll solcher Opfer, die am väterlichen Titanen gemessen und für zu leicht gefunden wurden. Der Nachwuchs der „Buddenbrooks", die Söhne eines Franz Beckenbauer oder Franz Josef Strauß, Klaus Mann, der sich dieser „bittersten Problematik seines Lebens" stellen musste. Wie hatte es Anne formuliert: Macht der Väter, Krankheit der Söhne. Ob Alexander von Psychologen als krank bezeichnet würde, als schizophren, mit einer Psychose oder zumindest einer Neurose oder ob er noch innerhalb der Norm lag, konnte ich nicht beurteilen. Er litt sicher an seinem Vater, er verteidigte und bewunderte ihn trotz aller Kränkungen, die zu einem mangelnden Selbstwertgefühl geführt haben. Und er kämpfte um seine Anerkennung und seine berufliche Zukunft.

„Dein Vater ist inzwischen fünfundsechzig. Er müsste sich doch allmählich Gedanken über die zukünftige Leitung des Betriebes machen. Wie sieht denn deine Zukunft hier aus? Die letzten großen Investitionen sind doch ein Indiz, dass das Weingut in Zukunft noch besser aufgestellt und zukunftsfest gemacht werden soll."

Wieder schwieg er einige Zeit. Wir fuhren inzwischen auf der Autobahn A81 zwischen Ludwigsburg und dem „Leonberger Dreieck", wo sie auf die A8 von Karlsruhe nach München trifft. Von dort bis zum Stuttgarter Flughafen waren es nur noch wenige Ausfahrten. Der Verkehr war um diese frühe Zeit noch schwach, wir kamen gut voran. Langsam begann es von Osten her zu dämmern. „Du hast am Sonntagabend ja erfahren, dass wir aus finanziellen Gründen einen Finanzinvestor als Minderheitsbeteiligung in die Gesellschaft aufgenommen haben. Papa ist in seiner Entscheidung über die Nachfolge der Betriebsleitung nicht mehr ganz frei. Ich muss von Schimmelbusch noch überzeugen, dass der Betrieb bei mir in den richtigen Händen liegt. Mit Anfang dreißig fühle ich mich in der Lage, die gesamte Verantwortung zu übernehmen. Ich habe eine gute Ausbildung und inzwischen einige Traubenjahrgänge an wichtiger Stelle begleitet. Die Qualität der Trauben ist die Voraussetzung für die Qualität der Weine. Im Katastrophenjahr 2006 hatten wir erstmals einige Probleme, die aber auch mit unserer ungenügenden Kellerausstattung zusammenhingen. Wir konnten nicht pasteurisieren oder gründlich vorklären, uns ist die Biologie aufgrund der so noch nie erlebten Witterung davongelaufen. Papas Leitsatz, Kellerwirtschaft ist strukturiertes Nichtstun, hat uns diesmal geschadet. Zum Glück konnte Anne mit ihrem Charme oder was auch immer Gabor überzeugen, einen großen Tank Trollinger, unseren schlimmsten Problemwein mit immerhin 42.000 Liter, abzukaufen und im Gegenzug unbelasteten Wein in derselben Menge zu liefern. Dieses Tauschgeschäft hat uns sehr aus der Patsche geholfen, wir hatten schon feste Lieferverpflichtungen. Papa glaube ich trotzdem allmählich von meiner Befähigung als seinen Nachfolger überzeugt zu haben. Er spricht so etwas nicht offen an, aber aus verschiedenen Andeutungen konnte ich eine Änderung seiner bisherigen Zurückhaltung entnehmen. Bei dem Fest am Samstag hat er mehrfach vor Kunden, die es mir hinterher erzählten, erwähnt, dass er in den nächsten Jahren kürzer treten und nach und nach mehr Verantwortung auf mich übertragen wolle. Ich sei ja bereits für die gesamte Produktion der Trauben verantwortlich. Mit von Schimmelbusch konnte ich deswegen auch schon reden. Er meinte, dass ich auf dem richtigen Weg sei, er wolle mich weiter beobachten und mir Möglichkeiten zur Bewährung geben. Dazu hätte ich in nächster Zeit sicher öfter Gelegenheit."

„Hast du mit von Schimmelbusch auch über Religion geredet, er hat ja einen sehr festen Glauben? Wie haltet ihr es denn in der Familie damit?"

„Meine Eltern haben sich stark verändert, seit sie von Schimmelbusch kennen. Zuvor waren sie zwar evangelisch getauft, Religion spielte aber keine praktische Rolle in ihrem Leben. Vor fünf oder sechs Jahren traten sie der „Kirche zum Heiligen Kreuz" bei und haben seitdem privat fast nur noch mit Glaubensbrüdern zu tun. Sie gehen sonntags ohne Ausnahme gemeinsam in die Messe, unter der Woche manchmal auch. Beim Essen wird häufig aus der Bibel gelesen, die das Maß aller Dinge geworden zu sein scheint. Mama frisst ihrem Pastor aus der Hand. Papa ist sehr viel mit von Schimmelbusch zusammen, der ihn in finanziellen Dingen, aber auch bei der Kellergestaltung oder bei dem Entwurf zu unserer Preisliste beraten hat. Er brachte uns eine Menge neuer Kunden und hat unglaublich wertvolle Kontakte zur Presse, wir hatten nie bessere Berichte über das Weingut in der Zeitung und im Rundfunk. Er hievte uns sogar einige Male ins dritte Programm des Südwestrundfunks zur Vorstellung unseres neuen Jahrgangs. Manchmal glaube ich allerdings, er hat zu viel Einfluss auf meinen Vater. Aber ich freue mich trotzdem für Papa, dass er in ihm einen Freund und Sparringspartner gefunden hat."

Hier machte er eine Pause und fädelte sich auf die Spur in Richtung München ein. „Die neue Ausrichtung war leider auch für den Verlust einiger größerer Kunden verantwortlich. Herr Simon hatte mit Papa sogar eine lautstarke Auseinandersetzung und die Familie Aaron meidet uns seit der Zeit. Etwas Verlust ist immer. Du fragst nach meiner religiösen Einstellung: ich habe mich den Anwerbebemühungen von Mama widersetzt, bin nicht in deren Kirche eingetreten und besuche auch keine Messe, genauso wenig wie Anne. Ich glaube an ein höheres Wesen, das uns geschaffen hat und dem wir verantwortlich sind, aber ohne dazu die Formalismen, Dogmen und Normen einer Kirche zu benötigen. Man kann ein guter Mensch sein auch ohne tägliches Gebet und sonntäglichen Kirchgang. Papa scheint die Religion auch eher pragmatisch zu sehen, gut fürs Geschäft. Ich glaube bei ihm nicht an eine echte innere Religiosität wie bei Mama, dazu ist er zu berechnend. Mamas Wesen ist seit einigen Jahren verändert, sie scheint von einer tiefen Gläubigkeit ergriffen. Wie wenn sie ein Erweckungserlebnis gehabt hätte. Außenstehenden Kunden gegenüber verheimlicht sie diese Einstellung, wenn sie aber mit ihrem Pastor spricht oder mit Kirchenfreunden erkennt man sie nicht wieder."

Langsam wurde mir schwindelig. Alexander stellte die Sohnespflicht über alle eigenen Erkenntnisse. Er unterwarf sich dem Vater und verdrängte alles, was nicht in sein Weltbild passte. Er wurde eher krank, als dass er seinen Vater zur Rede stellte. Der ließ nur sich und seine eigene Meinung gelten, der Erfolg hatte ihm ja bewiesen, dass er recht hatte. Alle anderen, die nicht mit ihm konform gingen, mussten im Unrecht sein. Anne war das Paradebeispiel dafür, sie war inzwischen ausgeschaltet. Alexander glorifizierte seinen Vater und wurde doch von ihm zur Nichtigkeit und Machtlosigkeit verurteilt, regelrecht vernichtet. Er wollte die dunkle Seite seines Vaters nicht wahrhaben und flüchtete sich in Traumbilder, die ihn der Wirklichkeit entfremdeten und derart naiv erscheinen ließen, dass es mir körperlich weh tat. Der Vater war der richtende Gott über Leben und Tod, der Sohn hatte durch seine Unzulänglichkeit und Unfähigkeit den Vater gedemütigt, er verdiente Bestrafung. Und er hoffte auf Absolution und spätere Berufung. Immer wieder drang bei ihm die wahre Erkenntnis durch, er durchschaute seinen Vater, aber er weigerte sich, daraus Konsequenzen zu ziehen. Die Enttarnung war mit der Höchststrafe belegt: Exkommunikation. Glorifizierung und Unterwerfungsgesten gleichzeitig, der Vater ist Gott und Teufel auf einmal. Unterdrückung erzeugt Hass, „liebende" Unterdrückung durch den Vater erzeugt selbstzerstörenden Hass. Wieweit war Alexander zur Selbstzerstörung bereit? Alexander tat mir leid, ein Opfer der Umstände, aus denen er sich selbst nicht würde befreien können. Und von Schimmelbusch spielte mit ihm. Wie ich ihn kennengelernt hatte, würde er Alexander nie in seinem Weingut als Verantwortlichen akzeptieren, allein schon wegen der fehlenden religiösen Einstellung, die der Fuchs sicher durchschaut hatte. Um Alexander würde er nicht kämpfen, er war nicht die Persönlichkeit, die er suchte. Er würde ihn benutzen und dann fallen lassen. Genauso wenig war Alexander zum Kampf bereit, Einzelkämpfer hin oder her. Und wie war das mit dem Trollingertausch? Gabor hatte nur von 2.000 Litern geredet, Alexander eben von einer viel größeren Menge, die selbst für den dreimal größeren Mischtank sicher tödlich hätte sein müssen. Hatte man Gabor hereingelegt, war es womöglich sogar Anne selber, die so trefflich mit ihren weiblichen Waffen zu spielen weiß? Oder war sie auch eine Betrogene, die gutgläubig gehandelt hatte?

Wir näherten uns der Ausfahrt „Flughafen", nur noch wenig Zeit für weitere Fragen. Die letzen Minuten hatten wir schweigend verbracht, beide waren wir unseren Gedanken nachgegangen. Alexander brach schließlich das Schweigen. „Ein Thema beschäftigt mich schon lange. Vielleicht kannst du mir als Biologe weiterhelfen, ich glaube die Frage ist bei dir gut aufgehoben. Wie hält es die Natur mit der Homosexualität, welche Rolle spielt „Schwulsein" im Leben allgemein, abseits von der menschlichen Ebene? Verstehe mich bitte nicht falsch, aber was in der Presse geschrieben oder in religiösen Schriften verbreitet wird, ist unbefriedigend. Ich glaube, dass ein nicht unwesentliches Kapitel der menschlichen Existenz verdrängt oder verbogen dargestellt wird, weil etwas nicht sein kann, was nicht sein darf. Die Naturwissenschaft müsste doch inzwischen in der Lage sein, diese sexuelle Orientierung zu erklären. Ein guter Freund von mir leidet entsetzlich unter seinem Anderssein, ich möchte ihm gerne helfen."

Ich war wie vom Schlag getroffen, auf einmal wurde mir vieles klar. Alexander fragte nicht für einen Freund, er fragte für sich und hoffte auf eine wissenschaftliche Absolution. Alexander war homosexuell, warum hatte ich das nicht selber bemerkt. Bei Tunten ist es durch ihr gestelztes Benehmen offensichtlich, in allen den anderen Fällen muss man genauer hinsehen und Indizien verwerten. Alexander ist über dreißig und unbeweibt, bei der Feier letzten Samstag war er mit einem „Freund" zusammen, mit dem er sicher in der „Kommune" zusammenlebt, sein eher schwammiges Äußeres, der sensible Klavierspieler und empfindsame Weinverkoster, der Einzelkämpfer, der sich in Diskussionen und im harten Lebenskampf trotzdem nie durchzusetzen weiß, der Künstler, der in der brutalen Welt der Wirtschaft zum Untergang verurteilt war, der naive, innerlich zerrissene Hoferbe, der auf seine Berufung hofft und doch im Grunde seines Herzens weiß, dass er nie zum Zuge kommen wird. Armer Alexander, du lebst in einer Umgebung, die deine sexuelle Orientierung als gotteslästerlich ansieht und dich allenfalls als Kranken akzeptiert, du bist gefangen in einem Netzwerk voller Lügen und Heimlichkeiten. Wer wusste davon, seine Eltern, Anne, von Schimmelbusch? War seine Homosexualität Grund für die Ausgrenzung und was sollte ich ihm antworten? Ich musste versuchen, ihn aufzubauen. Verletzungen hatte er zur Genüge erlitten. Er war ein guter Kerl, der Hilfe brauchte.

„Sag deinem Freund, dass er sich in guter Gesellschaft befindet. Zwischen fünf und zehn Prozent der Menschen sind schwul oder lesbisch. Diese sexuelle Orientierung ist im gesamten Tierreich verbreitet. Zuchtbetriebe fanden mit Entsetzen heraus, dass bis zu dreizehn Prozent ihrer Schafböcke ausschließlich Sex mit dem eigenen Geschlecht praktizieren. Meine Bonobos haben alles in allem mehr gleichgeschlechtlichen Sex als heterosexuellen. Von vielen anderen Tierarten kennen wir die abenteuerlichsten Bilder von Homosexualität. Delfine benutzen sogar ihr Luftloch, in das der Penis eingeführt wird. Die Biologie sieht das Thema ganz entspannt, leider fallen dadurch die sensibelsten Frauen oder Männer für die Fortpflanzung aus, es sollten nicht zu viele werden, wenn wir als Menschheit überleben wollen. Gleichgeschlechtliche Liebe findet sich in allen Kulturen der Welt mit mehr oder weniger Akzeptanz. Wir wissen noch nicht endgültig, woher Homosexualität kommt, biologische Grundlagen sind aber unbestritten. Wahrscheinlich, und der Ursache neige auch ich zu, hängt es von dem Testosteronschub ab, den der Embryo einige Wochen nach der Einnistung in die Gebärmutter bekommt, damit die Entwicklung der Sexualorgane eingeleitet wird. Die Menge des Hormons beeinflusst die sexuelle Orientierung. Fehlt der Schub ganz, können Jungs zu Hermaphroditen werden, Unterdosierung führt je nach Konzentrationsmangel von der Tunte bis zur Bisexualität. Andere Forscher halten es für möglich, dass Jungen, deren Gehirn im Mutterleib in einer bestimmten Phase nach der Geburt zu hohen Dosen des männlichen Sexualhormons Testosteron ausgesetzt wird, besonders häufig schwul oder bisexuell werden. Genetiker wiederum suchen nach einem „Schwulengen", sie haben mehrere DNA-Abschnitte im Verdacht, zusammen mit anderen Faktoren die sexuelle Orientierung von Männern zu bestimmen, ohne dass sie die Zusammenhänge bisher richtig verstanden haben. Die Genetik wird in den nächsten Jahren sicher zu fundierteren Aussagen kommen. Hab ich damit deine Frage ausreichend beantwortet?"

Alexander nickte schweigend, wir hatten keinen Gesprächsbedarf mehr. Er setzte mich kurze Zeit später am Flughafen ab und fuhr weiter nach Ulm, während ich mit meinem Schädeldach in der Laptop-Tasche zum Schalter marschierte. Auf die Gesichter der Sicherheitskontrolle war ich gespannt, wenn sie den Knochen auf ihrem Röntgenschirm sehen. Am Postschalter warf ich den unterschriebenen Vertrag der Sankt Urbanskellerei in den Briefkasten, ohne ihn nochmals durchgelesen zu haben. Während des Fluges hatte ich eine Stunde Zeit, nachzudenken. Was tat Dieterich seinem Sohn alles an! Von Schimmelbusch konnte ihn nur als Kranken betrachten, als Sodomisten, der nie in eine verantwortungsvolle Position kommen darf. Die abgesprungenen Kunden trugen beide jüdische Namen. Auch das passte ins Bild. Das Weingut war von einer evangelikalen Kirche, oder besser Sekte, in Besitz genommen und umfunktioniert worden. Und Alexander hatte das nicht mitbekommen, ebenso wenig Anne. Mein Magen rumorte, hoffentlich konnte ich ihn während des Fluges unter Kontrolle behalten.

Ich hatte nach der Landung in Leipzig das Handy gerade wieder eingeschaltet, als Anne anrief. Ihre Anspannung war durch das Telefon zu spüren, sie bemühte sich aber sachlich und konzentriert zu reden. Auf dem Weg zum Taxistand informierte sie mich über die neuesten Erkenntnisse, die sie von Freunden bei der Polizei erhalten hatte. „Der Obduktionsbericht über Peter liegt inzwischen vor. 2,8 Promille Alkohol und Schlaftabletten für eine halbe Elefantenherde im Blut. Selbstmord gilt als sicher, die Leiche ist frei und kann nach Polen überführt werden. Seine Witwe holt sie Dienstag ab. Und jetzt bleib ruhig. Michael Merkle ist gestern Nacht auf dem Heimweg von Stuttgart, zwischen Mundelsheim und Hessigheim, mit seinem Auto schwer verunglückt. Bei hoher Geschwindigkeit hat er die Kontrolle über seinen aufgemotzten BMW verloren und ist in unseren Weinberg unterhalb des Schlosses gerast. Er hatte ebenfalls Alkohol im Blut, 1,4 Promille, und wie durch ein Wunder überlebt, liegt aber mit schweren Schädelverletzungen im künstlichen Koma. Ob er wieder gesund wird, lässt sich zur Stunde noch nicht sagen. Erst Peter, dann Adolf und jetzt Michael. Zwei Selbstmorde, ein Unfall ohne Zeugen. Alle drei hatten uns sensible Informationen über das Weingut gegeben oder wollten noch mehr mitteilen. Rafael, pass auf dich auf. Ich habe noch mehr Angst als gestern und lasse mich von einem Kollegen gegen Mittag nach Hause begleiten. Wir sollten nicht mehr allein unterwegs sein. Lass uns heute Abend alles besprechen. Gabor habe ich ebenfalls in Kenntnis gesetzt. Viel Erfolg in Leipzig mit EVA."

Während der Fahrt in das Institut konnte ich mich wieder beruhigen. Die Geschichte eskalierte. Aber noch immer war ich nicht in der Lage, etwas Konkretes zu fassen, ich schien nur in Watte zu greifen, die sich widerstandslos zusammendrücken ließ und mich hinterher in ihrer ursprünglichen Form wieder frech angrinste. Wir hatten nun mit Anja Megerle drei Tote, einen Schwerverletzten, eine Kalotte von einem Neandertaler, einen Schlüssel ohne Schloss, viele Evangelikale, zum Teil militant, einen schwulen Sohn, der am Vater litt, ein Weingut mit Vergangenheit und jede Menge unbeantwortete Fragen. Stoff für eine interdisziplinäre Promotion, bei den vielen Unbekannten in der Gleichung eine ernsthafte wissenschaftliche Herausforderung. Das Taxi lud mich am Eingang des Hauptgebäudes ab, einem modernen Glasbau, rechtwinklig, hell, effizient und einladend. Endlich, ich fühlte mich gleich besser.

Das Institut für Evolution und Anthropologie ist eine vor zehn Jahren gegründete außeruniversitäre Forschungseinrichtung und beschäftigt rund 380 Mitarbeiter. Fast die Hälfte sind Wissenschaftler, viele aus dem Ausland. Hier wird in erster Linie sozialwissenschaftliche und anthropologische Grundlagenforschung betrieben mit dem Ziel, zu neuem Verständnis der Geschichte, der Vielfalt und der Fähigkeiten der menschlichen Art zu kommen. Dazu wurden verschiedene Forschungszweige in einem Institut zusammengeführt und in fünf Abteilungen gebündelt, um an einer Stelle interdisziplinär die Unterschiede von Genen, Kulturen, kognitiven Fähigkeiten, Sprachen und sozialen Systemen menschlicher Populationen sowie dem Menschen nahe verwandter Primaten zu untersuchen. Ich sollte die Abteilung verstärken, wo die DNA von Menschen, Menschenaffen und ausgestorbenen Menschenformen untersucht wird. Nach vielen Jahren Feldbeobachtung von Affen hatte ich, nicht zuletzt durch die liebevolle Manipulation von Jenny, an der Untersuchung des Genoms von Schimpansen einen Narren gefressen. Ich lernte die Sequenzuntersuchung als einen Wissenschaftskrimi kennen, der uns ständig mit neuen Fragen konfrontierte und ganz langsam schließlich zum Ziel brachte. Meine analytischen Erfahrungen sollten in Leipzig mithelfen, das Genom des Neandertalers zu bestimmen. Diese Aufgabe war um ein Vielfaches schwieriger als beim Schimpansen. Alte Knochen enthalten allenfalls noch DNA-Bruchstücke und sind entsetzlich verseucht durch mikrobielle oder menschliche Erbsubstanz, die sich über die Jahre oder durch unbedachten Umgang mit den Fundstücken tief in die Struktur eingeschlichen hat. Dieses Puzzle zusammenzusetzen und vor allem die Ausbeute an Erbsubstanz beim Extrahieren zu vergrößern, war die zentrale Herausforderung, bei der ich einen Beitrag leisten sollte.

Eine andere Abteilung beschäftigt sich mit der Evolution des Menschen und untersucht fossile Funde, um das Leben des prähistorischen Menschen zu verstehen, eine weitere versucht einen Stammbaum der Sprachen zu entwickeln, der mit dem genetisch ermittelten verglichen wird. Andere Mitarbeiter beobachten frei lebende Menschenaffen, um deren Sozialverhalten, ihre Lernfähigkeit oder ihre Fortpflanzung im Vergleich zum Menschen zu verstehen. Die fünfte Abteilung schließlich untersucht die kognitiven und sozialen Fähigkeiten von Menschenaffen, daneben versucht sie zu verstehen, wie Kinder Sprache lernen. Insgesamt eine fruchtbare Wissenschaftsgemeinde, die sich in letzter Konsequenz mit der Mutter aller Fragen der Philosophie beschäftigt: wer bin ich, was macht mich zum Menschen und wo komme ich her. Glaube findet hier allenfalls privat einen Platz, von Schimmelbusch hätte es schwer.

Mein künftiger Chef führte mich in einen kleinen Besprechungsraum, wo der Leiter Personal später dazustoßen sollte. „Rafael, wir haben ein kleines Problem", kam er direkt zum Thema, „die Stelle, die wir mit Dir zum 1. Juli besetzen wollten, ist überraschend und sehr kurzfristig von unserer Zentrale gestrichen worden, angeblich aus wirtschaftlichen Gründen. Ein „letter of intent" hätte keine juristisch belastbare Gültigkeit, es sei ja nur eine Absichtserklärung. Einen derartigen Eingriff in unsere Autonomie habe ich bisher noch nicht erlebt. Wir haben hier im Hause alle Hebel in Bewegung gesetzt, dich trotzdem einstellen zu können, und es geschafft, dir zum 1. Januar nächsten Jahres einen Vertrag anbieten zu können. Das halbe Jahr Zeitverlust tut mir weh, denn wir sind an einem kritischen Punkt angelangt und benötigen dich mit deiner analytischen und felderprobten Erfahrung dringend. Das Ergebnis unseres Kampfes ist aber besser als gar nichts und gibt dir Sicherheit. Die Zeit bis Ende des Jahres können wir mit einem Praktikantenvertrag überbrücken, dann bist du jedenfalls versichert und bekommst sogar 500 Euro monatlich als Unterstützung. Ich wäre damit einverstanden, dass du nur einmal im Monat für einige Tage nach Leipzig kommst, wir bezahlen dir auch eine kleine Pension in der Nachbarschaft. Kannst du damit leben und überleben?"

Es dauerte lange, bis ich antwortete. „Natürlich kann ich damit leben. Wir kennen uns jetzt schon einige Jahre, erklär mir, was dahinter steckt. Das Neandertaler-Genom ist in deiner Abteilung das 1a-Projekt, das in der Presse dank eurer regen Informationspolitik breiten Raum findet und für euer Image nicht unwichtig ist. Ich glaube nicht, dass ausgerechnet für diese Arbeiten auf einmal Geld gestrichen wird. Planstellen streicht man nicht ohne triftigen Grund. Was ist los?" Ich schaute ihn fest, schon provozierend an. Jetzt brauchte er Zeit für eine Antwort, sie kam leise und jedes Wort abgewogen.

„Ich habe dir keine Antwort anzubieten, die ich auch vor Gericht beeiden könnte. Wir mussten verschiedene Quellen in unserer Zentrale, beim MDR und sogar im zuständigen Ministerium anzapfen und können inzwischen davon ausgehen, dass du einflussreiche Feinde hast, die deine Arbeit hier verhindern wollen. Sie haben antichambriert und Stimmung gegen dich gemacht. Natürlich alles unter der Oberfläche. Wir haben leider die Wurzel der Intrige nicht herausfinden können. Im Kern ging es um deine „Flucht" aus den USA, dass dich die Polizei dort zur Fahndung ausgeschrieben, deine Kollegen in Irvine intensiv nach dir befragt und tagelang ein Streifenwagen vor deinem Haus auf dich gewartet hätte. Vor allem wäre es dir nicht mehr möglich, in die USA zu reisen, was in der Tat eine beträchtliche Einschränkung der Arbeitsmöglichkeiten bedeuten würde. Einen derartig Verdächtigen dürfe man hier nicht einstellen, kleine Bürokraten reagieren im Zweifelsfall mit einem klaren „Nein", das befreit sie vor weiterer Verantwortung. Ich wollte dich deswegen nicht anrufen, sondern alles direkt hier besprechen. Du verstehst das sicher. Zumal wir einen Ausweg gefunden haben. Ich habe etwas gegen Intrigen von außen. Neid und Eifersucht aufgrund unserer Erfolge reichen mir. Es hat nicht nur Vorteile, im Licht zu stehen. Licht erzeugt auch Schatten."

„Ich bin dir für deine Offenheit sehr dankbar und kann dir, glaube ich, eine Erklärung für die Intrige geben. Es macht Sinn, dazu meine Geschichte zu erzählen, die zur Abreise aus den USA geführt hat und was in den wenigen Tagen in Deutschland alles passiert ist."

Er nickte und hörte schweigend zu, bis ich den Karton mit der Neandertalerkalotte erwähnte. Sofort richtete er sich kerzengerade auf und verließ die halb liegende, legere Stellung im Stuhl. Ein solcher Fund war eine Bombe, die gerade mitten im Zentrum der einschlägigen Forschung einschlug und alles durcheinanderwirbelte, was eben noch wissenschaftlich geradlinig ausgerichtet war. Seine von Hause aus blasse Gesichtsfarbe wechselte ins Krebsrote, als er das Schädeldach in Händen hielt und von allen Seiten betrachtete, die Augen waren weit aufgerissen. Seine Emotionen wurden nur durch solche nicht bewusst zu kontrollierenden körperlichen Reaktionen sichtbar. Er sprach lange Zeit nichts. Der langgestreckte, flache Hirnschädel, die flache Stirn, der kräftige Überaugenwulst, hohe, gerundete Augenhöhle, die Dicke und das Gewicht des Knochenstücks, eindeutig ein Neandertaler. Irrtumswahrscheinlichkeit kleiner ein Prozent. Er bestätigte meine Einschätzung. Und: keine Kopie, ein Original. Beide Hände in dünnen weißen Handschuhen strich er fast zärtlich über das Knochenstück, nachdem er es ein kleines Stück aus der Plastikhülle geholt hatte. Bloß keine zusätzliche fremde DNA hinterlassen, die weitere Untersuchungen erschweren würde. Bei einer unbekannten Fundsituation ist wie bei den früher gefundenen Knochenstücken immer mit Infektionen zu rechnen. Neuere

Funde werden nicht mehr mit den Händen berührt. Die Wissenschaftler von EVA treten nur in Mundschutz, Schutzanzug und mehreren Handschuhen in ihren Reinsträumen den fossilen Proben gegenüber. Eine geringe Verunreinigung mit menschlicher DNA hatte kürzlich zu wilden Spekulationen geführt, Neandertaler und moderne Menschen könnten sich gepaart haben. Peinlich für ein Institut, wenn dieser Arbeitsfehler von einem fremden Labor nachgewiesen wird. Nur wenige Prozent der gefundenen Erbsubstanz stammen tatsächlich vom Neandertaler. Der Rest ist fremde Infektion, die mühsam identifiziert und gezielt zerstört werden muss. Besonders schlimm für die Forscher ist, dass dazu noch im Zuge der Aufarbeitung ein Extraktionsverlust von bis zu neunzig Prozent kommt. Den zu verringern war einer der wichtigsten zukünftigen Aufgaben, bei der ich mithelfen sollte. Die Erforschung des Neandertaler-Genoms stand noch am Anfang und bot viel Gelegenheit für wissenschaftlichen Ruhm.

„Alles was du jetzt fragen willst, habe ich mich auch schon gefragt. Nimm die Kalotte, bestimme ihr Alter, nutze sie für die Genomanalyse, aber frag mich nicht, wo sie herkommt. Ich kann dir keine Antwort geben. Das Stück sieht so gut erhalten aus, dass zu deinen hundert Millionen Fragmenten, die schon sequenziert wurden, einige besonders lange dazukommen sollten. Sowie ich mehr weiß, bist du der erste, der informiert wird. Mein Weingut birgt ein Geheimnis, dem ich hoffentlich am Wochenende auf die Spur komme. Lass mich machen."

Der Leiter Personal kam. Wir waren rasch fertig, es war alles vorbereitet. Ich unterschrieb den Vertrag, Arbeitsbeginn Januar 2008. Den Praktikantenvertrag steckte ich ohne Unterschrift dankend ein. Ich würde mich kurzfristig melden. Vielleicht hatte Gabor etwas Besseres für mich.

Den traf ich am Ausgang des Stuttgarter Flughafens, wo er hinter der Drehtür auf mich wartete. Er begrüßte mich herzlich, wie wenn wir uralte Freunde wären, und führte mich auf dem kürzesten Weg zu seinem Auto im Parkhaus. „Der Weinverkauf im Schloss ist noch eine Stunde geöffnet, solange ist Erdim in der Ausgabe und Anne nicht allein. Das Autobahnkreuz ist wieder zu wie jeden Freitagabend, eine Fahrt durch die Stadt ist keine Alternative, die dauert noch länger. Hoffentlich kommen wir trotzdem zügig durch." Aus seiner Stimme klang eine ernste Sorge, die mich überraschte. War da mehr als eine rein sexuelle Beziehung? Er war doch verheiratet, Anne bindungsunfähig.

„Wir werden uns heute Abend nicht mit den ernsten Themen der letzten Tage beschäftigen. Heute werden wir Spaß haben und viel Wein trinken und Probleme auf Samstag verschieben. Anne muss auf andere Gedanken kommen, sie frisst sich innerlich vor lauter Grübeln auf. Ihre Stabilität wirkt nach außen stärker, als sie es innerlich ist. Im Kofferraum habe ich einige interessante Weine aus meinem Betrieb und von einem Kollegen aus Bordeaux, mit dem ich in London zusammen war. Nach zwei Tagen reden über Weine brauche ich jetzt Praxis. Ab jetzt arbeiten wir nur noch im Trinkmodus.

„Wo hast du denn den Begriff her? Meine Kollegen von der Evolutionspsychologie haben mir bisher nur den Begriff „Jagdmodus" beigebracht. Der ist ein Teil unseres evolutionären Erbes, in dem wir in kalter Wut und ohne Mitleid töten. Es war für das Überleben des Stammes erforderlich, Beutetiere oder Feinde emotionslos und ohne innere Erregung zur Strecke zu bringen. Wer das am besten konnte, überlebte. Diese Fähigkeit hat sich in unserem Genom eingebrannt. Ich würde heute aber lieber von Kriegsmodus reden, Jagd spielt keine Rolle mehr. Der Begriff Trinkmodus hört sich nach einer Wortschöpfung von Otmar an."

„Den Jagdmodus kenne ich. Alle Armeen der Welt trainieren ihre Soldaten in diesem Modus, sogar meine Grundausbildung bei der Bundeswehr ging in diese Richtung. Wir mussten bereit sein zu töten ohne Regungen zu empfinden. Die SS im Dritten Reich hat nur KZ-Wächter eingesetzt, die leicht in diesen Modus fanden. Nach ihrem Dienst konnten sie im Familienmodus ein aufmerksamer Ehepartner sein und für ihre Kinder der liebevollste Papa, der mit ihnen Eisenbahn spielte und Gitarre beibrachte. Hält diese Springen zwischen Modi die menschliche Psyche auf Dauer durch oder ist es nur eine Frage der Zeit, bis sie kollabiert?"

„Solange du Täter bist, glaube ich schon, dass man das lange durchhalten kann. Für Opfer gehen die Uhren anders. Sie sind traumatisiert, ihr Körper vergisst keine Verletzung und macht sie auf Dauer psychisch krank, manchmal erst nach Jahrzehnten, wie man es bei Kriegsheimkehrern beobachten konnte, deren innere Verletzungen zum Teil erst nach fünfzig Jahren sichtbar wurden."

„Unterhaltungen mit dir sind anstrengend. Nach wenigen Sätzen bist du in der Psychologie oder Soziologie oder der Evolutionsbiologie oder in was weiß ich für einer Wissenschaft. Immer ernst und tragisch endend. Lass uns heute den Abend genießen. Ernst ist das Leben, heiter ist die Kunst. Ab jetzt lass uns Künstler sein und das Thema wechseln. Wie war dein Tag in Leipzig?"

Gabor hatte recht, ich wurde bei jedem Thema sofort ernst, getragen von der Bürde des Lebens und ohne jede Leichtigkeit, die einfach zum Ausgleich lebensnotwendig ist. Ich erzählte ihm in wenigen Worten meine Gespräche dort und die Vertragssituation, die sich ganz anders als geplant entwickelt hatte. „Du hast dir wirkliche Feinde angelacht mit Beziehungen auf allen Ebenen. Dein Freund Konrad scheint seine Finger überall zu haben. Dass EVA nicht eingeknickt ist und den Schwanz eingezogen hat, macht das Institut richtig sympathisch. Du bist dort gut aufgehoben. Hast du trotzdem Lust, bis Ende des Jahres mit mir zusammenzuarbeiten? Ich kann einen Wissenschaftler für die Betreuung der Versuche ab Mitte September und einen intellektuellen Sparringspartner dazu gut gebrauchen. Du kennst den Stellenwert, den ich der neuen Entsaftungstechnik beimesse, es ist eine Revolution. Bis dahin habe ich aus dir einen brauchbaren Kellerarbeiter und Weinversteher gemacht, der Umgang mit Wein löst deine Verkrampfung und wird dich zu einem freieren Menschen machen. Einer meiner Küfer fällt mit einem komplizierten Beinbruch mehrere Monate aus. Ich setze dich auf seine Stelle, dann kann mein geschätzter Kaufmann nicht mal wegen eines überzogenen Personalbudgets mosern. Überleg es dir, eine Antwort Ende nächster Woche reicht."

Gabor machte mir spontan genau das Angebot, auf das ich insgeheim gewartet hatte. Was ich bisher über die Herstellung von Wein erfahren hatte, durch Peter im Keller, Gabor und seine Kollegen bei der Weinprobe, die für mich auf der Toilette ihr peinliches Ende fand, auf dem Schloss, reizte mich, mehr zu erfahren. Das erste Mal etwas mit eigenen Händen erzeugen, was hinterher auf dem Markt konkurriert, wie ich bei Laufwettbewerben. Eine verlockende Perspektive. „Wenn ich mit dem Lohn überleben und eine kleine Wohnung finanzieren kann, sage ich sofort zu. Die Gelegenheit, eine völlig neue Branche kennen zu lernen, bekomme ich nie wieder. Nach lediglich einer Woche mit dir und Anne habe ich Blut geleckt. Dafür stelle ich einige Zeit gerne alle Probleme der Genomsequenzierung hinten an. Urban statt EVA, Dionysos statt Homo neanderthalensis, ich mache mit."

„Du kannst bei mir günstig wohnen. Die Einliegerwohnung ist frei, 25 Quadratmeter mit kleiner Küchenzeile und Bad. Perfekt für einen Single. Meine Frau hat das Kindermädchen mit nach Mendoza genommen und wird kurzfristig nicht zurückkommen."

Ich schaute ihn fragend an. „Das hört sich nicht gut an. Beziehungskrise? Entschuldige, schon wieder ernsthaft."

„Ja und nein. Meine Frau wurde in Deutschland nie heimisch. Ohne solide Sprachkenntnisse in fremder Umgebung mit einem Klima, das schon die römischen Legionäre vertrieben hat, einem beruflich engagierten Mann und einem Säugling im Arm blieb zuletzt nur ihr sehr einfach gestricktes kolumbianisches Kindermädchen als Kontaktperson Nach drei Jahren war aus ihrer regelmäßigen Winterdepression eine ernste Krankheit geworden. Kaum in Argentinien, ist sie sofort ein anderer Mensch, genau so lebenslustig und temperamentvoll, wie ich sie kennenlernte. Wir haben uns nach wie vor viel zu sagen, verstehen uns auch gut, die Umstände stehen zwischen uns. Bei einer Beziehung müssen Ort, Personen und Zeit passen, wenn sie auf Dauer befriedigend sein soll. Bei uns stimmt der Ort nicht. Nach unserem letzten Urlaub bei ihren Verwandten weigerte sie sich, mit mir zurückzufliegen. Im Moment weiß ich nicht, wie es mit uns weitergeht."

Er erzählte sein persönliches Drama so sachlich wie er Weine beschrieb, und erwartete keine Reaktion von mir. Es war zu dem Thema alles gesagt. Ich berichtete ihm von meiner Unterhaltung heute Morgen auf der Fahrt zum Flughafen. „Alexander ist schwul, wusstest du das?"

„Ja, von Anne, selber wäre ich nicht darauf gekommen. Die größte der so zahlreichen Lebenslügen im Hause Engelmann. Zur Verschleierung hat Anne mehrfach ihre Freundinnen eingespannt, die sich als Alexanders derzeitige Geliebte ausgeben mussten. Sandy und sogar meine spätere Frau haben ihr zuliebe dieses Schauspiel kopfschüttelnd mitgemacht. Die Beziehung ist dann natürlich leider jedes Mal nach kurzer Zeit zerbrochen. Alexander kommt eben bei Frauen nicht richtig an. Sie verstehen seinen Wert nicht. Dieterich hält ihn auch auf dem Gebiet für einen Versager, Lotte als Mutter ahnt etwas, redet aber bekanntlich nie über schwierigere Themen."

„Was ist denn mit dem infizierten Wein geschehen, der uns am Montag bei der Probe so auf Trab brachte? Du sprachst von 2000 Litern „Navaliswein", der den Schaden verursacht hat. Erinnere ich mich richtig?"

„Meine Leute haben von Montag auf Dienstag die Nacht durchgearbeitet, dann war alles Technische erledigt, der Wein im Tank steril und stabil. Mein Betrieb ist extrem schlagkräftig und wird mit solchen Situationen fertig, das ist der entscheidende Unterschied zu den kleinen Handwerksbetrieben wie Navalis oder dem von Franz. Dafür fing danach der Ärger mit Stephaut an. Der hatte zuvor Besuch aus der Zentrale, ich weiß nicht, um was es ging. Hinterher war er noch ungemütlicher als sonst, ließ seinen Frust zunächst an seiner Sekretärin und dem Controlling aus und fing schließlich Streit mit mir an. Ich hatte ihm selbstverständlich von meinem Desaster erzählt und von den Maßnahmen, es zu beheben. Er rastete regelrecht aus, so hatte ich ihn noch nie erlebt. Er müsse den Wein vollständig abschreiben, er wäre nicht mehr verkehrsfähig. Das würde in der Aprilbilanz eine Wertberichtigung von 150.000 Euro bedeuten und gerade noch eine schwarze Null ermöglichen. Im Reporting hatte er einen Tag zuvor stolz über ein gutes Monatsergebnis berichtet, ich hätte ihn in der Zentrale unglaubwürdig gemacht und müsse die Verantwortung dafür tragen. Formal hatte er recht, Weine mit unzulässigen Analysewerten wie im konkreten Fall, flüchtige Säuren über 1,1 Gramm je Liter, dürfen nicht in Verkehr gebracht werden und sind abzuwerten. In der realen Welt der Kellerpraxis löst man ein derartiges Problem, indem der Patient rasch in kleinen Anteilen mit anderen Weinen vermischt wird. Kein Richter ohne Kläger. Die Franzosen nennen das Cuvee und sind stolz darauf, in Deutschland hat dieser Verschnitt eher einen negativen Beigeschmack. Zusammen sind sie wieder gesund, bei meinen verfügbaren Mengen überhaupt kein Problem. Er wollte Krieg. Persönlich habe ich aber immer noch nicht wirklich verstanden, wie zweitausend Liter Schrott einen Tank mit 120.000 Litern derart infizieren können. Das passt nicht in mein Weltbild und zu meinen zwanzig Jahren Erfahrung in der Weinherstellung."

„Ich glaube, ich kann dir die Erklärung liefern. Alexander hat die Lieferung an euch erwähnt und dass Annes Charme nicht unwesentlich gewesen sei, den Deal zu ermöglichen. Er hat aber nicht von zweitausend Litern, sondern von 42.000 geredet. Soviel Krankheitskeime müssten doch den stärksten Wein umhauen, das überfordert jedes Immunsystem, oder sehe ich das falsch?"

Gabors Körper straffte sich schlagartig. Er blickte mich von der Seite an, seine Mundwinkel bebten, die Nasenflügel waren geweitet, die Augenlider zuckten. Es kochte in ihm. „Die Drecksäcke haben mich hereingelegt, weiß Anne davon, hat sie womöglich mitgespielt? Das kann ich nicht glauben. Durch den Tausch von Weinen, das war es ja im Grunde, hat sich der Bestand in beiden Betrieben nicht verändert. Im Kellerbuch werden zweitausend Liter als Abgang gebucht und in denselben Tank dieselbe Menge als Zugang. Buchhalterisch ist alles sauber." Es war mit Händen greifbar, wie er konzentriert nachdachte, alle seine Organe schienen abgeschaltet, nur Neuronen im Gehirn feuerten kleine elektrische Blitze. War wenigstens noch ein Teil des Hirns für das Verkehrsgeschehen übrig? Wieder machte ich mir Sorgen auf einer deutschen Autobahn, der gefährlichsten der Welt, verglichen mit den amerikanischen. Zum Glück ging es nur langsam vorwärts, der Verkehr war wie erwartet im gesamten Stuttgarter Raum stockend, wir würden doppelt so lange brauchen wie heute Morgen.

„Die Versandpapiere und unsere Rechnung sind sauber, ich habe alles überprüft. Für den Transport von Weinen hat die deutsche Bürokratie ein „Begleitdokument für die Beförderung von Erzeugnissen des Weinbaus" geschaffen, dessen vier Ausfertigungen dem Lieferanten, dem Empfänger und zweimal der Weinbaubehörde übergeben werden. Diese beiden Papiere, eines für unseren Empfang, eines für unseren Versand, zeigen ebenfalls die vereinbarte Menge. Für einen Betrug müssten die Spedition und ein Kellermitarbeiter zusammenarbeiten. Beide haben aber aus einer derartigen Transaktion keinen Vorteil, es sei denn sie wären bestochen. Ich habe auch die Arbeitsanweisung für meinen Küfer überprüft. Sie wies ihm genau diese Menge an auszutauschen. Dazu pumpt er sie über ein geeichtes Zählwerk in einen Puffertank oder eine leere Kammer des Tankwagens und entleert anschließend dessen Tank, der unseren neuen Wein enthält. Für solche Ladungsvorgänge sind keine besonderen Fachkenntnisse erforderlich. Am Tag passiert das in Spitzenzeiten bis zu hundert Mal. Der Abschluss der Arbeit wird auf der Anweisung quittiert, eine Probe des neuen Weines geht zur Untersuchung ins Labor. Jetzt verstehe ich aber die handschriftliche Notiz meiner Labormaus, die auf den Zettel, der mit der Probe aus dem Keller kam, von Hand drauf schrieb „ca. 40.000 Liter". Sie notiert sich immer die Mengen hinter einer Probe, um ein Gefühl für den Wert der Charge zu haben. Die unterschriebene Arbeitsanweisung des Küfers ist verschwunden, das Original mit der wesentlich kleineren Menge ordentlich abgeheftet. Auf die Kopie eine andere Menge zu schreiben als auf dem Original steht, ist einfach. Du füllst das Formblatt vollständig aus und trägst den kleinen Wert ein. Dann hebst du das Originaldeckblatt hoch, legst ein transparentes Blatt auf den Durchschlag und schreibst auf gleicher Höhe eine vier vor die zwei. Schon hast du für den Küfer einen anderen Wert, den er abarbeitet und danach quittiert. Dann musst du nur noch diesen Zettel vernichten. Den Küfer konnte ich noch nicht befragen, er ist Ende April bei uns ausgeschieden und arbeitet jetzt in Kroatien in einem neugebauten Weingut. Im Keller haben wir bei den einfacheren und schlecht bezahlten Jobs leider eine hohe Fluktuation. Bleibt die

Spedition. Die hat Engelmann beauftragt, ich kenne sie, sie fährt auch für uns und ist zuverlässig. Der Fahrer hat jeweils zweitausend Liter gegengezeichnet, ich habe deswegen nicht nachgefasst. Seine Unterschrift war unleserlich, ich finde ihn aber schnell heraus und knöpfe ihn mir vor. Bisher hielt ich mein Qualitätsmanagementsystem für ausreichend gut, mit genügend krimineller Energie lässt sich aber jedes System aushebeln. Ich werde als Konsequenz noch mehr das Vier-Augen-Prinzip einführen müssen. Erinnerst du dich an den Trollinger in der Weinprobe am Samstag? Das war sicher mein Wein und Dieterich hat ihn unter einer falschen Bezeichnung als eigenen abgefüllt. Er war also doch als Maische erhitzt worden, wie ich vermutete. Ein Betrug an mir und am Weingesetz. Mal sehen, was für ihn schlimmer wird. Ein paar Informationen muss ich aber noch einholen."

Ich hatte keine Vorstellung, was Gabor unternehmen könnte. Die Blamage und die Auseinandersetzung mit seinem Kaufmann, alles nur wegen der kriminellen Energie von Dieterich. „Was ist mit Stephaut geschehen, ihr hattet doch die ganze Zeit so etwas wie friedliche Koexistenz. Hat er die aufgekündigt?"

„Ich habe einen Verdacht. Die Europazentrale will umstrukturieren und Betriebe zusammenlegen, das ist bekannt. Damit sollen zehn Prozent der Fixkosten eingespart werden. Dabei bleiben kleinere GmbHs auf der Strecke und einige Geschäftsführer sind überflüssig. Die schlechteren fliegen, die mittleren bekommen ein reduziertes Angebot, die besseren steigen auf. Das ist so in amerikanischen Konzernen. Akzeptiere es oder kündige. Stephaut scheint nicht zu den besseren zu gehören, das wäre ein Karriereknick, den sein ausgeprägtes Ego nicht verkraftet. Das sind zurzeit noch Gerüchte, aber mit hoher Plausibilität. Vielleicht hat ihm der Vorstand am Montag schon mehr gesagt. Bei Problemen dieser Art verliert er rasch die Haltung, zumindest Untergebenen gegenüber, einen Tag später trägt er große Herpesbläschen um den Mund."

„Wieweit betrifft dich die Umstrukturierung, was sagt die Gerüchteküche über deine Position in Zukunft. Ist dein Job gefährdet?"

„Keine Ahnung. Es ist mir aber auch ziemlich gleichgültig. Im schlimmsten Falle fange ich im Januar in einem neuen Betrieb an oder gehe nach Argentinien zu meiner Frau. Berufsangst brauche ich in meinem Alter und bei meiner Reputation keine zu haben. Vielleicht ist es mit vierzig sogar gut, nochmals völlig neu anzufangen. Man verkrustet sonst. Du machst ja mit sechsunddreißig auch einen restart."

„Ja, und ich freue mich auf Leipzig. Zuvor müssen wir aber dahinterkommen, was auf Navalis vor sich geht, dem elitären Weintempel, der zur Sektentrutzburg verkommen ist. Aber das Problem lösen wir erst morgen, heute wird gefeiert. Im Trinkmodus."

Anne hatte sich die letzte halbe Stunde, nachdem Erdim gegangen war, in der Küche eingeschlossen und wie versprochen an unserem Abendessen gearbeitet. Sie trug eine weiße Schürze, die an dem Vamp aufreizend falsch wirkte und sie zur Küchenmamsell reduzierte. Sie begrüßte uns erleichtert mit einer herzlichen Umarmung. „Endlich seid ihr da, das Essen ist praktisch fertig, wir bleiben in der Küche, hier ist es gemütlicher. Es gibt „Spaghetti con salmone e spinaci", als Wein unseren Blanc de Noirs, der passt farblich zum Fisch. Setzt euch."

Gabor und ich schauten uns fragend an. „Wusste ich doch, dass ihr Kulinarbanausen seid. Salmone ist italienisch und heißt „Lachs", spinaci solltet ihr mögen, weil es sehr gesund sein soll, viel Eisen und Vitamine, und die Nudeln dienen der Füllung auch der größten Mägen. Wer den Löffel oder das Messer als Werkzeug benutzt, ist ein teutonischer Barbar und muss den

Abwasch machen. Echte Italiener essen nur mit der Gabel. Der Lachs wurde vor Alaska gefangen und entstammt nicht einer norwegischen Legebatterie. Er ist selbstverständlich frisch, nicht tiefgefroren. Perfekt gebraten könnt ihr mit der Gabel allein Schicht für Schicht abheben. Die Spaghetti sind bissfest und aus Durumweizen, die Soße habe ich mit Schmand, kleinen angebratenen Schinkenwürfeln und Zwiebelstückchen kräftig-aromatisch verfeinert. Dazu passt ein Roter im Tarnkleid. Er kann gut mithalten ohne zu dominieren oder untergebuttert zu werden. Es gibt keinen zweiten Gang, dafür ist auch für Vielfraße wie Gabor vom ersten genügend da. Und hinterher die Küche ordentlich loben. Die hat auf einer unmenschlichen Sklavengaleere mit asozialer Arbeitszeit Selbstausbeutung betrieben und wird nur jämmerlich bezahlt. Und regelmäßig nachschenken. Fisch muss schwimmen. Schenkt ihr wohl endlich ein oder muss ich das auch noch erledigen."

Gabor setzte sich sofort an den Tisch. Hungrig wie letzten Samstag überblickte er die Anordnung und schien zufrieden. Er schenkte tatsächlich brav unsere Gläser voll. „Auch dein Abend in der Küche soll wie ein epileptischer Anfall sein, ich habe das während der Ernte sechs Wochen lang. Nach deutschem Recht dienen Lebensmittel der Ernährung und dem Genuss. Genießen ist bei Essen und Trinken juristisch geschützt. Bist du dir darüber im Klaren, dass wir keine Sterbehilfe, sondern Mittel zum Leben erwarten und zwar auf höchstem Niveau, damit Gefühl und Intellekt eine orgiastische Synthese eingehen können?"

„Gabor hat völlig recht", pflichtete ich bei. „Alle Tätigkeiten zur Aufrechterhaltung des Lebens wurden im Verlaufe der Evolution mit Lustempfindung belohnt, damit wir da ja nichts anbrennen lassen. Ich rede von Essen, Trinken, Sex und Kommunikation. Im Idealfall kommen alle zusammen, wir sind aber heute Abend bereit, Abstriche zu machen, wenn die ersten beiden gut sind."

Annes Augen funkelten. Dass wir uns so die Bälle zuspielen würden, damit hatte sie nicht gerechnet. Die Retourkutsche würde nicht lange auf sich warten lassen. Der gemeine Amerikaner an und für sich, also einer wie ich, ist schon stolz, wenn er Spaghetti verlustfrei und hemdenschonend mit Löffel und Gabel bewältigt. Der verringerte Werkzeugeinsatz machte mir zu schaffen. Als ich nach viel try and error bei sehr viel error die Technik endlich im Griff hatte, waren meine Mitesser mit dem zweiten Teller schon fertig und wirkten satt. Nicht nur korrektes Ausspucken müsste ich heimlich üben. Auch im Trinken waren sie ein Glas voraus, ich wollte aber diesmal taktisch vorgehen, wie bei einem Marathon, und nicht zu schnell loslegen. Gleichmäßige, mittlere Geschwindigkeit, gut durchhalten und am Ende unverbraucht Interviews geben. Dumm geboren, aber lernfähig.

Anne war erschreckend gut drauf. Ihre Rabulistik strömte frei und ohne Gnade, wie letzten Samstag im Keller. Hatte sie die Ereignisse dieser Tage so perfekt verdrängt oder war sie nur eine überzeugende Schauspielerin? Gestern klang sie anders. Oder hatte sie sich schon warmgetrunken? Ich kannte sie noch nicht gut genug. „Rafaels Feinmotorik lässt zu wünschen übrig. Er verhungert vor vollem Teller. Willst du nicht lieber gleich den Abwasch übernehmen, dann kannst du die Spaghetti mit dem Messer zerschneiden. Wir gießen auch kontinuierlich Wein nach."

„Ach Anne, deine Formulierungen fließen wieder vom Stammhirn direkt ins Sprachzentrum unter Umgehung des Großhirns, wo normal die sittlich intellektuelle Kontrolle stattfindet. Du weißt doch, dass meine Feinmotorik in den Beinen liegt. Andernfalls würde ich Tischdecken häkeln."

„Mein Sprachzentrum ist jedenfalls unverbogen und gibt ehrliche Antworten. Lieber so als intellektuell weichgespült und hyperdiplomatisch. Ich bin nicht in der Politik. Außerdem habt ihr mich als einen Anhänger von Wittgenstein kennengelernt.

Der sagte: Die Grenzen meiner Sprache bedeuten die Grenzen meiner Welt, und wovon man nicht sprechen kann, darüber muss man schweigen."

„Und wir lieben deine Rabulistik und stellen fest, dass du die Grenzen deiner Welt noch lange nicht erreicht hast. Du hast zu allem etwas zu sagen. Wie beschreibst du den Wein zum Essen, dem die Farbe abhanden gekommen ist? Als der Pastor bei Lotte zu Besuch war, gab es ihn auch zu trinken. Sie war so voll des Lobes über die Rebsorte Spätburgunder, dass sie meine eigene Urteilsfähigkeit manipuliert hat. Mir hat er geschmeckt, mit jedem Glas mehr."

Gabor grinste beredt, ich ahnte einen Verriss. Anne hatte das Gesprächsniveau vorgegeben. „In vergangenen Zeiten, als Trinkwasser knapp und meist verseucht war, also zu Zeiten der Römer, erhielt jeder Legionär aus hygienischen Gründen eine tägliche Ration Essigwasser, häufig einen einfachen Wein mit Essig vermischt. Die Säure desinfizierte ausreichend und half so, das Imperium zu erhalten. Bekanntlich hat auch Jesus am Kreuz Essig zu trinken bekommen. Wenn die Römer heute noch in der Gegend wären, hätten sie an diesem Blanc de Noirs ihre wahre Freude. Ausreichend Essig zur Desinfektion, Alkohol fürs Wohlbefinden dank des bereits zitierten Belohnungssystems. Mit diesem Wein im Marschgepäck hätte Varus im Teutoburger Wald gewonnen. Die Flasche ist zum Glück leer, über Tote darf man nichts Schlechtes sagen. Ich mache schon mal einen Rotwein aus Bordeaux auf, als Kontrast."

Anne holte Rotweingläser, groß und bauchig wie ein holländisches Kaufmannsschiff. Barocke Gläser für barocke Weine. Dank verfeinerter Technik hatte ich es schließlich geschafft, satt zu werden. Der Abend konnte losgehen, die Weine standen günstig. „Zur Einstimmung lese ich euch vor, wie mein französischer Kollege, der seine österreichischen Wurzeln nicht ganz verbergen kann, den Wein anpreist. Etwas Sprachkriminalität darf sein." Gabor schenkte ein, sich zuerst zum Vorprobieren und las dann pointiert, jede Silbe betonend, laut vor.

„Trinken wie ein Millionär, zahlen wie ein Normalsterblicher. Dunkles Rubingranat, opaker Kern, violette Reflexe, zarter Wasserrand. In der Nase mit feiner Schokolade unterlegtes dunkles Beerenkonfit, etwas Datteln, einladendes Bukett mit Süßeanklang. Am Gaumen elegant und ausgewogen, feine Tannine, frische Zwetschgenfrucht, feine Säurestruktur, rotbeerige Nuancen im Abgang, saftig-delikater Speisenbegleiter mit gutem Entwicklungspotential. Das fantastische Preis-Genussverhältnis bestätigt Robert Parker mit 91 Punkten. Manchmal muss es erlaubt sein, nach Komplimenten zu fischen. Der Wein ist eine Bombe...Jetzt wisst ihr, was ihr trinkt. Bitte Ehrfurcht."

Wir huldigten dem üblichen Ritual, schwenkten die kleine Menge im großen Glas andächtig, tauchten mit der Nase tief in die konzentrierten, flüchtigen Bukettstoffe im oberen Teil von dessen Wölbung, nahmen einen kleinen Schluck in den Mund, verteilten ihn über den gesamten Rachenraum und wagten schließlich zu schlucken. Ich war stolz auf mich und meine Technik. Wie ein Großer, zum Glück gab es nichts zum Ausspucken, keine Blamage auf diesem Nebenkriegsschauplatz. Anne blickte wieder kampfeslustig, vielleicht war ihr journalistisches Sprachgefühl beleidigt. „Ich kann nur mit einem ZEN-Zitat antworten, das ihr Kulturbanausen eh nicht versteht: „Mein bester Tag war nicht gestern, mein bester Tag ist nicht morgen, mein bester Tag ist heute." Was ein Wasserrand im Wein bedeutet, wird mir ewig ein Rätsel sein. Seit der wundersamen Verwandlung durch Jesus bei der Hochzeit von Kanaa bin ich skeptisch, wenn Wasser im Zusammenhang mit Wein erwähnt wird. Der Wein ist typisch französisch, ein ewiges Versprechen auf exorbitante Qualität in der Zukunft, die aber erst eintritt, lange nachdem man alle verfügbaren Flaschen getrunken hat. Wie beim Sex auf der Jagd nach dem Orgasmus, den man aber nicht erreicht, weil die Latte immer einen Zacken zu hoch hängt. Frustrierend wie vorzeitiger Samenerguss, Genuss beim Erzeuger, der sein Geld schon in Händen hält, verpasster Höhepunkt bei dem, der genießen will. Außerdem sind barocke Formen out, ein großer Busen ja, zu breite Hüften nein. Zu jung, zuviel Alkohol, es fehlt ein Rinderfilet medium gebraten. Warum mutest du uns so einen Wein nach dem Essen zu und nicht während?"

„Gabor denkt eben weiter. Neuere englische Untersuchungen besagen, dass die Orgasmus-Häufigkeit bei Frauen mit dem Einkommen ihres Partners steigt. Je teurer der Wein, desto reicher der Partner, desto mehr Orgasmen. Das ist ein Evolutionsphänomen, das Frauen bei der Auswahl ihres Partners hilft. Reichtum ist ein Maß für Qualität. Im Übrigen ist der Orgasmus für die Befruchtung einer Eizelle nicht zwingend notwendig." Annes Augen funkelten mich wild an. Gleich würde sie beißen.

Gabor nahm einen kräftigen Schluck. „Ihr bringt schon wieder Dionysos und Aphrodite in einem Atemzug. Bleibt beim Wein. Anne hat recht mit dem 14-jährigen Mädchen, dem der Wein im Moment entspricht. Als Fachfrau muss sie aber in der Lage sein, sie sich als 23jährige Schönheit vorzustellen, die allen Männern den Kopf verdreht. Du musst ihr Potential erahnen und entsprechend trinken. Wein trinkt man im Kopf, in der Erinnerung an frühere Genüsse und in der Hoffnung auf zukünftige elysische Momente. Es ist wie in der Religion: die Gegenwart mag unbefriedigend sein, das Heilsversprechen in ferner Zukunft adelt das Jetzt und macht das irdische Dasein erträglicher. Wein und Geduld sind ein untrennbares Wortpaar. Lass uns den nächsten Wein probieren, wieder aus dem Bordeaux, noch edler und noch teurer. Hier die Beschreibung des Viticulteurs. „Der Wein ist atemberaubend süß, duftet nach buttrigem Karamell, reifen Cassis, frisch gekochtem Brombeergelee und parfümiertem Cabernet. Im Gaumen rund, weich, mundfüllend. Eine Orgie."

Diesmal schaute Gabor mich an, er erwartete meinen Kommentar. Ich ließ mir Zeit mit der Antwort, der Blamagenbaum wackelte wieder verdächtig. Das eingespielte Ritual verschaffte zum Glück ausreichend Zeit. Deshalb trinken Politiker auch so oft aus ihrem Wasserglas. „Den Laien wundert die Nähe zu Gelee, für mich ist das etwas Eingekochtes, süß und schwer, ideal auf dem Frühstücksbrötchen. Die bisher zitierten Weinpoeten sind für mich wie Pfauen, die mit einem möglichst großen und makellos bunten Rad Weibchen für sich überzeugen wollen. Diese Weibchen haben es schließlich im Laufe der Evolution geschafft, dass die Pfauenräder immer größer, unhandlicher und für den Träger gefährlicher wurden. Die Evolution wirkt dadurch, wir reden von sexueller Selektion, als Triebfeder für Schönheit, Schmuck und Aussehen unter Inkaufnahme von lebensgefährlichen Risiken. Mit kleineren Schwänzen wären Pfauen schneller auf der Flucht vor Fressfeinden. Wenn es diese Triebfeder aber nicht gäbe, wären wir andererseits vielleicht alle hässlich wie die Nacktmulle, die blind und faltig in ihren Gängen umher huschen und nicht auf gutes Aussehen angewiesen sind, weil sie sich nicht sehen. Diese Weinpoeten also versuchen sich in Worthülsen und Phrasen, ihrem Pfauenrad, zur Überzeugung der Konsumenten, die ihrerseits nach immer besseren Formulierungen gieren. Sexuelle Selektion eben in Form von Verbalerotik. Die hat mit den tatsächlichen inneren Werten des Pfaus oder des Weines nur bedingt etwas zu tun und ist purer Hedonismus."

„Sich festhalten an bloßen Äußerlichkeiten, darauf hereinfallen als Eigenschaft der Weibchen ist doch Machogehabe, ebenso die Aussage, wir seien auf reiche Männer programmiert." Anne gab sich emanzipiert und erregt. „Wir Frauen legen im Gegenteil hauptsächlich Wert auf innere Qualität."

„Klar, wenn genügend Aktiva daran hängen." Gabor grinste. Wir kamen mit unserem Spiel gut voran. „Das Pfauenrad heute ist doch der Reichtum, den der Mann zur Schau stellt. Ein Ferrari ist ein Phallussymbol und zeigt dir, dass der Mann sich so etwas leisten und damit den Frauen Sicherheit und Wohlstand bieten kann. Deshalb hängt er sich einen van Gogh oder Rembrandt an die Wand oder bunkert Mouton Rothschild im Keller. Wir leben in unserer Branche doch in der obersten Spitze genau von den Pfauen, die ihr Rad vergrößern wollen, um mehr Sex zu bekommen."

„Wenn innere Qualität mit äußerer parallel geht, haben wir Frauen natürlich nichts dagegen. Andernfalls gibt es zum Glück standfeste Fitnesstrainer, die kompensatorisch wirken können. Rafael, wie beurteilst du den Wein, lenk nicht immer vom Thema ab und hör auf, mich ständig als Opfer meiner 2,5 Millionen Jahre Menschwerdung zu sehen."

„Du bist kein Opfer sondern ansehnliches Ergebnis der sexuellen Selektion, die die Schönheit in die Welt gebracht hat. Was soll ich zu dem Wein sagen, ich trage doch zurzeit kein Pfauenrad. Die Weinansprache, die ich bisher erfahren habe, war mehr Verbal-Gegurgel als nachvollziehbare Wissenschaft. Im Kampf ums Dasein gewinnen nur die fittesten Sprachakrobaten. Im vinologischen Darwinismus überleben keine leisen Töne. Ich komme mir vor wie in meinem Abiturjahr in Heilbronn. Zwei Vereinskollegen studierten in Heidelberg Soziologie und Philosophie und übernahmen blitzschnell die für Sterbliche unerträgliche Fachsprache. Mit unverständlichen Fachbegriffen besetzten sie die Sprachfelder und beherrschten jede Diskussion. Die dummen Naturwissenschaftler wie ich kämpften gegen Dauerfrust und sannen auf Rache. Im Anschluss an ein Training kam uns „rhetorischen underdogs" eine Idee, die den Kampf schlagartig zu unseren Gunsten veränderte. Wir wollten die Phrasendrescher mit ihren eigenen Waffen schlagen. Dazu bastelten wir mit Unterstützung von viel Bier eine Matrix, die aus drei Spalten und jeweils zehn Zeilen bestand. Die erste Spalte wurde mit Adjektiven möglichst abstruser Herkunft gefüllt, die Spalten zwei und drei mit Substantiven aus dem Fremdwortschatz des Duden. Die Verknüpfung der drei Spalten in beliebigen Kombinationen machte uns unschlagbar. Endlich hatten wir auf jeden Spruch der Kollegen eine intellektuell klingende Antwort. Beispiele gefällig:

normative Diskurs-Kompetenz oder filigrane Medien-Arroganz oder subversive Philosophen-Transzendenz oder sowjetrevisionistische Renegatenclique und so weiter. Immer Adjektiv plus Substantiv 1 plus Substantiv 2, alles wild zusammengetragen aus einer Liste und von normalen deutschen Worten eingerahmt. Ein Diskussionsbeitrag hätte dann sein können: „Ich widerspreche deiner normativ geprägten Diskurskompetenz auf das Entschiedenste, ohne eine gewisse filigrane Medien-Arroganz wirst du nie wirklich subversive, philosophische Transzendenz erreichen." Meist entstand objektiver Schwachsinn, hörte sich aber in einer alkoholgeschwängerten Diskussion überzeugend an und machte uns intellektuell gleichwertig. Es lebe die Arroganz der Fachsprache! Wenn ich eine solche Liste mit Begriffen aus der Weinsprache hätte, würde mir die Antwort leichter fallen, dann könnte ich verbal glänzen und würde als Weinfuchs anerkannt."

Anne hatte spontan ihren Notizblock gezogen. „Dem Manne kann geholfen werden." Sie fing an, Begriffe in drei Spalten einzutragen. Gabor und ich konnten in Ruhe unser Glas austrinken, er holte sofort die nächste Flasche. Nach zehn Minuten präsentierte sie ihren ersten Entwurf. Über vierzig Adjektive in Spalte eins, deutsch scheint ohne Adjektiv nicht zu funktionieren. Substantiv eins enthielt nur dreizehn Begriffe, Substantiv zwei über dreißig. Wir schauten drüber, korrigierten und ergänzten die nächste halbe Stunde, sprachbeschleunigt durch einen Schwarzriesling von Gabor aus einer Steillage neben der von Schloss Navalis. Schließlich war unser Gemeinschaftswerk geschaffen, die Glocke fest gemauert in der Erden schließlich gegossen.

„Wer wagt es, mit dieser Tabelle meinen Schwarzriesling zu beschreiben?" Gabor blickte Anne herausfordernd an. Sie holte kurz Luft und legte los. Mit den Fingern zeigte sie jeweils auf die drei Begriffe, die sie verbinden wollte: "Der Wein zeigt einfach alles, was einen Schwarzriesling auszeichnen muss. Vorneweg in der Nase besticht eine „ungewöhnliche Holztiefe", bei näherer Betrachtung überfällt das „terroirbetankte Rebsortenmouthfeeling" die Sinne und verströmt einen „subtilen Beerenwahnsinn", der regelrecht in eine „ätherische Trinkfinesse" mündet. Sein „fleischiger Jahrgangscharakter" animiert zum Weitertrinken, auch wenn die Flasche bereits geleert ist. Hört sich gut an, meine Zeitungsartikel werden mir in Zukunft einfacher aus der Feder fließen." Gabor hatte bereits die nächste Flasche geöffnet.

Ich nahm Anne die Tabelle aus der Hand und probierte den Wein, während ich mir Worthülsen zusammenbastelte, die meine geistige Windstille auf dem Gebiet der Sensorik ersetzen sollten. Die Weine bisher hatten meine Zunge erfreulich gelockert, ich fühlte mich auf Schillers Spuren. „Wir verneigen uns vor diesem Wein im Glas, der ein extrem „starker Charakter" ist, der zur Gegend passt und sich weder „marmeladig-schmelzig" noch „opulent-fleischig" präsentiert. Vielmehr besticht er durch ein „fruchtiges Trollinger-Bouquett", eine „elegante Geruchsbalance" und „ausdrucksstarke Fruchtstruktur", genau wie es die Menschen dieser Gegend erwarten und wie sie ihre Eigenschaften selber beschreiben würden. Er zeugt von einer „geradlinigen Anmut und Einmaligkeit", von „erstaunlicher Typizität" und viel „sanften Aromafacetten" im Abgang, ein wohlgeratenes Kind des Kellermeisters, dessen kreative Hand einen Wein schuf, der uns viel zu sagen hat und zu vielen Trinkanlässen die optimale Wahl ist." Anne und Gabor strahlten über das ganze Gesicht wie ein kleines Kind vor dem Weihnachtsbaum, eingerahmt von vielen großen Geschenkpaketen.

Hier unsere Tabelle:

Nr.	Adjektiv (A)	Substantiv (B)	Substantiv ©
1	fruchtig	Rebsorten (wahlweise einsetzen)	Bouquet
2	erdig	Blumen	Facette
3	geschmeidig	Geschmack	Spiel
4	elegant	Geruch	Abgang
5	präsent	Aroma	Balance
6	marmeladig	Tannin	Power
7	sanft	Säure	Eleganz
8	kraftvoll	Gerbstoff	Komplexität
9	stark	Jahrgang	Dichte
10	extrem	Trink	Finesse
11	fleischig	Beeren	Charakter
12	wundervoll	Früchte	Vielfalt
13	überwältigend	Holz	Tiefe
14	erstaunlich	Beeren/Trauben	Struktur
15	ungewöhnlich		Typizität
16	sensationell		Harmonie
17	königlich		Weichheit
18	pubertär		Fülle
19	reif		Stilistik
20	urgewaltig		Finale
21	lebendig		Intensität
22	frisch		mouthfeeling
23	ausdrucksstark		Wahnsinn
24	ätherisch		Offenbarung
25	terroirbetankt		Vielfalt
26	schmelzig		Noblesse
27	saftig		Anmut
28	geradlinig		Reflexe
29	anmutig		Feinheit
30	körperreich		Welt
31	aristokratisch		Persönlichkeit
32	verführerisch		Schmelz
33	knackig		Länge
34	nuanciert		Einmaligkeit
35	frivol		Vielschichtigkeit
36	filigran		
37	verführerisch		Spur
38	moderat		Rückhalt
39	samtig		Delikatesse
40	authentisch		
41	charaktervoll		
42	subtil		

Anne lästerte erwartungsgemäß sofort. „Sogar unser Naturwissenschaftler braucht nur eine kleine technische Hilfe, um mit der ach so schwierigen Weinsprache fertig zu werden. Es hört sich schon sehr gut an, wie bei professionellen Weinschreiberlingen, die wahrscheinlich längst mit solchen Tabellen arbeiten. Diese Edelsäufer in ihrem Kampf um die flüchtige Phase zwischen Ersteindruck und Abgang orientieren sich doch nur an klingenden Namen und am Preis. Nichts ist so lecker wie der und ein bekanntes Etikett entfaltet besonders intensiv Aroma und Bouquet. Ihre gefühlte Qualität muss nur in schöne Worte gepackt werden, bis sie im Abgang einen erregenden Hauch von Schreinerei bemerken. Gabor hat sicher bei deiner Beschreibung erkannt, dass die Tabelle viele Variationen erlaubt. Nicht immer nur ABC, auch AC oder BC sind treffend genau wie AAC. Wer holt jetzt meinen Muskateller aus dem Kühlschrank? Wir haben etwas Besseres verdient als diesen „Bürgerlichen" vom Meister großer Mengen. Mein Belohnungssystem ruft danach, der Muskateller soll meine Hirnschaltungen kapern und gute Gefühle verschaffen. Und keiner entweiht mir den Wein durch hirnloses Fabulieren."

Gabor ging zum Kühlschrank um die Flasche zu holen. Beide hatten sie deutlich mehr getrunken als ich, aber wirkten immer noch klar, wenn auch überpointiert. Sie waren es gewohnt, große Mengen zu konsumieren, und arbeiteten noch im Trinkmodus. Die Aussprache zeigte keine Ausrutscher, die Gedanken wurden strukturiert ans Sprachzentrum geleitet, in dieser Runde wie gesagt ohne sittliche Kontrolle durch andere Hirnregionen. Anne wollte mehr, sie hatte viel zu verarbeiten. Sorgen sind alkohollöslich, meist aber nur bis zum nächsten Tag, wenn sie katerverstärkt zurückgekrochen kommen. Wie würde es ihr morgen gehen? Wir hatten verabredet, heute alle Probleme auszublenden, so schwer es mir auch fiel, hielt ich mich daran. Einige Zeit hatte ich von Schimmelbusch, die Toten, Merkle, selbst EVA und so weiter, alles Elend dieser kleinen Weingutswelt tatsächlich vergessen. Ich beschloss, den Abgang vorzubereiten, um morgen ausgeruht zu sein. Das Weingut würde volle Konzentration erfordern. Aber ein Glas geht noch. Ich bemerkte, dass Anne und Gabor allmählich aus dem Trinkmodus in den Sexmodus wechselten. Anne berührte ihn immer häufiger, seine Hand, den Oberarm, streichelte wie nebenbei seinen Hals und lästerte über seine schwarzen Brusthaare, die etwas aus dem leicht offenstehenden Hemd ragten und die sie hängende sekundäre Geschlechtsorgane nannte. Sie hatten hauptsächlich noch Blicke für sich, Zeit für den Kavalier, sich zurückzuziehen. Aphrodite war wach geworden, Dionysos soundso immer bereit. Selbstverständlich versuchten sie, mich zurückzuhalten, ein weiteres Glas lang sogar erfolgreich. Anne gab mir einen dicken Kuss auf den Weg. Ab 9.00 Uhr sei sie im Weinverkauf beschäftigt bis Mittag, danach nur noch in Bereitschaft. Mit Gabor verabredete ich mich zum Frühschoppen hier in der Küche.

Als ich an der Küchentür war, fiel mir eine kleine eingerahmte schwarz weiß Fotografie an der Wand links daneben auf. Sie zeigte laut Bildunterschrift einen „Attischen Skyphos (frühes 5. Jahrhundert) aus einem Grab in Bologna mit der Darstellung einer Prozession, bei der Dionysos in einem Schiffskarren mitfährt". Zu meiner Überraschung stellte sich Anne neben mich und erläuterte mir das Bild. „Damit du Wein- und sonstiger Banause einen kulturellen Abgang bekommst: Der Skyphos ist ein zweihenkeliger Trinkbecher, der häufig auf Vasenbildern zu sehen und selber bemalt ist. Die Meerfahrt des Dionysos ist vor allem von der berühmten Schale des Exekias in der Münchner Antikensammlung bekannt, auf der unser Lieblingsgott des Überschusses und des Weines unter einem großen Rebstock auf dem mit geschwelltem Segel über das Meer gleitenden Schiff ruht. Der dahinterstehende Mythos, nach dem Dionysos über das Meer gekommen sei, sich gegen Seeräuber wehren musste und den Menschen die Reben brachte, wird im 7. Homerischen Hymnos erzählt. Banause, du kennst den nicht? Auf jeden Fall ist der Kern der Sage, die Ankunft über das Meer, in das rituelle Festgeschehen griechischer Städte eingegangen. An besonderen Festtagen wurde Dionysos auf einem Schiffswagen durch die Stadt gezogen, ähnlich wie der Faschingsprinz auf den heutigen Karnevalsumzügen. Der Elferrat war bei ihm durch Satyrn besetzt, die entweder musizierten oder kopulierten, also nicht so gezwungen fröhlich waren wie die Begleiter heute. Auf Latein heißt Schiffskarren übrigens „Carro Navalis". So, jetzt solltest du gehen, du hältst den Verkehr auf."

Um das letzte Wort zu behalten und aus Neid auf das, was zwischen den beiden sicher gleich ablaufen würde, zitierte ich beim Gehen einen Spruch, mit dem mich Studenten zu Beginn meiner Vorlesungen, die wohl anfangs nicht so prickelnd waren, einmal ins Wochenende verabschiedeten. Der attraktivste, sportlich und gut aussehend, klappte die Tafel auf und verschwand blitzschnell, bevor ich reagieren konnte. Auf der Tafel stand ein kurzes Gedicht:

„Ich wollt ich wär beim Käthchen und nicht bei diesem Herrn.

Bei diesem muss ich schlafen, beim Käthchen tät ich`s gern."

Annes Notizblock traf mich am Oberschenkel, ansatzlos aus dem Handgelenk geworfen.

12. Kapitel: Speläologen

Wochenende 5. und 6. Mai 2007

Der Abend gestern war toll gewesen, ich hatte mich amüsiert wie schon seit ewigen Zeiten nicht mehr und allen Ballast für einige Zeit abgeworfen. Auch mein Training heute Morgen wollte ich nicht mit Problemen beeinträchtigen, nur Geschwindigkeit bolzen, volle Konzentration auf die Zeit, das eigene Atmen, die schnellen Schritte und an nichts dabei denken. Fünf mal zwei Kilometer in sechs Minuten, dazwischen zwei Minuten Pause. Danach fünf Kilometer in zwanzig Minuten, einige Kilometer langsam auslaufen, duschen. Die Vorbereitung auf den Trollinger-Marathon war trotzdem nicht optimal, zu kurz, zu improvisiert. In meiner besten Zeit hatte ich die letzten zehn Wochen vor dem Rennen jeden Tag nach einem ausgetüftelten Plan trainiert, samstags häufig zweimal. Wochenleistungen von 200 bis 250 Kilometer waren nicht ungewöhnlich, die Ernährung wurde umgestellt auf große Mengen Eiweiß, dafür Kohlenhydrate, die geliebten Pasta und Pizza, reduziert. Täglich Magnesiumtabletten, um Stoffwechsel und Immunsystem zu optimieren, und Massagen nach jedem Training. Sex nur in Maßen, ich war ja liiert, und keinen Alkohol, auf gar keinen Fall damit die Form riskieren. Der kommende Marathon bestimmte den Tagesablauf. Das Institut und mein Privatleben waren der Beton, das Training lieferte die Stahlträger, die ihn von oben nach unten durchzogen und stabil machten. Es bildete die Korsettstangen, die dem Körper Halt und Form gaben. Im Vergleich dazu war die Vorbereitung für Heilbronn jämmerlich amateurhaft, jeden Tag Wein, zum Teil bis zum Abwinken, zu wenig Trainingskilometer und nicht einmal Proteine zum Muskelaufbau, kein Lyprinol, keine

Fischölkapseln, kein Selen, ohne sonstige Nahrungsergänzung. Ich trainierte im Urzustand des Läufers, wie die Neandertaler, ohne alle Segnungen der modernen Medizin oder Ernährungswissenschaft. Heilbronn lief nebenbei, drei Stunden wären ein super Ergebnis und ich dort immer noch „Top-finisher". Als Entschädigung war ich während einer Vorbereitungsphase noch nie so Mensch gewesen wie dieses Mal, hatte noch nie so viele neue Impulse bekommen und Freunde gewonnen. Hatte sich meine frühere Verbissenheit gelohnt? Eher nein, Peter hatte mit seiner flapsigen Formulierung recht gehabt. Nur ganz vorne, in der absoluten Spitze lohnt die völlige Kasteiung, wenn Ruhm und Geld, auf jeden Fall eines davon, den Aufwand am Limit lohnen. In Leipzig müsste ich meine Einstellung umdrehen, die „work-life-balance" zur Korsettstange und den Sport zur Matrix um das Stützgewebe herum machen. Mitte dreißig ein privater Paradigmenwechsel. Vielleicht sollte ich Heilbronn besser als einen Trainingsmarathon sehen, eine Stunde langsamer als möglich, einfach anstelle eines langen Laufs. Oder mich als Zielläufer anbieten für dreieinhalb Stunden, um anderen zu ihrem Erfolg helfen. Auch das hatte ich schon gemacht. Wenn ich dabei nur nicht mit dem läppischen Heliumballon laufen müsste, der über meinem Kopf bei jedem Schritt wie ein Epileptiker zuckt. Mal sehen.

Gabor wartete schon auf mich, er wirkte frisch und munter, wie wenn er gestern keusch und trocken früh zu Bett gegangen wäre und sich richtig ausgeschlafen hätte. Dunkle Haut zeigt die Spuren der Nacht kaum, er gehört zu dem Typ Mensch, den nie die Wunden versumpfter Nächte zieren. Der Tisch war prall gedeckt, wir legten sofort los und aßen beide mit größtem Appetit. An frische Vollkornbrötchen hatte ich mich rasch und gerne wieder gewöhnt, dazu Marmelade und ein Frühstücksei. Da konnte die amerikanische Esskultur nicht mithalten, Schinken und Rührei mit Datschbrötchen, steril weiß und ballaststofffrei, spielten in einer anderen Liga. „Wie geht es Anne, gestern Abend habe ich sie mehr als Schauspielerin erlebt, als dass sie authentisch war."

„Schlecht". Gabor schaute kurz von seinem Teller hoch. „Sie versucht zu verdrängen, kommt aber nur bis zu einem bestimmten Punkt. Heute Nacht gab es das volle Programm: überdreht, zu viel trinken, anschmiegsam werden, soviel hast du selber noch erlebt, dann Heulkrampf, erschöpft einschlafen. Sie spürt, dass ihre Familie dunkle Elemente enthält und ihre Welt auf dem Schloss gefährdet ist, ohne dass sie im Moment die Bedrohung konkret fassen kann. Ihre eine Seele möchte die Wahrheit erforschen, ihre andere alles unter den Tisch kehren und Familie und Besitz schützen. Ich habe ihr klar gemacht, dass sie auf Dauer mit Lügen und Vertuschen nicht leben kann und ich selber mit ihrem Vater noch abrechnen werde. Der Besitzer der Spedition erzählte mir vor einer halben Stunde am Telefon, dass er deinem Onkel an besagtem Tag einen Tankzug mit Anhänger ohne Fahrer für einen Tag geliehen hatte. Das macht er öfter, da Dieterich den benötigten LKW-Führerschein besitzt, Kosten sparen will und man sich lange kennt. Dieterich hat mich hereingelegt, einen Küfer missbraucht und einen Helfer im Betrieb, der die Arbeitsanweisung fälschte. Den Dreckskerl kenne ich leider noch nicht, es kommen zu viele Mitarbeiter in Frage. Am Montag telefoniere ich mit meinem Exküfer, seine Schwester hat ihn in Kroatien ausfindig gemacht. Er ist bereit, mit mir zu reden. Anne selber leidet sehr unter dem Tod von Alfred, sie fühlt sich mitschuldig. Auch Merkle und Peter gehen ihr nach. Und du willst mehr über den Tod deines Vaters wissen. Gründe genug, das Schloss unter die Lupe zu nehmen."

„Und ich will die fehlenden Neandertalerknochen finden. Eine Kalotte kommt nie allein. Wenn ich doch Probleme auch nur so konsequent anpacken könnte wie du, mir rutschen sie immer wie Seife aus der Hand."

„Ach ja, Anne weiß wahrscheinlich, zu welchem Zimmer der nachgemachte Schlüssel passt. Mit ihrem Generalschlüssel kann sie alle Türen öffnen bis auf das Büro ihres Vaters, das ein völlig anderes Schloss besitzt. Sie hat das gestern Abend getestet, als sie auf uns wartete. Lass uns nachher überprüfen, ob wir mit deinem Fund dort hineinkommen. Zuvor habe ich aber Lust, ein Glas Sekt in der Sonne zu trinken. Der Turm an der Neckarmauer schreit nach unserem Besuch." Er nahm zwei Sektgläser und holte eine Flasche aus dem Kühlschrank. „Riesling Brut, Jahrgang 2002, einer der guten auf Navalis. Lass uns nur trinken, ich habe die blöden Beschreibungen satt. Schmeckt oder schmeckt nicht, passt zur Situation oder nicht und ist fehlerfrei. Das reicht."

Je länger ich mit Gabor zu tun hatte, desto mehr bewunderte ich ihn. Er war so völlig anders als ich. Geradlinig, wo ich mit Differenzieren die Richtung verlor, zupackend, wo ich zauderte, praktisch, wo ich theoretisierte, mitten im Leben, das ich eher vom Elfenbeinturm herab kannte. Und wie er über seine Frau oder Anne redete, empfand ich als fair. Wir ergänzten uns im Prinzip vollständig, aber was hatte ich ihm in seiner Welt schon zu bieten? Kein Technikverständnis, keine Ahnung von Wein, ein Zweiminuten-Ei im Vergleich zu ihm. Wo viel Licht ist, muss auch Schatten sein. Bisher hatte ich keinen bei ihm gefunden, ich würde auch nicht bewusst danach suchen. Menschliche Makel tauchen irgendwann von selber auf. Freunde sollten ihre gegenseitigen Schwächen kennen, um sie nach außen abzuschirmen. Dass er seine Frau mit Anne betrog, war im moralischen Sinne sicher verwerflich. Ich maß mir aber nicht an, das zu bewerten. Er schien im Gegenzug die Erfolge in meiner Welt zu achten, der Welt der Wissenschaft und des Laufsports. Wir setzten uns an genau die Stelle, an der ich meine Mittwochauseinandersetzung mit von Schimmelbusch hatte und wo sich die gesamte Neckarebene in einem flachen Winkel öffnet.

Noch angemüdet vom Training und mit Verdauen beschäftigt, wollte ich nicht direkt auf unser Thema zu sprechen kommen. Ein Vorspiel zum Warmlaufen von Geist und Körper würde uns gut tun. „Bei der Weinprobe am Montag wolltest du doch deine Kollegen testen. Wir sprachen von einzelnen Weinen, die mehrfach in die Reihe gestellt werden sollten. Hast du das gemacht, wenn ja, wie haben die vier denn abgeschnitten?"

„Erwartet gut, aber nur bis zu dem Zeitpunkt der Diskussion über das saufende Federschwanz-Spitzhörnchen. Dann war die Konzentration weg, Otmar brachte nur noch dumme Sprüche, ich habe von da an keine Werte mehr berücksichtigt. Johannes bewertete acht von zehn Weinen identisch, Matthias und Otmar sieben, Franz nur sechs. Ihm fehlt einfach Übung, aber er ist auf einem guten Weg. Alle sind sie Profis, die zu Recht in den Prüfungskommissionen des Weinbauverbandes mitarbeiten, an der alle Weine vorbei müssen, bevor sie in Verkehr gebracht werden dürfen." Er zog ein Blatt Papier aus der Tasche und reichte es mir. „Für Matthias und Franz habe ich den arithmetischen Mittelwert aus zehn Wiederholungen und die Standardabweichung aufgeschrieben, ich hoffe meine handwerkliche Arbeit findet Gnade vor den Augen eines Wissenschaftlers. Johannes bewertet etwas strenger als Franz, sein Anspruch liegt höher. Innerhalb der 5-Punkte-Skala, die in Deutschland für Weinbeurteilungen Standard ist, wurde mein Riesling überdurchschnittlich gut beurteilt. Ich selber war kritischer mit ihm, bei den eigenen Kindern soll man das auch sein. Die Mittelwerte von allen Vieren lagen dicht beieinander, sie proben viel miteinander und haben sich einen gemeinsamen Standard angeeignet. Die Standardabweichungen sind aber viel größer, als du sie von deiner Spurenanalytik gewohnt bist. Bei euch wären plus-minus zwei Prozent bessere Schätzungen, bei uns sind das Traumwerte. Der Mensch ist ein jämmerliches sensorisches Messinstrument."

Ich schaute über die handschriftliche Tabelle. So hatte ich vor vielen Jahren als Diplomand auch angefangen. Die einzelnen Messwerte alle von Hand eingeben, den Mittelwert berechnen, danach die einzelnen Abweichungen von diesem Mittelwert quadrieren, die Summe dieser quadrierten Abweichungen durch die Anzahl der Messwerte teilen. Aus dieser Varianz wird durch Wurzelbildung die Standardabweichung, das Maß für die Streuung von Ergebnissen um ihren Mittelwert. Je kleiner dieser Wert, desto besser die Methode oder in dem Fall desto reproduzierbarer der Tester. Gabors Ansatz war wissenschaftlich sauber, ohne Rechnerhilfe umständlich.

Johannes` Punktezahlen	Franz` Punktezahlen
3,0	3,5
3,5	3,5
3,0	3,0
3,0	4,0
3,0	3,0
2,5	4,0
3,0	3,5
3,0	3,5
3,0	3,5
3,0	3,5

Johannes: Durchschnitt 3,0 Punkte+/- 0,2, d.h. +/- 7%
Franz: Durchschnitt 3,5 Punkte +/- 0,3, d.h. +/- 9%

„Der Wissenschaftler ist damit zufrieden", bestätigte ich ihn. „Wir benutzen dazu nur Rechenprogramme, die alles einfacher machen, als wenn du zu Fuß gehst. Die Werte belegen die hohe Qualifikation deiner Kollegen. Otmar und Matthias liegen demnach zwischen den beiden, die du ausgerechnet hast."

„Was sagen diese Werte nun wirklich aus? Mathematiker denken doch nicht so gerade wie wir beim Trinken." Gabor blickte mich mit einem Gesichtsausdruck an, der zwischen echter Neugierde und Zweifel am eigenen Tun lag.

„Sie besagen, dass Johannes in zwei Drittel aller Fälle diesen Wein zwischen 2,8 und 3,2 Punkten bewerten würde und Franz zwischen 3,2 und 3,8. Diese Standardabweichung ist verglichen mit den physikalischen Analysenmethoden in Chemie oder Biologie, mit denen ich normal arbeite, vergleichsweise hoch. Dort liegen Schwankungsbreiten meist unter einem Prozent, fast zehnmal besser als bei deinen Freunden.

Gabors Miene wechselte wieder ins spöttische. Die sensorischen Fähigkeiten des Menschen konnte er offensichtlich nicht dauerhaft seriös diskutieren. „Amerikanischen Untersuchungen über sogenannte Fachleute bei Weinproben kamen zum Ergebnis, dass nur zehn Prozent der Prüfer reproduzierbare Ergebnisse liefern. Derselbe Prozentsatz versagt restlos, denen kannst du rot gefärbten Weißwein vorsetzen oder Apfelwein als Spitzenriesling verkaufen, auch wenn er nur über Traubentrester abgepresst wurde. Sie merken aufgrund ihrer Anosmie nichts, das einzig reproduzierbare an ihnen ist ihr peinliches Ergebnis. Das ändert nichts an ihrer Sprachkraft, mit der sie häufig ihr sensorisches Unvermögen rhetorisch kompensieren. Bei schwachen Prüfern liegt die Schwankungsbreite bei Wiederholungen zwischen goldverdächtig und abzulehnen. Unbekannte Weine werden fast immer im mittleren Bereich bewertet, sie nützen die Breite der Skala bei weitem nicht aus. Mit Dreieckstests und U-Booten finden wir in unserem Betrieb die Luschen schnell heraus und schulen intensiv oder ziehen sie ganz aus dem Verkehr. Der große Rest der Prüfer ist akzeptabel, sie lassen sich durch äußere Einflüsse nur wenig beeinflussen und erkennen auch die meisten Weinfehler sensibel genug. Eines habe ich jedenfalls von dir gelernt. Das Messinstrument muss in seinem Auflösungsvermögen zur Aufgabe passen. Beim Sprint entscheiden hundertstel Sekunden über Sieg und Weltruhm, beim Marathon sind es eher Minuten, höchstens Sekunden. Der Mensch ist sensorisch ein Schätzometer, so grob gerastert, dass er allenfalls einen Marathon differenzieren könnte. Beim Messen und Vergleichen von Weinen maßen wir uns leider die Präzision einer geeichten Zeitmessung an, wie sie bei olympischen Spielen eingesetzt werden."

Wie jeder Vergleich hinkte auch der, den Gabor eben gezogen hatte. „Sicher können wir nur sehr undifferenziert messen, aber wir vergleichen die Laufgeschwindigkeiten doch mit unseren Augen. Auch wenn die gemessene Zeit falsch gewesen sein sollte, sehen wir beim Einlauf die Reihenfolge. Genau so können wir Weine bewerten. Bei Wettbewerben wird schließlich nur der Sieger verkündet, ohne den Abstand zu den folgenden Plätzen in Nachkommastellen anzugeben."

„Richtig. Es ist akzeptabler, als Sieger einer großen Riesling- oder Chardonnay-Probe zu werben als mit 94 Punkten von Parker oder einem anderen Geschmacksguru. Diese Alphatiere der Weinszene verkaufen ihren subjektiven Geschmack, ihre Interpretation von Wein, mit einer vermeintlich objektiven Messgröße, zu der sie nach dem Ergebnis unserer Diskussion gar nicht fähig sein können. Leider hat der Punktefetischismus weltweit viel zu viel Akzeptanz gefunden. Parker-Punkte verkaufen von selber. Um hoch zu punkten, muss der Wein nur seinem Typ entsprechen. Die Jünger passen sich an und produzieren immer schwerere, opulentere, barocke Alkoholbomben, Totschläger mit wuchtigem Gerbstoff, die besser zum Anbeten als zum Genusstrinken sind. Sie fließen wie Öl im Glas. Dieterich ist auf demselben Weg, die Leichtigkeit des Seins verliert er mit jedem Jahrgang mehr. Lass uns endlich den Sekt trinken, er stammt noch aus Dieterichs prä-Parker-Ära und ist leicht, frisch und fruchtig und wie geschaffen für die Terrasse an einem warmen Maimorgen und zur Einstimmung auf den Schlachtplan, den wir jetzt erarbeiten."

„Anne hat bei ihrer Recherche noch einige Informationen bekommen," fuhr er fort, „die wir berücksichtigen müssen. Die „Kirche zum Heiligen Kreuz" ist sowohl dem katholischen als auch dem protestantischen Sektenbeauftragten gut bekannt. Sie gilt als aggressiv missionierend, stark wachsend und veranstaltet ihre Events und Erweckungsveranstaltungen wie die Mutterkirche in den USA, wenig formal, sehr populistisch und laut. Ihre finanzielle Situation soll sehr gut sein, sie investiert kräftig in Immobilien. Maßstab ihres Glaubens ist die Bibel, der wortgetreu gefolgt wird. Die Struktur ist sehr hierarchisch, Anordnungen gehen von oben nach unten, eine Art Führerprinzip. Die maßgeblichen Personen sind Amerikaner, zunehmend auch Deutsche. von Schimmelbusch wird nicht in Verbindung mit dieser Kirche gebracht, von einer Beteiligungsgesellschaft war ihnen nichts bekannt. Nichts, was neu wäre. Interessanter ist, was sie über ihren Onkel Johann herausfand, der Ende 1944 mit achtzehn Jahren auf dem Rückzug gefallen ist. Hör gut zu. In der „Zentralstelle der Justizverwaltungen zur Aufklärung von NS-Verbrechen" in Ludwigsburg ist sie auf seinen Namen gestoßen. Er war bei der SS und gehörte ein Jahr lang zum Wachpersonal in den KZs Sobibor und Majdanek, beides Vernichtungslager für die Endlösung. Sein menschenverachtendes Training hat er in der Mutter aller Nazilager, in Dachau, erhalten. Er soll nach Aussagen weniger Überlebender mehrfach an Erschießungen und Folterungen beteiligt gewesen sein und hat insbesondere die russischen Hilfswärter massiv zu Misshandlungen angestachelt. Im Simon-Wiesenthal-Zentrum kannte man den Namen Johann Engelmann ebenfalls. Die Akte wurde geschlossen, da er auf dem Rückzug von einer russischen Granate bis zur Unkenntlichkeit zerfetzt worden war. Identifizieren konnte man ihn anhand der Erkennungsmarke, die er um den Hals trug. Annes Familie hat also eine Lüge mehr. Ich unterstelle, dass Dieterich Bescheid weiß, Anne selber war von dieser Neuigkeit geschockt. Der älteste Sohn des Hauses, ihr Onkel, ein KZ-Folterknecht, der wie die meisten nach dem Krieg als rangniedriger Mitläufer sicher nicht belangt worden wäre. So ein Familienmitglied machte sich in der Kundschaft nicht besonders gut. Zum Glück war er tot und konnte einfach unter den Tisch fallen. Und Dieterich war dadurch Kronprinz geworden."

„Dann lass uns zuerst die Lebenslügen des Hauses Engelmann zusammenstellen, Dinge die wir erfahren haben und die unter den Tisch gekehrt wurden, selbst den Kindern gegenüber. Vielleicht hilft uns das weiter. Ich schreibe mit."

Die Liste war schnell erstellt:

Enteignung des Vorbesitzers im Dritten Reich durch Dieterichs Vater

Dessen erster Sohn KZ-Scherge

Sohn des derzeitigen Besitzers Dieterich ist schwul

Anja Megerle ist auf dem Schloss verstorben (?)

Das Weingut war 2002 praktisch insolvent; schlechtes Kostenmanagement

Das Weingut gehört mehrheitlich einer Sekte (Kirche); Inhaber ist entmachtet

Weinjahrgang 2006 missraten; Betrug an Gabor zur Verheimlichung

„Nur der Tod Anja Megerles ist noch mit einem Fragezeichen versehen, der Rest scheint eindeutig zu sein. Als nächstes sollten wir die Todesfälle auf dem Schloss oder in Zusammenhang damit aufschreiben, die Liste ist schon recht lang." Ich nahm das nächste Blatt Papier.

die beiden SS-Offiziere; wohl ohne Bedeutung für die Gegenwart;

Anja Megerle; natürlicher Tod angenommen; wurde möglicherweise zur Erpressung eingesetzt von Dieterich (?) oder Peter

(?); Fremdgehen sollte verheimlicht werden (?); wer erpresste wen? Rolle des Hausarztes?

Mein Vater; Unfalltod zweifelhaft; Motiv für Mord? Andeutungen von Peter über Geheimnisse im Keller; Botschaft könnte auf Mord hindeuten; Rolle des Hausarztes?

Peter; durch Selbstmord gestorben; Motiv vorhanden; Streit mit Dieterich vor seinem Tod; wusste zu viel(?); Kontakt zu meinem Vater(?); erster Arzt vor Ort war unser Allgemeinmediziner

Adolf; Selbstmord angenommen; letztes Telefonat mit Dieterich(?); welcher Arzt war als erstes vor Ort? Motiv Depression?

Michael Merkle; Überleben fraglich; Unfall(?); Rolle seines Vorgesetzten als Geschäftsführer der „Beteiligungsgesellschaft"?

Der Neandertaler; welche Botschaft, durch wen in meinem Bett deponiert?

„Wir haben mehr Fragen als Antworten und können nur spekulieren. Ihr Wissenschaftler nennt das doch Arbeitshypothese. Lass uns aus den Informationen auf den beiden Blättern eine versuchen." Gabor hatte konzentriert über meine Texte geschaut und lehnte sich mit geschlossenen Augen zurück, um nachzudenken.

„Ich bin am Tod meines Vaters interessiert, du an dem Weinbetrug. Was, wenn beides zusammenhängt? Wenn mein Vater erkannt hatte, dass zumindest der Trollinger, immerhin die Hauptmenge des Betriebes nicht mehr verkehrsfähig ist, hätte Dieterich doch ein Motiv gehabt. Er wollte einen Mitwisser beseitigen."

Gabor antwortete ohne nachzudenken. „Das glaube ich nicht. Als dein Vater starb, war die Ernte allenfalls zu sechzig Prozent im Keller und nur zu höchstens einem Drittel soweit durchgegoren, dass man die jämmerliche Qualität erkennen konnte. Außerdem hat der Fachmann genügend Möglichkeiten, zu korrigieren. Wenn Dieterich mit offenen Karten gespielt hätte, hätte ich seine

Probleme erheblich verringern können. Du hast doch am Dienstag bei mir im Betrieb gesehen, was alles zulässig und möglich ist. Soweit stimme ich dir zu, dass wir uns mit dem Keller beschäftigen müssen. Peters Arbeit spielte hauptsächlich dort unten, er müsste das umfassendste Wissen über dessen Gänge, Winkel, Geheimtüren oder sonstige Geheimnisse gehabt haben. Du hast dich doch lange unten mit ihm unterhalten, schildere mir das Gespräch möglichst wortgetreu."

Ich sammelte kurz Zeit meine Gedanken und gab dann die Gespräche mit Peter nicht wörtlich, aber doch nahe dran, wider. Mir fiel dabei selber auf, dass er nur wenig über den Arbeitsraum, überhaupt nichts über die anderen Seitengänge aus den verschiedenen Jahrhunderten, dafür umso mehr über das große Fass in dem kurzen Gang berichtet hatte. Als ich von dem kleineren Fass, in dem mein Vater gestorben war, erzählte, blitzten Gabors Augen kurz auf, ich meinte ein leichtes Kopfschütteln gesehen zu haben. Er unterbrach mich nicht, sondern hörte weiter mit geschlossenen Augen konzentriert zu, bis ich mit der Verabschiedung von Peter endete, um nicht zu spät zum Abendessen zu kommen.

„Bisher wusste ich nur, dass dein Vater in einem Tank an Gärgasen erstickt ist, aber nicht in welchem. Während der Ernte hatte ich keine Zeit, mich um solche Details zu kümmern. Größere Partien Most, die Hauptsorten Trollinger und Riesling vor allem, werden in den beiden großen Edelstahltanks ganz links im Arbeitsraum vergoren, kleinere Mengen in denen daneben. Meines Wissens wurden seit der Anschaffung dieser Tanks vor mehreren Jahren Holzfässer nicht mehr für die Gärung verwendet. Der Aufwand ist viel zu hoch, sie hinterher wieder zu reinigen, eine Kühlung unmöglich. Insbesondere bei den extrem infizierten Mosten des letzten Jahrgangs wäre das unverantwortlich gewesen. Holzfässer sind Lagertanks oder meinetwegen Behandlungsmittel, da hat Peter recht. Wie sollen einige Liter gärender

Most aber in ein Holzfass kommen, das nicht gebraucht wird? War es ein momentaner Mangel an Gärraum? Bei der eher kleinen Ernte glaube ich das nicht. Und warum war es zu dem Zeitpunkt leer und nicht wie üblich mit Schwefelwasser konserviert? Was steht in den Arbeitsanweisungen, die es auch hier geben müsste? Peter hätte dir dazu doch eine Begründung geben können, vielleicht auch der Polizei einen Tip. Warum hat er geschwiegen? Dafür hat er dir jedes Detail im Zusammenhang mit dem Prunkfass erzählt bis hin zur paranoiden Sicherung des Kreuzes. Wenn dein Vater nicht in dem kleinen Fass erstickt ist, wo dann? Und wer hat ihn umgelagert? Das Todesfass wird von der Beobachtungskamera nicht erfasst, die Edelstahltanks sind alle im Bild. Vielleicht gibt es doch Aufnahmen von dem Tag. Die Kamera war seit Ende September scharf geschaltet, das hat mir Lotte erzählt, die sich von da an nicht mehr unbefangen im Keller bewegen konnte. Der Polizei gegenüber wird er nicht zugeben, dass es Aufnahmen gibt, wenn er etwas zu verbergen hat. Wir müssen in Dieterichs Büro, um die Kassetten zu suchen, und in den Keller, das Prunkfass in Augenschein nehmen. Was soll denn die Türe hinten zur Wand? Ist da noch ein Stück Keller, das nur heimlich genutzt wird oder fängt direkt der Fels an?"

„Lass uns noch über die anderen Opfer reden. Ihnen allen gemeinsam ist, dass sie wichtige Informationen über Navalis gehabt und weitergegeben haben. Ich bin mir auch sicher, dass entweder unser Bankdirektor oder der Hausarzt von Dieterich, beide in der Geschäftsführung der „Beteiligungsgesellschaft zum Heiligen Kreuz", in die Fälle verwickelt sind. Beide haben, genauso wie von Schimmelbusch, den wir bisher außen vor gelassen haben, über die Sekte ein großes Interesse, dass Dieterich und vor allem Navalis nicht in der Presse herumgeschmiert werden. Es gibt nichts Schlimmeres als die veröffentlichte Meinung."

„Und welche Rolle spielt dein Neandertaler? Er ist ja kein Opfer der Situation auf Navalis, meines Wissen sind die Typen seit 30.000 Jahren ausgestorben."

„Leider ja, ich hätte sie gerne kennengelernt. Reste von ihnen fand man in Gräbern unter Felsdächern, vor allem aber in Höhlen, wo sie offensichtlich begraben wurden oder gestorben sind und ohne größere Störung der Totenruhe die Jahrtausende überdauern konnten. Gibt es im Bereich des Schlosses eine Höhle?"

„Keine bekannte. Ich kann aber nicht ausschließen, dass beim Graben der kilometerlangen Gänge eine natürliche Höhle angestochen wurde. Der Kalkstein hier in der Gegend kann durch Auswaschungen weiträumige Höhlenkomplexe bilden. Nicht so ausgeprägt wie auf der „Schwäbischen Alb", aber doch ausreichend große für deine fossilen Freunde. Die Vorstellung, dass ein Neandertaler hundert Meter oberhalb des Neckars die Ebene nach Mammuts absucht, hat schon etwas Romantisches. Aber die Höhle müsste doch einen Ausgang haben und der irgendwann gefunden werden."

„Gabor, du bist zu romantisch. Wie das Neckartal hier vor 40.000 Jahren ausgesehen hat, müssen dir Geologen erzählen. In einem solchen Zeitraum kann viel passieren, besonders wenn eine Eiszeit darüber hinwegmarschiert ist. Vielleicht lag der Fluss an einer ganz anderen Stelle und der Steilhang existierte überhaupt nicht. Und alte Höhlen sind oft verschüttet. Die meisten, vor allem die weltberühmten wie Lascaux oder Grotte Chauvette, wurden nur durch Zufall, durch spielende Kinder oder Schafhirten auf der Suche nach einem vermissten Schaf, gefunden, ihr ehemaliger Eingang war verschüttet gewesen. Du hast recht, wir müssen in den Keller und das Fass inspizieren. Wie schaffen wir das, ohne die Alarmanlage zu aktivieren?"

„Das hat dir doch Peter verraten. Fahr mit dem Lastenaufzug nach unten, arbeite mit einer Handlampe oder hol dir Strom vom zentralen Verteiler in der Mitte des Kellers, wo unser Konrad seine Predigt gehalten hat und übersteige mit einer beweglichen Leiter die Lichtschranke. Du solltest nur keine Klaustrophobie haben und etwas sportlich sein. Ich habe den Keller beratend mitgestaltet und kenne die Struktur, auch wenn einige meiner Vorschläge auf dem Altar des Kreuzes geopfert wurden. Konrad sticht Gabor."

„Dann lass uns als erstes versuchen, in Dieterichs Büro zu kommen und nach der Kassette suchen. Hier ist der nachgemachte Schlüssel." Wir deponierten unsere Gläser und die leere Sektflasche in der Küche und gingen zum Büro in den ersten Stock. Anne war im Weinverkauf mit einem älteren Ehepaar beschäftigt, sie winkte uns kurz von weitem. Nach nur einer Woche auf dem Schloss vom Gast zum Einbrecher, eine tolle Karriere. Ich hatte keinerlei schlechtes Gewissen dabei und hoffte, rasch in den Jagdmodus zu kommen, um alles andere ausblenden zu können.

Gabor inspizierte das Schloss der Bürotür und war zufrieden. „Es ist ein älteres Schloss, das keine großen Schwierigkeiten macht, auch wenn unser Schlüssel nicht der richtige sein sollte. Entweder fühlt sich Dieterich sicher oder er hat nichts zu verbergen. Bartschlüssel wie unserer müssen nicht besonders genau passen. Der Bart ist allein von seiner Form her bestimmt, der Schließvorgang funktioniert weitgehend unabhängig von der Form des Schlüssels." Er steckte unseren Schlüssel in das Schloss. Er verschwand bis zum Anschlag darin, ließ sich aber nicht drehen. Gabor fummelte und zerrte nach vorne und nach hinten, unterstützt von leichten Schlägen seiner geschlossenen Faust gegen die Verkleidung. Schließlich hatte er die richtige Position, es ging um Bruchteile von Millimetern. Die Tür ließ sich öffnen, sie war tatsächlich einfach zu knacken. War das ein schlechtes Zeichen? Die Vorhänge waren zugezogen, nur wenig Licht drang ins Zimmer und der wuchtige Schreibtisch und die Schrankwand ließen sich nur schemenhaft ausmachen. Gabor zog einen der Vorhänge auf und prägte sich das nun in helles Licht getauchte Zimmer genau ein. Am Aufnahmegerät für die Kellerkassetten leuchtete eine grüne Diode schwach auf, das Gerät war eingeschaltet, stand aber auf stand by, bis die Kamera aktiviert wurde.

„Lass uns anschauen, was auf der Kassette aufgezeichnet ist. Es scheint ein gewöhnlicher Videorecorder zu sein, wir müssen lediglich den Bildschirm einschalten." Gabor drückte den Knopf und spulte das Band bis zum Start zurück. Dann startete er die Wiedergabe. Nach einigen Sekunden Flimmern erschienen Schwarz-Weiß-Bilder auf dem Schirm, sehr scharf, deutlich zu erkennen und alle zwei Sekunden zum nächsten springend. Wie eine Videoshow von Microsoft. Der Keller wurde nur zum Teil von der Kamera erfasst, wie es Peter beschrieben hatte. Auf der linken Seite zeigte das Bild die Reihe der Edelstahltanks, in der Bildmitte war der neckarseitige Kellergang mit der Stirnseite des Prunkfasses zu sehen, rechts die andere Seite mit den Edelstahltanks bis zum der Treppe gegenüberliegenden Kellergang, vor dem wir am Samstag saßen. An der Stelle waren auch das Datum und die Uhrzeit eingeblendet. Die Holzfässer auf der gesamten rechten Seite lagen außerhalb des Erfassungsbereiches. Die Kassette startete mit Bildern vom Beginn des Festes am Samstag, von Schimmelbusch war während seiner Auftritte gut zu erkennen, ebenso der Tisch mit den Honoratioren. Die Bilder wirkten leblos und langweilig ohne die Geräuschkulisse oder die sonore, kräftige Stimme des Weininterpreten. Gabor spulte immer wieder schnell nach vorne. Gegen zehn sah ich mich den Keller verlassen, einige Minuten später bereits verschwanden Anne und Gabor im Gang. Interessanter wurden die Bilder nach Mitternacht. Die Sitzordnung und feste soziale Beziehungen lösten sich auf, beim Wein kamen sich Menschen näher. Unser Bankdirektor wagte sich offensichtlich sogar an Tante Lotte heran, die etwas pikiert schien, bevor er eine halbe Stunde später von Dieterich und von Schimmelbusch gestützt betrunken entsorgt wurde. Peters Andeutungen waren Bild geworden. Gabor gab nur einen Satz als Kommentar ab: „Wein verstärkt die vorhandenen Eigenschaften, er macht die Klugen klüger und die Dummen dümmer."

Gegen halb vier morgens war die Party beendet, die Gäste und der Caterer mitsamt Mobiliar verschwunden. Peter, Erdim, Alexander und dessen Freund begannen mit Aufräumen, das bis gegen sieben dauerte. Dann ging das Licht aus und erst wieder um drei Uhr an, als Peter ausgeschlafen die Reinigung in Angriff nahm. Gabor grinste sichtlich, schwieg aber höflich, als er meine Putzbemühungen auf dem Bildschirm sah. Während Peter und ich vor Papas Todesfass standen, zeigte der Bildschirm nur den leeren Arbeitsraum. Schließlich folgten die Bilder, die Peter und mich im Gespräch vor dem großen Fass zeigten. Erst jetzt fiel mir auf, dass Peter beim Reden wild gestikuliert hatte und viel Emotionen transportierte. Er beugte sich immer wieder weit zu mir herüber, wie wenn er etwas ganz Vertrauliches ins Ohr flüstern wollte. Jeder, der diese Bilder betrachtete, musste einen Eindruck von konspirativem Tun bekommen. Gabor schüttelte nachdenklich den Kopf. „Wenn dein Onkel Peter im Verdacht hat, gegen ihn zu arbeiten, findet er sich hier bestätigt."

„Du hast recht, leider ist mir das am Sonntag nicht klar geworden, ich war von den vielen Eindrücken zu sehr überwältigt, um das so zu sehen. Dass er eine versteckte Botschaft hatte, wurde mir erst später klar. Spul weiter, was ist seit Sonntag im Keller sonst noch geschehen." Die Kassette war rasch zu Ende. Einige Bilder der nächsten Tage zeigten unter anderem Peter, der etwas aus einem Seitengang holte und gestern Nachmittag Anne mit einigen Flaschen Wein in einem Tragekorb. Der Keller war in den letzten Tagen wenig betreten worden, warum auch, die Phase des Weinausbaues und der Abfüllung war abgeschlossen, nun galt es zu verkaufen. Die Kassette war gerade zu einem Viertel bespielt, ihr Speichervermögen enorm. Im Wandschrank glaubte ich letzten Montag mehrere davon gesehen zu haben. Sie wurden offensichtlich aufgehoben und nicht überspielt, wie es Peter erzählt hatte.

Die Schiebetüren des über die gesamte Längsseite verlaufenden Einbauschrankes waren ebenso verschlossen wie die Schreibtischschubladen. Gabor inspizierte die Schlösser der Reihe nach. „Lass uns überlegen. Wir suchen die Kassette mit Aufnahmen vom 15. Oktober. Seit Ende September ist die Kamera scharf, was die Polizei genauso wenig erfuhr wie Peter. Du meinst, viele Kassetten im großen Schrank gesehen zu haben. Wie groß ist die Wahrscheinlichkeit, dass unsere sich dort findet?" Er schaute mich direkt an und erwartete einen Kommentar, der seine Überlegungen aufgriff und weiterführte.

„An Stelle meines Onkels würde ich die Kassette, so es eine gibt und etwas Verräterisches darauf zu sehen ist, überspielen oder zumindest an einer ganz anderen Stelle verstecken. Bei den anderen bespielten brauchen wir nicht zu suchen. Ich hätte sie im Safe untergebracht oder gezielt irgendwo versteckt, wo sie keiner sucht."

„Wenn sie im Safe ist, haben wir keine Chance. Ich bin ein leidlicher Türöffner, aber kein Panzerknacker. Zudem dürfen wir keine Spuren hinterlassen. Dieterichs Barockschreibtisch besitzt rechts und links von der Arbeitsfläche je eine Rolltüre, die durch ein primitives Vorhängeschloss gesichert ist. Dafür reicht das Stück Draht, das ich wie durch Zufall in meiner Tasche habe."
In einer Minute waren beide Schlösser offen, die Rolladen unten. Jeder nahm sich eine Seite vor. Keine Kassette, nur Hängeordner, die wir zur Sicherheit durchschüttelten, Papiervorräte mit und ohne Aufdruck, die letzte Bilanz, die üblichen Büromaterialien, nichts Zielführendes. Als nächstes doch der Schrank. Gabor kämpfte fünf Minuten mit dem ersten Schloss, bis es sich schließlich ergab. Hinter der Tür hatte ich am Montag die Kas-

setten gesehen. Es waren zehn an der Zahl, säuberlich von Hand mit Start- und Enddatum versehen. Nummer eins war am 20. Oktober 2006 begonnen worden, die zehnte endete am 28. April dieses Jahres, die elfte im Aufnahmegerät würde mit dem 29. April fortgeschrieben. Fünf Kassetten in einem anderen Schrankfach waren unbeschriftet und zum Teil noch original verpackt. In den vielen Ordnern fand sich ebenfalls nichts, was wir suchten. Zur Sicherheit öffneten wir die anderen Türen, alles Fehlanzeigen. Im linken Seitenteil grinste uns ein mit Zahlencode verschlossener und fest eingemauerter Safe zynisch an. Wir waren ratlos.

„Wenn wir nicht völlig auf dem Holzweg sind, dann ist die Kassette im Safe versteckt." quetschte ich zwischen den Zähnen hervor. „Wir kommen nicht weiter. Wie würde die Kriminalpolizei jetzt in unserem Fall vorgehen?" Gabor musste zugeben, dass ihm die Ideen ausgegangen waren, er wirkte müde.

„Wir sind keine Kripo, uns steht nur der Raum hier zur Verfügung und wir müssen in aller Heimlichkeit arbeiten. Vielleicht ist die Kassette ganz wo anders verborgen, Möglichkeiten gibt es auf dem Schloss zur Genüge. Wenn ich an Dieterichs Stelle wäre, hätte ich ein mögliches corpus delicti vernichtet. Wir sollten uns im Schnelldurchgang die beschrifteten Kassetten anschauen, vielleicht sind die Daten getürkt und die Nummer eins beginnt früher. Papier ist beim Beschriften geduldig." Er war durch seine laut geäußerten Überlegungen auf einen Schlag wieder wach geworden.

Die Beschriftungen waren korrekt, das aufgeschriebene Datum stimmte mit den Einblendungen auf dem Monitor überein. Zu sehen waren die üblichen Herbstarbeiten in einer Kellerei, viel Pumpen, Filtrieren, Reinigen, Aufräumen und so weiter. Nach der zweiten Kassette, das Datum zeigte Mitte November, gaben wir resigniert auf. „Wieder nichts, aber so plump getäuscht zu werden, hätte die Polizei beleidigt. Also doch gelöscht. Oder tatsächlich nicht vorhanden oder unerreichbar im Safe." Ich legte die Kassette in die Verpackung zurück und stellte sie an ihren alten Platz. Mein Blick fiel erneut auf die unbespielten eine Ebene tiefer. „Warum sind drei noch original verpackt, zwei aber geöffnet? Wurden die schon mal benutzt?" Gabor holte sich beide und legte die erste sofort ein. Im Schnelldurchgang war nichts zu sehen, sie war leer. Er schaute mich fragend an. Ich drückte ihm die zweite Kassette in die Hand. „Einer geht noch, dann ist Schluss. Wir sind jetzt drei Stunden ergebnislos unterwegs, es wird Zeit, in den Keller zu gehen."

Die Kassette war ebenfalls leer. Gabor spulte zu Beginn langsam vor und schaltete dann die Bandgeschwindigkeit auf die höchste Stufe. Er wollte schnell fertig werden. „Halt an, da war etwas." Meine Stimme überschlug sich fast, ich hatte für einen kurzen Augenblick eine Bildsequenz gesehen, ohne etwas erkennen zu können. Der Bildschirm zeigte für vielleicht zwei Sekunden schnell springende Bilder mit breiten Streifen oben und unten, wie sie typisch für Schnelldurchläufe sind. Gabor war nichts aufgefallen, er war wohl kurz eingenickt und darüber sichtlich zerknirscht. Er spulte langsam zurück. Wir bekamen zwölf Bilder zu sehen, die genau einer Minute Echtzeit entsprachen und im Schnelldurchlauf in weniger als zwei Sekunden vorbei waren. Datum oder Uhrzeit waren nicht eingeblendet, an ihrer Stelle blinkten kleine Balken. Zu sehen war eine Person vor dem großen Edelstahltank rechts vom Prunkfass, die offensichtlich Handwerkszeug durch das Mannloch nach innen schob und Anstalten machte, in den Tank zu kriechen. Es war mein Vater. Er trug eine blau-weiß gestreifte Küferbluse, Gummistiefel und eine Schürze, die kellerübliche Kleidung für Drecksarbeiten.

Gabor schaute sich die Bilder mehrfach an, in seinem Kopf arbeitete es sichtbar. „Dein Vater war im Begriff, in den Tank zu kriechen. Du siehst, wie er eine Handlampe und einen Wasserschlauch hineingibt, um ihn von innen zu reinigen. Das ist die übliche Arbeit im Anschluss an die Gärung, wenn der über der Hefe stehende Wein abgestochen worden ist. Mit der Pumpe, die du noch neben dem Tank siehst, hat er sicher das Hefesediment so weit wie möglich abgepumpt. Die restliche Hefe am Boden, vor allem die Weinsteinrückstände an den Wänden, müssen zunächst in Handarbeit durch das Mannloch gefegt und gespült werden. Erst danach hat eine chemische Reinigung Sinn. Du fegst den Boden auch, bevor du ihn nass reinigst. Man kann den Tank erst betreten, wenn die Gärgase gefahrlos geworden sind. Ob dein Vater das berücksichtigt hat, kann ich anhand der Bilder nicht sagen. Er scheint allein gewesen zu sein, eine zweite Person ist im Keller nicht zu entdecken. Das passt zu den Aussagen von Peter und in mein Weltbild. Vergoren wurde in den Edelstahltanks."

„Es ist ein merkwürdiges Gefühl, Bilder eines nahestehenden Menschen zu sehen, unmittelbar vor seinem Tode. Was ist dann passiert und warum existiert nur so ein kurzer Ausschnitt? Davor und dahinter wurden alle Bilder gelöscht, wie ich es auch getan hätte, wenn etwas zu verbergen wäre. Was bedeutet das?"

Gabor schaute mich ernst an. „Dein Onkel muss beim Löschen einen Fehler gemacht haben, wahrscheinlich hat er eine Minute zu früh die Stopptaste gedrückt, nachdem er vom Start an alles vernichtet hatte. Das kann passieren, wenn beim Zurückspulen die Uhr nicht auf Null zu stehen kommt, sondern zum Beispiel auf plus zwei Minuten. Dann hätte er auch zwei Minuten mehr löschen müssen. Die letzte eine Minute ist nur versehentlich erhalten geblieben. Danach schaltete er die Kamera ab, wahrscheinlich weil er selber in den Keller ging und nicht ins Bild kommen durfte. Demnach hat er in seinem Büro beobachtet, was sich unten abspielte. Er wusste, dass dein Vater allein war und sich im Tank befand mit einer Handlampe, einem Wasserschlauch und einem Besen. Soweit ist alles plausibel. Offen sind noch zwei Fragen: wie kam dein Vater um und wie kam er in das kleine Fass? An ein Unglück glaube ich nicht mehr. Dein Onkel lügt uns alle an."

„Peters Botschaft wird immer klarer. Mein Vater wurde umgebracht, wahrscheinlich in dem großen Tank, das Ganze als Unfall getarnt und in ein Fass verlagert, das auf keinen Fall durch die Kamera erfasst werden konnte. Mein Onkel wollte ganz sichergehen. Was muss er tun, um meinen Vater mit Gärgasen zu töten, hast du eine Idee? Und welches Motiv steckt dahinter? Mein Vater war harmlos und friedlich, nach Jahren der Trauer um meine Mutter frisch verliebt und hormonell im zweiten Frühling"

Gabor nickte. „Du siehst das Klapptürchen am Mannloch, das links im 90Grad-Winkel nach außen ragt. Es ist einfach zuzuklappen und festzudrehen, schon ist der Tank ein tödliches Verlies. Der Wasserschlauch ist zuvor mit einem scharfen Messer in einer Sekunde abgeschnitten. Dann werden fünfhundert oder tausend Liter gärender Most über die Reinigungsleitung hineingepumpt und das Opfer ist in einer viertel Stunde erstickt. Keiner hört das Schreien, das nach fünf Minuten bereits abstirbt. Der perfekte Mord. Ich muss gestehen, dass ich im Traum auch schon auf diese Art Menschen umgebracht habe, einige widerwärtige Kollegen aus der Europazentrale immer konkret vor Augen. Allerdings kann ich nicht glauben, dass Dieterich allein war. Dein Vater dürfte über 70 Kilogramm gewogen haben, auch für einen sportlichen Menschen eine echte Herausforderung, ihn zu bewegen. Eine Leiche zweimal durch enge Öffnungen zu befördern, erfordert extrem viel Kraft und Geschicklichkeit. Wir gehen gleich hinunter und inspizieren den Tank. Dann merkst du, wie eng die Mannlöcher sind. Zum Motiv kann ich dir nichts sagen, wahrscheinlich hat dein Vater etwas in Erfahrung gebracht, das er nicht wissen durfte. Wahrscheinlich wissen auch wir inzwischen zu viel. Wir müssen vorsichtig sein."

Auf dem Weg in die Probierstube mit dem kleinen Lastenaufzug begegnete uns Anne. „Der Weinverkauf ist voller Kunden, eine Gruppe von Kletterfreunden, die morgen früh an den Felsengärten trainieren wollen, trinken sich noch Mut an und kauft hoffentlich ordentlich ein. Ihr müsst mich noch entschuldigen. Mama hat sich übrigens gemeldet, sie und Papa kommen morgen Nacht schon zurück, aber frühestens gegen Mitternacht. Das Fest in Ulm ist sehr gut besucht, sie sind vollauf zufrieden. Was habt ihr als nächstes vor?"

Ich informierte sie mit wenigen Worten über die bisherigen Erkenntnisse, ohne auf die Rolle ihres Vaters einzugehen. Den Schock wollte ich ihr zum jetzigen Zeitpunkt noch ersparen. Sie erschrak, als ich ihr unsere Absicht erzählte, den Lastenaufzug zu benutzen. Er sei doch schon fünfundzwanzig Jahre alt und nur für maximal hundert Kilogramm Beladung zugelassen und auch viel zu klein für erwachsene Männer. Inzwischen kam Gabor mit einer Kabeltrommel, zwei starken Strahlern und zwei großen Taschenlampen aus der Werkstatt zurück.

„Was die Kletterer können, können wir auch. Annes Muskateller ist sicher gut gegen Platzangst. Oder willst du einen Wein aus dem letzten Jahr? So bestraft, empfindest du die Abfahrt mit dem Aufzug als Erlösung." Auch ohne Gabors Sarkasmus war mir in der Tat mulmig geworden, als ich den kleinen Fahrstuhl näher betrachtet hatte. Die Tür maß etwa achtzig Zentimeter im Quadrat und ließ sich nach links aufklappen. Innen war gerade Platz für eine Person in Hockstellung mit dem Kopf auf den Knien. In einer solchen Stellung hatten prähistorische europäische Kulturen ihre Verstorbenen beerdigt, aber auch wesentlich jüngere südamerikanische Gesellschaften. Der Muskateller kam gerade recht. Gabor entwickelte seinen Plan.

„Ich fahre als erstes nach unten mit der Kabeltrommel und einem Strahler. Sollte ich die Tür wider Erwarten nicht von innen öffnen können, holst du mich hoch. Dann müssen wir uns etwas anderes einfallen lassen. Vielleicht können wir das Aufnahmegerät so manipulieren, dass es nichts aufzeichnet oder die Kassette hinterher wieder löschen. Im ersten Fall würde Dieterich misstrauisch werden, zumal ich auf die Schnelle keine Lösung dafür habe, wie es zu machen wäre. Die Kassette wieder löschen nützt auch nichts, du hast sicher den Zähler unter der Zeitanzeige bemerkt, der die eingeschalteten Stunden addiert. Ein Zeitsprung von sicher vielen Stunden, die wir unten benötigen, müsste auffallen. Und der Stromkreis für die Überwachungseinrichtung lässt sich nur mit einem Schlüssel ausschalten, den sicher Dieterich in seiner Tasche hat. Lass mich den Abstieg probieren. Ich schicke den Aufzug wieder hoch. Ist er in zehn Minuten nicht da, hole mich."

Er kletterte hinein, ich reichte ihm die Utensilien und schloss die Tür, bis sie eingerastet war. Er drückte sie probeweise von innen auf, es müsste auch unten klappen. Ich schickte ihn los. Nach fünf Minuten war der Aufzug leer wieder oben, es hatte funktioniert. Jetzt war ich dran. Ein großer Schluck Muskateller zur Verringerung der Aktivierungsenergie, vulgo Senkung der Hemmschwelle, dann zwängte ich mich in das kleine Gehäuse. Ich saß in der Blechbüchse wie ein Embryo im Mutterleib. Mein Magen meldete sich sofort, der Kreislauf war auch schon stabiler gewesen. Zum Glück hatte ich die Taschenlampe, deren Licht mein Grab nicht größer machte, aber dem Kind die Angst im dunklen Wald etwas nahm. Ich zog die Tür zu, der Kasten setzte sich leicht quietschend langsam in Bewegung. Die Fahrt dauerte keine zwei Minuten für die vielleicht zwölf Meter, in meiner Situation erschienen sie endlos. Ich konzentrierte mich auf meinen Atem, langsam ein, langsam aus. Wie viel Luft hatte ich überhaupt, würde ich jämmerlich ersticken, wenn er stecken bliebe? Reiß dich zusammen, Gabor hat dir doch gezeigt, wie es geht. Endlich unten, öffnete er sofort die Tür. Der Keller war durch den Strahler bereits erleuchtet, mir ging es schlagartig besser. Gabor tupfte mir Schweiß von der Stirne. Ich merkte, wie er schon wieder grinste.

Wir gingen direkt zu dem großen runden Edelstahltank rechts am Eingang des zuletzt gebauten Kellergangs, der das Prunkfass beherbergte. Das und die Kopie auf der anderen Seite wirkten wie glänzende Wächter am Eingang zum Heiligtum. Das offene Mannloch ähnelte einem weit aufgerissenen Mund, der uns Eindringlinge gleich nach der Parole fragen würde. Es stand auf einem gemauerten Sockel, das Einstiegsloch in etwa einem Meter Höhe, und ragte weitere vier Meter nach oben. Ein Schild oberhalb des Einstiegs verriet den Inhalt: 42.000 Liter. Deutlich sichtbar war das Gefälle von hinten nach vorne, damit der Tank vollständig leerlaufen kann. Im direkten Schein unserer beiden Strahler erschien er wuchtig und raumfüllend, während die anderen Tanks im Halbdunkel mickrig wirkten. Gabor umrundete es einmal. „Beide großen Tanks sind hier unten im Keller geschweißt worden, die Eingangstür oben war zu klein. Es ist tatsächlich nach meinem Plan gebaut. Das Mannloch markiert den tiefsten Punkt. Dessen Höhe ist so gewählt, dass ein Maischewagen darunter passt, der die ausgelaugten roten Beerenhäute nach der Gärung aufnehmen kann. Von dort geht es zur Presse, um den restlichen Wein zu gewinnen. Es ist kein Maischegärtank, wie ich ihn mir wünsche, aber ein akzeptabler Kompromiss für einen Betrieb mit beschränkter Technik."

Ich hatte ihn fragend angeschaut. „Ich kann dir sämtliche Vorgänge mitsamt allen Formeln aufmalen, die bei der alkoholischen Gärung eine Rolle spielen. Mit den Mechanismen der Glykolyse oder des Citratzyklus, die Zucker in Alkohol umwandeln, bin ich „per du", die Hefe kenne ich in allen Details einschließlich ihrer Genetik. Gib mir bitte eine Kurzvorlesung zur Technik der alkoholischen Gärung in Weinkellereien, damit ich dich verstehe."

„Entschuldige, ich vergesse immer, dass deine Welt die Welt des Unsichtbaren ist, während ich in Hektoliter, Tonnen oder Kubikmeter denke. Meine Exponenten sind immer positiv, deine meist negativ. Also, langsam zum Mitschreiben:

Weiße Trauben werden lediglich schonend gepresst, der gewonnene Saft in Tanks vergoren. Pressen haben wir uns am Montag bereits genauer angeschaut. Nach der Gärung muss man etwa ein bis zwei Prozent Hefe und mitgeschleppte Beerenteile abtrennen, fertig ist der Weißwein. Das ist einfach. Bei roten Trauben gehen die Uhren anders. Alles Sinnen und Trachten des Kellermeisters gilt den roten Farbstoffen, die die Natur lediglich in den äußersten Zellschichten einer Beere eingebettet hat und wo in nördlichen Weinanbaugebieten aufgrund beschränkter Sonneneinstrahlung häufig Mangel herrscht. Diese Anthocyane genannten rot-blauen chemischen Verbindungen liegen dort in einer fetthaltigen Membran, die ebenfalls zerstört werden muss. Schonend geht bei der Herstellung von Rotweinen gar nichts, alle Techniken langen ordentlich zu. In meinem Betrieb verwende ich Hitze, die lediglich gequetschten Beeren werden in Röhren auf 80 Grad Celsius erhitzt und nach einer kurzen Standzeit abgepresst. Die Hitze bringt die Membrane zum Platzen, die Beerenzellen werden alle zerstört, der Farbstoff kann ausfließen. Nach der Presse habe ich einen intensiv rot gefärbten Saft, der wie weißer Most vergoren und später genauso behandelt wird. Unser Weinphilosoph Dieterich lehnt dieses moderne Verfahren selbstverständlich ab. Er will Rotweine nach dem klassischen Verfahren der Maischegärung herstellen, um mehr Sortentyp und Frucht herauszuarbeiten. Meine Roten hätten zudem Kochgeschmack, sie würden schnell altern, der Farbtyp wäre eher blau als rot, der Weintyp verfälscht und überhaupt, wir sind ja wertkonservativ und gottesfürchtig. Also quetscht er seine Beeren lediglich und gibt diese Maische in einen Gärtank wie den hier. Die Farbstoffe werden im Verlaufe der Gärung aus den Membranen gelöst und gelangen in den Saft, der nach und nach zum Wein mutiert. Unglücklicherweise treiben Gärgase die Beerenhäute nach oben, sie flotieren und stehen quasi über dem werdenden Wein. Der Biologe ahnt den Essig, der sich dort sofort bildet. Um das zu verhindern, kann bei diesem Tank gärender Most unten abgezogen und oben über den „Tresterhut" – Fachbegriff, merken- geleitet werden. Hier ist die Leitung, die oben im Tank mit einer Schwalldüse endet." Er zeigte auf ein am Tank befestigtes Edelstahlrohr, das parallel zur Wand nach oben gezogen war und dort bis zum Dom mit einer großen Öffnung reichte. „Über diese Leitung wird Dietrich einen stark gärenden Most in den Tank gepumpt haben. Platscht er fein verteilt vier Meter nach unten, entbindet sich das Kohlenstoffdioxid unmittelbar und vollständig, es entsteht eine Menge Schaum. Die Ohnmacht muss sehr schnell eingetreten sein. Zurück zur Maischegärung: Nach Abschluss der Gärung wird der Wein unten abgepumpt, der Tresterhut rutscht von oben nach, was nicht mehr gepumpt werden kann, weil es zu dick ist, wird mit Schaufeln und Rechen in den Maischewagen geschafft. Alles klar? Jetzt kriechen wir in den Tank hinein."

„Halt, nicht so schnell. Was suchen wir überhaupt im Tank? Er ist doch seither mehrfach gereinigt worden, sämtliche Spuren eines Todeskampfes sind schon lange beseitigt."

Gabor ließ sich nicht aufhalten und schob einen der beiden Strahler in den Tank. „Dein Vater hatte etwa fünf bis zehn Minuten Zeit, eine Nachricht zu hinterlassen, um seinen Mörder zu überführen. Was glaubst du, könnte er gemacht haben?"

„Allenfalls eine Nachricht so tief in die Edelstahlwand ritzen, dass sie nicht ohne großflächiges Abschleifen beseitigt werden kann. Aber womit, er hatte doch kein Werkzeug bei sich? Oder er hätte sich selber so verstümmeln können, dass die Gerichtsmedizin hätte misstrauisch werden müssen."

„Jeder Kellermitarbeiter trägt einen Tankschlüssel in der Tasche, mit dem er Proben aus den kleinen Hähnchen entnehmen kann. Auch die Spritzdüse des Wasserschlauchs besteht aus Messing oder Edelstahl. Wir suchen die Wand in Brust- und Kopfhöhe ab. Komm, das Mannloch hier ist ein Scheunentor im Vergleich mit dem von Holzfässern, und der Tank ist trocken. Angenehme Arbeitsbedingungen."

Gabor schob die Arme durch die Öffnung, danach Kopf und Brust. Er war jetzt in der Hüfte in einem 90 Grad Winkel abgeknickt. Dann stieß er sich mit den Füßen am Boden ab und half mit den Händen nach, indem er sich von der Seitenwand nach innen drückte. Nach fünfzehn Sekunden war im Tank. Aufgrund meiner größeren Körperlänge konnte ich mich sogar besser am Boden abstützen als er und gelangte ebenfalls in wenigen Sekunden nach innen. Gabor half mir auf. Die Luft war verbraucht und machte das Atmen schwer, ich begann sofort zu schwitzen, mein Magen verkrampfte sich wieder. Wie kann man nur atmen, wenn hier zuvor eine Gärung stattgefunden hat? Weil jeder Tritt auf dem Edelstahlboden hell dröhnte, versuchten wir vorsichtig aufzutreten. Auch jedes Wort wurde vom glatten Stahl verzerrt und scheppernd zurückgeworfen, die jämmerliche Akustik ließ uns nur das Notwendigste reden. Wir begannen am höchsten Punkt des Tanks zu suchen, entgegengesetzt zur Öffnung, wo die Kohlensäure zuletzt gewirkt haben dürfte. Gabor hielt einen Strahler kurz vor die Wand, um maximale Helligkeit zur Verfügung zu haben. Der andere war draußen geblieben. Was würde eigentlich geschehen, wenn ihm die Lampe aus der Hand fiel, zerbrach und freigelegte Kontakte den Tank unter Strom setzten? Nimmt man nicht Niedervoltlampen für solche Arbeiten innerhalb leitender Behälter? Besser nicht darüber nachdenken. Wir suchten die Wand schweigend gemeinsam Stück für Stück ab, beginnend in etwa sechzig Zentimeter Höhe vom Boden bis etwa eineinhalb Meter und in kleinen Schritten nach rechts gehend. Nach kurzer Zeit hatten wir den richtigen Anstrahlwinkel gefunden, der die Wand optimal beleuchtete, ohne uns zu blenden.

Gabor hatte mit seiner Vermutung recht gehabt. Meinem Vater war es gelungen, eine Nachricht zu hinterlassen, eingraviert in Brusthöhe und nur zu erkennen, wenn bewusst danach gesucht wurde. Trotz offensichtlicher Bemühungen, die verräterischen Spuren mit Schleifpapier wieder zu beseitigen, waren im starken Licht unseres Strahlers zwei Worte, geschrieben in akkuraten Blockbuchstaben, zu entziffern: „Dieter" und „Mörde". Mein Vater wusste nicht, wie viel Zeit ihm noch blieb, deshalb kürzte er den Namen seines Mörders offenbar ab. Das fehlende „r" beim zweiten Wort konnte er wohl schon nicht mehr vollenden, auch die beiden vorherigen Buchstaben waren nicht mehr so präzise eingeritzt wie die anderen. Dieterich hatte sicher das Geräusch gehört, das beim Ritzen von Metall mit Metall entsteht und musste meinen Vater aus dem Tank schaffen, um kein Risiko einzugehen. Deshalb wurde ein Unfall im Holzfass konstruiert.

Wir kletterten mit den Füßen voraus aus dem Tank und gingen zu dem Barrique vor dem Prunkfass. Ich atmete immer noch schwerer als normal. „Wenn der Sauerstoff knapp wird, kannst du dir mit Hilfe eines Wasserschlauchs Erleichterung verschaffen. Du musst die Nase über den Wasserstrahl halten, er setzt ausreichend gebundenen Sauerstoff frei, wenn er aus der Düse strömt. Das habe ich früher öfter gemacht, wenn ich schnell fertig werden und nicht so lange auf die Wirkung des Gebläses warten wollte. Damals hatte ich noch reichlich Testosteron und war unsterblich. In meinem jetzigen Betrieb muss niemand mehr Sklavenarbeit in einen Tank machen, wir haben alles automatisiert und optimiert. Meine Küfer schicken allenfalls renitente Lehrlinge in die Tanks. Entschuldige, ich rede mal wieder banal, um vom Schlimmen abzulenken. Dein Vater wurde von Dieterich ermordet, daran zweifle ich jetzt nicht mehr. Du lebst mit einem Schwein unter einem Dach, das auch noch mit dir verwandt ist."

Ich setzte mich vor den Tank, den Rücken an das Fundament angelehnt, und den Kopf auf die Knie gelegt. Wie in einem Flugzeug bei einer Notlandung. Zu einer Antwort war ich erst nach einigen Minuten fähig, in denen ich meine wirren Gedanken etwas geordnet hatte. „Zum Glück ist meine Trauerarbeit abgeschlossen, ich kann ohne große Emotionen reagieren. Wenn ich mir aber vorstelle, wie mein Vater hingerichtet wurde, was in ihm vorgegangen sein muss, wenn er sich wie ein Sträfling auf dem Weg zum Schafott befindet und ihm klar ist, dass er nur noch wenige Minuten zu leben hat, dann wird mir schlecht. Ein Schwerverbrecher weiß zumindest, warum er sterben muss und kann sich auf den Tod vorbereiten. Mein Vater ist sicher völlig überrascht worden und hat in Todesangst trotzdem eiskalt reagiert und auf die Tankwand geschrieben wie er als junger Ingenieur früher technische Zeichnungen beschriftet hat. Was war das Motiv von Dieterich? Warum hat das Schwein so etwas getan? Ich wette, die Antwort liegt in diesem hölzernen Prunkstück verborgen. Was soll ich mit Dieterich anstellen? Der Kerl muss bestraft werden, auch wenn ich einen engen Verwandten ans Messer liefere. Ich möchte ihn am liebsten genauso umzubringen, wie er meinen Vater beseitigt hat. Rache üben zu wollen ist menschlich verständlich, aber stellt mich auf sein Niveau und ist damit keine Lösung. Sag mir, was ich tun soll. Ein Glas Spätburgunder wäre jetzt hilfreich." Innerlich wühlte es, nach außen hatte ich versucht, sachlich zu bleiben.

Gabor stand direkt vor mir, legte seine Pranken auf meine Schultern und schaute mir fest ins Gesicht. „Doch was sind die Konsequenzen? Anne, Lotte, Alexander sind unschuldig und doch zumindest gesellschaftlich erledigt, das Weingut gerät vollends in den Besitz der Sekte und dein Vater wird dadurch auch nicht mehr lebendig. Heb dir die Rachegedanken für später auf, wir müssen uns auf das alte Fass konzentrieren. Trinken können wir hinterher, wir haben uns bereits Mut angetrunken, von jetzt an sollten wir absolut nüchtern bleiben. Wenn sich mein Verdacht bestätigt, müssen wir top fit sein und dürfen keine Fehler machen. Ich hole die Leiter neben der Treppe, mit der wir die Lichtschranke überwinden können. Sie wird normal für die Reinigung der Tankdeckel benutzt und ist über fünf Meter lang, ausreichend für unsere Kletterei."

Es musste etwas Außergewöhnliches sein, wenn dieser Bär, der bisher nie ein Glas hatte stehen lassen, Wein zurückwies. Was ahnte er, war es so gefährlich? Ich wagte nicht zu fragen. Er kam kurze Zeit später mit einer Aluminiumleiter zurück, die wie ein Meterstab vierfach gefaltet war und aus jedem Baumarkt stammen konnte, klappte drei Segmente vollständig auf und fixierte das vierte in einem 90Grad-Winkel. Jetzt verstand ich, was er vorhatte. Er stellte den langen Teil der Leiter parallel zur Front des Fasses, etwa fünfzig Zentimeter vor die Strahlen der Lichtschranke, die im Halbdunkel deutlich als grüne Striche zu erkennen waren. Den kurzen Sprossenteil legte er neben dem Holzkreuz auf einen der Querbalken, die die Fassvorderseite stabilisierten, mehr als einen Meter oberhalb des höchsten Lichtstrahls. Mit einer einfachen Leiterbrücke konnten wir die Lichtschranke überwinden, an den Querbalken des Fasses hinunterzuklettern sollte für Sportler kein Problem sein. Strahler und Kabeltrommel schoben wir vorsichtig unter dem untersten Lichtstrahl hindurch, jetzt konnten wir anfangen. Gabor stieg hoch, während ich die Leiter festhielt. „Fühl dich wie ein Bonobo, dann klappt es, ich halte die Leiter fest", rief er mir mit dem ihm eigenen Sarkasmus zu, an den ich mich langsam zu gewöhnen begann. Es war seine Art, riskante Situationen zu entschärfen und Unsicherheit zu überspielen. Solange noch Witze möglich sind, kann die Gefahr nicht groß sein.

Auf allen Vieren kroch ich über den waagrechten Teil und versuchte, nicht nach unten zu schauen. Gabor reichte mir die Hand und bugsierte meine Füße auf einen Querbalken. Dort aufrecht stehend, konnte ich über das Fass auf die gemauerte Kellerwand an der anderen Seite sehen. Der Abschluss des Kellerganges war mit den gleichen Ziegelsteinen verklinkert wie die Seitenwände.

Ich beobachtete Gabor, wie er mehrfach anerkennend mit den Händen über das Holz strich. „Ich kann die Küfer dieser Zeit nur bewundern. Das Eichenholz ist über tausend Jahre ganz langsam gewachsen, die Jahresringe sind so eng, wie ich es bisher selten gesehen habe. Solch lange Stämme zu behandeln erfordert Fähigkeiten, die wir heute wahrscheinlich nicht mehr besitzen. Das Holz wurde nur gespalten, nicht gesägt, eine Heidenarbeit, die bei so großen Fässern immenses Können erfordert. Ihre Architekten stehen den heutigen Baumeistern von Wolkenkratzern in nichts nach. Über die gesamte Länge siehst du keine Kante, alles befindet sich in einer Ebene. Ich könnte mich in das Fass verlieben. Die vielen langen Nägel, die du überall fühlen kannst, sind neu. Sie halten das Fass zusammen, seitdem es nicht mehr gefüllt wird. Auch die großen Balken trocknen im Laufe der Jahre aus, verziehen sich und lassen das Fass undicht werden. Ich bezweifle, dass es jemals wieder funktionsfähig zu bekommen ist. Es ist wie ein ausgestopfter Elefant im Museum, die äußeren Werte sind noch erhalten, die inneren hinüber. Klettere mir nach, nimm dieselben Querstreben wie ich und fall nicht nach vorne in die Lichtschranke." Jetzt empfand ich ihn als schulmeisterlich. „Keine Sorge, ich bin erst vor 2,5 Millionen Jahren vom Baum gestiegen und habe noch nicht alles von dort oben verlernt."

Die seitliche Türe, von der Peter geredet hatte, bestand aus einem ausgeschnittenen rechteckigen Teil des Fasses, das exakt eingebaut und kaum sichtbar war. Nur aus nächster Nähe war sie zu erkennen, höchstens einen Meter breit, vielleicht 1,5 Meter hoch und begann direkt hinter der Stirnwand. Drei Scharniere waren im Holz vertieft angebracht, ein Bolzen unten hielt sie geschlossen. Hinter der Tür verengte sich der Kellergang, zwischen Fass und Wandfliesen, die dessen Rundung nachbildeten, passte höchstens noch eine Katze durch. Das Fass bildete eine unüberwindbare Sperre. Gabor tastete die Tür und das umgebende Holz vorsichtig ab, bevor er den Bolzen nach unten herauszog. Sofort fiel die Tür nach außen und berührte in ganz geöffnetem Zustand gerade eben die Fliesen. Der Weg ins Fass war frei. Gabor zögerte. „Wir müssen erst den Rückweg sichern. Schließ und verriegele die Tür, wenn ich drinnen bin. Wenn sie von innen nicht zu öffnen ist, müssen wir sie so fixieren, dass uns niemand einsperren kann. Es gibt in dem Betrieb Kellermeister, die zum Kerkermeister umgeschult haben." Sie war wie befürchtet nur von außen zu öffnen.

„Halte hier die Stellung. Ich inspiziere das Fass. Wenn nichts zu finden ist, können wir gleich wieder verschwinden. Entdecken wir etwas, bauen wir den Zapfen aus und nehmen ihn mit. Dann sind wir vor einer Überraschung halbwegs sicher." Nach fünf Minuten war Gabor wieder da. Er versuchte ruhig zu bleiben, seine Erregung konnte er aber nicht ganz verbergen. Inzwischen kannte ich das Zucken seiner Mundwinkel und das Beben der Nasenflügel bereits. Seine sonst kräftige, dunkle Stimme wurde so leise, dass ich sorgfältig hinhören musste. „Wie ich vermutet habe, befindet sich hinter der Kellerwand eine natürliche Höhle, die beim Ausgraben des Ganges wohl zufällig angestochen wurde. Von der Rückseite des Fasses gelangt man über einen kurzen Bohlenweg direkt hinein. Fass, Gang und Höhle bilden eine zusammenhängende Einheit. Wir gehen nochmals gemeinsam hinein, höchstens fünf Minuten, und entscheiden dann hier draußen, wie wir weiter vorgehen wollen. Ein erster Blick vom Höhleneingang aus hat mir auf der rechten Seite mehrere massive Holzkisten gezeigt, nach links zweigt ein schmalerer Gang ab, viele größere Steine liegen im Weg herum. Wie tief die Höhle ist, konnte ich nicht erkennen. Sie muss spätestens kurz vor dem Weinberg enden, der zum Neckar hinunterschaut."

Ich folgte ihm ins Fass, das innen tatsächlich die Größe eines Tanzsaales hatte. Mitten im Raum stand wieder ein Barrique, abgedeckt mit einem dunklen Samttuch. Die Luft war fast genauso verbraucht wie die im Edelstahltank und roch muffig nach feuchten Sägespänen oder vermoderndem Holz in einem sich selbst überlassenen Wald. Wir gingen über den laut Peter erst später verlegten Boden aus hellen Eichenbohlen langsam zum anderen Ende des Fasses. Unsere Schritte klangen im Gegensatz zum Stahltank gedämpfter, ebenso unsere Stimmen. Holz adsorbiert Schall und reflektiert nur wenig, das macht den Aufenthalt erträglicher. Trotzdem fühlte ich mich auch hier nicht wohl, ich kämpfte gegen das mulmige Gefühl und den Druck im Magen. Ich war die freie, übersichtliche Landschaft des Langstreckenläufers gewohnt, allenfalls den Urwald mit dickem Gestrüpp unten und dichten Baumkronen oben. Aber immer mit dem Gefühl, frei atmen und ausweichen zu können. Tanks oder Fässer wie hier, Aufzüge oder enge Räume beschränkten meine Freiheitsgrade, oft überkam mich das Gefühl, in einem Sarg zu sein. Wann würde ich es endlich schaffen, den Adrenalinschub in positive, kämpferische Energie umzusetzen und nicht immer in eine Form der Angst. Angst lähmt, wo Mut gefordert ist. Gabor war weiter als ich. Er ging nur bis zur Mitte des Fasses, hielt die ganze Zeit die Tür im Auge und schickte mich allein in die Höhle. Mit den Fingern seiner rechten Hand deutete er mir an: nur fünf Minuten.

Die hintere Tür besaß zwei Flügel, beide um 90 Grad nach außen aufgeklappt und angelehnt an die Seiten einer großen, halbrunden Öffnung im Gestein. In voller Türbreite führten dicke Eichenbohlen in die Dunkelheit. Langsam betrat ich diese

Art Brücke, Gabors Gang, und leuchtete mit dem Strahler nach vorne. Nach zwei Metern verbreiterte sich der Durchgang und mündete in die weite Höhle. Stück für Stück versuchte ich mir einzuprägen, was ich sah. Die Form ließ sich am besten mit der eines überdimensionalen, liegenden Straußeneis vergleichen, das mit der Spitze nach Westen zum Neckar hin zeigte und zu etwa einem Drittel mit Sedimenten und Gestein gefüllt war. Ich stand im Moment am dickeren Ende und schaute in Richtung Spitze. Von der Decke, die sich vorne mit dem ansteigenden Boden vereinigte, ragten einige wenige kurze Stalagtiten, die weit vom Boden entfernt frei schwebend endeten. Der Rest der Decke war stark zerklüftet, es gab keine nennenswerten zusammenhängenden ebenen Flächen. Sie sah aus wie ein extrem durch Pocken vernarbtes Gesicht und vermittelte wenig Stabilität. Jederzeit konnten Felsbrocken herabstürzen, einzelne Trümmerhaufen am Boden bestätigten meinen spontanen Eindruck. Dazu kamen einige große Brocken, die wild verstreut herumlagen. Der Boden selber war ebenfalls stark zerklüftet, scharfkantige Felsstücke zwangen beim Betreten zu großer Vorsicht. Auf der rechten Seite, weit nach innen geschoben, sah ich die von Gabor beschriebenen Holzkisten, vier Stück an der Zahl. Sie standen mit der Stirnseite zur Wand jeweils zwei bis drei Meter voneinander entfernt. Sollten das die von Adolf beschriebenen Munitionskisten sein? Ich verdrängte den Gedanken, die letzte Woche auf einer Bombe gelebt zu haben. Wie zu einer Mauer zusammengelagert, zogen sich massive Felstrümmer von der Spitze aus in einem 45Grad-Winkel nach links und teilten die Höhle in zwei unterschiedlich große Kammern. Sie endeten einen Meter vor der östlichen Wand und ließen eine kleine Öffnung in den Gang frei. Vorsichtig ging ich die Höhlenachse entlang, um die Ausdehnung besser abschätzen zu können. Bis zur angenommenen Längsmitte, an der die Decke nur noch etwas mehr als zwei Meter über mir war, zählte ich fünfzehn Schritte, nach rechts bis zur

Wand sechs. Die maximale Ausdehnung betrug demnach etwa 12x30 Meter, eine respektable Katakombe. Die Zeit war längst um, ich kehrte zu Gabor zurück und wir beschlossen, nach oben zu fahren und dort mit Anne gemeinsam zu beraten. Über den Mord an meinem Vater wollten wir nicht reden, auch nicht über die vier Holzkisten an der Höhlenwand. Leiter und Lampen ließen wir für den nächsten Besuch vor Ort.

Es war schon 18.00 Uhr, wir hatten mehr als neun Stunden in Büro und Keller konspiriert und waren halbverhungert und durstig. Die letzten Kunden waren gerade gegangen, ebenso die Hilfe in der Weinausgabe, die Probierstube wieder aufgeräumt. Wir waren jetzt allein auf dem Schloss, wie gestern Abend. Anne organisierte eine Brotzeit und stellte die angebrochenen Probeflaschen auf den Tisch. „Auf der Schwäbischen Alb mit seinen mehr als zweitausend dokumentierten Höhlen sagt der Volksmund: „Schön ist es in eine Höhle hineinzugehen, noch viel schöner aber, wieder herauszukommen." Willkommen auf Obererde." Im Gegensatz zu gestern wirkte sie heute ernsthaft, keine Spur von Rabulistik, sie wollte sich den Tatsachen stellen und an der Diskussion teilhaben. Auch Gabor und mir war nicht nach Fabulieren zu Mute, wir hatten zuviel in Erfahrung gebracht. Anne fuhr fort in einer Art Ouvertüre für das kommende Stück, bemerkte sie unsere Betroffenheit nicht oder wollte sie uns darüber hinweghelfen? „Höhlen faszinierten mich schon als kleines Kind. Mit Mama habe ich viele besucht, wir hatten es ja nicht weit. Ich bin in der „Nebelhöhle" herumgestiegen, wo sich Herzog Ulrich von Württemberg vor seinen Feinden versteckt haben soll, in der „Bärenhöhle", im „Heppenloch" bei Guttenberg, der „Falkensteiner Höhle" bei Urach, den kleinen Höhlen des Lonetals, aber auch in den Marketingprodukten wie der „Barbarossa-Höhle" am Kyffhäuser. Die entsprechenden Romane wie „Liechtenstein" von Wilhelm Hauff oder

„Rulaman" von David Friedrich Weinland, die zum Teil in Höhlen der Schwäbischen Alb spielen, kannte ich fast auswendig. Erst später habe ich mich gefragt, woher dieses Interesse kam, was fasziniert Menschen wie mich an diesem „ewigen Dunkel" unter der Erdoberfläche? Ich glaube heute, dass unsere Freudschen Archetypen durch Höhlen regelrecht wachgekitzelt werden. Dort in der Tiefe liegt das Zuhause von Mythen und Sagen, das Höhlentor markiert den Eingang in die Schattenwelt, der einäugige Polyphem aus Odysseus` Heimkehrversuchen bewohnt ebenso eine Höhle wie das Orakel von Delphi."

„Liebe Anne", unterbrach ich ihren Redeschwall, „der wahre Schatz als solcher ist die unversehrte Höhle, zumindest wenn sie schon zur Zeit der Neandertaler besiedelt war. Nur in Höhlen sind die Artefakte von der Erosion verschont, bei völlig verschütteten sogar vor weiterer Sedimentablagerung. Eine unbeschädigte Höhle ist ein Segen für die Wissenschaft. Von der „Kleinen Feldhofer Grotte", in der der Ur-Neandertaler gefunden wurde, existiert heute kein Stück mehr. Zum Glück konnte man vor einigen Jahren die Stelle wiederfinden, wo die Arbeiter 1856 den Höhlenschutt lagerten und wie durch ein Wunder beim Durchsieben dieses Schutts weitere Skelettteile finden. Jetzt hat der Kerl sogar ein Gesicht bekommen und konnte rekonstruiert werden. Eine unversehrte Höhle mit solchen Artefakten ist vergleichbar mit der Grabkammer des Tut-anch-Amun. Unsere Höhle könnte ein solches Stück sein, ich träume von fossilen Knochen, die unten in großer Menge liegen. Höhlenbären, Säbelzahnkatzen und Neandertaler vereint und ungestört über tausende von Jahren. Die Temperatur schätze ich auf acht bis zehn Grad, die Luftfeuchtigkeit ist sehr gering. Diese beiden Faktoren sind optimale Voraussetzungen für den Erhalt von Fossilien. Das Schädeldach könnte aus der Höhle stammen. Dann muss noch mehr zu finden sein."

Gabor schaltete sich ein. „Ich höre euch gerne über Höhlen und ihre Mythologie und Archäologie philosophieren. Können wir aber nicht konkreter werden? Wir haben eine Höhle, die vom Hausherrn bewusst geheim gehalten wurde. Was bezweckte er damit, was wollte er sogar vor den Familienmitgliedern verbergen? Welche Rolle spielt die Sekte dabei, das Kreuz und die beiden Fässer vor und im Prunkfass lassen mich eher an einen Altarraum denken oder an einen Ort, wo Riten und Kulte stattfinden."

„Gabor hat recht", pflichtete ich ihm bei. „Die gesamte Anordnung des Arbeitsraumes, des Prunkfasses mit den zwei „Altären" und dem Durchgang zur Höhle erinnern mich an den Aufbau eines Tempels im Altertum. Ganz hinten ist das Allerheiligste vor den Blicken der Sterblichen verborgen. Nur wenige Auserwählte, vielleicht nur der Hohepriester, haben Zutritt und dürfen dort den Kult verrichten. Nur der Auserwählte darf den Gott, verkörpert zum Beispiel durch eine Figur, sehen. Die Vorräume besitzen abgestufte Zutrittsberechtigungen, je niedriger der Rang, desto größer der Abstand. So ist Abu Simbel gegliedert, genauso die Tempel von Luxor und Karnak. Die „Kirche zum Heiligen Kreuz" erlaubt allen, den Arbeitsraum zu betreten und das Kreuz zu verehren. In das Fass eintreten dürfen sicher nur Funktionäre. Die Höhle wird möglicherweise im nächsten Bauabschnitt hergerichtet und erhält das Allerheiligste, was immer es sein mag. Ich habe eben spekuliert, aber so könnte die Aktivität unserer Sekte einen Sinn haben. Was meint ihr?"

„Du gehst davon aus, dass die Decke der Höhle eingestürzt ist und den Zugang verschüttet hat?" Anne schaute mich fragend an.

„Ja, und wenn wir Glück haben, hat das Gestein Tiere oder Menschen erschlagen oder zumindest lebendig begraben, deren Skelette wir vollständig erhalten ausgraben können. Tut-anch-Amun und Schliemanns Schatz des Priamos auf einmal, Ostern und Weihnachten gleichzeitig. Seit dem Einsturz, den die vielen Felsstücke und der mauerartige Raumteiler vermuten lassen, war die Höhle hermetisch verschlossen. Kein Aasfresser konnte die Leichen auseinander reißen, kein Kaninchen Knochen in tiefere Schichten verlagern und Zusammenhänge zerstören, kein Windstoß Staub und Dreck willkürlich verteilen. Haben wir recht mit unserer Vermutung, ist das das Paradies für die Wissenschaft, der Garten Eden, das gelobte Land, wo Milch und Honig fließen. Wir müssen die Höhle genauer inspizieren." Ich hatte mich regelrecht in Rage geredet über die Vorstellung, was alles an Schätzen unten liegen könnte. Den Mord an meinem Vater hatte ich verdrängt, ich schämte mich, als mir das klar wurde.

Gabor war im Vergleich zu mir erschreckend cool geblieben. Als Anne für kurze Zeit den Raum verließ, versuchte er meine Euphorie zu relativieren. „Mein lieber Rafael, jetzt bist du in einer Zwickmühle. Du müsstest zur Polizei und zum Landesdenkmalamt gehen, den Mord und die Höhle melden. Dann lieferst du Dieterich ans Messer. Oder du schonst Dieterich, seine Familie und das Weingut, dann kommt ein Mörder ungeschoren davon und deine möglichen Skelette, von denen du im Moment nur träumen kannst, bleiben der Wissenschaft verborgen. Das würde dich um ein schönes Stück Ruhm bringen."

„Du hast recht. Es hilft nichts, zu spekulieren. Ich bin sicher, dass die Höhlendecke eingebrochen ist. Ob Skelette zu finden sind, wissen wir nicht und leiten wir nur aus der Kalotte auf meinem Bett ab. Vielleicht ist diese Annahme falsch und das Schädeldach kommt ganz woanders her. Wir müssen in die Höhle. Wenn wir Skelette finden, fällt mir ein dritter Weg ein, der mich aus der Zwickmühle bringt. Ich kann Dieterich ein Geschäft vorschlagen: Er übergibt mit sofortiger Wirkung die Betriebsleitung an Alexander oder an Anne, wenn er seinen Sohn bei der Sekte nicht durchsetzen kann, und zieht aus dem Schloss fort. Ich verzichte auf die Rache im Interesse der Familie und der Wissenschaft. Die Höhle wird von den Fachleuten untersucht und kann später zu einem Museum mit angegliedertem Weingut veredelt werden. Ich halte das für ein gutes Geschäftsmodell. Wenn das Denkmalamt die Höhle in Beschlag genommen hat, verliert von Schimmelbusch seinen Einfluss. Dagegen kommt nicht mal er an. „Alle Räder stehen still, wenn der Archäolog` es will." In Rom oder in Köln kennt jeder Bauherr diesen Spruch, oft aus eigener leidvoller Erfahrung, wenn der Bagger zufällig auf ein römisches Bad oder ein Mosaik gestoßen ist. Lass uns sofort wieder nach unten gehen. Wir benötigen zusätzlich Hacke, Spaten, kleine Schaufel, Kelle und Pinsel. Gearbeitet wird nur mit Handschuhen. Vermessen brauchen wir nichts, wir entfernen nichts, wir bewegen nichts. Ich bin kein ausgebildeter Archäologe oder Paläoanthropologe und die Kollegen kennen drastische Sprüche, wenn ihnen Amateure oder Pfuscher im Handwerk herumrühren. Ich möchte nur wissen, ob unten Fossilien liegen, dann können wir über die nächsten Schritte entscheiden."

Anne war inzwischen wieder da und schenkte unsere Gläser nach. „Wenn du von Fossilien redest, wirst du so emotional wie Anne und ich wegen unserer Weine. Wir werden die Höhle untersuchen, bevor die Engelmanns zurück sind. Aber nicht jetzt, wir sollten eine Nacht darüber schlafen. Es ist außerdem bereits nach 21.00 Uhr." Gabors Handy klingelte. Er hörte einige Sekunden wortlos zu, sagte schließlich nur und schon beim Aufstehen: „Das Problem hat sich von selber gelöst. Die Polizei. In meinem Betrieb wurde eingebrochen, ich muss sofort kommen. Morgen 11.00 Uhr tauchen wir wieder ab. Ihr braucht, glaube ich, heute Nacht keine Angst haben. Schließt trotzdem die Türen ab und haltet euer Handy griffbereit." Er wollte damit andeuten, dass die Person, von der die Gefahr ausgehen könnte, sich zurzeit in Ulm aufhält. Anne war müde, sie wollte früh schlafen gehen. Ich brachte sie bis zu ihrer Wohnung und ging dann mit einer halben Flasche Riesling in mein Schlafzimmer. Wie schnell doch bestimmte Gewohnheiten übernommen werden, wenn sie nur das Belohnungssystem erfreuen. Wie lautete der Spruch von Gabor? Wein verstärkt die Eigenschaften, die er vorfindet. Ich wollte noch intensiver nachdenken über meine Zwickmühle oder den dritten Weg. Was immer ich tun würde, die Konsequenzen wären dramatisch für andere Personen, aber auch für mich. In einer derartigen Situation war ich in meinem Leben noch nie gewesen. Wissenschaftler müssen andere Entscheidungen treffen, über Methoden, Interpretationen, Forschungsrichtungen, Antragsformulierungen, Diplom- und Doktorarbeiten oder Publikationsmedien. Aber nicht über Leben und Tod, Zuchthaus oder Freiheit.

Trinke ich zu viel? In einer Woche hatte ich mich von fast null auf mindestens eine Flasche Wein am Tag gesteigert. War ich alkoholgefährdet? In die Weinkreise, in die ich Einblick gewonnen hatte, war mein Konsum eher unterdurchschnittlich. Ärzte und Politiker packen mich mit der Menge bereits in die Suchtschublade. Hatte ich ein Suchtpotential, war sogar mein intensives Laufen bereits Sucht? Alles, was das Belohnungssystem des Körpers anspricht, ist potentiell suchtgefährlich. Geliebtes Serotonin. Wo stand ich? Im Moment bildete ich mir ein, alles im Griff zu haben, aber ich musste aufpassen, nicht allmählich auf die gefährliche Seite abzurutschen. Oder geht es mir mit dem Weintrinken wie mit dem Laufen? Am Anfang standen kurze Läufe, an die sich der Körper schnell gewöhnte. Er verkraftete die langsamen Steigerungen problemlos. Am Ende hatten lange Läufe im Training oder ein Marathon jeden Schrecken verloren, die Regeneration dauerte nur noch kurze Zeit. Kein couch-potato kann sich vorstellen, dass Ausdauersportler 24-Stunden–Wettkämpfe über mehr als 250 Kilometer durchführen oder bereits zwei Tage nach einem Marathon zur Erholung zehn oder fünfzehn Kilometer laufen. Beim richtig aufgebauten Laufen kommt es auch nicht zu Langzeitschädigungen des Körpers. Kann ich meinen Körper auch an höhere Weinmengen gewöhnen, wenn ich ihn nur aufbauend trainiere? Alkoholabbauende Enzyme steigern bekanntermaßen ihre Aktivität parallel zur Herausforderung. Kein Wasserfreak wird glauben, dass erfahrene Weintrinker nach zwei Flaschen ohne Sprach- oder sonstigen Kontrollverlust heimgehen und auch am nächsten Tag keinerlei Beeinträchtigung verspüren. Mein Gott, was sind diese Gedanken „politically uncorrect". Die Rechtfertigung von einem, der sie nötig hat? Was ist aber mit Langzeitschäden, werden Hirnzellen tatsächlich irreversibel zerstört, wenn aus dem einen Glas allmählich die Flasche oder sogar noch mehr geworden ist? Oder vermag der Körper diesen Verlust bis zu einem bestimmten Punkt selber zu kompensieren, in meinem Fall durch intensives Training mit vielen Psycho-Belohnungen unterstützt? Ist die Reaktion des Körpers auf Wein eine Frage der genetischen Disposition, genau wie die beim Laufen? Die Mediziner können sich bei ihren Empfehlungen nicht am Spitzensportler orientieren, sondern nur am unteren Ende der Belastbarkeit. Ihre Toleranz ist deshalb sehr niedrig. Gabor und Anne müssen sicher als „Topperformer" beim Weintrinken gesehen werden. Und doch hatte Gabor unten im Keller Wein zurückgewiesen und oben einen weiteren Erkundungsgang fadenscheinig verweigert. Weil er bereits zu viel Wein konsumiert hatte? Sicher nicht. Aber er schafft es offensichtlich immer, mit Intelligenz zu trinken. Oder war Anne schuld, für die er nüchtern bleiben wollte?

Die Flasche war leer. Ich hatte mich entschlossen, sofort und allein in die Höhle zu gehen. Ich musste ihr Geheimnis kennen, ehe Dieterich zurück war. Was, wenn er schon morgen Nachmittag überraschend auftauchte? Wann wäre die nächste Gelegenheit, unbeobachtet in den Keller zu kommen? Einen Schritt vor der Auflösung der Rätsel ruhig zu schlafen würde ich nicht schaffen. Geduld ist eine wesentliche Voraussetzung für einen Wissenschaftler, wenn der Mantel der Geschichte aber an ihm vorüberschwebt, muss er zugreifen. Jetzt oder nie. In der Werkstatt suchte ich mir zusammen, was ich für nötig hielt und von der Größe her noch in den Aufzug passte. Schaufel und Harke gehörten wohl Tante Lotte, mit denen sie ihre Topfpflanzen bearbeitete. Dazu noch eine Unterlage aus Kunststoff für die zu erwartende Arbeit auf den Knien und vor allem sterile, DNA-freie Gummihandschuhe aus meinem eigenen Bestand für mögliche Knochen. Im Dunkeln schlich ich in die Probierstube und schaltete die Taschenlampe erst ein, als die Türe des Aufzugs geschlossen und er auf dem Weg nach unten war. Diesmal hatte ich keinerlei ungutes Gefühl, obwohl die Werkzeuge und meine dicke Jacke gegen die Kälte mich noch mehr in das Verlies einzwängten als beim ersten Mal. Der Magen meldete sich nicht und Schweißperlen gab es auch keine. War es der Alkohol, der mir jede Angst nahm, oder war ich im Jagdmodus, voller Adrenalin und ohne Rücksicht auf die eigene Gesundheit? Den Aufzug ließ ich geöffnet, niemand sollte ihn nach oben holen und mich unten einsperren. Ich hatte keinen Kellerschlüssel und mein Handy war unten ohne Empfang. Vor morgen Mittag würde mich auch niemand suchen, ich durfte keinen Fehler machen. Im Schein der Taschenlampe gelangte ich über die Leiter bis zum Eingang des Prunkfasses, wo wir die beiden Strahler hatten stehen lassen. Den einen fixierte ich am Eingang der Höhle so, dass er sie weitgehend ausleuchtete und eine gleichmäßige Grundhelligkeit erzeugte. Der zweite sollte mein Arbeitslicht sein für die Details. Meine Uhr zeigte Mitternacht, als ich mit der Inspektion begann.

Die Höhle erwies sich fast staubfrei, sie musste wirklich über extrem lange Zeit hermetisch verschlossen gewesen sein. Es gab keine Verfüllung mit Sedimenten, die offene Höhlen bis zur Decken anfüllen können und Archäologen Segen und Fluch gleichzeitig sind. Meine Höhle schien durch ein Naturereignis zu einem bestimmten Zeitpunkt konserviert worden zu sein wie ein Insekt, das in einen Harztropfen gefangen wurde und später in Bernstein wieder auftaucht. Hoffentlich hatten die Entdecker nicht zu viel zerstört. Wann wurde sie überhaupt angestochen? Als das Prunkfass installiert wurde oder noch früher, beim Ausschachten des Ganges? Oder erst in jüngster Zeit, als Dieterichs Vater hinter dem Fass ein Versteck für seine Munitionskisten suchte? Hinter dem Fass wäre ein idealer Ort gewesen, auf den niemand zufällig stößt. Im direkten Licht des Strahlers konnte ich eine undeutliche Spur entdecken, die sich nur durch eine leichte Verdichtung im Boden bemerkbar machte. Sie begann hinter den Holzbohlen und führte an den Kisten vorbei zum neckarseitigen Ende der Höhle. Um die Kisten herum meinte ich sogar, einzelne Fußabdrücke zu erkennen. Sonst waren keine Abzweigungen vom „Weg" zu sehen, die Entdecker hatten sich offensichtlich nicht als Speläologen verstanden und die Höhle genauer untersucht. Als erstes schaute ich mir die Kisten aus groben Holzlatten an. So hatte sie Adolf beschrieben. Einige Farbreste zeigten, dass sie ursprünglich beschriftet waren, entziffern konnte ich aber nichts mehr. Die rötlichen Flecken in der Mitte konnte ich wohlwollend als Reste eines Hakenkreuzes interpretieren. Die beiden größeren waren an allen Längskanten gerundet, mit einem Hobel passend gemacht für das Mannloch. Beide waren mit Nägeln verschlossen. Ich konnte nur spekulieren, welche mörderische Energie in den Kisten gebunkert war. Die Munition für das letzte Gefecht, das dem verlöschenden tausendjährigen Reich einige Minuten Verlängerung geben sollte. Dass Granaten auch nach über sechzig Jahren noch gefährlich sein können, zeigen die Blindgänger, die beim zufälligen Ausgraben explodieren oder vom Sprengmeister hinterher gezielt zur Detonation gebracht werden. In der trockenen Atmosphäre der Höhle korrodiert sicher kein Zünder und macht ihn unbrauchbar. Dieterich hatte seine Familie über Jahrzehnte auf einer Bombe leben lassen, ich verachtete ihn noch mehr. Jedes größere Stück Fels, das zufällig von der Decke auf die Munition fiel, hätte alles zur Explosion bringen können. Was wäre dann vom Schloss noch übrig geblieben? Die vorderste Kiste war die kleinste, zwei Bretter lagen lose obenauf. Sie war offen. Dicht gepackt enthielt sie, auf dunkelbrauner Holzwolle gelagert, vier Reihen faustgroße, grün-graue Eierhandgranaten, die mich still und hässlich anschauten. Sie lagen in der Kiste wie Rebstöcke im Weinberg stehen, dich gepackt und militärisch exakt ausgerichtet. Ein Studienkollege, bei den Marines ausgebildet, hatte mir beim Bier von seinen Heldentaten mit diesen Granaten erzählt und nebenbei ihren Aufbau und die Wirkung beschrieben. Soviel hatte ich behalten. Der Schlagzünder am oberen Ende wird durch einen Bügel in seiner gespannten Position gehalten. Dieser Bügel liegt an der Außenhaut der Granate an und durch einen Splint gesichert. Wird der Splint gezogen, muss der Bügel mit der Hand festgehalten werden. Beim Wurf wird er freigegeben und zündet den Verzögerungssatz. Nach drei bis vier Sekunden explodiert die Handgranate. Ich schätzte noch mindestens vier Lagen unter der obersten, insgesamt dürften es über hundert Stück sein. Zwei fehlten, ihr Platz im Eierkarton war leer. Fehlten sie schon beim Einlagern oder hatte Dieterichs Vater sie entnommen? Oder Dieterich selber für ein Silvesterfeuerwerk? Nicht einmal jetzt meldete sich mein Magen.

Schritt für Schritt leuchtete ich den „Weg" Richtung Neckar ab. Nach etwa zwanzig Metern betrug die Deckenhöhe nur noch etwas mehr als zwei Meter, ich zog unwillkürlich den Kopf in die Schultern. Der „Weg" endete er an einer regelmäßigen, länglichen Aufschüttung aus Lehm und unterschiedlich großen Steinen, Höhe vielleicht 25 Zentimeter. Rechts und links waren bis zur Seitenwand beziehungsweise zu dem „Raumteiler" weniger als ein Meter Arbeitsfläche. Es war eindeutig keine natürliche

Anordnung, sie unterschied sich zu sehr vom übrigen Höhlenboden. Die Aufschüttung war Menschenwerk. Ihre Maße erschreckten mich. Es waren die Maße eines Erwachsenengrabes, etwa 80 Zentimeter breit und zwei Meter lang. Ich ahnte, dass jetzt der spannende Teil meiner Mission beginnen würde und holte den zweiten Strahler. Ausgrabungen verlangen optimale Ausleuchtung ohne Schatten, mit nur einer Lichtquelle ist das nicht zu schaffen. Jeder Porträtfotograf kennt diese Regel genau, eine falsch ausgeleuchtete Nase kann durch Schattenwurf im Bild zu einem Riesenorgan anwachsen. Was konnte ich erwarten, falls es tatsächlich ein Grab war? Ein prähistorisches Skelett sicher nicht, es war nach dem Einsturz der Höhle angelegt worden. Also eher Überreste aus jüngerer Zeit. Hatte man hier schon vor Jahrhunderten eine unliebsame Person verschwinden lassen, vielleicht sogar offiziell beerdigt, oder erst in jüngerer Zeit? Durch Dieterich oder dessen Vater, beide waren bereit zu töten? Auf jeden Fall müsste es ein Mensch sein. Tiere zu begraben macht keinen Sinn. Verdammt, warum hatte ich keine Kamera zur Dokumentation mit mir? Ich fertigte auf die Schnelle eine Handskizze an, die die Lage der größten Steine verzeichnete. Beginnen wollte ich von vorne, Fuß oder Kopf.

Vorsichtig legte ich die Steine so vor das Grab, dass ihre Originallage weitgehend abgebildet wurde. Zuerst die größeren, dann den Rest. Schließlich trug ich vorsichtig und kniend mit Tante Lottes Blumenwerkzeug den Lehm schichtweise ab. Ich musste nicht lange graben. Nach wenigen Minuten tauchte ein Stück schwarzes, glattes Leder auf, das nach und nach zu einem halbhohen Stiefel mit grobstolliger Gummisohle wurde. In dem Schuh steckte ein menschlicher Fuß, Schien- und Wadenbein ragten im anatomisch richtigen Verbund hervor. An den Knochen hingen noch Hautfetzen. Die Leiche war durch die trockene Umgebung teilweise mumifiziert worden. Sicher war auch die

Kleidung nicht völlig vergangen. Der Schuh war zweifellos jüngeren Datums, ich erinnerte mich an den Umzug meiner Eltern vor 18 Jahren nach USA, wo wir solche Erbstücke reihenweise entsorgten. Die Person musste Jahre nach Ende des Zweiten Weltkrieges hier abgelegt worden sein, mit großer Wahrscheinlichkeit durch einen Engelmann. Aber wer konnte es sein, von einem Vermissten im Umfeld des Schlosses und der Familie wurde nie geredet. Ich hatte genug gesehen und vergrub den Schuh wieder. Vielleicht war am Kopf mehr zu erfahren. Der Schädel war noch schneller freigelegt als der Beinbereich. Ein massiger Kopf mit leeren, großen Augenhöhlen und einer weit vorspringenden Nase sprangen mir direkt ins Gesicht. Zum Glück hatte ich in der Vergangenheit viel mit Skeletten zu tun gehabt, sie erschrecken mich nicht mehr. Auch nicht in einer Situation wie dieser. Ich bemerkte an mir selber, wie ich kalt und rational arbeitete, im Jagdmodus. Einige kurze Haare undefinierbarer Farbe standen seitlich ab, der Unterkiefer war noch vollständig mit dem Oberkiefer verbunden und zeigte ein schlecht erhaltenes Gebiss mit schiefen Zähnen und einigen Zahnlücken. An der linken Seite in Schläfenhöhe meinte ich einen Bruch zu erkennen. Ein dünner Riss zog sich zehn Zentimeter vom Auge zum Ohr. War das die Todesursache? Löcher wie sie durch Kugeln entstehen, konnte ich keine entdecken. Der Tote war auf dem Rücken liegend in einer flachen Grube regelrecht beerdigt worden. Sorgfältig vergrub ich ihn wieder, niemand sollte meine Arbeit bemerken. Das Schloss hatte noch ein Geheimnis mehr.

Langsam, einen Schritt vorsichtig vor den anderen setzend, drang ich rechts an dem Grab vorbei tiefer in die Höhle ein. Inzwischen musste ich schon gebückt gehen. Direkt hinter dem Grab war das Kabel meiner Lampe am Ende, ich demnach fünfzig Meter von der Steckdose entfernt. Eine Spur menschlicher Anwesenheit konnte ich ab dieser Stelle nicht mehr erkennen, der hinterste Teil der Höhle schien jungfräulich zu sein. Gebückt ging ich weiter, von hinten angestrahlt wurde mein Schatten wie ein sich langsam bewegendes überdimensionales Höhlenbild an die unebene Wandfläche projiziert. Der Weg vor mir lag im Kernschatten, auch die Taschenlampe verbesserte die Sicht nicht merklich. Die schlechte Ausleuchtung war der Grund, dass ich vielleicht zwei Metern hinter dem Grab plötzlich auf ein Hindernis trat, das ich nicht sehen konnte. Es gab mit leisem Knirschen nach und zersplitterte dann in viele Teile, wie wenn eine dünne Glasröhre zertreten wird. Im Lichtkegel der direkt davor gehaltenen Taschenlampe sah ich, was ich angerichtet hatte. Ich hatte das Kopfstück eines Röhrenknochens zerstört, der nur wenige Zentimeter aus dem Boden ragte. Splittern nur alte Knochen so oder auch junge? Vorsichtig entfernte ich einige Zentimeter harte Erde um den Knochen herum. Ein grau-brauner, scharfzackig ausgefranster und extrem dickwandiger Langknochen wurde sichtbar. Ohne Kopf war die Markhöhle deutlich zu sehen, kreisrund in der Mitte umgeben von dichtem Knochenmaterial. Neandertaler besaßen solche kräftigen Knochen, die viel kompakter und stabiler waren als die des modernen Menschen. Alle hatten sie den Körperbau eines Mister Universum. Oder stammten sie von einem Höhlenbären? In der Vergangenheit war es öfter zu Verwechslungen gekommen. Hier war der Paläoanthropologe gefordert, nicht der kleine Evolutionsbiologe. Aber: egal ob Bär oder Mensch, auf jeden Fall fossil, eingebettet im Zusammenhang mit dem Deckeneinsturz. Und: wo ein Knochen gefunden wird, müssen noch mehrere sein. Ich brauchte mehr Licht. Im Halbdunkel weiter zu gehen, wäre unverantwortlich. Noch einen Schaden durfte ich auf keinen Fall riskieren. Hier könnte ein Jahrhundertfund liegen, eine wissenschaftliche Sensation. Jetzt keinen Fehler mehr machen.

Ich bewegte mich vorsichtig zurück zur Lampe, indem ich versuchte, in meine Spuren des Hinwegs zu treten. Dann fokussierte ich den Schein beider Lampen auf die Stelle, wo der Knochen im Boden steckte, die eine vom Boden aus, die andere in Brusthöhe gehalten als eigentlichen Suchscheinwerfer. Die Stromkabel waren auf das äußerste gespannt, mehr ging nicht. Hoffentlich zog ich dabei nicht die Stecker aus der Steckdose. Die geballte Lichtmenge reichte immer noch nicht aus, den Stumpf wiederzufinden, obwohl ich die Stelle direkt anstrahlte. Jetzt merkte ich auf einmal eine ungeheure körperliche und geistige Müdigkeit, die Lampe wurde immer schwerer, ich konnte sie kaum noch halten. Es war inzwischen sechs Uhr am Sonntagmorgen, ich seit vierundzwanzig Stunden wach und seit sechs Stunden allein in der Höhle. Meine Konzentration war am Ende, alles Adrenalin aufgebraucht. Ein Fehler reichte. Was ich dann im diffusen Licht zu erkennen glaubte, brachte einen neuen Erregungsimpuls, ich wurde noch einmal wachgeküsst, ein letztes Aufbäumen. Meine Augen hatten sich langsam an das schwache Licht weit hinten gewöhnt und ich war mir fast sicher, ein ganzes Feld wild übereinanderliegender Knochen zu erkennen. Oder spielte mir mein Gehirn einen Streich, das sah, was ich sehen wollte? Links von der Trennwand ragten zwei längliche Stücke aus dem Sediment empor, es konnten Arm- oder Beinknochen sein. Rechts daneben sah ein Teil aus wie ein menschliches Becken, eine Schaufel bog sich fast senkrecht nach oben. Einen Schädel konnte ich nicht entdecken. Ausgerechnet das stabilste und markanteste Stück war nicht zu sehen. Wenn ich doch nur mehr Licht hätte. Ich brauchte ein Verlängerungskabel aus der Werkstatt. Fossile Höhlenbären sind für die Wissenschaft interessant, aber lange nicht so sehr wie Menschen aus der Steinzeit in ungestörtem Fundzusammenhang. Ich brauchte mehr Gewissheit für die Entscheidungen, die ich zu treffen hatte. Ein Königreich für ein Stück Stromkabel. Es hatte keinen Sinn, weiter in das Halbdunkel zu starren. Danach eine kurze Pause, in der ich mir überlegen wollte, das Verlängerungskabel sofort zu holen und allein weiterzumachen oder wie geplant um 11.00 Uhr mit Gabor zusammen. Die ratio sprach klar für Warten, meine Ungeduld und Neugierde wollten den schnellen Alleingang.

    Resigniert zog ich mich vorsichtig zurück, um zum Schluss kurz in den kleineren Teil der Höhle zu leuchten. Hier war die Reichweite der Strahler noch geringer, eindringen deshalb zwecklos. Scharfkantige Felsstücke zwangen mich ohne Sicherheitsschuhe zu großer Vorsicht. Im Licht der Lampe sah ich, dass der zunächst vielleicht zwei Meter breite Gang rasch schmaler wurde und spitz nach vorne lief. Höchstens fünf Meter, dann wäre er zu eng für einen Menschen. Ich brauchte aber keine zwei Meter weit zu gehen, dann hatte ich meinen Schädel. Zu sehen war nur das Schädeldach, das in seiner typischen Wölbung einige Zentimeter aus dem Boden schaute. Es sah aus wie das aus dem Schuhkarton. Hinterhaupt und Überaugenwulst waren nicht zu erkennen, sie müssten im Boden vergraben sein. Ich berührte es nicht, wischte lediglich mit dem Pinsel etwas Stau ab. Wenn ich nicht ganz gezielt den Boden abgesucht hätte, hätte ich es sicher nicht gesehen und wäre daraufgetreten. Ein graues, eingestaubtes Schädeldach unterscheidet sich kaum von grauem Boden. Diesmal war ich mir fast sicher: der Schädel ist von einem Menschen. Ob er von einem Neandertaler stammte, war so nicht mit Sicherheit zu sagen. Die Länge insgesamt und die flache Wölbung könnten dafür sprechen. Jetzt hatte ich endgültig genug, meine Batterie war leer wie nach einem Marathon. Ich packte meine Arbeitsgeräte, ging in das Fass und setzte mich erschlagen neben den Eingang auf den Dielenboden, den Rücken an die mächtigen Dauben gelehnt. Was hatte ich in den letzten Stunden in Erfahrung gebracht? Es war höchste Zeit, zu rekapitulieren und eine Arbeitshypothese zu formulieren, der Arbeitsphase muss die der Wertung und Interpretation folgen.

Arbeitshypothese:
Die Höhle war in grauer Vorzeit, wahrscheinlich sogar vor der letzten Eiszeit von Menschen besucht, sei es zum Schutz während weit reichender Jagdausflüge, für kultische Handlungen oder eventuell sogar als zeitweilige Behausung. Damit wären die Knochen älter als 25.000 Jahre oder jünger als 12.000, waren also vor dem Höhepunkt der letzten Eiszeit im Südwesten Deutschlands oder im Anschluss an die Wiederbesiedlung mit Beginn der Erwärmung in die Höhle gekommen. Die Neandertalerkalotte auf meinem Bett könnte von dem Skelett auf der rechten Seite stammen, dessen Schädel ich nicht gefunden hatte. Die extreme Dicke des Oberschenkelknochens ist ein weiteres Indiz für eine Neandertalerkatakombe. Durch einen Deckensturz wurden mindestens zwei, vielleicht viel mehr Bewohner eingeschlossen oder von Gestein direkt erschlagen. Die Höhle war danach hermetisch verschlossen, bis sie vor höchstens zweihundertfünfzig Jahren, wahrscheinlicher nach dem Zweiten Weltkrieg, zufällig angestochen wurde. Sie diente seitdem als Versteck für mindestens eine Leiche und vier Munitionskisten. Eine fundamentalistische christliche Sekte plant offensichtlich, die Höhle ihrerseits in Verbindung mit dem Weinkeller für kultische Handlungen zu benutzen. Das moderne Skelett kann im Moment noch nicht erklärt werden...

Als ich wieder erwachte, war es fast halb zehn, ich hatte drei Stunden geschlafen. Das war nicht geplant gewesen und kostete mich wertvolle Stunden. Also doch Plan B, der ratio folgen und um elf mit Gabor zusammen weiter gemeinsam untersuchen. Ich brauchte eine Bestätigung, dass Neandertaler verschüttet wurden in diesem steinzeitlichen Pompei, wo eine schwache Decke die Rolle des Vesuv übernommen und die Funde hermetisch von der Außenwelt abgeschirmt hatte für spätere Forschergenerationen. Pompei und Herculaneum, das Grab des Tut-anch-Amun, das Keltengrab von Hochdorf, glückliche Umstände, die für die

Konservierung sorgten und archäologische Sternstunden ermöglichten. Die Höhle, hatte sie das Zeug, einmal in dieser Reihe genannt zu werden? Ich begann, daran zu glauben. Mehr Ruhm und Arbeit, als ein normales Wissenschaftlerleben verkraften kann. "Hör auf zu träumen", sagte mir meine innere Stimme. "Bleib auf dem Boden und geh lieber kalt duschen." Zur Sicherheit, ich wusste nicht, was mich oben erwartete, wollte ich mein gesamtes Werkzeug mit hoch nehmen, die Leiter abbauen und auch die Lampen unauffällig neben der Treppe verstauen. Vorsichtig schob ich sie unter der Lichtschranke hindurch und kletterte erneut am Fass hoch und auf der anderen Seite der Lasershow hinunter. Dann der vielleicht schwierigste Teil, die Leiter abbauen. Gabor hatte sie mit Leichtigkeit getragen, ich müsste sie ebenfalls ohne Probleme vom Fass wegbekommen. Direkt vor ihr stehend, fixierte ich mit dem rechten Fuß die unterste Sprosse und wuchtete sie in die Waagrechte. Dann mit der Leiter in Händen rückwärtsgehen und aus dem Gefahrenbereich der Lichtschranke bringen, hinlegen, zusammenfalten und neben der Treppe deponieren. Ich überschätzte mich wieder. Kaum war ich vier Schritte nach hinten gegangen, verlor ich mit der schwankenden Leiter das Gleichgewicht. Die fünf Meter Aluminium waren doch schwerer als gedacht, ich konnte sie nicht halten. Fast in Zeitlupe fiel sie nach vorne, ich kämpfte vergeblich dagegen an. Dann durchbrach sie die Lichtschranke, fiel mit einem satten Schlag gegen das Fass und rutschte scheppernd daran nach unten. Die Lichtschranke erlosch schlagartig, sicher löste das die Kamera und den Alarm aus. Mein Körper reagierte wie gewohnt: Adrenalin, kurzzeitige Muskelanspannung, ein Nervenimpuls vom Hirn durch alle Muskeln und wieder zurück, die Säbelzahnkatze. Nach der üblichen Schrecksekunde reagierte ich sehr schnell, hechtete zum Strahler und schaltete ihn aus. Im Keller war es jetzt stockdunkel, die Kamera würde nur ein schwarzes Bild auf den Monitor übertragen. Hoffentlich hatte ich das Licht noch vor dem Einschalten der Überwachungskamera löschen können. Dieterich würde aber auf jeden Fall wissen, dass ein Besucher heimlich im Keller war und versucht hatte, seinen Geheimnissen auf die Spur zu kommen. Sicher würde er mich verdächtigen, Indizien dafür hatte er ja bereits mehrere. In völliger Dunkelheit stocherte ich durch den Arbeitsraum, verstaute die Leiter, die lange und höhnisch grinsend vor mir zu liegen schien, daneben die nun überflüssigen Lampen und erreichte schließlich den Aufzug. Zum Glück war ich den Weg schon einige Male bei Licht gegangen und konnte mich auch im Dunkeln orientieren. Lediglich die rote Lampe des offenen Lastenaufzugs gab mir die Richtung vor. Endlich oben, brachte ich meine Grabwerkzeuge zurück. Mein Handy klingelte, als der Provider wieder eingebucht hatte. Es war die Mailbox, Anne und Gabor hatten mich gestern Nacht noch gesucht, aber keine Nachricht hinterlassen.

Anne war schon wieder mit Kunden beschäftigt, Gabor wartete im Probierraum auf mich. Er bemerkte sofort, dass etwas außer der Reihe gelaufen war, und schaute mich fragend an. Ich musste ziemlich wild ausgesehen haben mit der dicken Laufjacke, verschwitzt, übermüdet und in dreckigen Straßenschuhen. „Ich gehe nicht davon aus, dass du in diesen Kleidern laufen warst. Was ist passiert?"

Mit jedem Satz von mir verfinsterte sich sein Blick. Er war sauer über meinen Eigensinn, vielleicht auch in Sorge um mich, sicher hatte er dabei sein wollen. Auch er ist neugierig und will alles wissen und verstehen. Berufliche Neugier allein gibt es nicht, es ist eine grundsätzliche Charaktereigenschaft, die in jeder Situation befriedigt werden will. „Wir müssen davon ausgehen, dass Dieterich alarmiert wurde. Er kann von Ulm in zwei Stunden hier sein, möglicherweise schickt er auch einen der Sektenjünglinge, mit denen du am Donnerstag Bekanntschaft gemacht hast. Trink schnell eine Tasse Kaffee, iss etwas und geh dann einige Stunden laufen. Offiziell bist du seit neun unterwegs, langer Lauf heißt das doch bei euch. Achte darauf, dass dich möglichst viele Leute sehen. Komm gegen eins zurück, dann ist der Weinverkauf geschlossen. Anne, du und ich unternehmen hinterher etwas gemeinsam, den Zoo besuchen, zum Beispiel, um dir die dortigen Schimpansen vorzustellen oder so etwas. Beeile dich, du hast nicht mehr viel Zeit."

Als ich zehn Minuten später durch die Pforte zur Laufstrecke ging, sah ich gerade noch, wie von Schimmelbusch durch das Tor fuhr. Er konnte mich nicht mehr gesehen haben. Gabor hatte recht gehabt, der Teufel persönlich kam nachzuschauen. Mir war überhaupt nicht zum Laufen zumute, ich war kaputt und wollte nur schlafen. Trotzdem musste ich mich noch mehr als zwei Stunden durch die Weinberge quälen, freundlich nach allen Seiten grüßend und mit zwei Kletterern sogar in ein kurzes Gespräch verwickelt. Heute lief ich zum ersten Mal überhaupt ohne nach und nach schneller zu werden, meine bekannte Krankheit, die ich sonst immer mit viel Disziplin bekämpfen musste. Nach der Aufregung der letzten Stunden war es genau das richtige, um meine Betriebstemperatur wieder normal werden zu lassen. Es ist verwunderlich, wie innere Erregung den Körper wach und sogar geistig fit hält, obwohl der Biorhythmus völlig überzogen ist. Wie oft war ich nach einem Marathon noch stundenlang mit dem Auto heimgefahren, ohne am Steuer einzuschlafen. Müdigkeit ist die Abwesenheit von Gefahr. Ein Hoch auf die körpereigenen Opiate. Irgendwann würde der Einbruch kommen. Die extremen Gedankenamplituden waren nach und nach kleiner geworden, bis ich gegen zwölf zurückkam, war ich innerlich und äußerlich ruhig. Zwölf Uhr, High Noon auch für mich? War Dieterich schon zurückgekommen?

Ich schloss gerade meine Tür zum Wasserturm auf, als Dieterich und von Schimmelbusch die breite Treppen des Hauptgebäudes herunterkamen. Ich winkte und ging ihnen entgegen.

Angriff war die beste Verteidigung. „Hallo, Onkel Dieterich, du wolltest doch erst heute Nacht zurückkommen. Habt ihr schon allen Wein verkauft? Ich komme eben von meinem 35- Kilometerlauf zurück, der letzte lange Trainingslauf vor dem Trollingermarathon. Jetzt freue ich mich auf eine Dusche." Von Schimmelbusch hatte ich bewusst ignoriert, er schaute mich mit aggressivem Blick an, bereit mich verbal oder überhaupt anzuspringen. Mein Onkel versuchte nicht, seine Erregung zu verbergen, er kochte vor Wut. Seine Antwort kam zwischen den Zähnen hervor gepresst. „Die Alarmanlage im Keller ist angegangen. Es hat sich jemand unerlaubt herumgetrieben. Wenn du drei Stunden unterwegs warst, hast du sicher nichts davon mitbekommen. Wir konnten unten auch nichts entdecken, möglicherweise hat die Elektronik gesponnen. Das soll vorkommen, ist allerdings bisher noch nicht passiert. Ich werde morgen den Kundendienst anfordern, es kann nicht sein, dass ich wegen eines Fehlalarms von Ulm her gerast komme und dort alles stehen und liegen lassen muss. Kunden wollen gepflegt werden. Geh mal Duschen, Du muffelst wie ein nasser Hund." Ich war entlassen. Hatte er mich tatsächlich nicht im Verdacht oder war er ein guter Schauspieler? Ich war schließlich überzeugt, dass alles noch einmal glimpflich abgelaufen war. Die Kamera hatte wohl kein brauchbares Bild geliefert. Er hätte auch die Polizei verständigen können, wenn er ein reines Gewissen gehabt hätte.

Um drei holten mich Anne und Gabor ab. Wir besuchten den Stuttgarter Zoo, sie meinten mir mit dessen Primaten einen Gefallen zu tun. Unter normalen Umständen hätte ich nach zehn Minuten deren Hackordnung aufmalen können und gewusst, welches Weibchen das Alphatier mit welchen Männchen betrog. Das hatte ich lange geübt, bis es so automatisch ablief, wie bei Gabor oder Anne, wenn sie Weine charakterisierten. Aber nicht heute, ich schlief fast im Stehen ein. Gabor redete die nur wenig, er war sauer auf mich. Ich hatte etwas gutzumachen, aber erst nach dem Ausschlafen. Später gab es noch eine schnelle Pizza in einem der vielen Altstadtrestaurants, ich lag sehr früh im Bett. Die Außentür hatte ich mit einem Keil von innen verriegelt, ebenso meine Schlafzimmertüre. Morgen früh wollte Tante Lotte endlich einmal mit mir frühstücken, die frühere Rückkehr hatte ihr einen Vormittag ohne sonstigen Termin beschert. Und ich musste unbedingt noch einmal in die Höhle. Die Schädelkalotte würde mir am meisten verraten, ich muss sie ausgraben. Und dann die Auseinandersetzung beginnen mit Onkel Dieterich, dem Mörder meines Vaters, seines Schwagers, des Bruders seiner Frau. Mit dem Ungeheuer, das seine Familie kaltschnäuzig auf einer Bombe leben ließ und bedenkenlos Geschäftspartner betrog. Und eine Leiche im Keller hatte.

13. Kapitel: Paradies

Montag, 7. Mai 2007

Der Anruf von Franz weckte mich gerade noch rechtzeitig zum Frühstück mit Tante Lotte. Mein Körper hatte sich sein Recht auf Erholung selber genommen und den Wecker ignoriert. Ob ich mir vorstellen könne, den Trollingermarathon nur als Zugläufer mitzumachen. Einige seiner Vereinskollegen hätten mich gerne als Tempogeber, der sie zu einer Zeit unter drei Stunden peitscht. Er schätzte meinen momentanen Trainingszustand zu Recht als halbgar ein, zu schlecht für eine Spitzenzeit, aber gut genug für sichere drei Stunden. Ich bräuchte selbstverständlich keinen Luftballon mitzuschleppen, das Laufshirt in den Stadtfarben wäre völlig ausreichend. Er bedankte sich für meine spontane Zusage, ich hatte eine Entscheidung weniger zu fällen und das Gefühl, ein gutes Werk zu tun. Und konnte mir viel Quälerei in den nächsten Tagen ersparen. Die Kraft würde ich für andere Dinge benötigen.

Dann rief ich Gabor an. Für die schwierigen Schritte in der nächsten Zeit brauchte ich seine Unterstützung und wollte nichts unausgesprochen zwischen uns lassen. Innerhalb von gerade einer Woche war er zu meinem Chef, zu einem Freund und vor allem zum Mitwisser der Dinge um Navalis geworden. Ich durfte ihn nicht vergrätzen, ein klein wenig Demut war angesagt. Während das Telefon noch klingelte, sah ich einen Lieferwagen in den Hof fahren und direkt neben dem Kellerabgang halten. „Ebersbach Sicherheitseinrichtungen" stand in großen, grellroten Blockbuchstaben auf der Fahrertür. Das musste die Firma sein, die die Überwachung des Kreuzes überprüfen sollte. Dieterich hatte schnell reagiert. Gabor unterbrach mich sofort, als ich nach entschuldigenden Worten suchte. „Lass mal, Anne hat mir mit ihrem innewohnenden Charme den wahren Grund meiner Verstimmung klargemacht und den Kopf gewaschen. Verletzte Eitelkeit eines Machos, behauptet sie, weil du ohne mich weitergemacht und meine Hilfe ausgeschlagen hast. Sorge um dich wäre erst an zweiter Linie gekommen. Sie hat leider nicht ganz unrecht, es steht mir nicht zu, sauer zu sein. Du bist erwachsen, und Geduld ist keine Kernkompetenz von dir, wenn du einmal Blut geleckt hast. Mir geht es genauso, nur ist der Ausbau von Wein nicht so riskant wie deine gestrige Suche nach Knochen. Du spielst ein gefährliches Spiel."

„Ich muss unbedingt zurück in die Höhle, so rasch wie möglich. Wenn ich mit der Einschätzung der Knochen recht habe, werde ich im Namen der Wissenschaft und um den Rest der Familie, meiner Familie, zu schonen, auf Rache verzichten. Sind es frische Knochen, bei denen Dieterich sogar seine Finger im Spiel hatte, muss ich zur Polizei."

„Anne hat mir erzählt, dass ihre Eltern ab 17.00 Uhr in Stuttgart beim Gottesdienst sind und danach mit Kunden essen gehen. Du hast ein Zeitfenster von höchstens vier Stunden, das müsste reichen. Sei vorsichtiger als gestern. Ich kann erst um 19.00 Uhr nachkommen, wenn mein Vorstand von der Holding zum Flughafen muss. Er kommt gleich, um mir die zukünftigen Strukturen der Firma zu erläutern."

„Was könnte die Sicherheitsfirma ändern? Überprüft sie tatsächlich nur die Funktion der Alarmanlage oder baut sie zusätzliche Sensoren ein?"

„Vielleicht kannst du mit dem Techniker reden und ihn geschickt ausfragen. Ich selber würde eine Wärmebildkamera einbauen und sie unabhängig von der Kellerbeleuchtung schalten. Eine weitere Möglichkeit sind Akustiksensoren, die schon bei geringer Geräuschemission ansprechen. Bevor du in den Lastenaufzug kletterst, probiere ihn unbedingt aus. Sollte Dieterich davon ausgehen, dass der Keller von einem Unbekannten betreten wurde ohne Aktivierung der Alarmanlage, wird er bald den Aufzug als Eingangstor zur Hölle im Verdacht haben und sich eine Gegenmaßnahme einfallen lassen. Warte, ich habe eine Idee. Ich schicke einen Mitarbeiter zum Schloss, eine Probe des noch nicht abgefüllten Rieslings in dem kleinen Tank an der linken Kellerseite zu holen. Das klingt plausibel, Tankproben hole ich bei Dieterich immer wieder. Sein Mitarbeiter im Weinverkauf muss den Keller öffnen und aktiviert damit die Kamera. Du springst hinter den beiden ungesehen von der Kellertreppe nach rechts hinab, so, dass dich die Kamera nicht erfasst und verbirgst dich, bis sie wieder gegangen sind. Du lässt dich einschließen und tust, was du tun musst. Um 19.30 bist du wieder oben, ich hole dich mit Annes Schlüssel heraus. Nach weniger als fünf Sekunden ist die Tür wieder verschlossen. Vielleicht spricht die Kamera gar nicht so schnell an, wenn ja, dann hat Anne nur überprüft, ob die Tür korrekt verschlossen war. Viel Glück."

Tante Lotte wartete bereits, perfekt gestylt wie immer. Sie musterte mich, wie Anne es schon einige Male getan hatte. Wahrscheinlich war ich wieder underdressed. Ihre Aufgabe im Weingut schien ihr kein Privatleben zu ermöglichen, sie war Tag und Nacht im Dienst. Nach fünf Minuten Floskeln wurde mir klar, dass diesmal sie es war, die ein Thema besprechen wollte und dazu eine Art Arbeitsfrühstück organisiert hatte. „Du bist wie dein Vater", begann sie, „immer neugierig, an allem interessiert und leider genauso wenig gottesgläubig wie er. Ich hatte einige Gespräche mit ihm deswegen. Verstehe mich nicht falsch, es geht nicht darum, zu missionieren. Die religiöse Einstellung sagt aber viel über einen Menschen aus. Nach fast siebzehn Jahren Trennung musste ich feststellen, dass sich mein Bruder völlig von der Bibel gelöst hatte und wir in unseren Einstellungen zu sittlichen oder religiösen Dingen auseinandergedriftet waren. Er war ein „Homo faber" geworden, nur rational denkend und ohne sittlich-moralische Grundlage. Es fiel ihm schwer, meine religiöse Überzeugung zu verstehen. Als seine Frau starb, hatte er keinerlei geistige Unterstützung, die ihm Trost gespendet hätte. Er fiel in ein metertiefes Loch und benötigte Jahre, um wieder herauszukommen. Wenn ich keine Stütze durch meine Kirche und meinen Glauben hätte, wäre ich hier schon zusammengebrochen, das Weingut und die Familie fordern bis zum Äußersten."

Zum ersten Mal fiel mir eine Bitterkeit in ihren Worten auf. Ein ernster Gesichtsausdruck und der zusammengepresste Mund, der ihre Lippen fast verschwinden ließ, verstärkten diesen Eindruck. Jetzt zeigte sie erstmals die sechzigjährige Frau. Ich war kein Kunde, bei dem immer Fröhlichkeit und Optimismus zu schauspielern ist. Ihr Leben im Weingut war also auch nicht frei von Frustration. „Papa war Ingenieur, ich bin Naturwissenschaftler. Wir sind beide während unserer Zeit in Amerika zum Agnostiker geworden und glauben oder glaubten in erster Linie an Dinge, die sich messen oder greifen lassen. Unabhängig voneinander hat uns die dort weit verbreitete Bigotterie abgestoßen. Die Trauer um meine Mutter zeigt doch gerade, dass dein Bruder trotzdem ein Mensch mit Gefühlen und Emotionen war, der sich zwar bei Entscheidungen nur von der Ratio leiten ließ, aber daneben ein sittliches Wesen sein konnte und die Würde anderer Menschen achtete. Ich glaube, dass er trotz seines Unglaubens ein guter Mensch war und hoffe selber, es auch zu sein."

Tante Lotte schaute mich mitfühlend an. Sie wollte tatsächlich nicht missionieren, sie litt für mich. „Ich habe versucht zu verstehen, wie ein Evolutionsbiologe denkt und wie er der Religion gegenübersteht. Unsere Frage zum Wesen deines Berufes am Sonntag vor einer Woche hast du ja elegant nichtssagend beantwortet. Dieterich war fast beleidigt darüber, dass du uns so wenig Intellektualität zutraust. Wir haben uns sehr wohl mit dem Darwinismus auseinandergesetzt, er steht unserem Denken ja diametral entgegen. Mein Freund Konrad berichtete mir von einigen eurer Diskussionen. Er ist in seiner Art viel direkter als ich, manchmal wenig verständnisvoll und sehr impulsiv. Dass intelligente Menschen so klare und einleuchtende Zusammenhänge nicht sehen können oder gar wollen, bereitet ihm körperliches Unbehagen. Er berichtete mir zum Beispiel, was du ihm als deinen Glauben bezeichnet hast. Du glaubst demnach allein an die Gültigkeit der Evolutionslehre und des Periodensystems und nicht an ein höheres Wesen, das diese Naturgesetze geschaffen hat. Dein Vater hatte sich ähnlich geäußert und immer wieder betont, dass er Teil eines ewigen Kreislaufes von chemischen Elementen wie Kohlenstoff, Sauerstoff, Wasserstoff oder Stickstoff ist und nicht durch eine Seele, sondern durch Chemie zusammengehalten wird. Der Satz ist doch purer Materialismus. Ohne Gott wird niemand wirklich zu sich selber finden, er wird nicht einmal halb so weise werden wie die Sprüche, die er vermeintlich als intelligent von sich gibt. Du verstehst, dass ich dich auf dem gleichen schiefen Weg sehe wie ihn und mir Sorgen um dich mache. Insbesondere nach seinem schrecklichen Unfalltod, der vielleicht eine Warnung für dich sein sollte. Ohne rechten Glauben findet niemand Zutritt zum Paradies, wir werden uns in unserem Leben nach dem Tode nicht wiedersehen. Auch darüber konnte ich mit meinem Pastor, den du am Mittwoch kennenlerntest, tiefschürfend reden. Er ist sehr verständnisvoll, richtig weise, und möchte mit dir gerne die Unterhaltung vom Mittwoch fortsetzen."

„Tante Lotte, du solltest nicht so hart mit uns in Gericht gehen. Ich weiß, dass der Glaube an ein Leben nach dem Tode, die im Tod vollzogene Trennung einer unsterblichen Seele vom vergänglichen Leib, Kern des christlichen Auferstehungsglaubens ist. Die Hoffnung auf eine Überwindung des Todes ist so alt, wie es höhere Kulturen gibt. Die Pyramiden der Ägypter stehen dabei auf derselben spirituellen Ebene wie das Ulmer Münster, unter dem ihr gestern Weine verkauft habt. Und bekannte nicht auch eine Theologin wie Dorothee Sölle kurz vor ihrem Tode: „Das ist kein Gedanke, der mir Schrecken einflößt, dass ich ein Teil der Natur bin, dass ich wie ein Blatt herunterfalle und vermodere, und dann wächst der Baum weiter, und das Gras wächst, und die Vögel singen und ich bin ein Teil des Ganzen." Mein Vater, sie und ich möchten gleichsam in dem Kosmos aufgehen, dem wir entstammen. Meine Atome, in die ich zerfalle, dienen anderen Molekülen, Organen, Lebewesen als Grundlage ihrer Existenz. Mehr anzunehmen als das unwiderrufliche Ende, das endgültige Aus und Vorbei übersteigt die menschliche Vorstellungskraft. Unser Gehirn ist zu einer derartigen Leistung nicht in der Lage, genauso wenig wie es sich die vierte Dimension vorstellen kann. Sowenig ich mir ein Bild machen kann über die Zeit vor meiner Geburt, so sehr versagt meine Vorstellungskraft über die Zeit nach dem Tod. Ich will damit auch sagen, dass ich keine Religion brauche, die mir die Angst vor dem Tod nimmt. Wir sollten uns nicht so wichtig nehmen."

„Der Mensch ist das einzige Lebewesen, das sich seiner Sterblichkeit bewusst ist. Du als Biologe weißt doch viel besser als ich, dass sich viele Tiere genau wie wir freuen können, dass sie leiden und Trauer zeigen. Dass ihre Tage aber vom ersten an gezählt sind, wissen nur wir. Wenn wir uns keine Vorstellungen über ein Leben nach dem Tode machen, stellen wir uns wieder auf die tierische Stufe, die wir als Menschen doch überwunden haben sollten."

„Richtig, deswegen sind die Religionen entstanden und deswegen kennt jede Kultur eigene Riten, wie mit den Verstorbenen umzugehen ist. In keiner Gesellschaft lässt man Tote einfach herumliegen. Der älteste Friedhof der Welt mit immerhin achtundzwanzig Skeletten ist schon 400.000 Jahre alt und liegt in der

Sierra de Atapuerca in Spanien. Wie stellst du dir denn ein Leben nach dem Tode vor, was passiert mit dir?"

„Die Frage habe ich schon oft mit unserem Pfarrer diskutiert. Er bestärkt mich nach Kräften, in meinem Bemühen nicht nachzulassen, ins Paradies zu kommen. Er sieht mich auf dem richtigen Weg, das Ticket für die Reise dorthin halte ich bereits in meiner Hand."

„In das Paradies? Was meinst du wirklich damit?" Als sie den Begriff im Zusammenhang mit dem Tod meines Vaters eher beiläufig erwähnte, hatte ich mir nichts dabei gedacht. Das Paradies schien ihr viel zu bedeuten.

„Und Gott der Herr pflanzte einen Garten in Eden, gegen Osten hin und setzte den Menschen hinein", heißt es im ersten Buch der Bibel. „Der Bericht über das Paradies umfasst gerade fünfzig Zeilen und trotzdem kennt ihn jedes Kind. Daran siehst du die Magie und die Macht dieses Ortes. Und bevor Jesus am Kreuz starb, rief er einem reuigen Mitgekreuzigten zu: „Heute wirst du mit mir im Paradies sein." Er meinte das Himmelreich, den Ort der Erlösung und des ewigen Heils, wo alle Qualen enden, Hunger, Durst und Tod unbekannt sind. Das ist die Endstation allen Sehnens und Hoffens – das ist das Paradies. Nie wird im Garten Eden etwas verfaulen, verdorren oder kaputtgehen. Für das biblische Versprechen, dorthin zu gelangen, wenn auf Erden ein gottgefälliger Lebenswandel geführt wurde, lohnt es sich im irdischen Jammertal zu wandeln."

„Wäre es nicht besser, ein Stück des Paradieses auf Erden zu gestalten, anstatt über die Existenz eines vergangenen oder zukünftigen Glücks im angstfreien Gelände des Garten Eden zu träumen? Ich sehe im Hier und Jetzt genügend Ansätze, die Welt ein kleines Stück besser und gerechter zu machen. Was hilft mir ein Wein im Glas mit unglaublichem Entwicklungspotential, das aber erst in zwanzig Jahren ausgeschöpft sein wird. Wir sollten uns mehr um die Lebenden kümmern als um die Zukunft der Verstorbenen."

„Ach Rafael, du bist ja so naiv. Alle Versuche, das Paradies auf Erden zu schaffen, sind kläglich gescheitert. Im Grunde sind wir die alten Kinder Gottes, Adam und Eva, gerade aus dem Paradies vertrieben und einer Utopie nachrennend, den alten Zustand wieder zu erlangen. Der Humanist Thomas Morus hat uns diesen Begriff „Utopie" vermacht und einen für seine Zeit idealen Inselstaat beschrieben, ohne privates Eigentum und mit Kriegen, die nur von Söldnern geführt werden. Die Kommunisten haben diese Idee genauso übernommen wie die Strategen des britischen Kolonialreiches. Du weißt, dass weder das britische Empire noch die Sozialisten einen paradiesischen Zustand schafften, im Gegenteil triumphierten Tod, Leid und Angst. Unvollkommene Menschen schaffen keine vollkommenen Zustände. Ihre Schwächen potenzieren sich in ihren Werken. Nimm deshalb das irdische Jammertal in der Aussicht auf das Paradies freudig hin."

Langsam begriff ich, dass Tante Lotte in zwei Welten lebte: der äußeren Welt des Weingutes mit seinen gesellschaftlichen Verpflichtungen, terminlichen Zwängen und wirtschaftlichen Notwendigkeiten sowie der inneren Welt der Bibel, des Glaubens an einen Schöpfergott, der alles lenkt und die eher jenseitig orientiert ist. Die eine verzehrte ihre Kraft, die andere gab sie ihr zurück. In der äußeren Welt kämpfte sie ums Überleben, in der inneren holte sie sich die Energie dafür. Sie stand mit beiden Beinen fest auf dem Boden und schwebte gleichzeitig in höheren Sphären. Mit beiden Welten hatte sie sich sehr intensiv auseinandergesetzt und konnte sich profund darüber unterhalten. Tante Lotte hatte viel mehr Substanz, als sie nach außen zeigte oder zeigen durfte. Hielt Onkel Dieterich sie nur als Schmuckstück, das Kunden zu beeindrucken hatte mit Charme und Aussehen? Er zeigte jedenfalls seit meiner Ankunft keinen Bedarf an einer intellektuellen Gesprächspartnerin. Aber warum hatte sie sich nie emanzipiert und sich und Alexander angemessen positioniert? Alexander fehlte offensichtlich ihre Parallelwelt als Rückzugsort, er wurde durch die Situation innerlich zerrissen. Es stand mir nicht zu, darüber mit ihr zu diskutieren und ihr Weltbild zu beschädigen. Sie war ein guter Mensch, der seinen Weg gefunden hatte, allein für sie lohnte es sich, die Wahrheit im Betrieb, die vielen Lebenslügen, nicht offenzulegen. Sie fuhr fort zu reden. Ich war froh, nichts sagen zu müssen. Aus dem Gedankenparadies darf man niemanden herausholen. Dort wohnt das Glück, wie in einem schönen Traum. Jeder ehrliche Satz von mir hätte ihre heile Welt in Frage gestellt.

„Es erfüllt mich mit tiefer Befriedigung und müsste auch dir zu denken geben, dass seit vielen Jahren Archäologen, Religionswissenschaftler und Historiker nach dem Ort des biblischen Paradieses suchen und inzwischen überzeugt sind, ihn gefunden zu haben. Die Bibel gibt uns einen deutlichen Fingerzeig, wo der mythische Ort gelegen hat, wenn sie sagt: „Und Gott der Herr pflanzte einen Garten in Eden gegen Osten hin und setzte den Menschen hinein, den er gemacht hatte". Wissenschaftler finden immer mehr Beweise, dass die Bibel recht hat, und sie diskutieren zur Zeit drei mögliche Orte, die für die Vertreibung der Menschen wegen ihrer Ursünde in Frage kommen und alle im Nahen oder Mittleren Osten liegen. Ich selber bin sicher, dass es im Nordwestiran liegt, im Gebiet um den Urmiasee, mit größter Wahrscheinlichkeit im heutigen Meidan-Tal mit der Stadt Säbris. Das Tal ist umgeben von steil abfallenden Bergmassiven wie von Schutzmauern. In dieser Gegend fließen auch vier Flüsse, die in der Bibel beschrieben werden: „Und es ging aus von Eden ein Strom, den Garten zu bewässern, und teilte sich von da in vier Hauptarme". Die Namen der Flüsse sind Euphrat, Tigris, Pischon und Gihon, wobei die beiden letzteren als die heutigen Aras und Uizhun gesehen werden. Du weißt sicher, dass das

Wort „Paradies" aus dem Altpersischen kommt und sinngemäß „umwallter Park" bedeutet und damit genau die Landschaft dort beschreibt. Die Gegend ist heute noch so fruchtbar wie zu biblischen Zeiten, voller Tiere, mit ausreichend Wasser und einem milden Klima. Ein Paradies."

Ich hatte das Bedürfnis, sie auf ein anderes Thema zu lenken, vom Paradies zurück in die reale Welt mit meinen offenen Fragen. „Tante Lotte, du hörst dich schon fast lebensmüde an. In deinem Alter und bei deiner Gesundheit solltest du über die Steigerung des Weinabsatzes reden, von mir aus über die anstehende Betriebsübergabe und den Ruhestand, aber nicht über den Einzug in das Paradies. Solltest du dich nicht mehr dem Leben stellen, als dich auf das Ende vorzubereiten? Entschuldige, ich bin etwas spitz in meinen Formulierungen. Deine Worte haben mich irritiert, das irdische Jammertal verstehe ich nicht richtig, ich sehe dich als erfolgreiche Geschäftsfrau, die Kunden mit Charme und stilsicherem Auftreten überzeugt und einen großen Betrieb zusammen mit ihrem Mann erfolgreich leitet."

„Unsere Fassade sieht stabil aus, ich weiß. Immer wieder frage ich mich aber, ob wir ein Potemkinsches Gebäude hochgezogen haben, eine Hülle mit hauptsächlich Luft im Innern. Lass mal, ich will dich nicht mit meinen Problemen belästigen, du hast selber genügend."

„Wo liegt das Problem, jetzt hast du einiges angedeutet, dann musst du auch mehr dazu sagen? Ist es dein Mann, Alexander, die finanzielle Situation des Weinguts, oder etwas ganz anderes? Ich möchte dir gerne helfen. Außer dir habe ich nur wenige direkte Verwandte." Sie schaute einige Zeit ins Leere, gab sich dann einen Ruck und begann zu reden, als ich schon nicht mehr damit gerechnet hatte. Sie sprach in dürren Worten über ihre Ehe mit Dieterich, die nach 35 Jahren in Routine erstarrt war und in der zwei Menschen emotionslos nebeneinander lebten, wo der Betrieb, der Wein, der Kunde alles war, sie selber nur zu funktionieren hatte und Geistiges völlig auf der Strecke bliebe. Dieterichs Persönlichkeit war dominant bis herrisch, er duldete keine Götter neben sich, sein Wort war Gesetz. Im Laufe der Jahre hatte sie aufgegeben, um ihre Position zu kämpfen. Ihre Religion wurde immer mehr der Rettungsanker, der ihr die Anerkennung und Befriedigung gab, die sie in der Familie nicht bekommen konnte. Dieser Ausgleich für ihre unbefriedigende private Situation verschaffte ihr die Kraft, vor Kunden die Rolle der charmanten Gastgeberin und reizenden Weininterpretin zu spielen, die mit ihrer aufrichtigen Art eine enge Kundenbindung zu erzielen vermochte und begeisterte Fans hatte. Sie bestätigte damit genau meine eigene Einschätzung.

„Gott hat uns unser Schicksal vorbestimmt, wir müssen es mit Geduld und Demut tragen." Dieser für mich fatalistische Satz kam mehrfach über ihre Lippen. Sie hatte nicht die Kraft, ihre Situation zu ändern, oder wollte es vielleicht auch nicht. Waren das Treppenstufen auf ihrem Weg ins Paradies, wollte sie leiden wie die Christen, die sich selber Schmerzen zufügen? Dann sprach sie über ihre Kinder. Über Anne, die Aufmüpfige, die den Kampf mit ihrem Vater angenommen hatte und deswegen trotz bester Voraussetzungen aus der Erbfolge ausgeschlossen worden war. Beide sind sich zu ähnlich, wie Alphatiere im Rangordnungskampf, der schließlich mit ihrer Niederlage und der Abschiebung endete. Alexander war die weitaus tragischere Figur. Jetzt überraschte sie mich erneut mit Beispielen, die eine intensive Auseinandersetzung auch mit diesem Thema zeigte, weitaus tiefergehend, als ich mich mit meinem allein naturwissenschaftlichen Denken in der Lage fühlte.

„Ich brauchte viele Jahre, um die Situation zwischen meinem Mann und Alexander zu verstehen. Meinem Pastor bin ich für seine Unterstützung dabei dankbar, er hat mir viele biblische, literarische und psychologische Zusammenhänge erklärt. Er machte mir bewusst, dass Dieterichs Verhalten Alexander gegenüber als klassischer Vater-Sohn-Konflikt tief im christlichen Kulturerbe wurzelt. Bereits im Alten Testament sind Vätergeschichten als die elementare Grundlage menschlicher Gemeinschaft dargestellt. Es zeichnet eine Vaterreligion, bei der es um Gehorsam gegenüber dem Gesetz Gottes geht, dem allein und ausschließlich Verehrung und Gehorsam gehören. Abraham, das Vatervorbild, bekam nach langer und kummervoller Kinderlosigkeit von einer Magd einen Sohn, Ismael, vierzehn Jahre später von seiner Frau den Sohn Isaak. Um das Erbe nicht teilen zu müssen, verstieß Abraham die Magd und Ismael und schickte sie mit einer kleinen Wegzehrung in die Wüste. Aber auch für seinen rechtmäßigen Sohn Isaak setzte er sich nicht ein, als Gott ein Opfer von ihm forderte. Er leistete blinden Gehorsam und streckte seine Hand aus und ergriff das Messer, seinen Sohn zu opfern, um Gottes Segen zu erlangen. Diese Vater-Sohn-Problematik wird im Neuen Testament noch schlimmer. Jesus blieb kein physischer und psychischer Schmerz erspart, er wurde von seinem Vater geopfert, um die Welt zu erlösen. In der griechischen Mythologie kennst du den Ödipuskonflikt, die Auseinandersetzung zwischen Ödipus und seinem Vater Laios, die im Vatermord und der Heirat mit der Mutter gipfelt. Laios kämpfte ausschließlich um sein Wohl, er wollte der Beherrschende bleiben und lieferte dafür den Erstgeborenen dem Tode aus. Ödipus sehe ich dagegen als den ewigen Sohn, der sich zum Opfer, zum Abhängigen machen lässt. Durch die eigene Blendung nimmt er sogar die Schuld des Vaters auf sich. Er schont ihn mit seiner Selbstaufopferung und zieht die Aufmerksamkeit der Zuhörer so weit auf sich, dass die Verbrechen des Vaters völlig übersehen werden. Ich frage mich oft, ob Alexander nicht denselben Weg geht."

Tante Lotte machte an dieser Stelle eine Pause, nippte an der Kaffeetasse und biss von einem Brötchen ab. Ich hatte einige Augenblicke Zeit, nachzudenken, wollte aber nicht antworten.

Sie sollte weiterreden und sich noch mehr öffnen. Nebenbei lieferte sie mir wichtige Informationen, die mir halfen, Zusammenhänge im Weingut zu verstehen. Sie hatte das Verhältnis von Alexander zu Dieterich mit den ungeheuerlichsten Elementen der christlichen Glaubensbotschaft zu erklären versucht, die andere Religionsgemeinschaften kaum verstehen können und die viele denkende Menschen abstößt. Gott als Mörder seines eigenen, einzigen und geliebten Sohnes, obwohl er in seiner Allmacht die Welt selber hätte erlösen können. Bei Abraham hatte er nur geprüft, ob dieser zum Äußersten bereit wäre, Jesus den Kelch bis zur Neige leeren lassen. Das alles konnte nur die Einleitung sein, es musste noch mehr kommen. Sie redete weiter, wieder ohne mich anzuschauen.

„Ich habe mich aufgrund dieser Erfahrungen, die uns alle betrafen, intensiv mit der Vaterrolle allgemein auseinandergesetzt. Meist wird in der Psychologie das Verhältnis der Mutter zum Sohn thematisiert, der Vater-Sohn-Konflikt ist kaum ein Thema. Die Geschichte dagegen ist voll von Vätern, die zur Statue wurden und ihre Söhne erdrückten, die alle Selbstdarsteller und Helden waren. Jesus wurde vom Vater physisch umgebracht, viele Söhne nur psychisch. Ich weiß manchmal nicht, was schlimmer ist. Schau dir doch die berühmten Beispiele aus den letzten zwei Jahrhunderten an. Den Vater zu schonen und sich selbst zu opfern ist nicht nur der Heiligen Schrift oder der griechischen Mythologie vorbehalten. Ein für mich prägnantes Beispiel liefert Siegmund Freud selbst, einer der besten Kenner menschlicher Seelentiefen. Als Lieblingssohn seines Vaters beschäftigte er sich in seinen wissenschaftlichen Arbeiten damit, wie neurotische, speziell hysterische Symptome und sexuelle Verletzungen in der Kindheit, ausgeführt von nahestehenden Personen, zusammenhängen. Diese „Verführungstheorie", entstanden aus zahlreichen schweren Fällen, sah er als die Krönung seines Forscherlebens an. Ein Jahr nach dem Tod des Vaters widerrief Freud diese

Theorie mit der Begründung: „in sämtlichen Fällen muss der Vater als pervers beschuldigt werden, mein eigener nicht ausgeschlossen". Was noch schlimmer war, er verkehrte die Verführungstheorie in die Ödipustheorie, nach der das Kind den gegengeschlechtlichen Elternteil sexuell begehrt und den gleichgeschlechtlichen als Rivalen beseitigen möchte. Freuds Selbstaufgabe erfolgte wider besseren Wissens: „Leider ist mein eigener Vater Jakob einer von den Perversen gewesen und hat die Hysterie meines Bruders und einiger jüngerer Schwestern verursacht", schrieb er. Ödipus hatte sich geblendet, Freud widerrufen, um die Schuld des Vaters zu vertuschen. Schau dir Friedrich den Großen an, wie er unter seinem Vater gelitten hat und aus Staatsraison nur sein Freund Katte geopfert wurde. Oder Herrmann Hesse, der nach dem zweiten Selbstmordversuch aus der Psychiatrie in Stetten, nicht weit von hier, das „Ungeheuerlichste, was die Geschichte der Erziehung in Deutschland zu bieten hat" zu Papier brachte: „Leb wohl, du altes Elternhaus, ihr werft in Schande mich hinaus" und zum Schluss: „Ich werd ins Irrenhaus geschickt, wer weiß – ich bin wohl gar verrückt". Er nahm in diesem Briefwechsel Abschied vom Elternhaus und kündigte das Unterordnungsverhältnis speziell zu seinem Vater. Nimm Franz Kafka, dessen Vater, Herrmann Kafka, nur sich und seine Meinung gelten ließ. Der Erfolg hatte ihm ja recht gegeben. Andersdenkende mussten nach dieser Logik im Unrecht sein. Als Allermächtigster vermittelte er seinem Sohn dessen abgrundtiefe Nichtigkeit und konnte sich seiner Bewunderung lange Zeit gewiss sein. Verstehst du, was ich dir mit all den Beispielen sagen will?"

„Leider bin ich weder Psychologe noch Germanist, nur ein kleiner Naturwissenschaftler. Verstanden habe ich, dass in allen Beispielen die Söhne an den Vätern gelitten haben, mit zum Teil katastrophalen psychischen Folgen. Friedrich der Große wurde zum Menschenfeind, Franz Kafka starb geistig krank, Herrmann

Hesse scheint die Situation frühzeitig klar durchschaut zu haben und am besten davongekommen zu sein. Ich bewundere, wie tief du dich in diese komplexe Materie eingearbeitet hast. Kannst du jetzt den Schwenk zu Alexander vollziehen, bisher war alles doch nur Ouvertüre." Bloß jetzt keine eigene Interpretation, Tante Lotte sollte weiterreden und mir Informationen liefern.

„In Dieterich findest du viele Elemente der bisher beschriebenen Väter wieder. Den gottähnlichen Vater mit einem nichtigen Sohn. Seine Beziehung zu Alexander war eine Macht- und keine Liebesbeziehung, die die Distanz verringert und ihn verletzbar gemacht hätte. Er wollte seine Macht und seinen Thron um jeden Preis behalten, verlangte deshalb von Alexander Unterwerfung. Gleichzeitig erwartete er einen Stammhalter, den er in der Außenwelt voll Stolz vorzeigen konnte. Alexander entsprach nie den Vorstellungen eines Heldensohnes, er war eher Künstler als Weinbergsarbeiter, der zwischen den Tasten des Klaviers besser zurechtkam als zwischen den Rebzeilen oder auf der Schulbank. Er war eben nichtig, überstrahlt vom himmlischen Schein des Vaters. In der Pubertät eskalierte die Situation schließlich. Dieterichs „liebende" Unterdrückung förderte bei Alexander Hass, leider zum Teil selbstzerstörerischen Hass, die Kämpfe zwischen den beiden endeten immer einseitig. Mein Sohn zog den Schwanz ein, trollte sich und gab schließlich jeden Widerstand auf. Er hatte mit sechzehn Jahren bereits resigniert. Ein souveräner Vater hätte ihn punktuell gewinnen lassen, Dieterich ging es jedes Mal um Unterwerfung oder Verwerfung. Es gelang ihm immer, seine eigene Verletzlichkeit und Schwäche, die tiefsitzende Unsicherheit über die Zukunft des Betriebes, zu verbergen. Nach außen gab es nur Stärke, Souveränität, Härte gegen sich und andere und schwere Arbeit. Schlaflose Nächte, Schwitzattacken im Bett, zeitweilige Impotenz, das darf ein Held nie zugeben."

„So wie ich Alexander in den letzten Tagen erlebt habe, hat er sich aber bis heute nicht von seinem Vater gelöst und ihn nie entidealisiert. Er scheint in der Rolle des Unterworfenen zu verharren, der sich für alle Zeiten keine Rebellion mehr zutraut und seinen Vater als den Besten sieht, der das auch bleiben soll. Er scheint sogar bereit, alles zu tun, um Dieterich zu gefallen. Bei der Bundeswehr wollte er doch mit der Einzelkämpferausbildung sich und vor allem seinem Vater beweisen, was für ein toller Kerl er in Wirklichkeit ist und wie falsch er bisher gesehen wurde. Warum sieht ihn Dieterich nicht als Nachfolger, Alexander hat doch das Alter, die Erfahrung und die Ausbildung und könnte nach und nach in diese Rolle hineinwachsen?" Endlich waren wir an der Wurzel des Elends auf Navalis angekommen, die Erde darüber Schicht für Schicht wie von einem Archäologen abgetragen. Ich merkte, dass Tante Lotte an ihre Grenzen gegangen war. Sie hatte Alexander und ihren Mann aller Kleider entledigt. Warum hatte sie nicht eingegriffen, wenn sie schon die Situation so genau analysieren konnte? Warum hatte sie resigniert? Aus Angst vor ihrem tyrannischen Mann, der auch ihren Widerstand sofort niederbügeln würde? War sie so abhängig von ihm und hatte sich in die Religion geflüchtet? Religion als Ersatz für ein frustrierendes Dasein? Ich wagte nicht zu fragen, aber alles passte zusammen. Mein eigenes Bild über die Engelmanns und ihren Betrieb war wieder ein Stück klarer geworden. Sie blickte auf ihre Armbanduhr und machte Anstalten aufzustehen. Im Hinausgehen beantwortete sie trotzdem meine Fragen noch mit wenigen Worten. Die Lippen waren jetzt auf einen Strich reduziert, die Mundwinkel hingen nach unten. Ich hatte eine alte Frau vor mir.

„Solange Dieterich lebt, wird er die Macht auf dem Schloss nicht aus der Hand geben. Es ist wie bei den Royals oder dem Papst, erst der Tod bringt die Nachfolge. Wenn es soweit ist, wird allerdings der Investor ein Wörtchen mitreden. Vertraglich abgesichert ist, dass Alexander im Weingut einen Arbeitsplatz auf Lebenszeit hat, aus dem er nur sehr teuer freigekauft werden könnte. Es war nett, mit dir zu reden." Damit war das Gespräch beendet und ließ mich mit einer Menge Emotionen und unverarbeiteter Eindrücke in der Küche zurück.

Ich reagierte wie immer, wenn ich eine schwierige Situation verarbeiten musste, und lief in den Weinbergen, langsam, zum Nachdenken und Gedanken Ordnen. War Laufen womöglich meine Parallelwelt, in die ich mich zum Kraftschöpfen zurückzog? War das meine Droge, meine Ersatzbefriedigung, meine Religion? War ich ein Laufjunkie? Nein, auch wenn ich in der Vorbereitung auf einen Marathon viel Zeit mit Training verbrachte. Meine Prioritäten waren trotzdem richtig justiert. Das echte Leben war die Welt, die mit aller Kraft gelebt und gestaltet wurde, die Laufwelt das Medium und Werkzeug, das der Einstellung des Gleichgewichts im Leben diente. Bei Tante Lotte war ich mir dagegen nicht sicher. Ihre Welten waren mindestens gleichberechtigt, wahrscheinlich lebte sie sogar mehr und vor allem lieber in ihrer Religionswelt. Je elender das Leben, desto intensiver die Flucht in das parallele Universum. Trotz allem, ihre Beschreibung des Paradieses hatte mich stark beeindruckt und verdrängte rasch die Gedanken über Dieterichs Vaterrolle, unter der Alexander zerbrochen war. Eine Rolle, die Tante Lotte in erschreckendem religiösen Kontext sieht, ohne aber deshalb ihren Glauben in Frage zu stellen. Sie sah, dass Jesus vom Vater praktisch sinnlos gemeuchelt wurde genau wie Alexander an Dieterich zerbrochen war. Beides hatte nicht zu Konsequenzen geführt, den Schritt von der Erkenntnis zur Tat schaffte sie nicht. Sie blieb im Geistigen gefangen.
  Das Thema „Paradies" drängte mit Macht nach vorne, es war auch mein eigenes. Ich hatte den Begriff in vielerlei Zusammenhängen gern selber verwendet, allerdings ohne religiösen Bezug.

Der letzte Urlaub mit Jenny in Bangkok war „paradiesisch" gewesen, an der Universität fühlte ich mich zeitweilig wie im „Paradies". Menschen verwenden diesen Begriff mit zutiefst positiven Assoziationen, es ist der ideale Ort schlechthin. Woher kommt diese Haltung? Erstmals in meinem Leben fing ich an, darüber intensiver nachzudenken. Ich lief jetzt noch langsamer und tauchte tief in meine Gedankenwelt ein. Wie könnte die Evolutionsbiologie die menschliche Affinität zum Paradies erklären? Die Hypothese müsste im Sinne der Naturwissenschaft sein und nicht nach dem „Wie" fragen, der Technik, sondern nach dem „Warum". Warum hat die Natur das gemacht und zu welchem Zweck?

Langsam und zunächst strukturlos in alle Richtungen denkend, gelang es mir, aus einer Flut von Gedankenfetzen und aus dem Gedächtnis abrufbaren Publikationen zu diesem Thema eine Hypothese zu formulieren, die meinen wissenschaftlichen Ansprüchen gerecht wurde:

Die Währung der Evolution ist der Fortpflanzungserfolg, der in der vorkulturellen Zeit, vor der Erfindung von festen Behausungen und revolutionären Jagdwaffen, extrem von Landschaft und Klima abhängig war. Den idealen Lebensraum zu finden war demnach überlebenswichtig. Unsere Vorfahren und alle Tiere mussten im Laufe von Jahrmillionen lernen, ein Biotop schnell emotional zu bewerten und ein „Landschaftsgefühl" zu entwickeln. Der Erfolg der Menschheit beweist, dass sie es geschafft hat, immer wieder die menschliche Ideallandschaft zu finden, in der es „sich leben" und vor allem fortpflanzen ließ. Diese Landschaft hat den Menschen geprägt und muss in seinem Organismus wiederzufinden sein. So wie in Nordeuropa die dunkle Haut in wenigen Jahrtausenden durch helle ersetzt wurde, um die geringere Sonneneinstrahlung besser zu nutzen, genau so müssten über fünf Millionen Jahre Menschwerdung klimatische Rahmenbedingungen aus der Physiologie des Menschen abgelesen werden können. Welche körperlichen Eigenschaften könnten einen Hinweis auf die Herkunft des Menschen, sein Paradies, geben?

Ohne in weiterführende Literatur schauen zu können, der Nachteil meiner Freiluftmethode, fielen mir einige notwendige Eigenschaften für ein Paradies ein:

1) Der Mensch ist ein Kind der Tropen. Seine ideale Lufttemperatur in Ruhestellung liegt bei 29 Grad Celsius, darauf ist das thermoregulatorische System quasi geeicht. Unter unserer Kleidung herrscht diese Idealtemperatur, unabhängig von der der Umgebung. Hohe Luftfeuchtigkeit macht ihm dagegen zu schaffen.

2) Ein weiteres physiologisches Indiz ist die Harnkonzentration, die verrät, wie wasserreich das Biotop eines Lebewesens ist. Mit dem Harn werden giftige Stoffwechselprodukte entsorgt wie Harnsäure, Kreatin oder Salze. Tiere in wasserreicher Umgebung, der Biber zum Beispiel, können sich eine große Verdünnung erlauben, Wüstenbewohner wie die Wüstenspringmaus konzentrieren ihn bis auf das Fünfundzwanzigfache der Blutplasmakonzentration. Beim Menschen beträgt sie das Drei- bis Vierfache, gerade doppelt so hoch wie beim Biber. Die Menschen lebten demnach nicht im Wasser, hatten aber sicher keinen gravierenden Mangel.

3) Der aufrechte Gang könnte ein weiteres Indiz sein für den Ort der Menschwerdung. Im Wald bringt diese Eigenschaft keinen Vorteil, Klettern können schon. Unsere Fortbewegungsorgane sind ideal für ausdauerndes, mittelschnelles Laufen ausgerichtet. In Verbindung mit unserem Verdunstungssystem macht uns das im gesamten Tierreich einmalig. Wir sind ein Kind der offenen Landschaft. Der körperlich schwache Mensch war aber auf Verstecke angewiesen, um vor Fressfeinden sicher zu sein. Höhlen, einzelne große Bäume, Erhebungen, Klippen durften nicht fehlen.

4) Zuletzt fiel mir noch unser Verdauungssystem ein, das in der Lage ist, wahllos fast alle tierischen und pflanzlichen Kalorienträger zu verwerten. Wir sind Allesfresser, eine im Tierreich nicht weit verbreitete Eigenschaft.

Jetzt war ich mit meiner Konzentrationsfähigkeit am Ende und brachte die Enden meiner Überlegungen während des Laufens nicht zusammen. Ich hielt am Rande eines Weinbergs an und schrieb mit einem kurzen Stück Rebholz die bisher definierten Parameter für die Ideallandschaft untereinander. Wo in der Welt gab es in den letzten fünf Millionen Jahren ein Biotop, das diesen Kriterien entsprach? Und deckte es sich mit den archäologischen Funden von Vor- und Frühmenschen?

- tropische Temperatur, im Mittel zwischen 24 und 34 Grad
- niedrige Luftfeuchtigkeit
- ausreichend Wasser, also Flüsse oder Seen
- Savannen-, Steppen- oder Graslandschaft mit sicheren Rückzugsinseln darin
- tierische und pflanzliche Nahrung in ausreichender Menge

So dargestellt, war die Antwort einfach. Diese Rahmenbedingungen passen genau zum ostafrikanischen Hochland, des Biotops oberhalb tausend Höhenmeter, ohne Wetterstress selbst für heutige Touristen, die Gegend im Inneren von Tansania, Kenia und Äthiopien. Nicht die erodierte Mondlandschaft von heute, sondern die damals offene Hochlandsavanne mit einzelnen Akazien und Myrrhenbäumen und Galeriewäldern an den Wasserläufen, die Gewässer wie den Turkanasee speisten. Eine Savanne voller essbarer Pflanzen und Unmengen von Tieren, mit deren Auseinandersetzung der Mensch zu dem wurde, was er im Grunde heute noch ist, auch wenn sich eine Schicht Kultur wie Firnis über ihn gelegt hat. Und wo die meisten Fossilien früher

Menschenformen gefunden wurden. Wir sind ein Produkt der afrikanischen Hochlandsavanne und haben uns flexibel über viele Klimaveränderungen an praktisch alle Habitate der Erde angepasst. Tief im kollektiven Gedächtnis haben wir die Erinnerung an das Paradies bewahrt. An eine Landschaft, in der das Klima mild war und die Natur reichlich Nahrung bot. Mein Paradies liegt im ostafrikanischen Hochland, es ist viel älter als das von Tante Lotte.

Tante Lottes Paradies der Bibel haben ihre Verfasser von älteren babylonisch-assyrischen Texten übernommen, die auch schon das kollektive Gedächtnis in geschriebene Worte verwandelt hatten und die Sehnsucht des Menschen nach dem idealen Ort in Lehm ritzten. Klimatisch ideale Phasen wie vor 12.000 Jahren, die im Nahen Osten zur ersten sesshaften steinzeitlichen „Natufien-Kultur" führten, in der die Menschen gesund und im Nahrungsüberfluss lebten, mögen eine weitere Fußnote in unser kollektives Geschichtsbuch eingefügt haben. Die Wurzeln des Mythos vom Paradies liegen aber viele Jahrhunderttausende tiefer. Ich gönne ihr von Herzen ihren Blickwinkel auf das Paradies als ihren Rückzugsort und ihre Überzeugung, dass es einen Bereich der Fürsorge für alle Menschen gibt, weil ihr Schöpfer den idealen Ort geschaffen hat. Wenn sie sich dieser Fürsorge durch den Glauben an den Schöpfergott unterstellt, lebt sie in einem paradiesischen Zustand.

Geistig leer lief ich die letzten Kilometer auf dem Höhenweg zum Schloss. Weder der imposante Blick auf die Ebene noch mein abendliches Vorhaben bewegten mich im Moment. Ich brauchte eine Denkpause. Duschen, etwas essen, danach Mittagsruhe vor dem Sturm, der mir heute Abend sicher bevorstand.

Als ich wieder aufwachte, war der Lieferwagen vor dem Kellereingang verschwunden. Jetzt konnte ich nicht mehr in Erfahrung bringen, was an der Alarmanlage geändert wurde. Dieterich und Lotte waren offensichtlich schon weg, die Garage ihres Mercedes stand leer. In einer halben Stunde würde Gabors Mitarbeiter kommen, ich musste anfangen, meine „Gartengeräte" zusammenzusuchen, vor allem das Verlängerungskabel für die Strahler, und mich für den Aufenthalt in der Höhle warm anziehen. Trotz allen Suchens konnte ich meinen linken Handschuh nicht finden. Hatte ich ihn in der Höhle oder, noch schlimmer, im Keller verloren? Hoffentlich hatte ihn mein Onkel nicht entdeckt, solche weißen Handschuhe benützt hier niemand, sie passen eher zu einem livrierten Diener als zu Schmutzarbeitern. Er konnte nur von mir sein. Was denkt man über einen Neffen, der heimlich in fremden Räumen herumschleicht und nicht einmal Fingerabdrücke hinterlassen will?

Was würde ich tun, wenn Gabors Plan, heimlich hinter dem Mitarbeiter in den Keller zu gelangen, nicht funktionierte? Weil der mich bemerkte oder der Sprung doch zu gewagt war. Ich konnte die Sprunghöhe aus dem Gedächtnis heraus nicht abschätzen, aber sicher waren es mehr als zwei Meter. Einen Plan B hatte ich nicht, dann bliebe nur der Aufzug. Gabor hatte mir geraten, ihn vorher auszuprobieren, zu Recht. Das Werkzeug in der Computertasche ging ich unbemerkt in den Probierraum. Der Aufzug schien unberührt seit meiner letzten Fahrt gestern, wer sollte ihn derzeit auch benutzen. Ich öffnete die Tür und blickte in die leere Kabine. Rechts hinten im Eck lag mein Handschuh und starrte vorwurfsvoll zurück. Er muss mir beim Aussteigen aus der Hosentasche gefallen sein. Hatte er mich verraten oder war er der Beweis, dass Dieterich überhaupt nicht mit dem Aufzug beschäftigt war? Trotzdem, ich musste mit allem rechnen, meine Gegner waren gefährlich und intelligent. Es konnte ein Trick sein, mich in Sicherheit zu wiegen. Ich steckte den Handschuh ein, schloss die Tür und setzte die leere Kabine nach unten in Marsch. Alles lief wie gewohnt, das leicht quietschende Geräusch, das sich immer weiter entfernte und leiser wurde, das

Schleifen des Tragseils in der Führungsrolle, das Summen des Antriebsmotors. Ich war beruhigt. Plötzlich ein Ruck, ein letztes lautes Schleifen wie von Metall auf Metall, der Aufzug hing fest. Ich riss die Tür auf und leuchtete mit der Taschenlampe in den Schacht. Die Kabine war fast ganz unten angekommen, kurz oberhalb der Tür, das Tragseil noch einen Meter weitergelaufen und lag ohne Spannung auf dem Kabinendach. Die Kabine musste sich verkeilt haben, ich konnte aber mangels ausreichend Licht keinen Grund erkennen. Ich schloss die Tür wieder und versuchte, den Aufzug nach oben zu holen. Der Motor setzte sich hörbar in Bewegung, das Seil straffte sich wieder. Mehr ging nicht, er bewegte sich nicht mehr. Die Kabine war verkeilt. Hatte die altersschwache Technik ihren Geist aufgegeben oder hatte jemand nachgeholfen?

Mir wurde warm und kalt bei dem Gedanken, in diesem Sarg lebendig begraben zu stecken, bewegungsunfähig in völliger Dunkelheit. Mein Herz raste, kalter Schweiß bildete sich auf der Stirn. Diesmal war es Angst, die lähmt, reine Angst und nicht die körperliche Vorbereitung auf eine kritische Herausforderung. Hören könnte mich niemand. Wie lange würde die Luft reichen, zwei Stunden, vielleicht drei. Es wäre der grässlichste Tod, den ich mir vorstellen konnte. Der ewige Läufer in der unendlichen Savanne verreckt eingeklemmt in einer engen Blechkiste. Blitzschnell griff ich meine Sachen und verschwand aus dem Raum.

Gabors Plan klappte. Er hatte Thomas, seinen Produktionsleiter selber geschickt und ihn offensichtlich eingeweiht. Er redete wie ein Wasserfall auf Erdim ein und lenkte ihn ausreichend ab. Der hatte inzwischen viele der Arbeiten von Peter übernommen. Der Sprung zwei Meter in die Tiefe gelang trotz einer Tasche über der Schulter problemlos. Nach zehn Minuten war ich allein im Keller, die Türe wieder geschlossen und das Licht gelöscht. Ich wartete noch fünf Minuten, bevor ich mit der Taschenlampe den Weg zum Aufzug suchte. Kaum hatte ich die Tür geöffnet, erkannte ich den Grund für die Blockade. Zwei mächtige Stahlkeile waren rechts und links etwas oberhalb der Tür an die Wand geschraubt. Sie hatten die Kabine blockiert wie eine Haustüre durch einen Keil am Boden vor dem Zuschlagen gehindert wird. Der Aufzugsmotor war ohne Chance, sie wieder freizureißen. Eine perfekte, eine tödliche Falle. Ein perfekter Mord wie der an meinem Vater. Die Skrupellosigkeit meines Onkels kannte keine Grenzen. Er hätte die Keile wieder beseitigt und dafür gesorgt, dass mich irgendwann während seiner Abwesenheit ein Mitarbeiter zufällig findet. Für den Todeszeitraum hatte er ein sicheres Alibi. Ich begann ihn zu hassen, er war kein Mensch, die Vorstellung ihn nur wegen seiner unbeteiligten Familie zu schonen, begann mich zu überfordern.

Ich zwang mich wieder zur Ruhe und versuchte ganz gezielt in einen Jagdmodus zu kommen, in dem alle Emotionen und Ablenkungen ausgeblendet waren. Es funktionierte nicht auf Befehl, ich hatte mein Hirn soweit noch nicht unter Kontrolle. Erst als ich mit den Strahlern und der Leiter in der Hand vor dem Prunkfass stand, verblasste das Horrorbild, das mich bewegungsunfähig in der Blechkiste langsam und bei vollem Bewusstsein krepierend zeigte. Dort wartete die nächste Überraschung.

Die Lichtschranke war ausgeschaltet. War das wieder eine Falle? Ich überprüfte die Sender an der Seitenwand, sie sandten kein Licht aus. Konnte es sein, dass die Frequenz in den nicht sichtbaren Bereich verschoben worden und die Schranke weiter aktiv war? Im Labor hatte ich öfter mit ultraviolettem Licht Messungen durchgeführt, mit Wellenlängen die vielleicht Vögel, aber nicht Menschen sehen können. Derartige Sender und Empfänger einzubauen konnte für eine Fachfirma nur eine Kleinigkeit sein. Um auch nicht in diese mögliche Falle zu treten, beschloss ich die Leiterbrücke wieder aufzubauen und schaffte es diesmal ohne Absturz.

Am Fass schien nichts verändert, neue Sensoren oder Kabel waren an der Holztür nicht zu entdecken. Zwei Fallen für einen ungebetenen Eindringling waren auch genug. Die Flügeltür zur Höhle stand wie beim letzten Besuch offen. Als ich am Eingang stand, blitzte doch noch einmal kurz aber grell das Bild aus dem Aufzug auf und versuchte sich in den Vordergrund zu schieben. War die Höhle nicht lediglich eine größere Variante davon, wo ich ebenfalls lebendig begraben werden konnte? Dieterich brauchte das Fass nur von außen verschließen. Nein, hier war die Situation für mich günstiger. Gabor zumindest wüsste, wo er mich zu suchen hatte. Und hier könnte ich einige Tage überleben. Um keine Zeit zu verlieren, konzentrierte ich mich sofort auf den linken Teil der Höhle, wo ich das Schädeldach gesehen und aufgehört hatte, weil die Beleuchtung nicht ausreichend war. Den einen Strahler richtete ich gegen die Höhlendecke, um im Arbeitsbereich eine Grundhelligkeit zu erzeugen. Nur durch Zufall fiel mir dabei eine Stelle der Decke ins Auge. Eine fast ebene Fläche von ein oder zwei Quadratmetern war anders gefärbt als die Umgebung, dunkelschwarz anstelle hellgrau. Die Ränder gingen fließend ineinander über, wie am Abendhimmel, wenn die Grenze zwischen Tag und Nacht verwischt. Das musste Schimmel sein, wie er in alten Weinkellern als Stammgast dazugehört. Gabor hatte von „Kellerrotz" gesprochen, der sich nur bei ausreichender Feuchtigkeit entwickeln konnte. Manche Weinkeller sind vollständig überzogen von diesem Pilz, riechen entsprechend muffig und die Holzfässer müssen aufwendig mit Konservierungsmitteln vor ihm geschützt werden. Warum war es allein an dieser Stelle feucht, die Höhle aber sonst extrem trocken und deshalb ideal für die Konservierung von Knochen? Die Feuchtigkeit konnte nur von außen kommen, von oberhalb der Höhle. Eine mögliche Erklärung, die wahrscheinlichste, beunruhigte mich zutiefst. Ich versuchte die Lage meiner Höhle im Weingutsgelände einzuordnen. Nach vorne endete sie am Steilhang, der Zugang verschüttet wohl durch einen Deckeneinsturz. Nach links, von mir aus nach Süden, lag der Schlossteich. Dessen Wasserfläche reichte bis vor die neckarseitige Mauer und war noch etwa zehn Meter vom Steilhang in Richtung Neckar entfernt. Nach Norden, wo ich mich momentan befand, endete die Wasserfläche auf einer Linie entlang der Front des Schlossgebäudes. Sein nördlicher Rand musste demnach zusammenfallen mit dem südlich gelegenen Rand der Höhle. Wie tief war der Teich an dieser Stelle und wie dick der Fels zwischen Wasser und Höhle? Und wie stabil war die trennende Wand noch, immerhin ist die Decke schon einmal eingestürzt? Wenn der Teich etwas tiefer gegraben worden wäre, hätte man die Höhle bestimmt angestochen. Der schwarze Schimmel konnte nichts Gutes bedeuten. Zumindest eine geringe Menge Wasser diffundierte durch den Fels und ernährte den Schimmelpilz. Vor einer Ausgrabung hier unten müsste der Teich zur Sicherheit abgelassen werden. Grob geschätzt enthielt er mehr als zehntausend Kubikmeter Wasser, zusätzlich eine Unmenge Schlamm, die sich bei einem Deckendurchbruch mit hohem Druck in die Höhle und danach in den Keller entleeren würden. Mein „Pompei" wäre zerstört und seine Schätze für die Menschheit verloren. Aber die Decke hatte bisher gehalten, warum sollte sie in nächster Zeit bersten? Vielleicht stammt das das Deckenwasser auch nur von einer kleinen Wasserader im Fels und meine Überlegungen erzeugten nur Hirngespinste, die mich unnötig beunruhigten. Meine Mutter hatte mir immer viel zu viel Phantasie bescheinigt.

Den zweiten Strahler platzierte ich so, dass er den schmalen Gang links ausleuchtete. Mein erstes Ziel war die Kalotte im Boden, hoffentlich die eines Neandertalers. Danach wollte ich das vermeintliche Knochenfeld dahinter genauer anschauen. Ganz langsam und vorsichtig ging ich in kurzen Schritten vorwärts. Nur nichts beschädigen, der zerstörte Oberschenkel ärgerte mich noch immer. Das Schädeldach lag da, wie ich es verlassen hatte. Etwas verstaubt und dunkelgrau gesprenkelt schien es auf mich zu warten. Millimeterweise begann ich mit Spatel und Pinsel aus Tante Lottes Fundus den umgebenden Boden abzutragen und seitlich so zu deponieren, dass ich den Originalzustand später einfach wieder herstellen konnte. Genauso wie ich es bei dem Skelett gestern gemacht hatte. Die Fachleute werden mich später für mein halbprofessionelles Vorgehen trotzdem steinigen, eine Grabung ohne Dokumentation der Fundlage im dreidimensionalen Raum, ohne Fotografien des Gegenstands, ohne was weiß ich alles. Aber ich brauchte mehr Sicherheit für meine Entscheidung, wie ich mit meinem Onkel verfahren sollte.

Aber war ich überhaupt ehrlich mir gegenüber? Ein neuer Gedanke nistete sich langsam ein und erschreckte mich. Ging es mir um Dieterich, das Weingut mit seiner Familie, meine Rache wegen der Ermordung meines Vaters? Oder ganz einfach um die wissenschaftliche Sensation? Ein kleiner Wissenschaftler findet das „steinzeitliche Pompei" mit vollständig erhaltenen Neandertalerskeletten, ein Triumph wie der Jahrhundertfund von „Lucy", einem fast vollständig erhaltenen Skelett eines Australopithecus afarensis durch Donald Johanson, der dadurch Weltruhm erlangte und sich hinterher an den fettesten Fleischtöpfen der Forschungsförderung laben durfte. Jeder Paläoanthropologe träumt von einem solchen Fund, der ihn direkt in die Ruhmeshalle seiner Zunft schießt. Für solche Triumphe kasteien sich Legionen von Ausgräbern in knochentrockenen, menschenfeindlichen Mondlandschaften, schürfen sich Knie und Hände an spitzen Steinen auf, verbrennen sich die Haut, leiden unter Sonnenstich und kämpfen mit allen möglichen tropischen Krankheiten. Aber erst nachdem sie einen Marathonlauf um Finanzierungen und Grabungsrechte ohne psychischen Schaden überstanden haben. Am Ende ihres Lebens sind sie stolz auf dreißig Fachveröffentlichungen in renommierten Zeitschriften und haben als High light ihres Lebens immerhin einen Backenzahn eines Homo erectus ausgegraben und mit zehn Kollegen zusammen bis ins letzte Detail beschrieben. Und ich schien offensichtlich einen ganzen Friedhof weitgehend erhaltener Urmenschen gefunden zu haben. Die Ausbeute von hundert Forscherleben in einer Höhle durch mich allein. War das die tatsächliche Motivation für meinen Alleingang? Kam Forscherehrgeiz vor Recht und Anstand, Ego vor Moral?

Ich musste mich sofort bremsen. Der Jagdmodus hatte mich vorwärts getrieben, ich erkannte mich nicht mehr wieder. Wo kam auf einmal dieser Ehrgeiz her. Bisher war ich zufrieden, ein immerhin größeres Teilchen eines Wissenschaftsmosaiks zu sein, ganz ohne neurotischen Karrieredrang. Laufen, Jenny, Beruf, alles war befriedigend gewesen, das Ganze noch mehr als die Summe der Einzelteile. Die Trennung von Jenny hatte mein Gleichgewicht zerstört, die Ermordung meines Vaters noch mehr. Brauchte ich jetzt eine Ersatzbefriedigung, nachdem auch das Laufen die Priorität verloren hatte? Kompensieren Karrieristen nur andere Defizite? War ich zu einem Karrieristen geworden, die ich bisher immer verachtet hatte? Wollte ich den Stress mit neidischen Kollegen überhaupt? Je kleiner die Szene, desto militanter und missgünstiger die Akteure. Seit Darwin hat sich nicht viel geändert. Ist nicht auch Donald Johanson letztlich daran gescheitert?

Erschrocken durch diese Erkenntnis reifte mein Entschluss: Ich wollte nur noch die Kalotte freilegen, einmal in Händen halten, kurz über die Knochen in der Tiefe des Ganges schauen und dann direkt zur Polizei gehen. Einen faulen Deal mit Dieterich wird es nicht geben. Ihn wegen der Skelette zu schonen kam nicht mehr in Frage, mit seinem Mordversuch an mir hatte er den Rubicon überschritten. Die Polizei würde sich Dieterich vorknöpfen und das Landesdenkmalamt verständigen. Das wird der folgenreichste Gang meines Lebens, darüber war ich mir im Klaren. Er würde Dieterich hinter Gitter bringen, das Weingut in größte wirtschaftliche Schwierigkeiten, Anne, Tante Lotte und Alexander gesellschaftlich in dieser Gegend erledigen und die Pläne von Schimmelbuschs vereiteln. Zumindest der letzte Punkt bereitete mir Genugtuung. Sollte ausgraben wer wollte, ich hatte meinen Teil getan. Spätestens in Leipzig, vielleicht auch schon bei der Zusammenarbeit mit Gabor würde mein Weltbild wieder geradegerückt.

Oder sollte ich doch stillhalten, möglichst sofort das Schloss für immer verlassen und auch Gabor dazu überreden, nichts zu unternehmen? Keine Rache, keine Strafe, keine Neandertaler? Nein, nie im Leben. Das war keine Option mehr. Ich hatte mich in der stickigen Höhlenluft, die das Atmen schwer macht wie in einem kleinen Holzfass und Schweiß aus den Poren treibt, beim Ausgraben eines Schädeldaches entschieden. Es war die schwerste Entscheidung meines bisherigen Lebens. Und sie kam spontan, nicht rechnergestützt mit Wahrscheinlichkeiten hinterlegt für jede Möglichkeit, kein verzweigter Entscheidungsbaum, kein wissenschaftlich anerkanntes Vorgehen. Es war eine Bauchentscheidung, in die vor allem moralische Aspekte einflossen. Ich fühlte mich erleichtert.

Das Schädeldach lag nach einer halben Stunde frei vor mir. Vorsichtig hob ich es auf, packte es in eine Zellophantüte und begutachtete es von allen Seiten. Der Befund war eindeutig. Es war praktisch eine Kopie des Stückes aus dem Schuhkarton. Eindeutig ein Neandertaler, die dicken Überaugenwülste, der langgestreckte, flache Schädel, … An der rechten Seite befand sich ein Daumennagel großes, stark gezacktes Loch. War das die Todesursache gewesen? Leider verstand ich zu wenig von Anthropologie, um eine Antwort geben zu können. Unter wenig Erde musste der Rest des Skeletts verborgen sein. Die Überreste von mindestens zwei unserer Eiszeitvettern waren hier verschüttet. Aber es würden nicht mehr meine Funde sein. Meine anfängliche Euphorie über „Pompei" war wie in Luft aufgelöst. Ich fühlte mich wie bei der Nachricht vom Tod meines Vaters. Auch hier und jetzt begriff ich, dass ich etwas Wertvolles unwiederbringlich verloren hatte. Aber dafür hatte ich meine Würde und meine Selbstachtung wiedergefunden, die ich im Begriff gewesen war zu opfern.

Die Uhr zeigte bereits 18.55. In einer halben Stunde wollte mich Gabor abholen. Zeit, noch weiter in den Gang zu leuchten. Neugierde lässt sich nicht per Knopfdruck abstellen. Die Kalotte steckte ich zur Sicherheit unter meine Jacke, um sie hinterher wieder an den Fundplatz zu legen. Im Schein des starken Strahlers bestätigte sich mein gestriger flüchtiger Blick. Auf den letzten Metern des Ganges, vorne in der Spitze, wohl kurz vor dem ursprünglichen Ausgang, lagen wild übereinander eine Unmenge höchstwahrscheinlich menschlicher Knochen. Ich konnte einige massige Wirbel erkennen, mehrere Langknochen, Rippen und schließlich, etwas vergraben unter Skelettteilen und im Halbschatten, zwei Schädel. Die waren eindeutig menschlich, großer Gesichtsschädel, vergleichsweise kleiner Hirnschädel, kleine Zähne im eben noch sichtbaren Oberkiefer, Überaugenwülste wie die beiden bisherigen Kalotten und alles viel größer als bei anderen Primaten, die ich in meinem früheren Wissenschaftlerleben genau studiert hatte. Wenn die Schädel menschlich waren, mussten es die anderen Knochen auch sein. Ich stand vor dem Schauplatz einer Steinzeitkatastrophe, die vielleicht eine ganze Horde ausgelöscht hatte, als sie in der Höhle Schutz vor einem Unwetter suchte. Ich versuchte mir vorzustellen, wie sie in Panik umherirrten, um den Felstrümmern von der Decke auszuweichen und zum Ausgang zu gelangen. Wie viele von ihnen mochten unter den Felsen liegen, wie viele langsam verhungert sein? Die Höhle war mein „Pompei".

Ich hatte genügend Abstand gehalten und wollte nichts berühren. Den Ruhm sollten in Gottes Namen andere ernten. Dann fiel mir der vorderste Knochen zufällig auf, eindeutig ein vollständiger Oberschenkel mit beiden Köpfen oben und unten. Er lag dunkelgrau und etwas verstaubt nur einen Meter von mir entfernt und sah anders aus als die übrigen auf dem Haufen. Er war länger und schmaler, insgesamt viel graziler als ich Oberschenkel von Neandertalern in Erinnerung hatte. Dieser kompakte Kraftprotz lief auf deutlich dickeren Beinknochen als sein in der Evolution siegreicher Vetter. Nebeneinander gelegt sind die Unterschiede deutlich zu erkennen, sogar von Nichtfachleuten wie mir. Auch weibliche Knochen waren so kompakt, im Schnitt nur kürzer. Meiner hier war deutlich länger als die anderen, also nicht weiblich. Sollte..? Schon wieder jagte ein Gedanke durch mein Hirn, der mich in Versuchung führte, alle Vorsätze von vorhin umgehend zu vergessen.

Eine der spannendsten Fragen der Fachwelt, der Paläoanthropologen, der Archäologen oder selbst der Kulturwissenschaftler, die letztendlich unser Selbstverständnis ins Mark trifft, könnte hier vielleicht beantwortet werden. Sind Neandertaler und Moderner Mensch, Homo sapiens und Homo neanderthalensis, jemals aufeinander getroffen, haben sie sich untereinander vermischt, tragen wir die Gene unseres Vetters mit uns, war der Moderne Mensch sogar an der Auslöschung des Eiszeitspezialisten beteiligt, hat er ihn gemeuchelt oder nur aufgrund seiner fortschrittlicheren Fähigkeiten verdrängt? Bis zur Stunde tappt die Wissenschaft im Dunkeln und ergeht sich in mehr oder weniger intelligenten Spekulationen. In Europa lebten beide Menschenformen mindestens 15.000 Jahre gemeinsam, bis der Neandertaler schließlich vor knapp 30.000 Jahren in Südspanien letztmals Spuren hinterließ und dann im Dunkel der Geschichte verschwand. Die winzige Population von Menschen in dieser Zeit, wohl nur wenige tausend im riesigen heutigen Europa, erzwingt nicht automatisch ein Zusammentreffen. Genetisch konnte unser Vetter in unserem Erbgut bisher nicht identifiziert werden, wenn es je zu Vermischungen gekommen ist, hat dies keine Spuren hinterlassen. Vielleicht waren die Produkte unfruchtbar wie die Kreuzungen von Esel und Pferd, die sich über unzählige Generationen aus einer gemeinsamen Art getrennt entwickelt und irgendwann die Artengrenze übersprungen hatten. Nur Angehörige der gleichen Art können sich gemeinsam fortpflanzen. Artefakte beider Menschenformen wurden zwar in Höhlen gemeinsam gefunden, aber bisher immer in unterschiedlichen Kulturschichten, Jahrtausende auseinander.

Sollten in meiner Höhle Knochen von beiden Menschenarten gefunden werden, die zusammen beim Deckeneinsturz erschlagen wurden, wäre eine erste Frage eindeutig beantwortet. Neandertaler und Moderner Mensch trafen zusammen, verbrachten gemeinsame Zeit in Höhlen und, so schätze ich die menschliche Natur ein, hatten Sex miteinander. Könnten meine Leipziger Kollegen das in diesen Knochen sogar nachweisen? Vielleicht war ein Opfer das Produkt einer Vermischung. Meine Phantasie lief schon wieder Amok. Mutter hatte doch so recht gehabt. Und der Grund für das Aussterben und die Rolle des modernen Menschen kann damit immer noch nicht geklärt werden. Unsere Art schien direkt nach der Einwanderung nach Europa, etwa vor 44.000 Jahren, intellektuell und kulturell explodiert zu sein. Die Höhlen der Schwäbischen Alb füllten sich mit geschnitzten Kunstwerken aus Mammutelfenbein, mit Skulpturen von Löwen, Bären, Wisenten, auch Schamanen, nackten Frauen, die wie ein Amulett um den Hals getragen wurden und nicht zuletzt mit den ersten Musikinstrumenten der Welt, Flöten aus Elfenbein oder Schwanenknochen. Dann folgten, hauptsächlich in Südfrankreich und Spanien, atemberaubende lebensgroße, teils dreidimensionale Abbildungen von Tieren und Menschen in Höhlen. Homo sapiens war zum Kulturträger geworden, während Homo neanderthalensis in der Entwicklung stehenblieb, nachdem er es allerdings über 250.000 Jahre durch alle Klimakatastrophen gebracht hatte. Dann war seine Zeit abgelaufen, er war nicht mit der Zeit gegangen. Seine Anpassungsfähigkeit an die neue Ära, an das neue Klima, an den intellektuellen Wettbewerb mit dem modernen Menschen war offensichtlich überstrapaziert. Der Spezialist musste letztendlich dem Generalisten weichen, ohne dass der Mittel des Völkermords benötigt hätte.

In vielen Höhlen gruben die Spezialisten Kulturartefakte aus, aber fast niemals deren Erzeuger. Meine Höhle war offensichtlich das Gegenteil, Skelettteile in großer Menge, dafür ohne sichtbare Kultur. An den Wänden war nichts zu entdecken. Vielleicht wären die Kollegen bei der systematischen Ausgrabung erfolgreicher. Meine Hand griff nach dem grazilen Oberschenkel und hielt ihn hoch. Er war leicht, sicher viel leichter als der eines Neandertalers und viel länger. Der Mensch musste fast meine Größe gehabt haben, fünfzehn oder zwanzig Zentimeter mehr als seine Vettern im Schnitt maßen. Ich war mir absolut sicher: ein Moderner Mensch war zusammen mit Neandertalern verunglückt. Eine der spannendsten Fragen meiner Zunft war beantwortet, ich hatte sie beantwortet. Eine wissenschaftliche Sensation. Mein Körper war von Endorphinen überflutet, ich spürte Runners High, ich war in einer Extremsituation. Ich war unverwundbar und unsterblich.

Die Stimme hinter mir klang brutal, hart und wurde vom Felsen scheppernd reflektiert. Ich wurde abrupt aus meinem Traum gerissen, ohne Chance, langsam wach zu werden und mich auf die neue Situation einzustellen. Meine Muskeln verkrampften sich unmittelbar, alle Überlebensmechanismen liefen gleichzeitig ab. Elektronenblitze rasten durch den ganzen Körper und ließen ihn Zittern, kalter Schweiß brach aus allen Poren. Ich war in Schockstarre und drehte mich halb betäubt und demoralisiert langsam um. Meine euphorische Situation hatte sich schlagartig in Luft aufgelöst und war nackter Panik gewichen.

„Warum bist du nicht in den Aufzug gestiegen, wir haben ihn extra für dich hergerichtet. Jetzt muss ich die Arbeit selber tun. Du bist clever, für uns aber nicht gut genug." Zwei Meter vor mir stand Dieterich, feierlich gekleidet im dunklen Dreireiher, mit dem er sicher kurz zuvor in der Kirche für die Seele der Menschen gebetet hatte. Er hielt eine kleine Pistole in der Hand, sie zeigte direkt auf meine Brust. Sein diffuses Schattenbild zuckte an der Höhlendecke. Ich war von meinem Fund derart abgelenkt gewesen, dass ich nicht einmal eine Mammutherde hätte kommen hören. Langsam richtete ich mich auf, den Oberschenkelknochen wie eine Keule in der Hand haltend. Steinzeitwaffe gegen Pistole, ein lächerlicher Kampf. Ein Hund hätte meine Angst gerochen, Dieterich konnte sie in meinem Gesicht und an meiner Körpersprache sehen. Ich zitterte, sicher waren Augen und Mund maximal aufgerissen, die Lippen bebten und die Haut zeigt schon jetzt die Leichenblässe, die nach dem Schuss zwangsläufig kommen würde. Er war allein und starrte mich mit einem entschlossenen Gesichtsausdruck an, der mir keine Zweifel an seinen Absichten ließ. Das Mammut saß in der Falle, die Jägerhorde stand triumphierend davor. Ich war verloren, das Spiel war aus. Meine Situation hatte ich unzählige Male im Kino gesehen, der Held chancenlos vor dem schussbereiten Täter, cool einen Ausweg suchend und schließlich im Zweikampf doch siegend. Ich war kein Held, kein John Wayne und kein James Bond, und Dieterich ein gewissenloser, intelligenter Killer, der wie schon sein Vater seinen Besitz retten wollte.

Meine einzige Chance war Gabor, wo bleibt er nur? Er müsste doch schon oben stehen, bei der hoffentlich offenen Kellertür stutzig werden und im Keller nachschauen. Wenn nur sein Vorstand plangemäß abgefahren war. Ich musste Zeit gewinnen und Dieterich in eine Diskussion verwickeln. Und mit Reden meine Panik übertünchen. Ich musste wieder in den Jagdmodus kommen und alle Sinnesorgane und jede Faser des Körpers auf den

Feind konzentrieren. Ich musste meine Panik ablegen und nur noch als Überlebensmaschine funktionieren. Wie kann man das steuern und wie lange hält eine Schockstarre vor?

„Wen willst du noch alles umbringen, um dein Weingut zu schützen? Erst meinen Vater, den Mann auf der anderen Höhlenseite, dann mich und wen sonst noch alles? Warum hast du meinen Vater so erbarmungslos verrecken lassen? Er war der Bruder deiner Frau, was hat er dir getan?" Meine Stimme kam mir fremd vor, viel zu hoch und hektisch. Dieterichs Antwort war von eiskalter Klarheit, genau so präsentierte er Weine oder gab seinen Mitarbeiter technische Anweisungen.

„Dein Vater war so neugierig wie du. Auch andauernd Fragen. Anstatt uns in einer prekären Situation zu helfen, ließ er sich von dem Geschwätz eines Peter beeinflussen und begann, den Keller zu untersuchen. Er ist allerdings nicht so weit gekommen wie du. Er schaffte es nicht in die Höhle, stand aber kurz davor. Ich lasse mir doch nicht mein Lebenswerk und das meines Vaters von Leuten wie euch zerstören, die keinerlei Verständnis aufbringen für unseren ununterbrochenen Kampf ums wirtschaftliche Überleben."

„Hast du Peter auch beseitigt und seinen Selbstmord inszeniert? Warum hast du ihn nicht einfach entlassen, welchen Sinn hatte sein Tod?" Ich atmete konzentriert und langsam ein und aus und versuchte mit dieser Technik meine Erregung zu dämpfen. Vor Wettkämpfen konnte ich damit meine Nervosität in den Griff bekommen. Langsam, viel zu langsam wurde ich ruhiger.

„Peter wusste zu viel vom Weingut, ich zu viel von ihm. Gegenseitige Abhängigkeit ist immer schlecht, sie macht erpressbar."

Ich versuchte weiter Zeit zu gewinnen. „Die junge Tote im Weinberg, das Hirnaneurysma, du hast Peter geschützt und ihm geholfen, aber dich gleichzeitig zum Mitwisser gemacht. Peter konnte nichts für ihren Tod, du und dein unseliger Hausarzt habt ihm aber Schuld eingeredet und ihn von euch abhängig gemacht. Ihr habt ihn erpresst und einen qualifizierten Mitarbeiter als billigen Arbeitssklaven halten können. War es so?"

Dieterich grinste mich überlegen und eiskalt an, die Pistole zielte immer noch auf meine Brust. Seine Hand war so ruhig, als wenn sie ein Weinglas hielt, das er gleich zum Mund führt. „Der Lustmolch war zwar verheiratet, ist aber jedem Rock nachgeschlichen. Ich habe ihn immer davor gewarnt, vor allem sollte er seine Finger von Mitarbeiterinnen lassen. Testosteron killt Hirn, das kennst du. Pech für Anja, wenn ihr kurz vor dem Orgasmus das Hirn vollläuft mit Blut. Peter war danach manipulierbar wie ein kleines Kind, er glaubte Doktor Bröker alles und war tief in unserer Schuld, weil wir ihn aus der Schusslinie nahmen. Auf jeden Fall hatte er keine Möglichkeit mehr zu kündigen. Als Arbeiter war er unbezahlbar, ich brauchte ihn vor allem für die Stützmauern in den Steillagen."

„Langsam kapiere ich. Peter konnte dich nicht verraten, weil er erpressbar war. Er versuchte, meinen Vater und danach mich als Vehikel zu benutzen, um die vielen Lügen im Schloss aufzudecken. Er wollte dich ans Messer liefern, ohne dass es auf ihn zurückfiel. Er wollte aus seiner Abhängigkeit von dir loskommen, ohne offiziell an deiner Entlarvung beteiligt zu sein. Und hat dich in eine Situation getrieben, zum Mörder an meinem Vater zu werden. Warum hast du ihn schließlich doch umgebracht und seinen Selbstmord inszeniert?"

„Schon wieder nur Fragen. Immerhin ist deine Analyse richtig. Du bist besser als dein Vater. Peters Leidensdruck war irgendwann so hoch, dass er nicht mehr nur im Suff zur Polizei gehen wollte, sondern auch nüchtern. Zum Glück redete er immer offen über seine Ziele. Ihn so zu provozieren, dass er sich handlungsunfähig trinkt, war einfach. Er war labil. Bei aller Intelligenz, die er hatte, wundere ich mich immer noch, wie einfältig er meinem Spiel geglaubt hat. Wenn man aber kein Vertrauen in deutsche Behörden hat, ergreift man verrückte Maßnahmen. Wie konnte er nur annehmen, mich indirekt ans Messer zu liefern ohne selber aufzufliegen."

Ich war inzwischen im Jagdmodus. Die lähmende Angst war purer Konzentration auf meinen Mörder und seine Waffe gewichen. Dieterich sollte weiter reden, ich brauchte mehr Zeit. „Und dann hast du ihn mit Schlaftabletten vollgestopft und in seinen Wagen geschafft. Ich durfte noch Ohrenzeuge eurer Schreierei werden und der Polizei ein plausibles Motiv liefern. Dieterich, ich verachte dich. Wessen Skelett liegt da drüben begraben, wen hast du noch umgebracht?"

„Wenn du so gut wärest, wie ich dich bisher eingeschätzt habe, hättest du den Schädelbruch erkannt. Mein Bruder ist, ebenfalls im Suff, die Kellertreppe hinuntergestürzt und hat sich tödliche Schädelverletzungen zugezogen."

„Dein Bruder? Der ist doch im Krieg gefallen."

„Quatsch, er hat nur seine Erkennungsmarke bei einem zerfetzten Soldaten liegen lassen. Bei seiner KZ-Vergangenheit war es besser für ihn, nicht in Deutschland zu bleiben. Er flüchtete wie so viele seiner KZ-Kumpels nach Südamerika. Weihnachten 1980 stand er plötzlich hier im Keller. Der verkrüppelte mittlere Zeh am linken Fuß und das gespaltene rechte Ohrläppchen ließen keinen Zweifel an seiner Echtheit. Ich habe ihn einige Tage hier unten versteckt gehalten, bis er an Silvester den Unfall hatte. Es war besser für alle Beteiligten, ihn heimlich in der Höhle zu beerdigen. Nicht einmal Lotte weiß davon. Du warst der erste, der seine Todesruhe gestört hat."

„Dieterich, ich glaube dir kein Wort. Die Anwesenheit deines Bruders hier wäre schlecht für das Image des Weinguts gewesen. Eine bekannte Nazi-Größe, ein sadistischer KZ-Schlächter hier auf dem Schloss. Es war für dich besser, ihn sterben zu lassen. Mit Alkohol kennst du dich ja aus. Auch ihn hast du umgebracht zum Wohle des Betriebes. Du bewegst dich in der Tradition deines Vaters. Dessen Beweggründe waren verständlich, du bist dagegen nur ein Killer. Und was ist mit Adolf, der so geheimnisvoll ertrunken ist, oder mit dem Autounfall des jungen Bankangestellten, die beide einige Geheimnisse des Schlosses kannten? Hast du die auch auf dem Gewissen?"

„Nein, hat er nicht. Aber frag doch seinen sodomitischen Sohn, der unbedingt den Betrieb übernehmen will und auch bei deinem Vater mittragen musste." Die sonore, raumfüllende Stimme kannte ich nur zu gut. Konrad von Schimmelbusch war dazugestoßen und stellte sich links neben Dieterich. Er wirkte genau so ruhig wie der, nur massiger und allein durch seine Körperlichkeit noch bedrohlicher. Wie abgebrüht muss man sein, um noch kurz vor einem tödlichen Schuss so ruhig zu wirken. Jagdmodus eben, die bedingungslose Bereitschaft zu töten. Meine Chancen waren jetzt noch geringer, auch wenn Gabor uns finden würde. Wo bleibt er nur? Hatte Alexander tatsächlich den alten Adolf ertränkt, Merkles Unfall herbeigeführt und meinen Vater ins Holzfass geschafft? Hatte ihm Dieterich die Nachfolge zugesagt, wenn er durch diese Taten die Existenz des Betriebes sicherte und sich damit qualifizierte? Der Sohn übernimmt die Schuld des Vaters, um ihn rein zu waschen. Damit hatte ich nicht gerechnet, Alexander war für mich integer gewesen. Voller persönlicher Probleme zwar, aber menschlich korrekt. War er wirklich zum Töten bereit, um sich seinem Vater zu beweisen? Von Schimmelbusch wandte sich an Dieterich.

„Einer meiner Glaubensbrüder ist seit fünf Minuten in Rafaels Klamotten und mit seinem Rucksack im Taxi auf dem Weg zum Bahnhof. Der Intercity nach Leipzig fährt in einer Stunde ab. Mein Mann wird sich auffällig verhalten und sicherstellen, dass sich der Taxifahrer und jeder Mitreisende an ihn erinnern. Leider kommt er nie an, der Rucksack wird in ein paar Tagen ausgeraubt neben den Gleisen gefunden. Ein bedauerliches Verbrechen an einem jungen, hoffnungsvollen Wissenschaftler, dessen Leiche nie gefunden wird. Leg ihn jetzt endlich um, ich ertrage sein Gequatsche nicht mehr."

Unwillkürlich spannten sich meine Muskeln. Die Mündung der Pistole war auf mein Herz gerichtet. Mündungsblitz und Knall kamen gleichzeitig, die Wände warfen ein mehrfaches schrilles Echo zurück. Ich fiel durch die Wucht des Geschosses nach hinten und zerstörte im Fallen einige der freiliegenden Knochen. Die Kugel war am massigen Schädeldach des Neandertalers in meiner Jackentasche abgelenkt worden und hatte mich seitlich an den Rippen nur gestreift. Ich blutete etwas, war aber fast unverletzt. Schmerz spürte ich keinen, ich stand wie unter Drogen. Die Kalotte hatte mein Leben für einige Sekunden verlängert. Dieterich würde nochmals schießen. Ich wartete auf den Fangschuss.

Das hysterische Schreien einer Frau gellte durch den Raum und kam ihm zuvor. „Nein! Mörder! Ihr gemeine Totschläger, was habt ihr getan?" Lottes Stimme überschlug sich, sie wiederholte diese Worte immer und immer wieder, völlig außer sich. „Ihr Mörder, ihr primitiven gottlosen Killer!" Aus den Augenwinkeln konnte ich sie gerade noch sehen. Sie stand neben der Kiste mit den Handgranaten und hielt einen rundlichen Gegenstand in der Hand, eine der Handgranaten. Ihre Haare hingen wild vor dem Gesicht, die perfekte Form von heute Morgen war zerflossen. Ihr ganzer Körper zitterte wie unter Stromstößen, das Gesicht war zur Fratze verkommen. War sie wahnsinnig geworden? Dieterich und von Schimmelbusch begannen langsam auf sie zuzugehen und hielten ihre Hände beschwichtigend in die Höhe. Beide schienen wenig verwundert und nahmen sie nicht ernst, wie ein lästiges Insekt, das man mit der Fliegenklatsche erledigt. Die Pistole konnte ich nicht mehr sehen, Dieterich musste sie in die Tasche gesteckt haben. „Rührt euch nicht, bleibt wo ihr seid." Ihre Stimme wurde noch schriller, bedrohlicher. Sie gingen langsam weiter, wie Jäger näherten sie sich von zwei Seiten. Ich erhob mich leise, den Oberschenkel immer noch in der Hand. Tante Lotte zog den Sicherungsstift der Handgranate, hielt den Bügel aber noch fest. „Bleibt, wo ihr seid. Ich meine es ernst!" Sie waren nur noch drei oder vier Meter von ihr entfernt. Und gingen langsam, jeden Schritt vorsichtig setzend, weiter auf sie zu.

„Nein!" Dieses Wort war noch hysterischer gebrüllt als alle zuvor. Dann ließ sie die Handgranate in die Kiste fallen und warf sich darüber. Mit beiden Händen krallte sie sich am Holz fest, niemand sollte sie wegreißen. Und dann schrie sie, offensichtlich völlig verrückt geworden, einige Worte, von denen ich nur eines verstehen konnte: „...Paradies....!"

Noch vier Sekunden bis zur Explosion. Und noch eine mehr, bis die ganze Kiste in die Luft ging. Danach würden die Granaten detonieren und endgültig alles in der Höhle atomisieren. Dieterich blieb wie versteinert stehen und starrte ungläubig auf seine Frau. Noch nie hatte sie etwas Schwerwiegendes selbständig und gegen seinen Willen getan. Von Schimmelbusch und ich reagierten sofort und rannten gleichzeitig zum Eingang. Unser Lebenswille funktionierte. In drei Sekunden könnte ich es bis in das Fass schaffen, ich war schnell. Zwei weitere bis in den Keller und dann zur Treppe. Von Schimmelbuschs Masse war mir im Weg, er ruderte wild mit den Händen und versuchte mich zu blockieren. Er schien zu wissen, dass er zu langsam zum Überleben war und wollte mich mit in den Tod reißen. Wie ein Rugbyspieler versuchte er, mich auf dem Weg zur Grundlinie zurückzuhalten. Ich hatte nur eine Chance und tat etwas, was ich noch nie getan hatte und hoffentlich nie mehr tun muss. Ich schlug mit aller Kraft zu, alle angestaute Aggressivität entlud sich in diesem Augenblick. Der Jahrtausende alte Oberschenkel traf seinen Schädel genau an der Schläfe und zersplitterte in zahllose Teile. Ein Stück Fossil geopfert für mein Leben. Von Schimmelbusch wankte nach links, fiel wie ein Stein auf die Knie und dann mit seinem vollen Gewicht in einige der spitzen Steine, die vom Boden aufragten. Ein letzter Schrei, Blut spritzte, mein Weg war frei.

Gott sei Dank, im Fass! Die erste Explosion klang dumpf und war leise. Lotte würde jetzt schon tot sein. Als ich gerade durch die Holztür des Fasses in den Kellerraum sprang, explodierten die Handgranaten in der Kiste. Ihre einzelnen Detonationen vereinigten sich zu einer einzigen gewaltigen Explosion, die ich aber nur hörte und noch nicht spürte. Das mächtige Holzfass und die Höhlenwand hielten der geballten Energie stand. Jetzt waren auch Dieterich und von Schimmelbusch zerrissen. Dann detonierten die Mörsergranaten. Die Wucht dieser Explosion degradierte die Handgranaten zu Silversterkrachern, sie durchbrach die Höhlendecke zum Teich, riss den verschütteten Höhleneingang wieder auf und erschütterte das Holzfass so stark, dass es vom Boden angehoben, ein Stück nach vorne geschoben wurde und dann im Kellergang verkeilt hängen blieb. Es wurde nur noch von wenigen Reifen zusammengehalten, die meisten waren aufgerissen und ragten wie Speere zur Seite, wo noch freier Platz war. Die wuchtigen Dauben ächzten wie ein waidwundes Tier. Die Detonation hatte den Arbeitsraum, durch den ich zur Treppe sprintete, bis ins Mark erschüttert, der Boden bebte, überall rieselte Staub von der Decke. Einige kleinere Tanks fielen sofort um und rollten durch den Raum, die größeren schwankten beträchtlich, blieben aber stehen. Die Decke hielt zum Glück stand. Ich wurde aus vollem Lauf zu Boden gerissen und gegen das Holzfass in der Mitte des Raumes geschleudert, das von Schimmelbusch bei seiner Weinprobe als Rednerpult gedient hatte. Eine Schmerzwelle lief durch den ganzen Körper. Meinen linken Arm konnte ich nicht mehr bewegen, das Schlüsselbein schien gebrochen, beide Oberschenkel waren extrem geprellt, vielleicht ebenfalls ein Bruch. Ich konnte nicht mehr laufen. Am stärksten schmerzten die Rippen auf der rechten Seite, Atmen war fast nicht mehr möglich. Von der Stirn tropfte Blut, auch mit dem Kopf musste ich kräftig aufgeschlagen sein. Ich hatte die Orientierung völlig verloren und nur noch den rechten Arm, um mich wegzuschleppen. Ohne Hilfe würde ich hier nicht herauskommen. Das elektrische Licht war verloschen, die Notbeleuchtung und etwas Tageslicht, das durch die Kellertür drang, schafften eine diffuse Helligkeit. Wo blieb Gabor, er müsste schon längst hier sein? Ich wollte um Hilfe schreien, nicht mal dazu war ich noch in der Lage. Meine Stimme versagte. Dafür sah ich, wie sich die Balken des Prunkfasses langsam in Bewegung setzten. Wenn das Fass kollabierte, würden mich die schweren Dauben endgültig zerschmettern. Und dann fand das Wasser vom Teich seinen Weg vorbei an seinen Trümmern und begann den Arbeitsraum zu füllen. Der wiedergeöffnete Höhleneingang reichte nicht aus, alles in einem tosenden Wasserfall über die Weinberge Richtung Neckar zu schicken. Würde ich zuerst ertrinken oder erschlagen werden? Die Pistolenkugel hatte ich dank eines Neandertalerschädels überlebt, sollte ich jetzt doch noch krepieren? Das Wasser stieg langsam und tauchte meinen Körper nach und nach unter.

Mit dieser Hilfe hatte ich nicht gerechnet. Auf einmal stand Alexander vor mir und schlug mir kräftig gegen die Wangen. Ich musste wie tot gelegen haben, den Körper schon weitgehend unter dem dreckigen Teichwasser. Ich öffnete die Augen, brachte aber nur ein leises Stöhnen zustande. Er griff unter meine Achseln und zog mich hoch. Meine knapp siebzig Kilogramm waren für diesen kräftigen Kerl kein Problem, er konnte mich mühelos Richtung Treppe tragen. Vor Schmerz wurde ich fast ohnmächtig. Egal wie er mich berührte, der Schmerz war überall. Vorsichtig legte er mich auf der Mitte der Treppe ab. Hier war ich vor dem Wasser und vor den Fassdauben sicher. „Du hast mir das Leben gerettet", flüsterte ich stöhnend, „aber warum hast du Adolf und Merkle umgebracht und bei meinem Vater mitgeholfen? Sie haben dir doch nichts getan, im Gegenteil." Warum fiel mir in einer derartigen Situation nichts Besseres ein als meinen Lebensretter in die Enge zu treiben. Zum richtigen Denken war ich nicht mehr fähig, aber warum spontan eine so törichte Frage, ich war in seiner Hand? Alexander schaute mich verwirrt an. „Woher weißt du das alles? Adolf wollte uns verraten, Merkle genauso. Ihn mit seinen Promille und überhöhter Geschwindigkeit von der engen Fahrbahn zu drängen, war ein Kinderspiel. Leider lebt er noch, wird aber nie mehr etwas gegen uns unternehmen. Ich habe es für das Weingut getan. Aber jetzt ist alles egal. Wer hat es dir erzählt? Und wo ist Papa? Was ist überhaupt passiert?"

„Ich weiß es von deinem Vater und von Schimmelbusch. Beide sind in der Höhle hinter dem Fass so zerfetzt worden wie dein Onkel angeblich auf dem Rückzug von Polen, ihre Einzelteile liegen jetzt wahrscheinlich im Neckar, zusammen mit denen deiner Mutter." Mit einem Satz hatte ich Alexanders Welt vernichtet. War auch ich wahnsinnig geworden, in meiner jämmerlichen Situation alle Aggression so bei ihm abzuladen, ich war doch völlig abhängig von ihm? Er starrte mir mit toten Augen mitten ins Gesicht, sein Gehirn versuchte zu verarbeiten, was es in den letzten Sekunden an Katastrophenmeldungen hatte aufnehmen müssen. Garantiert sah er mich nicht wirklich, er schien aber eine Entscheidung getroffen zu haben. Ich beobachtete, wie er einen schweren Schraubenschlüssel aus seiner Arbeitshose zog. Sofort erfasste mich Panik, ich ahnte, was er vorhatte. Gleichzeitig hörte ich ein Auto mit rasender Geschwindigkeit in den Hof fahren und mit quietschenden Reifen am Kellereingang halten, eine Tür wurde mit Schwung aufgerissen.

Alexander hielt mir das Stück Eisen an die Stirne. „Du bist der einzige, der meinen Vater und mich belasten kann. Ich lasse nicht zu, dass sein Andenken beschädigt wird. Ich hätte dich nicht retten dürfen." Er holte langsam weit aus und war im Begriff, mir den Schädel einzuschlagen. Ich war zu schwach für irgendeine Reaktion, nicht einmal zu schreien gelang mir. Ich hatte die Pistolenkugel überlebt, die Explosionen und war dem Wasser entkommen. Aller guten Dinge sind drei, mein Kredit war aufgebraucht. Genauso aufgebraucht wie mein Lebenswille und alle meine Emotionen. Ich schaute dem Schlüssel unbeteiligt zu, wie er einen Bogen nach oben beschrieb, um vom höchsten Punkt mit aller Kraft eines Dreißigjährigen nach unten gerammt zu werden, bis mein Schädeldach seinen Weg stoppte. Der Knochen würde durchschlagen und Metall und Knochenteile ins Hirn eindringen und zur sofortigen Ohnmacht führen, die nie mehr endete. Ich schloss die Augen und wartete auf den Aufprall.

Der Schlag kam nicht. Dafür hörte ich wieder einen Schrei, der sogar meine nahende Ohnmacht durchdrang. Der tiefe Schrei eines rasenden Mannes, der in den Kampf gezwungen war und voller blinder Wut. Fast gleichzeitig sah ich einen harten Gegenstand im Gesicht von Alexander aufschlagen. Gabor war endlich gekommen und hatte am Treppeneingang die Situation blitzschnell überschaut. Mit seinem Handy als Wurfgeschoss gelang es Alexander für einige Momente abzulenken, bis er die Treppenstufen hinuntergerannt war. Alexander ließ vor Überraschung und Schmerz sein Mordwerkzeug fallen und sah eine Furie auf sich zugerannt kommen, gegen die er nie den Hauch einer Chance hatte. Er drehte sich blitzschnell um und sprang die Stufen hinab in den Keller. Gabor würde sich zuerst um mich kümmern und ihn laufen lassen.

Gerade als er durch das schlammige Wasser zum gegenüberliegenden Kellergang watete, kollabierte das Fass. Uralte Eichenstämme ergaben sich der Wucht der Wassermassen, die von der Höhle her drückten, Jahrhunderte alte Verbindungen rissen. Es schien, als würden alle Spannungen im Holz, die die alten Küfer erzeugt hatten, mit einem Schlag in einer gigantischen Eruption gelöst. Einige der vermeintlich unzerstörbaren Balken splitterten wie Streichhölzer und schrammten an der Kellerwand entlang. Wie Geschosse jagten tonnenschwere Dauben und Stirnbretter auf Alexander zu. Am schnellsten flog das Kreuz durch den Raum. Es traf ihn wie ein Rammbock in Bauchhöhe. Er brach zusammen wie vorhin von Schimmelbusch und blieb in der Mitte des Raumes liegen, nahe der Stelle, wo er mich erst vor wenigen Minuten halbtot gefunden und herausgeholt hatte. Sekundenbruchteile später fielen mit unbeschreiblichem Lärm die Dauben und Bretter auf ihn, über ihn und wälzten seinen Körper und alle Tanks und Fässer oder was sich sonst noch in den Weg stellte, zum östlichen Ende des Kellers, wo sich an der massiven Felswand ihre zerstörerische Wucht langsam brach. Dem Holz folgten der Schlamm und die Wassermassen des Schlossteichs, sie kletterten die Kellertreppe fast bis zu uns hoch und verteilten sich schließlich in dem unendlichen Labyrinth der Kellergänge. Dann war es ruhig. Die gespenstische Ruhe nach einem Inferno, das Tod und Zerstörung gebracht hatte. Die Ruhe nach dem Sturm.

Gabor trug mich vorsichtig nach oben und legte mich hinter seinem Auto in die stabile Seitenlage. Entsetzt schaute er auf die jämmerliche Kreatur, die verdreckt, durchnässt und blutend vor ihm lag. Er merkte, dass ich ihm etwas sagen wollte und drehte sein Ohr direkt vor meinen Mund. Mit dem Kopf nickend holte er die Kalotte des Neandertalers aus der Jacke und wand den Stumpf des Oberschenkels aus meiner verkrampften Hand. Ich hatte ihn die ganze Zeit wie ein unersetzliches Erbstück, für den man sich lieber die Hand abhacken lässt als ihn herzugeben, festgehalten. Er würde beide Stücke nach Leipzig schicken zu meinem zukünftigen Chef. Und der Polizei sofort von meinem Doppelgänger erzählen, die den Rechner garantiert unbeschädigt zurückbringt. Von Weitem hörte ich Martinshörner, die schnell näherkamen. Dann wurde ich endlich ohnmächtig.

14. Kapitel: Viertes Interglazial

Erst als ich nach dem letzten Satz meine Augen wieder öffnete, nahm ich das Krankenzimmer und meine stille Zuhörerin wieder wahr. Ich hatte alles um mich herum verdrängt. Die Kerze auf dem Nachttisch war halb abgebrannt und die einzige Lichtquelle im sonst dunklen Raum. Sie verbreitete ein rötlich flackerndes, schwaches Licht und warf ein Schattenbild an die Wand, das mich sofort wieder an die Situation mit Dieterich in der Höhle erinnerte. Ich konnte das Bild, das sich in meinem Kopf einnisten wollte, direkt wegdrücken, ein gutes Zeichen. Frau Berger saß wieder im Schneidersitz auf ihrem Stuhl, aufrecht wie wenn sie ein Lineal verschluckt hätte. Ihre rechte Hand hielt meine Linke fest wie eine Mutter die ihres Kindes auf dem Weg in den Kindergarten. Ich hatte es nicht bemerkt, erst jetzt fühlte ich, wie sich eine angenehme Wärme in meinem Körper ausbreitete. Sie tat mir gut. „Ich hatte Dienst, als Sie mit dem Krankenwagen gebracht wurden. Gehirnerschütterung, komplizierter Schlüsselbeinbruch, drei Rippen angebrochen, die innere Organe zum Glück nur quetschen, aber nicht einrissen. Dazu Prellungen an den Oberschenkeln, die bei jedem Nichtsportler zu Knochenbrüchen geführt hätten. Es geht nichts über eine starke Muskulatur. Insgesamt ernste Verletzungen, aber nicht lebensgefährlich. Sie waren bei uns in besten Händen, Schlüsselbeine sind unsere Spezialität, und der Rest war Routine." Wieder faszinierte mich ihre Ausstrahlung, die aus einer inneren Ruhe und Ausgeglichenheit kam. Ich beneidete sie darum.

„Physisch sind Sie fast wieder auf dem Damm und werden bald auch mit Laufen beginnen können. Erschrecken Sie aber nicht, Ihre Muskeln sind in den letzten drei Wochen geschmolzen wie Schnee in der Sonne. Es ist schon spät. Ich lasse Sie jetzt allein, schlafen Sie gut. Darf ich vor Ihrer Entlassung morgen

Nachmittag nochmals vorbeikommen, mein Dienst endet um 14 Uhr? Eine Bitte noch: Sie sind mir inzwischen so vertraut dass ich die deutsche Förmlichkeit von Nachnamen gerne durch unsere viel persönlicheren Vornamen ersetzen möchte. Wir unterhalten uns doch schon lange nicht mehr wie Arzt und Patient. Ich bin hoffentlich nicht anmaßend. Nennen Sie mich bitte Sandrine. Gute Nacht." Sie stand auf, küsste mich zum Abschied flüchtig auf die Stirn und war ohne auf eine Antwort zu warten schon zur Tür hinaus.

Ihr Name gefiel mir, er klang französisch. Sie könnte tatsächlich Französin sein, das würde ihren leichten Dialekt erklären, den ich immer noch nicht einordnen konnte. Morgen wollte mich Doktor Stemich nach der Abschlussuntersuchung entlassen, nach meinem eigenen Empfinden eine Woche zu spät. Ich fühlte mich wieder fit und Gabor wartete auf mich. Ein Taxi würde mich und die vielen Kartons Genesungswein von seinen Freunden, die inzwischen auch meine waren, in seine Einliegerwohnung bringen. Er war wieder in England und hatte mir den Schlüssel bereits gegeben. Sandrine wird mir fehlen, dieses zerbrechliche Wesen, das so beschützenswert aussieht und doch über riesige psychische Kräfte verfügt, mit denen sie anderen so freigiebig unter die Arme greift. Ich hatte noch nie einen so in sich ruhenden Menschen getroffen. Genauso wenig hatte ich aber bisher Menschen kennengelernt, die immer nur geben konnten. Existierte jemand, der ihr Kraft gab? Lud sie ihre Batterie nur durch Meditation auf? Kaum vorstellbar. Ich wusste praktisch nichts von ihr.

Sandrine kam kurz vor zwei. Ich war gerade dabei, meine wenigen Dinge einzupacken und schon für die Freiheit umgezogen. Statt der Krankenhauskluft trug ich Jeans und ein blaues Hemd, das mir Gabor geliehen hatte, eine Farbe, die mein Gesicht noch käsiger wirken ließ. Sie erschien dieses Mal in weißer Dienstkleidung, ungeschminkt, ihre Haare mit Klammern gestrafft und eng am Kopf anliegend. Ihre Augen blitzten wie immer und registrierten alles in ihrem Blickfeld. Die Frau war wieder der Ärztin gewichen, ich in den Studentenstatus zurückgefallen. Sie schaute etwas müde auf meinen großen Rucksack, den mir die Polizei einige Tage nach dem Armaggedon wieder gebracht hatte. Mein „Doppelgänger" war noch im Stuttgarter Hauptbahnhof festgenommen worden, als er gerade den Intercity besteigen wollte. Sie begrüßte mich tatsächlich mit meinem Vornamen, das „Du" war keine spontane Laune gewesen, die sie inzwischen bereute. Zum ersten Mal saßen wir uns am kleinen Esstisch gegenüber und schauten uns direkt ins Gesicht. Unsere Verlegenheit war mit Händen greifbar, beide spürten wir ein Bedürfnis, etwas Persönliches zu sagen. Beide hatten wir Angst, etwas Falsches zu sagen. Wir wählten den Ausweg auf neutrales Gelände, die Fortsetzung unserer Unterhaltung über Menschen und Dinge ganz allgemein. Wieder übernahm sie die Initiative, wieder versuchte sie, den Ernst aus dem Gespräch zu nehmen. „Wirst du in Zukunft am siebten Mai Geburtstag feiern? Wenn du wie eine Katze sieben Leben hast, sind drei jetzt schon verbraucht. Pass ab sofort besser auf dich auf. Ich freue mich, dass deine Verletzungen ohne bleibenden Schaden verheilt sind. Wie fühlst du dich?"

„Du hast mir in den letzten Tagen als begnadete Zuhörerin und verständnisvolle Gesprächspartnerin sehr geholfen. Es geht nichts über eine gute Gesprächstherapie. Ich fühle mich gut. Meine mögliche posttraumatische Belastungsstörung habe ich bei dir weggeredet, wie ich sonst muskuläre Unpässlichkeiten weglaufe."

„Drei Viertel der Menschen mit vergleichbaren Erlebnissen wären ein Fall für den Psychiater. Wieso verarbeitest du das so gut? Es kann nicht nur an unserer Unterhaltung liegen."

„Ich glaube, dass ich schon immer psychisch widerstandsfähig war und eine strapazierfähige Seele besitze. Sonst wäre ich bereits an der Trennung von Jenny, dem Tod meiner Zwillinge und meines Vaters verrückt geworden. Manchmal frage ich mich vielmehr, ob ich nicht eher zu unsensibel bin und Freude und Leid gleichermaßen nicht richtig auskosten kann. Mein Pendel hält immer halbwegs die Mittellage und schlägt nie zu weit aus. Ich fühle mich meist nahe am aristotelischen Mittelweg. Meine Kollegen aus der Psychologie an der Universität erklärten mir frühkindliche Erfahrungen als besonders prägend. Als Schutzfaktoren nennen sie zuverlässiges Erleben von Liebe, Zuneigung und Vertrauen, stabile Beziehungen zu Eltern und Geschwistern, eine gute Ausbildung und definierte Lebensziele. Dies führt nach ihren Aussagen in den weiteren Jahren zu einer gesunden Mischung aus Selbstvertrauen, praktischer Intelligenz und der Fähigkeit, Probleme zu lösen. Ich glaube, dass diese Aspekte bei mir zutreffen und ich als lebendes Beispiel für ihr Weltbild dienen kann. Ich hatte immer ein hervorragendes Verhältnis zu meinen Eltern und meiner Schwester, die ich allerdings in den letzten Jahren aus den Augen verloren habe. Mein Vater war lange Jahre Mentor und Vorbild, später sogar ein Freund."

„Du beschreibst aber nur Schutzfaktoren, die sich erwerben lassen. Daneben gibt es noch angeborene, die Genetik und Neurophysiologie untersuchen." Ihre Müdigkeit war wie weggeblasen. Sie hatte bei dem Thema Blut geleckt und schien froh, dass wir den Abschied hinausschieben konnten. „Eine wichtige Rolle scheint die Produktion des Botenstoffes Serotonin zu sein. Du kennst es als Glückshormon und produzierst es beim Laufen. Je mehr zwischen den Zellen im Hirn hin und her transportiert wird, desto besser fühlst du dich, desto belastbarer bist du. Unsere Gene sind für die Basiskonzentration zuständig, je mehr sie in die Produktion geben, desto stabiler scheint der Mensch. Verzweifelte, Untröstliche sind meist genetisch mit weniger Serotonintransportern ausgestattet. Persönlichkeitsmerkmale konnte man hier erstmals im Erbgut des Menschen dingfest machen. Wir wissen inzwischen, dass sich die erworbenen und vererbten Stabilitätsfaktoren gegenseitig verstärken können. Neurophysiologisch bedeutet das, dass die Formung deines Gehirns, sieh es als knetbare, unvernetzte Masse von Milliarden Nervenzellen, die alle miteinander in Verbindung treten wollen, dass dieses Gehirn also Beziehungen zu anderen Menschen benötigt, zu deren Gesten und Ritualen. Das strukturiert dein Gehirn. Ich freue mich für dich, dass du eine so tolle Ausstattung mitbekommen hast."

„Ich gehe trotzdem davon aus, dass Spuren meiner Verletzungen bleiben werden. Alles, was auf mich einwirkt, wird im Gehirn eingegraben. Mancher Albtraum wird noch kommen und mich an die Tage im Mai erinnern. Und meine Arbeit im Labor ab Januar wird mir sicher vergleichsweise langweilig vorkommen. Lass uns nicht nur über mich als Opfer reden, interessanter sind doch die Täter und deren Motive. Was hat bei Alexander nicht funktioniert, dass er zum Mörder geworden ist? Oder bei Dieterich, ihn sah ich in den langen Nächten im Krankenhaus oft als das fleischgewordene Böse."

Sandrine senkte den Kopf und schloss die Augen. Sie musste nachdenken. Ich legte meine Hände auf ihre und ermunterte sie mit Blicken zum Reden. Sie zog sie nicht zurück. Dann schüttelte sie den Kopf, sie hatte keine fertige Antwort parat. „Warum wird ein Mensch zum Verbrecher? Ich glaube, die klassische Medizin kann hier nicht weiterhelfen. Eher Psychologen, Sozialwissenschaftler, vielleicht Juristen oder seit einigen Jahren Neurowissenschaftler. Sie nähern sich dem Begriff des Bösen aus ihrem jeweiligen Blickwinkel. Ach ja, ich vergaß die Theologie, die viel dazu zu sagen hat. Im „Vater unser" wird schon um die Erlösung von dem Bösen gebeten. Ein Ansatz von Neurowissenschaftlern ist für mich als Medizinerin faszinierend, für Juristen und die Rechtsprechung eine Provokation. Sie spinnen den

Ansatz über die Prägung der Gehirnstrukturen durch äußere Einflüsse, den wir im Zusammenhang mit deiner Stabilität angesprochen haben, konsequent weiter. Das formbare Hirn ist, was es erfahren hat und steuert uns entsprechend. Demnach sind wir sein Objekt und besitzen keinen freien Willen. Wer keinen freien Willen besitzt und ein Verbrechen begeht, ist nicht kriminell, sondern krank. Er gehört nicht ins Gefängnis, sondern therapiert."

„Wenn wir dem Ansatz folgen, müssen wir unsere Rechtsprechung völlig verändern. Herr Richter, es ist mir vom Schicksal vorbestimmt gewesen, zu stehlen."

Sandrine lachte. „Ja, genau wie die fünf Jahre Haft, die Sie dafür bekommen. Wenn dir das zu radikal ist, liefere doch die evolutionäre Antwort auf unsere Frage. Welchen evolutionären Vorteil hat das Böse?" Jetzt schaute sie mich herausfordernd an. Ihre Hände spielten mit meinen.

„Respektiere bitte, dass ich nach drei Wochen Medikation durch euch drogengeschädigt bin und noch nicht so schnell denken kann. Wie im richtigen Leben und in allen Disziplinen liefern meine Kollegen in dieser Frage keine eindeutige, zweifelsfreie Antwort. Ich will dir die beiden Pole beschreiben. Linksaußen sagt, der Mord steckt in uns, die Natur des Menschen sei gewalttätig und wir alle, auch du, die Nachkommen einer langen Linie von Gewalttätern. Morde sind eine Folge von evolutionär entstandenen Anlagen. Menschen morden, weil Mord dem Täter einen Reproduktionsvorteil verschafft."

„Warum enden Discobesuche dann nie in einem Blutbad? Das ist doch der dampfende Kriegsschauplatz von Menschen beiderlei Geschlechts im fortpflanzungsfähigen Alter. Dort findet der Kampf um den Bettpartner statt."

„Mord ist selbstverständlich die ultima ratio, hochriskant und nur sinnvoll, wenn der Nutzen groß und der Mord dadurch ökonomisch ist. Dieterich hat gemordet, weil Aufwand und Nutzen für ihn in einem positiven Verhältnis stand, genauso sein Vater. Das Risiko meinte er intelligent ausgeschaltet zu haben. Er wollte seinen Besitz schützen, um seinen Status zu erhalten. Status und Besitz machen ihn für die Weiblichkeit attraktiver und verbessern seine Fortpflanzungsmöglichkeiten. Männer ohne Ressourcen sind für Frauen wie Falschgeld."

„Ich glaube bei älteren Herren mehr an Ersatzhandlungen. Porsche oder Penthaus sind dann nicht mehr Mittel zur Eroberung, sondern Ersatzbefriedigung." Sandrine zeigte mit dieser Spitze, dass sie nicht viel von meiner Argumentation hielt.

„Sei nicht so voreilig mit deinen Gehässigkeiten. Bei Alexander galt dasselbe. Er mordete, weil er Status erringen wollte als Betriebsleiter, fähig den elterlichen Betrieb zu übernehmen. Ein Homosexueller, ich greife deiner Sprachgewalt vor, tut sich mit der Reproduktion schwer. Hier musst du die Situation im übertragenen Sinne verstehen. Sexualpartner gilt zunächst mal geschlechtsunabhängig."

„Ich habe gelesen, dass neunzig Prozent der Mörder männlich sind. Das unterstützt diese These, wirft aber ein schlechtes Licht auf die Männlichkeit. Oder haben Frauen jemals eine Bande gebildet, um einen anderen Stamm zu überfallen und die fruchtbaren Männer zu rauben?"

„Die fehlenden 15 Prozent Muskelmasse im Vergleich zu uns Männern würden diese Aktionen ziemlich erschweren. Es kommt auch recht selten vor, dass Frauen Männer vergewaltigen und damit über sie Macht ausüben. Wenn ihr noch mehr ins Fitness-Studio geht, kann sich die Situation ändern."

„Du hast bisher nur Linksaußen erläutert. Wie argumentiert denn der rechte Flügel?"

„Umgekehrt. Ich glaube, du bist auf dieser rechten Seite genau wie ich besser zuhause. Die wird von einer ungewöhnlichen Allianz aus Rechtsphilosophen, Primatenforschern und nicht zuletzt Neurowissenschaftlern besetzt. Interdisziplinär glauben sie, die Wurzeln der Moral gefunden zu haben. Sinngemäß sagen sie, der Mensch kommt mit einem moralischen Kompass auf die Welt, einem angeborenen Sinn für Gut und Böse. Der Mensch hat einen Moralinstinkt entwickelt, eine Eigenschaft, die in jedem Kind wächst."

„Und wie kommen dann Mord und Totschlag in die Welt. Du widersprichst dich."

„Natürlich nicht. Wissenschaft ist widerspruchsfrei. Es kommt auf die Rahmenbedingungen an. Es gibt viele psychologische Mechanismen und Umwelteinflüsse, die den Moralsinn überlagern. Manche Wissenschaftler sehen diesen Moralsinn sogar als sechsten Sinn des Menschen, den der Sittlichkeit, der leider in der Realität des Lebens immer wieder untergraben wird."

„Der Mensch ist also von Natur aus gut, nur die Verhältnisse machen ihn schlecht? Hatten wir das nicht schon einmal bei Karl Marx? Sein Theorie ist doch in der Praxis grandios gescheitert."

„Liebe Sandrine, ich will mit dir jetzt nicht politisch diskutieren. Als alter Primatenforscher kann ich dir aber verraten, dass meine Schimpansen und Bonobos, deine nächsten Verwandten, ausgeprägte Empathie besitzen und sogar bei ihnen der bekannte Satz gilt: „Was du nicht willst, das man dir tu, das füg auch keinem anderen zu." Warum hätte eine Schimpansin ein kleines Menschenkind, das in das Affengehege gefallen war, aufnehmen und beschützen sollen, bis die Wärter eingreifen konnten. Oder warum rettet ein Schimpanse einen verunglückten Vogel und wirft ihn vom höchsten Punkt des Geheges in die Luft, damit er wieder fortfliegen kann? Das ist Moral in ihren Genen und nichts kulturell Erworbenes."

„Schade. Eine politische Diskussion hätte jetzt richtig Spannung bringen können. Sag mir dann, wie sich aus der schlichten Moral einer Affenhorde die ausgefeilte Menschenmoral entwickelt hat."

„Die Frage kann ich am besten mit dem Bild der russischen Steckpuppe beantworten, der Matrjoschka. Deren Inneres, die Empathie, bleibt immer gleich, Affen und Menschen besitzen dieselbe Basis. Jede weitere Hülle, die im Laufe der Evolution dazugekommen ist, befähigte den Menschen ein Stückchen mehr, sich in sein Gegenüber hineinzuversetzen und erfolgreich in der Gruppe zu leben. Vergiss nicht, dass der Mensch 99 Prozent seiner Entwicklung in Horden von weniger als hundert Individuen zugebracht hat. Er allein war nichts im Überlebenskampf, die Horde war alles. Marx lässt grüßen, Kommunismus als Formel für die Jäger und Sammler."

„Nochmals, wie kommt dann das Böse in die Welt? Warum wurden Dieterich und Alexander zu Mördern und von Schimmelbusch immerhin zu einem Anstifter? Dass du nicht ihr Opfer wurdest, grenzt für mich immer noch an ein Wunder."

„Das Böse ist gemessen an der Zahl der Erdbevölkerung vergleichsweise klein. Die überwiegende Anzahl der Menschen ist nicht böse. Leider muss ich zugeben, dass der angeborene Moralinstinkt überwindbar ist. Wie die psychische Stabilität scheint er, genetisch bedingt, bei den Menschen unterschiedlich stark ausgeprägt zu sein. Die Moral wird unter Druck gesetzt durch unseren Egoismus, durch unseren Drang nach Status und materiellen Dingen, durch unsere Umwelt. Wenn er dann in eine besondere Situation kommt, kann er böse werden. Dieterich wollte sein Weingut verteidigen, Alexander Status erringen. Den Kampf hat die Moral verloren. Am Ende gab es nur Verlierer."

Sandrines Augen zeigten auf einmal eine tiefe Trauer. Ihre Lippen waren nur noch ein Strich, sie schien sich fest auf die Zähne zu beißen. „Über einen Verlierer haben wir noch gar nicht geredet. Der muss weiterleben, hat aber alles verloren, was zuvor für ihn von Wert war. Die gesamte Familie ist ausgelöscht, ihr Besitz steckte in der Wohnung, die wie das ganze Schlossgebäude nicht mehr betreten werden darf. Für Anne tut es mir ganz besonders leid. Meine beste Freundin mussten wir vor zwei Wochen nach einem schweren Nervenzusammenbruch in die Psychiatrische Landesanstalt Weinsberg einweisen. Sie hat in ihrer alles verdrängenden Art noch ein paar Tage durchgehalten, danach waren Gabor und ich nicht mehr in der Lage, sie aufzufangen. Wir fanden sie in Gabors Einliegerwohnung, wo sie untergebracht war, schreiend am Boden, das Gesicht so entstellt, dass ich sie kaum wiedererkannt habe. Sie ist sehr schwer psychisch erkrankt. Ich bin aber zuversichtlich, dass sie wieder in die Gänge kommt, nur wird es sehr lange dauern. Du verstehst jetzt auch, warum sie dich nicht besuchen kam."

Sandrine hatte recht. Anne war nie zu Besuch, dafür alle Kellermeister, die ich durch Gabor kennengelernt hatte und selbstverständlich Gabor als Stammgast. Annes Fehlen war mir gar nicht bewusst geworden. Was Sandrine aber eben eher beiläufig geäußert hatte, warf mich um. „Sandrine, was du eben gesagt hast, darf doch nicht wahr sein." Ich löste meine Hände von ihren, verschränkte sie vor meiner Brust und musste mir kämpfen, Ruhe zu bewahren. Ich war verwirrt, durcheinander und wurde mit jeder Sekunde, die ich nachdachte, ärgerlicher. Ich fühlte mich betrogen. Mit einem Schlag war meine Stimmung gekippt. Sie spürte sofort, was in mir vor ging, meine Körpersprache war eindeutig. „Du bist die Freundin von Anne? Du bist Sandy, die mit ihr in Sankt Blasien zur Schule ging? Mit der sie sich später bei jeder Gelegenheit getroffen hat und die ihr wie Schwestern seid? Klar, Sandrine kürzt man mit Sandy ab. Dir habe ich die intimsten Dinge über mich und Anne erzählt und du verrätst mir nicht, wer du wirklich bist. Du lässt mich erzählen und weißt doch schon alles. Sandrine, ich fühle mich furchtbar getäuscht von dir. Und ich ärgere mich über meine Blödheit, den Zusammenhang nicht früher schon kapiert zu haben. Ich bin wütend auf mich wegen meiner eigenen Dummheit und auf dich wegen des bodenlosen Vertrauensbruches."

„Das letzte, was ich wollte, war, dich zu täuschen oder sogar zu enttäuschen. Ich habe nie den richtigen Zeitpunkt erwischt, dir alles zu erzählen. Wir waren immer tief in unserer Unterhaltung vertieft. Ich habe es gut gemeint." Auch sie hatte sich in ihren Stuhl zurückgezogen, die Arme vor der Brust verschränkt. Sie wirkte jetzt noch zierlicher und verletzlicher, ihre Stimme war mit jedem Satz leiser geworden.

„Sei jetzt ausnahmsweise ehrlich. Warst du dabei, als ich nach der Weinprobe auf der Toilette eingeschlafen bin und Anne und Gabor mich ins Bett brachten? Lüg mich bitte nicht an."

Ihre sonst so kräftige Stimme war jetzt ohne Betonung. „Ja, Anne wollte uns beide bekannt machen. Dein Kreislauf war ziemlich schwach, ich musste dir eine Spritze geben und ihn stabilisieren und habe versucht, dir zu helfen, dass es dir am anderen Tag wieder gut ging."

„Geholfen, was heißt das? Meinen Magen ausgepumpt, ohne dass ich etwas gemerkt habe? Es wird immer schlimmer."

„Nein, ein Spatel in den Rachen reicht. Ich wollte dir doch nur helfen. Der Alkohol musste raus."

„Meine Blamage wird mit jedem Satz von dir unerträglicher. Du hältst mich über das Waschbecken, damit es mir am anderen Tag besser geht und verpasst mir noch heimlich eine Kreislaufspritze. Und keiner erzählt mir etwas davon. Bin ich denn ein unmündiges kleines Kind mit dem man alles machen darf?" Ich war inzwischen aufgestanden und schaute zum Fenster hinaus auf den Park. Es war ein Blick ins Leere, wie ein Blick auf eine nackte weiße Wand.

„Ich gehe jetzt besser." Es war kaum zu verstehen. Ich antwortete nicht mehr. Dann hörte ich, wie die Türe leise ins Schloss fiel.

Ich war wohl eine halbe Stunde in dieser Selbstmitleidsstellung verharrt, als sie geräuschvoll aufging. Schwester Stefanie enterte das Krankenzimmer schwungvoll wie der Freibeuter ein Schiff. Sie war erregt und hatte mir offensichtlich einiges zu sagen.

„Warum sind Männer alle Machos, die nur an sich und ihr armseliges Leben denken? Warum, verdammt noch mal, seid ihr nur mit euch beschäftigt, selbstverliebt, egomanisch und unfähig, sich in andere einzufühlen? Wo ist denn Ihre Empathie, die Sie jedem Schimpansen oder Bonobo in jeder Publikation zugestehen? Wann hören Sie endlich auf, nur an sich zu denken?"

Ich musste sie völlig entgeistert angestarrt haben, sicher mit weit geöffnetem Mund. Keine Tierpflegerin, keine Laborassistentin und nicht mal eine Kollegin hatten mich jemals so in die Ecke gestellt. „Sie erwarten jetzt aber keine Antwort auf Ihre Frechheiten? Was ist denn los?" Mein Selbstmitleid ging ansatzlos in Zorn über.

Sie stand gut einen Meter vor mir, das große Gesicht puterrot vor Erregung. „Seit einer Woche erzählen Sie nur von sich, sind die Milchstraße, das Universum und der wichtigste Mensch der Welt, alles gleichzeitig. Alle Sonnensysteme drehen sich nur um Sie, ihr Schicksal ist das Unbeschreiblichste auf der Welt. Kein Alphatier, nur das Zentrum des Universums. Gratuliere. Können Sie sich trotz Ihres nicht zu übertreffenden Selbstmitleids vorstellen, dass es in einem großen Krankenhaus wie hier noch mehr Menschen gibt, die ein ähnliches Schicksal zu meistern haben und ohne Ihre selbstische Überhöhung damit umgehen?"

„Kann es sein, dass Sie sich in Ihrer Wortwahl vergreifen? Ich bin solche großen Töne nicht gewöhnt."

Langsam wurde sie ruhiger. „Ich schreibe Ihnen gerne den Namen unseres Chefs auf, bei dem Sie sich über mich beschweren können. Wenn ich aber sehe, dass Menschen, die es gut meinen und die sich für andere aufopfern, die wirklich Empathie besitzen, mit Füßen getreten werden, hilft nur eine klare Ansage. Bei nur mit sich selbst beschäftigten Männern schafft man es manchmal sogar, den Panzer zu durchstoßen und an das Innere zu kommen."

„Wieso bilden Sie sich ein, über Männer im Allgemeinen und mich im Besonderen so qualifiziert reden zu können?" Ich hatte allmählich kapiert, auf was sie hinaus wollte und beruhigte mich auch wieder. Jetzt erwartete ich mehr Privates von ihr, zusammenreimen konnte ich mir nach Sandrines Andeutungen einiges.

„Habe ich Sie gerade richtig verstanden? Sie wollen tatsächlich etwas über mich wissen? Bei Frau Berger haben Sie das die ganze Woche nicht geschafft. Die Frau war Luft für Sie, sie war nur Ihr Medium, der Mittel zum Zweck. Sie wissen genau, dass ich mit Männern mehr Erfahrung habe als alle anderen hier im Hospital. Sie zu verstehen, hat mir Geld gebracht, bis schließlich meine Kraft aufgebraucht war. Dann haben sie mich in die Hölle gestürzt, aus der mich ihre Frau Doktor wieder herausgeholt hat."

„So wie Sie reden, hatten Sie eine gutbürgerliche Zukunft vor sich. Ihre Sprache ist nicht die der Gosse, eher die der Hochschule."

„Ich habe mir zunächst mein Studium mit diesem freiberuflichen, männerfreundlichen Nebenjob finanziert. Germanistik und Kommunikationswissenschaften studiert zu haben reicht manchmal eben nicht aus, auch seinen Lebensunterhalt zu verdienen. Telefonsex brachte auch nicht genügend, meine Fixkosten waren zu hoch. Der Rest ist ein abendfüllendes Programm, das ich uns beiden jetzt erspare. Warum haben Sie nie solche einfachen Fragen an Frau Berger gestellt? Sie vor allem hat verdient, ernst genommen zu werden. Ich habe euch beide beobachtet und weiß, dass sehr viel Sympathie auf beiden Seiten vorhanden ist. Und ich weiß, dass ihr zusammen passt. Sandrine habe ich richtiggehend motiviert, das zum ersten Mal in ihrem Leben auch zu zeigen. Sie ist in diesen Dingen viel zu schüchtern und zurückhaltend, eine Prinzessin, die wachgeküsst werden will und dann alles doppelt zurückgibt, was sie erhalten hat. Wenn der Empfänger aber völlig gestört ist und keine Botschaft aufnehmen will…"

„Und warum hat sie mich betrogen und bloßgestellt? Sie hat mein Vertrauen maßlos enttäuscht."

„Sie reden schon wieder wie ein kleines Kind, dem man das Schaukelpferd weggenommen hat. Sie hat es mit Ihnen nur gut gemeint und wollte Sie schützen und Ihnen helfen. Als Zuhörerin war sie ja auch ganz brauchbar. Wenn Sie ein Mann sind, dann gehen Sie zu ihr. Echte Männer sind in der Lage, Missverständnisse auszuräumen und zu zeigen, was sie wollen. Tun Sie es für Sie und für sich. Das waren noch Zeiten, als Männer richtige Eroberer waren. Und fragen Sie sie auch einmal, wie es ihr geht. Beschwerden über mich nimmt Doktor Stemich entgegen. Leben Sie wohl."

15. Kapitel: Epilog

Er stand vor der weißen Tür mit ihrem Namen auf dem Plastikschild und zögerte. Schließlich gab er sich einen Ruck, klopfte und trat zögernd ein, ohne auf Antwort zu warten. Die Frau saß mit dem Rücken zur Tür am Schreibtisch und drehte sich erst um, als er sich vernehmlich räusperte. Ihr Gesicht zeigte unübersehbar Spuren von Tränen, die über beide Wangen geflossen waren und eine feine Salzspur hinterlassen hatten. Sie blickte ihn mit einem großen Fragezeichen im Gesicht und einer Mischung aus Enttäuschung, Unverständnis, Hoffnung und Weltschmerz an. Langsam, wie wenn sie Zeit zum Sortieren ihrer Gedanken brauchte, erhob sie sich vom Stuhl und ging auf ihn zu.

„Du bist noch da?" Sie versuchte, ihre Stimme unbeteiligt klingen zu lassen.

„Ja, einmal muss Schluss sein mit dem Mist. Ab jetzt wird alles besser." Er legte kommentarlos seine Arme um sie und drückte sie fest an sich. Sie wehrte sich nicht, hielt aber ihre Körperspannung aufrecht, wie wenn ihr die Sache nicht ganz geheuer wäre. Er beugte sich etwas nach unten und drückte seine Stirn leicht gegen ihre. Beide Nasenspitzen trafen sich, ihre Haare kitzelten leicht.

„Küssen aktiviert das Dopamin-System und belohnt das Gehirn." Sie versuchte immer noch, beiläufig und unbeteiligt zu klingen.

„Und die Hypophyse an der Gehirnunterseite überflutet den Körper mit Botenstoffen, Hoden und Eierstöcke produzieren Sexualhormone, die Nebennieren pumpen Adrenalin ins Blut, der Puls steigt.."

„Quatsch nicht so viel, mach endlich!" Ihre Anspannung löste sich.

„Ich habe aber keinen Status und keinen Porsche."

„Wir Mediziner haben uns doch längst von der Evolution emanzipiert."

Sie schreiben?

Wir suchen Autoren!

... lernen Sie uns kennen
und stöbern Sie in unserem Buchshop
www.book-on-demand.de